筒井康隆コレクションⅦ

朝のガスパール

日下三蔵・編

出版芸術社

筒井康隆コレクションⅦ 朝のガスパール

目次

PART III

空飛ぶ冷し中華（抄）

PART Ⅳ

単行本＆文庫未収録エッセイ

装幀・装画　泉谷淑夫

PART 1

朝のガスパール

平成三年十月八日　『朝日新聞』連載開始にあたって

ご注意願いたいのは、この文章がすでに小説の一部であるということだ。つまり、虚構「朝のガスパール」はすでに始まっているのである。いずれ連載終了後、単行本になった時、この一文は序章として巻頭に載ることになる。

十八世紀のイギリスの小説家サミュエル・リチャードソンは長篇「クラリッサ・ハーロウ」を書くにあたり、読者の意見を参考にし、少しずつ分冊にして発刊しながら、その意見に従って物語を展開させていったという。これは貞潔な女主人公クラリッサがろくでなしの男に犯される話で、書簡体で書かれている。リチャードソンはクラリッサがいろいろな事態に対処する際の最も賢明な方法を、読者の意見に求めたのだという。

また、自分の家にサロンを作り、親しい上流婦人たちを招いて、書いたばかりの原稿を読みあげ、感想を聞いた上で稿をあらためたりもしたそうだ。これはリチャードソン自身が印刷業を営んでいたからこそできたのだ、とも言われている。やはり自分で雑誌を発行したディケンズも、これに近いことをやったらしい。

もうおわかりだろうが、今度の新聞連載でそれをやろうというわけである。自分の家にサロンを開くほどの金持ちではないから、毎日、ほんの少しずつ虚構が展開していき、それを毎日読者が読む新聞連載という特殊性を生かして、雑誌連載などよりはずっと反響が大きいと聞く新聞読者の意見を小説に投影させ、それに沿って展開をおしすすめたいと思う。奇妙なことのように思われるむきもあろうが、自分ではこれを少しも突飛な考えだとは思わない。本屋へ行けば完結した小説が単行本で山ほど出ているというのに、わざわざ一日三枚というこまぎれの連載小説を読んでくれている読者のために作家は何ができるか。一日三枚というこまぎれの新聞連載だからこそできることとは何か。そうしたことを、新聞連載小説を書いた今までの作家で考えたひとが誰もいないらしいという事実の方がむしろ不思議である。

読者には誤読の自由があると言われている。むしろそれがあるがために面白く読めるのだともいう。そしてもしも、大多数読者の誤読によって小説がどんどん的はずれの方向に展開していったとしても、むろんそれは読者の責任ではなく、作者の責任である。そこにおいてこそ作者は、胸を張って言おうではないか。読者に誤読の自由があるのなら、作者にだって「誤作」の自由があると。

読者はこの虚構に参加していただきたい。いや。展開にかかわった以上、その読者はこの虚構の作者であると同時に登場人物になることさえあり得る。作者が作中に登場することは、今となってはさほど珍しいことではない。

ご意見は必ず文書でいただきたい。電話による意見は作者のもとへ届かず、かりに届いたとしてもそれは読者自身のパロール（発語）ではないとみなさなければならない。

また、パソコン通信をしている読者諸君は、作者も参加しているパソコンネットに加入の上感想をお寄せ願いたい。そこであれば作者からのメッセージをご覧になることも可能である。

作者は、この古くて新しい試みによって、現在の小説のスタイルに飽き足りず、なんとなく離れていこうとしている多くの読者を、新たな虚構世界へ呼び戻すことができる筈《はず》と信じている。

平成三年十月十八日　第一回

そして、何故本書の冒頭に何か立派な文学論を活字にしないのかと問われれば、作者はこう答えるしか無いだろう。セラファン氏は影絵芝居のからくりを説明しはしなかったし、ポリチネルラは操り人形の糸を観客の目から隠した、と。

アロイジウス・ベルトラン
（及川茂・訳）

星座の位置から判断すれば、遊撃隊は西に進んでいた。

日本から派遣された日本人ばかり二十六名の小部隊である。重装備なので、全員があえぎながら歩いていた。砂漠《さばく》であり、足が重い。周囲には常に形を変え続けるなだらかな砂丘しかなく、星以外に目印はなかった。

なぜこんなに西へ。

隊員全員が、第二分隊長の深江と同じそんな疑問を抱いている筈だった。

ポイント7の敵と対峙《たいじ》している大隊を支援せよ。

本部からのその命令を、全員が知っていた。

だが、ポイント7の南にあたる地点は、すでに朝がた通過していた。

敵の背後にまわりこむつもりか。それにしても、これほど西へ進む必要はない。

不審の念を誰かと確かめあいたくて、深江はふり返った。

隊員二十六人のそれぞれの性格や、知識のありよう、行動の型、小さな癖にいたるまで、深江はほぼ把握《はあく》していた。深江と同様に、全員が全員の長所も欠点も、それが少しでも外にあらわれた限りは、知悉《ちしつ》していた。出発した時とほぼ同じ顔ぶれの二十六人であり、前の隊長が負傷して後送されたものの、まだ戦死した者はいない。出発してからの長い時間は、二十六人が二十六人を知り尽くすのに充分な時間だった。背恰好《かっこう》も年齢も、兵士としての資質もさまざまだった。深江は、だからこそ全員の個性が際立《きわだ》ち、全員が全員を知ることも可能だったのかと思ったりする。

ただ、深江も含めて顔つきだけは全員、どことなく似ていた。それぞれの性格を比較的あらわに示した個性的な顔ばかりだから、そのような見かたをすれば似ているとは言えない。しかし彼らの顔はすべて、まるでアクションものの動画に登場する人物のような線と輪郭をそなえていた。

強《し》いて言うなら、かれらの顔つきは、そのタッチが似ていたのだ。アニメ好きの日本人の、その何世代かの遺伝的な積み重なりででもあるのだろうか、と、深江は思ったりもする。

だからこそ彼らのその顔は今、疲弊しきった表情までが似ていた。

深江のすぐあとにいる第三分隊長の平野は、特に憔悴《しょうすい》しきっていた。ふだんは冴えた知性を示すのだが、疲労すると思考力が鈍化する男だった。

彼らはもう二十時間、歩き続けていた。この惑星の自転周期は二十一時間だから、ほぼ一日歩き続けたことになる。

十月十九日　第二回

月がふたつ出ていた。

二個の衛星を持つこの星の半径は約四千キロ、比重六・六八。比較的小さな惑星だから、表面重力は０・８Ｇと少ないのだが、それでも重装備で歩けば戦闘靴《ぐつ》は砂にめり込み、稀薄《きはく》な大気が息苦しい。

夜になったのは二時間前で、それまでの昼間の行軍をやや楽にしてくれていたのは、紫外線を防いでくれる雲の量の多さだった。

もしかすると隊長は、敵が何者か知っているのではないか、と深江は考えた。この不可解な西への進軍は、隊長だけが知っているその敵に対処するための作戦行動なのでは。

しかし、敵がいかなる種類の生命体なのか、今までの戦闘では、ただ対峙しているだけでわかったためしが一度もない。たいていは戦闘後、それも勝利をおさめた場合にのみ、残された敵の死体や、死体の一部や、排泄物《はいせつぶつ》、乗物、食糧とは思えぬものもあったりする食糧、武器、携帯品、日用品、機械工具などの残存物によってようやく、それまで自分たちがやみくもに戦ってきた相手の正体を知ることができるのだった。

隊長が敵の正体を知っていることは、あり得ないことだ。なぜなら、知る手段がないからだ。深江はそう断じるしかなかった。かといって、敵異星人がいかなる種類の生命体であるかを正当な理由なしに想定した作戦行動をとることは、連盟本部から固く戒められている。それは一種の『禁則』で、実はそのような行動は『コマンド不能』なのだった。

徒歩での進軍というのも腑《ふ》に落ちなかった。そもそも彼らの背後一キロを自動運転によって追尾してくる二台の高速装甲車は、もともと機動性を要する遊撃隊のために作られたようなものなのだ。

あのいやらしい、ひらひらの、ぺらぺらの、扁《へん》平《ぺい》な体軀《たいく》の魚に似た、しかも爆弾を持って飛べるほど力だけは強い飛行植物から爆撃されることを恐れ、時に応じ全員が車輛《しゃりょう》をおりてその前を歩くというのは、本来は、大型の輸送車を中心に移動する大部隊の行動である。

それとも隊長は、どこか近くの砂丘のうしろに、一時的に根を生やして飛行植物が潜んでいることを知っているのだろうか。そうだとすれば、なぜ知ることができたのか。

隊員たちの、そのような声なき疑問に、隊長は答えてくれない。隊の後方近く、第四分隊の前あたりにいて、時おり前方ななめ上の星を見あげ、あとはもくもくと歩いている。

これは隊長を信頼しているとか、していないとかいった問題ではないな、と、深江は思いはじめた。副隊長格のわれわれ分隊長になぜ何も相談しないのか。

正面に、地球で見るのとは異なったかたちの北斗七星が見えた。深江は凝然とした。彼の脳裡に、本来なら彼などが持っている筈のない古典的な知識、ある些細《ささい》な歴史的事実のひとつが浮かび、唐突に結論を得たのだった。

隊長は、気が違っている。

十月二十日　第三回

前の隊長が負傷し、後送されたことによって、あらたに隊長に任命されたばかりのその花村という男の気が変になっているらしいということを、いちばん先に第二分隊長の深江に悟らせたのは、金剛《こんごう》商事の常務取締役、貴野原征三《きのはらせいぞう》だった。

気がつくなり貴野原はすぐキイをたたいて「まぼろしの遊撃隊」センターにアクセスし、自分のユーザーIDとパスワードを打ちこんだ。

さらに「コマンド・セクションは?」というセンターからの問いに【判断】と答え、画面下にあらわれたメッセージ・ウインドウに文章を打ちこむ。

「隊長の花村は気が変だ」

それがセンターの設定した状況への正しい判断であったことを、画面の、実写とアニメーションを美しく精緻《せいち》に合成した画像が示した。貴野原が遊撃隊員の中でもっとも深く感情移入している深江が、愕然《がくぜん》とした表情を見せたのだ。メッセージ・ウインドウの貴野原の判断文はそのままプレイヤー全員にブロードキャストされて、彼の判断はストーリイに組み込まれ、プロットは新たな展開を見せることになる。

たちまち多くのプレイヤーから、隊長の気が違うという事態に【対応】するメッセージが殺到しはじめたらしく、それはメッセージ・ウインドウで彼らの対応文が高速にスクロールされはじめたことで想像できる。その殺到ぶりにストーリイは中断してしまい、停止した画像は画面左下十六分の一の大きさに縮んでしまう。残りの画面すべてがメッセージ画面となっても、参加者の意見はそこからさらにあふれ出そうなほど多い。

「射殺せよ」

「気づいた深江が、第三分隊長の平野に相談する」

「深江が全隊員に、事実を告げる」

「分隊長四人が相談し、花村を保護し、平野が隊長代理となる」

やがて、こうした対応策への【反対】意見もメッセージ画面にあらわれはじめる。

「射殺は論外」

「平野に相談するな。現在の彼に処理能力はない」

「全隊員に事実を教えてはならない。戦意が低下する」

「深江、平野、共に副隊長ながら隊長代理としては不適格。第四分隊長の峰《みね》がよい」

貴野原もアクセスしっぱなしのセンターへ、

「深江を隊長代理にせよ」という意見を打ち込んだが、多くの同じ意見の中に埋没して、画面に流れるどれが自分のメッセージだかわからない。

やがて大多数の意見でもあった「分隊長の中でもいちばん若くて部下から信頼されている、第四分隊長の峰を臨時の隊長にする」という案が採択され、画像はまた動きはじめた。


貴野原の部屋のドアがノックもなしに開き、OA機器管理室の石部智子《ともこ》が上半身を覗かせた。困惑の口調で彼女は言った。

「常務。会社のコンピューターを使ってゲームするの、やめてください」

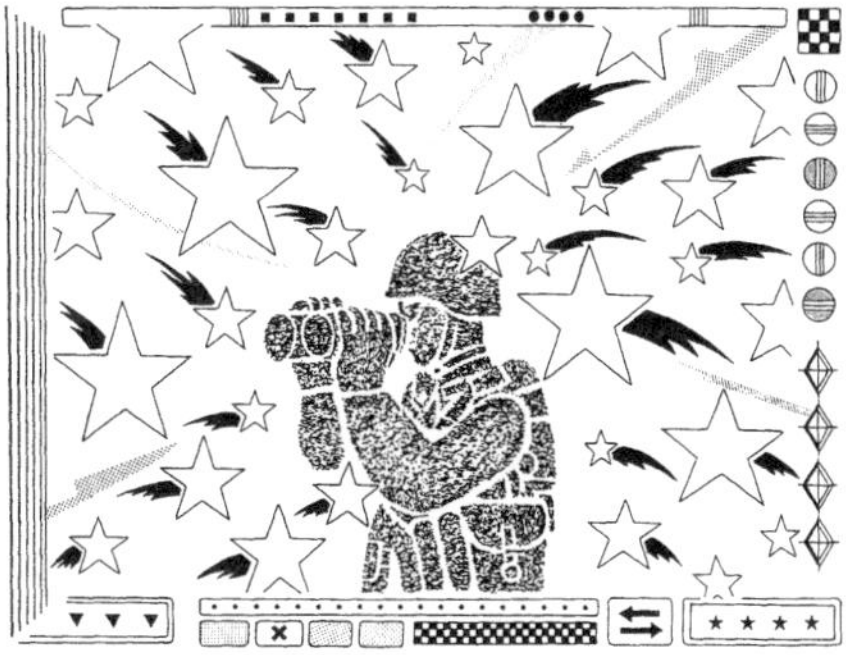

十月二十一日　第四回

石部智子が貴野原にそう言うのはもう何度めになることか、彼女にも彼にも思い出せない。彼女はけんめいに笑顔を作ろうとしていたが、内心の憤慨はその眼の光にあらわれていた。

「はい。はい。はい」

また石部智子に叱《しか》られてしまった。

貴野原は苦笑しながら、デスクのコンピューターから参加者のゲームデータが入ったＩＤカードを抜き、だいじに上着の胸ポケットに収める。

自宅にもパソコンはあるし、上着の内ポケットには携帯パソコンもあるから、ネットワークがつながりさえして、そのＩＤカードがあれば、どこからでもセンターの大型コンピューターに、端末としてアクセスでき、そのデータベースをゲームに利用することもできた。

顔をあげると、すでに石部智子の姿はない。

「業務に支障が出ます」

会社のコンピューターを使い、勤務時間中にゲームしていることを石部智子からそう言って非難されたのは、実のところ貴野原だけではない。なんといっても社長の戸部がそうであり、総務部長の対馬《つしま》もそうだ。デスクに自分専用のマシンを持っている管理職クラスの中にも何人かいた。いずれも「まぼろしの遊撃隊」と名づけられているそのゲームに夢中の参加者であり、たいていの者が管理職になっているその年代の彼らこそ、テレビ・ゲームの第一世代だった。

勤務時間中、会社のパソコンを使ってゲームをする者のために、たいていのゲームの中にはパニック・キイが付加されていた。ゲームをやっている最中にデスクの傍《そば》へ誰かがやってきてパニックになった時、このキイを押すと、いかにもそれらしいビジネス・ソフトの画面になるのだ。

もちろん「まぼろしの遊撃隊」にもパニック・

キイはついていたが、貴野原は重役用の個室にいるのでこのキイを使ったことは一度もない。しかし会社全体のＯＡ機器を管理している石部智子にだけはわかってしまう。

「まぼろしの遊撃隊」というゲームは、管理職向けのゲームだった。

「管理職向け」をうたっているわけでもなく、そういう意図でプログラムされているわけでもない。資格の制限もない。それでも参加者には社長だの重役だのが多かった。

そして今や、大企業の上層部を「まぼろしの遊撃隊」が席巻していた。珍現象として、そろそろマスコミがとりあげはじめていた。

「社長さんたちの幼児がえり」

「管理職クラスの世代はかつての『おたく族』」

「この子供っぽさ……『まぼろしの遊撃隊』フリークは、テレビ・ゲーム第一世代」

いずれも「偉いさん」たちのゲーム狂いを冷やかした記事である。

だが、実はそれは、若年層の知識や経験だけではとても歯が立たない、高度に知的で複雑なゲームだった。

十月二十二日　第五回

「まぼろしの遊撃隊」は、重役会や、特に企業のパーティなどで話題になることが多かった。そのためこのゲームを、企業間上層部の交際には不可欠な、ゴルフにとってかわる新しいゲームとして認識する者もいた。

午後五時半になり、貴野原征三は立ちあがって衣装簞笥《だんす》からコートを出した。六時から、その企業パーティがあるのだった。

企業パーティというのは、行こうと思えば毎晩のようにどこかでやっていて、招かれたり、自身設定したりすることの多い会長、社長クラスの人間は一般に、もう二十年も前から「宴会屋」などと悪口を言われている。

細長い衣装簞笥の戸の裏に、企業の重役とはとても思えない、まるで哲学者のように荘厳《そうごん》な顔立ちをした人物がいて、彫りの深い顔で貴野原を見つめていた。五十歳を過ぎて、いまだ白皙《はくせき》の美男子。それが貴野原の顔だった。長身であり、背を少し丸めなければ鏡に顔が映らない。

ビルの高層階にある貴野原の部屋からは、日が沈みかけてうす紫色の濃淡になった千代田区のオフィス街と皇居の一部が見渡せた。今夜のパーティ会場はすぐ近くにあるホテルだったが、歩いて行くには少し遠かった。

廊下へ出、社長室や重役室と同じ階にある秘書課の前を通りかかり、貴野原はふと思いついてドアを開いた。広いオフィスの片すみ、ＯＡ機器に囲まれた部分の中央に、石部智子はまだひとりで残っていて、ディスプレイ画面に向かいキイを叩いていた。社内でも比較的残業の多い部署であり、石部智子は二十九歳の若さでＯＡ機器の管理責任者だった。貴野原は彼女が、私大に通いながらコンピューター学園を卒業し、すぐ入社してきたという経歴しか知らない。

「常務。何か」

廊下からの冷えた空気に、丸い顔で振りかえり、やや目尻の吊った顔に警戒の色を見せ、智子は貴野原を睨《にら》むようにした。

「あー。その」貴野原は少し言い澱《よど》む。「これからパーティに行くんだが、まあ、つまり、一緒に来てもらいたい」

若い女性に、貴野原はいつも口調がぶっきらぼうになったり、不自然になったりする。若い女性だけではなく、顔貌《がんぼう》にそぐわず貴野原は今までの人生において、妻以外の女性とつきあった経験が極めて貧弱だった。

「ええー。パーティー」石部智子はおどろいて立ちあがった。「そんなあ。突然」

「突然、決めた」貴野原はうなずいた。「あー、何かこの、予定があるの」

「ないけど、もっと早く言ってくださらないと」

智子は両手をひろげた。「こんな恰好《かっこう》だし」


石部智子は背が高く、その高さは女性が他の女性に対して優越感を抱く高さと劣等感を抱く高さの境界線上にあった。そのせいなのかどうか、彼女は地味なワンピース姿だった。

十月二十三日　第六回

「その恰好でよろしい。あー」貴野原征三は背を反らせた。ここでひきさがってはいけないと思った。命令すべきだ、と、彼は思った。「社命だ。秘書としてついてきてもらいたい」

「社命ですね」念を押すなり一瞬のうちに決断し、それでもまだ「わたし、ほんとは秘書課所属じゃないんだけどなあ」などとつぶやきながら、石部智子は手早く周囲を片づけはじめた。決してパーティが嫌いなのではなさそうだった。

ロッカーからジャケットを出しながら、智子は突然貴野原を振りかえって訊《たず》ねた。「あっ。コンピューター・ゲームのことで、わたしを懐柔なさるおつもりなんですか。常務」

「それもある」貴野原は正直にそう言った。「しかしむしろ、最近の企業のパーティで、あのゲームのことがどれくらい話題になっているかを知っておいてもらいたくてね。現在ゲームへの参加は、われわれの交際に不可欠だから、それを認識しておいてほしいから」

「それはまあ、認識しているつもりなんですが」智子は眉《まゆ》に困惑を見せた。

「今日は『カジヤス』という美術品輸入業者の内見会とパーティだ」会社と同じ名称の、直属のハイヤーの中で、貴野原は智子にそう説明した。「社長とはもう二十年くらいのつきあいになる」

二十年ほど前、まだ次長だった貴野原は絵画を中心とする美術品の「仕入れ」をした。

当時、貴野原を含めて社内には、美術品に対する鑑識眼を持った者はひとりもいなかった。会議で、それなら仕入れ商品として分類すればその素材は何かということになった。それはカンバスである。ではその素材にいちばん近いものは。

というわけで、乱暴なことには当時パルプを扱っていた貴野原が「仕入れ」担当を命じられたのだった。無茶な話だと思い、貴野原はあわてて勉強したが、当時のことながら鑑識眼というものは一夜漬けで得られるものではない。それでもやみくもに購入したものはすべて絵画暴騰《ぼうとう》の時期と重なっていたため「飛ぶように」売れ、会社は巨利を得た。

もちろんそんなことを石部智子に言ったりはしない。

ロビーこそ荘重な造りだが、ホテルというのはなぜか宴会場のフロアーとなると必ず金ピカだ。ふたりはコートを預け、イギリスのアンチックが多い内見会場をひととおり見てパーティ会場に入る。三百人ほど入れる会場に二百人ほどがいて、すでに舵安《かじやす》社長の挨拶《あいさつ》は終わっていた。

「やあ。貴野原くん。貴野原くん」さっそく貿易会社の社長をしている中井が声をかけてきた。

「中井さん」

中井恵市は、貴野原に劣らぬ遊撃隊フリークだった。よく肥満していて口調が子供っぽく、老成したおたく族とでも形容したくなる人物だった。

「あの花村という隊長、気が違っていたんだ。知ってるか。今日の午後、誰かが【判断】を打ちこんだ。誰だろうなあ。君、知ってるか」

十月二十四日　第七回

「わたしじゃないかと思いますが」

貴野原征三は正直にそう答えた。気兼ねから隠し立てしても、センターのデータバンクにアクセスされたらすぐわかってしまうことであり、かえって水臭いやつと思われてしまう。

「そうか。やっぱり君か」中井は破顔した。「そうじゃないかと思ったんだ」

貴野原の知る限り、ゲーム仲間の功を妬《ねた》んで厭《いや》味《み》を言うような参加者はひとりもいない。遊撃隊フリークの資格のひとつなのかもしれなかった。

水割りのグラスは受けとったものの、さらに数人の遊撃隊フリークがわらわらと集まってきたため、貴野原は奥へ行くこともできない。それは教育図書出版社社長の藤川、不動産会社重役の宇佐見、銀行頭取の岡といった連中である。話題は当然「花村隊長のビョーキ」であり、みごと正解を出した貴野原を中心にして会話が白熱するさまを、貴野原の横に立って石部智子はなかばあきれ、眼を丸くして聞いている。

「あれはわたしも、考えないではなかったんです」口惜《くや》しげに出版の藤川が言う。この痩せた学者風の人物は中国の戦史に詳しく、そのジャンルの著書もあった。

「結局あれは、そもそもあの男を隊長にしたのがよくなかったわけでしょう。ピーターの法則って言いましたっけ」社員管理技術や部下掌握術の専門家を自認し、HOW―TO本も出している、恰《かっ》幅《ぷく》のよい不動産の宇佐見が言った。「企業でも、昇進したために抑鬱《よくうつ》症になるやつが多いからね。あの花村というのはもともと、ちょっとおかしかった。今から考えるといくつか伏線がありました」

「これもあと知恵だけど、そういえば昔、発病していて、着陸寸前に逆噴射して墜落した機長がいたでしょう」中井恵市が思いついて大声を出した。「そうだ。貴野原くん。君はあれが頭にあったんじゃないのか」

　実は隊長の気が違っているという貴野原の確信は、誰でも知っているひと昔前の、機長の逆噴射の事実などによるものではなく、スペイン戦争に関する書物を多く読んでいたためだった。

　一九三七年二月十九日の夜、国際旅団のリンカーン大隊はマドリード南方を北西へ進んでいた。共和国軍の最前線を通過してもさらに進み続けた。部下の将校たちにどこまで進むのかと訊《き》かれ、隊長のハリス大尉《たいい》は答えた。

「北極星に従って」

　気が違っていたのだった。彼は解任された。

　そのエピソードを簡単に物語ったのち、貴野原はつけ加えた。「ゲームの画面で、遊撃隊の進む前方に、歪《ゆが》んだ形の北斗七星があったでしょう。あれがヒントになったんです」

　話の輪に、さらに二、三人が加わってきた。貴野原の横にいた石部智子が輪の外に押し出されたのは彼女にとってさいわいでもあった。空腹だった智子は中央テーブルのイタリア料理に引き寄せられていった。

十月二十五日　第八回

「うー。わたしゃ、その話は知っていた」宇佐見が指を鳴らした。戦記ものや実録が好きな男だったのだ。「残念」

「でも、北斗七星なんて、見えましたかい」不満げに岡が言った。

「たとえば四・三光年離れたアルファ・ケンタウリから、いちばん近い星で七十六光年離れた北斗七星を見たとしても、地球で見るのとほとんど変わらない」こういう話題になると躍如とする中井が、宇宙へ行ってきたかのようないつもの喋《しゃべ》りかたで説明した。「しかし約三十光年離れたあの惑星では相当に歪みます。だから到着した際、彼ら隊員は全員、方角を見定めるために、どれが地球から見たどの星座にあたるかという教育を受けている」

「わたしはそこのところを見ていなかったが」藤川が感心して貴野原征三に言った。「よくまあ、ご記憶でしたなあ」

「でも、わたしが正解者なのかどうか、まだわかりませんよ」

貴野原がそう言うと、銀行の岡がさっそくノート・パソコンを出し、太い指さきでこまかいキイを叩きはじめた。「確かめてみましょう」

たいていの携帯パソコンには、携帯電話が組み込まれていた。電波の届きにくいホテル内の会場からでも、センターにアクセスすることは可能だった。天井に中継装置がとりつけられているからだ。

貴野原はまだ、自分の携帯パソコンでゲームをしたことは一度もない。画面が小さいため見落とすべきではない細部が見えず、大画面のディスプレイに比較してあきらかに不利だったからだ。登場人物のほんのわずかな表情の変化、画面の隅《すみ》にある小道具の存在といった細部がきわめて重要になってくる局面もあるのだった。だから貴野原はいつも、会社のパソコンと自宅のパソコンでしかゲームをしない。

それでもパーティ会場で議論が白熱し、何人かがどうしてもゲームを大画面で見たくなる時がある。だからたいていのホテルには会場の隅に、携帯パソコンの外部モニター端子に接続できる大型モニターや、ＯＨＰと呼ばれているオーバー・ヘッド・プロジェクターが何台か常備されていた。

「やはりそうですよ」岡はパソコンの小さな画面を全員に見せた。

データが画面にぎっしりで、早くも四桁《けた》の番号となった【判断】の最後尾にはＳ・ＫＩＮＯＨＡＲＡという記載があった。

「まだ、点数は出ていませんか」見えないらしく、藤川が眼鏡をあげ、眼を細めた。

「それはまだのようですがね。でも、点数にして五〇〇はくだらんでしょうな」いつも得点にこだわる岡が、自信ありげに言った。

貴野原は首を傾《かし》げた。「さあ。センターがどんな評価を出すか」

岡はすぐにノート・パソコンを胸におさめた。

パーティ会場で携帯パソコンを中心に何人かが集まっているのはよく見られる光景だったが、原則としてはパーティ主催者に失礼な行為である。

十月二十六日　第九回

「このあいだからのいろんな記事では、『まぼろしの遊撃隊』を単なるロールプレイング・ゲームとしてとらえていたね」

　教育図書の藤川が不満げにそう言い、貴野原たちの話題はマスコミのとりあげ方に移った。

「それはだから、あの早いうちに負傷して後送された隊長を除けば、二十六名の隊員が組織内の人間として次第に成長していくわけだから、確かにロールプレイング・ゲームではあるが」不動産の宇佐見が野太い声で言う。「しかしそのためには、それぞれの性格に応じて状況に対処させていかなければならんのだから」

「何もわかっていないんですよ」銀行の岡が軽蔑の笑いを見せた。「ただの出世ゲームに過ぎんと書いているのもありました」

「いやいや。それはむろん違う」中井恵市がかぶりを振る。「まあ、たしかに贔屓《ひいき》の隊員を持っていた場合はそうだが、本人を出世させるために組織の管理がおろそかになってはいかんのだ」

「組織と、それから人事の管理能力がない者には、このゲームはちょっと、できないだろうね」宇佐見は管理職でない者すべてを見下げる、いつもの口調になった。

「全員の性格が、はっきり顔に出てるのがいいですね」

　皆が不思議に思っていたらしく、貴野原の指摘で今まで聞き役だった若手の三人も含め、全員が喋り出した。

「あれは、どうやってるんだろう」

「実写とアニメの合成だろ」

「一応、役者に演技させてからアニメ加工してるって聞きましたが」

「演技なんて、そんな。すべての状況に対応する演技を全部やるなんて、大変だよ」

「じゃ、基本パターンだけ作っといて、あとはコンピューターか」

「そんなこと、できるんですか」

「そんなこと、できるのかなあ」

　この話題はいつもここで全員が考えこみ、中断するのだった。あの精密な画像がどうやって作られているのか、誰も知らないのだ。

「それにしても」背の低い岡が眼を丸くして一同を見あげ、見まわしながら話題を変えた。「今回のようなことが起こるんだと、心理学や精神病理学の知識も必要になってきますね」

「それはまあ、人生経験だけでも、なんとかなるんじゃないですかなあ」藤川が言う。

「本筋は戦争ゲームなんだけど、そうでありながら軍事知識や戦争体験だけではどうしようもないゲームですね」貴野原征三はそう言った。「だいたい戦争体験のある世代はもう、第一線から退いているんだし」


「わが社にはまだひとりいるがね。社史編纂《へんさん》室に」藤川が笑った。「例の木頭《きどう》さんだが、もう第一線とは言えないものの、わたしはゲームのことで、よく知恵を借りに行くんですよ」

十月二十七日　第十回

「たしかに軍事知識があれば有利でしょう」貴野原征三が言う。「だけどストーリイとしてプログラムされているのは、どちらかと言えば日本史とか西洋史、それに三国志などから応用されているものがほとんどでしょう」

「そうそう。戦術や戦略はヨーロッパの戦争から適用したものが多い」宇佐見が頷《うなず》く。

「SFの古典から流用したシチュエーションもあったね」中井恵市がくすくす笑った。

「それだ」藤川が渋い顔をした。「あのゲームは本来、SFなんだろうが、わたしはSFとなると駄目《だめ》なんだ」

「SFは中井さんですよ。やっぱり」銀行の岡が中井に阿《おもね》って言う。

中井は童顔を紅潮させた。「だいぶ前ですが、敵が硅素《けいそ》生物だと【判断】して、正解でした」

「五〇〇点でしたよね」と、岡。

「子供の頃からSFのマニアでして。あれはアイザック・アシモフ博士の短篇に出てくる鉱物生命体のシリコニイです」

「まさか敵のエーリアンがシリコンだとは、誰も思いませんよ。あれじゃ死なない筈《はず》だ」藤川が苦笑した。

「いやもう、何が出てくるかわからんよ本当に」宇佐見が額の汗を拭《ぬぐ》いながら言った。「このあいだなんか、バックに『タンホイザー』第一幕の曲が流れて、あれがキイになってたんだよね。第三分隊が岩屋に避難してることを教えてたわけだけど、あれはわからんよ」

「藤川さん。おたくで攻略本出しませんか」

貴野原が言い、全員が笑う。

藤川も笑った。「それはしかし、分厚い教養書になりそうですな」

「SF」「戦争」「アニメ」「コンピューター・ゲー

ム」「得点」。社長と重役が集ってそんな話に熱中しているこういう場面を、例の揶揄《やゆ》的な記事の執筆者たちが見たらどう言うだろう。貴野原はふとそんなことを思った。ゲーム感覚によって日本の企業が動いているなどと考えるかもしれない。そしてそれは、実際その通りなのかもしれなかった。さらに勘ぐれば、日本の政治と経済をゲーム感覚だけで推し進めようとしている何やら巨大な存在の陰謀も想像できなくはなかった。そうでなくても、大企業のトップ連中に同じゲームを競わせることは、日本の経済を動かしている彼らにコンピューター・ゲーム的なある単一の思考を植えつけることになる。眼に見えない制度側からの教育という想像は、センターの正体をよく知らぬだけに、貴野原にとってはいささか慄然《りつぜん》とするものがあった。いや。センターなどというものはマスコミと同じでシステムの顔の一部に過ぎず、コンピューター・ゲームひいてはコンピューターという技術そのもの、高度情報化・産業化社会の科学技術そのものが生み出されると同時に、そのものの中に、人間を教育し支配しようという構造が、自然に発生し、組み込まれてしまっているのではないだろうか。

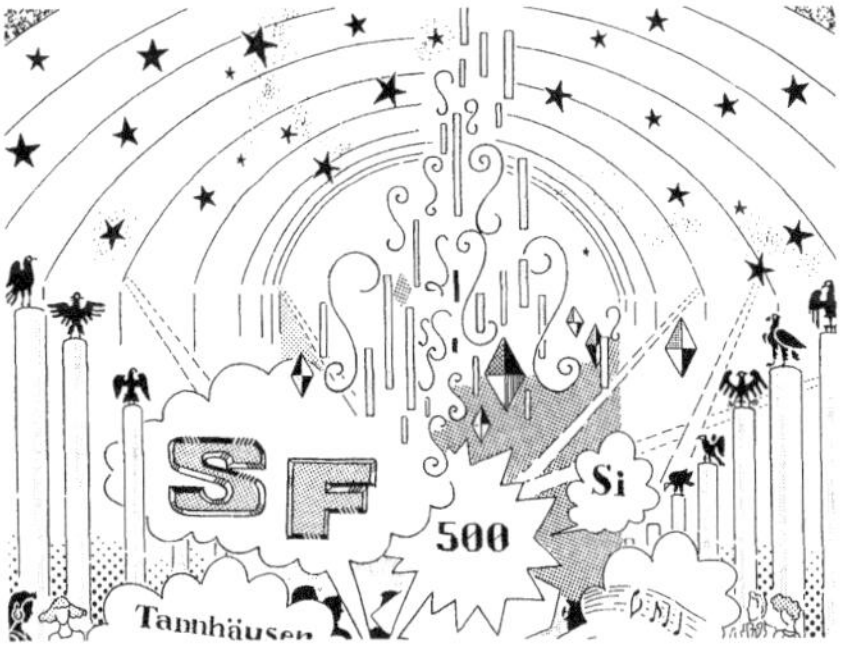

十月二十八日　第十一回

社長・重役クラスが集まるパーティでは、料理のテーブルにさほどの人だかりはない。

誰にも邪魔されず、石部智子は食べ続けていた。コンパニオンがいるから、貴野原征三の食べるものを心配してやる必要はない。

そりゃ、ゲームが流行していて、偉いさんたちが皆、夢中だってことは、わざわざパーティにつれてきてもらわなくても、よく知っているわ。でも会社のコンピューターを管理するのはわたしの職務なんだもの。注意しなかったらわたしの怠慢だなんて言われるじゃないの。それに社長も常務も、わたしに注意されるのを喜んでるみたいなところがあるわ。ゲームを楽しむためのいい刺戟《しげき》になってるのかも。中年のひとって何でも楽しんでしまうずるいところがあるから。

石部智子はまず大量の菠薐草《ほうれんそう》入りタリアテッレを鱸《すずき》のトレビーゾ風と同じ皿にとり、タリアテッレを鱸のソースで食べた。鱸はあまり旨《うま》くなかったので半分残し、新たな皿にカプレーゼと馬鈴薯《ばれいしょ》のトルテリーニをたっぷりとって食べた。それから縁に黒胡椒《くろこしょう》の粒がついていて中になるほど真紅の濃い骨つき仔羊のローストを二本食べ、最後にティラミスをふたつ食べた。大柄《おおがら》で、水泳だけが趣味の智子には、それくらいの量が必要だった。

なんとなく似たような食べかたをしている女性が隣にいた。社長秘書ででもあるのだろうか。智子がそれとなく顔を見ようとしていると、彼女も智子を見た。

ふたりは眼を丸くした。智子はティラミスの皿をテーブルに置いた。

「ハルミー」

「あーっ。トモコー」

手をとりあった。

場所柄をわきまえぬ声が出たのは、ふたりがそんなはしたない声ばかり出していた高校時代の同級生だったからだ。そんな自分たちを笑い、周囲を見まわしながら、ふたりは小声で話しはじめた。

江坂春美は銀行の秘書課に勤めていて、どちらかといえば雑用係だった。頭取の岡に渡す書類があって届けにきただけだったが、岡に「食べていけば」と言われ、さっそく相伴にあずかっていたのだ。

作者にとってはもはや表現不能の、女子高校生の言語に戻ったままのふたりは、さらにこのパーティが偉いひとたちばかりでちっとも面白くないこと、食べるべきものは食べたこと、鱸がまずかったこと、それはまあこの際、どうでもいいこと、ふたりともいつ帰ってもまったくかまわない立場であること、せっかく会ったのだからこれからふたりでどこかへ行こうなどと話しあった。

横に三人の男性がやってきて料理を食べはじめ、中に背の高い青年重役がひとりいて、ふたりを値踏みする眼で眺めはじめた。

十月二十九日　第十二回

石部智子にとっては不愉快な、そんな青年紳士のあきらかに好色と理解できる露骨な視線も、江坂春美にとっては何やら魅力の伴うものとして感じられるらしい。突然、彼女は見られている表情と姿勢をとり、通常の言語に戻った。

「わたし、もうひとつ、ホーム・パーティに招《よ》ばれてるの。一緒に行かない」

智子はとまどった。ホテルなどの上品なバー、またはスナックを思い浮かべていたからだ。

「パーティの好きなお金持ちの奥さんがいるの」江坂春美はそう言った。「それから、パーティ好きの人たちがいて、交代で毎晩のようにマンションの、どこかの家でパーティやってるのよ」

そういう人種がいるということだけは、石部智子も知っていた。「でも、わたしは招ばれてないんだし」

「なんでー。ちっともかまわないじゃないの」そんなことも知らないのかといった口調で、春美はかぶりを振りながら言った。「わたしの友達が、そのお家《うち》のひとり娘なのよ。それに可愛《かわい》い女性を連れていったら、皆に喜ばれるわ」

江坂春美は智子より十センチは背が低く、少し肥《ふと》っているが姿態はおおむね非のうちどころがなく、やや下品さはあるが美人だった。

智子は自分が可愛いとも美しいとも思っていなかった。背は高すぎるし色は黒い。「でも、そんな厚かましいこと」

「えー。どうして。そんな遠慮するの今どき非常識なのよ」

見ず知らずの家のパーティに闖入《ちんにゅう》するのがはやっている、ということなのだろうか。

「晩餐《ばんさん》会じゃないの。ただの、飲んでわあわあ騒ぐだけの会なの。上品なひとばかりで、そりゃまあ、中には上品でないひともいるけどそれは少数で、そういうひともいなければ面白くないの。それはパーティの彩《いろど》りに誰かがつれてきたマスコミの人やあまり売れていないタレントさんでもって、まあ、そういったパーティなの」

資産家たちのホーム・パーティというのがどのようなものか、見てみたくもあった。智子は迷った。別の同窓生から、春美のよくない評判を聞いていたからでもある。どちらにしろ彼女が極めて遊び好きであるという噂《うわさ》は本当のようだった。

いかがわしい雰囲気が想像できたし、危険を感じもしたが、智子は春美についていくことにした。どう変わっているかわからないが、高校時代の春美は智子にとってまずまず信じられる友人だったし、よくない雰囲気であるとか、歓迎されていないことがわかるとかで居心地が悪ければ、すぐに帰ればいいのだ。

「じゃ、ここ出ましょう」と、智子は言った。「いちおう上司にことわってから」

十月三十日　第十三回

江坂春美と石部智子が並んで貴野原たちの交わしている議論の輪の外に立つと、銀行の岡がふたりを見て言った。「なんだ。君たち知りあいか」

春美が智子との関係を説明し、岡が春美を貴野原征三に紹介する。

智子は貴野原に言った。「常務。わたし、これで失礼していいでしょうか」

貴野原はふたりがどこかへ行くつもりらしいと察し、春美に遊び好きの類型を見て、自分が誘い出した智子への責任のようなものを感じたが、心配してやる年齢でもなく、「変なところへ行くなよ」といった軽口を、おそらく石部智子は嫌うに違いなかった。

「うん。うん。ぼくももうすぐ帰るつもりだから」そう言ってから貴野原は、自分がゲーム談義にかまけてまだ舵安社長に挨拶《あいさつ》していないことを思い出した。

白熱している議論にそれまで遠慮していたコンパニオンたちが、一段落を機に次つぎと食べものを持ってきたので、貴野原は空腹だったことも思い出した。シーフードのサラダの皿を中井恵市らと向かいあってつつきながら、そういえば最近、家に帰ってもろくにうまい晩飯を食べたことがない、と彼は思った。なぜだろう。妻が手抜きをしているのだろうか。

貴野原征三の自宅は小さいながら世田谷区の高級住宅地にあり、それは彼の父親が建てた家で、今となってはそれを維持しているだけで一定の社会的地位を示す資産と看做《みな》されていた。征三のひとり息子は地方の大学に入り、貴野原は現在、家に妻の聡子《さとこ》とふたりきりである。

聡子は昼間ずっと、金融機関や証券会社の家庭用端末ともいえる自分用のパソコンに向かっていたので、夕食の支度にかかったのは六時を過ぎてからだった。夫はいつも早く帰宅し、六時ごろ会社からまっすぐ帰ってくることもあれば、業界のパーティに顔を出して八時ごろ帰ってきたりもするが、九時を過ぎることは滅多になかった。その夜はさいわいにも「ちょっとだけパーティを覗《のぞ》いた」とかで、彼は八時過ぎに帰ってきた。

しかしその夜はまた、手早くこしらえた二、三の料理を、パーティで何か食べてきた筈の征三が珍しく品定めし、ゆっくり味わおうとする様子だったので聡子はすっと胸を冷やした。安あがりの夕食がもう何か月か続いていたが、征三はそれに気づかぬように見えていたのだ。鈍い味覚に手作りの家庭料理と区別のつかぬ出来あいの惣菜《そうざい》は、何種類もある。

「今夜、またちょっとお招ばれなので」と、聡子は言った。「出かけますが」

「夜食だけ用意しといてくれよ」征三は聡子の外出先や遊び相手よりも夜食が気になるらしく、いつものように念を押した。

十月三十一日　第十四回

征三が料理の質の低下には気がつかなかったらしいので聡子は安心した。「はいはい。わかってますよ。それはもう、いつものように」

都心部に昼と夜の区別がなくなって、何年も前から家庭の主婦が夜間どこかへ遊びに出かけるのが珍しいことではなくなっていた。征三にとって聡子の夜遊びは気に食わぬことだが、それがある水準の家庭で一般に許されている以上、反対し文句をつける理由は考えつかない。

料理を半分残し、それも夜食にするからと言い置いて、征三はコーヒーのカップを手にさっそく書斎に籠《こも》った。そこには彼のパソコンがあり、これから就寝までの三、四時間がいわば彼の至福の時間なのである。

センターを呼び出す。テーマ曲が響き渡る。

ＩＤカードを差しこんでさっそく自分のデータを見ると、貴野原の正しい【判断】に対して出された評価は、銀行の岡が言った通り五〇〇点だった。

夕方以後、ストーリイにさほどの進展はないようだ。遊撃隊は方向を転じて北に向かいつつある。途中、数時間の休憩をとったらしい。隊長代理の峰が深江たち分隊長に意見を聞いている。よろしい。この男に問題はない。

第三分隊の日野という男が、チベット仏教について何やら話していた。チベット仏教か。知らないなあ。あとで調べてみよう。また何かの伏線かもしれない。

日野という男のデータを過去に遡《さかのぼ》って調べたりしながら、案の定夕食が旨くなかったことを征三は気にしていた。

やはり手抜きしているのかな。なぜだろう。夕食の支度にかける時間はたっぷりある筈だがな。昼間もどこかへ遊びに行ってるんだろうか。

妻の不倫、という想像は征三の中に、現実には起る筈のないものとしてしか存在していなかった。聡子が美しくないというのではなかった。むしろ彼女は結婚以来、家事や子育てに疲れはてたりすることなく、美しくなり続けていた。聡子はやや小柄《こがら》で、可愛いだけだった美貌《びぼう》に最近では気品が備わりはじめていた。征三はよく、妻の美しさを彼なりの方法で考え、評価する。

聡子が同じ年齢の女性百人と並んだら。

彼女がいちばん美しい。

一千人と並んだら。

彼女がいちばん美しい。

一万人と並んだら。

彼女より美しい女性が二、三人はいるかもしれない。

それでも妻の臆病《おくびょう》な、世間体を気にする性格を知っている征三には、彼女とよその男との浮気などは考えられなかった。ひとりの男と並んで歩いたり、長く話すといったことさえしない筈の女だった。

十一月一日　第十五回

「投書はだいぶ来たかい」

「予告が載ってから連載開始までに三十一通、そのあと、これだけです」

「わりあい少ないな。内容はどう」

「思っていたよりもおとなしいものが多いですね。連載に期待するというのが大半です。いろんな人から来ていますよ。大阪一律大学文学部の棚《たな》部《べ》という教授からも来ています」

「そんな大学、ないだろう」

「ご本人がそう書いていますので」

「棚部という名前もあやしいな」

「どちらも同音異字でしょう。文学概論の先生ですけど、これも文学害論と書かれています」

「面白い先生みたいだな。なんて書いてあるの」

「文学というのは公序良俗健全日常的な社会にとって『害』、即《すなわ》ちなくてはならぬ苦にがしきスパイスの役を担《にな》うものであるとの認識で講義をなさっているそうです」

「おれと意見は一致するみたいだね。おれは社会とは言わないで『制度』と言ってるけど」

「小説の方へは、学生たちとうちそろって『なぐりこみ』をかけるそうです」

「お待ちしております。他には」

「これ、何でしょうね。昔あなたのファン・クラブにいて、現在は横浜市で主婦をやってらっしゃる上地知佳子さん」

「まあ、変な顔をするな。おかしなことだが、SF作家にはみな、ファン・クラブがあるんだ」

「ははあ」

「おかしな眼で見るなって」

「マスコミ批判をやってくださいって書いてありますよ」

「おれのやってきたことだし、新聞連載だというので尚《なお》さら期待するんだろうな。はいはい。了解しました」

「岡崎市の片岡さと江さんが、読者参加で小説を書くというのは手抜きじゃやと言ってます」

「小説を享受《きょうじゅ》して消費するだけというのは、読者として手抜きじゃやないのかな」

「大阪和泉《いずみ》市の松崎章生さん。作者は大権力者である大新聞社と共謀し、一般読者の知識を盗み、作家生命を永らえようとしている。この作家から連想することばは、破壊、謗法《ほうぼう》、邪義、冒瀆《ぼうとく》、元凶……」

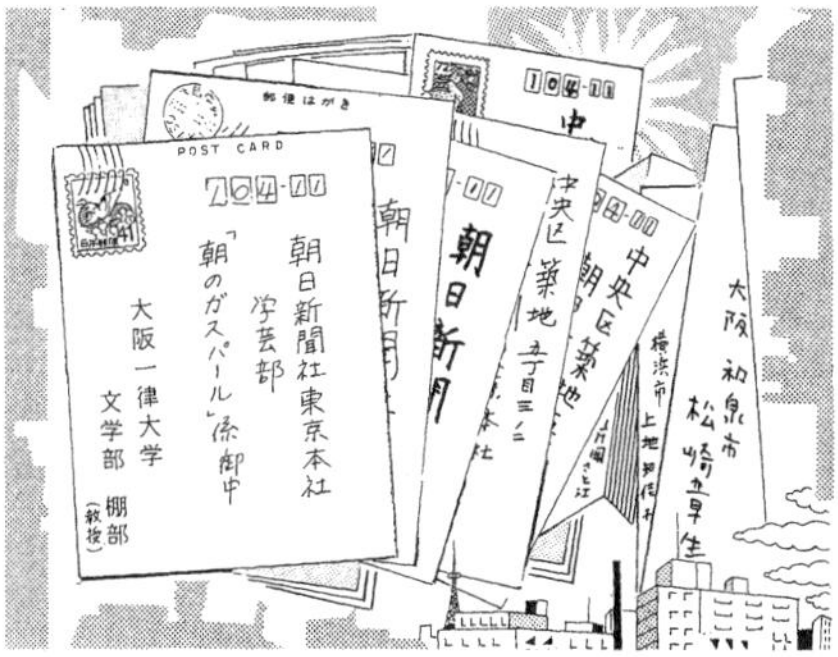

十一月二日　第十六回

「あのう、おれのこと知ってる読者ってのは、本気か冗談かわからないこと書いてくる場合が多いんだよ。困るんだよね」

「宗教団体のひとのようです」

「ああ。これはそのようだね。おれが以前批判した宗教団体だ。ほら。おたくの新聞なんか読まずにわが宗教団体の機関紙を購読しろと書いている」

「読者参加というのを、自分のこと書いて貰《もら》えるのだと思っている人がいますね。秋田県の佐藤雅彦さん。息子の名前が光洋というのだが、登場人物として使ってほしい」

「佐藤光洋という名前がここに出ただけで、すでに登場人物なんだよ」

「あれ。そうなんですか」

「そうだよ。現実から虚構のレベルにおりてきたわけだから」

「松本市の小川太志さん。主人公の名前は三井豊、中1の時の初恋の人の名前を川西裕夏、ふたりは十年後再会する。舞台は高槻《たかつき》市。そんな少年小説にしてくれということです」

「それは参加ではなく強要だ。まあいい。その手紙をここでとりあげたことによって『虚構内虚構』ということになる」

「ほかにも、小説をえんえんと書いてきた人が小平市の奥池鷹思さん他二人。それから横浜市南区の高橋藍子《あいこ》さんは、この前の連載小説が好みではなかったということをいろいろと書かれていて、次回、さわやかなのを期待しますということです」

「この前の連載小説みたいにリアリティのあるものは、どうせおれには無理だよ。でも、リアリティを犠牲にしてさわやかにすると、かわりに退屈を我慢しなければならなくなるね」

「この前のは、内容が朝一番に読むにはふさわしくなかったということです」

「えっ。朝だからさわやかにしろって理屈なの。ちょっとそれ、今どき珍しい人だね。あのさ、こういう人は絶滅寸前だから保護しなきゃいけませんよ。一方の極にこういう制度内思考があってこその文学ですからね」

「そうなんですよね。わたしなんか、朝というとたいていもう、酔ってへべれけで。まあそれはどうでもよいのですが。それから仙台市の三神紗嘉子さんですけど、作者はＳＦ出身のひとらしいが、自分はＳＦなどという子供っぽいものは嫌いなので読まない。だからＳＦだけにはしないでくれ。これと同じ主旨のものがほかに四通」

「む。そんなものがあること、もっと早く教えてくれなきゃ。こっちは自分の連載なのだから、当然ＳＦが期待されているだろうと思っているんだから」

「で。ＳＦで始まってしまいましたよね。最初の方を読まれたこの三神紗嘉子さんが、やはりＳＦだったから、新聞の購読をやめると」

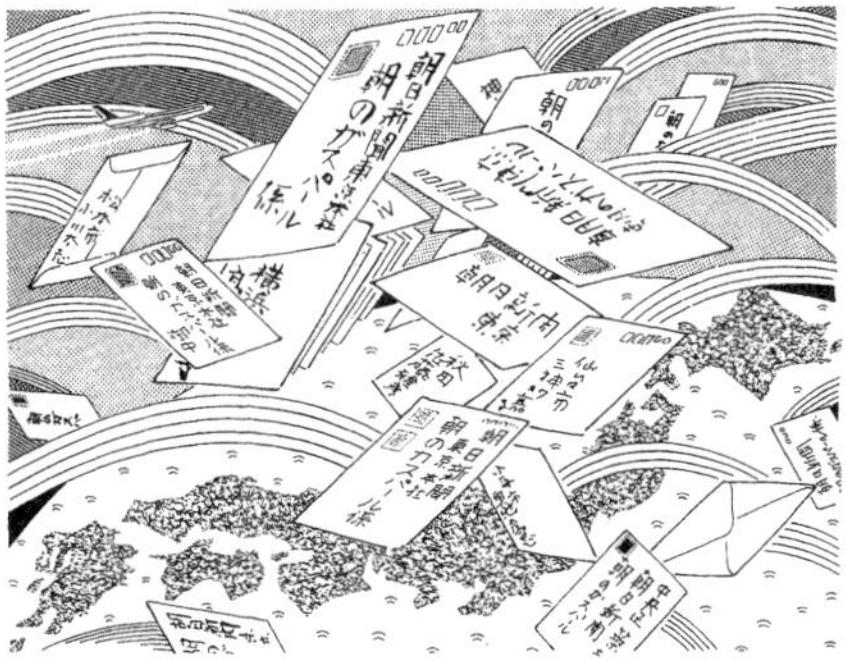

十一月三日　第十七回

「思惑の逆になったな。こっちは最初ＳＦシーンで出発して喜ばせといて、期待を引っくり返してやろうなんてたくらんでいたのに。その人、二回目までしか読まなかったんだね」

「いえ。十回目まで読んでのお便りです」

「おかしいじゃないか。三回目で、あのＳＦシーンがコンピューター・ゲームの中のできごとだってこと、わかった筈なのに」

「ところがこういう人たちにとっては、コンピューター・ゲームもＳＦも同じようなもので、やっぱり幼稚な題材なんですね。もっとドメスティックなものにしろとおっしゃるんです」

「おれにとっては地球が舞台ならドメスティックなんだがなあ」

「連載が始まってからの分にも、似たようなものが多いですね。こっちは今のところ二十九通」

「少ないな」

「まだ展開の予想がつかないんでしょう。投稿者の名前が出るとわかれば、もっと増えるんじゃないでしょうか。そうだ。パソコン通信もしてらっしゃるんでしたよね。そっちの反応はどうです」

「こっちは逆に、ＳＦやコンピューター・ゲームでみんな喜んでるんだよね。中にはなぜかパソコン通信によるエクリチュールだと思い込んでいる人もいてさ。パソコン通信が生きがいみたいな人もいるから」

「その人たちも登場人物としてフィーチュアなさるんですか」

「うん。いずれある仕掛けの中で、全員実名で登場してもらう」

「少数意見としては、埼玉県北葛飾《きたかつしか》郡の浅野富美枝さん。遊撃隊員に女性も加えろと」

「ひゃあ。ま、かまわないけど、それに賛成する人が何人か出てきてからにしようよ」

「横浜市の新田《にった》清博さん。作家の心理の動きがわかる気がするから、何日に書いた原稿か日づけを入れろと」

「いいアイディアだな。でも、これ以上スペースを削られるのはつらいから、やっぱりそれは無理だろうねえ。そのかわり単行本では章立てのかわりに発表の日づけを入れることを約束しましょう」

「ええと。電話での意見はとりあげないとおっしゃってましたが、実はこっちもたくさん来てまして、やっぱりSFはやめてほしいというのが大半なんです。ですから、やっぱりドメスティックなものに」

「そうは言ってもねえ。貴野原の家庭は現在夫婦ふたりだと書いちまったし」

「あのう。画伯が、挿絵《さしえ》を画《か》く時間をもっとくれとおっしゃっています」

「しかたがないな。ま、いいか。ちょうど貴野原が帰宅したところでもあるし。じゃ、ドメスティックな続きを書きましょ」櫟沢《くぬぎざわ》は嘆息しながら椅子を回転させ、澱口《おりぐち》に背を向けてワープロに向かった。

十一月四日　第十八回

あいつ、料理することに飽きてきたのかもしれないな、と征三は思った。ま、それも無理のないことだ。子供が手を離れたら、誰もがそうなるというからな。

あるいは蓄財に興味が出てきて、例の金融機関の端末にかかりきりなのかもしれない。

征三は妻に金の管理をまかせていた。彼女は能力相応にこつこつと資産を殖やし、四年前には軽井沢の別荘を購入したりもしていた。征三は妻の堅実な資産の運用ぶりに満足し、安心していた。

あいつもおれのようにゲーム感覚でパソコンに向かい、どこそこの利息がいくらになったなど、こまごまとした金額の数字と戯《たわむ》れているのだろうか。征三はそんな想像をすることもあった。

征三がゲームを始めた頃、台所では聡子が、夕食の残りや、再調理していかにも手作りらしくなった冷凍食品をいくつか、すぐ電子レンジにかけられるようパックして冷蔵庫に入れた。

それから自分の寝室に行き、化粧をなおす。ポートフォリオ・ファイナンシャル・システム、略称ＰＦＳと呼ばれている家庭用端末ではしばしば証券会社の担当者と電話をするのだが、ディスプレイにはひと昔前のような相手の静止画像ではなく、現在話している互いの顔の動きがそのまま映るため、彼女は化粧を昼間からしているのであり、その「昼の化粧」を「夜の化粧」にちょっと手直しすればいいのだった。

証券会社の担当者は剣持というヴェテランの外務員で、聡子は征三に内緒で剣持を通じ、株の売買をしていた。

聡子は衣装簞笥《だんす》を探しまわる。毎夜のパーティに女性間で競いあう持ち衣装の数。流行おくれの衣装はその数に入らない。ある水準以上の最新コレクションがそこにあるべき筈の衣装箪笥の中に、しかし着ていく服はない、と聡子は思った。コートも買わねばならなかった。アクセサリーも買わねばならなかった。１・２カラットのダイヤの指輪が、聡子の持っている唯一《ゆいいつ》高価な宝石だった。せめてもうひとつ、日本製のファッション・リングなどではない、ルビー、またはサファイアの指輪が必要だった。しかし、買う余裕がなかった。

それでもパーティには出かけなければならない。電話をし、夫の会社が契約しているハイヤー会社の車を呼ぶ。

聡子は貂《てん》のコートを着た。盛んになってきた自然保護、動物保護の風潮にさからって毛皮のコートを着るのが夜遊びする婦人たちの間で流行していた。何よりもそれは毛皮が輸入されなくなって以来四、五倍も高価になっていた上、着ていても白眼視されない社会にいることが、つまりは彼女たちの社会的権勢を示していたからだ。

車が、門前に停《と》まる。

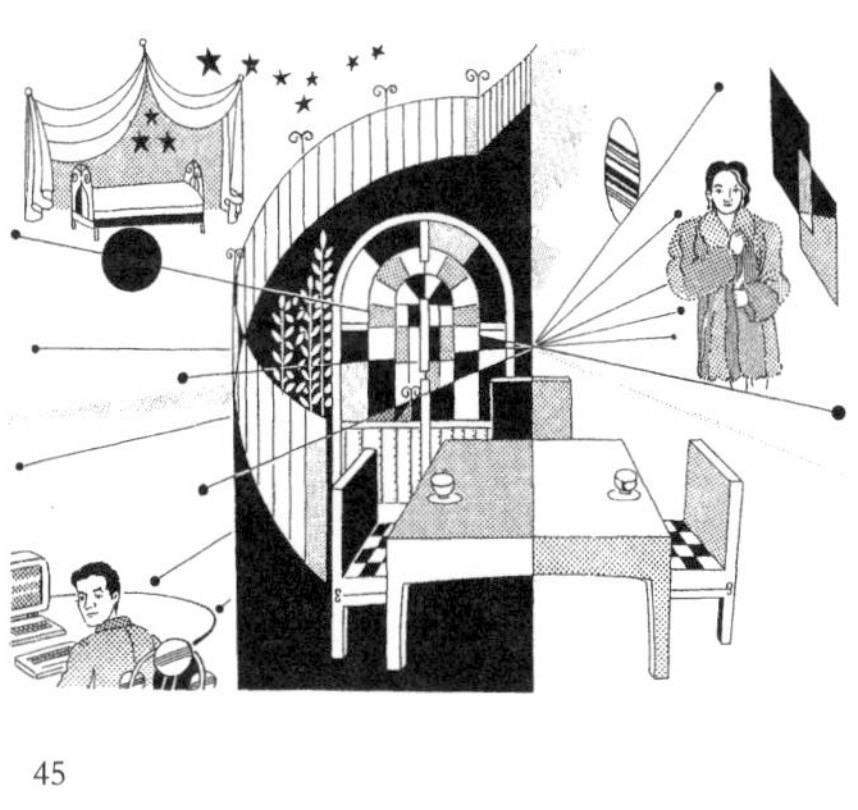

十一月五日　第十九回

　ハイヤーの運転手に、聡子は麹町《こうじまち》にある高級マンションの所在を教えた。パーティは、千代田区のオフィス・ビル内に医院を持ち、社長重役連を得意にしている須田《すだ》という内科医の自宅で開かれていて、そこへ行けば多摩志津江にも会える筈だった。もしかすると証券会社の剣持が来ているかもしれなかった。

　多摩志津江は剣持の会社と信用取引をしていた。彼女は夫が経営する海産物輸入会社の役員をしているので、今でもまだ証券会社から女性の一般投資家が差別的に敬遠されている信用取引が可能なのだった。

　多摩志津江に剣持を紹介されたのは二年半ほど前の初夏だった。息子の中学のＰＴＡで一緒だった志津江とは、同じブティックで服を作っていることがわかって以来親しくしていたのだが、ある日彼女から株式投資で儲《もう》けた話を聞かされ、強く勧められたのである。

「株なんて、こわいわ」

　そう言う聡子に、志津江は剣持という人物の名を教えた。「紹介するわ。彼の言う通りにしていれば大丈夫よ。わたしだって最初、株なんてと思ったんだけど、ためしに二千万円、彼の言う通りに投資してみたら、八か月で四倍になったの。彼に儲けさせてもらった奥さん、いっぱいいるのよ」

「損したらどうするの」

「だから、余分のお金で買ったら」

　数日後の夕刻、志津江は剣持を聡子ひとりきりの貴野原家につれてきた。剣持裕治というその外務員は、サラリーマンらしくない派手なスーツを着た三十代の男だった。小肥《こぶと》りで前歯が欠け、笑うと昔のアメリカのなんとか言う漫画雑誌の表紙絵の子供のようになり、愛嬌《あいきょう》があった。投資婦人たちの間でマスコット的にもてはやされていると笑いながら横から言う志津江のことばも納得できた。剣持は少し訥弁《とつべん》で、誠実そうに見えた。

聡子は七年前に死んだ父親から、結婚当時に額面五十円の家電メーカーの株を二千株、贈与されていた。父親が昭和二十五年に買ったもので、それから半世紀経った現在、それは二千万円にも値上りしていることが剣持に教えられてわかった。

聡子は志津江にならい、この二千万円を全額投資した。志津江の口利きで彼女も信用取引にしてもらったのである。剣持の助言どおり二社に分け、アミューズというゲーム機メーカーの株を二千株、五葉精器という環境保全メーカーの株を千株、成り行き注文で買ったのだった。

二か月後、約十年ぶりの更新需要と新技術でアミューズが仕手株になって高騰《こうとう》したのでこれを売り、避妊薬ピルの売れ行き好調な野比薬品株に買い替えた。その後も聡子は剣持と相談しながら売買を続けた。

十一月六日　第二十回

ちょうど円高対策による金利の低下で銀行が家庭の主婦たちに「お金、いくらでも貸しますよ」などと持ちかけている時期だった。聡子は預金や国債を担保に銀行から二千万円借りて電気メーカーの盤天株、自動車メーカーのジャイロ株を二千株ずつ買ったりもしたので持ち株は増え、ほぼ十か月で一億の資産になっていた。このビギナーズ・ラックで聡子は株の魅力にとりつかれた。

志津江との交際もその頃から頻繁《ひんぱん》になり、潤沢になった自分の自由になる金で、聡子は彼女と共に、しばしば買物に出かけた。買物を始めると、あながち志津江の示唆《しさ》や助言のせいだけではなく、今まで買うことを考えてもいなかったものが、買いたいもの、買うべきものとして次つぎに目の前にあらわれた。それは家具であったり、化粧品であったり、時には日用雑貨であったりもした。このような必需品をなぜ今まで買わなかったのかとあきれることもあった。

初めてホーム・パーティなるものにつれて行かれたのもその頃だった。パーティには一度出たのがきっかけで、見かけの華やかな美貌《びぼう》に似ぬ温和な人柄《ひとがら》が好まれたためか、知りあった夫人たちから次つぎと招待され、やがては夜のパーティ遊びが日常になった。時にはそれが雑誌のグラビアやテレビで見かける有名人であったりもする男たちから、意味ありげな目つきで、あきらかに遠まわしの誘惑と思えることばを囁《ささや》かれるのは、そういうことに馴《な》れない彼女に無気味さと恐怖を感じさせたが、ただちやほやされているだけであれば、それはやはり今までに味わったことのない歓《よろこ》びであり、刺戟《しげき》だった。彼女なりの男あしらいもうまくなり、自分の性格はもともとこんなパーティ遊びに向いていたのだと思ったりもした。

パーティには、株で儲けたという夫人も多く来ていて、ダイヤやルビーの指輪を見せられたり、着物を買った、旅行に行ったという景気のいい話をひっきりなしに聞かされたりするうち、聡子はいつか自分を、彼女たちと同一の、あるいはさほど変わらぬ資産家であるかのように思いはじめていた。しようと思えばそれくらいの浪費は彼女にもなんとか可能だったからだ。聡子はローンで三百五十万円のダイヤの指輪を買った。貂のコートを買い、高級ブランドのドレスを次つぎに買った。パーティに行くようになって、買うべきものはさらに増えた。自分が今まで、いかに何も持っていなかったか、いかに夫から何も買ってもらっていなかったかを、自嘲《じちょう》とともに思い知った。パーティへも、たまには高価な手土産を持っていかねばならなかった。夫人たちの間ではまるでポトラッチのように贈り物をやりとりすることが流行していたのだ。

しかし聡子が屈託なしに遊んでいられたのは、そこまでだった。

十一月七日　第二十一回

年度が変わるとアメリカ国内の空前の不況でニューヨークの大銀行が倒産した。アラブ政策の失敗、ラテンアメリカ各国の財政破綻《はたん》などからアメリカ関連の盤天株、ジャイロ株が暴落した。聡子も儲けた分を丸ごと失い、焦《あせ》って買い替えた杜笠不動産株や登舞鉄鋼株も、先行き不安と需要の不振で次つぎと値下りした。聡子はすべての預金を担保にし、別荘を抵当に入れて金を借り、夫に知られるまでに取り戻しておかなければと、以前儲けたアミューズ株、五葉株を買った。しかし下げはとまらなかった。聡子は夫に内緒で家を抵当にし、追加担保に充《あ》てた。だが、いずれの株もじりじりと値を下げ、あるものは暴落した。

その頃から聡子は剣持の助言を聞かなくなっていた。今は時期が悪いから売買せず、もうしばらく持っていたらどうかというのが聡子に対する剣持の口癖のようになったからだ。今、証券会社の社員は必ずそう言うのだということを志津江も言った。しかし持ち続けていれば確実に値上りするというのは日本のたいていの株についで言えることであり、いそいで損を取り戻そうとしている者に、そんな助言は何も言わぬに等しいのだ。聡子は僅《わず》かな自分の経験に頼り、あるいは直感や、友人である夫人連からの情報で売買したりもした。

証券会社に頼らず自分の判断で売買することは、株に投資する者として基本的には正しい行為なのだが、為替の動きや株価の推移をあらわすチャート表の見かたもよく知らない聡子には危険きわまりないことだった。友人の意見に左右されて売買したのは尚《なお》さら無謀だった。頂点の見定めができず、ちょっと値上りした株をあわてて売り、その株がまだ上り続けているので口惜《くや》しくなり、頂点でまた買い戻してしまって大損をしたこともあった。これに懲《こ》り、株価が上って周囲が大騒ぎするようになってもまだ持ち続けていて大損をしたりもした。

夫人連に人気のある株を高値で買えば、時には社長や重役の不祥事、時には事故や不良製品の発生などでたちまち下落した。聡子は欲ぼけと心配の表裏一体になった心理に追い込まれ、少し値上りすれば際限もなく上昇するのではないかと思い、少しの値下りで元も子もなくなるくらい下落するのではないかと心配するのだった。

たった二年間に、聡子はもう二億円以上もの損をしていた。何も知らない夫の顔を見るのがつらくなった。聡子にはどこが面白いのかまったくわからないコンピューター・ゲームに夢中でいてくれることが救いだった。時に宵《よい》の口、時にはパーティから戻ってひと眠りしたばかりの朝がた、征三の好むままに肌《はだ》をあわせることがあっても、このひとがすべてを知った時、その時にはもう、こういうことはなくなるのではないかなどと考え、快楽には没入できなかった。

十一月八日　第二十二回

聡子は眠れなくなった。

どうせ眠れぬならばと、夜毎《よごと》のパーティに出かけて不安を拭《ぬぐ》い去ろうとしたが、心ここになく、ダンスも楽しめず、酒にも酔えなかった。それでも、ベッドの中で膨れあがる不安に耐え続けているよりは気がまぎれた。程度の差こそあれ、そこにはやはり株で損をしている婦人たちも来ていたからだ。

目的のマンションに着くと、聡子は聞かされていた番号でロビーから八階の須田家に電話をし、自動ガラス・ドアを開けてもらって中庭の見えるエレベーター・ホールに入った。瀬川夫人がエレベーターを待っていた。

「あら。あなたも今」

「ええ。主人の帰宅を待っていましたので」

「わたしもよ」

肥満した瀬川夫人は何種類ものネックレスを滝のように首から垂らしていた。ほとんど下腹部に達しているのもあり、それらはガラス越しの庭園灯の明りで光り輝き、本当に流れているように見えた。その不自然な豪華さを不自然でなくしている瀬川夫人の貫禄《かんろく》と気品と美しさだった。聡子はもちろん、誰もこれを真似《まね》ようとする夫人はいない。

瀬川夫人もまた株式投資をしていた。彼女の夫が何をしているのか、聡子は知らなかった。株が軒並み下落して皆が騒いでいるという時に、瀬川夫人だけは泰然としていて、聡子はそれが不思議だった。きっとご主人か、または実家が資産家なのだろうと思っていた。

のちに聡子も知ったのだが、実際は、瀬川夫人の夫はサラリーマンに過ぎず、十数億に及ぶ資産のほとんどは瀬川夫人の株の売買によって得られたものだった。彼女は未婚のＯＬ時代から株式投資をしていて、いわば二十年選手といえた。それだけの資産になってしまえば、もう目先の売買の必要はなかった。たまに外国旅行に行くから、宝石を買うからというので、証券会社に電話をし、値上りしている株の一部を千株売ってくれ、二千株売ってくれと言うだけで用が足りるのだった。

結局のところ、不況で損をするのは聡子のように年中売り買いしている者であり、値が動いているものを買ってそれが下るというのが典型的な例といえた。聡子の場合はまた、売らないと遊ぶ金がないのである。

聡子はこの瀬川夫人にだけではなく、株のヴェテランという噂のある夫人たちには、軽蔑されないよう、株の話はしないようにしていた。投資夫人やパーティの常連夫人の中にも、さまざまな階層があるのだった。

体重が優に八十キロはあると思える瀬川夫人のために、小さなエレベーターが上昇に苦しんでいるかのようだった。

「この近くに、橘《たちばな》さんがマンションを買われたんですってね。あなたご存じ」

十一月九日　第二十三回

橘というおとなしい夫婦とはごく最近、あちこちのパーティで顔馴染《かおなじみ》になったばかりだったが、マンションを買ったという話は聞いていなかった。

「いいえ。存じませんが」と、聡子は答えた。

「そう」やや不愉快げに、瀬川夫人は言った。「その、買ったばかりのマンションで記念パーティをやるらしいわ」

「行かれるのですか」

「わたしは招待されてないの」誇りを傷つけられたという表情で、瀬川夫人は下唇《したくちびる》をつき出した。

招待されなくても、行きたければ行けばいいのにと聡子が思っていると、瀬川夫人はまっすぐ聡子を見て、ゆっくりとうなずきかけた。「正式のディナー・パーティなんですって」

須田家はそのマンションの八階と九階の東に向いた一角を占めていて、八階はパーティに誂《あつら》え向きの大きなリビング・ルームが中心だった。ひと隅《すみ》に応接セットが置かれたその広間は、もう三十人ほどの客で賑《にぎ》わっていた。

聡子と瀬川夫人はパーティの時だけメイド役をする須田家の娘にドアを開けてもらった。コートなしの瀬川夫人はそのまま三、四メートルの廊下を奥へ進み、聡子は香奈《かな》という、ひどく肥ったその娘にコートを脱がせてもらった。来客用の衣装箪笥《だんす》の中は毛皮のバーゲンセールのような有様だった。それ以上ハンガーを掛ける余裕がなく、聡子の貂《てん》のコートは下に山積みされた他の婦人たちのコートの上に置かれた。

「チャーリイが来るんだって」向かい合うなり、瀬川夫人に負けない恰幅《かっぷく》の須田夫人が負けん気の強そうな眉をひそめ、うんざりした口調でふたりに言った。「また騒ぎにならなきゃいいんだけど。心配したってしかたないわね。さあさあ飲んで頂戴《ちょうだい》。飲んで頂戴」

チャーリイ西丸はペンネームで、純粋の日本人だが皆からチャーリイと呼ばれていた。売れている劇画家で、酔うと口から毒の火が噴き出て周囲に疎《うと》まれるが、しらふのうちは軽口が面白く、あまり歓迎されないながらも須田夫人たちのパーティの常連だった。

見知らぬ娘がふたり来ていた。あとはいつもの顔ぶれだった。この家のパーティは二度目だったが、聡子は以前と同じこの部屋の匂いを嗅いで、発汗を促すようなその息苦しい匂いを思い出した。その上室内はむっとしていた。

洋酒瓶《びん》の林立したテーブルの彼方《かなた》から、歳《とし》をとって体型の崩れかけたスポーツマン・タイプの須田医師が声をかけた。

「おお。貴野原さん。やあ、いらっしゃい。いやお美しい。瀬川さん。おふたりともお美しい。何になさいますか」すでにだいぶ飲んでいるようで、上半身が揺れていた。「いや。お美しい」

十一月十日　第二十四回

バルコニーへのガラス・ドアの手前には男たちのグループがいて、曾根《そね》という中年の男が中心になって喋《しゃべ》っていた。聡子の聞いた話では、親から相続した多くの土地を売り払って莫大《ばくだい》な金を手に入れたこの曾根豊年《ほうねん》という男は、サラリーマンをやめて小さな広告代理店の社長におさまり、仕事にはあまり身を入れず、底抜けの大酒と色好みで財産を食い潰《つぶ》していた。彼はいつものようにパーティ・ジョークというには卑猥《ひわい》すぎる話で、若い男たちに腹をかかえさせていた。

聡子はこの曾根から一度、浮気を誘われたことがある。その言葉があまりに露骨だったので、彼女は拒絶の言いまわしを考える苦労さえなくてすんだのだった。

さらに、いつも聡子につきまとう男がふたり来ていた。天藤望《てんどうのぞみ》という初老のファッション・デザイナーと、もうひとりは近間辰雄《たつお》といって、アフリカなどへしばしば旅行している若い民俗学者だった。近間は右足が悪く、やや引きずり気味に歩いた。聡子はこのふたりがまるで賭《か》けでもするかのように、公然と聡子を「落とす」手管を競っていることを知っていた。彼らはさっそく、彼女に近づいてこようとする気配だった。

聡子は須田に作ってもらったブランデーの水割りを手に、いそいで応接セットにいる多摩志津江たちのグループに加わった。株で損をしていることはまだ志津江に打ち明けていなかったが、剣持から伝わっている筈だった。だが志津江が知らぬふりをしてくれているので、聡子も話す気はなかった。

「貴野原さん。あなたは招待されたの」志津江が訊《たず》ねた。

ここでも「橘さんのディナー・パーティ」のことが話題になっているのだった。

まさかね、という感情が志津江の口もとにあらわだったので、聡子はとてもとても、というように笑いながらかぶりを振った。その場で招待されているのは志津江だけのようで、ほかの三人は不機嫌だった。

「なんでそんなことする気になったのかしら」勝ち気そうな目尻から髪の生え際にかけて青筋を立てた服飾デザイナーの明石妙子《あかしたえこ》が、憤然としてタバコの火を消した。彼女は独身だった。

「そりゃあ、招《よ》ばれてばかりだと、具合が悪いからでしょう」のんびりした向井夫人が無神経にそう言った。

　聡子の思わず身をすくめる動きが比較的明確だったので、志津江が援護して大声を出した。

「でも招ばれてばかりの人、いくらだっているでしょうが」

「わたしもそうだわ」情けなさにやや身をくねらせて聡子は言った。「お招ばれればっかり。わたしなんかとても自分でホーム・パーティを開く才覚、ありませんもの」

十一月十一日　新聞休刊日

十一月十二日　第二十五回

「悪いこと言ったわね。あなたはいいのよ」向井夫人はあわてるでもなく、さらにのんびりと聡子に言う。「美人ちゃんだもの。あなた目あてで来る男のひと、だいぶいるのよ。やっぱり、パーティには美人ちゃんがいなくちゃね」

「美人ちゃんでなくて悪うございました」がぶりとシャンパンを飲み、明石妙子が言った。

「おやまあ。何を言ってもさしさわりがあるわね」

向井夫人の口癖が出て一同が笑い、少し和やかさが戻る。

「そうですよ。あのご夫婦、あまり好かれてないでしょう。陰気で」橘夫婦のことをまた、今度は尾上《おのえ》夫人が話題にした。「露骨に嫌ったり避けたりするひともいるし」

尾上夫人は骨張っているといっていいほど痩せていた。彼女の夫は高級官僚だったが、自身東大出の彼女は高級官僚たちのホーム・パーティを嫌っていた。彼らの妻たちの馬鹿《ばか》さ加減に耐えられないからと言うのだった。さらに誰よりも橘夫婦を嫌っているのが彼女だった。

「ディナー・パーティにしたのもきっと、自分たちを嫌わなかった人ばかり選んだことを表明するつもりなんでしょ」いつものようにしゃんと背筋をのばし、尾上夫人は言う。

「あら。わたし一度もあの夫婦を嫌ったりしなかったわよ」明石妙子は不本意げに尾上夫人に言った。腹を立てながらも、やはり、よほど招いてほしい様子だった。

「好きでもなかったでしょ」尾上夫人が言う。「おや。そうですか。そうですか。へええ。パーティに招んでもらうためには、そばへすり寄っていって『好きです』『好きです』って言わなきゃいけないんですか」

腹立ちまぎれの明石妙子の魯鈍《ろどん》者めいた言説にげっそりして、尾上夫人は黙ってしまう。

「わたし、行ってやろ」向井夫人が、なかば作られた鈍感さでうす笑いしながら言った。

ひと昔前に流行したオバタリアンということばを聡子は思い出した。

「招ばれてないのに」ほとんど驚愕《きょうがく》して、志津江が言う。

「そんな、ディナー・パーティだなんて、わたし知らないもん」のどかな顔で向井夫人は言った。「パーティやってるっていうから来た。それでいいじゃないの」

「そう。理屈にはあってるわね」尾上夫人が笑いながら言う。「ディナー・パーティだろうと、招かざる客も歓待するかどうかで主催者の度量が決まるんだから」

「そうなの」志津江が尊敬の眼で尾上夫人を見つめた。

「ええ。そうですよ」

十一月十三日　第二十六回

「でも、呼ばない客が来ても歓待しなきゃならないなんて、そんなこと、橘さん、知らないでしょう」

「知らない方が悪いのよ」明石妙子が志津江に向かい、決然とした眼で言った。「わたしも行ってやろう」

「いっそのこと大勢誘って、わあっと乗りこみましょうか」向井夫人が底意地の悪さを見せてエスカレートする。

「それだと、パーティそのものがすぐお開きになってしまって、面白くないわよ」尾上夫人の眼が三白眼になった。何か考えている時の表情である。

このひとも行くつもりなんだ、と聡子は思った。

「ご婦人がた」曾根がシャンパン・グラスを手にして彼女たちの傍《そば》に立つ。小さな、真ん丸い、色好みの眼が浅黒い皮膚の底できらめいていた。「女同士の閉鎖的な内緒話はいけませんな。われわれ男にも楽しみをおわかちください」

「何いってるの。あなたのお目あては貴野原さんだけでしょうが」明石妙子がそう言って、隣席の聡子の腕をしっかりとつかんだ。「行っちゃ駄目《だめ》よ」

「曾根が貴野原さんを口説《くど》いたそうだが」と、天藤望が近間辰雄に言った。「あれはその後、成功したのかね」

ふたりは久保田という初老の男がカクテル・ピアノを弾きはじめたグランド・ピアノのうしろに立って話していた。久保田は本職がアンチックの家具屋だったが、ピアノがうまいのでしばしばパーティに招ばれた。謝礼を出されても受け取らなかった。

「成功するわけないでしょうが」軽蔑するように近間が顔をしかめて笑った。「彼女が誰かと不倫するとしたら、ぼくしかいませんよ」

「ふんふん。君の手口ね。どうもその足で同情を買うらしいが」

「あなたの方には名声、ファッション・デザイン、それに全国にあるあなたの名前のついた店から入る莫大な収入。ま、そういったものがあるわけだ。条件はあくまでぼくの方が不利だってこと、お忘れなく」

傍にいる見知らぬ娘にふたりは無警戒だった。だが、石部智子は彼らの話を興味深く聞いていた。

江坂春美と石部智子は、すでに一時間ほど前から須田家のパーティに来ていた。

ドアを開けてくれたのが大学の後輩の須田香奈だったので、石部智子はびっくりした。

「ええー。あなたたち、知り合いだったの」

「まあ、ね」驚く春美に智子はそう言って、それぞれに複雑な笑みで香奈とうなずきあった。

四年生だった石部智子に、新入生だった須田香奈が何度か馴《な》れなれしく話しかけてきたのだった。香奈は誰にでも話しかけている様子だったし、男子学生たちとも広く交際し、夜遊びなどもしているようだった。

十一月十四日　　第二十七回

「一度、どこかへ遊びに行きません」

香奈が二、三度そう言ったので、ある日智子は彼女を誘ってみた。

「オスカ・ココシュカって画家の個展をやってるから、夕方から美術館へ行かない」

香奈は大声で「ええー。美術館」と言い、異星人を見る眼で智子を見た。智子は失望し、以後、彼女とは話さなくなった。香奈も声をかけてこなくなり、以後は現在まで、ふたりは互いに思い出すことさえ滅多にない遠い存在であり続けたのだ。

「いいもの見せたげましょうか先輩」

気まずさを払拭《ふっしょく》しようとしてか、香奈はふたりに毛皮のコートでぎっしりの客用衣装簞笥の扉を開いて見せた。

「わあ凄《すご》おい」春美が叫んだ。

「先輩ならこれを、どう表現しますか」

「けものの大量虐殺《ぎゃくさつ》」すかさず智子は言った。

「言うと思ったわ」

三人はけたたましく笑い、気まずさは溶解した。

智子は香奈に両親を紹介され、香奈と春美から次つぎにパーティの客を紹介された。たいていは名前だけで職業も出自も教えてもらえないため、智子は彼らの大半を記憶できなかった。

智子と春美の注文を聞いてジンライムを作ってくれた若い男がひとりと、中年の男三人が立ったまま智子と春美をとり囲み、あなたはそのきっぱりとした眼がいいだの君は髪が綺麗《きれい》だの服装のセンスがいいだのしかし何かこの辺にペンダントか何かのアクセントがなどと、ファッション・デザイナーのような女性的言辞で肴《さかな》にしてえんえんと無人格的にあげつらった。見渡したところ智子が親しくなりたいと思うような男はいなかった。

「今来た、あそこにいるあの綺麗なひと、あなたの会社の重役の奥さんですって」

皆から久保田さんと呼ばれている初老の男が古いジャズを弾いているグランド・ピアノの傍に避難していた智子のところへ、男たちの誰かれと話していた春美がやってきてそう告げた。くわしく教えられるまでもなく、貴野原聡子はその美しさ自身で存在を際立《きわだ》たせていた。

「わあ。綺麗なひと」智子は眼を輝かせた。「何てかた」

「貴野原さんっていうんだって」

「ええー。貴野原常務なら、さっきの『カジヤス』のパーティへわたしをつれていってくれた人よ。ほら。あなたに紹介したでしょう」

しかし石部智子は、自分の存在を貴野原夫人に知られたくはなかった。上役の夫人の言動をこっそりうかがおうというのではなかった。知り合いになってしまい、会社における貴野原常務のことやら自分の仕事のことなどを訊《き》かれ、話さなければならなくなるかもしれないのが煩《わずら》わしいだけだった。

十一月十五日　第二十八回

「でも、わたしのこと、言わないでね」智子は江坂春美にそう頼んだ。

瞬間、何を考えたのか、春美は頰《ほお》をゆるめて言った。「あらー。そうなの」

客の数は確実に増え続けていて、今はもう三十人を越したようだ。料理と整髪料と煙草《たばこ》と人肌《ひとはだ》と香水の香りが熱気とともに高まっている。

グランド・ピアノの前の狭い空間でふた組が踊っていた。須田医師がやってきて江坂春美を誘い、ふたりは踊りはじめた。

背後の壁ぎわでは、よく婦人雑誌で写真を見かける天藤望というデザイナーが、足の悪い青年と話していた。貴野原夫人について話しているようだ。智子は彼女がこうしたパーティの常連らしいこと、男たちの競争心を煽《あお》る対象になっているらしいことなどを知った。

「郡司氏も団氏も、いつもひとりで来るが、たまにはこういうパーティに児玉《こだま》雪野をつれてきてくれないかな」天藤望が話題を変えた。

児玉雪野はまだ美人コンテストが比較的おおっぴらに行われていた数年前ミスきものに選ばれ、芸能界に入った美人女優である。しかし石部智子が知っているのはそれだけで、郡司とか団とかいう人物が彼女とどういう関係にあるのかはわからない。

「児玉雪野、お好きですか」

「今やもう、ああいう純日本風の美人は滅多にいないよ」

「役柄《やくがら》とは正反対で、ちっとも貞淑じゃないそうですよ。だから団氏もやけくそで、毎晩パーティで飲んだくれてるんです」

「今でも、彼女の愛人は郡司さんかい」

「それはやっぱり、まだ郡司さんでしょう。何しろ彼女にもう何億と使ってるんだから」

「でも、旦那《だんな》とは仲がいいみたいじゃないか」

「そりゃ知りあいだから、表面上はね。団さんも郡司さんの金で潤《うるお》ってるみたいだし。でも、よく見ててごらんなさい。今夜は団さんまだ来てないけど、来たときの挨拶《あいさつ》、面白いんだから」

まあ郡司さん、という派手な抑揚の声がして、今来たばかりらしい、どことなく農村の雰囲気を漂わせたやや場違いに見える女性が、中央のテーブルで立ち食いしている六十歳前後の、上品な白髪の男性に近寄っていった。

「西田さんですよ」

「かなわんね。誰だあんなおばはんを招ぶのは」

天藤望はなぜかピアノを弾いている久保田と顔を見合わせ、苦笑した。

石部智子は、どうやら自分をダンスに誘おうとしているらしい人物の気配を中央テーブル付近に感じた。さっきからの会話でも名前の出ていた、曾根と呼ばれている鼻下髭《ひげ》の、女遊びが本職と見える男がちらちらと智子を見ていた。

十一月十六日　第二十九回

ここも安全地帯ではない。ダンスの下手な石部智子はそう思った。

智子は、壁ぎわにある九階への狭い階段をのぼって下から六、七段めに腰をおろすことにした。さっきから、誰も階上へ上り下りする者がいないことを見さだめていたのだった。行きがけに空になったシャンパン・グラスを誰も手をつけていないらしいオレンジ・ジュースのグラスととりかえ、彼女は階段に避難した。

腰をおろすと手摺《てす》りの桟《さん》の間から部屋全体が見渡せ、居心地はなかなかよかった。安住の場所を見出《みいだ》した猫《ねこ》科のけもののように彼女は軽く満足の呻《うめ》き声を出しながら背を丸め、ジュースを飲んだ。曾根が恨めしげに彼女を見あげていた。

須田夫人が江坂春美とのダンスを終えた夫に命じたので、須田医師は婦人連が話している応接セットに向かい、誰かをダンスに誘おうとした。女性と男性が別べつにグループを作っている状態を好ましくないと夫人が判断したためだった。

「どなたか、わたしと、ダンスを」

自分が酔っていることでいささか気弱げに須田医師はそう言ったが、視線はまっすぐ聡子に向いていた。夫人連の牽制《けんせい》の視線に気圧《けお》されて、聡子への直接の申し込みがためらわれたのだった。

「あらあ。じゃ、わたしと」聡子を護《まも》ろうとするかのように多摩志津江が立ちあがり、いそいそと須田医師の前に立った。酔っている彼を嫌ってほかの婦人が立とうとせず、結局は聡子が誘われるだろうと思ったからだった。

「値上りしているのは仕手株とか値がさ株ばかりなのよね」ふたりが踊りはじめるのを眼で追いながら向井夫人が言った。さっきから株の話になっていたのである。

「あんな高い株、とても手が出ないわ」聡子は溜《ため》息《いき》をついた。

「瀬川さんなんかお金持ちだから、ずいぶん買って持ってるらしいけど」と、尾上夫人。

「つまりはお金持ってるひとの勝ちなのよね」明石妙子が言う。「昔、ほら、損失を補填《ほてん》したとかって事件あったでしょう。あれも企業とか、お金持ちだけ優遇したのよね」

「あんなことがあっても、個人投資家がいなくなるってこと、結局なかったわね」向井夫人が不思議そうに言った。「わたしたちだって株、買ってるわけだし」

「それはもう」尾上夫人が自嘲《じちょう》気味に言う。「人間の欲望と馬鹿さが歴史上のある一点で突然消滅するなんてことは絶対にありませんよ。早い話が、昨日摘発されたねずみ講だけど、あれなど昔から何度摘発されたかわからないでしょう」

「そうよ。まだ、株をやってる方がましよね」向井夫人がけんめいに自分たちを正当化する。

十一月十七日　第三十回

　応接セットの夫人たちの間でしばしば話題になっているその瀬川夫人は、中央のテーブルで、このマンションの持ち主でもある郡司泰彦《やすひこ》と並んでしきりにオードブルを食べながら話していた。郡司は健啖《けんたん》家で恰幅《かっぷく》がよかった。瀬川夫人はこの交際範囲が広くて事情通の郡司から、株の情報を聞き出そうとしていたのだった。郡司はまた、今、日本一の美人だと言われている児玉雪野の愛人であり、もし彼がパトロンでなかったら、不美人全盛の芸能界で児玉雪野がトップクラスの女優になることなどなかっただろうなどとも言われていた。

　団朋博《ともひろ》が部屋に入ってきた。瀬川夫人は彼に気づいて郡司の注意を促そうとした。団は児玉雪野の夫であり最初のマネージャーだったが、今ではすっかり彼女に「飼われている」存在だった。屈託が鬱積《うっせき》した彼は夜毎《よごと》のパーティで飲んだくれ、皆に軽蔑されてますます自虐的に屈折していた。瀬川夫人が注意する暇もなく、彼は郡司に近づいてきた。

　瀬川夫人が郡司泰彦に注意しようとしたのは、団朋博がいつも郡司にする乱暴な挨拶のことを知っていたからだ。団はこの妻の愛人に会うと、いきなりその背中、または肩を、ほとんど憎しみだけを籠《こ》めて力まかせに叩くのだった。

　ちょうど郡司はマスタードをたっぷりつけた須田夫人手づくりのソーセージを口に入れたばかりだった。その瞬間を見定めたかのように、団は郡司の背中へどーんと分厚い掌《てのひら》の一撃を見舞った。

「よう。あいかわらず、やってますね」

「うぐ。げほごほがほごほごほごほ」

　たちまち食べ物を咽喉《のど》につめ、少量のソーセージの破片をとばして郡司は激しく咳《せ》き込んだ。頸部《けいぶ》が太く、その分気管も広い郡司はそもそも食べ物を気管に吸い込みやすい体質だったのだ。

「まあ、ひどいわね」

「なんてことするのよ」

郡司が顔を紫色にし、身をふたつ折りにして苦しみはじめると、団は瀬川夫人や須田夫人の非難のことばと視線に、笑いながらの大声でうなずき返すのだ。

「やあ、ごめんごめん。あはははは」彼は振り返りもせず崩れた歩きかたでグランド・ピアノに近づき、凭《もた》れかかり、鍵盤《けんばん》を覗《のぞ》き込みながら久保田に言う。「やあ。またダンシング・イン・ザ・ダーク弾いてよ」

こうした様子を、階段の七段目に腰をおろし、石部智子は興味深く見おろしていた。彼女はまた、団朋博の行くところ、その付近にいる者がさりげなく彼を避けることにも気がついた。団がピアノの前のフロアーを横切るとき、踊っていたふた組のうち、ひと組はからだを離し、グラスを手にして壁ぎわの椅子に掛けた。あとのひと組は須田医師と志津江だった。

十一月十八日　第三十一回

石部智子は踊っている須田医師と多摩志津江の、彼女の眼には性交よりもエロチックと思える踊りにびっくりしていたので、ふたりがグラスを手にしてガラス・ドアからバルコニーへ出ていったのを見た時も、そこでふたりが何やら秘密の行為をするに違いないと確信できた。

壁ぎわの椅子に掛けたふたりも、その踊りはずいぶん情熱的だったので、ただの間柄《あいだがら》ではないと推測できた。女性はずいぶん美しかったが、踊った相手の男性以外は誰も彼女に声をかけず、ダンスに誘うこともないようだったので、絶対に夫婦ではあり得ないこのふたりの仲はきっと皆が知っているのだろうとも考えられた。

だが、智子の想像に反してふたりは夫婦だった。この仁木夫妻はあまりに夫婦仲がよすぎてかえって誰も相手にせず、コンピューターの技師である夫の嫉妬《しっと》が激しいため、男性は夫人に声をかけることさえできないのだ。

鼻にまでソーセージを詰めてしまった郡司の苦しみが一段落し、団を睨《にら》みつける彼を婦人たちが宥《なだ》めている時、玄関から酔いに濁った大声が響いてきて須田夫人は顔をしかめた。チャーリイ西丸がやってきたのだ。

「おーいこらあ。香奈はいないのかあ。香奈は」

須田家のひとり娘を自分の娘か下足番のように大声で呼びながら、チャーリイ西丸は乱れた足音を玄関の床に響かせている。嬌声《きょうせい》があり、足音もひとりではない。

「はいはいはいはいはい」うんざりした声で答え、オードブルを食べていた香奈は玄関へ行こうとした。

チャーリイ西丸が両側に黒革超ミニの大女ふたりをかかえこんで入ってきた。「はあい皆様。男性諸君の官能性増進のため、踊れる女を調達してきましたあ」

彼が言うと「踊れる女」は「セックス可能な女」の隠喩《いんゆ》に聞こえたので、男たちは拍手し、女たちは顔をしかめる。

「いや味ねえ。わたしたちは女じゃないみたい」明石妙子が暗い眼をして夫人たちを見まわす。

「いつもわたしたちだけで話しあっていて、踊ってあげないからよ」向井夫人が笑いながら重そうに尻《しり》をあげた。

尾上夫人も立ちあがった。「わたし、何か戴《いただ》いてくるわ」

応接セットの女たちがテーブルの周囲にやってきたので、そのあたりは急に賑《にぎ》やかになった。チャーリイ西丸が、つれてきた大女ふたりをほったらかしにして天藤望と郡司を相手に饒舌《じょうぜつ》をふるいはじめたため、曾根をはじめとする男たちが超ミニふたりをダンスに誘ったのだが、彼女たちの踊りというのは彼らが相手できるようなものではないことがすぐ明らかになった。

十一月十九日　第三十二回

　こうしたパーティに来る男たちの眼には、大女ふたりの踊りはいわば「ひとりであばれまわる」ダンスだった。

　しかたがない、といった様子で彼らは夫人たちを踊りに誘った。曾根は向井夫人と猥褻《わいせつ》に踊りはじめた。近間は明石妙子に牽制されたため聡子と踊ろうとして踊れず、しかたなしに尾上夫人と、わざとらしく極めて礼儀正しいダンスを踊った。

「で、おれは目玉が飛び出していて歯が出てるだろう。だから猿《さる》のいるところへは行けないの。猿から見りゃ怒りの表情なんだよね。引っ搔《か》かれてさ。いつも大怪我《おおけが》しちまうの」

　チャーリイ西丸は天藤と郡司を笑わせてから、ひとりグラスを手にふらふらと階段下までやってきて石部智子に気づいた。

「いよう姐《ねえ》ちゃん。チェシャ・キャットみたいににやにやして、そんなとこへ腰かけてわれわれを見下げてる君は、いったい何者なの。パーティの観察かね。それとも誰かと一緒に二階へ行きたいの」

　チャーリイの言う「二階へ行く」という意味が、石部智子にはわからなかった。チャーリイ西丸が、彼女には魅力的に見えた。黒っぽい服装の彼は殺意のような危険性を匂わせていたが、彼女には優しさが秘められているように感じられた。しかしどちらにしろ、彼と話す気にはなれなかった。見ているだけで満足すべき存在だった。

　チャーリイ西丸はちょっかいを出す相手を求めて周囲を見まわし、仲のいい仁木夫妻に眼をつけた。彼はゆっくりとふたりに近づいていった。

「ああ。いけないわ」危惧《きぐ》の眼でチャーリイ西丸を追い続けていた須田夫人がつぶやいた。

「何がですか」

「仁木さんの奥さんをダンスに誘うつもりみた

い」明石妙子にそう答え、彼女はあわただしく周囲を見まわした。夫の姿がないことに須田夫人ははじめて気がついた。

「よう。奥さん。踊ってよ」

そう言って前に立ったチャーリイ西丸を、仁木はゆっくりと顔をあげて睨みつけた。仁木夫人は脅《おび》えたように顔を伏せる。

「ああ。そうかい。そうかい。奥さんと踊っちゃいけないんだったよな。そんなことも知らないのかって顔しなくていいよ。知ってるよ。あんたたち夫婦の仲がいいってことはさ。だけどね。あんたたちそんなら、いったい、なんでパーティなんかにくるんだ。家じゃ、仲のいいとこ人に見せられないからかな。美しい奥さん独占してること、見てもらえないからかな。それとも、奥さんがひとに見られているというだけで嫉妬して、そいつを利用して夫婦生活の情熱を高めようなんて」

仁木の鼻孔が拡《ひろ》がった。短気そうな白い額に血管が浮いた。「それは、侮辱」

十一月二十日　第三十三回

　立ちあがろうとした夫の膝《ひざ》を仁木夫人は押さえつけ、自分が立った。チャーリイを睨みつけた。そんな仁木夫人を、チャーリイ西丸はにやりとして抱いた。

「おお。美しき夫婦愛」

　ことさら仁木夫人の尻に手をまわし、下腹部をこすりつけるようにして踊りはじめたチャーリイを、仁木は憎悪《ぞうお》の眼で見つめた。内に屈した怒りで鰓《えら》のように張った顎《あご》を顫《ふる》わせていた。

　仁木の爆発を恐れてはらはらしている須田夫人ほか二、三人の気づかいをよそに、暢気《のんき》な西田夫人が大声を出しながら、無神経にも仁木に近づいた。「ああら。珍しいこと。ひとりなの。奥さん、誰に取られたの。踊りません」

　仁木は突然、椅子の上で弾かれたように身をそらせ、大声で笑いはじめた。けたたましく無気味な笑いで、夫人たちは慄然《りつぜん》とした。一瞬驚愕《きょうがく》した西田夫人が、すぐに仁木をじろじろ見て「何よう」と不満げにつぶやき、彼に背を向けたあとも、仁木は涙を滲《にじ》ませて笑い続けた。

「よう。ご亭主、ヒステリー起してるぜ」肌理《きめ》のこまかい仁木夫人の白い頬《ほお》に、髭でうっすら翳《かげ》のさした頬を押しあててチークダンスを強《し》いながら、チャーリイ西丸は彼女の耳にささやいた。「なぐさめてきてやりなさいよ。どこかひとに見えないとこで、ペニスいじりまわしてやるとかさ」そして彼は仁木夫人を突きはなす。

　座が乱れてきた。

　須田医師と志津江が眼を淫蕩《いんとう》に潤《うる》ませて、冬季だけサンルームになるバルコニーから戻ってくると、今度は仁木夫妻が出ていった。曾根と団は超ミニの大女ふたりと応接セットでふざけはじめた。婦人連が眼をそむけるほどのふざけかただった。

チャーリイ西丸が貴野原聡子の前に立った。

「奥さん。おれと踊ってくれませんか」

明石妙子もさすがにチャーリイ西丸だけは牽制できなかったが、チャーリイはなぜか聡子に対してだけは礼儀正しいのだった。聡子はチャーリイと礼儀正しい踊りを踊ったあと、さらに誘われて男たち四人と踊った。

自分を競われることや、じっと見られることの快楽、聡子はそんな享楽《きょうらく》の中に没入できればどれだけ楽しいことかと思いながら、一方では実際に自分がいつでもそれを楽しめる立場にあることを自覚し、どんなことになってもこの立場だけは失いたくないと望んでいた。そうした時間は早く過ぎていった。

江坂春美はまだいたが、石部智子はいつの間にかいなくなっていた。夜ごとの深酒で胃を荒らしている男たちの口臭がひどくなってきた。大女のひとりの気分が悪くなったというので曾根が二階へつれてあがった。日焼けして色の黒い大女はにやにやしていて、ちっとも気分が悪いようではなかった。

十一月二十一日　第三十四回

いちばんはしゃいでいた西田夫人は、そのはしゃぎかたがテレビドラマのように空虚で形骸《けいがい》化されていて、しかも変化がなかったため皆から疎《うと》まれ、ひとりでしばらく飲み続けていたが、やがてピアノの横へやってきて言った。「ねえ久保田さん。わたし『ラ・メール』歌いたいんですけど」

しかたなく久保田が伴奏をし、彼女は時おり音程を狂わせながら自慢のソプラノで『ラ・メール』を歌い出した。踊れなくなり、ダンスのふた組が椅子に戻る。

「また西田のおばはんの『ラ・メール』だ」江坂春美に、笑いながら天藤望が言った。

食べるものがほとんどなくなってからも、惰性で飲み、ふざけ、喋《しゃべ》り、踊り、パーティは続いた。曾根と大女が二階からおりてくると、代って近間が、驚くべきことに瀬川夫人と階段を上っていった。そのあともふた組が階段を上った。団が香奈をバルコニーに誘い出したが、それを見ながら須田夫妻は笑っていた。須田夫人は須田医師が自分の視野の中で浮気を見せつけても平然としていて、「あのひとは気が変だから」というのが口ぐせだったが、娘のことも最近ではそう思いはじめているようだった。

夏なら、とうに夜が明けている時間だった。いつものように、何か食べに行こうという相談が始まった。六本木にいい中華料理の店ができていると郡司が言ったので、十人ほどが行くことになった。郡司とチャーリイ西丸は運転手つきの車で来ていた。聡子は郡司の車に志津江たちと乗せてもらえることになった。

ひと晩中開いているそのような店は都心部だけでも数百軒あった。夜通しのパーティで酔っぱらった連中がそういう店になだれ込み、テーブルいっぱいに高価な料理を豪勢にとり、わいわい騒ぎながら突つきまわすようにして食べ、さらに飲み、大量の料理を汚く残し、ふらふらになって店を出ると、彼らの出した山の如《ごと》き残飯を処理するためのゴミ車が走りまわっている大通りに、夜はしらじらと明けていて、朝の冷気と醒《さ》めた酔いにがくがく顫えながらそれぞれがタクシーに乗って帰っていく。それがそのあたりの毎朝の情景だった。

　客が帰ったあと、須田夫人たちはあと片付けを午前九時にやってくる通いの家政婦にまかせることにし、二階へ寝にあがる。

「またおれのベッド、汚されてないだろうなあ」須田医師が階段をあがりながらうんざりしたように言う。

「この前なんか、わたしのベッドまで、誰か使ってるのよ」香奈が言った。「部屋に鍵《かぎ》をかけといたのにカードか何かで簡単に開くのよね。鍵、替えなきゃ」

「悪い習慣、つけちまったわね」と、須田夫人が言った。「みんな、だんだん行儀が悪くなって」

十一月二十二日　第三十五回

あんなパーティに行かなきゃよかった。石部智子は吐き気に堪え、後悔しながら、タクシーでコンピューターの見本市会場へ向かっていた。シャンパンがよくなかったようだ。今朝は起きるのがつらかった。もし水泳で鍛えた体力がなければ確実に、一日中寝ていることになっただろう。

会社でも気分が悪く、そのまま仕事を続けていたのではまた例のゲームに夢中の誰かと喧嘩《けんか》をしてしまいそうに思え、招待状を貰っていた見本市にかこつけて逃れてきたのだった。

なんでまた、昨夜はあんなパーティを面白く感じたのだろう。あんなものに毎晩行く人って、いったい何だろう。惰性だろうか。夜は眠れないからなのだろうか。あとになるほど、だんだんひどくなってきて。それに男の人たちのあの口臭。うーゲロゲロゲロ。あれは夜の腐臭に違いないわ。

見本市は新宿の高層ビルの地下一階で開かれていた。広いフロアーには新製品や試作品が並べられていて、一部のモニター画面から出ている音声や音楽が会場にざわめきをあたえていた。たいていの新製品は情報誌で読んで知っていたし、ほんとに新しく開発されようとしているものは企業秘密だから、こういう場所に出展されることはない。

多くのモニターが進行中のゲーム「まぼろしの遊撃隊」の画面を流していた。宣伝のためか見るだけなら誰でも見られるので、筋の展開はわからないながら重役の熱中しそうな場面かどうかを察知するため智子も会社で覗《のぞ》くことがあり、すぐにそれとわかるのだった。大企業の客の多い見本市でこのゲームの画面が流されているのは、やはり大企業の人間が多く参加しているからであろうと智子は納得する。画面では遊撃隊のメンバーが海に面した崖下《がけした》の洞窟《どうくつ》で、岩肌《いわはだ》にあいた無数の穴を見あげている。

キイボードに鍵盤《けんばん》のついた作曲用マシンを置いている出品小間の隣に、「まぼろしの遊撃隊」センターが出展していた。いちばん隅《すみ》であり、誰も気づくことはあるまいと思えるほどの小さな出品で、机がひとつ、そして無愛想なことには無人だった。机の上には古い型のモニターが置かれ、やはりゲームの画面を流している。横に無料のマニュアルが積んであり、さらに「まぼろしの遊撃隊」という書名のペーパーバックが第一巻から第五巻まで何冊ずつか売られていた。

第一巻を手にとって中ほどの頁《ページ》を開く。こんなこと、ゲームでどうやって表現するのかと思えるような心理描写がえんえんと続いていた。

「お。第五巻、出たか」管理職と思える中年の男性が定価だけの金をガラス箱に入れ、一冊を持ち去った。

智子は奥付を見た。まぼろしの遊撃隊センターの所在地を見て、彼女は首を傾《かし》げる。「あれー。うちの近所だ」

十一月二十三日　第三十六回

「パーティ場面が、ずいぶん長く続きましたね」瀫口《おりぐち》がにやにやしながら言った。「楽しんだんじゃないんですか」

明るい午後の書斎。櫟沢《くぬぎざわ》の仕事場は二階にある。櫟沢のデスクの横の応接セットに陽光が射しこんでいる。

「作家の業《ごう》だろうね。書いてるうちにのめり込んじまった」櫟沢は苦笑した。それから自慢げに口もとを歪《ゆが》める。「ただね、言っとくけど、あれができる作家って、おれくらいだよ。書けるひとがいても、井上ひさしみたいに戯曲の方へ行っちまう」

「まあまあ。ご自慢はそれくらいで」瀫口は机の上の投書の山から、はがきを一枚とる。「それにしても、たくさん来ましたねえ」

「本当に投書で筋が進展するんだってこと、やっとわかったみたいだな」櫟沢も封書を一通とる。

「あのあと百七十九通ですよ。読むの大変だったでしょう」

「長文の手紙もあるからね。でも、SFにするなという投書は少なくなったな」

「やっぱりパーティ場面を楽しんだんじゃないですか。逆に、SFにするなという投書への反論がずいぶん来てますね」

「神戸市須磨《すま》区の福田幸子さんは『あんたがSF書かないでどうしますか』。『SFで行ってくれ』というのが大和郡山《やまとこおりやま》市の馬場博《ひろし》さん、岡山県御津町《みつちょう》の水島清さん、神戸市北区の松岡秀治さん。ほか十四通」

「大阪府高石市の南守さんですが『この前の読者の投書の内容にはがっくりした。もっと高度な意見があるものと思っていた。ドメスティックにしろ、読者の期待を裏切るのか、というような投書の主はどんどん虚構化し、戯画化してやればよろしい』という過激な意見です」

「だいたいにおいて、ＳＦ反対の意見を見て、これは一大事とばかりにあわてて書いたという人が多いね。そう書いているのが調布市の福永信さん、名古屋市昭和区の高橋朝子さん。『声援を送る』が杉並区の矢崎武司《たけし》さん。『めげるな』が町田市の土川裕子さん」

「あと、類似の内容で匿名《とくめい》が四通。あきらかな偽名が一通。こうなってくると、ＳＦに戻さざるを得ないんじゃないですか」

「うん。そう思って今、次のＳＦシーンを書きかけてるんだけど」

「澱口さんいらっしゃい」美也《みや》夫人が書斎に入ってきた。「あなた。この服どうですか」

「なんだ。またニュートンが来てるのか。なかなかいいじゃないか」櫟沢は気乗り薄に服を見てそう言った。「それより、コーヒーを淹《い》れてくれないか」

「じゃあ、食堂に来てください」夫人が言う。「階段、運ぶとまたひっくり返しますから」

十一月二十四日　第三十七回

なるほどコーヒーなどを運ぶには危険な曲がりくねった階段を、櫟沢と澱口は投書の束を持って階下に降り、パンジーの植わった庭の見渡せる食堂のテーブルにつく。洋服屋はもう帰ったらしく、普段着に戻った美也夫人がコーヒーを淹れている。

澱口が一枚のはがきをとりあげた。「この前、櫟沢さんが『小説を享受《きょうじゅ》して消費するだけというのは読者として手抜きだ』と言ったことに対して、猛烈に怒っている人がいますね。兵庫県養父《やぶ》郡の行政書士で高階良幸さん。『何たる不届きな発言か。読者は料金を払っておる。アンタは原稿料とりながら趣味のサークルでもやってるつもりか。これまで期待を持って読んできたが、これからはアラ探しに徹する』」

櫟沢が何も言わぬうちに美也夫人がかりかりかりと眼を吊りあげた。「まあ。新聞の料金、原稿料、なんてさもしいかたでしょう。文化とは無縁のかたなのね。自分は何ひとつ傷つかずに読めるものしか消費しないエンターテインメント亡者《もうじゃ》、享楽乞食《こじき》なのね」

「まあまあ」櫟沢が夫人を宥《なだ》める。「アラ探しをやると言ってるんだから、いいじゃないか。それだって参加だものな。ただ欲を言えば、自分がそれを作家の揺蕩《ようとう》つまりアポリアだと思ったとすればそれは何ゆえか、もしアラでないとすればどういう意味なのかを読解してほしいね」

「そうですよね。そしてそれが誤読であっても別段かまわないということでしょう」澱口も頷《うなず》く。「それからこれは国立市の杉岡育子さんですが、小説が突然『読者投書の感想会になってしまったのはなぜでしょう。何の前置きもなく小説が中断されて、とても不愉快です』と書いておられます」

「感想会ではなく、これも小説の一部なんだということ、なかなかわからない人もいるだろうね。これはいわば作者による論評の一形式なんだ。昔から、フィールディングの『トム・ジョーンズ』にしろ、ジッドの『贋金《にせがね》つくり』にしろ、甚《はなは》だしいのはスターンの『トリストラム・シャンディ』だけど、作者が突然小説の中にあらわれて、えんえんと自分の感想を語りはじめる。これを『論評』というんだが、この形式はむろん非常に古いし、現代のせっかちな読者はそのペダントリイについてこられない。だからこの杉岡さんが『作品の名をかかげている限り連載にＴＶドラマのＣＭのようなコーナーは必要ありません』と感嘆符つきで叫ぶこの部分は、その論評の新しい形と解釈してもらいたいんだ」

「読者参加の小説ということが、よくおわかりではないのかも。ＳＦだろうが何だろうが始まった連載は小説という形で続けろとおっしゃっているので、ＳＦそのものもあまりお好きではないようです」

「あわただしく読み飛ばしてストーリイを追うだけの読者ですよ」美也夫人が憮然《ぶぜん》として言った。

十一月二十五日　第三十八回

　コーヒーをひと口すすって、澱口は言った。

「ところで櫟沢さん。こうした投書の実在性を疑っている人がいましたね」

「そうなんだ。頭のいい人らしくて長文の誤読レポートを書いてきてくれたんだが。ああ、あった。所沢市の舟橋俊久という人。これだこれだ」櫟沢は封書をとる。「前回に紹介した大阪一律大学文学部の棚部《たなべ》教授を作者の捏造《ねつぞう》だろうと言ってる。『文学害論』専門というのも出来過ぎだと言うんだが」

「実在するんですよね。封筒の方には大学名と本名をばっちり書いておられましたね」

「投書の多くがＳＦを嫌っているというのも、あからさまに制度的すぎる。これはすべて作者が連載前から予定していて捏造したものであろうというのだが、この投書の実在性は君が証明できないか」

「困りましたね。わたしなど、投書の主が偽名でないかどうか、いや、偽名ならまだいい、他人の名を騙《かた》っているのではないか、その調査で苦労しているというのに」

「ひとの名で投書するひと、いるんですか」美也夫人が眼を丸くした。

「新聞の投書にはそれが多くて困るんですよ。あとで問題になったりする。これを読んで真似《まね》する人がいると尚《なお》さら困りますが」

「とにかくだな、最初から話を決めていて、投書も何もかも捏造という小説があっても、虚構のスタイルとしてそれはそれで構わない。しかし今度の企画では、どうあっても本当の投書によって話が変化していくのでなければ、まず、おれ、つまりやっている作家自身がまったく面白くない」

「わが社としても、そういう欺瞞《ぎまん》は許しません」澱口が憤然として言う。「十一回目以降を変えたことがありましたよね。あの原稿、無駄《むだ》になったわけでしょう」

「いや。いずれ使うかもしれないから置いてあるがね」

「さらにこの人は、つまらない投書ばかりであり、『新しい展開をひらめかせるだけの投書がなかったのかも知《し》れないが、あったのに隠しているのかもしれない』と言っています」

「どうも疑い深い人だね。君、この人から請求があれば、投書のコピー送ってあげてよ。実は前回、優れた投書があるにはあった。しかしあれは、隠したんじゃないんだよな」

「ええと。ここにありますが。沼津市の増田浩行というかたの、これですね。連載第四回目までを読んでのお便りですから、ずいぶん早くから先を見通していたんですよね。たしか前は、紹介するにはまだ早いということであとまわしにしたんでしたっけ」

「ロールプレイング・ゲームを新聞紙面でやろうとしているのだという意見だった。いい機会だから今回はこれをひとつ紹介しようかな」

十一月二十六日　第三十九回

「ええと、これは説明しにくいな」澱口は便箋《びんせん》を見て首を傾げる。「図が描いてありますね」

「それを画伯にお見せしてくれ」と櫟沢は言った。「イラストのかわりに描いてもらおう」

「つまり、『まぼろしの遊撃隊』というゲームの世界と、貴野原征三たちの世界との意見のフィードバックの状態が、この『朝のガスパール』という虚構世界全体とわれわれの世界とのフィードバックの状態に類似しているという意見ですね」

「そうそう。そして①が強いフィードバック、②が弱いフィードバックだと書いている。さらに実際の読者からきた意見を『登場人物としての読者』の反応として使えばいいという論旨だ。これ、最初に投書をとりあげた前の段階で書いているんだから、ずいぶん鋭いね」

「われわれ、その通りやっていますからね。ところで、この図を見ますと、われわれの世界も『朝のガスパール』の世界に包含されてしまっていますが」

「それも正しい」櫟沢は背筋を伸ばした。「ここではおれが『朝のガスパール』の作者ということになっているが、おれ自身もここへ登場している以上、君や妻も含めて、やはりここも『朝のガスパール』の中の世界なんだ」

「それに関連してなんですがね」澱口は一枚のはがきをとりあげた。「札幌市の宇多鞠子さんからですが『筒井康隆に送られている筈の投書が、なぜ櫟沢という作家によって論じられているのか』という、これもなかなか根元的な疑問だと思うんですが」

「だからそれはさっきの増田さんの意見の通りで、投書の読者も登場人物としてこの虚構世界のレベルに移動してきたということだ」

「ええと。そこのところ、もう少し詳しく言っていただかないと、やはり納得できない読者が」

「これはジェラール・ジュネットのいう『語りの水準』の問題だ。つまり『まぼろしの遊撃隊』や貴野原たちの世界のことを語っている語り手はおれだ。では、こうして会話しているおれや君を語っている語り手は誰だい」

「筒井康隆でしょう」

「その通り。しかしながら、その語り手が即《すなわ》ち現実の筒井康隆自身かというと、そうじゃないんだなこれが。あくまでこの『朝のガスパール』だけを語っている筒井康隆に過ぎない。たとえばの話、『吾輩《わがはい》は猫《ねこ》である』の語り手としての夏目漱《そう》石《せき》と『明暗』の語り手としての夏目漱石はあきらかに違う」

「そりゃだって『吾輩は猫』は漱石の処女作だし、『明暗』は遺作だもの。十年もの開きがあります」

「じゃ『坊っちゃん』と『虞美人草《ぐびじんそう》』でもいいよ。一年しか違わないけど、語り手はあきらかに別の人格だ。ええい。ややこしいことを言うな。おれは同じ作家でも、作品ごとに語り手としての人格は異なるということを言いたかっただけだ」

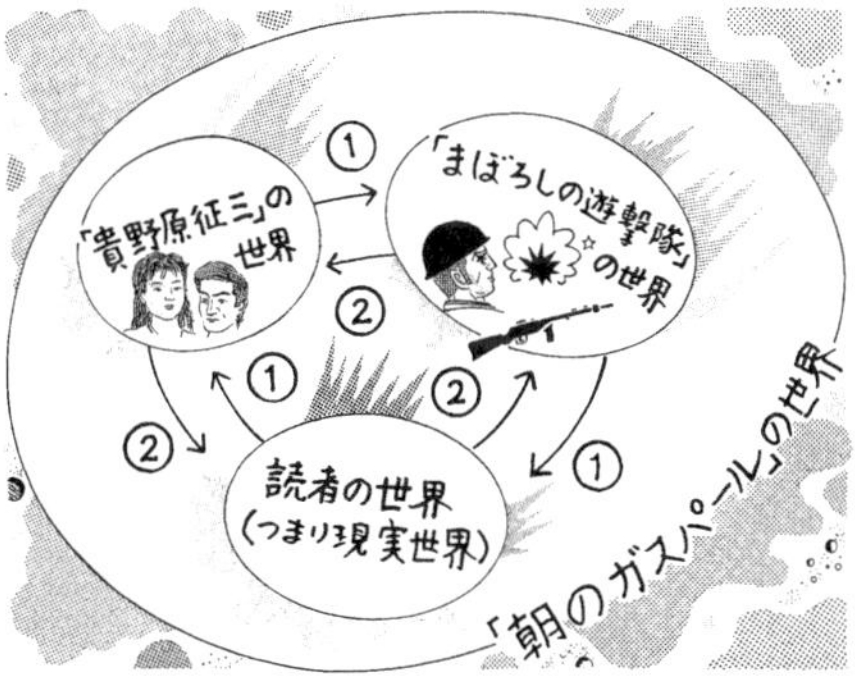

十一月二十七日　第四十回

「では、語りの水準のいちばん上にいるのが、現実の筒井康隆だということですね」

「というより、物語世界外にいるわけだ、読者と一緒にね。その下に、われわれのことを語ってい る、つまり第一の物語言説を語る筒井康隆がいる。ウエイン・C・ブースなら、筒井康隆の第二の自己、または内的自己と言うだろうが」

「その下に、われわれですか」

「われわれだけじゃないよ。この第一の物語内容に筒井康隆という名前が出てきた以上、彼もこの水準に下りてきたことになる。投書をとりあげた読者も同様だ」

「で、その下の貴野原たちの世界が第二の物語内容で、その物語言説の語り手が、筒井康隆の第二の自己がさらに憑依《ひょうい》した櫟沢さん」

「そう。第三の自己とでも言えばいいかな。そしてさらにその下に位置する『まぼろしの遊撃隊』の水準がある。ジュネットはこれをメタ物語世界と言ってるが」

「じゃあ、これもやはり画伯に図を描いていただくとして、現在のところレベルとしては五段階ということになりますね。しかしぼくはどうも、その、上とか下とか、上るとか下るとか、上下関係を思わせる表現が気になるんですが」

「あれっ。気になるかい。おれはこれをスーパー・エゴ、意識、前意識、無意識、イドという精神分析的構図とのアナロジイで考えているから、まったく気にならないけどね」

それまで黙って聞いていた美也夫人が心配そうに言った。「あのう、それじゃわたしも、フィクションの中の登場人物なんですか」

「そう。虚構内存在だ。そして、今、自分が虚構内存在であると知った以上は虚構内現存在ということになる」

彼女は嘆息した。「道理で、手っ取り早い無駄のない話し方ができると思ったわ」

　にやにやして、澱口が一枚のはがきを夫人にさし出した。「京都市中京区の木戸渥子さん。『櫟沢夫人の登場を是非とも』ということでした。このかたは筒井康隆夫人のファンでして」

「それでわたしが出てきたわけですね。すると、わたしと筒井夫人とは相似形ですか」

「いや。違うだろう。物語内容にかかわる関係上、お前さんはずっと毒舌家になってるよ。同様に、おれも画伯によって筒井康隆そっくりに描かれてはいるが、性格はずいぶん違う。この澱口君だって、実際の担当編集者とは違っている。筒井康隆の担当編集者は大上朝美という女性だ」

「読者はよく、主人公夫妻に、作家夫妻のイメージを重ねあわせて読みますが」と、澱口は言う。

「では当然、貴野原夫妻と筒井夫妻にも類似点はないわけですね」

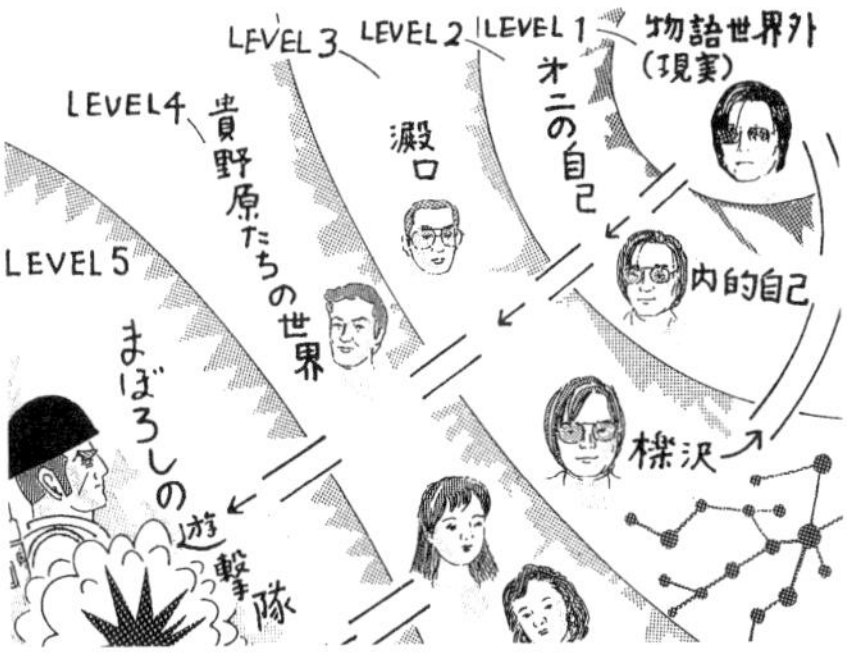

十一月二十八日　第四十一回

「貴野原征三と筒井康隆。聡子と筒井夫人。まったく類似点はない。あたり前のことだ。ま、五回分も『論評』したんだから、これでほとんどの読者がこの部分の意味をわかってくれただろう」櫟沢は言った。「読者がフィクションを読む目的のひとつは、作者の声を聞くことだからね」

「ええと、それから他には」澱口がまたはがきをとる。「杉並区の北井節子さんが『第十五回から第十七回までがとても面白かった。それまでのもどかしさが消えました』。神戸市の高橋さよさんが『十五回目、やった〜と大喜びしました』」

「投書の部分だな」

「滋賀県甲賀郡の辻《つじ》英朗さんが『中島らもを登場させてください』。それから、あいかわらず自分の子供の名前を出してくれというのが多いですね。こういうの、いったい何だろうな」

櫟沢は顔をしかめる。「そういうのはもう、やめようよ。ああ。それからこれは、毎日自宅へその日の感想の手紙を直接くれる大阪市東淀川区《ひがしよどがわ》の細川真澄さん。主婦感覚の言説で面白いよ」

「SFにするなという意見も、あいかわらずありますね。新宿区の木下満子さん。『初日拝読しまして〈これは何だ〉とイヤーな予感がし、SFとわかった後は尚がっかりしました。コンピューター・ゲームの内容に費やす時間があまりにも長過ぎます。新聞を広げて〈まぼろしの遊撃隊〉に終始してるとわかると読む気持ちが半減しますもの。不特定多数の一般的な常識人を対象とした新聞小説にはSFぽい場面ばかりを表に出すのは好ましいと思えません。載せるところが違うのではないでしょうか』これがだいたい今までの、SF嫌いの代表的意見です。そちらのパソコン通信での反応はいかがですか。パソコン通信によるエクリチュールだと思い込んでいる人がいるっておっしゃっていましたが」

「うん。これは奈良市の坊さんなんだがね。『やまもも』というハンドル・ネームで、ネット内のヴェテランだったわけだが、いくら言っても、あくまで投書が主、パソコン通信が従だということがわからない。おれを新米のネットワーカー扱いして主導権を握りたいわけだな。まず最初は、小説を新聞に載せる前にネットに載せて自分たちに見せろというんだ」

「新聞の内容を発売前に見せろなんて、総理大臣でも言えないことですよ」澱口が色をなした。「いったいその坊さんの特権意識は、どこからくるんですか」

「おれは非常識なだけだろうと思っていた。ところが、いよいよＳＦ嫌いの主婦の多数意見によって、小説の流れがコンピューターやゲームから離れていきそうになると、『主婦にとって魅力的なパソコン・ゲームを小説中で書けないというだけのことですよね』などと言いはじめた」

十一月二十九日　第四十二回

「つまり作者を怒らせてまで、どうあっても話をパソコンやゲームに持っていかせようとしているわけで、それだとＳＦ嫌いの主婦と同じことだということがわからないんでしょうか」

「おれもついカッとして、大人げなく怒鳴ってしまったんだが、今度は別の誰もいない会議室でひとり悪口を続けている。そこでもやっぱり、小説が株の話になると、『コンピューターによるネットワーク社会になっている筈なので、株の話題なら、どの株式ソフトが有効かという話にしなければならない』などと言っている」

澱口は首を傾げた。「そうなるともう、病気じゃないでしょうか」

「カタカナのビョーキよ」美也夫人が言う。

「それ以外、頭にないみたいだね。パーティ場面になると、リアリティがないなどと昔の地方同人誌の合評会みたいなことを言っているが、全否定を目的とした批判ぐらいリアリティのないものはない。ただ、キャラクターとしては赤塚不二夫の『おそ松くん』に出てくるイヤミみたいで面白いから、ここへ出てきてもらったの。はっきり言っとくけどネットワークだろうが、たとえおたくの新聞だろうが投書だろうが、小説を面白くするためには何だって利用させてもらうからね」

「で、パソコン通信の方で、ほかに面白い発言はありませんか」

「こっちはまた、大学教員、医者、コンピューター技師、大学生、編集者などが多いから、凄《すご》いレベルの議論になってきて、スパイラル構造だのチベット仏教だの量子力学だのとやってて、とてもここじゃ紹介できないよ。パーティ場面はわかり過ぎるからつまらないと言ってる。つまり読解の自由がない、誤読もできないってわけだ。そしてパーティ場面が続くのにしびれを切らせて、Ｓ

Ｆ推進委員会とか、ドタバタ推進委員会なんてものを作ってるよ」

「なるほど、では、とりあえず今のところは投書もパソコン通信も、ＳＦに戻せという意見が圧倒的に多いわけですから、また『まぼろしの遊撃隊』に戻りますか」

「そりゃ、おれだってあの続きは書きたいよ」櫟沢は憂鬱《ゆううつ》げに髪をかきあげた。「でも戻るとまた、ＳＦ嫌いの反応が凄いんだろうなあ」

「その場合はまた、すぐドメスティックなものに戻されたら」

「すぐにどかっと投書や電話がくるに決っていて、せいぜい四、五回しかできないんじゃないの」

「櫟沢さん」澱口は作家を睨《にら》みつけた。「これはそもそもあなたの着想ですよ。ぼくは最初、そんなことは無理だとはっきり申しあげました」

「はい。はい。はい。はい」苦笑しながら櫟沢はがぶりとコーヒーを飲む。「やりますよ。やりゃいいんでしょ」

十一月三十日　第四十三回

多元虎《とら》、別名トララは、見たところは輪切りの虎のように見えるが、実は黒い縞《しま》の部分はこの世界に存在していて、黄色い縞の部分は別の宇宙で生きている、またはその逆、といった生態の多元宇宙生物であり、たいした知能はないもののただの銃弾、砲弾ではなかなか死なず、したがって殲《せん》滅《めつ》ははなはだ困難である。

遊撃隊は本部からの指令でこのトララ群棲《ぐんせい》地域の掃討にやってきたのだが、何しろ棲《す》んでいるのが虚数の洞窟《どうくつ》だから、発見も困難なのだ。相手はいつ飛びかかってくるかもしれないので緊張の持続も強《し》いられる。

深江は第二分隊の先頭に立ち、ラッパ型の銃口から八千度Cの猛炎を噴出するトッポ銃を構え、断崖《だんがい》の麓《ふもと》を前進していた。時おり偽の洞窟があらわれるから、これをあたかも文字であるかのように看做《みな》して虚数単位・iとし、iの二乗があらわれるごとにマイナス１で置き換えるという規則に従って虚数の洞窟を捜さなければならない。

頭の中を高等数学が渦巻《うずま》いていた。そこではまったくまとまりのない数式が入り乱れていた。だが、と、深江は思うのだ。自分はたとえ断片にもせよこのような高等数学の知識をいつ蓄えたのだろう。もし自分自身の知識であるなら、なぜこのようにまとまりのない形でしか思い出さないのだ。それはまるで自分のものではない何人かの知識が入り混じり、脳中でせめぎあっているかのようにも感じられるのだった。

振り返れば隊員たちも、深江ほどではないらしいが、やはり似たような想念に悩まされている様子がうかがえる。油断のない態度は保っているようだが一様に暗い眼をし、その眼は自分自身の頭の中を覗《のぞ》きこんでいるようだ。

自分の行動、自分たちの行動が、自分たち以外のものの判断で決定されているように思えはじめたのはいつ頃か。行動に至るまでの複数の判断の軋轢《あつれき》、咄嗟《とっさ》の反射的な行動を必要とする際にすら存在する実際の時間経過とは無関係な、決定までの時間の享楽《きょうらく》的な延引を自覚しはじめた時からではなかっただろうか。つまりだらだらと決定までの時間をまるで楽しむようにして費やしたことは確実に意識できているにかかわらず、あとで確かめてみればそれは瞬発的な行動であったという、まるでその間の時間が静止していたかのような感覚。

　第三分隊長の平野も一度だけ、笑いながらではあるがそんな感想を洩《も》らしていた。眼に惑乱があらわれていたから、本心からの疑問なのであったのだろう。第四分隊長兼務の峰隊長はそんな哲学的な疑問を口にする男ではない。職務に忠実で現実的な戦士であり、だからこそ部下に信頼されているのだ。

　しかしなあ、と、深江は思う。現実的な男がなぜこの世界の非現実性を感じられないのだ。

十二月一日　第四十四回

「虚数の洞窟だと」

貴野原征三は会社の自室でコンピューターを前に唖然《あぜん》とした。

これは駄目《だめ》だ。数学は不得手である。しかも高等数学ではないか。メッセージ画面にはえたいの知れぬ数式が高速でスクロールされている。何が何やらわからない。

傍観しているのも癪《しゃく》であり、参加するつもりですでにユーザーIDとパスワードは打ち込んである。貴野原は何か書き込もうとする。

トララがいるのなら、黒白で同じような縞を持つシマウマだっていてもいい筈だ。これをゼブラと名づけ、これにうちまたがって多元宇宙を行き来しながらトララを追えばよい。そんなつまらぬ想念を打ち込みかけたが、あまりの馬鹿《ばか》ばかしさにあわてて消去してしまう。

しかし、ああ、今の中断した馬鹿ばかしいメッセージの断片も、センターでは、何かとてつもない容量の装置に次つぎと記憶させているんだろうなあ。貴野原はそんな想像をして嘆息する。ゲームに参加すればするほど、自分の知識や感情のありよう、体験までをより多く、より早く悟られ、貪欲《どんよく》に吸収されていくように思えるのだ。教養や趣味の範囲や深さまで知られていて、その組み合わせによって、自分のものとまったく同じ無意識の層までがどこかに形成されているのではないか。そんな畏怖《いふ》さえ貴野原の中には生まれていた。

たとえば、さっき一瞬、深江の表情が絶望を表現しているかに見えたのは、おれの馬鹿げたメッセージに対してではなかっただろうか。時には自分の馬鹿さに絶望する、誇張された自分の自我。深江に対して貴野原はそんな感情を持っていた。ほかにもそんな感情を抱いてゲームをしている者がいるのだろうか。

そうだ。こういう場合はむしろトララが出現した時のために、戦闘準備をしておく方が得策ではあるまいか。他の高等数学に長《た》けた連中が虚数の洞窟さがしに躍起となっている間に戦闘権を確保しておくのだ。そしてトララを一匹でも殺すことによって点数を稼《かせ》いでやろう。

十二月二日　第四十五回

貴野原は思いつくとすぐ、十個並んでいるファンクション・キイの「f・6」と刻印されたキイを叩いた。これが戦闘モードへの切り替えをする機能キイなのである。

貴野原の今までの功績によって戦闘権は承認された。この時間、勤務先でゲームをしている者がさほど多くはないからでもあろう。貴野原が深江に感情移入していて、いわゆる「シャドウ」になっていることは記憶されているから、画面はすぐに鳥瞰《ちょうかん》から深江の視野へと切り替わる。すでに他の隊員たちにも、それぞれの「シャドウ」が憑《ひょう》依《い》しているのだろうか。

もしそうだとすれば現在、隊員数だけの別べつの画面がどこかでモニターされていることになる。そんな複雑な仕組みもまた、貴野原には謎《なぞ》である。

さあ。敵はいつあらわれるか。テレビ・ゲーム初期の時代の、あの興奮が蘇《よみがえ》ってきた。今までは知能ゲームばかりだった。こうした荒唐《こうとう》無稽《むけい》な戦闘場面に遭遇し、武器を扱って敵をやっつけるなどという餓鬼っぽい遊びは久びさのことだ。

出た。

断崖の中腹を背景に、空間を切り裂いて飛び出してきたのは黄色い輪切りの虎と黒い輪切りの虎、二匹である。ダリの絵に似てリアルであり、顔だけは怪獣図鑑に載っている化け猫《ねこ》のように兇《まが》まがしい。続いて三匹。そして二匹。大群だ。誰かが虚数の洞窟を発見したに違いなかった。どんな高等数学によって発見したのか。それはいずれ出版される「まぼろしの遊撃隊」第何巻目かを精読するまでわからない。発見者の名前が事態収拾後に示されるだけだ。もちろん今の貴野原に、そんなことを気にしている余裕はない。「くそ。出たな。来い。この」

　こんな際、思わず小便を二、三滴洩らしてパンツを濡らしたものだったことを、そして気弱で小心だったあの青春時代を懐かしく、なま暖かく思い出しながら貴野原は矢印のついたカーソル・キイで画面の銃口を上下左右に動かし、狙《ねら》いを定め、キイボード上ではいちばん手前にある長いスペース・キイを滅多やたらに叩いてトッポ銃を発射する。噴出する八千度Cの火炎の轟音《ごうおん》。さらに部下たちがそれぞれの武器を撃ちまくる銃声。彼らに「シャドウ」がついているのかどうかはわからない。トララの咆哮《ほうこう》。ささやき声などの会話を聞き洩らすことのないようもともとヴォリュームを上げていたため、今や常務取締役貴野原征三の個室内は大音響とその反響で満たされた。

「ええい。こいつめ。死ね。死ね」

　全身をくねらせ、時には椅子から飛びあがり、大声でわめき散らしながらキイを叩き続ける貴野原の狂態を、やってきた石部智子がドアの前に立ちすくみ、あきれ果てて眺めている。

十二月三日　第四十六回

日中はもうコートの要らない気温になっている。

近くの会員制ジムで泳いだ帰り、裏道を通って自分の独身者用のマンションに戻ろうとしていた石部智子は、そのあたりが「まぼろしの遊撃隊」センターの所在地近くだと気づいた。本の奥付を記憶していたのだ。彼女の住まいからほんの二十番地違いだったからである。

副都心からさらに離れているその地域には、裏通りへ行くといまだに小さな一戸建ての住宅が並んでいた。マンションの窓からその辺りを眺め、センターというにふさわしい近代的な建物がひとつもないことをあれ以来不審に思っていたものの、わざわざ探訪に赴くほど智子は酔狂でも暇でもなかった。しかし気にはしていたのだ。

三の二十二の三。この辺なんだけど。

さすが都内に住宅を維持しているだけあって、あまりみすぼらしい家はなかったが、一軒だけ、珍しくしもた家風の家があり、他の近代的な住まいや文化住宅とはあきらかに異質だった。ずいぶん古く、格子《こうし》戸と格子窓のある間口は広く、物好きが無駄《むだ》金を使って保存しているといった風情《ふぜい》の建物である。格子窓の前には時節はずれの縁台まで置かれている念の入れようだった。

ここにお婆《ばあ》さんでも座っていれば絵になるのにと思った時、お婆さんでこそなかったが、セーター姿の年輩の婦人が出てきて格子戸の前に散らばった包装紙の屑《くず》を掃きはじめた。掃除しながら智子をなんとなく気にするようだったが、智子はかまわず入口に近寄り、表札を見た。

木の表札よりも先に、その横の、金属板に型押しされた小さく細長い表示に気づく。

「まぼろしの遊撃隊センター」

嘘《うそ》お、などと思いながら表札を見る。比較的新しい表札で、そこには本の奥付と同じ番地が記され、発行者と同じ名前が書かれていた。

『時田浩作』

「ここが、あのコンピューター・ゲームのセンターなんでしょうか」

信じられない気持ちでそう訊《たず》ねると、上品な痩せぎすの婦人はにこやかにうなずいて言う。

「そうですよ」

智子があらためてその二階建てを見あげ見おろしていると、婦人はおだやかに訊ねた。「見学ですか」

見学させてくれるのだろうか。石部智子は思わずはいと答えてしまう。「見学に来るひとって、多いんでしょうね」

「いいえ。あなたが初めてですよ。皆さん車で、通りがかりにどんなところか見ようとしてでしょうねえ、この辺をぐるぐる廻《まわ》ったりなさるけど、まさかというように、ここは見過ごしてしまわれますよ」婦人は声を出さずに笑った。

十二月四日　第四十七回

格子戸を開けた婦人に促され、石部智子は彼女のあとから土間に入る。

そこはいわゆる店の間で、一段あがった畳の間には梱包《こんぽう》を解かれていないままの品物が数多く置かれていて、その中には乱暴に扱われたらしく包装紙がなかば破れ、「まぼろしの遊撃隊」の最新刊らしいペーパーバックの表紙が見えている包みもあった。

さらに土間を奥へ入る。

「浩作。見学のかたですよ」

ふた間をぶち抜いたその広い部屋の有様を見て智子は啞然とした。その部屋の乱雑さ、散らかし様は常識ある者のしわざと思えなかった。部屋の壁際《かべぎわ》には剝《む》き出しのブラウン管、各種モニターが何段にもなった棚《たな》に並べられていたが、そのいくつかはあきらかに壊れたままであり、溶けたようになって棚から垂れ下っているものなどは深海の軟体動物を思わせた。発光している何十ものモニターの中に「まぼろしの遊撃隊」の画面は意外にもほんの三つ四つしか見られず、多くは設計図やグラフがフルカラー表示で映し出されている。畳の上は足の踏み場もなく、そこには智子も知っている汎用《はんよう》のＬＳＩやカスタムチップのほか、まだサンプル出荷もされていない型番の素子類が、あるものはケースや小箱のままで、あるものは裸のままで電子機器の部品や工具に混って投げ出されていた。丼鉢《どんぶりばち》の中にはテスティング・モノリシック半導体チップが山盛りになっていてこぼれ落ち、縁の欠けた花瓶《かびん》にスパイラル・ファイバー束が突っ込まれ、シュガー・セラミックスが引き裂かれていた。その他コーヒー・カップ、インスタント食品や飲料の紙コップにもチップ類は投げ込まれていた。

いちばんうす暗い隅に机があり、その周囲三面は静電気がたっぷりと埃《ほこり》を吸い寄せた曲面ディスプレイになっていて、ほんの数センチ四方の数十のウインドウがＣＡＤの線画やフラクタルのグラフィックスをプラスタースパニング方式の高精細度で表示している。その画面の発光に顔を照らされて、ひとりの巨大な男が縮小型レーザー加工装置を使い、何やら微細なものを作っていた。彼の鼻先の宙には加工中のものの設計図らしい超細密三次元画像が投射されて浮かんでいる。

母親と思える婦人の声に、彼はゆっくりと工具を置き、椅子を回転させて土間に向きなおった。うす闇の中に浮かびあがった時田浩作と呼ばれるその男の巨大さに、智子はあらためて驚愕《きょうがく》した。優に百キロは越える肉体の上に、無邪気そうな、まん丸に膨らんだ童顔があった。眼のやさしさだけが母親に似ていた。

「なあに。ママ」とうに三十歳は越えていると思える時田浩作が、舌足らずな口調でそう言った。

それから智子に気がつき、笑顔になった。軽く会釈した。「ああそう。見学ね。マスコミのひと」

十二月五日　第四十八回

「いいえ。わたしはただの」そう言ってから、石部智子は深ぶかと頭を下げる。

「あ、そう。マスコミの取材は三回ほどあったけどね。あれは記事にならなかったみたいだな」

どうぞその辺にお掛けになって。そう言い置いて時田浩作の母親はまた表に出ていった。

石部智子は上り框《がまち》に空間を見つけて腰をかける。「ゲームをモニターなさってないんですのね。全部おひとりでなさってるんですか」

智子のいう「おひとり」の意味が、浩作にはしばらくわからなかったようだ。「えっ。ああ。遊撃隊かい。あれならこいつら、勝手にやってるよ」そう言って彼は画面のひとつを顎《あご》で差す。

「これは副産物なんだよね。ぼくはもともと精神病理やってて、それとは別に子供の時からコンピューター・ゲームやってたの。十五年ほど前に流行った『カプチーノ氏とデミ夫人』ってゲーム、知らないかなあ。あれはぼくがプログラムしたんだけど、ちょうどあの頃から半導体デバイスいじってて、生体電流の誘導性サージによる非線型波動を応用して三十二ビット・フルカラーのハイパー・グラフィックス・エディターのついたコンピューター作ったの」

「ああ。それでこんなにリアルな、美しい絵ができるんですね」

「えっ。これかい。このリアルさはまた違う方式なんだけどね。説明しようか。マスコミの連中はまったくわからなかったらしいけど」チャイルディッシュな物言いながら、喋《しゃべ》り慣れている様子で彼は語り出す。「まずファイバー束で水平並列バッファを構成して、それをさらに垂直並列に重畳展開したら、フィールドは無限になって、入力データのチェックなんか必要なくなってしまうことに気がついたの。するとなにもフロート・コアでなくても、バナナの皮の繊維でもいいってことになる」

「ファイバー束って、あの、胃カメラの」

「そう。ファイバーが群れを作っているあの状態。それでもってフロート型コンピューター画像処理のスリット・ノー・チェック方式を開発したの。で、それをサイコ・セラピー機器に応用したわけ。このゲームもその方式なんだけどね。スリットの電子流伝送効率、つまりスリットの電子が通過する電極においてノン・スリットの入射電流に対する平均通過電流の比を、離散フラクタル圧縮で変換符号を相似マッピング空間に普遍化するためのファイバー束にそのままあてはめたら、もはや妥当性チェックもスリットもフロート・コアも必要じゃなくなって、こんな絵になるの」

「だって、それだと、今までのコンピューター・グラフィックなんて、すべて過去のものになってる筈ですわね」ノーベル賞クラスの発明ではないのだろうか。驚嘆しながらも、智子は疑問を禁じ得なかった。

十二月六日　第四十九回

「そうだよ」時田浩作は平然とそう言った。

石部智子には、なぜか浩作が、自分にだけは何を言っても大丈夫だし理解してもらえると思い込んでいるかのように思えた。

彼は喋り続ける。「それだけじゃなく、もともとは精神内部をスキャンして治療するモニター機器だからね。サイコ・セラピストだった妻が一応登場人物の原型だけ作ったけど、あとはこの連中、ゲーマーの総合的な判断で思考して、行動して、喋ったり泣いたり笑ったりしてるわけ」

石部智子は茫然《ぼうぜん》として何も言えない状態だった。しかし時田浩作が子供のような発音で無邪気に話すので、まるで幼児のバブリングにつきあっているような気分になり、ただ母性的な感覚から何か言わなければならないという切迫感に襲われるのだ。「ああ。それで本にも心理描写がいっぱい。でもあの、それをどうやって」

「それはこいつ一台で」足もとの記憶装置らしい機器のひとつを、浩作は足で差した。「内部表現を解読・編集して、そいつを文芸化しているのは妻だけどね」

「だってそんな」智子は眼を見開く。「たったそれだけの」

「容量かい。入るの入るの」と、自慢げに浩作は言った。「メモリーと発信のユニットなんだけど、これって電卓やなんかと同じで、原理確定したらどんどん小型化できるんだよね。いつだったかな。コンピューターであちこち侵入して、誰かが何か発明してないかと思って探してたら、大学の生物学教室でバイオニクスやってる奴《やつ》がいてさ、そのサンプル盗めちまったの。発送伝票を時限入力しておいたら三時間後に冷凍宅配で届いた。それ応用してなんでも処理できる基本素子作ったから、いくらでも小さくなるの」

「それって、つまり生物化学素子ですね。蛋白質《たんぱくしつ》の自己組み立てができるっていう」

「うん。一個百オングストロームだから、記憶容量としてはシリコンチップの一千万倍になるかな。それからさ、蛋白質組み立てるだけじゃないよ。今はそれ、生体信号型の従属アンテナ重ねあわせてキヌレン酸でもってサーボ機構作動させてるんだけど、ゲーマーのＩＤカードにまで差動シンクロしてるわけ。だから最近、アミノ酸合成したり、いろんなことしはじめてさ。そいつなんか昨日テトロドトキシン合成しやがった」

　魚のいない金魚鉢《ばち》の底に、チップが沈んでいた。

「あのう、キヌレン酸って、何でしたかしら」

「動物の小便だよ」こともなげに浩作は言った。

「つまり、ただゲーマーの書き込むメッセージだけではなく、それ以外の、ゲーム中のゲーマーの思考だとか、感情だとか、知識だとか、そういうものもＩＤカードから」

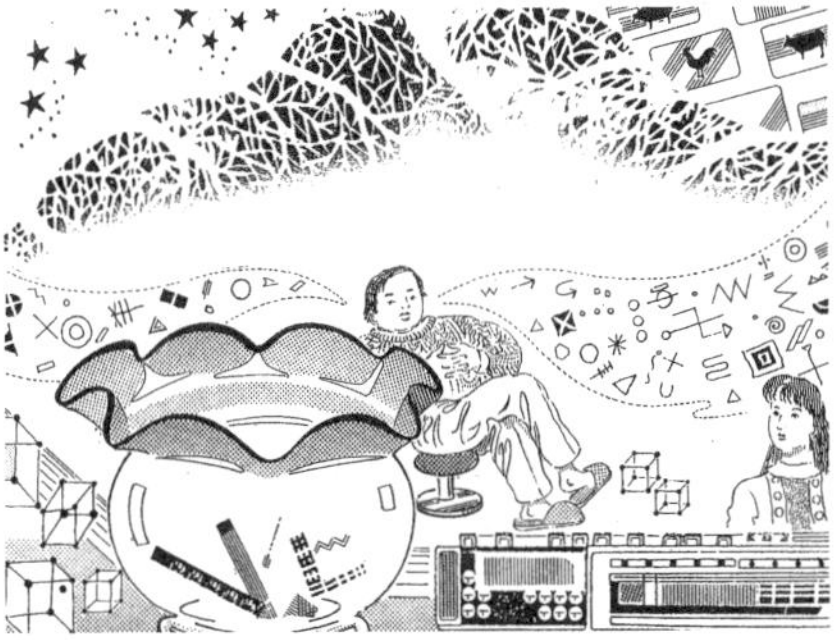

十二月七日　第五十回

「そうそう。キヌレン酸は生体エネルギーの変換効率が凄くいいの。IDカードからだけじゃなく、生体電流はBTU出力の加減で新しいシナプス伝達型の通信方式を生み出せるから、ゲーマーの声や顔なども記録できるしね」

智子はあまりのことに、しぜん時田浩作を睨《にら》みつける表情になった。「そんなこと、法律で許されることなんでしょうか」

「あっ。それはいいの。いいの。官憲に代表される制度の側とは、一種の了解事項があってさ。というより、こっちに貸しがあるんだよね。ところで、君もゲーマーでしょ。今できてきたとこだけど、一冊持っていくかい」彼は机の片隅の「まぼろしの遊撃隊」第六巻をとって智子にさし出す。

ゲーマーと思われている以上、当然ここは飛びあがって喜ばなければならないところだが、智子はそうした芝居が得意ではなかったし、嫌いだった。

「戴《いただ》きます」また丁寧に頭を下げる。

時田浩作は立ち上り、巨体に似つかわしくない身軽さで畳の上の道具類や部品を避け、踊るような足どりで智子の傍《そば》までやってきた。

「でもこれ、どうしてネットワークに乗せないんですか」本を受け取りながら、以前見本市で見かけた時からの疑問を智子は口にする。「ハードコピーが要るのなら端末でプリントアウトできるし、わざわざ本にする必要はないんじゃ」

時田浩作ははじめて疑いの眼を智子に向け、ゆっくりと言った。「君ね。第一巻からずっと読んでるんだろう。これに文学的価値がないと思うかい。今これ読んでるのはゲーマーだけじゃないよ。コンピューターなんかさわったこともないって人の間でも読まれてて、その中にはこれの原典がゲームだってこと、知らないひともいる」

「そうでしたか」智子は嘆息した。彼女は文学にもあまり関心がなかったのだ。「そんな凄い評判になってたんですか」

　智子の忸怩《じくじ》たる思いを見透かしたかのように、浩作は彼女の肩をたたく。「ま、ま、ぼくもほんとは文学なんてよくわからないの。でもぼくは、妻の文学性だけは信じていてさ。なんか世間で高く評価されてるらしいってことも、わりと納得してしまうんだよね」浩作はにやりとした。「ま、あとふたつのつまらない理由はさ、電子出版のコピー問題ってのがあってね、本にした方がお金になるの。それともうひとつ。この連続的に出版される『まぼろしの遊撃隊』というペーパーバックは、物語世界外のある書物のアナロジイになってるんだよ」

　それが時田家の住まいでもあるらしい「まぼろしの遊撃隊センター」を辞し、玄関先で時田浩作の母親に挨拶して帰途についた石部智子の頭上には、約二十ばかりのクエスチョン・マークの花が開いていた。

十二月八日　第五十一回

貴野原聡子は昼過ぎからＰＦＳの前に座り込んだままだった。ディスプレイには株の値動きを示すグラフが映し出されている。そのグラフは聡子の持っている株の大きな値下りを示していた。

その株も、他の株と同じように、新たな株を買うための担保に入れている株であり、見込み違いでだいぶ以前からすでに値下りしている株だった。結局聡子が持っているのは、売ってあきらかな損を出すのが怖いため、いつまでも抱え込んでいるそのような損含み株ばかりだった。

そのグラフと二重になって、剣持の大きな顔が映し出されていた。彼は困惑の表情を浮かべている。一方、聡子の顔は蒼白《そうはく》だった。担保に入れている株が値下りしたので、二日後の三時までに三千万円相当の追加担保を入れなければ、証券会社に預けてある株のすべてを失い、元も子もなくしてしまうのである。

こんな危機は五日前にもあった。その時は夫の普通預金から、振り込まれたばかりの給与を引き出して追加担保に充《あ》てた。貴野原征三の年収は手取り四千万円だが、景気の好《よ》い時は決算期の賞与を加えて六千万円ほどになった。銀行に振り込まれていた金額は給与の一部で千五百万円強に過ぎなかったが、その時はそれだけで何とか追加担保に充てることができたのだった。今や三億を越す損を取り戻そうと焦《あせ》って、日常の家計やローンの支払いに充てるべき夫の収入にまで手をつけてしまった聡子の頭に、はっきりとした破滅の予感があった。

「あのう、この家は評価額で十億円ほどだということですが」知らず知らず下品な詠嘆調になってしまう抑揚を、聡子はどうすることもできない。「銀行は一億円しか貸してくれなかったんですよ。ほかの銀行から、やはりこの家を担保にして、もっと借りることはできないんでしょうか」

「二番抵当ということになりますねえ」悲しげに、剣持は言う。「銀行は二番抵当をいやがりますからねえ。それに、今度こそご主人に直接会いたいと言うでしょうなあ」

古くからの取引銀行だったからこそ、夫に内緒であることもなかば知りながら、そういう場合としては破格の、一億円という金を貸してくれたのであったことを、聡子は知っていた。夫が連帯保証人になっていたが、その署名が偽造であることも当然、見抜いていたのだろう。だが、他の銀行へ行けば、今度こそは夫の確認を求めてくるに違いなかった。

剣持の口もとが、何か言いたげにうごめいた。しかし彼は何も言わず、じろじろと聡子の体を眺めまわしてから、また悲しげな表情になってかぶりを振った。それからあわただしげに左右を見た。「あ。あの。ちょっと失礼。のちほどまた」

「あ。ながいこと、お引きとめして」聡子にも取り乱さない自制心だけは残っている。

十二月九日　第五十二回

外務員とはいえ、相場の立っている時間であり、いくら担当者であっても個人投資家である聡子ひとりにいつまでもかかわりあってはいられない。聡子もそれくらいのことは知っていた。

しかし画面から剣持の顔が消えたあと、ながい間聡子はぼんやりしていた。

都心とはいえ昼下りの住宅街は静かであり、車の警笛も滅多になく、遠くを走る京王線の電車の電子音がたまにかすかに聞こえてくるだけである。だが周囲の静かさに反して聡子は、不運が乱打する無気味な重低音に取り囲まれていた。

聡子は立ちあがった。何もしなければ確実に経済的破綻《はたん》がやってくるのである以上、たとえ希望が僅《わず》かであっても今、何とかして追加担保に充てるべきものを考え出さなければならない。まるで、そこへ行きさえすれば、何も知らない筈の夫が実は何もかも知っていて相談に乗ってくれる、そんな思いに囚《とら》われ、聡子は夫の書斎に入っていった。

書斎には夫の整髪料の香りが籠《こも》っていた。今まではその優しさや、実は自分への無関心なのかもしれない放任に甘えてやや軽視していた夫が、突然畏怖《いふ》すべき人物に変貌しはじめていた。夫の香りまでが自分を責めているように、聡子には感じられた。

それゆえに今まで聡子が家計のすべてを任されていた、例のゲームのためのパーソナル・コンピューターが、夫の机の上にうずくまっている。薄い灰色の画面を聡子は恨めしく見た。これに夢中になってさえいなければ、夫は自分の過失をもっと早く発見していてくれたかも知れないのに。

キイボードの横には「まぼろしの遊撃隊マニュアル」という五十ページばかりの小冊子が置かれていた。最初のページを見て聡子はキイボードを叩き、センターとやらを呼び出してみる。やさしく自分を許してくれるもうひとりの夫を呼び出そうとするかのように。

　タイトルがあらわれる。よく聞かされたあのテーマ曲が流れる。不思議なテーマ曲であり、聞く時の感情によっては悲嘆を表現しているようにも聞き取れる音楽だった。進行中の画面が現れる。隊員たちが何やらえたいの知れない、イタチとコンパスのあいのこのような怪物と戦っている。ＩＤカードを持たない聡子がそれ以上参加することはできない。しかし夫は、もしかすると会社でこの怪物退治に夢中になっているのかもしれない。妻の苦境や家の経済的破綻を知らずに。

　聡子は机に泣き伏した。

怪物が殲滅《せんめつ》されたらしくテーマ曲が高鳴る。

ながい間、聡子は泣き続けていた。

やがて顔をあげ、電源を切る。画面は光を失ってまた淡灰色に戻る。

　聡子は夫の机の抽出《ひきだ》しを開けた。絶対に手をつけてはいけないものがそこにあることを、聡子は知っている。

十二月十日　第五十三回

その日は夜の八時に多摩志津江と待ちあわせをしていた。つれ立って近くのマンションにある橘《たちばな》家のディナー・パーティに行くことになっているのだった。聡子は招待されていなかったが、志津江の口ききで急に招かれることになったのだ。

征三が早く帰ってきて、いつものように書斎に籠ってしまったので、聡子は時間よりだいぶ早く、紀尾井町にあるホテルのラウンジに着いた。志津江は先に来ていた。夫の都合で時間を厳守することのできない主婦たちの待ちあわせは、いつも早いめの時間が打ちあわされ、数十分に及ぶ遅刻も咎《とが》められない。ディナー・パーティは九時からなのでそれから行くと早すぎるため、ふたりはしばらくラウンジで話しこんだ。

話さずにはいられなかった。胸苦しさに耐えられず、聡子は明後日に迫った追加担保のことを志津江に話した。

志津江はあまり同情しなかった。聡子が夫の持っている、彼の会社の株券のことまで話したからである。「そんないいものがあるのに」

「でもそれは、あのひとが重役になった時に、退職金で買ったものなのよ。あれは言ってみれば常務取締役というあのひとの現在の地位を証明しているみたいなものなんだから」

「どれくらいあるの」

「一万株。普通、重役なら自社の株をそれくらいは持っていなきゃいけないものらしいわ」

「今、どれくらいしてるの」志津江の眼がきらめいた。しんから金の話が好きなのだった。

「剣持さんに訊《き》いたら、四千四百円だって」

「七掛けでも三千万円は充分あるわね」

「でも、あのひとにわかってしまうわ」

「ああそう。じゃあ、しかたないわね」志津江はお義理で溜息《ためいき》をついた。それから身をのり出し、低声《こごえ》で言った。「剣持さんったらね、お客から預かってる株券を手もとにプールしてるのよ。得意先の誰かが期日までに追加担保を作れなかった場合、かわりにそれ、入れとくんですって」

「それ、いけないことじゃないの」

「いけないことよね。さあ。そろそろ行きましょうか。それ、なんとかなるわよ」無責任に慰めながら志津江は立ちあがった。

あとから来た聡子がコーヒー代を支払い、ラウンジを出るとき、彼女は志津江に訊《たず》ねた。「ねえ。剣持さんが持ってるその株券、お金を作るまでの間、追加担保に入れといてもらうのには、どうしたらいいのかしら」

先に立って歩いていた志津江が振り返り、ななめに聡子を見て言った。「寝れば」

薄笑いの浮かぶ志津江の表情と黄色く光る眼に、聡子は明確な悪意を認めた。

十二月十一日　第五十四回

「タタタ大変です。セ、先生先生っ」

ひと昔前の大衆小説なら澱口《おりぐち》がそう言って駈けこんでくるところだが、これは現代小説なのでそんなことはない。ふたりはまた庭に面した食堂で、コーヒーを飲みながら落ちついて話している。

「何がなんだかわからないという投書がいっぱいです」食卓の投書の山を顎《あご》で差し、澱口が言った。

「そりゃそうだろう。おれだってよくわからん」

やがて澱口が涙を拭《ぬぐ》うのを見ながら、櫟沢《くぬぎざわ》は皮肉に言う。「さて。充分に笑い終えたかね澱口君」

まだ笑い続けながら、澱口は投書を次つぎにとりあげる。「浦和市の佐々木元也さん『この小説の作者は気が違っている』。足立区の深瀬政子《まさこ》さん。『又またワケのワカラない小説。ああ。さわやか、すっきり、ほのぼのの朝の小説にはいつお目にかかれるのだろうと嘆息』。『何を書こうとしていらっしゃるのだろうかと思います』と大分県佐伯《さいき》市の渡辺加代子さん」

「何を書こうとしているのかわかっていて書いても面白くないだろうが」櫟沢は憤然とする。「コロンブスだって、そこにアメリカがあると思って航海したわけじゃないぞ。おれは他の作家みたいに、安全な沿岸航海はしたくないんだ」

「例によってのSF嫌いでは山形市元木の井上愛子さん。『メカに弱い自分を棚に上げて』だが『孫のファミコン遊びの延長の様で、全く悲しく、斜め読みの連日です』。その他匿名《とくめい》も含めていっぱいです。この辺でそろそろ、わかる話に戻していただかないと、購読数に影響が出はじめていま す」澱口が真剣になって言う。「それにしても、あいかわらずたくさんの投書ですね。今回はもう、二百通以上は数えませんでしたが。ああ、それからやはり、この前の説明にもかかわらず、なぜ筒井康隆ではなくて櫟沢なのかという単純な疑問が多いですね。『投書が実名なら筒井康隆も実名でないと』という横浜市戸塚区の塩田恵太郎さん。その他米子《よなご》市の白川崇さん、川崎市の土屋まゆみさんなどが似たご意見です」

　櫟沢は胸をそらせた。「それはいずれ、おれが筒井康隆のそっくりさんから離れて、単独で活躍しはじめるからだと諒解《りょうかい》しておいてほしいね」

　玄関でチャイムが鳴り、しばらくして美也夫人が廊下を走ってきた。「タタ大変ですっ。あなたっ。あの水を撒《ま》いた女がまた来ましたっ」

　櫟沢がうろたえて立ちあがる。

　澱口も、その女のことは知っていた。自分がこの家の妻であるという関係妄想《もうそう》を持った女性で、すでに二度、この家を急襲していた。

「で、電話。警察に電話をっ」

「くそう」櫟沢はあたふたと電話に駆け寄る。

「筒井康隆はそんなことまでこっちへ振ったな」

「澱口さんっ。あなた早く、台所の戸を。いえ、その前に庭への戸を。また庭に水を撒かれては困りますからっ」

十二月十二日　第五十五回

「またひとり、増えたんですけど」橘めぐみがビストロの料理長に哀願するような声でそう言った。「自宅でなさるディナー・パーティでは、二、三人様の増減は必ずあるものですよ」料理長の浜田は、そんな声を出さなくてもよいとたしなめる口調で答えた。彼は橘夫人がディナー・パーティのホステスに慣れてもいなければ、こうした際の心得も知らないことをすでに見抜いていた。

浜田はひとりで料理にとりかかっていた。本店のビストロで開店後最初のディナーの客たちのコースを終え、ふたりのコックよりひと足先にこの橘家にやってきたのが三十分前だったのだ。本店の方では最近、あとしばらく客が途絶える。

ばしっ、という音がした。ビストロからつれてきたボーイの元木が、厨房《ちゅうぼう》に入ってきた。「食堂のコンセントなんですがね。保温皿のソケットを差し込んだらショートしました」

「ああ。あのコンセント、今まで使う機会がなくて初めて使ったんですよね」

「ま、保温皿のソケットの方がいかれていたかもしれないわけですから」泣き声で言いわけする橘夫人に、またたしなめる口調の浜田が言う。「修理道具はありますか。私がやりましょう」

「何しろ、まだ揃っていないものが多くて」叱《しか》られているように、橘夫人が顔を伏せる。

「困りましたな。魚介類の大盛り皿のために、保温皿はどうしても必要なんですが」

「あなた。あなた」うってかわった権柄《けんぺい》ずくの大声で、橘夫人が食堂へ行き、居間の夫を呼ぶ。

居間にいた夫の市郎が、廊下から食堂に入ろうとし、蹴《け》つまずく。「危ないなあ。またつまずいた。なんでこんなところに段をつくったんだよう」この新築のマンションに移り住んで以来、何十度目かの不満を市郎は口にした。

食堂の手前で一段あがっている廊下のその部分は本来、磨《すり》ガラスになった見付けの奥に照明が入る筈だったが、工事の際に電気屋が蛍光灯《けいこうとう》を入れ忘れ、そのままになっていたのだった。

「じゃあ、それもついでに入れて貰いましょう」めぐみは言った。「そこのコンセントもショートしたの。あなた、サカエ電気に電話してください。すぐ来るようにって」

「こんな時間に、来てくれるかい」

「来てくれるわよ。高松君、わたしの同級生だったんだもの」

「ああ。なんか、そんなこと言ってたな。お前が好きだったんだろう」

「わたしが、じゃなくて、わたしをよ。昨日も通りで会ったら、何でも言いつけてくれって」

玄関のチャイムが鳴った。

「ほうら、最初のお客様よ」めぐみは玄関横の鏡でドレスをなおし、髪をなおし、深呼吸をする。

十二月十三日　第五十六回

貴野原聡子は、笑顔でドアを開けてくれた橘夫人が自分を見て少し眉を寄せたのを見逃さなかった。ああ、やっぱり、と、聡子は思う。わたしは闖入者《ちんにゅうしゃ》なんだわ。

橘夫人は小柄《こがら》で、常に何かに脅《おび》えているような表情をしていたが、気は強いらしく、ひとを評価しようとするようなうわ眼遣いが癖だった。建築設計士だという夫の橘氏はおとなしく、夫人よりもおおらかな性格のように見えた。

多摩志津江と聡子が最初の客だった。居間も食堂もすでにディナー・パーティ用に整えられていた。

ふたりを居間のソファに待たせ、橘夫妻は自分たちの寝室へ行って話しあう。

「貴野原さん、呼んでなかったのに、さっき多摩さんが突然つれてくるって電話してきたのよ」

「いいじゃないか。そんな人、まだ来るかもしれないんだし、いちいち怒るなって。それよりサカエ電気の電話番号は」

「知らないわ。まだ一度も来てもらったことないんだもの。あなた、じゃ、ちょっと行ってきてよ。知ってるでしょ。その坂の下。歩いて一分よ」

「うん、うん。じゃ、行ってくるけど」橘市郎は妻の肩に手を置き、顔を覗《のぞ》きこむ。「いいな。いちいちいらつくなよ。何があっても怒るなよ。な」

「わかったわよ」めぐみは夫の手を振りはらう。彼女はいらいらしていた。「それよか、高松君にきちんとした恰好《かっこう》で来てもらってね。お客さんがもう見えてるんだからって。パーティなんだからって」

「ああ。ああ。そうだね。そう言うよ」

サカエ電気は七年前、昔からあった商店を売り、新しくできたビルの一階に入った狭い店だった。店がふた坪、奥の畳の間が四畳半しかなく、店主の高松は妻のえりと一緒にここで寝泊りしていた。

橘市郎がやってきて仕事を頼み、ついでに妻からの希望を述べて帰って行くと、夫婦は顔を見あわせた。「おいえり。ディナー・パーティだってよ」

「困ったわね。いいスーツはぜんぶ吉祥寺のお母さんの家に置いたままよ」店を売ったとき、夫婦はいったん親の家に引っ越したのだった。

「でも、何かないか」

「タキシードが置いたままだけど」

一か月前、電気屋の寄り合いでカラオケ大会があり、高松はその司会をしたのだった。

「タキシードか。パーティだから、タキシードでいいんじゃないかな」

高松がタキシードに着替えると、色白の彼のちょっと古典的な二枚目ぶりが引き立ち、えりはうっとりした。彼女は思わず彼の前にまわりこんでその胸もとに手をかける。

「ああた」眼が潤《うる》んでいた。

「よせよおい」高松はのけぞった。「急ぐんだよ」

十二月十四日　第五十七回

橘市郎が戻ってくると、居間の客は五人に増えていた。九時四分前だった。最近の通例で遅いめに始めたディナー・パーティだったから、客はいずれも空腹らしい様子だった。

今夜の主賓ともいうべき舵安《かじやす》社長に、橘めぐみがシェリー酒を振舞っていた。市郎は彼の会社の新社屋設計にかかわっていたので、さっそく挨拶する。

妻の表情がひときわ冴《さ》えぬ理由は、市郎にはすぐわかった。天藤望が同業の明石妙子をつれてきていたのだった。明石妙子は招待していなかった。ついさっき突然、つれていってくれとせがまれまして。天藤望は額にうっすら汗を滲《にじ》ませ、市郎にそう弁解した。市郎はもちろん、にこやかに歓迎のことばを述べる。

児玉雪野が郡司泰彦にエスコートされてやってきた。滅多にこうしたパーティにあらわれることのない児玉雪野は、今夜の女性の主賓といえた。貴野原聡子の影がたちまち薄くなり、白地に銀の訪問着のせいもあって居間に水銀灯が灯《とも》ったような明るさが満ちる。ほとんど全員が彼女をとり囲み、男たちはここを先途と彼女の実在感を記憶に刻みこむためその肉体を眺めまわす。

「団さん、呼んでるのかしら」揉めごとを心配して聡子は志津江に耳打ちした。

「まさか」志津江が、さっきのひとこと以来聡子にはひどく無気味に感じられるようになったうす笑いを洩《も》らして言う。「呼んでないそうよ。でも、来るかもね」

剣持がやってくると、今度は女たちが彼をとり囲んだ。株の値下りが続いているので、剣持も以前ほど陽気にはなれないようだった。いわばうるさがた個人投資家たちを宥《なだ》めるための出席と観念してやってきたように見えた。

新宿にある会館での演奏会を終えて、コン・ゴンザレスがやってきた。自分のクインテットを持つ黒人ジャズマンで、数日前に来日したばかりだった。彼はオスカー・ピーターソンの流れを汲むピアニストで、自作の曲が流行したこともあり、一般にも名を知られていた。橘市郎は彼とニューヨークで知りあって以来の友人であり、それを誇りにしていた。だが、今夜の来客の中で彼を知る者は橘夫妻を除けば明石妙子だけだった。

「あと、どなたがお見えになるの」多摩志津江は空腹に堪えきれぬことがあからさまな声を出した。

九時を十分過ぎていた。

人数はこれでちょうどなのだが、と、言いかけためぐみは、鳴ったチャイムによって失言をしなくてすむ。「須田さんご夫妻よ。お見えになったわ」

玄関に出て、ドアを開ける。

向井夫人が近間辰雄と一緒に立っていた。

「今晩はあ。もうパーティやってるのお」無遠慮な大声を向井夫人ははりあげる。

十二月十五日　第五十八回

須田夫妻もすぐにやってきたので、招待客は揃《そろ》ったものの人数は四人増えた。ボーイの元木がいそいで食器などを追加し、並べ変える。ティー・テーブル用の椅子《いす》を、橘市郎が居間から運びこむ。

「さあ。皆さんどうぞ、食堂へ」用意ができましたという元木の耳打ちで、橘めぐみはせいいっぱいの愛想よさを華やいだ声に示す。

居間と食堂とは直接つながっていたが、そのあたりの混雑を避け、いったん廊下へ出てから食堂へ入ろうとしたコン・ゴンザレスが段差に爪先《つまさき》をひっかけて食堂に倒れこんだ。「イターイ。イターイ。イターイヨ」

「まっ。ご免なさい」めぐみはふざけてわざと大声を出しているコン・ゴンザレスに、それ以上の不必要な大声で真剣に詫《わ》びる。「すみません。すみません。すぐそこへ照明を入れさせますので」

ドア・チャイムが鳴り、忙しそうなめぐみのかわりに多摩志津江が玄関へ出た。立っていたのは、少しやくざっぽい色男で、タキシードを着ていた。志津江は男の深い悩みで潤んだような眼に幻惑され、ついふらりとしながら笑みを返す。

「あら。どちら様」

「電気屋です」

手に提げている道具箱と蛍光灯に気がつかなかったのだ。高松が食堂に入ってきた時も、一同は彼を新たな客と勘違いした。

「遅いじゃないの。何よその恰好」

自分がそう命じたことを忘れてめぐみが文句をつけ、客たちは高松を電気屋と知ってくすくす笑う。

「この中でいちばんいい男じゃない」明石妙子がさっそくコンセントを修理しはじめた高松に顎を向けて向井夫人にそう囁《ささや》いた。

全員の席が決まって皆が座につくと、めぐみは厨房から浜田をつれてきて紹介した。「今夜のお料理を作ってくださる浜田さんです。浜田さんはビストロの本店の料理長さんなんですのよ」

全員の拍手に答えてから、料理が気になるので早く厨房へ戻りたい浜田に、近間辰雄が声をかけ、まるでわざとのように何やかやと訊《たず》ねる。

「じゃ、この時間、本店はどうしてるの」

「サブに任せております。お客様が少なくなりますので」

「へええ。昔はずっと混んでたよね」

「皆さま最近はこのようなディナー・パーティをなさいますので、いつの間にか私どももこの時間は、たいていどちらかのお宅へ伺うことになりまして」

元木ともうひとりのボーイがワインを注《つ》いでまわり、オードブルを出し、座は賑《にぎ》やかになった。しかし証券会社の社員として剣持を紹介された舵安社長は、婦人たちにちやほやされている彼に突然怒り出した。以前、剣持の会社からひどい目に遭わされたと言うのだ。雰囲気が突然冷え、険悪になった。

十二月十六日　新聞休刊日
十二月十七日　第五十九回

「わしは以前、デパートの美術部に勤めておった」忿懣《ふんまん》やるかたなき表情で舵安社長の回想が始まる。「画家や彫刻家との直接交渉を任されていて、だから常に高額の現金を持っていたのだが、デパートの一階にあるあんたの会社がそれを知った」舵安社長は正面の席の剣持を睨《にら》みつける。「三日だけ預けてくれ。確実に値上りする株がある。絶対に損はさせない。損などする筈がない。始終そんな電話をかけてきた。あんまりしつこいので、とうとうある時、根負けして金を渡した。その株は翌日、暴落した。仕手株だったのだ。得意先の大企業にたくさん買わせ、自社でも買い占め、残りを個人投資家にばら撒く。高値になると大企業と示しあわせていっせいに売って自分たちだけ儲《もう》ける。わしは腹に据えかねて文句を言いにあんたの会社へ出かけていった。担当者は出てこず、上役の課長が出てきて言いおった。舵安さん。株価の値上り値下りは常識でしょう。そんなにおっしゃるのなら、デパートに報告しましょうか。わしゃ、あべこべに脅迫されて帰ってきた。わしはそれでデパートをやめた」

「それはひど過ぎます」剣持は困惑の表情で言い訳する。「今ではそんなことは、絶対にありません」

「まあまあ。デパートを辞められたお陰で社長は成功なさったわけですから」

橘市郎がけんめいに宥めても、舵安社長の怒りはおさまらない。「わしはたまたま成功した。そうでない者はどうなる」テーブルが強く叩かれて食器がいっせいに音を立てた。

明石妙子が席をかわり、剣持は聡子の隣に移動してきた。

スープが運ばれた。全員が窮屈に肩を寄せあい、スープ皿にかがみ込む。こわばった雰囲気はそのままだ。

「わたくし今度、デパートを舞台にしたドラマをやりますのよ」

児玉雪野が突拍子もないことを言い、全員がしらけた声で、ほう、とか、おう、とか意味不明の声を出す。

ドア・チャイムが鳴った。ホステス席のめぐみがびくっとして身を浮かせたのを見て、向こう正面ホスト席の市郎が目顔で妻を押さえ、自分が立つ。

彼が玄関のドアを開けると、曾根豊年が瀬川夫人と尾上夫人、さらに西田夫人をひきつれ、おどけた笑顔で立っていた。市郎はここを先途と度量の広さを示す大声で歓迎の辞を述べる。

新たな客四人が嬌声《きょうせい》とともに食堂へ入ってきた。しんがりの曾根がまた段差に蹴つまずいて倒れ、大声をあげる。「痛い痛い。痛いよ」

「早くそこへ蛍光灯入れてよ」高松の傍《そば》までやってきためぐみの声はヒステリックにはねあがり、否応《いやおう》なしに一同の耳を打つ。「そこ、まだなの」

「はい。はい。ここは直りました。すぐ入れます」

十二月十八日　第六十回

「客がまた四人、増えました」厨房《ちゅうぼう》で、黒眼の縮んだ元木が浜田に耳打ちした。声が掠《かす》れていた。

浜田は唸《うな》って腕組みする。「はめられたな」

「えっ。誰がですか」

「ここの人たちだよ。示しあわせて大勢くる。反感を持っている連中がパーティを目茶苦茶にするつもりなんだ」ビストロの料理長は無表情に元木を見て頷《うなず》いた。「こういう場合は早く料理を出して退散するに限るんだ。さもないと、肉をどこかで買ってきてくれ、店から追加でとり寄せてくれ、果ては冷蔵庫にある残りもので何でもいいから作ってくれ。無理難題を言いはじめる」

元木が蒼《あお》ざめた。「とりあえず、肉、どうしますか」

「半分にして出す。まだ来るかもしれんからな。それよりも、保温皿のためのコンセントはなおったのか」

「今、なおったようです」

「おい。それ、早くしろ」大盛り皿に魚介類を盛りつけているコックに、浜田は大声を出した。指先が顫《ふる》えていた。「すぐに出すから」

あわただしく盛りつけを終えた大皿の縁に両手をかけ、元木が食堂へ運んでいこうとし、蒼ざめたままで戻ってきた。

「どうした」

「食堂へのこの入口、皿が通りません」

「いったん廊下へ出ろ」

「そこのドアはもっと狭いんですよ」

浜田は額を押さえてのけぞった。「なんてことだ。選《よ》りによってこんな時に」元木を睨みつける。「なんで運びこむ時にだな、皿の大きさを確かめなかったんだ」

「それはまあ、横にして運びこんだので。すみません」

「お前が両手で持って運び出そうとするからじゃないのか」浜田は元木ともうひとりのボーイを目隠しに入口の食堂側へ立たせ、厨房側のふたりのコックから皿を受け取らせようとした。「そっとやれ。そっと。騒ぎを客に気取られるな」

　皿は出なかった。

「よし。少し傾けてみろ」

　コックたちが皿を傾けた。だらあ、と、ソースが床に流れ落ちた。

「やめろっ」コックのひとりが雑巾《ぞうきん》を取りに走り、元木があわてて、さっき髪をかきあげたばかりの手で片寄った料理を皿の中央にかき戻す。

「そこに窓がありますが」コックのひとりが言う。

「お前なあ、料理を窓から出してどうするんだよ」

「食堂のバルコニーから受け取れるんじゃ」

　浜田が窓を開けてバルコニーを見た。窓からバルコニーの手摺《てす》りまでは約一メートルあった。

十二月十九日　第六十一回

新たな客のために居間から肱掛《ひじかけ》椅子が持ち込まれたが、この肱掛椅子というのは非常に場所をとる家具であるため窮屈な食堂はますます窮屈になった。肱掛椅子にすら恵まれなかった曾根豊年などはピアノ用の回転椅子をあたえられ、背中はバルコニーへのガラス戸すれすれにあり、須田夫人と向井夫人の巨体の間から手をのばして新たに運ばれたオードブルを辛《かろ》うじて突ついているという状態である。そのオードブルも新たな客全部には行き渡らず、ボーイが申し訳なさそうに西田夫人に耳打ちすると、空腹に酒が入って盛りあがったそれぞれの会話の喧噪《けんそう》をつんざき、彼女は大声で叫ぶのだ。

「あーら。わたしのオードブル、ないんですって。おーっほっほっほっほっほっほっ」

めぐみが席を立ち、廊下に出たので、市郎があわてて彼女のあとを寝室まで追う。

「おい。怒るなって言っただろ」

うしろ手にドアを閉めて市郎が言うと、めぐみは憤然とベッドに掛け、彼を睨みつけた。

「だって、意図的なのよ。我慢できないわ」

「もうこれ以上来ないだろうさ。それよりホステスとしてはもっと料理の心配を」

その時、ガラス食器の割れる音がし、向井夫人の軽い悲鳴と笑い声がそれに続いた。「あーら。割っちゃったわ。おほほほほほほほほほほ」

普段から食事中によく食べ物を咽喉《のど》に詰める郡司泰彦が、またしても激しくむせ返っている。

「がーほげほげほげほげほげほげほげほげほ」

「おーっほっほっほっほっほっほっほっ」

めぐみは立ちあがり、両の拳《こぶし》を握りしめて全身をふるふると顫《ふる》わせる。

「こ、興奮するな。な。興奮するな」

あわてて肩を抱こうとする市郎の手を、めぐみは強く払いのけた。

　料理がなかなか出てこないので、ワインばかり飲んでいた須田医師は、すでに夕方から飲み続けていたため、もはや酔眼朦朧《もうろう》の状態にあった。話に夢中の客の中で彼だけはぼんやりとバルコニーを見ていた。ボーイのひとりがバルコニーに出ているのを、彼は不審げに見守った。そのボーイは何故かバルコニーのはずれの手摺りから身を乗り出しているように見えたからだ。

「あれは何をしておるのですかな。まさか自殺」

　左隣の明石妙子にそう話しかけたが、彼女は向かいの舵安社長との話に夢中だった。ヘリコプターが上空を飛ぶ轟音《ごうおん》で声が聞き取りにくくなり、客たちの会話が怒号のようになった。

　須田医師は大皿を持ってバルコニーから入ってきたボーイの姿に驚愕《きょうがく》していた。近間辰雄と夢中で話している右隣の瀬川夫人の背中に向かい、彼はつぶやくように言った。「いやまあ、すごいもんですよ。ヘリコプターで料理を運びこんどりますな」

十二月二十日　第六十二回

　テーブルの中央、保温皿の上に置かれた大皿の上の「魚介類の地中海風」は、空腹だった全員の、腹の底からの衝《つ》きあげるような食欲によって三十八秒でなくなった。保温皿の必要はなかった。

「酒ならいくらでもありますから」

　料理の出の遅れを気にした橘市郎が洋酒棚《だな》の酒《さか》瓶《びん》を次つぎに持ってきてすすめたため、一同の酔いがさらにまわった。舵安社長などはアルコール分八十五度などというウォッカを珍しいといって三杯立て続けにあおったため、たちまち気分を悪くし、食卓に突っ伏してしまう。

　やっとステーキが出て、ひとり分百グラムに満たぬそれを客が食べ終えようとする頃、開いたままだった玄関から香奈と江坂春美が男友達三人をつれて食堂へなだれこんできた。

「あらあ。おばさま」たいして歳《とし》の違わない橘めぐみに香奈は甘えて見せる。「可哀想に、みんな、おなかを減らしてますのよう」

「おなかを減らした若い人たちが五人来たんですけど」ここ数十分のうちにげっそりとやつれてしまっためぐみが厨房へやってきて、浜田に訴えかける。「もうお肉はないんでしょうねえ」

「少しありますから、それを五つに分けて焼きましょう」

「ほかに何かできませんか」

「アンチョビ、ベーコン、レタス、サラダ菜などの買い置きはありますか」

「ございます。ございます」

「ピーナッツ、クルトンなどもあった方が」

「あっ。それはここにございます。クルトンもございます」めぐみは台所を走りまわる。

「シーザース・サラダをお作りしましょう」

「そんなもので、おなかの足しになるでしょうか」

「わたくしどもの作りますシーザース・サラダと

申しますのは実に濃厚なお味のものでして、メイン・ディッシュにしてもおかしくないほどのものです」

　最後にそれだけを作って逃げるつもりだから、浜田は誇張を混えてけんめいに説明する。

　元木たちボーイはこれ以上客が来ないうちにと、デザート、コーヒーをコマ落しで運ぶ。香奈は男友達に命じて酔った舵安社長を居間のソファに運ばせると、自分は厚かましくもその席について舵安社長のステーキをたちまち平らげてしまった。

「点《つ》きましたよ」廊下の段の見付けに蛍光灯を入れた高松が、通りかかっためぐみにそう言った。

「ありがとう」

「何か、大変みたいだね」心配そうに、高松はめぐみの顔を覗きこんだ。「大丈夫」

　うっ、と、胸を詰まらせ、めぐみは高松のタキシードの襟《えり》に顔を押しあててほんの少し泣き、あわてて顔をあげ、そして乱れた髪をかきあげる。

「大丈夫よ。あなたもお酒、飲んでいって頂戴《ちょうだい》」

十二月二十一日　第六十三回

「そろそろコン・ゴンザレスに一曲弾いてもらいましょう。皆さん、そちらの部屋へひとつお移りを」

ひと通りディナーのコースが終わったので、料理の追加注文が出たりしないうちにと、橘市郎は立ちあがり、そう宣言した。前もって頼まれていたため、コン・ゴンザレスは愛想よく立ち、居間に向かう。客はもともと居間にあった椅子をそれぞれ運びながら、約半数は移動したものの、食堂には熱心に話しこんでいる者、まだ空腹の者、来たばかりの若い連中が残っていて、ざわめきや笑い声を発し続けているのでなかなか演奏を聞く雰囲気には到らない。居間に移った連中もまだ喋《しゃべ》り続けていた。市郎が手際《てぎわ》よく用意しておいたアイス・バケットやペリエ水を見て、新たに飲みものを作りはじめる者ががちゃらがちゃらと騒音を立てたりもする。

ピアノのすぐ傍《かたわ》らに、コン・ゴンザレスのファンだという明石妙子と椅子を並べ、演奏を聴く姿勢をとっていた橘めぐみは、いつまでも続く室内のざわめきに演奏をためらっているコン・ゴンザレスへ詫《わ》びる視線を送ってから、眉をしかめて食堂を見、立ちあがろうとした。背後にいる市郎があわてて彼女の肩を押さえ、強く拍手する。その拍手に同調したのは、しかし四、五人だけだった。

食堂では肉が出た。小さいなあ、なあにこれなどと若い連中のひときわ大きくなった騒ぎに、コン・ゴンザレスが弾こうにも弾けず、めぐみや市郎を見て苦笑するのを近間辰雄がさすがに見かねてたしなめに行く。しかし続いて出てきたシーザース・サラダ大盛りのガラス器に新たな歓声があがり、近間の声は消えてしまう。それどころか、居間に来ていた曾根豊年までが、おっ、また料理が出たのかなどと食堂へ引き返す始末である。

それでもコン・ゴンザレスが、ややざわめきの静まった間隙《かんげき》を逃さず、彼のオリジナル・ナンバー「OH！　YOU　FLATTER　ME」を弾きはじめると、やっと一同が聞き耳を立てる様子を見せた。だがそれも瞬時のことで、自分たちの好みにあう音楽でないと知ると遠慮なしに会話に戻り、食堂に残っている向井夫人などは曾根の冗談に、例の「おーっほっほっほっほっほっほっほ」の大笑いを爆発させ、めぐみをいやが上にも苛立《いらだ》たせる。

二曲目の、これはオスカー・ピーターソンのナンバーで「GOODBYE　J・D・」に移ると、酔った連中の大声、笑い声、嬌声はますます高くなって、多摩志津江などはひとり静かに飲んでいた高松を無理やりピアノの傍のフロアーに誘い、そもそも踊れるように弾かれてはいない曲でダンスをはじめたりもし、めぐみはコン・ゴンザレスがいつ怒り出すかと気を揉むあまり胃の具合が悪くなってきた。

やがて弾き終わったコン・ゴンザレスの傍へ、ワイン・グラスを片手にした西田夫人がふらふらと近寄り、へたな英語で言う。「ねえ。わたし『ラ・メール』歌いたいんですけど」

十二月二十二日　第六十四回

コン・ゴンザレスが顔を濃紫色にして逆上し、憤激の末に帰ってしまってからも、西田夫人は「あの黒人」がなぜ怒ったのかまったく理解できないといった様子であいかわらずはしゃぎ続ける。

これより少し前、ピアノの演奏が始まってすぐ、最後の料理であるシーザース・サラダを出したばかりの厨房は、負けいくさの戦場から撤退する時のような騒ぎになっていた。

「そら演奏が始まったぞ。今のうちだ。早く片づけろ。そうれ急げ」

浜田の命令に全員が顔色を変えてあと始末をはじめ、演奏が終わったのち市郎が新たな氷をとりに厨房へやってきた時、そこはすでに無人だった。

めぐみもやってきて驚く。「あら逃げたのねえ」

「無理ないよ」市郎は嘆息する。

「わたし、老けちゃった」げっそりとしてめぐみは椅子に腰を落とす。「総白髪《しらが》になってない」

香奈がやってきた。「おばさまあ。まだみんな、おなか空《す》いてるんですけどお」

「はい。はい。はい」怒る気力もなく、はやあきらめの表情でめぐみは立ちあがり、冷蔵庫から買い置きのハム、サラミ・ソーセージの類《たぐ》いを出す。

市郎も戸棚からピーナッツ、柿の種、塩豆などのおつまみ類を洗いざらい出して皿に盛りはじめる。

居間では有線放送のダンス音楽で十数人が踊りはじめていた。児玉雪野は天藤望と踊りながら知能の低劣さを見せる笑いをはしたなくあげ、江坂春美は部屋の隅《すみ》へ近間辰雄に導かれてしまって抱きすくめられたようになり、天井を仰いだままうっとりとして淫蕩《いんとう》に眼を細めていた。踊りの中心部では高松を独占した志津江が今や性交まがいの動きを彼に強制している。居間へ戻った市郎は男不足からたちまち明石妙子につかまり、チークダンスの相手を仰《おお》せつかってしまった。狭い空間での嬌声《きょうせい》と熱気と混雑で高まる興奮と猥雑《わいざつ》さをよそに、隅のソファで舵安社長だけは鼾《いびき》をかき、眠り続けている。

この混沌《こんとん》の中にチャーリイ西丸が、この前とは別の大女ふたりをつれてやってきた。ひとりはあいかわらずの黒革超ミニだったが、もうひとりはニット・スーツを着ていた。この連中が場所をとる踊りをはじめたため室内はさらに窮屈になり、体温と発汗で温度がどんどん上昇しはじめる。

化粧を直そうとして寝室へ行ったためぐみが、眼を吊りあげて戻ってきて、明石妙子から夫を引き離した。「誰か寝室に入って、中から鍵《かぎ》をかけてしまってるのよ」

「誰だ。いないのは」市郎が居間を見まわす。

「貴野原さんがいないわ」

「剣持もだぞ」市郎が下唇《したくちびる》を嚙《か》む。「あいつらめ」

またドア・チャイムが鳴った。市郎が出る。

盛装をして、高松えりが立っていた。夫の帰りが遅いので気を揉み、やってきたのだった。

十二月二十三日　第六十五回

貴野原聡子は剣持に目顔で合図し、少し前から一緒にバルコニーへ出ていた。汗ばむほどの熱気の中から抜け出してきたので、しばらくは夜風が心地よいものの、いずれは冷えてくるから話は手っとり早くすませなければならない。

「どうしても他からお金を作れないのであれば、ネット・シグマというものがあります」剣持は聡子の顔を直接見ることができない様子で、地上を見おろしながらそう言った。「ネット・サラ金と呼ばれていますが」

「サラ金」聡子は顔を曇らせた。「そういうところへ行くの、怖いわ」

「行かなくてすむのです。怖い、という人のために作られたわけでして。だからネット・サラ金。あなたならお持ちのＰＦＳだけで用が足りてしまうんですよ。ネット・シグマに加入すると同時に、まず家庭にＰＦＳを持っていること、それにご主人の地位など、すべてわかってしまうわけですから、社会的信用は充分とされます。保証契約書も領収書も印鑑登録証明書も不要で、即日銀行に振り込まれます。そのかわり家を担保にして銀行から借りていることまでわかってしまいますが、まあそれも一億円のことですから。あなたになら一社から最高で百万円は貸してくれますよ」

「何社からも借りなければなりませんわね」

乗り気でない聡子の表情を横眼で見てから、しばらくためらった末、剣持は言った。「じゃあ、いっそのこと天藤さんにお借りになったらいかがでしょう。わたしの口からこういうことを言うのは変ですが、天藤さんはあなたの申し出なら、何でも聞いてくださるんじゃないでしょうか」

「ああ。天藤さん」聡子は嘆息した。考えないではなかったことだ。当然、身を投げ出さなければならないことになる。

「おわかりでしょうけど」剣持が聡子の嘆息に反応し、意味ありげに大きく頷《うなず》いた。しかし彼の顔は悩ましげに歪《ゆが》んでいた。「とにかくもう、明後日の、いやもう明日だ、明日の午後三時に期限が迫っていますので、どちらかの、いや、何らかのご決断を」

「それはもう、わかっていますから、なんとかしますわ。それであの、お金が間に合わない場合のことですが」志津江の言ったことを確かめようとし、聡子は口ごもった。この不細工な男と寝る決心もしていないのに、そんなことを聞いて何になるだろう。

「は」剣持はちょっと驚いた表情をした。一瞬何かほかのことを考えたようだ。「間に合わないと、大変なことになります」

「そうですわね」自分に何か思い切った考えがない限り、誰に相談に乗ってもらうこともできないのだということを、聡子は思い知らされる。

「では、部屋に入りましょう。奥さん、冷えるでしょう」剣持は聡子への敬意を崩さない。

十二月二十四日　第六十六回

室内は乱れに乱れていた。

天藤望と近間辰雄は大女たちと部屋の隅のクッションの上でふざけ散らし、婦人たちの顰蹙《ひんしゅく》を買っていた。その婦人たちの間では、成田市郊外からニューヨーク郊外まで三時間で行けるという弾道旅客ロケットの初就航に参加しようという話が持ちあがっていた。酔って踊ったためふらふらになった児玉雪野は、隅の肱掛《ひじかけ》椅子に座らされ、郡司泰彦に介抱されている。

空腹に堪えられず厨房《ちゅうぼう》へ行った須田香奈や江坂春美やその男友達は、冷蔵庫の中に何もないので腹を立てた。ひとりの若者がマヨネーズのチューブを持って居間にとって返すと蓋《ふた》があいたままのグランド・ピアノの弦の上に放射し、それを見たもうひとりがケチャップのチューブを持ってきてげらげら笑いながらぶちゅらぶちゅらと浴びせかけて白い鍵盤《けんばん》を赤くする。ピアノの下に寝てふざけていた須田医師と多摩志津江があわてて這《は》い出してきた。

「お願い。もうやめて頂戴《ちょうだい》。もうやめて」

泣き声をはりあげてマヨネーズをとりあげようとするめぐみから若者が、そうら鬼ごっこだと笑って逃げ、香奈や春美がわっしょいわっしょいとはやし立てる。

あまりの騒がしさに、とうとう舵安社長は眼を醒《さ》ました。何時間眠ったかの自覚はなかったが、股間《こかん》のもののいきり立ちようから、ずいぶん眠っていたらしいことがわかった。下半身の精気とけだるさ。ぼんやり天井を仰いでいると、西田夫人がやってきてズボンを指し、彼を冷やかす。

「まあ社長。とてもお歳《とし》とは思えませんわね。お元気ですこと」

「わはははは。このことですかな奥さん」舵安社長はズボンのふくらみを手の甲でぽんと叩く。

「わたしはこいつのことを『朝のガスパール』と呼んでおりましてな。いまだに起きた時はこいつがやって来おるんですわ」フランス文学科出身の舵安社長はそう言ってのびをする。「ああ。腹が減った」

婦人の誰かれと踊ったりふざけたりしていたチャーリイ西丸は、バルコニーから戻ってきた聡子のふさぎこんだ様子を遠くからしばらく気づかわしげに眺《なが》めていたが、やがてのろのろと食堂へ行き、婦人たちの話の輪のはずれでしょんぼり椅子に掛けている聡子に耳打ちする。

「心配ごとですか奥さん。何かあるんだったら、おれ、相談に乗りますよ」

こうした周囲の状況とは無関係に、高松とえりはダンス音楽に乗り、居間のフロアーでぴったりとからだを寄せあって陶然と身をゆすっていた。やがて音楽の途切れめで顔を見あわせたふたりは、もういても立ってもいられぬ様子あからさまに、めぐみや市郎への挨拶《あいさつ》もそこそこにして、電気店の奥のあの四畳半へと帰っていく。

十二月二十五日　第六十七回

息苦しさに堪えられない、と、児玉雪野が胸を搔《か》きむしるようにして言うので、次にパーティを辞したのは彼女と、彼女をエスコートする郡司泰彦だった。

午前三時になっていた。

須田医師はいったん酔いが醒めたあと、またブランデーを何杯もあおったためにほとんど腰が抜けた様子になり、妻と娘に両側から支えられて帰っていった。

こんなもので腹をふくらませてたまるかと叫び、チャーリイ西丸がおつまみの皿をひっくり返したため、何か食べに行こうという話が持ちあがり、舵安社長の提案で残りのほとんど全員が、例によって六本木の、やはりひと晩中開いているというスリランカ料理の店へ流れることになった。そうと決まればたちまち浮き足立つ空腹の一同、もはやパーティ主宰者への挨拶など上の空である。

客が引きあげたあとの橘家には凄惨《せいさん》ともいえる雰囲気が滞留していて、どう手のつけようもない状態だった。無人であるだけに、室内のその悲惨なありようは際立《きわだ》って荒廃を感じさせた。パーティの失敗というよりは、むしろ敗北感に苛《さいな》まれ、めぐみは食堂の椅子でひとしきり泣いたあと、どう慰めようもない妻をひとりにして居間の片づけにかかっている市郎を手伝う。

大まかにゴミだけ集め終わると、ふたりは掃除を明日のこととし、寝室に入った。ベッド・カバーがはずされていた。

自分のベッドを見ためぐみは悲鳴をあげ、窓際《まどぎわ》に身をすくめた。唇が蒼《あお》くなっていた。

「どうした」神経過敏になっている妻を気づかい、自分だけは何があっても妻と一緒になって驚いたりはすまいと決め、市郎は訊《たず》ねる。

「あ、ああ、あ。それ。それ。それ」

シーツの中央に、乳白色、半透明の液体が、乾燥もせず、シーツに吸収されることもなく、約一センチほどの広がりで二か所に落ちていた。

「なんだい。これ。これがどうしたの」市郎はつくづくと液体を観察する。

「だってそれ、ザーメでしょう」

「蝙蝠《こうもり》の精液じゃないかな」

「なんで蝙蝠なのよ」

「人間のと似ているって言うからさ」少年時代に読んだ「アラビアン・ナイト」からの知識である。

「なんで蝙蝠が夜中に飛ぶのよ」

「そうだよね」

誰の分泌物《ぶんぴつ》なのだろうか。そう思うと市郎も無気味さに襲われ、なんとなく窓際まで退いてしまう。

「誰のでしょう」

「誰のだろうなあ」


夫婦は身を寄せあい、いつまでも遠くからシーツを眺め続けた。

十二月二十六日　第六十八回

貴野原征三が出勤したあと、聡子はもういちど寝ようとした。決断を必要とする日だったが、必ずしもそれを先送りにするというのではなく、いったん寝ないことには、パーティ明けの朦朧《もうろう》状態で何も考えられなかったのだ。しかし、眠れなかった。夫の出がけのことばが気になっていた。

「この頃、元気がないな。どうした」

普段妻に無関心であるだけに、突然それに気づいたらしい征三はあからさまに驚きを見せ、たいへん心配そうに問いかけたのだった。

「そうですか」

聡子は笑顔を作った。その笑顔が夫の眼にどう映ったかはわからない。

サイド・テーブルの電話が鳴った。聡子はベッドから手をのばす。多摩志津江からだった。

「知ってるのっ。株が軒並み値上りしはじめてるのよっ」志津江の声は浮き立つようだった。興奮が花のように開いていた。「今までの低迷は底値だったのよっ。持ちなおすわ。ああ。よかったわ。何もかもうまくいくわ」

「待って」聡子は起きあがり、受話器を持ったまま階下に降りてPFSに向かう。

その間も志津江は喋《しゃべ》り続けていた。「あなた、どうすればいいかわかってるんでしょうね。ご主人の会社の株、全部追加担保に入れるのよ。でないと今までの損、取り返せないわよ。ご主人に知れたとしたって、損してないとわかれば絶対怒ったりしないだろうし、わからないうちに買い戻しておくことだってできるわ」

ＰＦＳの画面で株価の変動を確認し、聡子は言った。「あなたの言う通りみたいね」

志津江の助言は正しい、と、聡子は思った。彼女の言うようにすれば、何よりも、もういやなことを考えなくてもすむのだった。

聡子は夫の書斎から一万株の株券を持ち出し、その日のうちに剣持の会社へ届けた。

しかし株価は翌日、また下った。

志津江の教えた値上りは小幅な戻しに過ぎなかった。例えてみればそれは、大陸が海洋底に下りていく途中の大陸棚《だな》のようなものであり、海底ではなかった。そもそもそんなに早く底値に到ることは、通常はあり得ないことだった。常識としては、一年間も値上りが続いたあとは、その倍の二年間、相場の低迷が続くとされている。もちろんそれはあくまで常識に過ぎず、たとえ株のプロであっても底値の時期はわからない。聡子にはそういった知識はまったくなかったし、それ以前の常識すらなかったことになる。しかし、彼女にそれを教えた志津江はどうだったのであろう。聡子にはわからない。

それからも徐徐に、徐徐にと値下りは続いた。

いずれ新たな追加担保を要請されるだろうことは確実だった。

十二月二十七日　第六十九回

「なんとまあ、モロッコ王国のカサブランカ市からも来ていますよ」澱口《おりぐち》がエア・メールの封書をとって言った。「川嶋克正《かわしまかつまさ》さんからの提案です」

「わははははは」櫟沢《くぬぎざわ》が大笑いをする。「これ読んだだか。今回でいちばん傑作な提案だ。横浜市緑区の柏淳一《かしわじゅんいち》さんだけど『時田浩作はぬいぐるみであり、中に入っているのは別人』なのだそうだ」

「作家の自宅への手紙も含めて、あれからさらに五十四通。一度ここに名前が載ったというか、虚構化された人たちからの喜びの手紙も多いですね」

「やり返されて喜んでいる人もいるよ。おかしなことだ。それからこの名古屋市北区の杉本明美さんだがね。『うちの文豪ミニ5HCは【筒井康隆】も、【ガスパール】も一発で出します』って、本当かねこれ」羨《うらや》ましげに言って櫟沢は、自分のデスクの書院WD―650を振り返る。

「柏原《かしわら》市の粕井均さんは連載一回分をイラストまで入れて書いてきていますが、これ、なかなかのもので、ほんとに使えそうなんですよね」

櫟沢はいやな顔をした。「使えるもんか」

「それから、櫟沢氏には筒井康隆、貴野原征三と同様、大学生の息子がひとりいる筈《はず》だからそれを出せという希望が多いんですが、これ、何でしょうね。年末で、帰省してる筈だからというんですが」

「帰ってますよう」隣の応接室から櫟沢の長男の声がする。

「たまには褒めてある手紙もとりあげるか」と、櫟沢は言う。「兵庫県高砂《たかさご》市の長尾和巳さん。『面白くない、訳がわからないとの投書が多いそうですが私は面白くてたまりません。毎朝、新聞を広げるのが楽しみです。もっともっと奇妙キテレツな展開を望みます』」

澱口も読みあげる。「横浜市港南区の富田真珠子さん。『最高です。毎朝読むたびにあっと驚く展開で、前回のコンピューター・ゲーム場面で高等数学が出てきた時には、これでまた非難の投書が山ほどくる、しかも、もちろんそれを承知で書いていらっしゃるという何重構造にもなった構成がパーッと頭の中にひろがって、楽しくてなりませんでした』」

「実はこうした絶賛の手紙は今までにもたくさんあった」と、櫟沢は言った。「だが、くれた人には申しわけないが、意図的に省いてきたんだよな」

「半数以上がそうでしたよね」澱口も頷く。

「もとからのファンのファン・レターと区別がつかなかったからだ」櫟沢は腕組みした。「さらに、今からおれたちが気をつけなければならないことはだな、とりあげてほしいばかりに、わざと悪口を書いてくるという手紙だ」

「それらしいものが今回、二、三あるんですよね」澱口は憮然《ぶぜん》とした。

「だから、以後は提案の手紙のみに絞ろうよ」櫟沢はそう言ってワープロに向かう。「さあて、スパイラル構造の三周目だぞ」

十二月二十八日　第七十回

戦闘は第四分隊のみが南の海岸で赤道魚人と交わしているため、深江たちは森の中で休養を兼ね、待機していた。彼らは今、神さびた巨木群の中に身をひそめていた。深江はヤグプタの根もとで第三分隊の日野と話している。戦闘中のような、あの不可解で謎《なぞ》めいた思考の混乱もなく、ふたりは落ちついて会話を楽しんでいた。

「そいつはいったい何を食べて生きているんだね」深江は日野が肩に乗せている直径十センチばかりの円錐《えんすい》形をしたシリコニイを顎《あご》で差して訊ねた。

日野は捕虜にしたシリコニイを一体、ペットのようにしてつれ歩いていた。層をなした珪酸《けいさん》重合体のそのからだは、身体各部を横滑りさせて始終こまかく動いている。「ガンマ線です。直接吸収してエネルギーを補給しています」

「ははあ。するとこの星にはウラニウムが、ずいぶん大量にあるわけだな」深江はなんとなく周囲を見まわした。

「さっきの話ですが」日野は濃い眉の下の考え深そうな眼をあげる。「われわれがどこで得たかわからないこの知識、いや、叡知《えいち》といってもいいでしょうが、これはサムサーラ、つまり輪廻《りんね》によるものではなさそうです」

「では何だい」深江はちょっと驚く。「他に説明できるような理屈が何かあるのか」

「チベット仏教によると、われわれにとっての『叡知』が充満した原空間、原時間があるそうです」

「じゃ、なぜおれたちはそこへ行けないんだ」

「ある力の場に取り囲まれているからじゃないでしょうか」

「力の場ねえ」深江はまた周囲を見まわす。

木蔭《こかげ》から木蔭へ、素早い動きをする何者かが走った。日野も気づき、さっと首をまわす。

「穂高《ほだか》だよ」深江は苦笑した。「誰だあんな女を隊員にしたのは」

新たに第一分隊に入ったその唯一《ゆいいつ》の女性隊員は、屈強な肉体を持った、いわばスーパー・ウーマンだった。顔も名前も日本人でありながらなぜか金髪であり、寒い時でも半裸体で、僅《わず》かにけものの皮を身につけていた。

「ああやって、戦闘のない時でも鍛錬と称して走りまわっている」深江は日野に笑いかける。「男など眼中になさそうだな」

「隊員たちだって、女として見てはいませんよ」

そう言った日野は、瞬間、深江の顔に射した悩ましげな翳《かげ》を見逃さない。おや。穂高が好きなのかな。

深江の脳裡《のうり》には、穂高から連想した別の女性の面影《おもかげ》があった。あんな、女アマゾンのような女性ではない、もっとしとやかな、美しいあの婦人。あの婦人のイメージが前世の記憶でないとしたら、いつか会える可能性だってあるのかもしれないなあ。

十二月二十九日　第七十一回

その女性はごく最近、ある種の懸念《けねん》のような感情とともにほんの二、三度ちらりと深江の意識野を横ぎっただけであったが、ただそれだけで記憶には強く刻みこまれてしまった。どことなく悲劇を背負っている様子の憂《うれ》い顔はこの世のものと思えぬ美しさであり、それ以来深江の中に生まれた彼女への愛情の中には、なぜか彼女ともう何十年も慣れ親しんでいるかのような親近感が含まれていた。そして彼女の出現と同時に意識されたその懸念はそれ以後、深江の現在の懸念となった。

「チカゴロゲンキガナイ。ドウシタノダロウ」

日野が喋り続けていたが、深江の耳にはもう入らない。

そうだ。そして彼女を抱いた経験さえ、うすぼんやりと意識の奥には隠れているではないか。

彼女は誰だ。どこにいるのだ。

「どうかしましたか」

日野の怪訝《けげん》そうな問いを、深江は反射的にかぶりを振って否定する。「いや。どうもしないさ」

「ミナミノ、ヤマニ、タクサン、タクサン、タベモノ」石が口をきいた。

「喋ったぞ」深江の興味はシリコニイに向かった。「われわれのことばを教えたのか」

「ええ。石と石の擦過音で喋るんですよ。あっちにウラニウムの鉱山があるのでしょう。そのうち、つれていってやります。なに。一、二年は食べなくても大丈夫みたいです」

その時、喋り続けていた日野の顔が突然、戸部社長の顔になったので貴野原征三は思わずあっと叫んでしまう。

「わははははは。ゲームをやっておったな」

ちょうど日野の顔の上にできたウインドウの中から、戸部社長が笑いかけたのだった。

深江の第二分隊に事態の進展がないので、貴野原はただ漫然と彼らの会話を聞いていたのだ。峰隊長が指揮する戦闘はいつも荒っぽく、最近は興味を持てなくなっていた。

「何か、社長」顔を赤らめ、貴野原は訊《き》く。

年齢よりずっと若わかしい戸部社長は陽気な大声で言う。「大煥《だいかん》の社長と専務が来る予定だったが、来られないと電話してきた。『パレス・ヴュー』で昼食をする約束だったので、予約してある。一緒にどうかね」

「お供します」と貴野原は言った。「で、もうひとりは」

「対馬《つしま》君はどうかね」

総務部長であり、三人揃《そろ》えばゲームの話になることがほぼ確実に予測できた。

その通りだった。そのビルの最上階にあるレストランに三人が揃うと、さっそく戸部社長が最近の遊撃隊の話題を持ち出す。「あの変な、穂高とかいう女が入ってきただろう。あれはいったい何かね」

十二月三十日　第七十二回

「あれはいずれ、分隊長になるんでしょうなあ」対馬総務部長はグレイ・ペーンの大きな窓ガラス越しにオフィス街と皇居の一部を眺めながら言う。「どうせどこかの何人かの女性管理職が示しあわせて提案したんでしょう。女性隊員を出せってね」彼はうんざりした顔を戸部社長に向けた。「軍隊に女性。あたしゃいやですね。趣味に合いませんよ」対馬は太い眉の下の大きな眼をぎょろりとまわして今度は貴野原征三を見た。「それにしても、なんであんなアマゾネスみたいな女を」

貴野原はくすくす笑った。「そりゃあ、楚楚《そそ》とした美女では具合が悪いんだろう」

個室なので、昼食時の混雑とは無関係に周囲を気にせずゲームの話ができる。たまには豪勢な昼食をと、このレストランへやってくる社員もいるのだった。

「ワンダー・ウーマンというのが昔あったが」飄飄《ひょうひょう》とした風格の戸部社長がビールを飲みながら言う。「あの女は豹《ひょう》の毛皮を着とるな」

「着ている、というより、纏《まと》っている、と言った方がよろしいのでは」そう言ってから、対馬はなぜかううんと唸《うな》って、急に黙りこんだ。何か思い出した様子だった。

スープが運ばれてきた。

ボーイが個室を出ていくと、戸部社長は対馬に訊ねる。「対馬君どうかしたか」

スープ皿に顔を伏せていた対馬は、困った顔つきでぎょろ、ぎょろとふたりを順に見る。「石部智子《ともこ》のことですが」

「ああ」戸部社長は笑った。「また、ゲームのことで叱《しか》られたか」

「そうじゃないんですよ。この間からの配置変えでデスクの移動に伴う機器の移動をやっているんですが、あの石部智子、社内中を髪振り乱して走りまわって働いておりまして、それはまあいいんですが」喋りにくそうである。

「それはよくて、何がいかんのだ」戸部社長が興味深げに催促する。

「ドライバーや何かを持って、デスクの下へもぐりこんで、夢中で仕事をするんですが、仰向きになって両膝《りょうひざ》を立てたままだ。白いパンティが丸見えで、若い男性社員が眼のやり場に困っております」

三人はしばらく黙ってスープを飲む。

「そうか。彼女は水泳をやるんだ」顔をあげ、貴野原はそう言った。「だから水着を着ている感覚なのでは」

「しかしだな、このう」戸部社長が眉間《みけん》に皺《しわ》を寄せて考え深げに言った。「水着と、そのう、パンティとではこの、あきらかに違う」

「そりゃまあ、違いますが」

「断然、違います」顔を赤黒くして、対馬はなぜかそう断言した。

十二月三十一日　第七十三回

三人は困った顔でまた黙りこんだ。

ランチ用の小さなステーキとサラダが運ばれてきた。三人は困ったままでステーキを食べた。

やがて、ひひ、ひ、と戸部社長が笑った。歯茎が少し見えた。「じゃあ、対馬君。君、石部智子にそのことを直接、注意してやりなさい」

「わたしが」対馬総務部長は西郷隆盛に似た豪傑顔に似あわず、今にも失禁しそうな表情をした。「とんでもない」ぶるるるるる、と唇《くちびる》を顫《ふる》わせてかぶりを振った。ナイフとフォークを置いた。「それだけはご勘弁を」股間《こかん》を両手で押さえた。

思わずくすくす笑ってしまってから、貴野原征三はしまった、と後悔した。戸部社長と対馬が貴野原の顔をじっと見ていた。あわてて真顔に戻った。だが遅かった。

「貴野原君は石部智子と一緒にパーティに行ったそうだね。仲がいいんだろ」

社長が言い、そうだったそうだったと同意を見せて対馬があわただしく頷《うなず》く。

「あれはその」貴野原はむせ返った。咳き込みながら弁解した。「ゲームのその。われわれのつまり。みんなが集まるので」

わかったわかった、というように戸部社長がゆっくり頷いて、嘆息した。「以前なら、それくらいのこと、誰でも平気で注意できたもんだったが」

「そうでしたよねえ」詠嘆口調になり、対馬はまたナイフとフォークをとって宙を見る。「わたくし二十年前アメリカに参りまして、どこの会社でも管理職が部下から『話のわかるおじさん』として見られたがっていることを知って驚嘆したものでしたが、今やわが国もそうなってしまいました」

「部下から友達扱いされて喜ぶようでないと管理

職じゃない。そんな風潮になりました」話題が石部智子から離れたのでほっとし、貴野原も言った。「だいたい仕事ばかりしている管理職がいなくなりましたね。ゲームに限らずですが、何か道楽に打ちこんでいる上役が好かれる」

「金、金、金の時代じゃなくなったからですよ」対馬は深刻そうに頷いて見せた。「この十年のわが社の変わりようはどうですか。十年前にわが社がどんな無茶苦茶をやったか、話してやっても若い社員なんか本当にしないやつがいます」

　ひとしきり世の移り変わりを感嘆し、フルーツを食べ終わり、立ち上ろうとしかけた時に、戸部社長はじろりと貴野原を横眼で見て、軽い口調で言った。「じゃ、石部智子のことは君、よろしくね」

　えっ。引き受けてないのに。貴野原はちょっと身を反らせたが、今さらさっきの弁解を繰り返すこともできない。しかたなく、まあまかせてくださいというように自信ありげな笑みで頷く。

「注意するなり張りとばされたりして」社長がまた不吉なことを言い、ひひ、ひと笑った。

平成四年一月一日　第七十四回

　レストランの勘定場で戸部社長がサインしている間、貴野原征三はエレベーター横の自動販売機でタバコを買おうとした。小銭がなかったので、勘定場で両替してもらうつもりで札入れを出した。一万円札が四枚しかなかった。

　貴野原は常に十万円の現金を持つ習慣で、それはそもそも、どちらかといえば妻の聡子の意見に従ってそうしていたのであり、征三が使った分だけ毎朝補充しておいてくれるのも聡子だった。だが、二、三日前から妻のその補充が途絶えていた。そういえば昨日も札入れを覗《のぞ》いた時におかしいなと思い、すぐ忘れてしまっていたのだ。万一それ以上高額の支払いをする場合にはカード入れに入っている各種のカードを使えばよく、だから聡子に腹を立てる気にはならなかった。むしろそうした日常の雑事に気のまわらぬ最近の聡子の心ここにない様子が気がかりだった。

　だが、そんな心配も、自分の部屋に戻ってくるとたちまち忘れてしまう。

　さしあたっての難題。石部智子にパンティ丸見えの件で注意してやること。貴野原にとっては現在進行中の非常に厄介《やっかい》な他社との交渉以上に鬱陶《うっとう》しい問題だった。

　戸部社長がひとをじろりと見て、わざと軽い口調で何か命じる時の言外の含みを、貴野原は心得ていた。「別に、君がどうしてもいやなら、やらなくてもいいんだよ」

　いやいやとんでもない。やりますよ。やります。貴野原は握りこぶしを額に当てる。それをすべてやってきたからこそ勝ち得た自分への社長の信頼ではないか。

　石部智子をここへ呼んで。

　いやいやそれはまずい。用を言いつけるのではないのだからな。重大問題ではないのだ。あくまで軽く、ふと思いついたように言ってやるのがよい。通りすがりに、というのがいちばんいいのだが、そんな機会はあるまいなあ。といって、まさか廊下のどこかで待ち伏せすることもできん。愛の告白ではあるまいし、また、そんなことに慣れていない自分でもある。突然彼女の前に飛び出していって、おろおろ声でパンティだの何だの口走れば、彼女はいったい何だと思うか。

一月二日　新聞休刊日
一月三日　第七十五回

やはり秘書課へ行くしかないだろうなあ。

貴野原征三は溜息《ためいき》をついた。石部智子が機器の移動で席をはずしていることよりも、他の連中がたくさんいることを彼は恐れた。

この前のように、彼女が残業していることを願いつつ終業直後に行くか。

いや。今すぐ、一度行ってみよう。まだ昼やみの時間だ。あまり多くはいるまいし、彼女だけがいてくれれば儲《もう》けもの。いなければ出直せばいい。

どう切り出すかはあまり考えない方がいい。そう思いながら貴野原は秘書課に向かう。自分がそれをやると科白《せりふ》の棒読みのようになっていつもぎくしゃくするのだ。雰囲気で喋《しゃべ》った方がいい。

勢いよく秘書課に入ってしまってから、貴野原はしまったと思う。午後の就業時間が迫っているためか、ほとんど全員がデスクに向かっていたのだ。石部智子を含む何人かが彼を見ているので、今さら出るわけにもいかない。

石部智子の席がやや隔離されているのが、せめてものさいわいだった。貴野原は無理に笑顔を作って彼女の席に近づいていった。

「やあ」

「常務。何か」

石部智子は少し出っ張った額の下から、あいかわらずのうわ眼遣いで貴野原を睨《にら》むようにしたままである。またしてもゲームに関する懐柔かと警戒しているのだろう。貴野原はそう思いながら、たいしたことではないというように軽くかぶりを振り、彼女の横に立ってディスプレイを眺めた。六画面に分割されていた。智子も顔を画面に戻す。

「常務。何か」キイを押して六画面の音声を順に確かめながら、また彼女は訊《たず》ねる。立っていられると気になって集中できない、と言っているのだろう。

貴野原はちょっと慌《あわ》てる。「いやあ、その。今、配置変えやってるだろう」

「はい」

やはり、緊張しているようだ、まずいなあ、と、貴野原は思う。「で、まあその、君の場合、機器の移動というものがある」

「はい。でも、だいたい終わりましたが」

あれ、だいたい終わったのか。貴野原の肩の力が抜けた。それなら別段、注意することもないではないか。

言ったものか、どうしたものか。考えながら貴野原は智子のデスクの上に視線をさまよわせた。

マシンの横に「まぼろしの遊撃隊」第六巻がさりげなく置かれていた。

「あれっ」思わず声が出た。「それ、第六巻じゃないか。いつ出たんだ」

「いえ。これはまだ、出てないんです」智子はそのＢ６判のペーパーバックを取り、貴野原に渡す。

一月四日　第七十六回

「こんなもの、君、いったいどこで」あわただしく「まぼろしの遊撃隊」第六巻のページを繰りながら貴野原征三はそう訊ねた。

センターに行ってきたことを話したりしようものなら、さらに根掘り葉掘り訊かれるように思ったため、石部智子はちょっと口ごもった。しかし貴野原はすでに読むのに夢中であり、今した質問さえ忘れているように見えた。

花村隊長発病の章は、その本の中ほどに見つかった。あたふたと流し読みをしながら、貴野原は驚きのあまり、石部智子に質問したことなど瞬間に忘れ去っていた。

なぜだ。自分の持っていたスペイン戦争の知識と同じ根拠が、センターの出したヒントの背景にあったということ、それはわかる。たとえ極めて瑣末《さまつ》的な記述までが自分の知識と同じであったとしても、出典が同じであれば不思議ではない。しかし、どうして正しい【判断】を打ち出した時のおれの個人的な感情や記憶までが、深江の心理描写としてここに書かれているのか。

「あの、地球で見るのと僅《わず》かに異なった星座たちがそもそも、見る者の無意識に病的な働きかけをしていたのではなかったのか」

こんなものはだな、おれの、おれだけの私的な感想であった筈だぞ。しかも少年期のおれのだな、信頼していた教師の、幼女に対するいたずらが発覚して新聞記事になった時の驚愕《きょうがく》、崩壊感、失望、【判断】を打ち込みながらそれを思い出していたこと、そんなものまでが、ここにはそのまま記されているではないか。これはいったい何ごとだ。

いったん画面に注意を戻し、仕事を続けていた石部智子が振り返ると、貴野原はまだそこに立ったまま、眼を丸くし、ほとんど息をとめて黄色い表紙のペーパーバックに読み耽《ふけ》っていた。

夢中だわ。よほど好きなのね。そう思い、なかばあきれて彼女はくすくす笑う。

ん。眼を丸くしたままで、貴野原は智子を見た。その眼の中の惑い乱れている色を、智子は自分に笑われたための恥じらいであろうと感じた。

「それ、お持ちになってもいいんですのよ。差しあげますから。どうぞ」

「えっ」心の底から嬉しげな笑顔を、貴野原は智子に向けた。「ほんと」

無邪気さが、上気して赤く光っている頬《ほお》にあらわれていた。子供のようだ、と、智子は思う。

「お持ちになってください」

「そうか。いや。ありがとう。ありがとう」

そう言いながらまたしても表紙を見、中を見る。そして裏表紙を見る。それをくり返しながら貴野原は秘書課を出ていった。もはや何を言いにきたのかすっかり忘れている。そんな貴野原をくすくす笑いで見送り、石部智子はまた仕事に戻った。

一月五日　第七十七回

「SF嫌《ぎら》いの多数読者からの投書が、まったくなくなってしまいましたね」不思議そうに澱口《おりぐち》が言う。「なぜでしょう」

「パーティ場面を楽しんでいたからだろう」櫟沢《くぬぎざわ》は苦い顔で言った。「SF嫌いの読者というのはつまり、話が気にいっている間は何も提案せず、ただストーリイを享受《きょうじゅ》するだけの読者ばかりだということになるな」

「その結論は、いささかせっかちなのでは」背後の大多数読者を気にしてちょっとうしろを向いた澱口が、あわてて反論する。「だって、あれからSF的展開になっても、それに対する文句の投書はまだひとつもないんですよ。櫟沢さんの意図を理解しはじめたのだと解釈することはできませんか」

「手紙というのはタイム・ラグがあるからな」櫟沢は疑い深く澱口を見る。「どちらにしろ、文句の手紙だって提案じゃない。提案をしないと自分たちの好みの方向へ話が進まないということが、やっぱりまだ、わかっていないんだよ」

「今回のお便りでいい提案は」澱口が大声で言いながらエア・メールの封書をとりあげた。「この、カナダのトロントにお住いの西本秀さんのものだと思いますが」

「ああ。その人たしか、二度目のお便りだね」機嫌《きげん》がよくなり、櫟沢は浮きうきして今後の話の展開に考えを向ける。「ゲームを統括するセンターの存在が、権力的で巨大なものでなかったことを評価してくれている。つまりゲームをコントロールするシステムが『不確かで、ファジイ（ぼやけている）で、偶然』だから、これを徹底させて、投書、パソコン通信も含め、枝わかれしている話を収束させたらどうかという提案だ」櫟沢は唸《うな》り、着想を内部に求める顔になった。「そうか。

投書やパソコン通信は、ここのレベル止まりだと思っていたんだが」

「投書の数、衰えませんね」櫟沢が考えている間しばらく沈黙していた澱口が、コーヒーを飲み終えて言った。「あれからまた五十四通。福岡大学の立林良一さんはご自分のメタフィクション論掲載の学会誌を送ってくださっています」

「お礼申しあげます」

「罵倒《ばとう》の手紙が二、三ありますが、調査するといずれも匿名《とくめい》、または住所が架空でした」

「それらは無視しよう。架空の人名をこのレベルで出しても意味がない」

「おや」澱口が首を伸ばして庭を見た。「雪が降ってきたようです」

「本当だ。雪だ雪だ」無邪気にちょっとはしゃいだあと、櫟沢はまた小説に戻る。「ええと。しかし貴野原たちの世界ではあれからまた一か月経《た》って、もう四月なんだよね」眼を閉じた。「貴野原家の庭では、桜が満開である。そして、庭に面した部屋で、貴野原聡子はまたしても青い顔をしてＰＦＳに向かっている」

一月六日　第七十八回

　夫の会社の株を追加担保に入れてしまってからさらに二度、危機があった。一度目はすぐにやってきた。ゲーム機メーカーのアミューズ株が値上りしていたので、その時は八百万円相当の追加担保を入れるだけでよかった。聡子は意を決してＰＦＳからネット・シグマにアクセスした。画面にアップされたネット・サラ金加入各社の一覧表を見ながら、聡子は次つぎと融資を申し入れた。

　最初に申し込んだ会社の、画面で応対してくれた貸付担当者がひ弱そうなインテリ風の青年だったので、聡子は安心した。そんな善良そうな青年のいる会社が暴力団と関係しているなど、彼女には考えられなかった。青年は調査のためと言っていったん接続を断ち、十分後、また画面にあらわれた。

　聡子は正直に八百万円が必要であることを話したのだったが、「残念ながら」融資は百万円が限度であり、さらに最初の利息が借入金から天引きされることを彼はすまなそうに告げ、「他社からもお借りになれば」と助言してくれた。

　百万円が限度だろうということは剣持から聞いて知っていたので、最初から聡子は数社から借りるつもりだった。サラ金各社の貸付担当者は皆、おだやかな中年紳士であったり、スポーツマン風のさわやかな青年であったりし、気が楽になった聡子は、半日足らずで八社から次つぎと百万円ずつを借りたあと、さらにもう二社からも百万円ずつを借りた。生活資金も必要だったし、一度夫から指摘されてひや汗をかいた彼の札入れの中の十万円も、家庭の経済危機を気取られぬよう、あれ以来常に補充しておく必要があったからだ。

　だが、十一社めへの融資申込みはさすがに五十万円に値切られてしまった。ネット内で情報が迅速に各社へ伝わっていることを聡子は実感した。その会社から借りたのを最後に、彼女はサラ金への融資申込みをやめた。

マーケットも企業も、いわば貧血状態にあった。いつ景気の回復がやってくるのか、誰にもわからなかった。株式市場の不振で、企業は資金調達の道を閉ざされ、収益力も低下し、自己資金も底をついていた。平均株価の低迷はいつまでも続いた。

聡子に新たな危機がやってきたのはつい昨日のことだった。二千万円の追加担保が三日後までに必要であることを剣持から告げられた聡子は、投資したものすべてが無になることをほとんど覚悟した。しかし、アミューズ株だけがわずかに値上りを続けていた。それだけが希望だった。ここを何とか持ちこたえさえすれば、いずれは他の株も値上りし、すべてもとに戻るような気がしていた。剣持も、曖昧《あいまい》な口調ながら似たような意見だった。


そして今日、また剣持が聡子の向かっているPFSの画面の中にいた。聡子の決意を確認するためだった。

一月七日　第七十九回

「さしでがましいことだったかもしれませんが」剣持は両手を鳩尾《みぞおち》のあたりで揉みながら言った。「実は天藤先生にお話ししてみました」

「あの。何を」二の腕に悪寒《おかん》が這《は》いのぼるのを感じながら、聡子は訊ねた。もちろん訊ねるまでもないことであり、天藤望に抱かれる決断を一瞬でも先送りにしたいばかりに出たことばだった。

「貴野原さんのために二千万円、お貸しいただけるかどうかをです。当社とはお取引がありませんのでただの電話でお話ししただけだったのですが、貸してもよい、というご返事でした」

「貸してもよい」聡子はぼんやりと繰り返した。

「あの、ですから」言い方に困りながらも、剣持は苛立《いらだ》っていた。「おわかりでしょう。そういうことです」

たとえ言わずもがなのことであっても、はっきり言ってもらわなければ決断がつかないのだ。女の気持ちのわからない剣持の顔を恨みっぽく見ながら、聡子は自分で言うしかない。「天藤さんに、身をまかせよと」

「どう申しあげようもないのですよ。わたしには」剣持はまた、あの切なげな表情をした。「おわかりになりませんか。奥さんにこんなことを言わなければならないことで、誰よりつらいのは、わたしなんですよ。わたしです。奥さんがそんな目に、その、もう、たまりませんよ」

聡子は剣持の眼に滲《にじ》んでいる涙を画面の中に発見した。ではこのひともわたしが好きだったのだ。しかしそれは今のこの切迫した事態の中で、驚きというほどのことではない。

すでに昨夜、あの色事師の天藤であれば、本気で自分を愛しはじめてうるさくつきまとうようなことはあるまいと考え、たった一度のことなら剣持に橋渡しを頼もうかどうしようかと悩むまでに心を決めていたのだった。

「わかりました」聡子は画面の剣持から眼をそむけた。「わたしからも、お願いいたします。その段取りを、およろしいように」

　聡子には見えなかったが、剣持は聡子がそのことばをつぶやくように言った瞬間、大きく身顫《みぶる》いしていた。自分から眼をそむけた聡子の横顔に、何かに追いつめられた女性が示す凄絶《せいぜつ》な美しさを認めたのだった。

「そうですか。あの」しばらくして気持ちを立てなおし、剣持は事務的な口調に戻ろうと努力しながら顫える声で言った。「では、お逢いになる時間や場所を、さっそく天藤さんと」

　画面から光が消える。

　聡子は立ちあがり、まるで漂うように家の中を動きまわった。心がうつろになるという表現を、聡子は本当だとおもった。いつまでもそうしていたが、夫の書斎にだけは入れなかった。

一月八日　第八十回

数夜、パーティが続いて疲労が滞留していた。聡子はその夜、家にいることにした。

実際には、二千万円という金はあくまで借りるだけであったが、聡子は自分のからだに天藤望が二千万円の値をつけたかのような気分になっていた。せめてそれを誇りと感じることで、やましさや、明日に迫った屈辱を忘れようとした。理屈にあわないことだが、聡子の中ではそうすることがなんとか可能だった。

それでも夫が帰宅すると、彼と視線を交わすことを聡子は恐れた。さいわいにも征三は、何やら気にかかることがあるらしく、久しぶりの手作りの料理にも特に食欲をそそられるでもなく、美味を感じるでもない様子だった。

「どうかしましたか」ふと、わが身を顧みて夫のあまりのふさぎこみように不安を抱き、聡子は訊ねてみた。「ご機嫌、悪そうね」

「ああ。悪い」征三は明快にそう言った。

その明快さが聡子は羨《うらや》ましかった。「なぜ」

食卓越しに、征三はまともに聡子を睨みつけて言った。「最近、ゲームが面白くなくなってきた。どうも、若い連中が入ってきたらしい。戦闘が荒っぽくなって、陳腐になった。すべての事態に、既製のＳＦネタばかり山ほど持ち出してきて【対応】し、古くからの参加者の知識や思索に対して罵声《ばせい》に近い【反対】をするＳＦ馬鹿《ばか》どもだ。だから話そのものが映画まがいのＳＦ大活劇や、ヒロイック・ファンタジイまがいのナンセンスになってきた。何が『顰蹙《ひんしゅく》の大魔王討伐』だ。つまらん」

吐き捨てるようにそう言いながらビールをがぶ、と呷《あお》り、ステーキの一片を口にほうり込む夫をうわ眼でちらちらと眺めながら、夫の悩みがそんなことであってくれることで、聡子は救われた気になる。

　聡子がゲームなどにまったく興味を持たないことを知りながら、それでも征三は不満を口に出さずにいられないようだった。「われわれが戦史を反芻《はんすう》したり、歴史的事実の確認をしたりしていると、『理屈なんかどーでもいーから、早く面白くしろー』だの、『あーあ。お利口さんが多くて困りませーん』だの、『うーゲロゲロゲロー』だのといった罵倒に近い書き込みをしてくる。実に不愉快だが、こういう者に対してセンターは何の対策もとらない。それも不思議だ」

　さんざ不満を述べ、食事を終えた征三は、それでもやっぱりゲームのため書斎に籠《こも》ってしまう。夜食の用意があるかどうかを気にするのもいつもと変わらない。

　翌朝、征三が出勤した直後、剣持からPFSを通じての連絡があった。画面で剣持は、申しわけなさそうにうなだれた。「奥さん。実は天藤先生、北九州市のお店に行かれておりまして、明後日でなければお戻りになれないんです」

一月九日　第八十一回

それは苦悩の末、心に決めたことを、この剣持という男に、あるいは天藤望に、ないがしろにされたと、瞬間そう思ったがゆえの、聡子の怒りの表情だったが、その表情に、剣持は身を引くようなそぶりを見せた。

「あっ。申しわけ、ありません」

怒りの中で、羞恥《しゅうち》のうす皮が弾けとんだ。ずしりとした開きなおりが聡子の腰のあたりに重みをあたえた。

「剣持さん」すぐ、聡子はふだんの顔をとり戻す。「天藤さんがお戻りになるまで、待っていただけませんか」

言外の意味も含めておだやかに言ったたつもりだったが、剣持はプロに似合わぬ強い否定の形相でかぶりを振る。「お、奥さん。それができるくらいなら何も、何もこんな」

勘の悪さもあるのだろうが、最初から、自分を対象にして聡子がそんなことを考える筈はないと思いこんでいることはあきらかだった。聡子はそれを彼に悟らせようとして、粘りのある視線をうわ眼で送る。「お手もとにプールなさっている株を、一時、追加担保として」

「あっ。どこでそんなことを」剣持は小さいままの眼を丸くする。

「そうしてくださるのなら、わたしは、何でもしますす」聡子は眼をそむけた。昨日の問答が剣持の記憶に残っている限り、そのそぶりが何を意味するか彼にもわかる筈だった。

「奥さん」剣持の声が嗄《かす》れた。

聡子が画面を振り返ると、画面の中の剣持は手を下にのばし、いそいでキイ・ボードを何度か叩いていた。近くの席の者に聡子の声が届かぬよう、音量を下げたようだ。彼は顫えていた。

顔をあげた。「そんなことを、この、わたしに」

「どうにでも」と、聡子は言った。「およろしい　あまるその」

ように」

「あっ」泣き顔になった。「本当ですか。しかしまあ。わたしにそんなことを。あの。お察ししますがしかし。ああ。でもわたしにとってはこの。奥様などというこの」おろおろ声になっていた。

「それはもちろん、わたくしも、奥様のことを。以前からその。しかしまあ、よくそのようなご決心。わたしなどという、この、醜悪な。ですからもう」あぶら汗を流していた。「奥様のような美しいかたと。わたくしにとっては夢ゆめ夢、夢のような。本当でしょうか。わたしなどの身に。怪物。まあ。あっていいことかと一瞬。そんなよいことが。いやいや。いやその。お気の毒な、と、申しますか」股間《こかん》を押さえているようだった。

「ずっと好きで。愛を。いえそれは、純粋な。ですから。いやいや。もちろんそれはその。そんなことは、あった方がその、ずっとよいので。身に

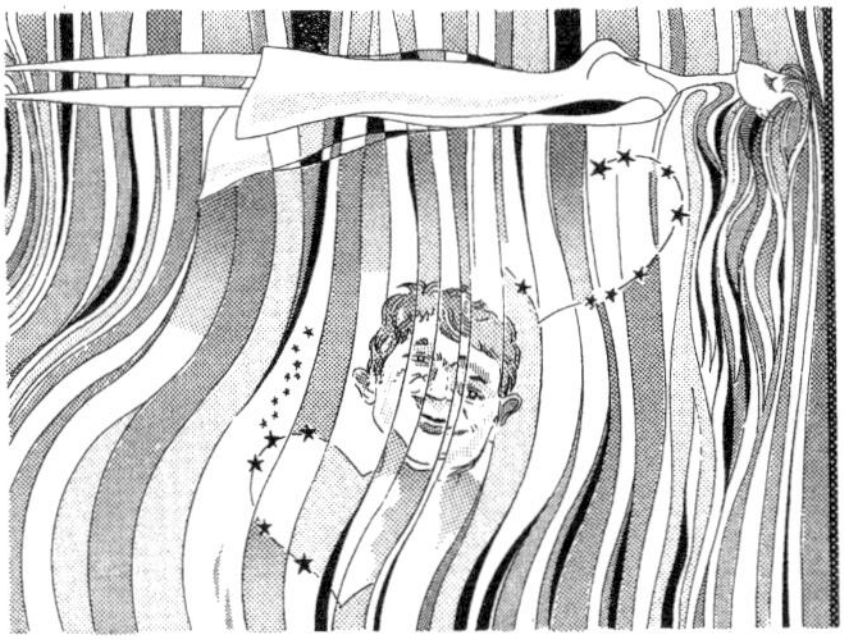

一月十日　第八十二回

三時ごろまでは社にいなければならない剣持との打ち合わせで、逢うのは四時、それまでに剣持がチェックインしておく新宿にある高層ホテルの一階ロビーで、と、いうことになったが、聡子はそんな時間まで、汚濁の時が迫るのを家で待ち続けることができなかった。彼女は外出した。いつもなら多摩志津江と誘いあわせて行く日本橋のデパートに、ひとりで出かけた。

もう、何をしてもかまわないという気になっていた。聡子は腹を立てていた。何に腹を立てているのか、それはわからなかった。堕《お》ちてしまえば、同じことをくり返して以後の追加担保はどうにでもなると思いはじめていた。しかしそれ以前に、株価は上昇しはじめる筈だった。これを最後に上昇しはじめる筈だった。そうでなければならなかった。そのための苦痛に満ちた通過の儀式を行うのである以上、そうでなければならなかった。

儀式だと思えばよかった。聡子はデパートの中の美容室で髪にウェーブをかけ、マニキュアをしてもらった。娼婦《しょうふ》の気分になってきたので、それはそれでもよいと思い、イギリスのフローリスという香りの専門店でバス・ジェル、トワレ、香水のセットを買った。ついでに家でするエステティックのための化粧品セットを八万円で買った。真昼の娼婦ならサングラス。彼女は十万円のファッション眼鏡を買った。グッチのハンドバッグを二十五万円で買った。それから、欲しいと思いながら今まで持っていなかった美しい色をしたヌバックの五センチ・ヒールと若わかしいベビーシューズを六万五千円で買った。何でも買えるのよ。何でも買えるんだわ。大きな代償を支払うんだもの。そうよ。あの最初の時のように、株がどんどん値上りするんだわ。なぜあんな男と。このわたしが。

聡子はデパートを漂い歩いた。同じところを何度も通ったり、ぐるぐるまわったりしていた。夫のことが頭に浮かんだ。赤いヴェネチアン・グラスのワイン・グラスを夫婦の食卓用に二個買った。二十五万円だった。対《つい》になったイタリア製の金のブレスレットとイヤリングを八十万円で買った。買物はすべてカードで支払って自宅に送らせた。もうすぐ夏になるから、と、彼女は思った。服を買わなくては。白い七分袖《そで》のスーツをカール・ラガーフェルドで見つけ、四十五万円で買った。そのほか、夏用の服をあと五着買った。五着で二百万円だった。もう、何をしているのか自分でもよくわからなかった。とどめはルビーの指輪だった。自分にはそれを身につける価値がある筈だと聡子は思った。三百万円だった。構わない、と、聡子は思った。自分はそれを身につけて然《しか》るべき美しさをいつまでも保ち続けるだろう。自分より美しくない人でも、そんなもの、いっぱい持っているのだから。

午後四時が迫ってきていた。

一月十一日　第八十三回

ロビーで待っていた剣持に、やや高圧的な口調ですぐさま貴野原聡子は言った。「キイを貸してください。あの、わたくしに、先にお部屋へ行かせてください」

聡子は剣持のような男と一緒にホテルの一室へ入るところを誰にも見られたくなかった。見ず知らずの他人にさえ見られたくはなかった。剣持は言われるままだった。聡子の姿を見るなりソファから飛びあがるように立ちあがった彼を、不審げに聡子と見くらべる者もいて、とても一緒にホテルの中を歩けたものではない。

「二、三分してから来てください」そうささやき、聡子はさっさとエレベーター・ホールに向かう。

剣持は奮発して、スウイート・ルームをとっていた。こういう情事が常にあるとは思えない剣持が、自分の思い出になるよう不相応に豪華な部屋を取ったのであろうと思えたが、聡子にしてみればどんな部屋での情事であれ、剣持という相手のおぞましさに変わりはない。

剣持はすぐドアをノックした。額に汗を浮かべていた。いつもは愛嬌《あいきょう》のある前歯の欠けた笑顔も、これから情事を行う相手として見れば、興奮した泣き笑いのような表情がひたすら醜い。

寝室の手前の部屋で剣持と聡子は、応接セットに掛け、しばらくは向かいあったままだった。こういうことに馴《な》れていないふたりは、ただ茫《ぼう》然《ぜん》としていた。剣持は茶を淹《い》れて聡子にすすめ、のどが渇くらしくて自分だけがしきりに茶を飲んだ。時間が経《た》つばかりだと気づき、自分があれこれ指図してやらなければならないことを聡子は悟った。

「時間がないんです」聡子はそう言った。「夫より早く家に帰っていないと」

「そうですよね。そ、そうです」剣持はあわてて立ちあがり、しかし何をしていいのかわからず、ちょっとうろうろした。「ではあの、あの、シャワーをお使いになりますか」

　むしろこの男との情交を終えたあとでからだを洗いたいのだ。しかし、そうしている時間さえないだろう。「わたくし、このままではいけないでしょうか」聡子は決然としてそう言った。

「それはもう、もちろん。はい」剣持はぺこぺこして揉み手をした。「じゃ、あの、そっちの部屋へ」

　この男にはからだを洗ってもらわなければ困る。そう思い、聡子はあわてた。「わたくし、脱いでおきますので」寝室のベッドの横に立ち、聡子は向かいあった剣持を睨《にら》んだ。「ですから、あなたはシャワーを、どうぞ」

「あっ。そうですね。はいはい。はい」剣持は泣かんばかりの声を出した。歓喜にうちふるえているようだった。

　急いでバス・ルームへ走ろうとした剣持が、ドアの横の壁へ、ばあんという大きな破裂音とともに勢いよく衝突する。

一月十二日　第八十四回

『『ちょっと待った！』という、杉並区、徳富亨《とおる》さんからの投書です」澱口《おりぐち》がはがきを読みながら、櫟沢《くぬぎざわ》をうわ眼で見た。『聡子が貞操を捨てそうな気配である。前の朝刊小説でもそうであったが、朝から人妻が操《みさお》を捨てる話を読まされると、出勤前、あるいは途上の亭主族は妙に落ちつかなくなる。独身の私でさえそうなのだから』と、いうご意見なんですが」

「えーっ。なんでだよ」櫟沢は眼を丸くした。「落ちつかなくなるって、いったい、どう落ちつかなくなるんだよ。奥さんを疑ってということかな。まさかなあ。出勤途上って、つまり、混雑時の電車の中とか、そういうことかな。そんなところで発情したら大変だってことかしらん。独身でさえというのも、どうもよくわからんなあ。だいたい『朝刊小説』などというジャンルの小説はないんだよ。小説なんてものはすべからくだな、読者を落ちつかなくさせるものなんだ」

澱口は次の封書をとる。「塩尻《しおじり》市の小林弘明さんは『貴野原聡子さんタイプの女性は、私の周囲にもおりますので、いっそう興味深く関心を持ってその行く末を見守っています。彼女が卑《いや》しい男の餌食《えじき》になるような話には行かないようにしてください。私の貴野原聡子像は、私の曾《かつ》ての憧《あこが》れの君とそっくりなので、私のイメージを壊さないようにお願いします』というご希望。それから高砂市の長尾和巳さんは『美貌《びぼう》の聡子を株屋風情《ふぜい》と』あーっ。証券会社のかたたち、すみません。これ、読者の意見ですからねっ。『寝させるなんてことはゼッタイしないでください』」

「だってもう、ホテルの部屋まで来て、服を脱ぎかけてるんだぜ。どうしろっていうんだよ」櫟沢はおろおろ声を出す。「もっと早く言ってくれなきゃ」

「だからそこはひとつ、剣持がシャワーを浴びてる間に逃げ出すとか」

「逃げ出すったって、誘ったのはむしろ聡子の方なんだぜ。聡子に決心させようとして今まで追いつめてきたことがぜんぶ無駄になっちまう。困るよそれは。話の整合性というものを考えてくれなきゃ」

だが、言いにくそうに澱口は言う。「他にも類似のご意見の投書が、匿名《とくめい》やあきらかな偽名でたくさん来ているんですが」

本心から不思議そうに、櫟沢は澱口の顔を見つめた。「君も聡子の不倫には反対なの」

「いいえ。私ではなくて」澱口は苦笑してかぶりを振る。「新聞の読者というのは、不倫に対して強い拒否反応を示すんですよ。これはだいぶ以前のことですが、夕刊の連載で女主人公がついに不倫に走った時などは、午後四時から電話がかかりはじめて、ついにパンクしました」


「はて。どうしたものか。うー」櫟沢は空気の抜けた表情でワープロに向かう。

一月十三日　第八十五回

鼻血を出した剣持があわててバス・ルームに入っていったあと、聡子はゆっくりと服を脱ぎ、下着姿のままでベッドに横たわった。

高層階の窓はカーテンが開け放され、暮れはじめた空に白い雲の形をした気球のような白い雲がひとつだけ浮かんでいる。窓から見えるのはその雲だけだった。

今からでも逃げ出せる、という考えは、聡子にはない。逃げ出してどうなるものでもないことは明白であり過ぎて、考えるまでもないことだった。聡子は今、雲を見つめたままで、心を空白にしようとしていた。

この豪華なスゥイート・ルームを、自分が帰ったあと剣持はどう使うのか、彼女はそんなことを考えた。宿泊費を無駄にせぬよう、泊まるのだろうか。自分の残り香と淫靡《いんび》に戯《たわむ》れながら。聡子はおぞ気をふるい、考えるのをやめた。剣持をそこまで嫌うのは身勝手だと思う。今のこの状態を誰かに助けてもらいたいとは思うが、では誰が、と考えると、誰も思い浮かばず、想像の中で助けにきてくれたのがまたしても剣持だったりする。実際、現実にも、剣持が自分の窮状を救ってくれる唯一《ゆいいつ》の人物なのだ。

剣持がバス・タオルを身にまとってバス・ルームから出てきた。聡子は空を見たままだ。剣持はベッドに近づき、聡子の、薄いベージュの下着姿を見て唾《つば》をのむ。ぐび、という大きな音が聡子にも聞こえた。

剣持は泣きそうな声で言う。「あの、奥さん。なんと言っていいのかその。ぼくはずっと前から。すみません。こんなことを。一生の思い出にしますのでその」

「何も言わないでください」聡子は雲を睨みつけたままで、気だるげに言う。「早く帰りたいので」

「はい」素直に剣持は頷《うなず》き、口を閉ざした。

あとは興奮しきった剣持の荒い吐息と鼻息だけである。ふぃーっ、ふぃーっという笛に似た音を出しながらも、彼はこういう際の、当然男の役目とされていることをする。まず自分の腰に巻いていたバス・タオルをとる。焼物の狸《たぬき》のように膨らんだ腹部とそれにそぐわぬ細い手足、まるでゆで卵にマッチの軸を突き立てたような醜いからだが露呈するが、聡子はそんなものを見てはいない。次いでベッドの上の、聡子の足もとにひざまずく。彼はぎくぎくと大きく顫《ふる》えていた。遠慮して上半身の肌《はだ》が密着しそうな下着を脱がせることはせず、ただ最後の薄いものだけを顫える指先でとる。抱きつこうとして気おくれし、彼は自分のからだが聡子に触れるのを避けようとしてそっと彼女の両側に手をおき、自分の身を支える。興奮のため胃を悪くし、息がなま臭くなっていた。彼は泣きそうな表情でぜいぜいと呼吸したあと、はふん、と、切なげに吐息を洩《も》らして聡子の大前庭腺開口部の左側へ射精した。

一月十四日　第八十六回

「あーっ。これだとやっぱり、不倫ってことになります」食堂で、今できたばかりの櫟沢のワープロ原稿を読み終えた澱口が、口に含んでいたコーヒーで眼前の宙に茶色い霧を吹きあげ、眼を丸くして櫟沢に言う。「たまたま剣持が早く漏らしたというだけであって、聡子の貞操が失われたことに変わりはありません」

「しかし、それ以外にリアリティのあるその場の解決法はないよ」憮然《ぶぜん》として櫟沢は言った。「膣《ちつ》外《がい》射精なんだからいいじゃないか。くそっ。見ろ。よけいな牽制《けんせい》をするもんだから、かえってエロチックになっちまった」

「いいえ。膣外射精で妊娠する場合もあるんですからね」澱口からひったくるように奪った原稿を読みながらそう言った美也《みや》夫人は、読み終えるなり大声を出す。「あーっ。あなたっ。これ、早く洗わないと」

「おっ。そうか。よし」夫人の声に驚いて立ちあがった櫟沢は、ちょっとあたりをうろうろしたあと、また椅子に戻る。「馬鹿《ばか》だな。おれが立ってどうするんだよ」

「わたしが言うのは、聡子の精神のありようです。不倫の意志はあきらかにあったわけですし。ですから問題はこのあとですが、でも、剣持の方はこのあと、どうするんですか」心配そうに澱口が訊《たず》ねる。「しようと思えば再挑戦《ちょうせん》できるわけですが。通常なら男性は数十分で機能を回復しますからね」

「そんな時間はないんだ。だから、『夫の帰宅までに戻る』と聡子に言わせてるだろう」

「いくら自分の不首尾だとは言え、剣持がそれで納得しますかね。結局、追加担保の一時しのぎはやってくれるんですか」

「もちろん、やってくれるさ。それをしなかったら聡子は破産。つまり剣持の再挑戦の機会も失われてしまう」

「では、そのう、続いて天藤望との情事があるわけですよね」苦い顔で澱口が言う。「また苦情の投書や電話がいっぱいくるんだろうなあ」

「不倫がいかんというなら、投書や電話でなく、聡子に二千万円貸してやったらどうだ」憤然として櫟沢が言う。「そんな甲斐性《かいしょう》もない癖に何が投書だ。何が苦情電話だ」

澱口と美也夫人は瘋癲《ふうてん》人を見る眼で、怒鳴っている櫟沢を見た。

「ま、ま、ま。そんな奇特なひとが現れるのを待ってもいられませんし」澱口が宥《なだ》め、話を今後の展開に向ける。「で、天藤望との情事はこのあと、連続的に行われるわけですか」

「そうだが」櫟沢は澱口を睨む。「ははあ。君はエロチックな描写がエスカレートするのを恐れているな。心配するな。おれだって自分なりの美的水準は保持しているつもりだから」

一月十五日　第八十七回

天藤望の住むマンションは高輪《たかなわ》にあり、彼の住まいは五階の一角で、窓からは裏のホテルの壁面しか見えなかった。部屋に招き入れられて聡子が最初に気づいたのはその腐臭である。老臭なのかもしれなかった。八年前に離婚して以来の独身生活だというから、注意する者がいないまま自分では室内にこもった自分の体臭に気づくことがなかったのだろう。

女を扱い馴れた仕草で、天藤は愛想よく聡子を迎える。ワインを飲ませようとしたりもするが、聡子は飲む気になれない。しかし天藤は情交にいたる過程を楽しみたい様子であり、酒をことわった聡子に失望の表情を見せた。

室内には書棚、文房具の載った机、骨董品《こっとうひん》といった文化人らしい備品や雑貨はまったく見られなかった。文化人ではないのかもしれなかった。ひたすら誘惑して連れ込んだ女との情事にのみ作られているような室内であり、聡子はそれによって自分が天藤望の何十何人目かの餌食であることを思い知らされる。いかに家具調度が豪華であっても、その場の荒廃はあきらかだった。

いつもとは勝手が違うらしく、天藤はたとえば酔わせた相手との前戯めいたふざけあいや、エロチックな話題による淫蕩《いんとう》なムードの盛り上げができず、ひたすら共通の知人の噂話《うわさばなし》をぎこちなく続ける。聡子も借金をする立場だから剣持の時のように急かせることもできず、根気よく相槌《あいづち》をうち続ける。午後二時であり、時間は充分あるのだった。

聡子がいつまでも堅い姿勢を崩さないので、天藤は無駄な雰囲気づくりを断念したようだった。ながながと続けた噂話の最後をその連中による聡子の評判で締めくくり、彼は言う。

「その評判の美人と、これから思いがけず結ばれるという不思議。人生というのは変なものですな」身勝手でひとりよがりな結論とともに、彼は寝室らしい方角へ顎《あご》を向けた。「では、あちらの部屋へ参りましょうか」

しかし聡子の裸身を眼にするなり、天藤の手慣れた態度が一変した。圧倒され、気圧《けお》されたさまになり、まともに聡子を見ることもできず、顔色が沈んで眼が暗くなった。彼は衣服を脱ぎながらしきりに呟《つぶや》く。

「こんな美しい」

「今生の思い出に」

「観音《かんのん》さま」

聡子に言うのではなく、自分だけに言い聞かせる口調だったので、天藤の今までに見なかった一面を見たように聡子は思い、まるで剣持が憑依《ひょうい》したようだとも思う。事実天藤はそのあとも、ごくりと音を立てて唾を飲みこんだし、聡子のからだに触れようとする時も遠慮気味だった。

だが、いったん聡子に触れてしまうと、あとは何やら懸命さを示す動きで彼女に覆《おお》いかぶさり、抱きすくめてきた。だがそれは、むしろ子供が母親に武者振りつく荒あらしさに似ていた。

一月十六日　　第八十八回

こんな筈《はず》ではない、という焦《あせ》りが天藤望のつぶやきに混りはじめた。

「せっかくの」「今生の」「だというのに」「思い出が」「最後の」「この時になって」「ああ」

色事にかけて海千山千の天藤にとって、それは確かに不本意なことだったに違いない。髪を乱し、焦躁《しょうそう》と努力の汗を流す彼に聡子は痛いたしさを感じはじめた。舌打ち。溜息《ためいき》。呻《うめ》き。年齢のせいなのか、疲労ゆえか、あるいは何か他の理由があるのか、聡子にはわからない。

天藤は聡子の腹部に額を押しつけ、駄目だと呟いてすすり泣いた。しばらく泣いていた。やがて立ちあがり、バス・ルームに去った。なかなか戻ってこなかった。

「天藤さん」

いつまでも戻らぬ天藤の意図がわからず、とりあえず下着だけを身につけた聡子は、天藤の名を呼びながらバス・ルームに近づいていった。返事はなかった。ドアを開けると、バス・タブの手前で天藤のからだが縦にながく伸びていた。赤いネクタイがカーテン・レールと彼の首を短くつないでいた。大便がバス・タブの縁から流れ落ちようとしていた。聡子は膝《ひざ》の力を失い、しゃがみこんだ。それからゆっくりと彼を見あげた。天藤は顔を歪《ゆが》めてまともに聡子を見ていた。歯茎が見えていた。聡子は四《よ》つん這《ば》いになって寝室に戻ろうとした。それですらしばしば手足の力が抜け、床にころがった。服を着ようとしたが、全身に顫えがきていて、手が思うように動かなかった。

そのマンションに入る時も出る時も、ひとに見られてはいない筈だった。そう断じ、自分を安心させるしかなかった。自分の持物も、帰宅してからの点検で、何も残してはいないことを確かめた。そして自分を安心させた。天藤が最初から、自分との情事をこの世の最期《さいご》の思い出として自殺するつもりだったことを、聡子は翌朝の新聞で知った。その時にはもう驚愕《きょうがく》と恐怖が去っていた聡子に、激しい怒りが沸いた。自分を騙《だま》し、もてあそび、『今生の思い出に』むさぼり尽くして旅立とうという思惑だったのであり、彼女にとっては彼の突然の不能だけが救いになった。

天藤望は破産していた。育てあげた優秀なデザイナーたちが次つぎに独立した四年前から、彼のデザイン感覚には疑問が持たれはじめ、不況も手伝って地方の店ですら商品が売れなくなっていた。負債は十二億にのぼっていた。

聡子の知らないことがあった。天藤望は寝室の隅《すみ》のボストン・バッグの中に二千万円の現金を入れていた。最初警察が彼の自殺の原因を破産と思わなかったのはそのためであり、破産が明確になってからも、その二千万円を彼がどうするつもりだったのかは不明とされた。

一月十七日　第八十九回

「しかしこれだと、話の展開としては聡子が不倫しようがしまいが、同じことだったのでは」澱口《おりぐち》がやや不満そうに言う。

櫟沢《くぬぎざわ》は、ひと山越えてさっぱりしたという顔つきである。「そうだよ。結果的には聡子が元も子も失うことになるが、あっさり破綻《はたん》するのと、不倫をしてまで金に執着するのとではえらい違いだからね。金に執着しているだけじゃない。征三に知られ、夫の愛を失うことも恐れているわけだ」

「不倫のシーンは終わりましたが、反対の投書は宮崎県北諸県《きたもろかた》郡の吉村公次さんの『最近の進行によると聡子が金持ちの男に犯されそうな気配だが、そうはならないようにして貰《もら》いたいと思うのです。金があれば女さえも自由にできるなんて、歯ぎしりしてしまいます』など、あいかわらず来つづけているんですが。中には、早く届かないと間にあわないというのでＦＡＸで送ってくる人もいまして」澱口はまたうわ眼で櫟沢を見る。

「うっ。またその眼をする。それをやるなったら。今さらどうにもなるまいが。ＳＦ好きのパソコン通信の連中はむしろ、嫌っていたパーティ場面がらみで聡子まで嫌っていて、ひどい眼にあわせろ、堕落させろと騒いでるよ」

「タイム・ラグが生じるため、パソコン通信に比べて投書は不利です。ひとつ特別優遇措置を願えませんか」

「えっ。どうしろっていうの」

「このての小説では、時間をもとに戻すことが可能でしょう」

櫟沢は腰を浮かせた。「書きなおせってかい。それで読者が納得するのかい」

「好きな方を読者に選んでもらう、ということでして。とにかく不倫の意志が聡子にはなかった、という一項も、一応入れといて戴《いただ》ければありがた二日経《た》ち、聡子は何をすることもできず、ただ巨額の金が失われていくのを茫然《ぼうぜん》と見過ごすしかなかった。

い」

「お役人かお前は」いったんそう言った櫟沢は、やがて含み笑いをしながらワープロに向かう。

「直線的クロノス的時間の破壊。それも面白いな。ふふふふふ。回想やタイム・トラベルではない絶対時間の真の逆行。ひとつくらいあってもよかろう」ぶつぶつ言いながら彼はキイを叩きはじめ、聡子の向かうＰＦＳの画面に剣持を呼び出した。

「さしでがましいことだったかもしれませんが」

剣持は両手を鳩尾《みぞおち》のあたりで揉みながら言った。

「実は天藤先生にお話ししてみました」

「まあっ。なんてことを」聡子の眼が鋭くなり、剣持を非難する。「わたくしにそのようなつもりは毛頭ございません。なんて無礼な」

「いやあの。そうだとは思いましたが、もしや、などとこの、あっ。失礼いたしました」剣持は浮足立ち、いそいで通話を打ち切った。

一月十八日　第九十回

炸裂《さくれつ》する反重力弾、飛び交う白熱の光線、ブラスターから放射される指向性ビーム、蒸発する岩、マイナス熱エントロピーの発生でたちまち凍りつく三下ども。玄爺岳《げんやだけ》は炎と叫喚と黒煙、白煙、武器の発する轟音《ごうおん》で満たされ、もはや何日に及んだかもさだかでない非現実的な戦闘がくり拡げられ、それはいまだに続いている。

次つぎにあらわれる荒唐無稽《こうとうむけい》な下《した》っ端《ぱ》の魑魅魍魎《ちみもうりょう》妖怪変化《ようかいへんげ》たちを機械的に倒しながら、深江は虚無感に襲われていた。戦術も戦略もないこの滅茶苦茶な戦闘行動はいったい何ごとだ。そのくせ武器の性能だけは格段にあがっていて、たとえば深江の持つトッポ銃などは、非透過性重複合シリコンの銃把《じゅうは》にビルト・インしたパイルから発生する高熱を銃身先端の熱回折格子《ごうし》で指向性ビームになおして放射するというもので、今やその温度は十万度Cという不必要かつ非常識なものであり、クラッチで目標距離を調節できるからいいようなものの、さもなければ目標後方の存在を無限に近く焼きはらってしまうことになる。

突然頭上から襲ってきた始祖アホウドリなどというものを、過剰すぎる熱で瞬間に焼却し、平野と顔を見あわせて深江はまた苦笑する。おれたちはいったい、何をやっているのか。口に出すことが暗黙のうちに禁止されているらしいそんな疑問を確かめあう苦笑と眼差《まなざ》しである。同じ戦列にいる深江や平野の部下たちも、困惑の表情を隠そうとしていない。女性隊員の穂高だけは躍如としているかに見えるものの、実はあの半裸の姿でただ無目的に走りまわっているだけだ。この戦闘に飽き飽きしているらしいことは、嘴《くちばし》の尖端《せんたん》がホチキスになったホチキス鶏《どり》などというものの丸焼きを食べながら走りまわっていることであきらかなのだ。

深江の眼からは、玄爺岳の頂き近くで奮戦している顰蹙《ひんしゅく》の大魔王もどうやらこの戦闘の馬鹿らしさをなんとなく自覚しているようにうかがえる。常人の百倍はあろうかという巨体で稜線《りょうせん》を右往左往しながら、時には足もとに反重力弾をくらってゴムマリのように宙天で舞ったり、ニードル・ガンによって全身に三千本ものタングステン・シリコンの針を打ちこまれ、針鼠《はりねずみ》のようになってその苦痛に滑稽《こっけい》な連続的跳躍を見せる彼の姿に、深江はつい疑問を感じてしまう。さだめし不快であろうに、誰に見せようとしての、時には敵味方をいっせいに笑わせたりもするあのおどけた口髭《くちひげ》の大魔王のサーヴィス精神なのであろうか。逆に考えればあの顰蹙の大魔王とやらのみがこの世界の存在する意味を悟ってでもいるようなのだ。

ただ大食漢で大酒飲みで、あの巨体でどうやって愛することができるのか処女と童貞が好きというだけの愛すべき魔王に比べ、あいつらは何だ。

深江は崖《がけ》の中腹にまで魔王に迫っている、第四分隊の兵士たちを不快さとともに見る。

一月十九日　第九十一回

第四分隊の兵士たち。それは最近ますます荒っぽくなり、戦闘に到る過程を考えたり練りあげたりすることを嫌い、戦争に内在する高度なゲーム感覚を貧弱な想像力で否定し、低度な感性のみで罵《のの》り、ただ、より早く、より多く破壊の快感を貪《むさぼ》ろうとしているだけの者どもだ。彼らの存在ゆえに殺伐さと荒廃の雰囲気が遊撃隊全体を支配しはじめていた。

深江の中にふたたび、存在者としての根源的な疑問が湧きあがる。「オレタチハ、イッタイ、ナニモノダ。オレタチガココデシテイルコトニハ、ドンナイミガアルノカ」

そうした深江の疑問は、ただ漫然とゲームの画面を眺めているだけの貴野原征三にはわからない。ただ、戦闘のあまりの無内容さに深江たちがほとんど無気力になっているらしいことが、その表情から感知できるだけだ。

貴野原は単行本「まぼろしの遊撃隊」第六巻を読み、自分の個人的な思考や感情がセンターに吸い取られているのではないかという疑いを持ちはじめて以来、ゲームにアクセスすることがいささか怖くなっていた。だが、理由はそれだけではない。何かを【判断】し、【対応】策を書き込むごとに返ってくる若い連中のものらしい【反対】の罵倒《ばとう》、いや味、批難などに飽き飽きし、なぜ楽しかるべきゲームでこんなにまでひどい言いかたをされて不快な思いをしなければならないのかという腹立ちが、今や不条理感覚にまで高まっていた。それは今まで愛してきたゲームを、だからといって急にやめてしまうことはとてもできないがための不条理感覚であったのかもしれない。

あまりのひどさに怒り、貴野原はいちどセンターに、彼らへの対策を依頼するため電話をしたことがある。本の奥付に記載されていた番号に電話したのだが、応対に出た声はあきらかにコンピューターのそれとわかる女性の声だった。

「オナマエ、ゴショクギョウ、ゴヨウケンナドヲドウゾ」

貴野原はびっくりしていったん電話を切り、センターへの要望事項を箇条書きにしてからかけなおした。

留守番電話と同じで、当然あとから改めて返事してくるものとばかり思っていたら、貴野原が書いたものを読みあげ終わるなりコンピューターの声が返事しはじめたので、貴野原はまたしても吃驚《びっくり》した。

「ゴドウヨウノ、ゴヨウボウハ、タクサンアリマスガ、コノゲームハ、トクテイノカタノタメノモノデハナク、ダレデモサンカデキ、ドノヨウナサンカノシカタモ、ユルサレルコトニナッテオリマス。シタガイマシテ、マコトニモウシワケアリマセンガ、ゴヨウボウニオコタエスルコトハデキマセン」

貴野原は失望し、それと同時にセンターのよそよそしさ、ゲーム管理の投げやりさを実感した。

一月二十日　第九十二回

　昼休みになってすぐ、取引先の金融関係各社との回線を使って、江坂春美が石部智子のデスクのディスプレイ画面にあらわれた。久し振りだった。須田家のパーティ以後、何度かたて続けに似たようなパーティへ誘ってきたのだが、懲《こ》りている智子がすべて断り続けたので、最近は連絡が絶えていたのである。

　春美は喜喜としていた。「わたしたち、弾道旅客ロケットの初就航に乗せてもらえるの」

「えぇー。あれに乗るの」智子は驚いた。

　一九八六年のレーガン大統領の演説に始まる極超音速旅客機「ニューオリエント・エクスプレス」の構想が実現し、その初就航が四日のちに迫っていることは智子も知っていた。

　彼女は感嘆する。「よくまあ、そんなチケットが手に入ったものねえ」

「それが」春美がくく、と鼻の奥で笑う。「政府だの業界だのの偉いさんたち、招待されてながら怖がって、ほとんどの人が辞退したの。で、尾上さんの奥さんが。ほら、パーティに来てたでしょ。あのひとのご主人がお役人でもって、チケットたくさん手配してくださったのよ」

「わあ。いいわねえ」石部智子は素直に江坂春美を羨《うらや》んだ。歴史的な初就航であり、何度も試験航行されたことを知っているので、春美の身を心配する気にはならない。

「それで、あなたも来ないかと思って」春美が真顔でうなずきかけてきた。「チケットが一枚余ったんですって。ほら。パーティで会った天藤望ってデザイナーが自殺したの、知ってるでしょう。あのひとが行く予定だったの」

「えぇー。わたしがあ」智子は身をのけぞらせて春美をまじまじと見る。「だって、わたし仕事が。それよりあなた、銀行どうするの。よく休暇がとれたわね」

「言うと思ったわ」智子の仕事熱心をいささか嘲《あざけ》る笑いで、春美はかぶりを振る。「帰ろうという気なら、三日で帰ってくることもできるのよ。もっともメンバーのほとんどは。ほらあの時のパーティの人たちよ。わたしも含めてしばらくアメリカに滞在するの。でも行動はばらばらよ。舵安社長は絵画の買付け、明石妙子さんはファッション関係のお仕事、香奈ちゃんたち須田さんご一家はブロードウェイ・ミュージカルの鑑賞、近間さんはイェール大学へお友達に会いに行って、ついでに学生たちのパーティで誰かいい相手を捜して」抛《ほう》っておくと全員の行動予定を話すに違いなかった。

「わたしは行けないわ」智子は一応きっぱりとそう言ってから話題を変えた。「天藤さんって有名なデザイナーで、あのパーティの時にわたしたちの服装を何やかや批評した人だったわね」

「そうなの。あのひと、破産して首吊《つ》ったの」

一月二十一日　第九十三回

「知ってるわ」

　そのことは何週間か前の新聞で読んでいた。智子はパーティで、グランド・ピアノの横に立っている時、すぐうしろで貴野原夫人の噂《うわさ》をしていた二人の人物のうちの片方が天藤望であったことを思い出した。智子は春美に訊《たず》ねる。

「うちの貴野原常務の奥さんも行くの」

「ああ」春美はうす笑いを洩《も》らす。「あのひとは行くどころじゃないでしょ。多摩さんの奥さんに聞いたんだけど、株で大きな損をしたんですって。あなた、知らなかったの」

「ええ」

　話が大きく伝わっているのだろう、と、智子は思う。貴野原常務の態度は昨日会った時も、普段と変わらなかったからだ。それ以上春美に訊ねることを智子はしなかった。上役の私生活を詮索《せんさく》する趣味を智子は持たない。

「他に行く人はね、郡司さんでしょ、多摩さん、瀬川さん、それから向井さん、西田さん、団さん、曾根さん」

　数えあげる春美を智子は遮《さえぎ》った。彼女の仕事が心配だった。「銀行どうするつもりなの」

「辞めさせられるのなら、それでもいいと思ってるの」ほとんど傲然《ごうぜん》と春美は言い放った。「それくらいの気でなくちゃ、自分のしたいこと、ほとんど何もできないでしょう。現在上司と交渉中」

　行けない、という智子の返事は予想通りだったらしく、春美もくどくは誘わなかった。

「じゃあ、チャーリイ西丸が行くことになると思うわ。今、多摩さんが誘ってる筈だから」そう言って江坂春美は画面から消える。

　同じ頃、貴野原聡子は自宅でＰＦＳの画面に向かっていた。

　このＰＦＳというのがどういうものか、作者はこの連載の第十三回めと第十八回めで説明したのであるが、その後、問い合わせの投書があいついでいるため、もう一度書かせていただく。これは金融機関や証券会社などと、利用者の家庭をつなぐパソコンであり、現在でも似たものは存在するが、この頃にはポートフォリオ・ファイナンシアル・システムと呼ばれていて、画面にあらわれた担当者と話すこともできるという代物《しろもの》である。

今、その画面には、このＰＦＳを通じて聡子が借金をしたネット・サラ金各社からの、利息の払込みの督促が次つぎと文字で表示されている。

「お払込みの期日は本日です。マリオン金融」

「お払込みの期日は本日です。平成ソフト商事」

「お払込みの期日は本日です。たまさん金融社」

聡子は嘆息してその文字を消去した。最初の利息は十一社で合計三十一万五千円。今までなら咄《とっ》嗟《さ》に必要となった時でさえどうにでもなる金額だった。しかし現在、もはやそんな金はない。

一月二十二日　第九十四回

　これまでにも読者からの「聡子には金を借りる親戚《しんせき》はおらんのか」という声があったため、聡子はそれまでに、借金できるほどの親戚からはすでに三十万、五十万と借りていた。それらはすべて高い買物をしてしまったので夫には内緒にという懇願の上で借りたのであり、これ以上借りることは「聡子さんの浪費」として夫に告げられる恐れがあった。借りた金は日常の生活費、息子への送金、そして例の、征三の札入れに常に入れておかねばならない十万円の補充として使い果している。

　さらに読者からは、買った宝石類を売ればどうかという声もある。しかし聡子の言動から類推できる筈の彼女の育ち、現在の生活環境などから考えて、聡子にそのような才覚はないと看做《みな》さなければなるまい。確かに現在でも、不況の際の顧客サーヴィスとして売った品物を買い戻す宝石店が存在する。しかしそんな店のことなど、とりたてて新聞に載ることもないその時代、聡子は知らないと判断した方がいいし、質屋へ行くなどという思いつきが浮かぶとも思えないのである。

　だから今、聡子にできるのは、夫の給与が銀行に振り込まれるのを待つことだけだった。それも二か月ほど先のことになる。

　聡子がネット・サラ金の利息を払おうとしてそれ以上懸命にならない最も大きな理由は、利息など、しばらくの間であれば待ってくれる筈とたかをくくる思い、つまりはサラ金への軽視にあった。契約直後送られてきた契約書にはこまかい条項が小さな活字で隙間《すきま》もなく印刷されていたが、聡子はそれを、いわば家庭電化製品を新たに買った際ついてくる取扱い説明書に似たものと考えてろくに読まなかったのだ。だから、一度でも利息を期日までに払い込まなかった場合、違約としてただちにすべての債務を弁済しなければならず、本人に弁済の能力や意志がないと認められた時は連帯保証人である、この場合は夫の征三に請求されることになるのだということを、聡子は知らなかった。

期日が過ぎた。

いかに聡子とて、次の日からは嵐《あらし》のような督促があるだろうとまでは予測できた。せいぜい利息に関しての督促であろうとは思っているものの、それでもPFSに向かい、あの十一社のそれぞれの担当者に次つぎに言いわけしなければならないのは気が重くて、彼女は征三が出勤してから外出した。映画を見、みじめにデパートをさまよい歩き、戻ってきたのは夕方だった。征三が帰宅するまでにも電話が何度か鳴ったが、聡子は出なかった。

彼女はひたすら脅《おび》え、身をすくませていた。家庭の経済的破綻《はたん》を今まで夫に知られなかったことが、むしろ驚嘆すべきこととして聡子にも自覚できた。それゆえの苦境の連続だったのだ、と聡子は思い、ゲームにうちこんで何も気のつかない夫を恨んだりもした。しかし、夫に打ち明ける勇気はなかった。

第九十五回

一月二十三日

「こんな依頼、来てまっせ」吉田がパソコンからプリントアウトした依頼書を、ボスの杉原に見せた。

杉原はソファにふんぞり返らせていた巨大なからだを起し、大きな眼で受け取った依頼書を読む。

大企業の持つビルの、地下の一室。男たちは他に三人いた。企業舎弟と呼ばれている彼らは、今はもう組からは離れ、正式の社員でこそないが、まるで企業の一員であるかのようなダーク・スーツで外見を装っている。

「なんや。このおばはんは」杉原は馬鹿にしたような声ながらも疑問を洩らし、依頼書をうしろに立つ鍋倉《なべくら》に渡す。「サラ金のこと何も知らんのか。ナメとるんか」

「何も知らんのと違いまっか」吉田は早くもほとんど無関心で、またパソコンに向かい、感情のない眼でモニターを見ている。

この男はマサチューセッツ工科大学、その名も高いかのＭＩＴを卒業し、何のつもりか高給で企業舎弟に雇われた優秀なハッカーである。こうした人間を企業舎弟が雇っている例は多く、彼らは興信所など言うに及ばず、警察や日銀のコンピューターにさえ楽らくと侵入し、情報を盗むのである。

「十社から百万ずつ、一社から五十万ツマんどりますな」と、鍋倉。いくらダーク・スーツを着ていても、その陰惨な眼つきはただごとでなく、まず常人の眼でないことは誰にでもわかる。「ははあ。逃げとるんやな」

「債権対策室」という部署であり、ネット・サラ金連合と契約していて、個人債務者から取り立てるのが彼らの主な仕事である。それ以外にも企業のさまざまな裏面の仕事を引き受け、時には殺人を請負ったりもする。

　この連中はもともと関西系のやくざだったが、取締りが厳しくなり市民運動が盛んになってほとんどの組が潰滅《かいめつ》し、もはや組織としても個人としても存続を許されなくなって上京してきたのだった。いかがわしい身なりで歩いているだけで尋問される時代になっていた。企業舎弟の中にはそのような弾圧によってより先鋭化、過激化した者が多く、この連中もほとんど全員が殺人などなんとも思わぬ荒廃した精神の持ち主だった。

「金剛商事の常務の奥さんや」杉原はつまらなそうに言う。「ＰＦＳで脅しかけたら一発やろ」

「いやいや。これで見ると、最近ＰＦＳ使わんそうでっせ」鍋倉は依頼書を詳しく読んで言う。「電話にも出よらんらしい。それでこっちへ依頼してきたんですわ」

「ＰＦＳに自動監視させとけや」杉原が吉田に声をかけた。「おばはん、アクセスして来よったら、すぐ鍋倉の顔が画面に出て脅しをかける。そんなセッティングでけるか」

　吉田は苦笑した。「簡単です」

一月二十四日　第九十六回

「そんなもん、おばはんがアクセスして来よるまで待ってられへんのと違うか」隅《すみ》の椅子にいた若林が立ちあがった。「行って脅かさんと」

若林はまだ二十三歳だが、早くも無頼の風格を身につけていた。同い歳《どし》の岸が、いまだにちんぴら風の頼りなさを感じさせるのとは対照的だった。

杉原はボスの自分に敬語を使わぬ若林を睨《にら》みつける。「そんならお前、行ってこんかい」

「こいつ行かしたらあきまへん」鍋倉が吐き捨てる口調で言う。「すぐに手ぇ出しよる」

債務者がサラ金の取り立てを脅迫、恐喝《きょうかつ》、暴行などと騒ぎ立てる例が多く、取り立てる側にも巧妙さが必要だった。

若林と並んで椅子にかけていた岸が面白そうにひらひらと笑う。

「そや」杉原は思いついて吉田に念を押す。「そのプログラムやけどな。恐喝の証拠になってあとに残らんようにな」

「わかってまんがな」いつものことなのにと、吉田はいささかうんざりした様子だ。「ウイルス仕込んどいて、あと、消えるようにしときます」

「それから、おっさんやけど」鍋倉はまた依頼書に眼を落としている。「どうもおばはんの借金、全然知らんみたいですな。これ、教えたる必要おまっせ」

「わしもそう思う」杉原が頷《うなず》いた。「おい吉田。金剛商事のコンピューターで、同《おんな》じことできるか」

「できますけど」吉田がにやりとした。「あのう、どうせのことやったら会社中のモニター画面へいっせいに鍋倉はんの顔が出てきて罵《ののし》る、ちうのはどないでっか。それ、やったとしたら会社中に借金のこと知られて、このおっさん重役馘首《くび》になりよるやろけど、どうせ債務は退職金でしか払えんのやろから同じことでっせ」

「おもろいな」杉原は笑う。「それも、あと、消せるんやな」

「最近ウイルス蔓延《まんえん》しとるさかい、金剛商事のシステム管理者が検査プログラム常時走らせてチェックしとるやろけど、新種仕込みます」

「退職金だけやなしに、家もおまっせ」鍋倉が言った。「十億相当の家やそうなけど、担保にして銀行から一億借りとるだけです」

「二番抵当に入っとらへんのか」杉原は意外そうに眼を剝いた。「わしらナメられとるんか」

「わし、やっぱり、おっさんに内緒にしとるんや思います」と、鍋倉。

「あほなおばはんやなあ」岸が大声を出した。

「買い回りやったらええのに」

　買い回りというのは、カードで債務相当額の商品を買うと同時に、買い回り屋というサラ金業者にそれを引き渡すことである。

「アホか。あれはやった債務者も、やらせた債権者も、両方とも詐欺《さぎ》になるんじゃい。覚えとけ」

杉原が罵った。

一月二十五日　第九十七回

「新たに企業舎弟という連中が登場しましたね。この連中そのものは面白いと思うのですが」しかし、という複雑な表情を澱口《おりぐち》は見せた。

「ん。どうかしたかい」櫟沢《くぬぎざわ》が訊ねる。

「たしか、登場人物が多過ぎるという投書がありましたよね」

「それか」櫟沢は頷いて、分類した投書のひと束をとる。「だいぶ前からあった。でも少数派だから無視してるうちにだんだん溜《たま》ってきた。茅ケ崎《ちさき》市の西よう子さんがいちばん早くて『単行本なら前に戻って読み直すこともできるのですが、新聞となるとそうはいきません。古紙回収に出してしまいます』ということだ。そんなふうに漫然と読んでほしくなかったからこそ、人物を増やしたんだがなあ」

「人物を絞らなきゃならないというのは新聞連載小説の限界なんでしょうか。和歌山県伊都《いと》郡の田中隆積さんも『上流階級の社交の場にわれわれ読者を吸い込ませる技量はさすがだと思いますが』としながらも『名前のきちんと入った登場人物が多過ぎる』と書いています」

「本荘市の三浦陽子さんが『水撒《ま》き女以降、登場人物をあまり増やさないでください』。鎌倉市の内海恭子さんが『八十六歳になります母も読んでおり、この人はどういう人物だったかしらと問われても説明できません。源氏物語の系図とまでは申しませんが、いままで登場した人物の紹介を記載してほしいと思います』。ううん」

「他に横浜市神奈川区の朝藤直哉さん、藤枝市の清水宣秀さん、その他五通です」

「新聞連載小説は主要人物を数人にした方がいいというくらいの知識はあったさ」櫟沢の顔色が沈む。「ただ、おれはそうした新聞連載小説の制約を破りたかったのと、そして何より話を拡《ひろ》げたかった。作者と一緒に読者にも緊張感を高めてほしくて、特にパーティ場面で人物を増やしたんだ」

「最初、ＳＦよりも、もっとドメスティックなものをという注文で、パーティ場面を書き出されたんでしたね」

「いや。その前に家庭劇的なものを書きかけていたんだがね。でもＳＦシーンと結びつけると話が小ぢんまりしてしまう。それで長篇小説の濫觴《らんしょう》としては常套《じょうとう》手段だがパーティ場面にして、人物を十四、五人出した。それぞれの人物がどんどん動き出して世界を拡げてくれるからだが」

「ＳＦ好きのパソコン通信の人たちも、パーティ場面を嫌っているとおっしゃっていましたね」澱口は櫟沢をうかがい見た。「で、どうします。ＰＦＳの二度めの解説と違って、まさか連載の一回分を費やして人物表を載せるわけにはいかんでしょう」

「あたり前だ」櫟沢は憤然とした。「それは少数といえども投書してくる人の大半の、熱心な切り抜きとスクラップの労に対して失礼な行為だ」

一月二十六日　第九十八回

　全長六十メートルに及ぶ機体はチタニウム合金に覆《おお》われて銀色に輝き、下腹部が膨らんでいるため、横から見ると妊娠した巨鳥のように見える。スラッシュ水素を燃料にしたスクラムジェット・エンジン二基が内蔵されているためだった。

　発着場ではマーチが演奏されていたが、その発着場を見晴らせる搭乗《とうじょう》客待合室ロビーへはかすかにしか聞こえてこない。三面ガラス張りのロビーは乗客二百五十人がくつろげる広さで、ソファ、肱掛《ひじかけ》椅子、隅には売店、喫茶スタンドが備わっている。

「西田さんがまだ、来ないのよ」尾上夫人が苛立《いらだ》ちを隠さず、顔を歪《ゆが》めて言った。「それから、団さんもだわ」

「西田さん、呑気《のんき》だから」須田夫人も眉をひそめて言う。「新幹線か何かの待ち合わせと同じに思ってるんじゃないの」

「あいつが動き出してから、走って来るんじゃないの」曾根豊年がロケットを顎《あご》で差して笑う。「停《と》めてくれとか言って騒ぎながら」

　冗談とは思わなかったらしい瀬川夫人は、怪訝《けげん》そうにのんびりと言った。「動き出す、なんてものじゃないんでしょう。あの、お尻《しり》から出ている二本のパイプから花火みたいに火を噴いて、ぴゅーと飛ぶんでしょう」

　少し離れたソファで、明石妙子《あかしたえこ》が多摩志津江に訊《たず》ねる。「貴野原さん、一応は誘ったの」

「誘うもんですか」にたり、と笑って志津江は言った。「それこそいや味になるわよ」さらに彼女はくすくす笑った。「わたし、あの人が前から大嫌いだったの。もうパーティにも出てこられないでしょ。今だから言うけど、あのひとの破産はわたしが画策して、何億か損させてやったからなの。すっとしたわ」

「こわい人なのねえ。あなたは」明石妙子は憮然《ぶぜん》として志津江を観察した。「あの人とは友達なんだとばかり思ってたわ」

喫茶スタンドでは郡司泰彦、近間辰雄、チャーリイ西丸の三人が、立ったままでコーヒーを飲んでいた。死んだ天藤望のことを話す近間の話に退屈し、チャーリイ西丸はカウンターに肱をついてゆっくりと向きを変え、ロビー全体を見まわした。ロビーはもう満員だった。高い天井に人声がうおおおんと谺《こだま》していた。ロビーの入口の自動ガラス・ドアから団朋博が、いつもの崩れた姿勢で入ってくるのが見えた。

「おっさん間に合ったな」

チャーリイの呟《つぶや》きは、郡司の耳に入らなかった。

団朋博は三人を認め、真ん中にいるのが郡司であることを知ったらしく、獲物《えもの》を狙《ねら》うように背中を丸めて近づいてきた。眼つきが異様だった。

チャーリイはすぐ、この男がおのれの妻の公然の情夫に対していつもする悪意に満ちた行為を思い出した。

一月二十七日　第九十九回

だが、団朋博がほんとにそれをやるつもりなのかどうか、チャーリイ西丸が確信を持てぬまま見まもるうち、団は急速に郡司泰彦の背後へ接近した。右腕を後方へ振り、勢いをつけた。握りこぶしを冗談にまぎらせて力まかせに郡司の背中へ叩きつけるであろうことはもうあきらかだった。

「グンさん。危ねえ」チャーリイは郡司のからだを近間辰雄の方へ押しやった。

団の右手は空を切り、チャーリイの鼻に当った。

「何しやがる」チャーリイは団を殴り返した。

団が武者振りついてきた。ふたりは取っ組みあったままフロアーに転がった。

郡司、近間、駈けつけた曾根によってふたりが引き離された時、チャーリイは鼻血を出していた。鼻血はなかなか止まらなかった。須田医師は、鼻柱が折れていると診断した。チャーリイの血で背広を赤く染めた団はへらへら笑っていた。

チャーリイは新空港内の病院へ須田医師につき添われて治療に行くことになった。搭乗はあきらめなければならなかった。

「ご搭乗の皆様。ランプバスにお乗りください」

そんなアナウンスがあったのち、やっと西田夫人が到着した。須田医師も病院から戻ってきた。一行は他の搭乗客に混り、舵安社長を先頭にしてロビーから屋外へ出て、ランプバスに乗り込んだ。

マーチの演奏がまた始まった。見学者用デッキからは招待された政府、業界の要人たち、マスコミのカメラマンなどが、機体に近づいて行くバスを見まもっている。

バスは機体の後方へ迂回《うかい》した。うしろから見ると機の胴体にはずいぶん幅があった。後部には小さなデルタ翼と垂直尾翼があった。この成田新空港での搭乗には機体に横づけできるようなゲートが設置されているのだが、初就航とあって搭乗客にも機体が見えるようランプバスが使用されたのだった。そのランプバスは機体下部に達すると、コンテナー用のリフトで機体内部に運ばれた。

客席は狭かった。窓はなく、そこは二基のエンジンとスラッシュ水素のタンクに囲まれた密閉空間であり、閉所恐怖の者なら顔面蒼白《そうはく》、悲鳴をあげて逃げ出すであろうような場所だ。しかし読者お馴染《なじみ》われらが能天気なパーティ常連組がそんなことで辟易《へきえき》したりはしないのであり、彼らはきゃっきゃとはしゃぎながらそれぞれの座席につき、係員の説明や注意などもろくに聞かず、それでも座席前の小型テレビ電話の画面に出た指示通り安全ベルトだけは締める。飛行中はこの座席に固定され、便所へも行けない。用があれば電話で依頼することになる。宇宙飛行士の資格を持つ係員がやってきて、飲物や薬、小用の世話まで焼いてくれるのである。

やがてテレビ電話の画面に「あと十分で離陸します」の表示が出た。

一月二十八日　　第百回

江坂春美の席は、三人並んだ通路側の端だった。狭苦しい壁ぎわが向井夫人、真ん中が近間辰雄。端の春美は横が通路なので気分としては比較的のびやかになれた。

「偶然、お隣ね」春美はにやにやしながら近間に言う。「あなたに渡すものがあったのよ」

「へええ。何だい」春美にある種の煙たさを保ち続けている近間が、顔を赤らめて訊ねた。

「銀行の岡頭取の別荘でのこと、憶《おぼ》えてる」

「ああ」近間は顔を伏せる。

抛《ほ》ったらかしにされ、荒れ果てているその別荘は日光にあった。その話を聞いた春美は持ち主の岡頭取にねだって鍵《かぎ》を借り、連休を利用して、その頃の愛人だった近間辰雄と共に一泊し、「愛の一夜」などと洒落たのだった。

「このあいだまた、ひとりで行ってきたのよ」

「本当かい」ひとりで、ということばに、近間はうす笑いで疑いを示す。

「本当よ。ひとりになりたくて」

「珍しいことだ」

「なに気なくベッド・サイドのテーブルの抽出《ひきだ》し、開けてみたの。何があったと思う」

いわくあり気な春美の言いかたになんとなくどぎまぎし、近間はかぶりを振る。

「コンドームよ。ほら。アフリカ帰りだったあなたが、悪い病気にかかっている可能性を気にしてつけてくれたのよ」

「そ、そうだったよね」

「装着してあなたは入れてきたわ。でもわたし、気にしなくていいって言ったわね。そしたらあなたはそれをはずして」

「抽出しに入れていたか」近間は俯《うつむ》いたままで呟いた。「忘れていたんだ」

「愛しあっていたわね。あの頃わたしたち」近間をいたぶるように、春美はねっとりと笑う。「コンドームがどんな状態だったと思う。一面みどり色の黴《かび》がびっしり。長さ一センチほどのね」くくくく、と、嘲笑《ちょうしょう》するような笑いを春美は洩《も》らす。「象徴的だと思わない。あまりみごとな黴だから、わたしそれ、そっとネックレス用の箱に入れて持って帰ってきたのよ。記念にあなたにさしあげようと思って」

「い、いらないよ」近間は身もだえるような様子を示して言った。

　あけすけで声を低めるわけでもない春美の話を、向井夫人はあきれ顔で聞いている。

　十分が経ち、離陸時間となった。

　外から見れば丸みをおびている機首の内部に、操縦室はあった。小さな窓がふたつあるだけで、六人の操縦士のほとんどはＣＣＤカメラでしか外を見られない。離着陸を含めてすべて自動操縦である。


　機体前腹部の空気吸入口が開き、補助タービンが空気を圧縮し、液化したスラッシュ水素を燃焼させ始める。

一月二十九日　第百一回

デッキの見学者たちが見る中、排気ノズルから猛烈な燃焼ガスを噴射して急加速し、ほんの一瞬間でニューオリエント・エクスプレスは白煙を引いて飛び去った。うぉう、というどよめき。たった一瞬間だけの見世物か、と、物足りなさそうなざわめきも混っている。

機は3Gに加速し、一挙に音速を超えた。

空気吸入口の形が変化する。補助タービンへの吸入を減らし、スクラムジェットへ酸素を送り込むためである。乱れやすい空気流をコントロールするため、この吸入口は過去の映画「エイリアン」の、あの怪物の二重の口のように複雑に形状を変化させるのだった。

マッハ3・5、高度四万メートルで、推力はスクラムジェットに切り替えられた。

速度がマッハ6を越えた。

それ以上の速度では、流入する気流が速すぎて制御が困難になる。

吸入口が閉ざされた。

ここで、ラムジェットからラムロケットに切り替えられ、弾道旅客ロケットの名の通り、さらなる高度をめざして加速するのである。そのためには、空気に代って、搭載《とうさい》されている液体酸素の気化装置を作動させ、水素を燃焼させせなければならない。

その作動が一瞬遅れた。

余熱装置の制御プログラムにバグがあったのだ。ロケットの点火が一瞬遅れただけのことだった。だが、それが引金となった。

あわてて開かれた吸入口からの、マッハ6の気流によって機体の姿勢が崩れた。

その衝撃がスラッシュ水素のガス・ジェネレーターを不調にした。搭載した水素と酸素が燃焼室外に漏れて、燃焼した。この時、地上の管制官が、操縦士の叫び声をちらと聞いている。

機内の与圧装置が吹っ飛んだ。

一瞬の減圧で死ぬ人間がどのようであるのか、作者にはわからない。一秒で気絶するのだが、その一秒間の彼らの精神状態を描写することは困難である。二十秒で彼らの体液は沸騰《ふっとう》し、そして死ぬ。

しかし爆発はそれ以前に起った。減圧から五秒ののちであった。

タンクに囲まれた客室が、微塵《みじん》に砕けた。二百四十七人の客のからだも、もちろん原形とどめず粉微塵である。いったん吹っ飛んだ機首も、すぐ破砕した。

地上では、追尾していたレーダーの輝点が、ぽ、と消えた。

こまかな破片となった機体は、北太平洋の直径五十キロメートルを越える海域に、もはや回収不能の塵《ちり》となって散らばった。

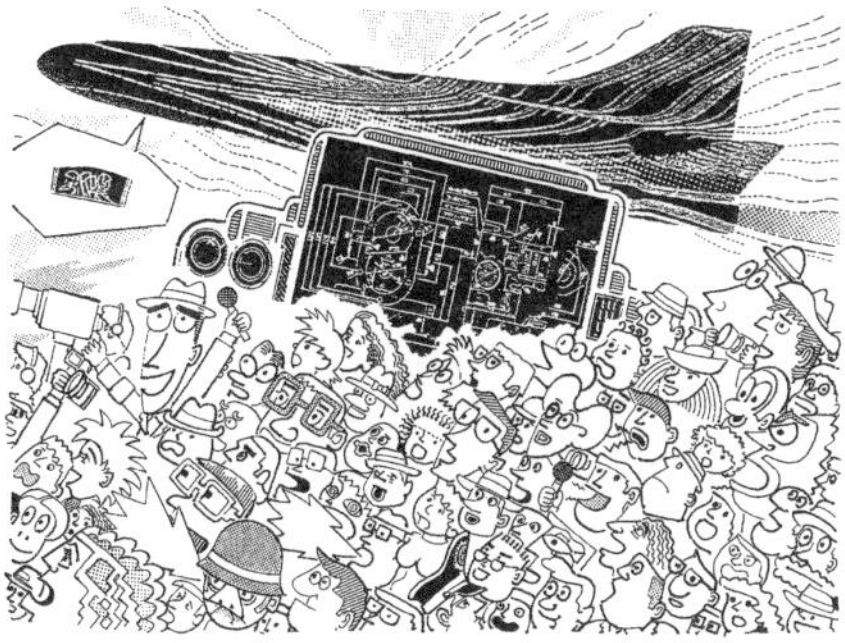

一月三十日　第百二回

「あーっ。みんな殺しちまった」櫟沢《くぬぎざわ》の原稿を読み終えた澱口《おりぐち》が、口の中のコーヒーで宙に茶色い霧を吹きあげた。「なんということを」

「またあ。汚いわねえ」美也夫人が顔をしかめ、布巾《ふきん》をとりに立つ。

食堂のテーブルでは、卒業試験を終えて帰ってきたひとり息子の英吉もいて、一緒にコーヒーを飲んでいる。

「いったいそれでは、あのパーティは何だったんですか」悲しげな眼で、澱口は櫟沢を見る。「登場人物が多すぎるという投書があっただけで、パーティ連の大半を殺しちまうなんて、ヒステリックに過ぎます。この連中、面白かったのに」

「気の毒だが、そうするしかなかった」櫟沢は喋《しゃべ》りはじめた。「今年きた年賀状にも、この連載を読んでいる人たちの『パーティ場面が面白い』という感想が書かれていた。主に作家、編集者、新聞記者、大学関係者だ。ＳＦシーンが面白いという人は意外にもいなかった。だから惜しかったんだがね」

「だったらなぜ」恨めしげに澱口は櫟沢を見る。

「年賀状は、投書ではないからだよ。多数読者の意見ではない。ところが投書でパーティのメンバーについての提案はほとんどなく、パソコン通信の連中はむしろこれを嫌った。最初、ＳＦ嫌いの読者を刺戟するためと、朝日新聞が本格ＳＦを載せるというので話題になるだろうと書きはじめたＳＦシーンだったのだが、そのシーンにパソコン通信のメンバーの、特にマニアックな連中が執着してしまった。ＳＦ嫌いの読者の投書を紹介したあと、奮起せよと焚《た》きつけたことも手伝って、ああしろこうしろとＳＦのアイディアを山ほど出してきた。もうＳＦに決まっている。ＳＦにしかなりようがないではないか。中にはＳＦ馬鹿に近い者もいて、自分たちの陳腐なＳＦのアイディアが採用されないためもあってか怒り始めた。誤算だったなあ。おれはもともと、話を大きくし、投書次第で筋をどこへでも運べるよう、いろんなシーンを出しておくつもりだった。ところが、書きかけていた家庭劇を中止して、『これまでの小説は筋の統一の規制に従順すぎる。小説は自転車競走に似たものになるのではなく、たくさんの料理が出てくる饗宴《きょうえん》に似たものにならなければいけない』というミラン・クンデラのことば通りパーティの場面を書いたところ、話がＳＦでなくなって苛立っていたＳＦ馬鹿どもが、たった十数回のパーティ場面だけで早くも退屈がり、ひどい書き込みで作者を罵倒《ばとう》しはじめた。なに。そういうのはほんの数人で、百数十人のメンバーのほとんどは話のわかった連中なんだけど、ＳＦ馬鹿どもはそういう連中にまで難癖をつけはじめた。目立ちたがり屋もいて、それまで黙っていた癖に時期見すまして突然悪口の書き込みだけで乱入してくるやつもいた。ハンドル・ネームを『ＭＬ』という男なのだが」

一月三十一日　第百三回

「ちょっと待ってください」瀬口が櫟沢を制した。「投書が掲載されて恥をかいたという人たちから、パソコン通信のメンバーだけ本名を出さないのは不公平ではないかという抗議がいくつか来てるんですが」

「そうか」櫟沢は天井を仰いだ。「おれ自身がそもそもＳＦ寄りの立場だからつい擁護していたが、考えてみれば読者参加として同じに扱わなければいけなかったんだ」

「そうですよ」

「よかろう。泉卓也という男だが」櫟沢は言った。「この男、『小説を自分の頭の中で映画を撮るようにして読む』というとんでもない男で、まあ最近そういう読み方で充分という小説がたくさんあるからこれはいいとして、そういう読み方をした時、パーティ・シーンにリアリティがない、登場人物に動きが少ない、安っぽい書き割りしか浮かんでこないなどと難癖をつけはじめた。反論を封じるためか、例えば『文学部唯野《ただの》教授』におけるバーのシーンなどは、『その店のソファの素材の手触りまで感じられたものでした』などと。馬、馬鹿っ。それは手前がそういうバーへよく行くから容易に想像でき、逆にパーティ・シーンには肉付けできる想像力がなかったからに過ぎない。これをきっかけにこの男は毎日のように長文の悪口を書き始めるのだが、自分の口に合わない小説の悪口は際限なしに言えるということをこの男は知らず、それを自分の能力だと思い込んだ。パソコン・ネットのヴェテランで玉井和宏《かずひろ》、ハンドル・ネームを『たまさん』って人が、一日三枚でまだパーティ場面は数回、長篇の始まりに過ぎないのだと長篇全体の長さのことを示唆してやるとこの男、いくらでも反論できるため有頂天となり、さらにえんえんとやり始めた。その一日三枚の中でわれわれを楽しませるのがプロの芸じゃないか、トルストイやドストエフスキイの最初のパーティのシーンはおそろしく長いが退屈はしなかったなどと、これもやっぱり昔の同人誌の合評会などで、ひたすら相手の反論を許すまいとして使われた言説だ。芸を見せろ、芸を見せろ。わしゃ芸人か。手前こそ読者としての芸、つまりは想像力や創造力をもっと働かせろ」櫟沢は美也夫人に言う。「そうだろう。さもなきゃお前の言うエンターテインメント亡者《もうじゃ》、享楽乞食《きょうらくこじき》に過ぎん」

「そ、そうね」櫟沢の怒りの激しさにいささか辟易しながら美也夫人は頷《うなず》く。

「もっとおいしいもの頂戴《ちょうだい》、もっと口にあうもの頂戴、もっと刺戟《しげき》的なもの頂戴とピーチク鳴く雛《ひな》っ子だ。ドストエフスキイというのがちょっとわからんが、トルストイは例の有名な『戦争と平和』の冒頭のパーティ・シーンのことを言っとるんだろう。どうせロシア文学など読んでおらんに決まっていて、これも映画の印象で言っとることはあきらかだが」

二月一日　第百四回

「そう言えばたしか、パーティ場面には一家言お持ちでしたよね」

阿《おもね》るように澱口が言うと、櫟沢は得たりと頷く。

「そうだ。『戦争と平和』の、『ねえ。いかがでしょう公爵《こうしゃく》』に始まる有名なパーティ場面は原稿にして約七十枚。『恐ろしく長い』というほどのものではないが、それでも新聞で連載すれば二十三日分。この間に約十五人の人物が登場し、あとで登場する人物がナポレオンも含め約十五人話題になる。

これを現代の新聞読者が我慢して読むと思うかね。自然主義リアリズムの細密描写を一日三枚の新聞連載でやれるものか。読者の想像力をがちがちに束縛して飛翔《ひしょう》の余地を与えないこうした古典から脱け出し、卒業したからこその現代の作家だし読者なんだろうが。

ついでに言っておくが、小説は物語世界外の、つまり現実の意味システムをモデルにしてもいるのだが、それ以外に、どんな小説であっても必ず過去の文学作品を、大きく言えば文学の伝統全体を引用して組み込んでいる。これを準拠枠《わく》というんだが、この小説のパーティ場面の場合、おれが現実のホーム・パーティに出席したのは前後四回に過ぎないから、過去の特定の文学作品に準拠枠を求めざるを得なかった。もとのコンテキストから引き離されたパーティ場面だから、ただ再生産という意図だけではなく、それを新たなコンテキストの中に置くことになる。

その文学作品というのは『戦争と平和』ではなく、エミール・ゾラの『ナナ』だ。自然観察に近い手法で社会を描くという実験小説だから、『戦争と平和』のパーティ場面よりもずっとリアルなんだ。『戦争と平和』では、重要人物何人かが喋るだけなので、自然主義リアリズムの欠点で、わかりやすいかわりにパーティとしては不自然になる。現実のパーティでは、そんなことはないからね。

ところが『ナナ』では、第三章のパーティ場面で新聞連載換算約二十日分の間に登場人物が約二十人、話題になる重要人物がビスマルクを含め約十五人、続く第四章のパーティ場面では前章と重複しない新たな人物が『謎《なぞ》の老紳士』などまだ名前のついていない重要人物も含めてさらに二十数人、重要でない無名の人物が約三十人出てくる」

澱口が眼をしばたたいた。「その人たち、ひとりひとりの描写はあるんですか」

ゾラ　Emile Zola　1840～1902

二月二日　第百五回

「描写、説明のない人物もある」と櫟沢は言った。「その場面の会話の中で名前だけ出てきた人物が、あとで何の説明もなく登場する場合もある。とにかくそのような状況は、われわれが実際にパーティへ行った時の状況と極めて似ているわけで、未知の人を知ろうとする緊張感を読者にも強制することになる。もちろんこの新聞連載小説でそこまでは過激にやれないので、人物を整理し、エピソードはすべて全体につながりのあるもの、発展のあるものばかりにして、パーティ場面として不自然にならない程度に、できるだけ短くした。それでもひたすらSFシーンを望んでいるだけの連中にはただの長ったらしい寄り道でしかなかった。疑問を抱き、不満を唱えはじめた一部の連中を『ML』こと泉卓也が、『作者に楯《たて》つくとは筋金入り』などとおだてられ、図に乗ってますます煽動《せんどう》しはじめた」

「でも、そういったことをなぜ、そのパソコン通信でこの男に教えてやらなかったんですか」

澱口が訊《たず》ねると、櫟沢はあきらめ顔でかぶりを振る。「一から教えてやらなきゃならんし、講義してやる義務もない。例の『たまさん』が感情移入ということを思い出させてやっても、『感情移入できる状態ではない』などとますますむきになるだけで、教えてやれる状態でもない。感情移入できないのは自分が人物に肉づけできないからで、労せずして食うことしか知らんのだ」

「まあまあ。素人《しろうと》さん相手に、そんなにむきになることも」

夫の怒りにうんざりして美也夫人が宥《なだ》めるが、櫟沢は聞かぬふりで続ける。

「だからこの男、話そのものが動き出して対立やギャグが出てくると、生意気にも作家の名前呼び捨てで『うはは、ようやくそれらしくなってきた』などと書き、それでもまだ悪口だけはやめず、これだけ悪口を書けば、『作者のハンプティ・ダンプティのように丸まる肥《ふと》った頬が不愉快に歪《ゆが》んでいるでしょう』などと言いたい放題だ」

「それはひどいですね」澱口が眉をひそめる。

「殺しなさい」と、美也夫人が言った。

「その一方ではこの男、あまり反感を買ってもまずいので、しおらしげに『わかってください』などと皆に呼びかけ、『筒井ファンなら、殿、名作でござりまするとヨイショして、じっと面白くなるのを待たなくてはならない。わたしはそこまで作家に対して寛容にはなれないな』などと、つまりは、お前らも悪口を言えと全員を煽《あお》り続けた。『たまさん』が出てきて、『面白いと面白くないは、どこで判断するのか』と反論すると、ヴィスコンティの『山猫《やまねこ》』なら『パーティが五十分以上続いてもみんなちゃんと見てますよ』。こ、こいつ正気か。あの場面を一日三分のブツ切れでひとに見せられると思うのか」櫟沢はテーブルを叩く。

『山猫』の舞踏会シーンから

二月三日　第百六回

「この『ＭＬ』こと泉卓也はその後、悪口を書きにくい雰囲気になってくると、もう駄作《ださく》に決まったなどと勝手に決めていなくなった」

「そのパソコン通信の記録が本になりましたよね」瀬口は訊ねる。「その男の文章も収録されたのですか」

「いや。最初の部分だけで、そこまでは収録できなかったのだが、それ以前に」「この男、転載を拒否コリコリと歯軋《はぎし》りをした。「この男、転載を拒否して逃げた。いなくなったのは収録を恐れたせいもあるんだろう。小説が『先行き不安な状態では』とか『ファンの集りだか何だかわからない』などと捨てぜりふを残してだが、ひ、ひ、卑怯《ひきょう》にも程がある。そして掲載されなかったと知ると安心し、二度目のパーティ場面が始まるとまた出てきて同じような悪口を言いはじめた。しかし今度はすぐ逆襲にあって退散した。以後二度と出てこない。まったく悪口で目立つことしか考えていない奴《やつ》だった。パーティ連の大量死に関して最も罪深い奴のひとりだ」

「と、いうことは、罪深いひとが他にもいるわけですね」にやにや笑いながらパソコン通信のハードコピーを読んでいた瀬口が、何か発見した様子で一枚を櫟沢に見せる。「これご覧ください。なんと、この男、奨学金を貰《もら》っている学生ですよ。自分でそう書いています」

「これを読み落としていた」読んだ櫟沢がまたテーブルを叩く。「しまったあ。学生相手に連載三回分も反論ぶっちまったあ」

「しかたないんじゃないの」それまで黙って聞いていた英吉が言う。「そんな学生、よくいるんだよ。大作家に会ったりすると、わざと前へ行って『あんたの書くもの最近、全然面白くないね』なんて面と向かって失礼なこと平気で言って、あとで『あの作家をやりこめてやった』だなんて、友達に自慢するんだ」

櫟沢は凝然として息子を見た。「お前、まさかそんなことはしてないだろうな」

英吉は笑う。「ぼくはそんな馬鹿じゃないよ」

「でも、英吉君がそんなことをしたら、櫟沢さん、どうなさいますか」澱口が笑って訊ねる。

「耳たぶつかんでその作家の家まで引っ張っていって、玄関先で土下座させる」憤然としてそう言ってから、櫟沢は溜息《ためいき》をついた。「長幼の別のないのが特徴とは言え、パソコン通信の連中、こんなやつに煽動されておったんだなあ。もっとも、煽動したのはこの男だけじゃない。これは社会人だがまだ二十歳代の若い男で『おかぴー』こと岡安誠史というお調子もの。それまで使い古しや使いものにならないアイディアいっぱい並べ立てていたSF馬鹿のひとりで、話がSFにならないことで駄駄をこね、おれたちが最初に登場した時から、おれたちがここで何を論じるつもりか知りもせずに罵倒を始めた」

二月四日　第百七回

「もう、そんな若い人のこと、どうでもいいじゃないの」

　美也夫人がうんざりして言ったが、櫟沢の怒りはとどまるところがない。

「いや。二十歳代といっても後半の筈だし、簡単に煽動されて同調した連中にも言っておかなきゃならん。つまりこの『おかぴー』こと岡安誠史は、作者類似の人物が登場するこの論評部分を、単なるアイディアと見、漫才のギャグの陳腐さと同列に扱って『こんなの大昔から大勢の人がやってきたこと』だから『駄目だ。この連載は失敗だ』などと、早くも連載十五回めから言いはじめた。のっけから作者の名前呼び捨てにして『おい。つまらないぞ。いい加減やめろ。そんな出がらしのお茶みたいなことは。本当に面白いものを書くつもりはあるのか。ないのか』はては所詮《しょせん》作家が『僕ら社会人にかなうわけないじゃん』『大したことないんだよ』『僕らの方がもともと先を行ってるんだからさ。悔しくないのかい。悔しくなけりゃおしまいだ。やめやめ。あー、情けない』と言いたい放題。これが先の泉卓也の登場を促した」

「殺しなさい」美也夫人が言った。

「泉卓也が出てきていちばん喜んだのもこの男だ。『MLさん。もっともっとやってください。だってほんとにつまらないと思う時が多すぎるんだもの、最近の連載は』」

「ほかの人たちは、そういう無礼な発言に対して何も言わないんですか」つくづく不思議そうに溷口は訊ねた。

「無礼さを咎《とが》めたりすると矛先が自分に向かってくるから、そこはおとなしく、自分たちが第十五回めを楽しめたのは読者としての能動性のためだなどとやんわり反論し、あとは構造論議になってしまう。大多数のメンバーは知的な穏健派だからね。するとそれがこの理論嫌いのＳＦ馬鹿には気に食わない。作者が文学理論に詳しいことも気に入らぬ様子で、反論されることを嫌い、『面白くないものは面白くないんだよ。主観だよ。主観。何が悪い』『君らが言ってることは全部作者と評論家の受け売りだよ』『感じようとするには頭はいらない』『知識と知的は違うと思う』あのなあ。それは反知性主義であって、しかも知性なき反知性主義つまり馬鹿だ。はては『ファンをやめた。いいファンをなくしたねえ』などと憎まれ口で宣言したかと思うと、おれが『ＳＦに戻す』と言ったのでちょっと機嫌をなおして、『頑張って欲しいじゃない。いい奴みたいだしさ』と、自分も物書き志望だとかで早くもこっちを友達扱い。こんな者が物書きになりそうな気配になればおれは全力で阻止するぞ。憎しみや怒りではなく、恐怖のためだ。今はへたをするとこういう男でも物書きになれる出版状況だからね」

とめどのない櫟沢の怒りにあきれ顔で、英吉は茶の間へテレビを見に去ってしまった。

二月五日　第百八回

しかし澱口は担当編集者である。だから逃げるわけにもいかず、しかたなしに俯《うつむ》いて聞いている。どうやら自分が叱られているような気分になってきているようだ。

「この『おかぴー』こと岡安誠史の罪深さも、やはり他のメンバーを煽り立てたことだ」櫟沢の怒りはえんえんと続く。「『自称ファンのおめえらに聞くけど』『ごますって連載成功するのかね。おめえが読んでりゃ成功か。ばあか。そーいうのを自己満足っていうんだよ。最近だいぶ少なくなってきたけどさあ、そーいうばか。でもいるんだよなあ』これでますます他のメンバーが、パーティ場面に関して感想を書き込みにくい雰囲気になってしまった」

「その男も、結局逃げたんですか」

ほとんど沈痛な面持《おもも》ちとなった澱口が訊ねる。

「こいつはお調子者だけに、悪口が書けなくなった今でも『反省なんかしないぞ』とか、この小説に関しても『前はつまらなかったけど、最近は面白い。けど、傑作じゃない。凄いとは思わない』などと言いながらまだいるよ。ことばに鈍感だから自分の言ったことを何とも思っていないんだろう。ただ、おれが怒っていることは最近の連載の内容からうすうす勘づいてきたらしく『若い者の生意気は許せる』なんて自分で勝手に言って防御しはじめている」

「まあ、でも」故意に明るく、澱口は胸をそらせて櫟沢の気分転換をたくらみながら言った。「結局は百数十人の中の、そのふたりだけでしょう」

「いいや、まだまだいるのだ」怒りがぶり返して燃えあがり、どんどん飛び火する様子で櫟沢はさらに恨みを吐く。「SF馬鹿のひとりで、『BANYUU』こと清水伴雄という男だ。こいつは最初のパーティ場面の終わりごろから突然怒り出し、

『王様は裸だ』と罵《ののし》りはじめた。手塚治虫のファンだというこの男、それまでたいした提案もせず、最初ちょっと出てきただけの遊撃隊に過大な感情移入をして『まぼろしの遊撃隊はいま』というシリーズものをえんえんと書き、その中で話をＳＦに戻せ、もっと遊撃隊を出せとひたすら言い続けてきたのだが、これとて遊撃隊の前に作者があらわれて『パーティ場面はもうすぐ終わる』と宣言するなどの、箸《はし》にも棒にもかからぬ子供っぽいギャグばかり。そうした要求が実現しないので他のメンバーにまで腹を立て、『世の中、お利口が多くてつかれません？』などといや味を言いはじめた」

「若いひとなんでしょ」美也夫人が溜息をつき、宥《なだ》めるように言う。

「いいや。大きな娘たちもいるいいおとなだ。この男の勤務先を知っておれは愕然《がくぜん》としたものだが、普通の出版社なら社員失格だろう。それはともかく、この男の『王様は裸』や『お利口』の書き込みのため、影響されやすいメンバーがパーティ場面に関して疑念を抱きはじめ、全体が否定的なムードになってきた」

二月六日　第百九回

「よくまあ、作者としてそんな中、孤立した状態のままで我慢し続けたものですね」普段の櫟沢《くぬぎさわ》の怒りっぽさを知っている澱口《おりぐち》が、さすがにちょっと感心した。

「例の『たまさん』も、さすがにこうした連中のあまりの馬鹿さに腹を立て『あたしゃプッツンしそうになってきた』なんて言い出したものだから、黙っていたおれも、今この人にやめられてはー大事とばかり、芝居を打った。いったん敗北宣言をして『おれは裸だ』と泣きを見せ、次に寝技でもって逆襲に出た。しかしこの『BANYU』は敗北宣言で作者を『困らせたぞ』と大喜びし『フンドシもしてないんですか。せっかくだから写真集を出そう』『スッポンポンの姿で地獄へ落ちる寸前』などと大はしゃぎした手前、この逆襲に怒った。どうあっても敗北させたままでいたかったらしく『だまされるな』、作者の『泣き』こそ本音なのだと煽り続け、パソコン通信の記録が本になるのをいやがって、そんなものを編集している暇があるのなら、『これ以上つまらない連載小説はないと思うほどどうしょうもない今の』この連載を『少しは面白くするための作業に集中してもらいたい』と反対し続けた」

「じゃ、自分の書いたものを出版されるのが少し恥かしかったんでしょ」

美也夫人がまた宥める口調で言うと、櫟沢は強くかぶりを振った。

「勤務時間中の電話回線使用を気にしただけだ。保身のため以後少しはましになったものの、まだいや味だけは書きつづけ、『あんなパーティ書かなきゃよかった』と、三十五回め冒頭の石部智子の独白にこと寄せて『うーゲロゲロゲロ』などと書くひどさだ。それからしばらくは相変わらず、おれが『遊撃隊に射殺されるか腹上死するかで消え、その告別式に筒井康隆が花束を持って登場する、という展開になれば、拍手喝采《かっさい》です』などというや味を」

「殺しなさい」と美也夫人が言う。

「並行して連載中の他の長篇から、ご愛嬌《あいきょう》に特別出演させた時田浩作と、まだ登場してもいないその妻へいちばん過大に感情移入したのもこの男だ。『まぼろしの遊撃隊』のゲーム進行になど、時田浩作はなんの関心も持っていないと書いてあるにかかわらず、何かといえば時田を出せ、時田を出せ。二度めのパーティ場面になり、次に登場する訪問者は誰かというクイズを四回出すと宣言すれば『あと少なくとも四日間はパーティ・シーンが続くようですが』。ばばばばばば、馬鹿っ。たった四日間でパーティ場面が終わるわけないだろうが。おまけにそのクイズの出題、まだしてもいないうちから『明日、新たにやってくるのは時田浩作の妻だと思います』作品全体のことがのっけから頭にない。こうなってくるともはやSF馬鹿どころではない。SF餓鬼だ」

二月七日　第百十回

「まだ登場してもいない人物にそれだけ感情移入できる能力があるんだから、二回目のパーティ場面は前回お馴染《なじみ》のあのパーティ連がふたたび現れて伏線の発展、ギャグの反復をやるわけで、今度は楽しめたんじゃないでしょうか」

「いや。この『ＢＡＮＹＵＵ』という男は、ＳＦシーン以外、のっけから面白がる気はなくて、そんな自分のいびつな感性を信じきっているから、パーティ場面の二回目も『なぜパーティ場面での登場人物たちの存在感が、このように希薄なのでしょうか』と書いて平然たるもの。新聞が休みの日には、今朝の連載小説は『久びさにＳＦしていて面白かったなあ。登場人物に無限大の動きがある』などと書いて作家の怒りを掻き立て、パーティが始まってからは小説『自体に元気がありませんね』ここ、こ、こ、こ、この馬鹿のいう動きや元気は、ひたすらＳＦ活劇のことなのだ。これだけ長期にわたってＳＦにしろＳＦにしろと文句を言い続けた者は他にいない。投書の一回性と違ってこれだけ反復されると、こんな男に焦躁感《しょうそうかん》を掻き立てられてあたふたとストーリイの進行を早めたりはしない自信までがぐらつきはじめる。そこで『終了が早くなるぞ』と匂わせてやると、なぜかいちばんあわてたのがこの男だ。これも大芝居だろうなどと言いながらもアイディアいっぱい出してくるのを見れば、パーティ場面でヘリコプターの爆音がしたといっては『遊撃隊からのメッセージかな』『時田浩作か櫟沢でしょう』と、結局は進行を早めるようなその短絡に自分では気づかず、もはや『悟りの境地に入った』などとこれ見よがしのあきらめ顔。パーティがらみで聡子が嫌いなものだから、おれがそうではないと言っているにかかわらず、レベルの壁の崩壊は聡子などではなく、貴野原や智子がらみでしかあり得ないではないかと頑張り、はては石部智子の白いパンティが見えたというのでこれこそ『レベル4とレベル5の厚いカベを突き崩すキッカケとなりそうな展開』」

喋《しゃべ》りながらさすがに櫟沢は澱口と顔を見あわせて失笑する。

「なぜですか。なぜ全体の登場人物のバランスに眼を向けさせてやる人がいないのですか」

澱口が言うと櫟沢はまたかぶりを振る。「だから全員が影響されて聡子を嫌うムードになっているんだよ。話の拡がりに眼をくばっているのは数人だ。この男にしても、作者に焦躁感を与えたことを反省したあとでそれだからね」

「しかし、誰も注意しないというのは」

「注意するどころか、例の『うーゲロゲロゲロ』の書き込みのあとだって、『BANYUUさん、よほどパーティが嫌いだったのね』と笑っている。実はこうしたパソコン通信ユーザーの言語への鈍感さについて、二度目の論評でもとりあげた増田浩行からの、こんな手紙が来ている。『やまもも』こと當山《とうやま》日出夫の、あの発言についてなのだが」

二月八日　第百十一回

「たしか『主婦にとって魅力的なパソコン・ゲームが書けないというだけのことですよね』という発言でした」古いコピーの束をめくり返しながら澱口は言う。

「それを読んで『どうしても黙っていられなくなって』この増田君、再度投書してきた。『ここにもこういう無神経なやつがいるのかと思い、ひとごとながら腹が立ってしかたがありませんでした』『私、あるコンピューター・メーカーに勤務しており、仕事上パソコン通信とは少少かかわりがあります。そこでも不快な思いをさせられることがあり、生身の人間に対して言ったら間違いなく喧嘩《けんか》になりそうなことばが平気で使われていることがあります。はなはだしいものになると、悪意があるとしか思えないような皮肉な表現を使った罵詈雑言《ばりぞうごん》を並べ立てておいて、その最後に、きついことばを使ったが悪意はない、というような逃げ口上をつけてあるものもあります。殴られないのが不思議なくらいです。殴りようがないのですが』そのあと、なぜパソコン通信の中でこういうことばが無神経に使われるかの考察をしている。しかしね、おれの経験では、パソコン通信の上でことばに無神経な者は、現実の社会でもだんだん鈍感になっていくよ。さっきの『BANYU』も、ひどい書き込みを人から注意されて『自分なりにエールを送っているつもりだ』と、これは現実の対話で答えている。『王様は裸だ』や『うーゲロゲロゲロ』がなんでエールだ。ひとを馬鹿にするな」激怒の発作に見舞われ、虚構なら何でもできるとばかりに、櫟沢は手刀でテーブルをまっぷたつにした。

「ま、ま、ま」澱口が制した。「櫟沢さんも、ご自分なりに彼をショウ・アップしてるんだからいいじゃないですか。それよりさっきの話の『やまもも』さんはどうしていますか」

「あの當山日出夫という坊さんは、二度と会議室にはあらわれない」荒い息を吐きながら櫟沢は言う。「ネット内を幽鬼のようにさまよっているが、この間ＢＡＲサロンに出てきて、あいかわらずパソコン通信への参加のしかたについて、裸でつきあえだの何だのと説教ぶちやがった。馬鹿め。作家はもともと裸だ。坊主《ぼうず》の分際でパソコン通信餓鬼というか、骨がらみになっているんだ」

「その人も入れて、おかしな人は四人だけなんでしょうが」のろのろとテーブルをなおしながら、夫の怒りに食傷して美也夫人が言う。

「まだいるのだ」椅子にぐったりとしていた櫟沢が跳ねるように身を起す。「今はハンドルを変えて、三歳になったセントバーナード犬みたいに贖《しょく》罪《ざい》生活に入っているが、常習の愉快犯みたいな暴れかたをした『凡亭』こと井上宏之《ひろゆき》。この乱暴者は他の会議室に暴れ込んで皆に迷惑をかけ、ＩＤ剥奪《はくだつ》寸前にまで顰蹙《ひんしゅく》を買っていたのだが、ついにわがサロンへ、こともあろうに核爆弾を投下した」

二月九日　第百十二回

「核爆弾」澱口が驚く。「そんなもの、どうやって落すんですか」

「つまりその」説明しようとして説明のしようがなく、櫟沢はいら立って言う。「J　BOMB・改行で投下できるんだ。乱暴な奴《やつ》は他にもいるぞ。ちょっと気に食わないことがあると作者の名前呼び捨てで『あほんだら』呼ばわり、老人みたいな怒りっぽさと病人みたいな僻《ひが》みっぽさで、ひとの言うことすることにいちいちからんでくるやつもいる。おのれの知的レベルを誇って唯我独尊《ゆいがどくそん》、他人の書き込みに文句をつけてばかりのやつもいる。この反論が始まってからも、反論されたあの低レベルの連中に、さらに反論しろ反論しろとけしかけるやつもいる。これ以上つまらぬ長文のメッセージ増やしてどうする気だ。それから、この連載小説を読まないままで参加してくる者もいて、まあ、この連中に対してはたまたまこの新聞をとっていなかったというだけで、おれの単行本は読んでいるらしいから怒る気はないものの、不可解なのは他のメンバーの反応だ。『作者に失礼なのでは』と、やんわりたしなめたのはネットのヴェテランで普段エンターテイナーの『魑魅の魔王』こと早川玄という人ほかひとりか二人。あとは皆『いらっしゃいいらっしゃい』の大合唱。『ここではどんな参加のしかたも許されます』『何でも書き込んでください』と、いたずらに無関係なメッセージを増やそうとするだけの歓迎ぶりで、おれの苦痛を何とも考えていない。かと思えば、おれたちが忘年会などと称し高度な言語ゲームによるパーティを楽しんでいると『そんなもの、ネットでは珍しくもなんともない。高度な言語ゲームだとも思わない』とおのれがパソコン通信で言語感覚麻痺《まひ》していながら、ヴェテラン面《づら》して出てくる馬鹿もいる。メンバーの名誉のために断言しておくが、パーティ参加者の言語感覚たるや第一級のもので、プロも混っているのだから、つまりはこの男、自分の恥になることすらわからぬ鈍感さなのだ。しかしな」櫟沢は澱口に顔を近づけた。「実はこのパソコン・ネットなど、まだ上品な方なんだよ。他にもＰＣ—ＶＡＮとかＮＩＦＴＹとかいったネットがあり、そうしたネットにもこの連載小説を論じている会議室がある。で、わがサロンの有力メンバー二人が挨拶に出向いたところ、ひどい罵倒《ばとう》を浴びて帰ってきた。記録を見せてもらい、一読おれは慄然《りつぜん》とした。言語の荒廃ぶり眼を覆《おお》うばかりで、罵倒が慫慂《しょうよう》されていた。罵倒されるのを嫌ってか一日平均二、三の書き込みしかない。まさに荒野だ。ひどい罵倒で目立っているのはハンドルを『Ｈ』という男。あと、この男の罵倒ぶりを褒めたたえる『ｈａｖｏｃ』という男もいる。この『Ｈ』のおれへの悪口雑言を読んで、おれは胸が悪くなった。この男、一部のＳＦ関係者には名を知られていて、職業までわかっているのだが」

苦痛の表情を見せた櫟沢に、澱口が詮索《せんさく》の眼を光らせる。「なるほど。で、その『Ｈ』の正体は」

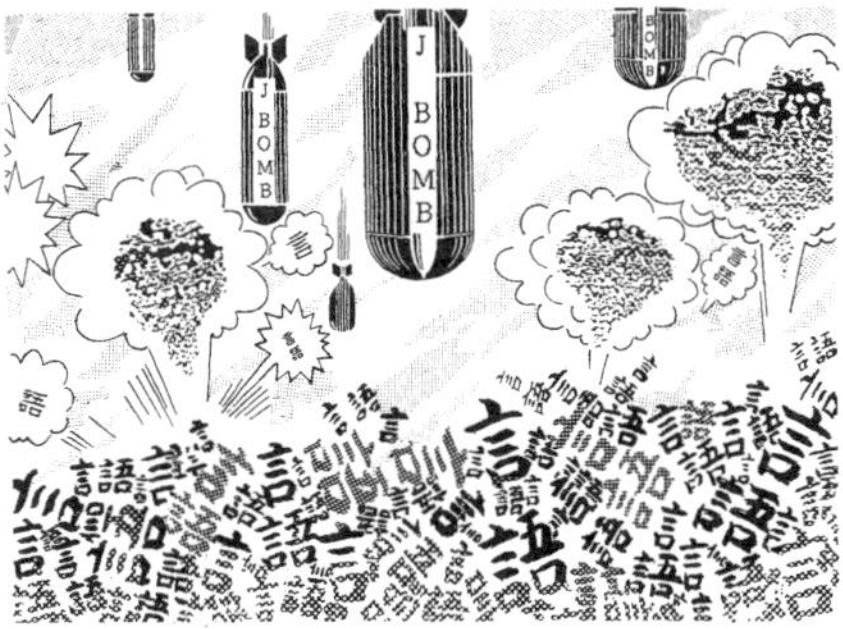

二月十日　第百十三回

「それは言えない」

「えっ。どうしてですか」

「おれの参加しているパソコン通信のネットは実名参加だが、これはむしろ珍しく、他のたいていのネットは匿名《とくめい》参加が原則だ。さらにその会議室のモデレーター、つまり世話人が、きちんと筋を通して会議の記録を送ってきてくれた。これがそうだ」櫟沢はハードコピーの束を澱口に見せた。『Ｈ』の本名を明かすことは、他のネットの制度を侵犯することになって礼節を欠く」

「じゃあ、そんな人のこと言うの、やめたらどうですか」

「あーっ。これはひどい。言いがかりだ」夫の再度の発作を危惧《きぐ》した美也夫人のことばを、澱口が搔き消した。「メンバーのひとりの『残像に口紅を』への高い評価に反対してこの『Ｈ』が、作家の名前もちろん呼び捨てで『あいつって、ぼけてんじゃねーの。あんな形の言語実験なんて、もうずーっと昔にやられてるもんだし。そういう知識って、周辺の人間が誰も教えてないのかしら ん』昔誰がやったかも書かずに。これは無礼です」

櫟沢はかぶりを振りながら澱口からコピーをとり戻す。「そんなものはまだなまやさしい方だ。これなんかひどいぞ。『おい。阿呆《あほ》。今度からＳＦ大会に来るときは、てめーのブスの女房と、マヌケの餓鬼は置いてくるこっちゃな。でないと、若いＳＦファンに笑われるぞ。がはははははは』」

「殺しなさい」美也夫人が手刀でテーブルをまっぷたつにした。

澱口は信じられないという眼をした。「そんな暴言を、誰も注意してやらないんですか」

「モデレーターが注意すると『洒落ですよ洒落』と言って逃げ、罵倒で相手が怒ると『おとなになって出なおしてこい』だ」

「何者です。その『H』というのは」ほとんど驚《きょう》愕《がく》して、澱口は訊《たず》ねる。

「SFとマンガ専門の出版社の社員で、以前あるハードSF作家に対して犯罪まがいの非礼があった男だが、こんな男はどうでもよくて、問題はこういう者がどこのネットにも必ずいるということだ。そして追い出すことができない。おれは思うんだがね、パソコン通信がまだ未成熟のメディアだと言われるのは、実はほんの少数のこういう者の存在が原因に過ぎないのではないだろうか。こういう者がひとりでもいると、他のメンバーにまで影響をあたえて全員の言語感覚が鈍くなりメッセージが過激になる。実はわがサロンでも、過激さに堪えられず『息苦しい』と称し、意味のない長文を打ちこんで去っていく者が出た。さらにはこちらの無意識に突き刺さってくるような分裂気味の恐ろしい文章を書き続けた末、ついに正気を失って入院する者も出た。もっともこの人の場合、失業や親族の死など、ほかの原因もあったのだが」

二月十一日　第百十四回

「まあしかし、そういう人まで出たということは、むしろ作家にとって名誉なことでは」

「何が名誉なものか」澱口の慰めに、櫟沢は渋くかぶりを振る。「えらい迷惑だ。パソコン・ネットにはとんでもないやつもいますよと人から注意されていて、ある程度覚悟はしていたがこれほどとは思わなかった。この際言っておくがほかの作家は、単にパソコン通信に参加するだけというならともかく、絶対に、現在おれがしているような、こんな真似をしてはいけない。通常作家なんてものは実に気が弱く、自分の才能にも常に疑いを持っているから、そんな場で今のような罵倒をされたらたちまち自信を喪失して何も書けなくなってしまう。君も知っての通り、そもそも新聞連載中、批判的な投書があってもそれを作家に見せないのが常識とされている。作家が書けなくなって連載に穴があいては一大事だからな。作家にもいろいろな人がいるが、単に皆からちやほやされて自我が肥大し、少しの罵倒でぱちんとパンクしてしまうだけの低レベルの者から、ことばで傷つくことができ、そのことに誇りを持っている者まで、どのようなレベルであろうと一様に、作家は言語に敏感だ。しかしこういう場への参加は、そうした言語感覚を意図的に鈍化させない限り不可能だから、作家としての自己鍛錬には結びつかずに逆の結果となる。わがサロンにも、三、四人のプロの作家がＲＯＭといって読むだけの参加をしているが、これに気づいたメンバーが、作家名呼び捨てで『誰それ出てこーい』などと失礼な呼びかけをしている。もちろん誰も出てこない。賢明な態度だろうね。作家としての評価を落としてまで、罵倒に罵倒で報いるおれのような馬鹿でない限り、おれはそうした場への参加は、特に若い作家には、ほとんど禁止したいくらいの気分だよ」

　少し前からにやにやしはじめていた澱口が、ちらちらと櫟沢の顔をうかがってから、首を傾《かし》げて喋りはじめた。「ねえ櫟沢さん。だいぶお怒りになっていましたが、今のおことばでわたしにはどうも、櫟沢さんがご自分への罵倒を、これも作品の中に生かせそうだというので舌なめずりしながら読んでこられたのではないか、と、まあ、そんな気がしはじめたんですよ。以前たしか、罵倒されることにじっと耐え続けるのも、ひとつの文学的営みだとおっしゃってましたよね。そうやって耐え続けてこられたのは、実は罵倒のエスカレートを望んでおられたからではないのですか」

　澱口の言った意味がわからぬ様子で、しばらく茫然《ぼうぜん》と澱口の顔を眺めていた櫟沢は、やがてかぶりを振った。「それはむしろ筒井康隆だろう。おれはただ腹立たしいだけだよ」突然、また怒りに見舞われたらしい櫟沢は、自分の怒りの激しさを証明しようとするかのように「がお」と咆哮《ほうこう》し、虚構なら何でもできるとばかりに傍《かたわ》らの、金魚のいない金魚鉢《ばち》をとりあげてばりべりぼりと嚙《か》み砕いた。

二月十二日　新聞休刊日

二月十三日　第百十五回

「だいたいだな、面白い登場人物をもっといっぱい出してくださいなどと言ったのは自分たちだぞ」櫟沢の怒りの先端はどうしてもパーティ連へのこだわりに舞い戻ってしまう。「それが面白くないとたちまち『全員殺したらどうですかあ』だ。この無神経さはどうだ。虚構に参加する資格なんて最初からゼロじゃないか」

またスタート地点へ戻った、という憂《うれ》いで、美也夫人と澱口は絶望的に顔を見あわせる。

「あはははははは。父さん。こんなものがあった」英吉が、グローブとミットを持って茶の間から出てきた。「やらない。キャッチボール」

おっ、と、瞬時乗り気になった櫟沢は、すぐにかぶりを振る。「何言ってるんだ。澱口君が来てるだろうが」

「澱口さん、迷惑してるんだよ」英吉はくすくす笑う。「十日分以上怒り続けて枚数稼《かせ》いだんだから、もういいじゃないか。罵《のの》った人たちに少し原稿料あげなきゃ」

「何言いやがる」櫟沢は苦笑した。「まだまだ言い足りんぞ」

「じゃさ、僕がそのネットへ行って、死んだ登場人物の合同葬儀を提案するからさ。それならいいでしょ」

「ははあ。合同葬儀か」櫟沢はにやにやした。「そうだな。そいつはやって貰《もら》わなきゃあ」

「ね。やろう。キャッチボール」

「よし。ではおれのドロップを受けてみろ」

「ドロップとは懐かしいことばですね」庭でキャッチボールを始めた櫟沢と英吉を見ながら、澱口は笑う。

「小説のことしか頭にない人なんです。それに怒りっぽくて。ご覧遊ばせなこのテーブル。もう使えやしませんわよ」自分も叩き割ったくせに、美也夫人はぶっ壊れたテーブルを顎《あご》で差す。「他にもいやなことはいっぱいあるって言うのに」

「ほ。何かお悩みですか」澱口が意外そうに美也夫人を見た。

「聞いてくださいますか澱口さん」美也夫人は詠嘆調で話しはじめた。「駅前の商店街に、大きな本屋さんがあるでしょう。あの隣のカネミツという雑貨屋さんの土地と建物は、わたしの実家のものなんです。ところが、市が道路の幅を拡張することで、いろいろ問題が起ってるんですのよ。最初に貸した会社は倒産して、いつの間にか暴力団に権利を譲ってしまってたんですの。で、その人たちが、不動産業者、弁護士、それに市会議員なども共謀して、八千万円などという高価《たか》い移転料を実家から巻きあげようとしてるんですの」

反民事介入暴力キャンペーンを実施中の新聞の記者として、以前はサツ回りもしていた澱口の眼がぎら、と光った。「で、その市会議員の名前は」

彼は手帳を出した。

二月十四日　第百十六回

眼を醒《さ》ますと雨の音がしていた。深江はベッドから起きあがった。マットレスさえない裸のベッドで寝たため、腰が痛かった。ガラスがなくなった窓から外を見ると、名も知れぬその荒れ果てた、今は無人の住宅街に、黒く太い雨が降っていた。

「いやな雨だな」

二階から下りて食堂へ行き、コーヒーを沸かしている穂高に深江はそう言った。穂高は陰気な眼をしていて、無言だった。古い頑丈《がんじょう》なテーブルについた深江に無言のままでコーヒーを運んだ。彼女には女の匂《にお》いがなく、むしろけものの臭《にお》いがした。

平野が起きてきた。「今朝がた、西の空が光ったの、知ってるか」

「いいや」深江は怪訝《けげん》そうに平野を見た。「戦火ではないのか」

はるか西方にあたる玄爺岳《げんやだけ》では、まだ第四分隊が例の『韃靼の大魔王』と、えんえん戦闘をくり広げていた。峰隊長の指揮にも従わず、勝手に過激な行動をとる第四分隊員に愛想を尽かし、深江たちは後方陣地と決めたこの住宅街へいったん休息に戻ってきたのだった。それ以上彼らと行動を共にすれば隊内で紛争が起る恐れがあり、峰隊長と相談してそう決めたのだった。

「戦火ではないようだった。雷でもない」平野は穂高に訊ねた。「お前は見たか」

「見た」

おっ。声を出したぞ、と、深江は思う。

昼過ぎ、一台の小型装甲バギー車がよろめくように住宅街へ入ってきた。第四分隊の車だった。中には第四分隊員がひとり乗っていて、全身に火傷《やけど》を負っていた。瀕死《ひんし》だった。

部下たちから報告を受け、深江と平野は雨の中を彼が運びこまれた家に走った。瀕死の若者は、第四分隊員の中ではいちばん知的な穏健派だった。平野の質問に、彼は答えた。

「過激な連中が、『駄目だ。この戦闘は失敗だ』と言いはじめたのです」

「なぜ失敗なのだ」

「面白くないと言うんです」彼は大きく喘《あえ》ぐ。

面白い戦闘を続けることが、なぜか当然のこととして『刷り込まれた』自分たちの使命であることを深江は自覚する。と同時に、面白くなくしているのは手前たちじゃないのかと、第四分隊員たちに腹立ちを募らせる。

瀕死の兵士は言う。「いくら言ってやっても『面白くないものは面白くないんだよ。主観だよ主観。何が悪い』とさんざ駄駄をこねた末、ついに『息苦しい』とか言い出して『これ以上つまらない戦争はないと思うほどどうしようもない今の』この戦争に決着をつけるのだと叫び、乱暴にも核爆弾を投下しました」

「自殺行為だ」深江は呻《うめ》く。「それでは敵味方とも全滅ではないか」

二月十五日　第百十七回

「全滅しました」嗄《しわが》れた声で兵士は言う。「水。水をください」

今、水をやると死んでしまう。もう少し待てと言い、深江はさらに訊ねた。「大魔王もか」

「魔物だけあって、死にませんでした。あのゴムマリのような全身にさらに火ぶくれを作り、うす煙をあげてぴょんぴょん跳ねながらハイウエイを北の方へ」

深江も平野も、もちろん彼を追うつもりはない。

数分後、若い兵士は息絶えた。

住宅のあちこちに分宿していた兵士たちが三三五五、雨の中をその家の前庭に集まってきた。

「とにかく、本部へ報告しなければ」平野がそう言った。

通信機器はその邸宅内の、もとは書斎であったらしい部屋に置かれていて、係をしているのは日野だった。あいかわらずシリコニイを肩に乗せたまま、日野は本部を呼び出した。

「つながりません」やがて彼は背後の深江と平野を振り返り、蒼《あお》い顔で告げた。「変な声がいっぱい聞こえるだけです」

深江は日野にかわり、通信機器の前に掛けた。彼方《かなた》からの声は幽鬼の如く無気味であり、時には疳高《かんだか》く、時には低く、時には挑発的であり、時には恨みっぽかった。

「てめーのブスの女房とマヌケの餓鬼は」「反省なんかしねーぞー」「そうよそうよ。反省なんかしなくていいわよ」「ハンプティ・ダンプティのように丸まる肥《ふと》った頬が不愉快に歪《ゆが》んで」「うーゲロゲロゲロー。うーゲロゲロゲロー」「じっと面白くなるのを待たなければならないなんて、わたしはそこまで寛容には」「あほんだら。あほんだら」「つまらねーぞ。いい加減やめろ。そんな出がらしのお茶みたいなことは」「ファンをやめた。あーあ。いいファンをなくしたねえ」「たいしたことねーんだよ。ぼくらの方がもともと先を行ってるんだからさ」「感じようとするには頭はいらない」「若い者の生意気は許せる」「フンドシもしてないんですか」「理屈じゃないよー」「王様は裸だ」「スッポンポンの姿で地獄へ落ちる寸前」「がはははははは」

「なんだこれは」深江は叫ぶ。

「どうした」日野が心配そうに訊ねた。「誰かに本部を乗っ取られたのか」

「そうではないと思う」深江はあわてて本隊を呼び出しながらそう言った。「何やら、この世ならぬものの声だ」

　本隊も出なかった。ではわれわれは、本隊がない以上、今や遊撃隊ですらなくなったのだ。茫然として、深江は立ちあがった。のろのろと玄関のポーチに出る。自然と深江を隊長格に見て、日野や平野があとに続いた。前庭の全員が深江を注視した。

沈痛な声で深江は言う。「われわれは孤立した」

二月十六日　第百十八回

「さて。どこかで昼飯を食わんかね」

舵安《かじやす》社長の告別式が終わると、中井恵市が貴野原征三と宇佐見衛《まもる》に言った。

三人とも五十歳台で、自身死に近づいた歳《とし》になると葬式にも馴《な》れ、誰が死んでも意外さを感じることは少なく、死者を哀悼する心も、告別式が終わるなりすっと霧消してしまう。舵安社長とは三人、さほど深いつきあいではなかったのだから尚《なお》さらである。朝から始まった告別式が終わった時には、もう正午を過ぎていた。

「しかし、この黒い服装で三人がレストランへは、ちと入りにくいのじゃないでしょうか」宇佐見がそう言った。「むしろ、わが社へお越しになりませんか。近くの店から出前で、うまい『ねぎそば』をとることができます」

「おお。ねぎそば」中井恵市が眼を細めた。「結構ですなあ」

「久し振りで、お話ししたいこともありますし」

中井と貴野原は宇佐見のことばでちょっとうしろめたそうに周辺を気にしてもじもじした。話というのが非業《ひごう》の死を遂げた舵安社長の思い出話などではなく「まぼろしの遊撃隊」だということは明らかだったからであり、宇佐見もさすがに、葬儀場でゲームの名を口にする不謹慎は避けたようだ。

歩いて五、六分、青山通りからひと筋裏に宇佐見が勤務する不動産会社の五階建てのビルはあった。最上階の重役室に落ちつき、宇佐見が恐らくは彼の好みと思える美しさの秘書に『ねぎそば』三人分の注文を命じてしまうと、彼らの話題はすぐさま「まぼろしの遊撃隊」になる。

「あの核爆弾投下。あれはいったいどういうことですか」宇佐見は怒っていた。ふたりに向けて不満を噴出させ、怒りを共にしたかったようだ。

「いろいろなメンバーから噂《うわさ》を聞いたが」情報通の中井が悲しげに言う。「最初のうち、単に社長重役連が関心を持っているゲームとはどういうものか知りたいというだけの若い連中が、何人か参加してきた。そのうちに、特定の隊員のシャドウになるとその隊員の行動にかかわりあうことが可能だと知り、ここから、似たような考えの者が自分たちの好みの隊員のシャドウになったのか、あるいは何人かが示しあわせて集中的に第四分隊員のシャドウになったのか、推測するしかないわけだが」

　中井恵市が考えこんでしまったので、貴野原は口を挟《はさ》む。「確かに第四分隊員には、峰隊長を除き最初から乱暴な者が多くて、われわれの間で彼らのシャドウになった人は少なかったようですね」

「ところが、実は、ぼくは彼らのひとりのシャドウだった」無念そうに膝《ひざ》を打ち、宇佐見は言う。「若いやつと同じで、比較的あとからゲームに参加したので、思い通り動かせそうな第四分隊員のひとりに感情移入していたんだ。恥かしくて今まで誰にも言わなかった。くそっ。自分が死んだ気分ですよ」

二月十七日　第百十九回

「もしかしてその男は」貴野原征三は宇佐見衛に言った。「バギー車に乗って報告に来た、あの男じゃなかったんですか」

宇佐見は頷《うなず》いた。

「いい男だったが」中井恵市が嘆息した。

舵安社長の葬式でも泣いたりはせず、不動産屋として海千山千の宇佐見の眼に涙が滲《にじ》んでいたので貴野原は驚く。よほど深く感情移入していたのだなあこの人は。

ねぎそばの出前が来て、三人は食べはじめた。

「しかし、生き残りの連中も長くはないよ」中井が言った。「みんな放射能雨にあれだけ打たれたんだから」

「以前は、まだ自浄作用があったんです」宇佐見が箸《はし》を置いて言う。「花村隊長の一件ですが、あの前隊長のシャドウをやっていた人についい最近聞いたところでは、ひとりどうしようもない若い男がシャドウとして加わってきたそうです。【判断】【対応】【反対】あらゆるところへ非常識な罵《ば》倒《とう》を書き込みはじめた。メッセージ内容から本人の正体を割り出したところ、SFとマンガ専門の某出版社に勤めている細田という男でした。以前あるハードSF作家に対して犯罪まがいの非礼があり、少し正気を失ってもいるようなので、花村隊長がそのままだと今後の展開が目茶苦茶になりますから、わかっている限りの他のシャドウに呼びかけて発病させた。発病が隊員の誰かによって発見されるような、そして細田という男にはわからないような難解なヒントを考えて花村隊長に奇妙な行動をとらせたのも、当時の花村隊長のシャドウたちです。その正解を出したのが深江、つまり深江のシャドウの貴野原さんだったわけですよ」

「では」貴野原はまた驚いた。「センターはそうしたことにまで無為無策だったんですか。わたしはあれは、センターが設定した謎《なぞ》だと思っていたのですが」

「センターはだねえ」中井はまた溜息《ためいき》をついて箸をとめた。「最初の設定だけで、ゲーム開始後はほとんど抛《ほ》ったらかしなんだよ。核爆弾が投下されて以後、怒ったメンバーが何人かセンターへ掛けあいに行ったそうだ。なかなか所在がわからず、見つけるのに苦労したらしい。ところがセンターをやっていたのが、以前ノーベル医学生理学賞候補になってちょっと騒がれた時田浩作と千葉敦子《あつこ》だ。千葉さんは結婚して時田姓になってるがね。とにかくふたりは現在サイコ・セラピー機器の開発に全力をあげていて、遊撃隊の方はその資金稼ぎに本を出版しているだけ。それも記憶装置の進行過程を解読して、そのまま文芸化しているらしい。今、ゲーム内で何が起っているか知ったことではないというんだ。核爆弾が投下されたのであればそれを文芸化するまで。全滅してゲームが終了すればそれを悲劇として文芸化するまでなんだそうだよ」

二月十八日　第百二十回

「わたしもあれからセンターへは何度か電話したんですが、コンピューターの声でお座なりな応答しかしてくれませんでした」貴野原征三も不服を洩《も》らした。「でも。ああ。そうですかあ。そんな偉い人たちがやっていたんですかあ」しかし、それならしかたがない、という気持ちにはなれない。

「その人たちにとっては片手間仕事であっても、われわれには日常の一部が奪われるに等しい重要なことなんだ」やはり不満そうに、宇佐見衛が貴野原の気持ちを代弁してくれる。「センターへ行った連中は時田さんに、そういうことを言ってくれたんでしょうか」

「今やっている仕事について時田浩作氏の、まったく理解できない難解な講義を聞かされて退散してきたようだ」中井恵市がそう言って諦《あきら》めの笑いを笑った。「その連中がけんめいに懇願した新たなゲームも、考えてはいないそうだ」

せっかくのねぎそばも味がわからぬまま、三人は簡単な昼食を終える。

「それにしても、不思議なゲームだったなあ」すでにゲームが終了したかのような言いかたを宇佐見はした。「おれたちの思考が、思考どころか無意識までが吸い取られていくような気分になるゲームだったなあ」

「実際に、そうだったのだ、と、思います」貴野原は断言した。「時田さんは、その辺のところをどう説明されていたんでしょう」

中井は難しい顔で唸《うな》った。

「説明はあったそうだが、ＩＤカードに何やらがシンクロしてるとか、まったく理解不能の講義だったそうだ。それも、そもそもがゲームの原理をそこから応用している現在の進歩したサイコ・セラピー機器に比べれば、何ほどの機能でもないのだとか」

「ゲーム史に残る、すばらしいゲームでしたね」宇佐見は早くも、ゲームからの離脱を決めたようだった。不満を吐き出して、あとにこだわりがなくなったようだ。「今後は『まぼろしのゲーム』と呼ばれて伝説になるだろうような、まさに『まぼろしの遊撃隊』でしたなあ」

「わたしはもう少し参加を続けます」貴野原は言った。「深江のことを、見届けたい」

「さて。社に戻らねば」中井が膝を叩いて立ちあがった。

貴野原も腕時計を見る。「わたしもだ」

「ぼくはね貴野原君」車に同乗して同じ千代田区のオフィス街へ向かいながら、中井が言った。「あのゲームは、ゲームというよりむしろ、われわれの意識を改革してくれるサイコ・セラピー機器ではなかったのかと思うんだよ。ぼくにしても、あのゲームによって性格的なある欠点が治癒されたような気がする。若い連中のあのヒステリックな反応は、ちょうど精神科医に対する患者の反撥《はんぱつ》みたいなものではなかったのだろうか」

二月十九日　第百二十一回

「昼間電話してもおらん。夜も出ん。どないなっとんねん」杉原が言った。「まさか夜逃げしたん違うやろな」

「それはないのん違いまっか」鍋倉が含み笑いをして言った。「金剛商事の常務ともあろうもんが、たった一千万円ぐらいで」

「夜はおっさん、おる筈やぞ」杉原は葉巻をくわえた。「とするとやな、おばはんが電話の音、低うして、かかえこんで寝とるんか」

「そうでっしゃろ」鍋倉は頷いた。「わし、こないだ昼間行った時は留守でした。おばはん、誰か来るの怖がって、それから電話も怖がって、どうも昼間は出歩いとるらしい」

「夜行って、何も知らんおっさんと喧嘩《けんか》になってもまずいしな」杉原は神棚《かみだな》の下の書類棚から上等のケント紙を出して応接セットのテーブルに拡《ひろ》げ、その三枚に油性マジック・インキで黒ぐろと大書した。

『金返せ』

『逃げるな』

『泥棒』

「どや。わしの字い、迫力あるやろ」字の下手さを胡麻化《ごまか》すいつもの自慢をして、杉原は言った。実際にもその字は、下手であるためにかえって凄《すご》みがあった。

杉原は若林に言った。「おい。これ、貴野原の家の玄関か門か知らんが、前の道路通る人間の、でけるだけ目につくとこへ貼って来たれや」

「へえ」つまらぬ役なので若林は不服そうだ。「あのう室長。もし家におったら、ちょい脅かしてもええか」

「せめて『よろしまっか』と言えんのかぼけ」杉原が怒鳴る。「歳いくつじゃ。なんぼ言うてもことば遣いの改まらんやっちゃなおのれは」

「家におることわかってても、それ貼るだけで帰ってこい」鍋倉が断固として若林に言う。「お前は口で脅かすだけで済まんのやさかい」

「け、け」と、隅《すみ》の椅子の岸が猿《さる》のように身をゆすって笑う。

「ほな、行ってきます」若林は膨れっ面《つら》で債権対策室を出ていった。

「PFSも会社の方も、もうとうにセッティングでけてまっせ」と、吉田が言った。「鍋倉はん両方とも熱演してくれはったさかい、ええもんがでけました。見はりまっか」

「そうか。ほたらそれ、ちょっと、両方とも見せたらんかい」

杉原が笑い、鍋倉は顔に似あわず照れた。

鍋倉が怒鳴りまくる二種類の画像を見終わり、杉原が言う。「よし上出来や。ほたら会社の方、早速これ流したらんかい。会社中のコンピューターに映るんやろな」

「はあ。全社向けのブロードキャストです」と、吉田は言った。「ほな、いきまっせ」

二月二十日　第百二十二回

江坂春美の告別式は午後二時に終わった。遺体がないから出棺もない。春美とは共通の友人が少なかった石部智子がひとり焼香を済ませて式場を出た時、誰かが肩を叩いた。

「よう」

チャーリイ西丸だった。鼻柱へ×印に絆創膏《ばんそうこう》を貼っていた。

「あら」

「あんた、春美から誘われていたんだろ。命拾いしたな」笑った。

「わたしは最初から行くつもりなかったから。でもチャーリイさんは行く筈だったんでしょ。春美からそう聞いたわ」

チャーリイは絆創膏を指した。「おれ、空港まで行ったんだけどさ、団ってやつと喧嘩して鼻柱折っちまってさ。行くのやめたの」彼は顎《あご》で式場出口にたむろしている一団を差す。「あいつらさっき、おれのこと何て噂してやがったと思う。死に損ないだってさ。変てこな気分だぜ」

この愛すべきキャラクターが生き残ったことを智子は、喜ばずにはいられなかった。本心から、彼女は言った。「よかったわねえ。乗らなくて」

「ありがとよ」チャーリイはそう言いながら、誰かの姿を、さほど期待せずに求める様子であたりを見まわした。

やがて、気さくに彼は言った。「会社だろ。送ってやろうか。次の告別式まで時間あるんだ」

「助かるわ。ありがとう」

「今日はあとふたつ、まわらなきゃ」運転手つきの車の後部座席で、チャーリイは言った。「香典だけでざっと百万円だぜおい。どう思う」

智子は笑った。「でも、死ぬよりは」

「そりゃそうだがね」うつろに、チャーリイも笑った。「ちきしょう。おれ生き残っちまったよう」

「うちの常務の奥さんも、行かなかったの」

　チャーリイはちょっと考えこむようだった。

「うん。そうだね」

　金剛商事のビルが見えてきた。

「ま、生き残り同士、仲良くしようや」そう言っておきながらチャーリイは、別段智子と会う約束をするでもなく、さして面白くもないのに空虚な笑いを声高に笑った。

　つまらぬことを大声で笑う男の心理を読める程度には、智子にも洞察力《どうさつりょく》がある。何か悩んでいるんだわこの人。智子はそう思う。

「じゃ、またね」玄関前で車から降り、智子は言った。

「おう。また、どこかでな」にやりとして、チャーリイも言う。

　ロビーに入ると、カウンターの下に隠れた社内通達用モニターの画面に眼を見張っていた受付の女性ふたりが、智子の姿を見て立ちあがった。

「あっ。石部さん。これ見てください。大変です」

二月二十一日　　第百二十三回

金剛商事のすべてのモニターに鍋倉の顔と罵声《ばせい》が送られてきたのは、金融機関アクセス用に使われている回線を通じてであった。社内ネットワーク・システムに組み込まれている全社向けブロードキャスト機能が使われたのだった。

ゲームの画面を見ていた社長の戸部や総務部長の対馬のモニターにも、業務用通信ソフトを使っていた社員たちのモニターにも、音楽番組を流していた社員食堂の大きなモニターにも、来客と商談中の応接室のモニターにも、突然画面いっぱいに陰惨な眼つきをした貪虐《たんぎゃく》凶穢《きょうあい》な鍋倉の顔が出現して罵声を張りあげた。

「こら。常務の貴野原征三よ。聞いとるか。聞いとらんのやったら他の社員あとで教えたってんか。おのれお前らんとこの貴野原常務のアホのカミさんはのう、一千万円以上もネット・サラ金から借りさらしよってそのままじゃ。言い訳ひとつせんと逃げてばっかりおって、埒《らち》があかんさかいこっちへ催促に来たんじゃ。こら貴野原よ。かりそめにもおんどりゃ常務やろが。おのれはそのこと知っとるんか知らんのか。知らんちうんやったら薄のろじゃ。マヌケじゃ。知っとるんやったらグルじゃ。余計怪《け》しからんわい。チンポ根えからぶった切ったるさかいそない思え。おんどりゃどない思うとるんじゃ。カミさんに返せる甲斐性《かいしょう》ないんやったら、お前すぐ会社やめて退職金で返さんかい。社長やら他の重役聞いとるか。これ金剛商事の恥さらし違うんかい。どないさらすつもりじゃ。金貸すとか馘首《くび》にして退職金やるとか、すぐ何とかしたらんかい」

関西弁の、しかもやくざの言説であり、最初のうちはほぼすべての社員に、鍋倉のことばの内容は理解できなかった。しかし、あっけにとられた誰もがモニターのスイッチを切ろうとしないまま、えんえんと罵《のの》り続ける鍋倉のことばを聞くうち、頻出《ひんしゅつ》する単語によってどうやらその罵倒が貴野原常務に向けられているらしいことがわかってきた。

石部智子が社に戻ってきたのは、鍋倉の罵倒がもう四、五分も続いていて、さすがにこれはまずいと知った社員たちがあちこちでモニターの電源を切りはじめている時だった。智子はすぐ秘書課内のOA機器管理室に戻って、ゲイトウェイ・マシンを停めた。

モニターから鍋倉の顔が消えた。外部からのハッキングであったことがこれで明らかになった。そのままでは業務停止状態であり、支障が出るので、智子はすぐバックアップ・システムを作動させた。それから今の奇ッ怪な男の顔と罵声を再生しようとした。しかし、その記録は消去されていた。智子は顔から血の気が引くのを自覚した。新手のウイルスに違いなかった。至急、システムの感染状況の調査をしなければならなかったし、その前に、今後の防衛方法を考えなければならなかった。

二月二十二日　第百二十四回

石部智子がそれを新手のウイルスだと判断した理由は、それが既存のウイルス検査プログラムに引っかからなかったからである。ということは、金剛商事で使われている多くの数のどのマシン、どのソフトがウイルスに感染したか極めてわかりにくいということであり、それを把握《はあく》するには時間がかかりそうだった。

秘書課の誰それから聞いた噂《うわさ》で、画面に出現したその怪人物の罵倒《ばとう》の内容を知り、智子は貴野原征三のことをちょっと心配した。たいていの者がいたずらだと信じて疑わぬ様子だったので、自分が心配することではないと思いながらも、夫人の株による損失を聞かされている智子は常務室まで行き、廊下に立って耳を澄ませた。何も聞こえなかった。いつものゲームの騒音の気配もなく、静かだった。

ドアをノックしてみた。返事はない。

不安になり、ドアを開けると、まだ喪服のままの貴野原が机上のモニター画面を眺めたまま放心状態で椅子の背にぐったりと凭《もた》れかかっていた。

「常務」

不吉感に襲われて出した智子の鋭い声で、貴野原はわれに返り、まだ膜が一枚かかった眼で彼女を見た。

「常務。大丈夫ですか」智子は貴野原の傍《そば》に寄り、モニターを見た。

電源が切られていて、画面は空白だった。

「大丈夫だ」貴野原はうつろにそう言った。

「あの男の言ったことを聞かれたんですね」

「聞いたがね」貴野原は物憂《ものう》げに言う。「何かの間違いだろう」

ショックは受けたらしいが、すぐに平静さを取り戻したようだと判断し、智子はやや安心して貴野原の部屋を出た。

貴野原はのろのろと札入れを出し、中を調べた。舵安社長の葬儀には会社が用意した香典を持っていったため、今日、札入れを覗《のぞ》くのはそれが初めてだったのだ。中には一万円札が二枚しかなかった。

石部智子が自分の席に戻ってすぐ、戸部社長から事故の報告を要請する電話があった。報告するほどのことは何もわかっていなかった。智子はありのままを報告した。社長室には他に、貴野原と対馬が呼ばれていた。

「で、影響は」戸部が訊《たず》ねた。「やはりその、バグとかワームとかウイルスとかいったものかい」

「そうです。汚染されている筈です」怒りを湛《たた》えた眼で、智子は社長に頷《うなず》く。

「対策は」

「全社にブロードキャストされたわけですから、同じことをしてくる場合のことを考えて、ブロードキャストのシステムコールにトラップを仕掛けておきます」智子はそう答えた。「今夜は徹夜をして、明日の朝までにやっておきます」

第百二十五回

二月二十三日

「あれは関西系の企業舎弟だよ」石部智子が部屋を出ていくと、戸部社長は言った。「まあ、そっちで話そう」

貴野原征三と総務部長の対馬は、応接セットで戸部と向かいあう。

「おそらく連中が何か勘違いしたのだと思います。念のため、妻に電話したのですが」訊《き》かれる前に貴野原は言った。「留守でした。今日は多摩志津江さんの告別式に参列すると言っておりましたから」

「ああ。多摩物産の」戸部は貴野原を問いつめることを嫌う様子で、話題を変える。「奥さん、役員だったね」

対馬も話がそれてほっとしたようだ。「わたしが定期検診を受けていた、あの筋向かいのビルの須田医院の、須田さん一家なんて全滅ですよ」

しばらく話題が途切れ、三人は凝固する。たまりかねて、貴野原は言った。

「やはり一応、銀行に確かめてみます」

「まあ、そこまでおかしなことになっていて、君にわからん筈はないので、大丈夫だとは思うが」戸部が鼻の頭を掻いた。「一応確かめてみるというのなら、そこの端末を使いなさい」

「では、失礼して」貴野原は社長の椅子に掛け、端末から自分のＩＤでＰＦＳを通じ、取引銀行を呼び出す。

「例のあの事故の合同葬儀は、しないのかね」戸部はわざと大きな声で言った。

「やるとすればアメリカのＮＯＥ本社がやるわけでしょうが、何しろ大物やその夫人連が多かったので合同葬儀なんて大変なんでしょうな」対馬もわざとらしい熱心さで話しはじめる。「中近東の元首もふたり乗っていましたし、あと、各国大使、その夫人連。そりゃもう、やるとすれば国家的規模でやらなければ」

話しながら気遣わしげにちらちらと貴野原の様子を盗み見ていた対馬が、ことばを呑んだ。戸部も振り返った。

貴野原は画面を見つめて、またしても自失状態にあった。預金が引き出されていて四桁《けた》の残額しかなく、定期預金も解約されていて、家が抵当に入っていた。貴野原征三の頭の中で、なかば忘れられたまま滞留していたものがすべて関連づけられて鮮明になった。最近の妻の元気のなさ、料理の質の低下、妻の衣装の変化、雑貨類の増加、夜間の外出、それに続いて最近まったく夜遊びしなくなったこと、何かに脅《おび》える様子。

「どうだった」

戸部がかけたことばでわれに返り、貴野原は腕時計を見て立ちあがった。「お恥かしいことですが、家庭で何か起っていることに今まで気づかなかったようです。よく調べて、明日ご報告します。もう妻が戻るころなので、今日はこれで帰宅させていただきます」

二月二十四日　第百二十六回

南夫人は三十七歳で二児の母、よく肥《ふと》っていて常にうす笑いを浮かべている。彼女は食料品で膨らんだビニールの買物袋を両手に提げて帰宅する途中だったが、貴野原家の前の道路で立ちどまった。彼女のうす笑いが突然にたにた笑いになり、眼が歓喜に輝いた。四軒隣の貴野原家の権勢、羽振りのいい様子、夫人の美しさや派手な遊びっぷりに憎悪《ぞうお》していた南夫人は、天国に来たかの如き表情で喜びにうち顫《ふる》え、玄関に貼られた三枚の紙をいつまでも眺め続ける。

『金返せ』

『逃げるな』

『泥棒』

その下手な字を見ながら、あれこれと想像をたくましくする南夫人がいつまでもその場を動かないのは、その想像を話す相手があらわれるのを待つためだった。しかし最初にあらわれて彼女の傍《かたわ》らに立ったのが、他ならぬ当主の貴野原氏であったため、さすがの彼女も一瞬たじろいだ。

貴野原征三は門前に佇《ちょりつ》立し、しばらくぼんやりと貼り紙を見ていた。それによって妻がまだ帰宅していないらしいことを知った。

当主に対して面と向かい、貴野原家をあざけり笑うまたとない好機に恵まれていることを知り、南夫人はすぐさま満面の笑みを貴野原に向けた。

「まあまあ。大変ですことねえ」

「何かの間違いでしょう」貴野原は言い、鉄格子《てつごうし》の門を開き、前庭に入る。

こともなげに、そんなに簡単に否定されてはたまったものではない。困るのだ。南夫人はけんめいの大声を貴野原の背中に投げかけた。「あらあ。そんなことないんじゃないかしらあ」

お宅の奥さんの遊びっぷり、とか、サラ金とかいったことばを近所に聞こえるような声で言いたかったのだが、その機会がないまま、貴野原が紙を剝がして家に入るのを、南夫人は口惜《くや》しげに睨《にら》む。

紙が剝がされてしまった。

「でも、わたしは見たんだからね」帰途につきながら、南夫人は般若《はんにゃ》の顔でそうつぶやいた。

征三は食堂に入り、テーブルに三枚の紙を並べて置き、椅子に腰をおろした。今頃事実を直視しようとして何になるだろう。自分の鈍感さが自身に直視されるだけではないか。取引先との商談でなら発揮できる直観力さえ保ち続けていれば、多摩物産の社長夫人の志津江という女性に勧められて株をやっていたこと、剣持という証券会社の男が担当であることなど、とっくに推測できていたのだ。聡子が損失を打ち明けなかったことも、彼女の性格を知悉《ちしつ》していた自分が怒ることはできない。悪いのはおれだ。

ああ。妻が戻ったようだ。

「ただいま。ごめんなさいあなた。もう帰ってらしたのね。お葬式、終わるのが遅くて」

吐息が混る甘いあの声も、これが最後かな。

第百二十七回

二月二十五日

　聡子が参列したのは結局、多摩志津江の葬儀だけだった。義理は事故に遭遇した人物すべてにあるといえたが、なさけないことに香典が捻出《ねんしゅつ》できなかったのである。志津江の葬儀にさえ、預金を残高が四桁になってしまうまで引き出し、さらに夫の机の札入れからも借りてでなければ参列できなかったのだ。

　帰宅すると征三がすでに戻っている気配だった。いつもより少し早いなと思っただけで、遅くなったことを詫《わ》びながら食堂に入り、聡子は心臓が弾けそうな思いで立ちすくんだ。テーブルに、ネット・サラ金の者が貼っていったらしい貼り紙が三枚、並べて置かれていて、征三がその前に腰かけていた。

「今日、サラ金から会社へも督促があった」と、征三は普段と変わらぬ口調で言った。「銀行の方も調べた。何があったのかだいたいわかったが、お前の口から聞きたい」

　聡子の眼に涙があふれ、彼女は足の力を失って椅子の背をかかえるようにしながら腰をおろす。

　やがて聡子の告白が始まった。しかし征三の耳にそれはまるで、調子の悪い空調の不規則な雑音のようにしか入ってこない。聞きたくないのかもしれなかった。他方で、この不幸はおれにとって、あの遊撃隊の物語の不幸な終わり方とどう関係しているのだろうか、おれの中でどちらが衝撃としてあとあとまで残るのだろうかなどと考え続けてもいたからだ。

　聡子が情交寸前にまで到った剣持や天藤とのことまで話したのは、表情も変えずに黙っている征三をさらに挑発《ちょうはつ》して激怒させ、罰してほしいと願う自罰の願望からだったろう。さらにはゲームにかまけて自分に構わなかった征三をなじる気持ちも少しはあったかもしれない。どちらにしろそれも征三の耳には空調の不規則な雑音の彼方《かなた》から聞こえてくる、韓国語で歌われている老婆《ろうば》の嘆き節のようにしか聞こえず、何やら不倫のようなことをしたらしいなとうすぼんやり知れるほどのものだった。しかし衝撃がなかったのではなく、むしろそれは、その衝撃があまりに激烈でとても正面から受け止めることができないための、心の防衛機構の発動であったのかもしれない。

聡子は話しながら前後三度ばかり、極く短い失神状態に陥った。三度目などは危うくテーブルの表面に額を打ちつけるところだったが、征三は構いもせず、ただぼんやりと彼女を見ているだけだった。

聡子が泣き伏してしまってしばらく後、征三はゆっくりと立ちあがった。前で泣かれていたのでは何も考えられないと思ったからだった。問いただすべき細部も要点も思いつかない。

彼は書斎に入った。入ってすぐ、書斎に入ったのが考えるためではなく、逃避するためであったと自覚する。彼はいつものようにのろのろとパソコンのスイッチを入れ、「まぼろしの遊撃隊」センターを呼び出し、参加できる状態ではないと知りながら、自動化された動作でＩＤカードを差しこむ。

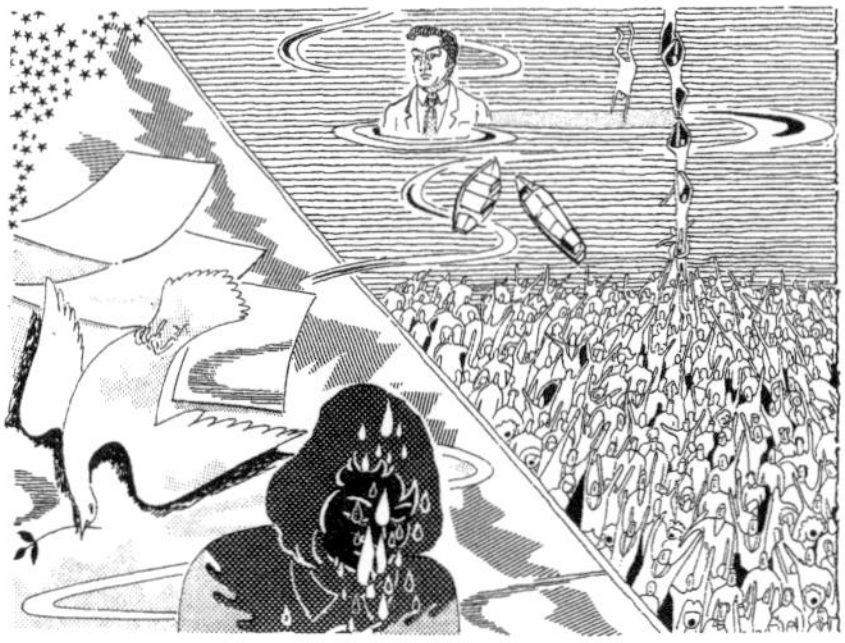

二月二十六日　　第百二十八回

翌朝、貴野原征三は聡子から、あらためて損失した金額や、さしあたって必要な金額を聞き出した。征三も聡子もそれぞれの部屋でほとんど眠れない夜を明かしていた。配達されてきた督促状によって聡子はすでに、違約によってネット・サラ金にすべての債務を支払わねばならないことを知っていた。それも含めて損失額が約三億四千万円であることを確認し、征三は会社に出かけていった。

三億四千万円。なんだ、たったそれだけかというう気持ちも征三にはあった。数十億、数百億の取引が日常だったし、ここ十何年かは生活経済と無縁だったから、金額が実感できず、損失の大きさはなかなか見えてこなかった。むしろ彼の痛手は、妻がネット・サラ金に手を出したことを全社員が知ったことであった。役員すべてが知るであろうことは確実だったし、役員会議に提出されるに足る問題であることも確かだった。

一方、冷静なまま蒼《あお》い顔で出勤していった夫の様子は、聡子にとって恐怖だった。そのままですべてが終わるとは思えず、かといって何がやってくるのか予想もできない聡子はただ、何かに脅えながら日常の雑事をこなし続けるだけだった。睡眠不足で、悪い想像をする働きすらない意識がありがたいくらいだった。

出社してすぐ、貴野原は社長室へ行き、戸部に報告した。戸部社長は貴野原をまともに見られぬようで、窓の外を見ながら気の毒そうに言った。

「君。それ全部、自分で処理できるかい」

「金のことは、何とか」と、貴野原は言った。「あとはわたしの進退の問題ですが」

「君。それはもうちょっと先のことにしようよ」

戸部はその話をいやがった。役員会議は彼の一存で動くものではなかった。

貴野原は自室に戻り、銀行の岡頭取に電話で相談した。岡は最善の解決法を考えようと約束してくれた。貴野原は次いで対馬総務部長に社内電話をし、報酬の前借りを頼んだ。

鍋倉と岸が金剛商事へ連れ立ってやってきたのはその日の、正午を少しまわった時刻だった。

「ええか。手え出すなよ」背の低い岸を見おろすようにし、正面玄関のガラス・ドアの手前で鍋倉はもういちど念を押した。「ことばも丁寧にな」

「わかっとるがな」岸はあいかわらずひらひらと笑っている。「わい、若林とちゃうがな」

社長や重役への突然の来客はすべて、受付からいったん秘書課へ連絡されることになっていたが、その時秘書課にいたのは、昼休みの時間さえ惜しんで仕事を続けている石部智子だけだった。

「貴野原常務にご面会で、あの、あの、昨日の」

受付の女子社員の脅えきった声に、智子は受付前のロビーを映すモニターを見た。昨日受付の画面でちらと見た、あの男の凶悪な顔がそこにあった。

智子の視界が赤くなった。「わたしが行きます」

二月二十七日　　第百二十九回

「秘書課の者がまいります」

顫える声で受付嬢が言い、鍋倉は頷く。「ああさよか。ふん。まあ、誰でもええわ」

直接貴野原征三に会えるとは最初から思っていない。社内的に貴野原を悪い立場へ追い込めば、あわてて金を返すだろうという考えだった。

受付前のがらんとしたロビーに岸と並んで立ち、時おり横目でじろりと見るたびにいちいち顫えあがるふたりの受付嬢の様子を楽しむうち、エレベーターのドアが開いて女がひとり降りてきた。鍋倉たちを睨みつけてまっすぐ向かってくるのでそれが秘書課の者だとわかり、男だとばかり思っていた鍋倉はちょっとびっくりした。

「あなたですね。昨日のハッカーは」石部智子はふたりの前に立ち、眼をいからせて鍋倉に言う。「業務が中断してしまったんですよ。どうしてくれるんですか」

「まあまあ」鍋倉は自分たちを恐れぬ智子に内心驚きながら、自分より少し背の高いその娘にわざとらしい猫撫《ねこな》で声を出す。「わしらは今日、貴野原常務に会いにきたんや。取り次いでくれはりまっか」

「それに、ウイルスを使って記録を消しましたね」怒っている智子はまったく聞く耳を持たない。「感染したマシンやソフト捜すの、大変なんですよ。どうするつもりです」

「なあ姐《ねえ》ちゃんよ」鍋倉はほんの少し凄《すご》んで見せることにした。「あんたはわしらのこと貴野原に伝えたらそれでええねん。違うか。あんた、秘書やろが」

「わたしはコンピューターの責任者です」

まずいな、と鍋倉は思う。さらに押し問答を続けながら鍋倉は、彼女が顫えていることに気づく。鍋倉たちを怖がっているのではなく、怒りに引っぱり、鍋倉は玄関のガラス・ドアに向かった。

まだ怒りに燃えている石部智子がふたりの背中に叫ぶ。「あんなこともう二度としないでください」


顫えているのだと知り、鍋倉はさらにまずいな、と思う。もしこの女が自分の頬を張りとばしでもしようものなら岸が手を出し、揉みあいにでもなったらすべての非はこちらにあることになってしまうのだ。横目で岸を窺《うかが》うと、彼は自分より二十センチ以上も背の高いこの女性を、涎《よだれ》でも垂らしそうににたにたと笑み崩れて見あげていた。恰好《かっこ》いい姐ちゃん、とでも思っているのであろう。この、ぼけ、と鍋倉は心で舌打ちする。

鍋倉がさらに貴野原のことを言うと、智子は声をはりあげた。

「そんなことはどうでもいいのよ」

こらあかん。鍋倉は鼻の横に笑いを浮かべて岸を促す。「おい。出なおそ出なおそ。この姐ちゃんえらい怒ってはるわ。眼え真っ赤や」

「あのなあ姐ちゃん」

デートの約束でもとりつけようというのか、わざと甘ったれた声を出して何か言おうとした岸を

二月二十八日　第百三十回

朝から何度か電話が鳴っていたが、聡子は出ることができなかった。もしかすると息子からの電話かもしれなかった。下宿代だけはなんとか送ることができたのだが、そろそろ生活費に困りはじめている筈だった。

夫が出がけに、当座に必要な金額だけ、至急会社から前借りをして銀行へ振込むと言っていたので、確認するため、午後、久し振りで聡子はＰＦＳにアクセスした。

突然、画面いっぱいに見知らぬ男の顔があらわれた。殺《そ》いだような頬に傷があった。男はしばらく焦点の定まらぬ血走った眼を聡子の周囲にさまよわせていた。それから急に眼を据え、聡子の頭上を見ながら怒鳴りはじめた。

「こら。貴野原のおばはんよ。おんどりゃ返済いつまで待たせる気ぃじゃ。いつまででも逃げられるなんちゅう眠いこと考えとったら、余計ひいひい泣かなあかん羽目になるで。わかっとるんかこのブス。金返されへんのやったら、からだで払わんかい、風呂へ沈めたろかと言いたいとこやが、そんな歳《とし》やったらソープへ売り飛ばすこともでけへんやろ。早《はよ》う旦那にケツ舐《な》めてもらわんかい。愚図ぐずさらしとったら、おんどれのからだ、おめこから裏返して東京タワーの天辺ちょから逆さまにぶら下げるど」

聡子にとって男のことばは「異言」だった。自分の知らぬ裏の社会、想像すらできぬほどの下層の者の言語らしいことはわかったが何を言っているのかはまったくわからず、それだけに恐怖は嘗《かつ》て味わったことのない種類のものだった。血の気を失って聡子は立ちあがった。電源を切る余裕もなく、彼女は夫の書斎へ走って逃げこんだ。ドアを閉めても、男の声はまだ聞こえた。たとえどのような言語であっても少しは含まれている筈の気遣いというものがまったく欠けたことばとその粗雑な声は、家中に響きわたっていた。

えんえんと怒鳴り続ける男の声を聞くまいとし、聡子は夫の机の上のパソコンのスイッチを入れた。あれから何度か、救いを求めたい気分の時に「まぼろしの遊撃隊」を呼び出していたため、指が自然に動いた。懐かしいテーマ曲があらわれた。聡子はキイを何度か叩いて音量を上げた。それでもまだ、あの男の声は聞こえた。その声は彼女の頭の中で響き続けているのかもしれなかった。夫に救いを求めるかのように、また画面の中の、今は草原の中の広い車道で散開して休息しているらしい行軍中の遊撃隊に呼びかけるかのように、聡子は泣きながらけんめいにキイを叩く。

「タスケテ　クダサイ。タスケテ　クダサイ」

パソコンには征三のＩＤカードが差し込まれたままだった。もはやゲームどころではなくなった貴野原征三は、昨夜差し込んだままのＩＤカードを忘れて家を出たのである。

二月二十九日　第百三十一回

「タスケテ　クダサイ。タスケテ　クダサイ」

深江の頭の中で、あの美しい婦人からの救援を乞う声が、昨日から響き続けている。

彼は立ちあがった。一夜、南下している幹線道路の傍《そば》の草原で夜を明かしたばかりだった。三分隊が三か所に別れて夜営していて、深江は草原に乗入れた装甲車の中で寝たのだった。まだ他の隊員の多くは寝ていたが、深江は彼らの起床を待ち切れずに車を降りた。

外はすでに明るかった。道路の数百メートル彼方には南北に歩哨《ほしょう》が立っていた。草原の彼方、岩山の麓《ふもと》をあいかわらず半裸で走りまわっている穂高の姿がかすかに見えた。

深江は第三分隊の天幕に向かった。相談する相手は日野しかいないと彼には思えた。天幕に入って日野を捜す手間は省けた。日野は天幕の前に腰をおろし、朝の陽光でからだを暖めていた。肩に、いつものシリコニイの姿がなかった。

「あの喋《しゃべ》る石はどうした」

日野は顔を岩山に向けた。「あそこにウラニウムの鉱山があります。あいつ、ガンマ線が知覚できるので教えてくれたんです。つれていけというので、夜中につれていってやりました。今頃はあの尖《とが》った頭で岩を砕いて、底面に開いた穴からもりもりウラニウム鉱を食い続けているでしょう」

深江は彼の隣に腰をおろした。「相談がある。以前お前は、われわれにとっての原空間、原時間といえる世界のことを話していたな」

「はい」

「おれたちがそこへ行けないのは、ある力の場に取り囲まれているからだとも言った」

「そうです」

「その力の場を破壊して、原世界へ行くことはできないだろうか。あるいは、お前が話していたチベット仏教というのは、量子力学に似た表現で語られることが多いそうだが、それならば量子力学でいう多元宇宙の構造を、チベット仏教の方法で自在にすることはできないかね」

「考えたことは一度もありませんでしたな」と、日野は言った。「でも、深江さんにはそんなことをする必要が、何かあるんですか」

「あるんだ。考えてくれないか」

「チベットのタントリストたちは訓練や修行によって、時おり時空間を自在に往来するそうです」考えながら、日野は喋りはじめた。

おっ。久し振りだぞ。深江はそう思う。脳中でせめぎあう知識。思考する時間の、実際の時間経過とは無関係な、享楽《きょうらく》的な間延び。質問を受け、それに答えなければならない日野は尚《なお》さらこの感覚を強く意識していることだろう。事実、日野の眼はあきらかに、自分自身の頭の中に入り乱れている多くの知識を覗《のぞ》きこんでいた。

三月一日　第百三十二回

「で、時間や空間を自由に行き来するために、彼らはいったん、ギューと呼ばれる連続体を作り出します」日野は話し続けた。「このギューは、あらゆる力、ゲシュタルトが潜在的に詰まっている場です。ビッグバンが起る以前の宇宙とでも言いますか。ギューのもうひとつの意味はタントラです。だから連続体の直感で生きる人のことをタントリストと呼ぶのです」

「じゃあ、おれたちには無理なのかね」溜息《ためいき》をつきながら深江は言った。「おれたちはヨガの修行もしていなければ、ラマ僧になる何の訓練も受けていない。そのギューとかいうものを作り出すことは、われわれには不可能なんだろうね」

　突然、日野は何やら膨大な知識と奇抜な着想に圧《お》しひしがれた様子で、頭をぐらりとなため前へ倒した。「待ってください。確かに彼らは、ある儀式とともに、プラーナと呼ばれている『気』を引き締めてジャンプします。そうした力をわれわれは持っていない。しかし、ある巨大なエネルギーによって代替させることが可能なのではないでしょうか」

　深江は日野と顔を見あわせた。共通の考えが浮かんだことを、何故か彼らは同時に悟った。

「ウラニウムだ」

　ふたりは立ちあがる。

「その儀式を、やってみますか」

「うん。まず、そこへ行こう」と、深江は言った。「シリコニイのいる場所へ」

　本部からの連絡が途絶えた今、遊撃隊としての行動をとることができない以上、自由な戦闘行動も許される筈だ。深江はそう考えて装甲車に戻り、車内やその付近に寝ている部下六名を揺り起した。日野は分隊長の了解を得て第二分隊に参加した。平野も起きてやってきた。

「これより分隊は、苦境に立っておられるある美しい婦人のもとへ、救援に向かう」と、深江は部下に宣言した。「ただしそこは異世界だ。行くにはある種の儀式と大きなエネルギーが必要だ。われわれはとりあえず、あの山のウラニウム鉱を目ざす」彼は背後の岩山を指した。

「面白そうだな。おれもつれていってくれ」と、平野が言う。「あとは第三分隊長にまかせておこう」

三月二日　第百三十三回

何しろ異世界の敵が相手なのでどのような武器が有効なのかまったくわからず、各隊員が分担し、できるだけ多種類の銃器を担《かつ》いでいくことになる。さらに「空間の原型を発生させる、ティクレと呼ばれる点を打ち込むため」という日野の考えで、今まで使用したことのないパーシャル弾も、各隊員が一、二発ずつ持つ。

第二分隊が深江を含め七人、これに平野と日野が加わり、九名が重装備で岩山へと向かった。山《さん》麓《ろく》では一行の行く手に穂高が立ち、もの問いたげな視線を向けてきた。彼女の傍《かたわ》らを行進する隊列の中から隊員のひとりが彼女に目的を教え、穂高は頷《うなず》く。

「わたしも行く」ついてきた。

酸性火成岩の山を二キロ余も登ると、中腹の斜面にガレ場があり、中央部には瀝青《れきせい》ウランと思える黒い鉱石の上部が突き出ていた。シリコニイはその根かたに穴を掘り、火打ち石と同じ材質の尖《せん》端《たん》で鉱石を切り鑿《うが》ち、円錐《えんすい》形をしたからだの底面の穴から摂取し、石灰石と水化珪酸塩《けいさんえん》に反応を起させ、彼のからだの組織である珪素を作っていた。余分の珪土は同じ穴から排泄《はいせつ》するのである。

日野はシリコニイを穴から抱きあげた。

「任意の地点にティクレを打ち込むのはあくまで、力やゲシュタルトが潜在的な状態で詰まっている場を実感するためです」と、彼は言った。「とはいうものの、タントリストたちにとっては、あくまで自分自身に打ち込むのです。しかしわれわれは、量子力学の観点から、多元宇宙のそれぞれを護《まも》っているフォース・バリアーの壁を破壊するため、このピッチブレンドの持つエネルギーを利用します」

日野の指示に従い、十人は鉱石の岩頭を中心に、半径十メートルの円陣を作る。そして全員が銃口にパーシャル弾を装着した。腰に山刀をさげただけで手ぶらだった穂高も、多機能型の銃を借りて、ティクレの周囲の、放射状の叡知《えいち》の一部となった。

太陽が中天にかかった。

「励起性の知性が必要です」シリコニイを肩に乗せたままで銃を持った日野が叫ぶ。「この世界の外にあふれ出ようとする力です。深江さん。行く先を強く思念してください。それが連続体の中に異常に興奮した部分を作ります。そして周囲に性質の変化を惹起《おこ》すのです」

深江は眼を閉じた。自分自身とまるで前世からの伴侶《はんりょ》のように深い関係にあったと思える、まだ一度も会ったことのない美しい婦人。憂《うれ》いに満ちたその救いを求める表情と、甘い吐息の混じるその救いを求める声。今やそれは切迫した脅《おび》えの表情となり悲鳴となった。命令を、という日野の声をかすかに聞き、今だ、と、深江は思う。

「撃て」

すでに狙《ねら》いを定めていた十名がいっせいに引金をひき、中心部の瀝青ウラン鉱岩頭へティクレを打ち込んだ。

三月三日　第百三十四回

「おお。おお。ついにレベルの壁、崩壊ですね」原稿を読み、澱口《おりぐち》が嬉しげに鳥の求愛行動めいた身の揺すりかたをした。「ここまでくるのを待ちかねていた読者がずいぶん多いわけで、投書を全部読んでいたわたしとしても、読者と一緒に『やったあ』と叫びたい気分です」

「苦労した」櫟沢《くぬぎざわ》は澱口の喜びようを虚脱と達成感なかばする複雑な表情で見つめながら言う。「そっちは嬉しいだろうが、こっちはながい間の力わざだったから、今さら嬉しくもない」

「ははあ。力わざだったんですか」澱口は怪訝《けげん》そうに櫟沢をうかがう。「ワープロのキイを打つ指にずいぶん力を籠《こ》められたんでしょうね」

「そんなものではないよ。レベルの壁崩壊の技術に関してのことだ。崩壊まで持ってくるのにある種のエネルギーが必要だった。遊撃隊の連中はティクレを打ち込むだけだったが、こっちはそこへたどりつかせるため、プラーナをコントロールしなきゃならなかった。だからティクレにコルという旋回状の運動をさせてぶんぶん高速回転させ、ロンと呼ぶ渦巻《うずま》きを作り出し、そのエネルギーを」

「あっ。するとストーリイの各エピソードがくるくるまわって順にあらわれるあの螺旋《らせん》構造がそれに相当していたわけですね」澱口が興奮して言う。「スパイラル構造の三周目だとか四周目だとかおっしゃっていたのが理解できなかったんですが、あれでつまり、そのプラーナというものを練りあげておられたわけですね」

「そうなんだが、まあ、そう興奮するな」櫟沢が何か非常に厭《いや》なことを思い出した顔で傍らの投書の山を見た。「お前さんがあまり絶賛するとまた、『話を中断するな。解説や苦労話はもうたくさんだ。早く続きをやれ』という投書がくる」

「そうなんですよね」澱口が嘆息する。「いくらくり返しても、この小説の読者参加の意図を理解しようとしない人からの投書。いやあ、今回などクライマックス寸前だから尚さらでしょうなあ」

「ひたすら筋書きだけを追い求める下駄《げた》ばきのぴょんぴょん虫だ。これがもし単行本だったら当然、論評部分はすっ飛ばして読んで、作者の真の意図などどうでもよろしいどんな話かさえわかればよいという平面頭頂の輩《やから》だが、新聞連載だとそれができないものだからいらいらいらいらいらいらっいて、読者こそ王様、読者こそ神様とばかり『作者は話を続けてさえいればよい』などと命令口調の投書を寄越す、料理上部の具だけむさぼり食うような自分の行儀悪さにはまったく気がついていない胴体がらん胴のさかさ銀蝿《ぎんばえ》だ」喋るうちに、櫟沢はまたしても怒りに見舞われてどんとテーブルを叩く。

「あのう、でも、そういう投書はほんの一部分なのでは」またこれがえんえんと続いては大変とばかり澱口が宥《なだ》める。

「そうではないのだ」櫟沢が大声を出した。

三月四日　第百三十五回

「またですかっ」美也夫人が驚いて、台所から食堂へ駈け出てきた。「あなた。もうテーブルを割るのはやめてくださいよ。今度はドルクセルなんですからね」

「おれの考えでは」冷静になろうと努めながら、櫟沢はゆっくりと言う。「この連載小説の読者は大きく三種類に分けられる。大部分は面白がって読んではいるが投書してこない読者。一方、投書してくる読者の大半は以前からのおれの愛読者なのだが、数は限られていて、せいぜい八百人だろう」

「そんなことないでしょ」澱口が口をはさむ。

「投書はもうとっくに千通を越していますよ。そのほとんどが提案、感想、激励などです」

「いやいや。一部はあきらかに常連化している」櫟沢はかぶりを振った。「さらにこの中には、とりあげてほしいばかりにわざと悪口を書いてくる者もいる。なに。そんなものはすぐにわかるんだ。さて最後に、極めて少数ながら本気で悪口を書いてくる読者がいて、その背後には、面白くないと思いながら黙っている多数の読者がいると考えられる。なぜなら、内容がよく似通っていて何故か字まで似ているこれら百通ほどの投書は、ほとんど匿名《とくめい》か偽名だからだ。最初の頃、悪口の投書を実名で槍玉《やりだま》にあげたものだからそれを恐れ、実名での投書はおろか投書そのものさえしてこなくなったというだけのことだろう。したがってこれらの投書の主の無理解を糾弾することには大きな意義がある」

「意義なんてないわよねえ」

美也夫人が澱口に同意を求めるが、彼は困惑の表情で俯《うつむ》いてしまった。内心、少しは櫟沢の罵倒《ばとう》を聞きたくもあるようだ。

「こうした論評部分をまったく理解していないこ

の連中は、三十六回から四十二回でやった論評の意味を読み飛ばしたか、最初からまったく聞く耳持たなかった小学国語の脳天蛆《うじ》のふた桁《けた》ソロバンどもだ。さもなきゃ今頃になってまだ『作者の内輪話』だの『紙面の無駄《むだ》遣い』だの『作者は顔を出すな』だの『議論が長すぎる』などとウンコ色の口で言ってこられるわけがない。わたいはあんたなんかに教育なんかしてほしくないのよ何さ小説屋が偉そうに。そうよそうよ面白ければそれでいいのよ。難しいのはいやよいやよと旨《うま》い餌《えさ》にだけ飛びつく最低共通文化のセルロイド蛙《がえる》だ。『作者』も登場人物のひとりであり、論評も小説の一部だなどとは夢思いたくない濡《ぬ》れ雑巾《ぞうきん》が面白くない面白くないの大合唱。面白くないのは手前の読み飛ばしのせいだ。わかったかこの鈍感ナマズめ。そんな覗き屋みたいな読みかたで小説の面白さが理解できるなどとは夢思うなよ、このとろり眼の玉濁らせた腐れ常識の、ぶよぶよの、ぶちゅぶちゅの、潰《つぶ》せば青い汁が出るだけの娯楽肥満の湿気虫め。幼児の片言さえ発言権持つこの世の中で甘え驕《おご》り、理解できぬことを自分の頭の悪さには絶対に還元しない肛門《こうもん》愛リビドーのひなた水めが」

三月五日　第百三十六回

櫟沢の罵倒の凄《すさ》まじさに澱口も美也夫人も腰かけたままで腰を抜かした状態。しかし櫟沢の怒りはますます高まり、こちらはいつ脳の血管が破裂するかわからぬ状態。

「おのれが何の努力もせずに、ただ嚙み砕いてどろーりとろーり咽喉《のど》の奥へ流し込んでくれるだけのヤワラカ小説ファッション小説しか摂取できぬ癖して『まともな文学をお願いします』とはどの口こいて言いさらす。ここはガートルード・スタイン女史のおことば紹介するだけでこと足りる。『新しくて生きいきした芸術は必ず人を苛立《いらだ》たせます。苛立たせるのをやめて、快いものになってしまったら、その作品は、もうおしまいです』どうだ驚いたかこの河馬歯茎。そんな文学的常識があるとは夢にも思わなかっただろう。ざまあ見ろこのやわらかあなやわらかあな地べた芋虫《いもむし》め。そんなことさえ知らずに何だと何だと。『値上げが発表された時、経営が悪いので、原稿料の安い作家にしか頼めなくて、こんなしょうもない作家になったのかと納得したのですが、もう値上げしたことですし、まともな作家に替えてください』だと。原稿料が過去最高のおれさまに向かってよくぞぬかしたこの命知らずめ。ほほう。そうかそうか。『ほのぼのと、喜びのある小説』が読みたいのか。『朝刊らしいさわやか、すっきりの小説』が読みたいのか。厭あな感じにならないもの、苦あい味わいのないもの、面白いだけのもの、読者を不愉快にさせないもの、本当のことを言えば何も残らぬものがいいのか。左様でござんすとも。朝がたの中年紳士とのふんわりさわやかあなさわやかあなおセックスみたいな快美感のある小説がよろしざます。鏡を見ろこの糞袋《くそぶくろ》。自分の趣味にぴったりの小説、それ以上でも以下でもない小説、自分が傷つかぬ小説、自我の中へ食い込んでくることのない小説、ひっそりしょぼくれた日常の処世の知恵教えてくれる小説、ためになる小説、だめになる小説、そんなものを求める読者が店先に立って作家の邪魔をするなうす紫の光苔《ひかりごけ》め。その癖ちょっとの逆襲読者批判でたちまち目《め》尻《じり》吊りあげ鼻の穴ひんむいて、これはまあ何ざます。これはまあ何ざます。私どもには楽しむ権利があるざます。作家には楽しませる義務があるざます。読んであげているのに。読んでやっているのに。ぶはははははは。どんな読者の反感でも逸らせることのできる常套《じょうとう》手段、あの手垢《てあか》のついたマシュマロをそんなに食いたいか。自分の批判のしかたを知らぬ者にかわりを務めてやるのが文学の務め。だがあいにく肝心のその部分は理解しようとせず『わけのわからない小説』『ごちゃごちゃした小説』『めちゃくちゃな小説』などと作者に責任押しつけ自分は空っとぼけてのねびり顔。ここはピカソのことばを借りよう。『何か新しいものを作る時、それを作るのは実に複雑だから、作品はどうしても醜くなってしまうのだ』どうだ驚いたか」

三月六日　　第百三十七回

「全身にたっぷりマスコミ常識浸《し》み込ませた汝《なんじ》ら読者ならば、これほど醜い作品が新聞に載るなどとは夢にも思わなかっただろうこのしかばね色のトテチテタ。おおそうかそうか。作家に罵倒されてそんなに心外か。そんなに悔しいか。さぞ悔しかろうな。悔しいからと言うてどうさらす。何だと何だと『ここに至って他の新聞に替えたいと思います』『とるのをやめようかと思っています』そうら出たぞな伝家の宝刀。手前が新聞とらなくなっても新聞は出続け、途中で読むのをやめた臆《おく》病《びょう》な手前には中途半端《ちゅうとはんぱ》な毒の効き目、白眼の浮かぶぬるい水飲んだいやあないやあな感じが死ぬまで続く。一方小説は単行本となり文庫本となり全集に入り何十年の先まで少なくとも五十万部は売れ続け、その間スカタン読者の投書の言説はさんざひと眼にさらされて子子孫孫まで笑いもの。思い知ったかこの脳天つん裂く横肥《ぶと》りの血管蟻《あり》め。名乗りもできずに遠くから指つきつけてきゃうんきゃうんと吠《ほ》えるだけの淫水《いんすい》かぶれの水虫犬めらが」

「も、もう、もうその辺で、何とぞ。何とぞ」泣かんばかりの表情でひろげた掌《てのひら》突き出し、澱口が櫟沢の暴走をやっとのことでくい止める。「それより櫟沢さんいやいや櫟沢先生。今まで熱心に、投書で提案、予測、感想、激励をしてくださった皆さんがたにも、この辺で何かひとことおっしゃって戴《いただ》きませんと」

「そうですよ。感謝の方も忘れてはなりません」美也夫人もあわてて口を出す。

櫟沢はわれに返る。「ああ。そうだった。そうだった。投書の人たちだけではなくパソコン通信のメンバーにも感謝しなければならないな。というのも論評は今回で終わりとなるからだ。あー。皆さま。読者諸君」彼は立ちあがり、熱心な読者の方に向きを変えて一礼する。「作者とほとんど一心同体となっての、皆さまがたのこれまでのご提案の熱心さには大いなる敬意を表します。さて、話は終結に近づきました。皆さまのご提案によって、すでに最後まで話はできあがっております。これよりクライマックスとなるわけでありますが、この部分はどうぞ無条件で、たっぷりとお楽しみください。ただしこのクライマックス部分、ほとんど皆さんがたの発言にヒントを得たアイディアばかりなので、作者としてはどうも釈然としない。そこで、そのあとしばらくは私ひとりで『文学』させて戴く。したがいまして、これにて皆さまがたからの投書によるご提案は打ち切りとさせて戴きます。もちろん感想などはお送りくださって結構、歓迎いたします。ええと。これでいいかな」

振り返った櫟沢に、何やらもの足りぬながら、余計なことをつけ加えさせてまた何か思い出させ、怒りがぶり返しでもしようものなら一大事。人に頭を下げたことのない作家としてはまずまず上出来かという顔つきで澱口は頷く。「ま、よござんしょ」

三月七日　第百三十八回

「あいつらだけ行かして、ほんまに大丈夫でっしゃろか」債権対策室で、眉間に縦皺《たてじわ》を寄せた鍋倉が室長の杉原にそう言った。「若林、手ぇ出しよるん違いまっか」

「今日は土曜日で、依頼書の通りとしたら、おっさんいつも家におってゲームやっとるんやろが」

若林と岸を貴野原家に行かせたものの、杉原もいささか心配そうである。「若林がちょっとぐらい手ぇ出したとしても、おっさん恥やから警察に言うたりはせえへんやろ。それに若林のやつかて、早《はよ》う一人前になってもらわんことにはな」

そういう意図か、と、鍋倉はやや納得する。「そうでんな。手ぇだして警察沙汰《ざた》になったとしても、あいつ、一回ぐらい刑務所へ行った方が賢うなりよるかもしれん」

「よけい阿呆《あほ》になったりして」モニターを見ていた吉田が振り返り、軽口をたたく。

「えらいこっちゃ」ドアを開けながら大声でそう言い、若林と岸が帰ってきた。若林が息をはずませながら報告する。「貴野原のやつ、コマンド雇いよったで」

「コマンドてなんや」杉原が眼をしばたたいた。

「わいら、貴野原の家の前まで行きましてん」岸が説明した。「何かおかしな様子で、しんとしとってざわついとるから、けったいな感じやったからびっくりしてわい、こいつにどたま伏せ言うて。ほ、ほたらほたら、ひとり、前の庭に立っとって、わいははじめそれ、ベニヤ板に描いた絵えかいな思うたんやけどな。なんでやいうたらぺらぺらの感じがして影がない。そやけどそいつ、動きよるねん」

「お前ら、何言うとるんじゃ」鍋倉が立ちあがって一喝《いっかつ》する。「落ちついて、わかるように喋《しゃべ》ったらんかい」

「兵隊が庭におったんや」若林が言った。「見かけたんはひとりだけやったけど、木やら草の根もとにもっと仰山しゃがんどるみたいやった」

「兵隊」杉原と鍋倉が顔を見あわせた。「それ、外国の兵隊か。どんな顔した奴《やつ》や」

「ゴルゴ・サーティーンや」

「なんやそのゴルゴ・サーティーンちうのは。あ。ゴルゴ・サーティーンてあれけ。昔の劇画の、あのゴルゴ・サーティーンけ。あんなけったいな顔したやつ、現実におるんけ」

「こら、貴野原ひとりの考えやおまへんで室長」鍋倉が眼を細めた。「コマンド部隊雇う金があって、こっちに金返さんちうのは、わしらへの挑戦《ちょうせん》違いまっか。前に銀座連合の流れの企業舎弟とのでいりになりかけたことがあるけど、あいつら金剛商事のうしろにおって、こっちの仕事邪魔して、わしら潰そうちうのと違いまっか」

「金剛商事は悌信《ていしん》の系列で、悌信はネット・サラ金の商売敵《がたき》で」と、吉田がモニター画面を見ながら言った。「悌信の企業舎弟は昔の銀座連合です」

三月八日　第百三十九回

「くそったれが。なめやがって」杉原が顳《こめかみ》に血管を浮きあがらせ、躍るように立ちあがった。「よし。そんならこっちはその雇われコマンド全員、殺したろかい。戦争のついでに貴野原の家、焼け跡にしたろかい。こっちにはでいりの時の用意に、あの時買うた武器が仰山あるんじゃ。おい。あれまだ倉庫にあるか」

「あります」と、鍋倉が言った。「ほたら、やりますか」

「や、やりまっか」と、武者振るいする岸。

全員が興奮し、眼を虹色《にじいろ》にあぶら光りさせて呼吸を荒くした。

「やらいでか。おい。覚悟せえよお前ら」杉原は全員を見まわした。「こういう時のわしら企業舎弟やねんで。今までほとんどただ飯食わして貰《もろ》うとった御恩報じするんやからな。ここでやらんと、ずっとなめられ続けになるんやさかい」

彼らにも体面があった。それだけではない。実は挑戦されて逃げたのでは以後、職を失うことにもなるのだった。彼らは部屋の奥の倉庫に眠っていた武器を出し、それぞれが武装にかかった。

「わいも行くで」嬉しげに吉田が言った。「久し振りや」

誰も何も言わなかったのは、彼がアメリカでMIT在学中からサバイバル・ゲームの鬼と言われ、ほとんど実戦同様の経験をしてきていることを知っているからだった。射撃の腕にかけてはオリンピック近代五種出場のキャリアがある。麻薬吸引というちょっとした非行で逮捕されたのをきっかけに企業舎弟となったのも、このような機会があるのを期待してのことであったろう。

「バズーカ砲、どないします」と岸が訊《たず》ねる。

「あら、やめとこや」と吉田が言う。「せせこましい住宅街では役に立たんわ。それから手榴弾《しゅりゅうだん》もやめとこ。実戦経験のないもんが使うと同士討ちやら自爆やらするさかいな」

全員が射撃用チョッキを着こみ、腰にピストルベルトをしめてサバイバル・ナイフをさした。ホルスターにそれぞれＰＰＫワルサー、トカレフ、マグナム４４、ベレッタなどの拳銃《けんじゅう》、手にはＭ・16やトンプソンなどの自動小銃を持つ。若林は興奮しきっていて早くも泡《あわ》を噴き、岸は鼻血を出していた。

地下のガレージの隅《すみ》にはスモーク・ガラス・ウインドウのバンがうずくまっていた。これは絵画取引盛んな時代に外から絵を見られないよう購入されたもので、五人はこれに乗り込み、運転席には吉田がつき、助手席には鍋倉、後部座席には杉原、荷台には若林と岸が横たわった。

都心から高速道路に入り、出て世田谷区の高級住宅街に入る。古くからの住宅街なので道幅は狭く、車がすれ違うことは困難である。貴野原家の前の東西の道路には車が駐車していたので入れず、彼らは南北の道路のかどに停車した。

三月九日　第百四十回

教育図書出版社社長の藤川は、社史編纂《へんさん》室の木頭と一緒に会社の車に乗り、都心行き高速道路の混雑を避けて一般道路を走っていた。

読者諸氏はこの木頭という人物をご記憶であろうか。第九回で会話に出てきただけの人物だから作者も名前を忘れていて、あわてて前の部分を読み返したくらいだが、この人物は藤川の父、先代社長時代からの古参社員であり、直接戦争に行ったのではないにしろ戦争体験といえるものはあり、戦史に詳しく、だから藤川はゲームのことでしばしばこの老人に知恵を借りていたのである。

社史執筆のため、どうしても設立当時の場所を見たいと木頭が言うため、藤川は休日を利用し、彼自身もうろ覚えの、郊外にある最初に会社ができた場所へ彼を案内したのだった。少年時代によく訪れた社屋はすでになく、そこには独身者用マンションが建っていたが、木頭は周辺を鷹《たか》に似た眼で鋭く見まわし、何やら得るところはあった様子だ。

帰途、藤川は甲州街道のそのあたりが貴野原征三の家のすぐ近くであることに気づいた。貴野原が休日には必ず家にいてゲームをやっていることも知っていた。

「高瀬君。ちょい、次を右折してくれるかい」藤川は運転手にそう命じてから木頭に言った。「すぐ近くだから、以前何度かお話しした貴野原君の家に寄りましょう。一度、木頭さんを貴野原君に会わせたいと思ってたんです。戦史に興味を持っている男でしてね。木頭さんのことは貴野原君だけでなく、これはもう『まぼろしの遊撃隊』フリークのメンバーは皆、よく知っていますから」

「そうですか」木頭は気乗り薄にぼそりと言った。

木頭は常に不機嫌だった。老人とは不機嫌であらねばならぬと思いこんでいるかのような、幾分は芝居がかってもいる彼のその不機嫌さが藤川には面白く、藤川は木頭のへそ曲りぶりを愛していた。

貴野原家の前の、東西の道路に車を停め、運転手の高瀬には三十分くらいと言い置いてふたりは貴野原家の前庭に入った。

貴野原征三は書斎にいたが、とてもゲームができる状態ではなく、銀行の岡との相談に必要な家計に関連した証券、証書、通帳、報告書その他の文書の整理に忙しかった。妻の聡子は昨夜から三十九度もの熱を出し、ドア・チャイムが鳴った時もまだ二階の寝室で寝たきりだったため、征三が玄関に出た。

「やあ。ぼくだ」

「いよう。これはお珍しい」

「近くまできたついでだがね。例の木頭さんをつれてきたんだよ」

「これはこれは」征三は快活に藤川と木頭を応接室へ迎え入れた。いやしくも大会社重役、家庭経済破綻《はたん》程度の衝撃が態度に出るようなことはなく、むしろよき気分転換と、心を喜びに切り換える余裕は充分あった。

三月十日　第百四十一回

軽くカーディガンを羽織った姿でスニーカーをはき、背が低く、ころりと肥えた銀行の岡頭取は凡亭《ぼんてい》をつれて家を出た。凡亭というのは三歳になるセントバーナード犬である。

彼の邸《やしき》は貴野原家の近くにあり、歩いて十分とかからなかった。昨日銀行で貴野原家の債務対策を検討し終え、必要書類を整えてしまった岡は、一日でも早く貴野原征三を安心させてやろうと思い、書類の入った銀行の大きな封筒を片手に、もう片手には凡亭の首紐《くびひも》を持ち、散歩がてら今までにも数回訪れている貴野原家を訪問に出かけたのである。

セントバーナード犬の凡亭は数か月前から、それ以前とはうってかわった贖罪《しょくざい》生活に入っていた。三歳になるまでが大変であった。すでにからだは成犬となっているにかかわらず仔犬《こいぬ》並みに暴れるため家内の騒動は尽きず、庭は惨状を呈していた。洗濯物《せんたくもの》は嚙みちぎる、木は引っこ抜く、「しもの癖」が悪いため芝生はすべて枯れる、来客にとびついて服を汚すという具合で、その悪業は家族の頭痛の種だった。本人に悪気はなくとも、ただ図う体がでかく力があるというだけで騒ぎが起きるのだ。窓に手をかけただけでガラスが割れる。仔猫《こねこ》を可愛がって甘嚙みし、抱きしめただけで哀れ内臓は破裂、殺してしまうという塩梅《あんばい》。だが、三歳になったとたん凡亭はおとなしくなり、一日中寝て暮らすようになった。呼んでもそれまでのようにはとんでこず、面倒げによっこら、しょっと立ちあがり、のったのったお義理のようにやってくる。肥るといけないので、岡はできるだけ彼を散歩に連れ出すようにしていた。以前なら突発的に走り出してひきずり倒されることもあったが、今ではもうそんなことはない。

貴野原家の前の道路には車が停まっていて、運転席では運転手が所在なげに煙草を喫っていた。

誰か来ているらしいな、と、岡は思う。凡亭の「しもの癖」の悪さだけはあいかわらずだったから、門の鉄柵《てっさく》にくくりつけて玄関先を汚してはと思い、彼は前庭に入って左に進み、躑躅《つつじ》の植込みの間を抜け、奥の方にある槇《まき》の木の根かたに凡亭の首紐をくくりつけた。貴野原家の前庭は広く、玄関までの敷石の両側は躑躅の植込みが奥まで何層にもなっていて、右手には葉がぎっしりのみごとな樅《もみ》、それに樫《かし》、椈《ぶな》など、左手には槇以外にも椎《しい》などが植わっていた。

　さらに一台、前の道路に車が入ってきた。

　どす、という音がした。砂袋を地面に落としたような音だ。続けて同じような音が、あるいは重くあるいは軽く連続した。岡はしゃがんだままで背後を振り返った。何人かの男が植込みの中に身をひそめようとする姿が見えた。植込みの陰の岡の存在に気づかぬまま、西隣の家との境の低い塀《へい》をおどり越えてとびこんできたに違いなかった。見つからぬようにして相手を見定めるべく、岡は身を低くした。

　以後数十分に及ぶ猛烈な銃撃戦が始まったのはその瞬間からである。

三月十一日　第百四十二回

自分で車を運転し、チャーリイ西丸は貴野原家の前までやってきた。

訪問する気はなかった。来ずにいられなかったという、ただそれだけのことだ。だいぶ以前、パーティ帰りの明けがたに聡子を含めた数人の婦人を順に自宅まで送り届けたことがあり、貴野原家への道順は憶《おぼ》えていた。

一昨日の多摩志津江の葬儀で、聡子とは遠くから目礼しあっただけだった。それ以上、近くによっていって話しかけることのできない雰囲気が、聡子にはあった。ひどく窶《やつ》れていて、沈みこんだ様子はただごとではなかった。彼女が株の売買に失敗したという噂《うわさ》は、弾道旅客ロケットの事故に遭遇した連中の誰かれから聞かされていたが、詳しいことはわからなかった。夫のいる女性だから、自分などが出ていくべきでないことは承知していた。しかし、もし夫に損失を隠していて、借金に追われているというのであれば。

それなら自分を相談相手として売り込んだっていい筈だ。聡子から金の相談を受けている自分を想像すると、チャーリイはつい、うっとりしてしまう。それほど彼女から頼りにされているというだけで、おれは至福の靄《もや》と光に包まれるだろう。憧憬《どうけい》する君よ。おれは君の役に立ちたいのだよ。夫を持つ身の彼女が自分に手の届かない存在であるがゆえに尚《なお》さら、際限なくロマンを膨れあがらせることが可能なチャーリイの思いは今、焼けつくようだった。

家庭でのごたごた、借金の取り立て騒ぎ、そのようなことがもし起っているとすれば、家の前まで行ってわからぬ筈はない。自分が危機を救えるそんな状況をむしろ望むような英雄願望がチャーリイにはあった。むろんその一方で、変な車が前の道路に停車していると警察に通報されるのが落ちだろうと自分を嘲笑《ちょうしょう》する現実性も彼は保っていた。それでもいいのだ。ちょっと様子を見るだけなのだから。彼女の日常の、変わりのない姿をひと眼でも垣間《かいま》見ることができれば儲《もう》けもの。あわよくば外出しようとしている彼女に声をかけて。いやいや。そこまでは欲張るまい。

貴野原家の前にはすでに一台の車が停まっていた。貴野原家への来客なのかどうかを確かめようと、チャーリイはそのまうしろに車を停めた。若い運転手が煙草をくわえたままで窓から顔だけ出し、どけようかと訊ねてきたがチャーリイはかぶりを振った。それから貴野原家を観察した。二階の窓の締められたカーテンを見ていると、近所の主婦らしい肥《ふと》った女性が、うさん臭げに運転席のチャーリイを覗《のぞ》きこんだ。たいていの女性がそうであるように、彼女もまたチャーリイの、極めてやくざっぽい服装や容貌《ようぼう》を見て恐れをなし、あわてて眼をそらせるかと思いのほか、彼女は嬉しげににたあと満面の笑みを浮かべ、意味ありげに貴野原家を振り返った。

猛烈な銃撃戦の開始はその瞬間であった。

三月十二日　第百四十三回

深江は同士討ちを恐れ、隊員を前庭の東側だけに配置していた。広い裏庭があり、背中あわせの家から塀を乗り越えて敵が侵入してくることも予想できたので、そこへは四名配置した。深江たちは躑躅の植込みの間に隠れた。樅の木には平野が登り、葉の間に身をひそめていた。

タントリストたちが飛翔《ひしょう》した原時間、原空間からいつかは戻ってくるように、自分たちもいつまでこの世界に留《とど》まることができるかわからないと日野が言うため、深江は焦《あせ》っていた。早くあらわれろ。早くこい。戻るまでに敵を全部殲滅《せんめつ》しなければ。

さっきはうっかりして立ちあがったところを敵の偵察《ていさつ》に見られてしまった。だが、彼らの顔は見定めた。あの邪悪さと同質のものがあらわれたなら、見まちがうことはない。さっき車でやってきたふたりは、あきらかに害意のない者たちだ。

深江の耳は、彼方《かなた》の南北の道路にやってきたやや大型の車の停車音を捕える。さらにもう一台がやってきて、前の道路に停車した。

その車のうしろからやってきた買物帰りの南夫人は車の中を覗きこみ、いかにもやくざという風《ふう》貌《ぼう》のチャーリイ西丸を見て、サラ金の取り立てに違いないと思い、顔を輝かせた。しかも二台の車をつらねてやってきたのだ。家の中ではどんな面白い場面が進展しているのだろうか。

貴野原家を振り返った時、突如自動小銃の音が響きわたり、彼方の南北の道路からは武装し、銃を持った二人の男がとび出して駈けてきた。彼らは走りながら道路から低い塀越しに前庭の東側へと撃ちまくり、門の鉄柵を蹴《け》り開け、門柱の陰にしゃがみこんで尚も撃ちこみ続けた。

南夫人はただちに腰を抜かして地べたにべったり尻《しり》を据えた。だが庭からの応戦による銃弾が飛んできて車のウインドウを破砕したため、買物袋を道路に抛《ほう》り出し、二台の車の間を四《よ》つん這《ば》いに這って逃げようとした。手足に力が入らず。全身にぎくぎくと顫《ふる》えがきて思うように奥へ進めない。車間は狭く、彼女の肥満体が通り抜けられるかどうかも疑問だった。戦闘が行われている方向に向けた自分の巨大な臀部《でんぶ》にぷすぷすと銃弾が食い込むことを想像し、彼女は恐怖に「ぶう」と呻《うめ》いた。たちまち気分が悪くなり、寒気がして、胸がむかついた。さっき商店街の食堂で昼飯がわりに食べた豚饅頭《ぶたまんじゅう》を全部もどしてしまった。反吐《へど》まみれになりながら、やっとのことでチャーリイの車のうしろにしゃがみ込んだものの飛んでくる銃弾が背後の塀を穿《うが》ったりするため彼女は顫え続け、「死ぬ。死ぬ」と呟《つぶや》き続ける。きゅるるるるると、からっぽの胃が鳴った。ぎょろぎょろぎょろぎょろと、腸が鳴った。その音は銃声で掻き消されることもなく、やがて南夫人は激しく下痢をし、パンティの中へ猛烈な勢いで大量に脱糞《だっぷん》した。驚くべきことにそんな極限状態にありながらも、彼女のにたにた笑いはそのままだった。

三月十三日　第百四十四回

さすがに、話は弾まなかった。

藤川がゲームの話題を持ち出したが、貴野原征三の興味は今「まぼろしの遊撃隊」から遠ざかりつつあり、彼の気乗り薄は藤川にも木頭にもすぐわかった。木頭はあいかわらず、なんでこんな家へつれてきたと言わんばかりの不機嫌さである。そこで藤川は木頭の背後の本棚を指し、ずらり並んでいる戦史や戦記ものの書物の話を持ち出した。木頭が本棚を見まわして眼を輝かせ、貴野原と木頭の話がやっと嚙みあいはじめた時、茶も出していないことに気づいた貴野原がコーヒーでも淹《い》れましょうと立ちあがり、いやすぐに失礼するから、まあごゆっくりなどと押し問答になる。

突如、前庭でけたたましい自動小銃の発射音がしはじめた。応戦する別の銃声もし、三人は驚愕《きょうがく》してそれぞれのソファ、肱掛《ひじかけ》椅子から立ちあがった。

「何だこれは」藤川が裏声まじりに叫ぶ。

ものも言わず木頭は窓に駈け寄り、レースのカーテンを開け放った。貴野原と藤川も彼のうしろに立ち、姿勢を低くして庭を見た。人の姿は見えなかった。しかし眼球を突き出したような表情で庭を眺め見まわす木頭には、どこに何人いるかまでが銃声や植込みの揺れかたでわかるようだった。

姿を隠そうともせず、木頭は窓際《まどぎわ》に直立したまま叫んだ。「うん。西側に三人だ。東側に五人いるぞ。あっ。門柱の向こうに二人来た。五人対五人だな。違う。違う。樅の木の上にひとり。よし。東側の左翼の者は塀を越えろ。道路へ出ろ。さもないと不利だぞ」興奮し、わめきはじめた。

木頭の言う通り、ひとりが塀を躍り越えた。

「あっ」貴野原と藤川が同時に叫び、顔を見あわせた。

「藤川さん。今のは遊撃隊の日野ではなかったでしょうか。肩にシリコニイが」

「わたしにもそう見えたが。まさか」

「なんでこんなところで遊撃隊の恰好をしてサバイバル・ゲームなんかを」

「実践をやっとります」と木頭が大声で断言する。「ゲームなどではない。よし。よし。そのふたりを庭へ追い込め。よろしい。西へ行け。敵の右翼へまわり込め」指揮しはじめた。窓を開けようとするので、貴野原と藤川があわててとめる。興奮の極に達した木頭は白髪を振り乱し、唾《つば》をとばし、握りこぶしを振りまわしてが鳴り立てる。

「そらっ。駈け込んだぞ。ああっ。そのまま行かせろ。やり過ごせ。あっ。木の上におる者。飛びおりてはいかん。まだそこにいろ。あっ。あっ。馬鹿《ばか》っ。飛びおりるやつがあるかっ」

　銃弾が窓を砕いた。砲弾に近い威力があり、ガラスだけではなく、窓枠《まどわく》までが砕け、本棚のガラスも割れた。三人は室内の中央近くまで吹き飛ばされ、テーブルをひっくり返し、折り重なってカーペットの上に倒れ伏した。

三月十四日　第百四十五回

いったん隣家の庭に入り、塀を乗り越えて貴野原家の前庭にとびこんできたのは鍋倉、若林、岸の三人だった。中央の敷石を挟《はさ》んで東と西で撃ちあいがはじまると、南北の道路で待機していた杉原と吉田がとび出し、門柱の陰から庭の東側に銃弾を撃ちこむ。

現実の世界でまだ実現していない遊撃隊のＳＦ的武器はあまり役に立たなかった。強烈な原子構造破壊効果がある筈のドム・ドム弾もただの鉄の塊に過ぎず、深江たちは不利な状況に追い込まれた。日野が塀を躍り越えて道路に出、チャーリイ西丸の車のうしろに駆けこみ、杉原と吉田にドム・ドム弾を撃ちはじめると、隠れ場所のないふたりはしかたなしに前庭へ突入した。壁と塀に挟まれた裏庭に通じる狭い通路へ逃げこもうとしている深江を見て、しめた、と吉田が追った。隠れ場のない通路に追いこめば背後から狙《ねら》い撃ちで倒せるのだ。

樅の木の下を通り過ぎた時、背後でずしりと何やら落下の気配があった。歴戦の吉田は反射的にふり向きながら自動小銃で背後の空間を横薙《よこな》ぎにする。

樅の木から飛びおりて吉田をうしろから撃とうとした平野は反撃に遭い、腹部に横四発の銃弾を受けて立ちすくみ、眼を丸くする。

死んだ。おれは死んだ。

彼は自分が死ぬとは思っていなかった。なぜだかわからない。それは本来彼が存在していたあの惑星で戦いはじめた時からの固定観念で、多かれ少なかれ他の隊員も同じである筈だった。第四分隊の全滅という事実があってその確信はいささか揺らいだものの、それでも彼らのように自滅を望んでさえいなければ、いつまでも戦闘に勝ち続け、生き残り続け、そうすることが自分たちの役割であり、定められた運命だと思っていたのである。

「そうか」と、彼は呻く。「実はこれが現実だったのだ」そして自分たちは、虚。

平野の意識が途切れ、彼は前のめりに、ゆっくりと倒れていく。

樫の根かたで、穂高はあまり役に立たないドム・ドム弾を打ち尽くしていた。杉原が飛びこんできたので彼女はしかたなく、火災の恐れがあるため深江が使用を禁止し、誰かが放置していたトッポ銃をとりあげ、発射した。だが、非透過性重複合シリコンのないこの世界では、それはただの貧弱な火炎放射器に過ぎなかった。それでも至近距離の植込みを燃えあがらせるだけの威力はあった。

杉原の全身に火がついた。

あまりの熱さに杉原は正気を失った。

焼け死ぬ人間は死の直前、あまりの熱さに気が違っている。傍《そば》で見ている限りではただ熱さで暴れまわっているようにしか見えないのだが、ただの部分的火傷《やけど》でさえ気が変になるほどの熱さであり、全身が燃えあがって気が違わぬわけがないのだ。嘘だと思うなら火だるまになってみればよろしい。

三月十五日　第百四十六回

　どばばばばばががががばばばばばばばばばば。きゅんきゅんきゅんきゅんきゅんきゅんきゅんきゅん。銀行の岡は頭上を飛び交う弾丸を避《よ》け、植込みの陰に身を伏せていた。

　今彼は驚愕と恐怖でズボンの中へながながと失禁し続けているのだったが、そもそも下半身の感覚がなくなっているのでその自覚はない。

　やがて植込みの躑躅の葉が飛び散るなど、弾丸がますます低く飛びはじめたので、彼は凡亭の腹の下へもぐりこもうとした。

　常に赤んべえをしたような表情をしているこのセントバーナード犬は、巨大なからだに似合わず臆病《おくびょう》であり、それまで主人と並んで身を伏せていたのだが、主人が何をしようとしているかを悟ると顔色を変え、あわてふためいて主人のからだを自分の腹の下から掻き出し、おのれが主人の下にもぐりこもうとする。

　岡と凡亭が組んずほぐれつしている時、すぐ横の椎の根かたにいた岸が腹部にドム・ドム弾を受けて高くとびあがり、どさ、と芝生に落ちた。単なる鉄の塊とはいえ、それは岸の骨盤と脊椎《せきつい》を、彼を死に到らしめるには充分に砕いた。がっと眼を見開いた岸の顔が岡と凡亭に向けられた。すでに死相の浮かんだ顔だった。岡は地面に顔を突伏し、凡亭は恐怖のあまり逃げまわり、槙の木に首紐をぐるぐる巻きにし、動きがとれなくなって悲しげに哭《な》く。

　岸はしばらくの間ぎくぎくと動いていた。まだ意識はあった。彼は自分の一生を、ヴィデオ・テープを早送りで見るように視覚的に追想していた。早送りなのでよくはわからないが、時おりドッグ・フードか何かのコマーシャルが挿入《そうにゅう》されているようでもある。そこにはだいたいにおいてろくな思い出がなかった。やがて彼は眼の光をなくし、人に迷惑をかける以外何もしなかった虫けらのような生涯《しょうがい》を貴野原家の庭先で終え、無明の闇《やみ》に戻っていく。

岡が南無阿弥陀仏《なむあみだぶつ》と呟いた時、燃えさかりながら踊りまわっていた杉原が岡の前まできて倒れた。岡はそれを見た。燃え尽きた人間の姿が、黒焦《くろこ》げの死体が岡の目の前にあった。炭になった杉原のむくろはまだぷすぷすといぶりながら焼肉の匂いを発散させ、ゆっくりと手足を動かしていた。

岡はそれを凝視した。わしは知らん、と、彼は呟いた。それから考えた。わしは実務に優れた銀行家であって、こんなフィクションめいた騒動とは無関係なのだ。そうだ。これはフィクションであろう。そしてわしは、そのフィクションの中に登場して騒動に巻き込まれる無関係な銀行家の役どころなのであろう。ではそういう役どころの者としては、今、何をすべきなのか。

岡は紙封筒の中から書類を取り出し、自分の小便で濡《ぬ》れた芝生の上に全部広げた。そして貴野原征三に説明し、手続きを済ませる上でそれらの書類に不備がないかどうかを仔細《しさい》に検討しはじめた。

三月十六日　第百四十七回

チャーリイ西丸の車のうしろからとび出した日野は、門前の道路を西に走って塀《へい》の外から前庭にドム・ドム弾を撃ちこんだ。日野の姿を見た若林がすぐ自動小銃をそちらに向けた。しかし一瞬早く彼の右肩胛骨《けんこうこつ》は鉄の塊で砕かれ、若林はM・16を発射し続けながら仰向きに倒れ、銃弾は二階の、聡子の寝室の窓ガラスを破砕する。

トンプソンの銃弾を打ち尽くした鍋倉は、咄嗟《とっさ》にトカレフをホルスターから抜こうとして抜けず、大あわてで裏庭への細い通路へ駈けこむ。若林もM・16を投げ捨ててそのあとを追った。

日野はまたしても低い塀を躍り越えた。それまで底面の穴を吸盤がわりにして日野の肩へけんめいにすがりついていたシリコニイは、着地の衝撃に耐えきれず、躑躅《つつじ》の植込みに落ちた。

通路を走って裏庭へ出ようという寸前、勝手口の前で若林は日野の撃ったドム・ドム弾に、今度は頭蓋骨《ずがいこつ》を砕かれた。ぐにゃ、と首をねじ曲げ、彼はゆっくり膝《ひざ》をつき、倒れた。ただ荒れ続け、嫌われ続けた昏迷《こんめい》の一生を、若林は勝手口の横の、雨水が溜まった青いビニールのバケツに首を突っこんで屑《くず》の如くに終える。

藤川の運転手の高瀬は、銃撃戦が始まってすぐ身を低くし、シートに横たわっていたのだが、ウインドウが破れ車体に銃弾がめり込む音に生きた心地はなかった。弾がとんでこなくなったため、彼は反対側のドアを開けて車から出ようとした。しかし、そこもまた地獄だった。蹲《うずくま》っていた反吐まみれ、糞便《ふんべん》まみれの南夫人がにたにた笑いのままで泣きわめきながら力まかせに武者振りついてきたのである。

同様にシートへ伏せていたチャーリイ西丸は、戦闘が庭の中だけに移ったので顔をあげ、割れたウインドウ越しに貴野原家を見た。彼はこの戦闘を企業舎弟同士のでいりであろうと比較的正確に認識し、この騒動が聡子夫人救出の役まわりを自分にあたえんとするための状況のように感じていた。

二階の窓に、聡子夫人の姿が見えた。その蒼白《そうはく》な顔をはっきりと確認できた時、自動小銃の弾丸が数発、窓を下から上へと舐《な》めた。窓ガラスが砕け、聡子夫人の姿が消えた。もう、じっとしていることはできなかった。衝撃で室内へ倒れただけであってくれることを祈りながら、チャーリイ西丸は運転席からとび出し、門を抜け、玄関へと走った。

チャーリイの容姿は躑躅の植込みにひそむ穂高の眼に、同種の凶悪さを持つ敵のひとりと映った。さすが家に向けてトッポ銃は使えず、彼女は腰の山刀を引き抜いて投げた。それはチャーリイの首を正確に刺し貫き、チャーリイは玄関のドアに激しく身を叩きつけ、ポーチで二度きりきり舞いを演じた。棒のようにからだをまっすぐ立てたまま、彼は前庭に落ちた。情け容赦のない酷薄な眼をした穂高が息絶えたチャーリイに近づき、猫《ねこ》のような眼であたりを見まわしながら山刀を引き抜く。

三月十七日　　第百四十八回

深江を追って裏庭にとびこんだ吉田は、そこに数人の兵士が潜伏していることを見てとり、地べたに身を投げ出した。

「しもた」

彼は舌打ちし、あちこちの植込みや木の陰に向けて自動小銃を撃ちはじめる。なぜか、敵兵士に一発もあたっている様子がない。くそ。あいつら、ほんまに平面でもって、からだ横向けたら厚みないのんと違うか。それで命中せえへんのかいな。

今さら前庭へ戻ることはできそうにない。さらにこのままここにいれば前庭からも兵士がやってくるだろう。

折よく反対側の通路から鍋倉がとび出してきた。

「しもた」

鍋倉も兵士たちの存在を知ってそう叫び、歳《とし》のわりには驚くべき身軽さで隣家との境の塀を飛び越えた。その塀に数発のドム・ドム弾が食いこむ。

吉田は立ちあがり、鍋倉を狙ったため姿があらわになった兵士たちに向けてトンプソンを撃つ。敵兵士を二人倒したところで弾丸がきれ、吉田の顔面には同時に三発のドム・ドム弾が命中した。吉田の頭部は皮ごと電子レンジに入れたトマトのように破裂する。

隣家に入った鍋倉はその和風の屋敷の、裏庭に面した縁側から八畳の間へ土足であがりこみ、さらに茶の間に入り、隅《すみ》で抱きあって羊のような声で悲鳴をあげ続けている老夫婦に勝手口の所在を訊《たず》ね、台所から脇道《わきみち》に出て木戸を開け、南北の道路に出た。

もう銃声は聞こえてこず、敗北だ、と、彼は判断していた。「負けた。負けてしもた」

バンに乗る前に、彼は塀のかどから首を出して東西の道路の様子を見た。仲間の生き残りが逃げてくるかもしれないと思ったからだった。

だが、貴野原家の門から走り出てきたのは穂高だった。彼女は鍋倉の所在をまるで走り出てくる前から知っていたように、ひと目見るなりひたと眼を据え、まっすぐ鍋倉に迫ってきた。その表情と山刀を握った姿はなんとも言えぬ恐ろしさだった。

「ひい」

バンに乗る余裕はない。鍋倉は道路を南へ逃げ、すぐ次のかどを東へ折れた。走りながらやっとトカレフを抜き、振り向いて撃つ。片手撃ちだから相手に当たるわけがなく、銃口ははねあがってしまい、魔女めいた半裸の姿の穂高は獲物《えもの》に照準をあわせるような視線を向けたままで身を伏せることもなく、ひたひたと追ってくる。

「わはは」

泣き笑いのような恐怖の声を洩《も》らし、鍋倉はまたけんめいに逃げる。走ること、特に逃げ足には自信のある鍋倉だったが、相手は女でありながら力強い疾走力を持っていて、引き離せなかった。何度か振り向きざまにトカレフを発射したがいずれも当たらず、ついに弾がなくなり、鍋倉は銃を投げ捨てる。

三月十八日　第百四十九回

英吉は井の頭線で下北沢駅まで帰ってきた。家からの仕送りが途絶え、いつ電話をかけても留守なので不安になり、帰京してきたのだった。彼はわが家に向かい、駅前の埃《ほこり》に薄くけぶる商店街を歩きはじめる。

あれえっ。おれの家って、東京だったのかなあ。逆に、おれが地方から東京の大学に通っていたんじゃなかったっけ。貴野原というのが本当におれの姓だったのかなあ。おれの親父《おやじ》、作家じゃなかったっけ。

英吉はあたりを見まわす。たしかに記憶にある光景だし、自分の家がこの付近であることも知っているのだ。貴野原征三という父の顔も、聡子という母の顔も憶えている。

ではおれは何だ。二重存在か。

はははあ。わかってきたぞ。また小説家の親父の親馬鹿だな。自分の作品の中にすぐ息子を登場させたがるのだ。困ったもんだ。以前にもこんなことがあったなあ。あの時はサーカスの自転車綱渡りの芸人として登場させられてしまった。いきなり高いところに登場させられて仰天したもんだ。あの時に比べれば、今回はまだましかもしれない。いやいや。何が起るかわからんぞ。

商店街を出はずれて閑静な住宅街へさしかかった時、前方からぱんぱんと拳銃《けんじゅう》をぶっぱなす音が聞こえてきた。だから言わんこっちゃない。どうせろくな騒動ではないだろう。

いささか脅《おび》えながらさらに歩き続けるうち、彼方《かなた》から戦闘服に身をかためた男がひとり駈けてきた。今、溝《みぞ》に拳銃を投げ捨てたようだ。そのあとから、女ターザンみたいな半裸の女性が走ってくる。男は恐怖に眼球を飛び出させ、よだれの糸を風になびかせながら英吉とすれ違い、商店街の方へ走っていった。その男を殺すために追っているらしい、山刀を振りかざしたその女を見て、人並みにパソコン遊びもする英吉はちょっと驚いて声を出した。

「おっ。穂高」

穂高は声をかけた英吉には眼もくれずすれ違い、ひたすら男を追って商店街に駈けこんでいく。

あの恰好で商店街に入ったら大騒ぎだぞ。見送ってそう思い、英吉はさらに帰途をいそぐ。やはり騒動の起点はわが家であるようだ。家に近づくにつれ付近の住民たちが三三五五道路にあらわれて恐ろしげに身を寄せあい、話しあっている。

七、八人の野次馬に混って自宅の門前に立ち、英吉は憮然《ぶぜん》とする。なんてことだ。こんなせせこましい場所でこんな派手な戦争をさせるとはなあ。父の趣味なんだろうなあ。

あたりの死体を見まわしながら英吉は玄関まで歩き、ドアを開く。家の中は静かだった。おお。懐《なつ》かしさの記憶もあるぞ。たいしたもんだ。

英吉は声をはりあげる。「母さん。誰かが庭で戦争やったんだよ。知ってるの」

三月十九日　第百五十回

人通りの多い商店街に逃げこんでも穂高を引き離すことができず、鍋倉はなかば絶望していた。

「殺されるんや。わしは殺されるんや」

呟《つぶや》き続けながら通行人を突きとばし、さらに逃げまわり、彼は小田急電鉄小田原線の踏切に出た。遮断機《しゃだんき》がおりていた。

穂高は駈ける途中で道路ぎわに置かれていたバイクのハンドルに毛皮の衣服をもぎとられてしまい、今は全裸となっていた。通行人が眼を見はり、とび退き、悲鳴をあげ、おう、裸、裸と指さす中、彼女はわき目もふらず鍋倉に追いすがる。自分の姿など念頭になく、女戦士穂高の視界にあるのはただ鍋倉のうしろ姿だけである。

鍋倉は踏切を越せずに左折し、左側のパチンコ店に飛びこんだ。店内を走りながらパチンコ玉の箱を持って通路を歩く人間を次つぎと押し倒し、床を玉だらけにする。穂高が追ってくれば足を滑らせて転倒するだろうという算段だったが、彼女は店内に足を踏み入れるなり状況を見てとり、高く跳躍して機械上部を走る。あべこべに出口に戻ろうとした鍋倉が転倒する。

裸の女が走りまわっている。あれは「まぼろしの遊撃隊」の穂高だ。この近くにはゲーム・センターが多いから、その宣伝だろう。だって、まる裸なんだぜ。早くも商店街をそんな噂《うわさ》が走る。パチンコ店の並びの婦人肌着《はだぎ》を売る店では、好色の親爺《おやじ》がピンクのパンティを用意して待ち、鍋倉に続いて駈け出てきた穂高の前に立ちふさがって、にやにやしながら手に持ったパンティをぴらぴらさせる。いかに穂高とて女、パンティは欲しがる筈という馬鹿な考えからお近づきになりたい下心。正面に立ったそんな親爺を突きとばし、仰向けにひっくり返った親爺の顔面を踏んづけ、親爺の折れた前歯が足の裏に刺さったのも意に介さず穂高は走る。

ガード下をくぐって駅前に出た鍋倉は、小さな広場をななめに横切り、スーパーマーケットに飛びこんだ。天井近くまである化粧品の棚《たな》を、追い縋《すが》る穂高に向けて倒す。化粧品のガラス瓶《びん》の散乱と悲鳴と怒号。だが鍋倉は追いつめられた。ガラスの破片が足に突き刺さるのも平気で穂高は山刀を振りかざす。鍋倉もサバイバル・ナイフを抜いて構えるが、所詮《しょせん》穂高の相手にはなり得ず、たちまち組み伏せられてしまう。咽喉《のど》を真横に切り裂かれる寸前、彼は下から鬼子母神《きしもじん》のそれの如く頑《がん》丈《じょう》な穂高の全裸の腰にしがみついて弱よわしく泣き声をあげた。

「お母ちゃん。わいが悪かった」

鍋倉を仕留めて立ちあがった穂高の周囲を遠巻きにしている野次馬の中から、警官がふたりあらわれた。穂高は彼らの持つ拳銃に反応し、山刀を逆手に振りかざして身構える。

「抵抗するな」

警官のひとりがそう叫んだとき、穂高の姿はこの世界から消え去った。

三月二十日　第百五十一回

事件発生後パトカー到着までの時間は驚くべし、四十三分であった。

これは近所の連中の驚きと恐怖があまりに大きかったのと、何が起っているのか把握できなかったため、誰も警察に通報しなかったからである。

事実、死体、遺留品も含めて遊撃隊が全員消失した直後、六台ものパトカーでやってきた警察の事情聴取にも付近の住民の証言は、次の如くまちまちであり要領を得なかった。

「ナチの軍隊が一個大隊やってきて、道路からわしの家へ大砲を撃った」

「ベトコンです。大虐殺《だいぎゃくさつ》がありました。わたしは見ました」

「異星人の襲来です。あれはあきらかに人間ではない。テクニカラーで影がなかったからです」

そのような証言の中では、貴野原征三や藤川や木頭、それに英吉らの比較的正確な証言も、警察にとっては極めて疑わしいものだった。もっとも貴野原にしろ藤川にしろ、また英吉にしろ、庭先に出現したのがパソコン・ゲームの人気者たちであったなどという正気を疑われかねない非現実的な証言をするほど馬鹿正直ではなかった。

どこかへ消えた戦いの一方の連中が、なんとなく薄っぺらだったという証言が、穂高を見た商店街の連中のそれも含めて奇妙に一致していた。しかしそれも「横から見ればちゃんと厚みがあり、それはやっぱり横であった」と主張する者もいて、結局それは「影のうすい連中」であったからだろうという、どのみち非現実的な結論に落ちつく。

戦いで死体を残した六名のうち、ひとりが有名な劇画家のチャーリイ西丸であることはすぐに判明したが、聡子夫人のあまり親しくない友人であることがわかっただけで、なぜこの場にいたのかは不明だった。あとの五人は貴野原征三の証言で、ネット・サラ金の企業舎弟であろうと推定されたが、ネット・サラ金連合ではその後の警察の調べに対して彼らとの関係をいつまでも否定し続けた。

　貴野原家にいた人たちは全員無事であった。窓ぎわにいたため衝撃で室内に倒れた者も、二階の聡子を含めて無傷だったが、聡子はまた高熱を発して寝込んでしまった。銀行の岡は前庭で、動きのとれぬ凡亭に抱きついたまま失神していた。前の道路では車と塀に挟まれた狭い空間で運転手の高瀬が汚穢《おわい》の極、南夫人の失神したままでの万力のような抱擁から逃れることができず四苦八苦していた。

　警察がいったんひきあげたあと、庭を片づけていた征三と英吉は躑躅の植込みの中にいるシリコニイを発見した。彼の中に貯留されているエネルギーがいかに働いたのか、彼だけはこの世界に残ったのである。ただし彼も今はただの複雑な形をした石の前衛彫刻に過ぎなかった。征三たちはそれを警察に提出し報告する煩《わずら》わしさを嫌い、わけのわからぬこの騒動の記念として自宅で保管することにした。

三月二十一日　新聞休刊日
三月二十二日　第百五十二回

貴野原征三と聡子の夫婦は世田谷の家を人に貸して蕨《わらび》に2DKの安いマンションを借り、新生活に入った。通勤には時間がかかるものの、月づき多額の利息を支払わねばならぬ身であり、しかたがない。銀行の岡が約十億円という評価額の邸宅に対して三億五千万円の抵当権を設定し、融資してくれたので、貴野原はそれまでのすべての借金と利息を精算することができたのだった。

征三はパソコン・ゲームをやめた。しかし征三のその一時期の記念として、マントルピースの上には今は動かず喋《しゃべ》らずのシリコニイが置かれている。夫婦は愛情をとり戻し熱情までとり戻した。あるいはそれは不幸や、不倫の疑惑などをすべて刺戟《しげき》に変えてしまう中年夫婦の潜在的な知恵と狡《こう》猾《かつ》さであったのかもしれなかった。

貴野原は常務取締役からおろされ、戸部社長のはからいで秘書課から秘書室となったその室長を、OA機器管理室長兼務で勤めることになった。それまでの秘書課長は総務部長に昇進し、対馬が常務取締役になった。戸部社長も今はパソコン・ゲームに興味を失っていた。あるパーティで紹介されて以来、女優の児玉《こだま》雪野に頼られて有頂天となり、彼女の面倒を見るのだと公言してはしゃいでいた。貴野原は危惧を感じたが口を出すべきことではなく、そこから何か別の物語が始まったとしてもそれはもう貴野原征三の物語ではない。戸部社長の物語だ。

新たな貴野原のデスクは秘書室のいちばん奥に置かれた。石部智子の席とはいちばん離れた席であったが、首をのばせば彼女の姿が見えないこともなかった。

ある昼休み、例によって昼食する時間も惜しんで仕事をしていた石部智子は、部屋のいちばん奥にひとりだけ残り、じっと自分の方を眺めている直属上司の視線を感知した。

何か言いたいことがあるんだわ。

智子はくすくす笑う。遠いので彼女の笑いもわからぬらしく、貴野原はあいかわらず首をのばし、やや不審げに彼女を見つめ続けている。

最近智子は、たとえば酒を出す店などで見知らぬ男性からじろじろ見られた時の決めわざを体得していた。自分が学校教師に見えぬこともないタイプだと知っているからこその決めわざで、相手もそう思い、果してこの女、自分の誘いに乗ってくるような女なのかどうかと決めかねているのだ。

突然、彼女は男に向きなおり、にっこり笑って首を傾《かし》げる。

「はい?」

これで相手は、学校教師に間違いないと思ってあきらめるのである。

それを今やって見せたら驚くだろうなあ。そう思うと尚《なお》さら笑いがこみあげ、とうとう智子は笑いながら貴野原に向きなおった。

「室長。何か」

三月二十三日　第百五十三回

「うん」貴野原征三はうなずいて、ゆっくり立ちあがった。言いかたを考える様子で彼は石部智子に歩み寄る。「以前君がくれた、あの『まぼろしの遊撃隊』第六巻のことなんだが」と、貴野原は智子のデスクの横に立ち、考え続けながら言う。「あれ、発売前にくれたんだったよね」

「そうです」

「なぜ君が発売前にあれを持っていたの。いや。なんでこんな穿鑿《せんさく》をするかというと、つまり、もしかすると君はセンターへ行って、直接貰《もら》ってきたんじゃないかと思って」

「そうです。センターがうちの近所でしたから」

「時田浩作氏に会ったんだね」

「はい」貴野原が時田の名を知っていたので智子は驚く。

「やはりそうか」なぜか悩みを浮かべた表情で、貴野原はちょっと天井を仰いだ。「そこへぼくをつれていってくれないかなあ。気になることがあって、どうしても時田さんにお訊《たず》ねしたいんだ」

「わかりました。いつでもお連れします」

「知ってのとおり」貴野原は時計を見た。「わたしが忙しいのはいつも午前中と退社時間まぎわで、今からしばらくは暇になる。君の方はどうかね」

「行きましょう」智子はうなずくと、デスクの上を片づけはじめた。貴野原があの時田浩作とどんな問答を交わすのか、興味津津《しんしん》たるものがあった。

もう会社の車を使える身分ではなく、そんな用件でもない。貴野原は智子と共に会社の前でタクシーを拾い、中野区の住宅地にある「まぼろしの遊撃隊センター」を訪れた。智子が格子戸《こうしど》の横のブザーを押すと、浩作の母親が出てきた。彼女は智子を記憶していて奥へ通してくれたが、浩作は憶えていなかった。智子は以前いちど来たことを話し、あらためて身分を名乗り、上司として貴野原を紹介した。

　貴野原はふた間ぶち抜きの畳の部屋のその乱雑さに一驚したが、すぐ気をとりなおして上り框《がまち》に名刺を置き、話しはじめる。「ご存じかとも思いますが、二週間ほど前、遊撃隊員のキャラクターそのままの連中が多数人家の庭に出現して騒ぎになったことがあります。あれは実はわたくしの家だったのですが」緊張して土間に直立したまま、貴野原は目撃した事実を、今度は話が非現実的になるのも恐れず、詳細に語る。

　時田浩作は奥の机にいて名刺を取りにもこず、憮然としたまま貴野原の話を聞いていた。やがて貴野原が話し終えると彼は向きなおり、舌足らずに訊ねる。「あなた今、ＩＤカード持ってますか」

　貴野原は胸のポケットから、最近はまったく使っていないＩＤカードを出した。時田は大儀そうに立ちあがって土間に近づき、ＩＤカードを受けとり、しばらく表裏を仔細《しさい》に観察していたが、相当固いと思えるそのカードを指先の力だけでなんなく、ぱりっ、と割ってしまった。

　あっ、と、びっくりする貴野原と智子の前でその断面を覗《のぞ》き、時田浩作はくく、く、と笑う。

「おっ。虫がいるぞ。三匹、四匹。五匹」

三月二十四日　第百五十四回

「この間、目茶苦茶に興奮した男がその日の朝の新聞を持ってやってきた」やや真面目に戻り、時田浩作は言った。「遊撃隊のメンバーが現実の世界に出現して、騒ぎを起しているって言うんだ。その証拠に、その後ゲームを見ると、もとの世界に戻った連中の中には負傷者や脱落者もいる。シリコニイを落としてきたなどという会話もしている。連中のその前後の行動から判断して、呪術《じゅじゅつ》的な方法と何かのエネルギーで力場を破壊して虚構の壁を越えたに違いないと主張するんだ。そういう者の扱いは専門の、妻の敦子《あつこ》がうまく追い返してくれたけど」浩作は首を傾げた。「ああ。そう言えば彼女あの時あとで、あの人正気だわよなんて言ってたなあ」

「あなた」奥の間との境の障子を開け、時田の妻が出てきた。

わあ。綺麗《きれい》なひと。今まで貴野原と時田の会話を常識と論理的思考がぶっ潰れる思いで聞いていた石部智子は、淡いピンクのワンピースを着て登場した時田敦子、旧姓で千葉敦子、暗号名パプリカの美しさにあらためて眼を見張る。

敦子は来客に軽く会釈してから時田の机に寄り、椅子に腰をおろした。「お話、うかがったわ。あなた。やはりあれは本当だったのよ」

時田は唸《うな》り、妻に対してはいつでもそうなのか、子供っぽくいやいやをするような仕草をする。「バリアー張っといたんだけどなあ。虚構の壁とで二重のバリアーなんだけどなあ」

「今、解読してみたら、チベットのタントリストの方法を使ったみたいよ。あなた。ゲームは終わらせないと。今すぐ。それから、粉川さんにも連絡しといた方がいいみたい」てきぱきと敦子は言う。「警察の無駄な捜査、やめてもらわなきゃ」

「うん。うん。そうだね。そうだ」妻の口調に乗せられて少しうろうろした浩作は、すぐに何もかも面倒になったという口ぶりで投げやりに言った。「君やってくれよ」

「ええ」敦子はただちに、たった二、三の動作で記憶装置の電源を切った。

「あっ」貴野原征三がちょっと悲痛な声を出し、訴えかけるような調子で言う。「今ので、もう遊撃隊は存在しなくなったんですね。今の、たったあれだけの操作で、わたしたちを長いこと楽しませてくれたあの連中、みんな、すべて、消滅したんですね。もうどこにもいないんですね」

「そうだよ」時田浩作は同情の眼で貴野原を見た。「だけど、連中はもともと、あなたがた自身の総合なんだよ」

そうだった、と、言うように貴野原は力なくうなずいた。それに、どうせアクセスしないことに決めていた自分ではなかったか。何を感傷的になることがある。


「はい。警視総監室ですが」浩作のコンピューターを使った敦子の呼出しに答え、秘書らしい婦人警察官が画面にあらわれた。

「パプリカです」と敦子は言う。「粉川さんをお願いします」

三月二十五日　第百五十五回

警視総監。

貴野原征三と石部智子が思わず身をこわばらせていると、画面には色浅黒く、鼻下髭《ひげ》をたくわえた、そのまま欧米の映画に主演してもおかしくないほどの男振りで警視総監の粉川利美《としよし》があらわれる。

「やあ。パプリカ。久しぶりだなあ」にこやかに、彼は敦子へうなずきかけた。

「粉川さん」敦子は挨拶《あいさつ》抜きで要件に入った。それが美しい彼女への男性の際限なき軽口を遮断《しゃだん》するための、彼女の方針のようだ。「また、厄介《やっかい》なことがあったのです」

「ん」粉川はちょっと緊張した。「また、夢の中から何かあらわれたのか」

「今度は夢からではなくて、虚構の中からです。わたしたちの管理していたパソコン・ゲームの中の連中なんですけど」

「ああ。例の『まぼろしの遊撃隊』だね。知ってるよ」幾分ほっとしたように、粉川は微笑した。「そう言えば、報告があった。世田谷区内の邸宅の庭にあらわれたという、あれかい」

「ご存じでしたか」敦子は緊張気味の肩から力を抜いた。「たびたびお騒がせしてすみません。たった今、あのゲームは中断しました。終了したということです。もうご迷惑はかけません」

「じゃ、捜査を打ち切らせよう」こともなげにあっさりそう言うと粉川はその話題まで打ち切ってしまい、敦子の近況や共通の知り合いの噂話《うわさばなし》などで話を続けようとする。よほど敦子が懐かしいように見えた。

「では、今回の騒ぎに類似したことは、過去にもあったのですね」貴野原は目の前の上り框に立つ時田浩作を見あげて、興奮気味に訊ねた。「しかも今の、奥様と警視総監のお話を聞いていると、以前起ったことは、今回の騒ぎなどよりもずっとその、ずっとその」

「危険な」と、横から智子が助ける。

「そう。危険だったよなあ」浩作は回想する眼になって宙空を見た。「だけどその危険さは、前も今度もわれわれ現実に生きている者の無意識を触発したためという点では同じだし、今回のこれだって、抛《ほ》っておけば前回並みの、ずいぶん危険な騒動になっただろう。だからあなたがたに来てもらってよかったんですよ」

「でも、そんな大きな騒ぎが前に起っていたのに、わたしたちはそれを知りません」智子は多くの疑問に耐えきれず、とうとう口をはさんだ。「それはなぜですか。それから」

「ま、ま、ま」時田浩作は苦笑した。両手をひろげて智子を制しながら、彼は粉川との通話を終えて傍《そば》にやってきた妻と笑いながら顔を見あわせる。そして貴野原と智子に宥《なだ》めるような調子で言った。「それはまた、それはまた、別の虚構として」

「ああ。そうですね」貴野原は智子を見た。「石部君。そうなんだよ」

向かいあったふたつの虚構のそれぞれふたりの主人公たちは、敬意とともにていねいに一礼する。

三月二十六日　第百五十六回

ワープロの電源を切り、櫟沢《くぬぎざわ》は立ちあがった。久しぶりでホーム・パーティに招かれていて、さほど遅刻せずに出席できる時間だった。

「あなた。そろそろ着替えでしょ」階下におりると美也夫人がスーツにブラシをかけていた。

「あれ。お前さんはまたしても、行かないのかい」櫟沢は訊ねる。

「ええ」

夫人がパーティを好まぬため、たいていのパーティは櫟沢単独の出席である。

「よかったわね。連載も終えたし、例のカネミツの問題も、市が買い取ってくれることで解決したし、暴力団新法は実施されるし。あなたネクタイはこれにしてください」

「わかった。わかった。タクシーを呼んでくれ」

ホーム・パーティは神戸に本店があり、今や全国的名店となった洋菓子店の社長宅で行われる。バーボン・クラブという昭和ひと桁《けた》世代中心のクラブがあり、たいていはどこかの店を借りて集まることが多く、今回のようなホーム・パーティは稀《まれ》だった。

社長宅は海の見渡せるマンションの六階と七階だった。六階の広間に入るとすでにメンバーのほとんどが揃《そろ》い、港の夜景を眺めて口ぐちに賛嘆の声をあげている。メンバーは一業種一名と限られていた。画家、彫刻家、神官、声楽家、ファッション・デザイナー、放送プロデューサー、日本舞踊家、ジャズ・ピアニスト、カメラマンといった顔ぶれで、うち夫人づれが半数ほどと、あとは独身女性。

宇宙船ビーグル号だなあ、と、いつも櫟沢は思うのだ。ヴァン・ヴォクトのあのサイエンス・フィクションのように各科学者の専門用語の仲介をする総合科学者がいなくても、職業こそ違え知的共通言語で喋《しゃべ》ることのできる知性の持ち主ばかりがここには集まっていた。あたりさわりのない話題ばかりに終始しているようにも見えるのだが、いざ専門のことに話が及ぶとそれぞれが修練に裏づけされた深い確信に満ちていて、しかも平易な表現で掘り下げた内容を全員に披露《ひろう》でき、みんなに耳を傾けさせる話術を持っていた。専門、専門による考えかたの差異は、特に櫟沢の創作意欲をしばしば刺戟した。

　心地よく耳に響くあたたかいことばと楽しい噂ばなし。文壇パーティの如き議論や仕事がらみの会話のない心安らかな時間。櫟沢は陶然としてバーボンの香りに酔う。グラス片手に彼は室内を見まわす。趣味のよい装飾と備品。ひと隅に応接セットが置かれ、中央には洋酒瓶《びん》が林立し料理の置かれたテーブル。そしてバルコニーへのガラス・ドア。

　あれえっ。ここへはいちど来たことがあるぞ。いやいや。そんな筈はない。でも、なぜそう思ったのだ。櫟沢は改めて周囲を見まわす。そうだ。ここはあの最初のパーティ場面の舞台にした須田医師のマンションと似ているのだ。そういえば、部屋の隅には階上への階段もある。

　その狭い階段の、下から六、七段目を見て櫟沢は愕然《がくぜん》とする。

石部智子がすわっていた。

第百五十七回　三月二十七日

吸い寄せられるように櫟沢は石部智子へ近づき、手摺《てす》り越しに彼女を見あげる。まず、本当に彼女なのかどうかを確認しなければならなかった。「いよう姐《ねえ》ちゃん」と、彼は言った。「チェシャ・キャットみたいににやにやして、そんなとこへ腰かけて」

「われわれを見下げてる君は、いったい何者なの」笑いながら彼女は続けた。「ご心配なく。石部智子ですから」

櫟沢は唸《うな》った。「時間と空間を越えたのか」

智子がうなずく。手にオレンジ・ジュースのグラスを持っていた。「虚構の壁が破れたんです。それを破ったのは櫟沢さんでしょう。それがお望みだったんでしょう」

「最終目標だった」感に堪えぬように櫟沢は吐息をつく。「そのための努力だった。虚構の側から現実への侵犯は可能か。ぼくはずっと、そればかりを考えていた」

「現実を模写してばかりだったんですものね」智子は櫟沢の主張を心得ているようだった。「今までの虚構は」

「もちろん、ここも虚構の中だが」櫟沢はにやりとする。「さらなる現実をめざして、君と一緒にもう少しじたばたしてみるか。せっかく君が来てくれたんだから」

智子は立ちあがった。「じゃあ、お連れするところがあります。そこには、わたしみたいに最初から虚構の存在だった者だけじゃなく、もともと現実に存在していながら、虚構内存在にされた人たちもいますから」階段をおりてきた。

背の高い智子を見て、櫟沢はたじろぐ。「それはおっかないな。ぼくは今まで物語世界外の存在にろくな登場のさせかたをしていないからね」

サイド・テーブルにグラスを置き、彼女は先に立って歩きはじめる。いつドアを出たのか、いつエレベーターに乗ったのか、おそらくは虚構の省略であろう。ふたりはマンションの外を歩いている。

「おお。朝だ」

まだひと気がなく、朝霧の立ちこめるそのあたりは、主要舞台となった都心部のようだ。さらに詳細に見渡せば、どうやら千代田区丸の内のはずれ、彼方《かなた》に日比谷公園が見える。ふたりはしばらく並んで濠《ほり》ばたを歩く。

櫟沢は苦い顔で言った。「そうだ。本来の虚構内存在にも、ぼくはずいぶん乱暴な死にかたをさせているぞ。恨んでいるだろうなあ」

「そうでしょうか」智子は歩きながら、櫟沢の顔を覗きこむようにした。「虚構内存在の気持ちは、そんなものじゃないのでは」

「あの公園に入ろう」どこへ向かっているのかうすうすわかりはじめた櫟沢は、日比谷公園の入口を指した。「ひと芝居やらせてほしいね。もちろん、パロディにしかなりようがないけど」

「わかりました」

ふたりはほとんど車の通らぬ車道を横断した。

三月二十八日　第百五十八回

日比谷公園の入口を入るなり、そこはもうサン・フェレパール街である。一軒の酒場の戸口で悠然《ゆうぜん》と構え、櫟沢と智子を見て笑っている小さな男に、櫟沢は話しかけた。

「朝のガスパール氏をご存じですか」

「そいつに何の用があるんだね」

「わたしの読者に、彼の正体を教えてやりたいのですよ。知りたがっている読者が大勢いましてね」

「あいつの名を、小説に出したのか」

「タイトルにしたんです。どうか彼の住まいを教えてください」

「猫《ねこ》の手が吊り下っているあの家だよ」

「し、しかしあの家は、あの家は」櫟沢はわざとらしく声を顫《ふる》わせ、横で智子がくすくす笑う。

「あなたは教会のことを言ってるんですか」

「今しがた、神父が死んだ犬に石を投げたからさ」

「悪ふざけはやめてください。朝のガスパール氏はどこにいるのですか」

「ほかのところにいないとすれば、奴《やつ》は地獄だ」

「おお。わかったぞ」櫟沢は嬉しげに叫ぶ。「それでは、朝のガスパールとは」

「そうさ。悪魔だ」

「ありがとう。朝のガスパールが地獄にいるのならば、わたしは堂堂と、彼を称賛するわたしの作品を出版しよう」

公園を出てさらにふたりは白いヴェールの中、濛ばたの道を紀尾井町へと向かう。新聞配達員のバイクに乗った朝刊がふたりを追い抜いていった。

「ほら。『朝のガスパール』が行きますわ」

「うん。たしかに多くの読者にとって、あれは毎朝やってくる悪魔だったかもしれない。その忿懣《ふんまん》も大いに利用したのだったが、忿懣はそれだけに終わるだろうな。この国では不思議にも、作家の悪名は作品の減点につながるからね」

「その忿懣は、でも、わたしたちが現実を侵犯するためのエネルギーになるのでは」

「うん。そうなる筈なのだ。われわれが現実にあらわれるなんて、そんな馬鹿なと思いながら、一方ではその『たかが虚構』に怒るひとばかりなんだからね」

霧はいつまでも晴れなかった。高級マンション地区に折れ、なだらかな坂をのぼりながら、智子は言った。「もうおわかりでしょうけど、皆が集まっているのは橘《たちばな》家のパーティがあったのと同じ場所です」

しかし、室内は違っていた。百数十人の人間が一堂に集まってのびやかにさんざめく、そこはシャンデリアの下の涼しく乾いた大広間、知った顔が、名前だけの登場による見知らぬ顔とまじりあい、そこここに立ち、腰をかけ、中には櫟沢があっと驚く知った顔もある。

「お前たちも来てたのか」美也夫人と英吉がシャンパン・グラスを手にして笑いながら「まぼろしの遊撃隊」の深江と話していた。

三月二十九日　　第百五十九回

にこやかに微笑《ほほえ》みかけながら櫟沢と智子にシャンパン・グラスを手渡してくれたのは、なんとナナであった。

見渡せばあちこちに見られる珍場面。剣持がガートルード・スタイン女史にぶら下がるようにしてダンスを踊っているかと思えば、演壇の隅《すみ》に腰掛け親しげに談笑しているふたりは聡子と企業舎弟の杉原室長。グランド・ピアノでコン・ゴンザレスと久保田の連弾。応接セットではトルストイ、ゾラを中心に文豪たちが文学談義を交わしているものの、悲しいかなその内容は櫟沢の貧弱な知識の範囲を出ることがない。

筒井康隆も来ていた。彼の立場は複雑である。作者でありながらも彼を虚構のレベルにひきずりおろしたのはあくまで櫟沢だから、ここでは櫟沢の格が一段上、憮然《ぶぜん》とせざるを得ぬ。レベル１からやってきた投書家、パソコン通信の連中もやはり溶け込めないのか、自分たちだけで集まって話している。

多摩志津江、江坂春美、明石妙子、須田夫人といったパーティの婦人連が南夫人をとり囲んで口ぐちに絶賛するその理由はといえば、誰もが厭《いや》がるあの文字どおりの汚れ役をよくぞあれだけ徹底的に演じ切ったというもの。しかしそれを描写したのは櫟沢であり、その文章が褒められているのか、南夫人の虐待《ぎやくたい》として責められているのかは微妙なところである。

そうかあ。あの大惨事や銃撃戦で死んだ連中も来ているのだなあ。予測していたこととはいえ、櫟沢の中には忸怩《じくじ》たるものがある。まあ、みんな楽しそうにしているのが慰めだ。そう言えばあそこで語りあっている一団は遊撃隊の平野と日野、企業舎弟の鍋倉、吉田、岸ではないか。

若林がどこにいるのかとその近辺を見まわせば

驚くべし、貴野原征三やチャーリイ西丸と一緒にミラン・クンデラから何やら講義めいた訓話を聞かされている。

櫟沢が来たというのでしぜんみんなの眼が彼に集中し、わざとらしい拍手こそないものの、彼をほんの一段高いだけの演壇の方へ導こうとする雰囲気になり、智子に背を押されてそちらへ歩き出せば、誰それの手がのびてきて親しげに肩を叩き、振り返ればそれは澱口であったり、銀行の岡であったり、電気屋の高松であったりする。

頭ひとつ上から見まわすと、来ていないのは本篇に遠慮したのか特別出演の時田一族くらいのものであり、あとは魔物けもの通行人や端役《はやく》を除きほとんどの顔が揃っていた。櫟沢が何か喋《しゃべ》るらしいというので主立った連中が集まってくるが、まだあちこちで議論に熱中しているグループもあり、会場全体ががらんとすることはない。

「ひとつのフィクションが終りました」櫟沢は喋りはじめた。「新聞連載の特異性を強調し、それによる効果を利用した作品である以上、実況録音と同じで、今後は出版に際しても手入れ、書きなおしの作業は原則として反則となり、許されないでしょう」

三月三十日　第百六十回

　だが、話はどうしても、彼が最も気にしているあたりへと引き寄せられていく。

「読者の意志に逆らえなかったとはいえ、今になって悔やんでいることもいくつかあります。その最たるものは、せっかく登場してもらったパーティ常連の皆さんを、早いめに大量死させてしまったことです」櫟沢はうなだれた。「もっと早くから読者を誘導していればと、心残りでなりません。死んだかたは他にもおられますが、これらのかたはまあ、それぞれの役割として死んで戴《いただ》けたわけですから」

「あら。櫟沢さんが悔やまれるなんてこと、ちっともありませんわ」須田香奈がまわりの顔を見まわして言う。「ねえ」

「そうですとも」その横にいた近間辰雄《たつお》が、大きくうなずいた。「実のところ、第一回めのパーティが終わったあたりで、こりゃもう、出番はこれだけだなと覚悟していたのですよ」

「よくぞわたしたちに、あの第二回めのパーティでどたばたを演じさせてくださった」櫟沢のすぐ眼の下にいた曾根豊年が、柄《がら》にもなくじんわり涙など浮かべて言う。「ですからわたしたちは、感謝しているのですよ。あれは犬死にではなかった」

「そう言って貰《もら》えるとほっとします」なるほど石部智子の言った通りだ。同じ虚構内存在たる自分の心理から類推しても、死よりは活躍の場を求めるのが虚人根性とでも言うべきものであろう。櫟沢はそう思い、納得する。

　櫟沢が喋り終えてまだしばらく、宴会は続いた。だが、櫟沢が演壇のすぐ下で穂高につかまり、ミザンセーヌに関する議論などをするうち、今度は演壇にのぼった石部智子がスポットライトの中に立って全員に告げる。

「皆さん。お開きの時間になりました」

「時間じゃなく、残りのスペースだろうが」彼方のソファから舵安社長がまぜっ返し、皆が笑う。

智子も笑いながら言う。「でも、そうは言ってもわたしたちは、また会えるのですから。本として出版された時に。さらに言えば本のページを読者が開くたびに。多くの読者がこの物語を読むたびに。それでは皆さん、お戻りください。物語世界外の皆さんは現実に。虚構内虚構の皆さんはゲームの中に。レベル3の皆さんはレベル3に。レベル4のわたしたちはレベル4に。それぞれの出口からそれぞれの世界へ帰りましょう」

会場の周囲五か所の出口が開かれたようだ。そこにしかとした扉《とびら》が存在するのかどうかさだかではないが、そこからは空気とともに濃い霧が流れこんできて、まだ笑いさんざめきながらも登場人物たちはゆっくりとそれぞれの出口へと向かい、霧の中へ消えていく。レベル2の出口へ向かうのはたったひとり、依然として憮然たる面持《おもも》ちの筒井康隆である。チャーリイ西丸が大女四人と踊りながら退場したのを最後に、無人の空間は虚無となった。

三月三十一日　第百六十一回

それではフィナーレ。各レベルへと去っていく登場人物とお世話になったかたがたへのTHANKS・TOを含め、敬称略でいってみようか。GO！

サミュエル・リチャードソン。クラリッサ・ハーロウ。ディケンズ。山田登世子。アロイジウス・ベルトラン。及川茂。深江分隊長。平野分隊長。花村隊長。貴野原征三。石部智子。峰隊長代理。戸部社長。対馬総務部長。中井恵市。藤川社長。宇佐見衛。岡頭取。社史編纂室の木頭。舵安社長。江坂春美。貴野原聡子。日野隊員。棚部教授。上地知佳子。片岡さと江。松崎章生。佐藤雅彦。佐藤光洋。小川太志。奥池鷹思。高橋藍子。三神紗嘉子。浅野富美枝。新田清博。櫟沢。澱口。美也夫人。剣持裕治。多摩志津江。須田医師。瀬川夫人。須田夫人。須田香奈。曾根豊年。天藤望。近間辰雄。久保田。明石妙子。向井夫人。尾上夫人。郡司泰彦。団朋博。児玉雪野。西田夫人。チャーリイ西丸。彼がつれてきた大女二名。仁木。仁木夫人。井上ひさし。大上朝美。五十嵐智友。山本健一。中島泰。木下秀男。黒須仁。黛哲郎。森忠彦。小原篤次。山川雅史。梅村守。島戸一臣。角田明義。久保田泉。荻野博司。山本雅之。松浦功。山之上玲子。森啓次郎。勝又ひろし。小林修。福田幸子。馬場博。水島清。松岡秀治。南守。福永信。高橋朝子。矢崎武司。土川裕子。高階良幸。杉岡育子。フィールディング。トム・ジョーンズ。ジッド。スターン。トリストラム・シャンディ。舟橋俊久。増田浩行。宇多鞠子。ジェラール・ジュネット。筒井康隆。夏目漱石。ウェイン・C・ブース。木戸渥子。北井節子。高橋さよ。辻英朗。中島らも。細川真澄。木下満子。當山日出夫。赤塚不二夫。ダリ。中村正三郎。戸田拓。川口郁夫。荒木啓二郎。尾川健。時田浩作。時田牧子。千葉敦子。佐々木元也。深瀬政子。渡辺加代子。コロンブス。井上愛子。塩田恵太郎。白川崇。土屋まゆみ。橘めぐみ。浜田料理長。元木。橘市郎。高松。えり。コン・ゴンザレス。オスカー・ピーターソン。チャーリイ西丸がつれてきた新たな大女二名。幸森軍也。川嶋克正。柏淳一。杉本明美。粕井均。長尾和巳。富田真珠子。堀晃。穂高。古田祐子。西本秀。立林良一。早川玄。岡安誠史。清水伴雄。徳富亨。小林弘明。吉村公次。平石滋。臼田幸生。玉井和宏。吉田。杉原。鍋倉。若林。岸。西よう子。田中隆積。三浦陽子。内海恭子。朝藤直哉。清水宣秀。英吉。岡田英吉。ミラン・クンデラ。泉卓也。ドストエフスキイ。トルストイ。エミール・ゾラ。ナナ。ヴィスコンティ。井上宏之。細田均。西宮和彦。南夫人。ガートルード・スタイン。ピカソ。粉川利美。小さな男。磯谷臣司。白井浩司。田中亘。寺坂ゆきえ。村野直美。板倉裕子。常峰純子。富田豊。春原正信。高橋陽介。倉田隆一郎。矢嶋克郎。松本直子。川島克之。青木正之。藤本裕之。上杉栄二。戸田豊志。成瀬志津子。大場幹浩。大多和伴彦。本間清和。斉藤龍一郎。吉田幸一。可知光。田口健介。関一典。土井賢。金田孝子。山田浩一。岩崎幸子。鈴木清。大島剛。松本裕。大村伸一。田原章孝。伊藤敏秀。木越仁一。館國。水谷充良。西山正彦。田辺一教。佐藤達也。田口満里。橋元淳一郎。西垣通。佐飛通俊。ガスパール。渡辺香津美。山下洋輔。真鍋博。

四月六日　連載を終えて

小説「朝のガスパール」の約半年の連載を終え、肩の力が抜け、資料でいっぱいだった机の周囲も整理し終え、返事もせず無沙汰《ぶさた》していた人にも電話をし、風呂にも入った現在、ことさらに言うほどのことは何もない。

すべて作品の中で言い尽くしたという以外に、この作品が「メタ・フィクション」つまり小説を批評する小説だったからでもある。したがって進行中の小説のところどころで、この小説自身を批評するということも行っている。

新聞連載小説の一般読者には馴染《なじ》みのない手法であり、「わけのわからない小説」という投書も多かった。望んで募った投書で、そうした一千通を越す多くの投書を小説中にとり入れ、さらにはパソコン通信による読者からの二万を越すメッセージを参考にしながら構築したメタ・フィクションだった。

新聞連載だからできたことであり、完結したものを批評的に振り返ってみると、きびしい眼で見ても試みはなんとか成功している。しかしその成功が今後書かれるであろう多くの新聞小説にどれほど貢献できるかは疑問である。今後新聞連載をする小説家が今回のわが試みを参考にしてこの試みをさらに発展させてくれるかというと、これははなはだ望み薄だし、最近はおれのしたことを踏み板にして何かやろうとする人が出てきているので、何か思いつく作家があらわれる可能性もあるが、そんなイキのいい人はだいたいにおいて若手であり、おいそれと新聞連載をやれる立場にはない。

残るところは自分自身が再度新聞連載の機会を捉《とら》えて新たな実験に挑むことだが、フィクションの枠組《わくぐ》みの中とはいえ私小説同様新聞紙面を私物化しようとすればいくらでもできる種類の作品であったがゆえに、むしろ「連載中は病気もできない」という恐れにも似た緊張感を強《し》いられるほどやりたいことをすべてやってしまった今となっては、何も思いつかないのだ。創作の作業には有効に働いたそのような恐れや緊張感からの解放を味わっている今、もともと書き終えてからああすればよかったこうもすればよかったなどと悔やむことはない人間なので、ここからの発展を何か思いついたとして、それは六、七十年先かもしれない。それまでには誰かが新たな可能性を発見するだろうから、それまでは生きていたいものである。ま、あたしゃ百歳を越していますがね。

電悩録——解説にかえて（新潮文庫版解説）

大上朝美

「朝のガスパール」は、筒井康隆さんが朝日新聞朝刊に、一九九一年十月十八日から翌年三月末日まで連載した小説である。八月に単行本化され、その年の第十三回日本ＳＦ大賞を受賞した。

この小説が投書やパソコン通信による「読者参加」という、新聞小説ではかつて、そしていまだに例を見ない試みを実行した作品であることは、すでに読者にはおわかりだろう。小説を読むという経験は、何度読み返そうとその都度「一期一会」ではあるけれど、連載「朝のガスパール」に関しては初出時に決定的な出会いがあり、追いつくことはできない。遅れて来た人にはだから、「ザンネンでした」というしかない。

連載をリアルタイムで読んでいた人、でもパソコン通信「電脳筒井線」には参加しなかった（できなかった）人、その人たちはある意味で、もっとザンネンでした。この「電脳筒井線」こそ、約半年間一日も休むことなく走り続けて二三、八〇五という怒濤《どとう》のメッセージ数を記録し、その数より、筒井さんと三百人近いメッセージ参加者が、連載「朝のガスパール」と伴走しながら独立したフィクションを作り上げてしまったという点で、パソコン通信史上に特筆されるべき電子会議室だったのだ。

その一端は本文中にもあるが、もとよりほんの一部である。新聞からはうかがい知ることができなかった「電脳筒井線」でどんな事態が進行していたか、新聞連載担当者として「電悩録」とでもいうべき覚書を記しておきたい。

◇

「初めまして。小説家の筒井康隆をやっております、筒井康隆というものです」

九一年十月六日午後零時十分、ASAHIパソコンネット（現ASAHIネット）内に特設された「電脳筒井線」開始を告げる筒井さんのメッセージの、最初の一文である。ハンドルネーム（ネット内の署名）は「笑犬楼《しょうけんろう》」。電脳紀元年である。それから延々二三九世紀まで歴史を刻むことになろうとは、このとき誰が予測し得ただろうか。

新聞の小説とパソコン通信との連携など前代未聞だし、何よりその主が「筒井康隆」である。しかも、筒井さんが新聞連載を手がけるのも初めて。何かが起きないはずがない。筒井ファンなら何を置いても駆けつけずにはいられまい。

ジャズピアニスト山下洋輔（ヤノピ）、ギタリスト渡辺香津美（香電子）、SF作家の堀晃（半魚人）

各氏ほか、通信の初心者、ベテランを問わず筒井ファンが次々と乗り込んで来て電脳花輪も届くなど会議室は早くも活況を呈し、十八日の連載開始までに溜まったメッセージ（以下、MESと略す）は五六七。それはほんの前哨戦にすぎなかった。

「アー皆の者　もうすぐ本番じゃ。用意はよいか。そなたたち皆が出演者じゃによって。……おお。開幕のベルじゃ。ではいよいよ本番、参るぞ。アそれ、ワン！　ツー！　ワンツーワンツー！／ジャズ大名」

十八日未明、本番セッション開始。待ち構えていた参加者の前に登場したのが、不毛な行軍途上にある「まぼろしの遊撃隊」だったのである。いきなりSF。「おぅ！」というどよめきがネットから聞こえてくるようだった。

笑犬楼は、開通祝いのアドバルーン代わりにここでクイズを出した。

「遊撃隊が行軍している惑星の名を当ててください」「あてずっぽうはなりませんぞ」

小説のわずかな記述によって特定できるという。

「わわわわ、わかった！　この惑星は、ク、クォールだ！」

二日目にして答えを出したのは半魚人堀氏。ビシュバリクやブシュバリク、ポルノ惑星など過去の筒井作品に出てくる代表的な惑星の中から、自転周期や「月がふたつ出ていた」のヒントで『虚航船団』の惑星クォールを割り出した。後に本文で、深江たち遊撃隊が「いたちとコンパスのあいのこのような怪物」と闘うシーンがチラと出てきた時には、歓声があがったものだ。

◇

展開を予想し、アイディアを出す。それが乗客の使命であった。しかし次々に繰り出される予想を、翌日の朝刊は次々に裏切り続けた。「まぼろしの遊撃隊」はゲームの中の世界であり、主人公は深江ではなく貴野原征三やその妻聡子、部下の石部智子らであり、あまつさえ、この小説を書いているらしい小説家が、担当者と投書を読み合う。筒井さん登場かと思いきや、櫟沢《くぬぎさわ》であった。

そこまでが、この小説の最初の布石の段階である。しかし、炯眼《けいがん》の士はいるものだ。早くも「(深江も貴野原も) どの世界の人物も自分の場所が現実なのだと信じて疑わない……最終的に糸を操るのは誰なのか」と、「朝のガスパール」がはらむ多重構造の本質を指摘したり、貴野原と深江の、只事ではない「深いシンクロ」に注目するMESが現れた。また、後日聡子が借金をする「ネット・サラ金」というアイディアも、ごく初期に提出されている。

連載開始をはさんで十日ほど、コンサートツアーで日本を離れていたヤノピ山下氏は、二十三日に帰ってくるなりMES「未読九二六」と格闘し、「ぐぎぎぎぎ、がげぎぎぎ」と泣いた。実際、一日でも読まずにいると取り残されてしまいそうになる。小説は一日にわずか原稿用紙三枚分しか進まないのに対し、パソコン通信は瞬時・多方向のメディアである。極端な速度差が大量のMESを招き、小出しにされる情報は、しばしば妄想を生む。害のない妄想は楽しい。

電子会議室とは、それ自体フィクショナルな空間だ。一人で目の前の画面ボード上の文章を読んでいるだけなのに、大勢の人間が集まって語り合っているかのような感触がある。顔を見たこともないのに、相手をよく知っているように錯覚する。来る者を拒まない「広場」である。

電脳の仮想空間に核爆弾が投下されたのは、櫟沢登場の最初の日だった。それまでのストーリーの流れからガラリと変わった展開に、みな戸惑ってお喋りしているところへ、二発の核爆弾と一発の不発弾が投下されたのだ。核爆弾。それはスクロールする画面を占拠する「核の雲」の絵にすぎないのだが、「発射！」の文字に続いて湧き上がる雲の絵には、実に奇妙な臨場感があった。フィクションとしての「電脳筒井線」を「核前」「核後」に分かつ事件だった。

◇

本筋とはまったく離れた話題もアドリブとして、セッションの楽しみである。

「中村正三郎様。入閣おめでとうございます（環境庁長官）／笑犬楼」「入閣いたしました。有権者のみなさん、ありがとう。いやいや、どーも、どーも……／中村正三郎」

そうそう、あのころ宮沢内閣が発足したのであったが、いまはそっちのほうがフィクションに思える。村上龍とかいう人も参加者にいた。もちろん、両者とも偶然の同姓同名なので為念。

櫟沢の第一回論評の後、場面は貴野原家の家庭事情から須田家のパーティに移る。そこへ聡子は貂《てん》のコートを着て行くのだが、「クォールを舞台にしたゲームをやっている男の妻がテンのコート。何か関係があるのだろうか」と指摘があった。反応は「それこそが読者参加の醍醐味。もし作者が無意識に、高級毛皮＝貂というだけで聡子にコートを着せたとしたら、クォール＝イタチ＝貂という連想を働かせた読者の勝ち」。一日ずつ立ち止まることを強いられる結果、こういう能動的な「読み」も、筒井線の随所に見られた。

笑犬楼が「敗北宣言」を書いたのは、須田家のパーティの終わり頃である。

「うーむ困ったぞ。ちょいと他の仕事してて『朝ガス』に戻ったものの、何も浮かばぬのよな。……どんどんファンが逃げていくなあ。胸が痛む。最後までついてくる者は何人か。……地獄だね。……

しかし、ひとりで地獄に落ちるのは寂しい。誰か道づれにしてやろう」

「パーティシーンがつまらない」「早くSFに戻せ」といった非難のMESも多かったのは、後に欅沢が怒って語る通りである。次々に殺到する驚愕、お詫び、励まし、提案、嘲弄《ちょうろう》、尻馬《しりうま》乗りMES、MES。

その結果がこうなのだ。「ぶはははは。皆の者。笑犬楼にだまされたな。……笑犬楼の泣きの芝居、なかなかのものであったぞ。心配はいらん。ナニ彼奴《きゃつ》はな、自分をハダカとも思うてはおらんし、あれを駄作とも思うておらん。……／ジャズ大名」。さらに「笑犬楼はもはや『信頼できない語り手』です。……／狂犬楼」と、たたみかけた。

しかしその時すでに、筒井さんはフィクション「電脳筒井線」の手応えをつかみ、その出版に着手していたのだ。しばらくして「朝ガス」では、石部智子を「まぼろしの遊撃隊」本部に赴かせ、ゲームを単行本化した最新刊を手渡す時田浩作（言わずと知れた「パプリカ」の）にこう言わせている。

「この連続的に出版される『まぼろしの遊撃隊』というペーパーバックは、物語世界外のある書物のアナロジイになってるんだよ」

ゲーマーがアクセスしている時の心理状態まで読み取って文学にしてしまうペーパーバック。「物語世界外のある書物」とは、「朝のガスパール」に連動した電子会議室のログを編集し、出版された『電脳筒井線――朝のガスパール・セッション』に他ならない。連載途中の十二月下旬に出版された「パート1」が、ただちに筒井線にフィードバックしたのはもちろんである。

「パート1」出版とクリスマスと忘年会を兼ねて十二月二十一日深夜から二十四日にかけ、筒井線でパーティが開かれた。ちょうど「朝ガス」では、橘家のパーティが乱れに乱れたドタバタを呈していた時である。

「これはなんじゃ。畳の上はパイ投げをしたとやらでクリームだらけでべとべとのズルズル、その上ヤノピゲロゲロゲロ。全員ハダカに近い恰好でマグロのようにごろごろ転がって、これはいったい何事じゃや。そうか、まだ酒があるか。ならば注いで貰おう……／笑犬楼」「えーそれじゃー　♯長崎から船に乗って垂水で吐いたぁぁぁぁ　うぃー未読を見ているだけで気分がおかしくなってきた／禅盗用」「波平さんが舟に乗ってさざえができたあ。あはははは／びーきち」

筒井線でも酔っぱらって歌を歌う者、裸踊りをする者、クダを巻く者、ゲロを吐く者、それを片づける者……笑犬楼も参加して大騒ぎになった。というのはすべて、参加者がよってたかって言葉のやりとりだけで雰囲気を醸《かも》してしまったのである。

直後の笑犬楼の総括によれば「非常に高度な言語ゲーム」「極めてレベルの高い遊戯」であり、それは「ぼくなどが教育したのではない、この会議が教育した、そしてぼくも教育された」。ヤノピ山下氏も「この世ならぬ電脳の世界だったが、あれは実在する」と断言したのであった。

筒井線でのパーティは、さらにこの後、新年会、二月の「朝ガス百回記念」と繰り返されるが、その有り様は、須田家のパーティを橘家のパーティが反復し、よりドタバタ化した本体にシンクロしたばかりではなかったのだ。MES数が飛躍的に増えるこうした催しに批判的なMESもあったが、そういう偏屈者の存在がまた、見事にフィクションにはまってしまう。望むと望まざるとにかかわらず、もう「一蓮托生《いちれんたくしょう》」なのであった。

「百回記念」パーティの最中に、筒井線のMES数は一五、〇〇〇を超え、ハンドルネーム「こうもり」は、個人積算一〇〇〇MESを達成。筒井線には、一〇〇〇MES＝一コーモリという尺度ができた。

◇

そのパーティの余韻も醒めやらぬ翌日の百一回目に、大陸間弾道ロケット、ニューオリエント・エクスプレスが初飛行で大爆発し、「朝ガス」のパーティ連中がほぼ全滅。盛り上がっていた筒井線の空気は一気に厳粛なものになる。実は、連載進行の予定では大爆発が百回目に当たっていたのだが、筒井線のパーティのために筒井さんは一回分エピソードで延ばしたのだ。フィクションが現実を動かしてしまったのである。

「ショック！　これって、私たちのせい？」「笑犬楼さまもさぞ無念でしょう」といった沈痛なMESが続き、やがて「お楽しみはこれまでだ」という通告が出された。

「えっと、唯野です。さて、筒井線の乗客にとって、これ以後『朝ガス』は不愉快さに包まれます。……演劇で言うなら『観客罵倒《ばとう》』のような観客いじめになるわけ。でもそれだって、演じる方だって観客以上に不愉快なわけ。とてもじゃないが、痛快なんてものじゃない。皆さんも不愉快さに堪えてくださいね。それがまあ、文学の味、人生の不条理だと思って下さい」

文学部・唯野による不条理文学予告である。一同戦々恐々と待つなか、翌日から「ML」「おかぴー」「BANYUU」「凡亭」、さらに他ネットの「H」まで、次々に名指しで櫟沢の罵倒返しのやり玉にあがる。

祝福、励ましの声が様々にかかった。「おかぴーさん、よかったね。以前に『熊の木音頭』を録音するときに、笑犬楼はこう言われた。『さあ皆歌いなさい。これは一生の、、、、恥だ』我々は先を争って声を張り上げました。天才の魔力というものはあります。それに浸りましょう／ヤノピ」「どひゃー　またひとりだなんてさちこさんが言うから誰かと思ったら俺やんけ」「やったーっ、歓喜の実名登場だぞ、感激っ！」

罵倒を返された人たちは少なからずショックだったろうに、さすがに筒井線で鍛えられた演技精神は死ななかった。

「おかぴー君、ご出演ありがとう。お疲れさまでした」と、笑犬楼からはねぎらいの言葉があり、また本体では澱口が櫟沢にこう語りかけている。「ねえ櫟沢さん。だいぶお怒りになっていましたが、今のおことばでわたしにはどうも、櫟沢さんがご自分への罵倒を、これも作品の中に生かせそうだというので舌なめずりしながら読んでこられたのではないか、と、まあ、そんな気がしはじめたんですよ」

罵倒されることで小説に貢献しようとは、思ってもみなかっただろうけれど。

◇

とこうするうちに筒井線では、ニューオリエント・エクスプレス爆発事故犠牲者のための合同葬儀が行われた。パーティと同じく電脳葬儀もまた、しめやかかつにぎやかに進行し、途中で祭壇を壊してしまう「羊」まで現れてまたまた大騒ぎになった。それにしても、誰がシナリオを書いているわけでもないのに、いつの間にかそれぞれの役回りを演じてしまう乗客たちに一番舌を巻いていたのは、筒井さん本人だったかもしれない。

さて、筒井線から「朝ガス」に出演したのは、罵倒された人々だけではない。橘夫人のベッドに深夜、ザーメを残した「蝙蝠《こうもり》」、クォールで深江たちと戦った「トララ」「赤道魚人」「顰蹙《ひんしゅく》の大魔王」「始祖アホウドリ」「ホチキス鶏《どり》」たちに加え、金融会社の「たまさん」、遊撃隊唯一《ゆいいつ》の女性隊員「穂高」、セントバーナード犬「凡亭」らがいる。これらのキャラクターには、それぞれ「シャドウ」がいる。「ホチキス鶏」はハンドルネーム「一番鶏」として毎日午前三時台に朝刊を読み、「アサー」と鳴き続けた。「凡亭」は核爆弾投下の張本人だ。

もっと重要な役を演じたのは、櫟沢のひとり息子であり貴野原のひとり息子でもある「英吉」だった。当時、卒論で「筒井康隆論」に取り組む大学生だったハンドルネーム「えいきち」君は、虚構の壁を素通りする「ウサギ」の重責を担ったのである。

ここで、櫟沢の論評による「朝のガスパール」多重虚構構造を振り返ってみる。

１　現実の筒井康隆と読者たち物語世界外の存在
２　この小説を書いている第二の自己としての筒井康隆
３　筒井康隆の第三の自己である櫟沢たちがいる世界
４　櫟沢が書く貴野原たちの世界
５　貴野原がやっているゲーム「まぼろしの遊撃隊」の世界

という五つのレベルがある。この小説ではそれらのレベルが順番に繰り返し現れて螺旋《らせん》状の回転を作り出し、ストーリーを加速させた結果、語り手である櫟沢も自身が作る虚構の内に入ってしまった。

櫟沢によって論評された投書の主やパソコン通信の参加者は、１から３に降りることによって虚構に参加したわけである。さらに４、５のレベルにまで出没した人たちの存在は、筒井線参加者しか知らない。

4と5の間は、後にノーベル医学生理学賞を受賞した時田浩作・敦子夫妻の開発によるサイコ・セラピー機器（DCミニか。「パプリカ」参照）と同様の方式によって、始めから深くシンクロしており、遊撃隊はチベット仏教（これについても筒井線では初期から論じられていた）の考えを応用して壁を突破した。そして3と4をつなぐ「英吉」によってその壁も崩れ、櫟沢は石部智子に導かれて最後のパーティ会場に向かう。

◇

「遊撃隊貴野原邸に出現」からのクライマックスで、筒井線もクライマックスを迎えた。企業舎弟たちとの銃撃戦では、鍋倉らに感情移入し味方する者も現れた。「三歳になるまでが大変であった」セントバーナード犬「凡亭」の説明に、ヤノピ山下氏は「これはピーターだ」と、筒井さんのいまは亡き愛犬を偲び、香電子渡辺氏はその名も「電脳筒井線」である「Cyber-Pipeline」を作曲、半魚人堀氏は、「クォールを研究してみんなでクォールへ行こう」と呼びかけ、ハンドルネーム「蟹甓の魔王・玄」「蟹甓の魔女・穂高」がそれぞれ一コーモリを達成した。

そんな時にも新しい参加者たちが三月二十九日まで現れたが、筒井線は連載と同時に三月三十一日午後二時六分、笑犬楼の「お別れのことば」で終了したのである。

ほとんどのログは、いまもＡＳＡＨＩネットで読み出すことができるし、単行本『電脳筒井線――朝のガスパール・セッション』（全三冊・朝日新聞社）で抄録に接することはできる。しかし約半年間、睡眠時間を削る代わりに多額の電話代を払い、ある参加者に言わせれば「修行道場のようだった」虚構創立の現場に立ち会った特権は、リアルタイムのものである。そう、あの時は確かにみな道場で洗脳され、恍惚《こうこつ》の表情を浮かべながら電脳の病に痙攣《けいれん》していたのだ。

◇

以下は蛇足。連載中、担当者に対して二番目に多かった質問は「読者からの提案によって、小説はどう変わったのか」だった。少なくとも、プロットが変わったために廃棄することになった原稿は担当者の手元には残っていない、とだけ言っておこう。最も多かった質問は「ガスパールって何？」で、それは小説の最後に明かされている。しかし「影絵芝居のからくり」「操り人形の糸」を説明できるのは、やはり筒井さんしかいない。

（一九九五年六月、朝日新聞学芸部）

PART II

イリヤ・ムウロメッツ

絵　手塚治虫

ムウロムのイリヤ

北国《きたぐに》。広大にして誉《ほま》れ高きロシヤの大地。

夜空のどろりとした黒さを時おり走る稲光が教えた。

冬空に大太鼓のような雷鳴が轟きわたり、鋭い針のような雨粒がななめに吹きつけ、白樺《しらかば》や白楊《はくよう》の葉をもぎ取って行く。暴風雨はもう四日も続いていたが、その夜の風の強さは農民たちにひと晩中、今こそがこの嵐の激しさの頂《いただ》きに違いないと感じさせ続けていた。

そんな夜、ムウロムの町から遠くはなれた、カラチャロ村に住む百姓、イワン・チモヘーヴィチの貧しい家に、ひとりの赤ん坊が生まれた。

夫婦にはながい間子供ができなかったので、イワン・チモヘーヴィチの小さな家には喜びが漲《みなぎ》る。イワン・チモヘーヴィチは、老齢《ろうれい》といってもよい歳にさしかかっていたのだ。

赤ん坊は男で、色が白く、美しかった。その日は予言者《よげんしゃ》イリヤの日だ。夫婦は子供にイリヤという名をつけた。

イリヤは成長した。色の白さはそのままだ。そして、より美しくなった。しかしイリヤの手足は萎《な》えている。彼は手を動かすことも、立ちあがることもできず、昼間はただ、暗い家の中の臥暖炉《ねだんろ》の上にすわり、丸木の壁にもたれ、手足をだらりと投げ出し、頭を垂れているだけだ。

おお哀《あわ》れムウロムのイリヤよ。知恵はついたが力はつかず、自分ひとりでは匙《さじ》さえ持てぬ。いつまでも頑是《がんぜ》ない赤ん坊のように、母親の手でスープを飲ませられ、食べものをあたえられ、いつまでも、いつまでも、すわったまま。あれは祖母の罪のためだと言う者もいる。祖母の罪とは何であったのか、イリヤは知らない。しかしイリヤも両親も、神を恨まなかった。

昼間、両親が野良《のら》へ働きに出れば、イリヤは家にひとりきりだ。糸の切れたあやつり人形のように、ぐったりとした姿で、イリヤはただ、じっとしているだけだ。北国の空は曇っている。重く黒い雲が低く低く、屋根のすぐ上にまで垂れ下がっている。イリヤは北風の音に耳をすます。外にはつめたい風が吹いているのだろうな。あれは何を叫んでいるのだろう。

三十年の間、イリヤは物思いに沈んでいた。老コサックのイワン・チモヘーヴィチもその妻も、さらに今は年老いて、野良仕事が難儀《なんぎ》になった。

その日も老いた父と母が野良へ出かけていき、家には三十歳になったイリヤが、暖炉の上にいるだけだった。

黝《くろ》い空の下、荒野を吹きわたる風の中を、三人の旅びとがやってくる。三人とも、荒れ果てた大地の中へめりこんで行きそうに背を丸め、重そうな袋をかつぎ、杖をついている。彼らは老人なのだ。

イワン・チモヘーヴィチの家の前までやってくると、老人のひとりは戸を叩く。

ああ。誰か来たようだな。イリヤは訊《たず》ねる。

「誰だい。そこへ来た人は」

「おお。イリヤよ。イリヤよ」ひとりの老人が呼びかける。「わたしたちはお前に会うため、木枯しの中をはるばるとやってきたのだよ。イリヤ・ムウロメツ。早くこの戸を開けて、年老いた旅びとの私たちを、家に入れておくれ。飢えた私たちに、食べものと飲みものをあたえておくれ」

「おお。それではお前さんたちは、旅びとなのだね」イリヤは答える。「戸を開けてやることができないのだよ。おれの手足は不自由で、おれは立つことも、腕をあげることもできないのだ。生まれて以来、三十歳になるこの今の今まで、ずっと

すわったままでいたんだよ」

　老人たちが、また呼びかける。「イリヤよ。イリヤよ。お前は立てるのだよ。心配することはない。さあ。立ってごらん。ちゃんと立てるから。そして、戸を開けておくれ」

　おやおや。はてな。立てそうな気がしてきたぞ。イリヤは臥暖炉の上で手足を伸ばす。ああ。動くではないか。イリヤは立ちあがる。

「立つことができた」と、イリヤは叫ぶ。「ああ。ああ。おれは立つことができた」

　そうだ。旅びとを家へ入れてやらなければならない。イリヤは自分の足で歩き、自分の手で戸を開ける。三人の老人が家の中へ入ってくる。老人たちは聖像の前にひざまずき、十字を切った。

「神に栄えあれ。不思議なことだ。おれは立つことができた。いつも見てきた、あの夢のようだ。きっと、この人たちのおかげなのだろうな」

　しきりに手足を動かしているイリヤに、老人たちは、かついできた袋の中から盃《さかずき》を出し、その中に蜜のような飲みものを注いでさし出す。

「さあ。これを飲みなさい。イリヤ・ムウロメツ。これはわしらがなが年たくわえてきたものだ」

　イリヤは飲みほした。

　やあやあ。心はおどり、身は汗ばむ。思いのままの力がついた。今こそおれは力持ち。

「身うちに力を感じるか。イリヤよ」と老人たちが訊ねる。

「大地に環《かん》があれば、それを握って、大地を振りまわせそうに思います」イリヤは答える。「天に届くような柱でも、引き抜けそうに感じます」

「ちょっと待ってくれ。イリヤさん」

　イリヤのことばに少し驚いて、三人の老人は顔を見あわせ、相談しはじめた。

「これでは力が多過ぎる」

「強すぎて、人間らしくないのう」

「あまりに力がありすぎて、地面も彼をのせきれぬのではないか」

「そうじゃ。ぜひとも力を減らさねばならぬぞ」

「半分ぐらいにした方がよい」

もう一度、盃は満たされる。イリヤはふたたび、それをひと息で飲みほしてしまった。

「さて。今度はどんな感じがするかな。どれほどの力と思えるかな」老人たちが訊ねる。

手足の力を確かめるように動きまわり、イリヤは答えた。「今度は力が減ったようだ。さっきの半分ぐらいに、力が落ちたようです」

「それでよいのじゃ。イリヤ・ムウロメツ」老人たちは言う。「お主《ぬし》はロシヤ一の勇者になるのじゃ。ああイリヤよ。イリヤよ。お主は戦うのじゃ。あらゆる勇者と。あらゆる軍勢《ぐんぜい》と。そしてお主は決して、いくさで死ぬことはないじゃろう。だがそのためにお主は、私たちとの約束を守らねばならぬ。聞け。イリヤ・ムウロメツ。ロシヤ正教のために戦わねばならんぞ。国を乱す奴らとのみ戦わねばならんぞ。弱い者を助けてやらねばならんぞ。よくおぼえておくのじゃ。よくおぼえておくのじゃ」

灰色雲の下、三人の老人が木枯し吹きすさぶ草原をどこへともなく去ったあと、イリヤはしばらくぼんやりしていた。この不思議なことが、本当に、おれの身に起ったことなのか。これは本当か。そうだ。イリヤは立ちあがる。何よりもまず両親にこのことを知らさねば。年老いた両親が野良で働いている。行って、手伝ってやらねば。

ドニエプル河のほとり。逆巻《さかま》く波のような黒雲の下を、うねるが如《ごと》く流れる大河。イリヤは荒れた農地に立つ。そこには草を刈り、切り株を掘り返すことにくたびれ果てた両親が、つみあげた草の上で眠っている。イリヤはさっそく、大きな樫《かし》の木の切り株を根こそぎ引っこ抜き、ドニエプル河に投げこむ。ああ大いなるイリヤよ。彼が次つぎに投げこむ切り株でドニエプルの流れは今にも塞《せ》きとめられそうだ。

「おお。なんということだ。切り株が抜かれ、草が刈られ、地面はならされて、もうすぐにも大麦をまくことができるほど、畑がたがやされているではないか」眼ざめたイワン・チモヘーヴィチが驚きの声をあげる。

老いた彼の妻も眼を見はる。「ここにはまだ、わたしたちの半年分の仕事が残されていたのにねえ」

家に戻ったコサックの老夫婦は、元気に歩きまわっているわが子イリヤを見て、気を失わんばかりに驚いた。

「おお。イリヤよ。イリヤよ。イリヤよ」泣き出し、イリヤの胸に抱きつく母親。

「お父《とっ》さま。おっ母《か》さま。これにはわけがあるのだよ」イリヤはくわしく、いきさつを物語った。

「ではお前は、とうとう満足なからだになり、これからはわしらの仕事を手伝ってくれるのだね」

そういって喜ぶ父親に、しかしイリヤは、かぶりを振る。「ああ。おれはここから出て行かねばならないんだ。お父さん。おっ母さん。おれはこれから聖なる都キエフへ行き、ウラジーミル公におつかえしなきゃならんのだよ」

母親はまた泣き出した。「三十年も光を見なかった。今やっと、その光が見えてきたばかりだというのに」

「ああ。悲しまないでくれ。おっ母さん。老人たちとの約束を果たさねばならんのだ」

そこでしかたなく、母親は祝福し、イリヤに言い聞かせる。「勇者におなり。行いをつつしむのだよ。幼い孤児《みなしご》を作らぬようにおし。若い女のひとを辱《はずか》しめてはいけないよ」

朝まだき、イリヤは家を出る。暗雲たれこめる寒空の下、イリヤは荒野を行く。若いあし毛の馬に乗り、自《みずか》ら作った槍を持ち、背にはやはり手製の強弓《ごうきゅう》。そして矢筒《やづつ》には多くの矢。イリヤの美しい顔に風は強く吹きつける。行け。勇士イリヤ・ムウロメツよ。目ざすはキエフ。

＊「ムウロメツ」は「ムウロムの人」の意。

巨人スヴャトゴル

渺茫《びょうぼう》たるロシヤの平原。雲をちぎって吹きすさぶ北風。

大地を行くのは巨人スヴャトゴルだ。自らの巨大さに劣らぬ巨大な馬に乗り、身うちに血をたぎらせて。

巨人スヴャトゴルはあまりにも巨大だ。なんの気なしに平地を歩けば、ああ、心せよスヴャトゴル、お前は地面を踏みくだいてしまう。だから彼はなるべくどこへも出かけぬようにし、ふだんは高い山山の嶺《みね》から嶺にかかるなだらかな尾根にそっと身を横たえ、じっとしているのだ。

しかし今日、スヴャトゴルは平原にあらわれた。彼が馬で行けば大地は鳴り、空には黒雲が渦を巻き、河はあふれ、暗い森に風が起る。スヴャトゴルは、自分の中に満ちあふれる力がまるで重荷のように荷厄介《にやっかい》なのだ。彼は咆《ほ》え続けている。「おう。おう。このわしに匹敵する勇者よ。どこにもおらんのか。いざ。あらわれ出でよ。この湧きあふれる力を試みるべき相手よ。どこにいるのだ。おお。もしもこの大空に、把手《とって》の輪がついていたなら、わしはそれを持って空ぜんたいを引きずりおろしてやるのだが。巨大な梃子《てこ》にする棒さえあれば、この大地を引っくり返してやるのだが」

おお巨人スヴャトゴルよ。お前と張りあえる勇者はいないだろう。いくら歩いても。いくら捜《さが》しても。長年世界を経巡《へめぐ》ろうとも。お前は巨大すぎるのだ。

やがてスヴャトゴルは、行く手はるかを彼方へ歩く旅びとに眼をとめる。しばらく進むうち、スヴャトゴルは気づく。おかしいな。かなたは徒歩《かち》。こなたは騎馬。その上かなたの男は背が曲がるほどの重そうな袋をかついでいるではないか。なのに追いつけそうな様子がない。はて、何者。スヴャトゴルは馬を走らせる。まっしぐらに駈《か》ける。さらに駈ける。だが追いつけないのだ。スヴャトゴルはついに叫んだ。

「おうい。旅のひと。ちょっと待ってくれえ。わしは足の早い巨大な馬に乗っているのだが、どうしてもお前に追いつけないのだよ」

旅びとは遠くで振り返り、立ちどまる。そして肩から袋をおろし、大地に置く。スヴャトゴルはやっとのこと、旅びとに追いついた。うむ。どう見てもただの旅びとではなさそうだ。しかしいったい何を運んでいるのだろう。

「旅のひと。お前のその革袋には、いったい何が入っているんだね」

旅びとは答える。「大地の上からお前が自分の手で持ちあげてみたら、何が入っているかはすぐにわかるだろうよ」

スヴャトゴルは馬からおりて袋を持ちあげようとする。だが動かないのだ。おや。はてな。わしの力で動かぬものはない筈だ。持ちあがらぬ重さのものなどない筈だ。スヴャトゴルは袋にとりすがり両手でかかえこむ。全力をふりしぼる。だが袋は地面から、髪ひと筋《すじ》ほども持ちあがりはしない。スヴャトゴルの顔いちめんに赤味がさす。額《ひたい》から鼻から顎《あご》や頬《ほお》をつたって流れ落ちるのは汗でも涙でもない。毛穴から噴き出た血だ。やあやあ、スヴャトゴルの足は今、膝《ひざ》まで大地にめりこんだ。それでも袋は持ちあがらぬ。スヴャトゴルは大声で訊《たず》ねる。

「旅びとよ。この袋にはいったい何が入っているのだ。本当のことを教えてくれ。そしてお前はいったい、何者なのだ」

旅びとは答えた。「その袋の中には大地のすべての重みが入っているのだよ。そしてわたしの名はミクルーシカ・セリャニノーヴィチ」

ミクルーシカ・セリャニノーヴィチ。「大地に愛されている百姓」の名だ。そうだったのか。持てなかったのも無理はない。巨人スヴャトゴルはミクルーシカ・セリャニノーヴィチに深ぶかと頭を下げる。

聖なる都キエフに向かい、勇士イリヤ・ムウロメツは草原を行く。草原はどこまでも続き、果てしなく思える。あたりは暗くなりはじめた。もう何日馬を歩ませ続けたであろうか。どこまでも草原。どこまでも。吹きわたる風。ロシヤの大地。

大きな樫《かし》の木の下に、白い天幕がはられている。イリヤは馬を樫の木につなぎ、天幕の中に入った。なんと巨大なベッドであろうか。いったい誰が寝るのであろう。その巨大なベッドにイリヤはもぐりこむ。たちまち彼は眠りに落ちる。その夜も、その次の日も、イリヤは昏昏《こんこん》と眠り続ける。

それは巨人スヴャトゴルの天幕だった。イリヤは自分がスヴャトゴルのベッドで寝ていることに気づかない。もし知っていたら、彼は立ち去っていたことであったろう。彼の身の自由と力をあたえたあの三人の老人は、イリヤの前から立ち去る時、彼にこう言ったのだから。

「イリヤ・ムウロメツよ。スヴャトゴルという巨人とだけは戦わぬがよい。大地がやっと支えておるほどの勇者なのじゃからな」

今しもその巨人、スヴャトゴルは戻ってくる。北の方から荒あらしい物音が近づいてきた。大地は唸《うな》り森の木木は闇の中に揺すれて枝葉はざわめき鳴る。樫の木につながれた馬はこれを聞きつけた。蹄《ひづめ》で地面を蹴り、いななく。だがイリヤは眠り続けている。たまりかねて馬は叫んだ。

「ご主人さま。大変ですよ。北の方から災難がやってきます。あれは巨人スヴャトゴルです。おお。起きてください。ご主人さま」

スヴャトゴルと聞かされ、さすがにイリヤははね起きる。見つかれば戦いを挑まれ、そうなればとてもいのちはないであろう。馬をはなしてやると馬は野の果てに身をかくそうとけんめいに駈けて行く。イリヤは樫の木にのぼり枝葉の中にひそむ。

おお、地ひびきはスヴャトゴルが近づくにつれ激しく、風はごうごうと鳴り、黒雲は狂ったように走る。樫の木ははげしく揺れ、イリヤはいのちがけで枝にしっかりと取りすがる。今にも振り落されそうだ。森の彼方に、森よりも高いスヴャトゴルの巨大なからだがあらわれる。さらに近づけば巨人の乗る巨大な馬の姿もあらわれる。イリヤは眼を見張る。おお。なんと巨大な。これがこの世の人であろうか。

今、巨人スヴャトゴルは天幕の前までやってきた。イリヤは樹上でさらに身をちぢめる。巨人は肩から袋をおろし、中から水晶の箱を出す。水晶の箱の中に秘蔵されていたのは巨人の妻である。

ああ、その美しさ。イリヤは思わず繁《しげ》みの中から首をのばす。しなやかな姿態《したい》と肌の白さは衣服を着てさえあきらかだ。その眼は鷹《たか》の如く眉《まゆ》は黒貂《くろてん》の如く、そして背はすらりと高い。彼女は夫のために、食事の仕度をはじめる。

巨人スヴャトゴルは食事をし、酒を飲んだ。すっかり満腹して彼は寝てしまう。巨人が寝るのはさっきまでイリヤが眠っていた、あの巨大なベッドだ。

天幕の外へ出てきた巨人の妻は、やがて木の上のイリヤに気づいた。彼女は笑う。

「まあ。美しいかた。白ん坊さん。さあ。おりていらっしゃい。そしてわたしと遊びましょう。でないと、スヴャトゴルを起しますよ。そして、あなたがわたしに罪深いことをしたのだと、言いつけますよ」

イリヤにどうすることができようか。スヴャトゴルにうったえることは、とてもできそうにない。彼女が出まかせを言い、なおさら巨人を怒らせることであろう。イリヤは木からおりる。彼はもう、巨人の美しい妻の言いなりだ。樫の木の根かたで、ふたりは罪におちた。

スヴャトゴルが眼をさまそうとしている。巨人の妻はイリヤを、夫のポケットの底へかくした。何も知らぬスヴャトゴルは、また妻を大切に水晶の箱へしまい、金の鍵《かぎ》をかける。彼はふたたび巨大な馬に乗る。彼が向かうのはスヴャトイエ・ゴルイと呼ばれる高い山山だ。イリヤの馬は主人の身を案じ、どこまでもついてくる。

三日め、スヴャトゴルの乗った馬は疲れはて、びっこをひきはじめ、そしてとうとう脚をつまずかせて折り曲げた。

スヴャトゴルは馬を打つ。「お前はどうしたのだ。だらしがないぞ。つまずいたりして」

馬はなさけない声を出す。「つまずくのがあたり前。歩きはじめてもう三日。しかも強い勇者をふたりも乗せているのですから」

「ふむ。ではその勇者というのはどこにいるのだ」

「あなたがポケットに入れていますよ」

スヴャトゴルはポケットの底からイリヤ・ムウロメツを出し、眼を丸くしてたずねた。おお。白く美しい勇者よ。あなたはいったい、どなたです。してまたわたしのポケットに、なぜかくれておられたのです。

イリヤは名を名乗り、すべてを話す。スヴャトゴルはすぐさま水晶の箱から妻を出し、野の果てへと追いはらう。巨人の妻は泣きながら草原を歩み去る。

おおスヴャトゴルよ。これぞまことの巨人。お前はイリヤを殺さなかった。死を恐れず、ありのままに物語るイリヤに感動したのだ。おお、まことの勇者イリヤ・ムウロメツ。おお、巨人スヴャトゴル。イリヤも感動する。ふたりは互いに十字架をとりかわし、ここに兄弟の約束をした。スヴャトゴルが兄、イリヤが弟。

翌朝、ふたりはそれぞれの馬に乗り、出発する。旅を行く兄弟。行く手にそびえ立つはスヴャトイエ・ゴルイ。

＊「スヴャトイエ・ゴルイ」は「聖なる山山」の意。

チェルニーゴフの戦い

スヴャトイエ・ゴルイを経回《へめぐ》りつつ、巨人スヴャトゴルは勇士イリヤ・ムウロメツに物語る。自らの武者修行での体験を。そして戦いの術《すべ》を。進むうちふたりはいつか山を下《くだ》り、広い野に出ていた。

灰色の雲の走る下にうちひろげた草原。その叢《くさむら》には、さても不思議、はて奇妙、ぽつりと置かれた白く巨大な石の棺《ひつぎ》。

「やあ。これはこれは、巨大な棺だなあ」

巨人と勇者は驚き、顔を見あわせる。

「兄さん。このような大きい棺は、いったい誰のために造られたものなんでしょう」イリヤはそう言いながら、馬からおりて棺の中に入り、横たわってみる。

「やあ。弟よ。その棺はお前のためのものではなさそうだぞ」スヴャトゴルは笑いながらそう言う。

その通りだ。イリヤにとってその棺は、あまりにも大きすぎ、そして広すぎる。

「見ろ。そんなに隙間《すきま》だらけじゃないか」言いながら今度はスヴャトゴルが馬をおりる。「では次にわしが寝てみよう」

巨人が棺の底に横たわれば、それは彼のからだにぴったりと合い、いかにもお誂《あつら》え向きだ。スヴャトゴルは大声でイリヤに声をかけた。「弟よ。この棺は実に住みよいぞ。馬鹿に具合がいい。どれ。ちょいと蓋《ふた》をしてみてくれないか」

棺に蓋をするなど、とんでもないことだ。悪ふざけはやめた方がいいとイリヤは言う。だがスヴャトゴルはきかないのだ。イリヤはしかたなく棺に石の蓋をした。

「弟よ。なんともいえないいい心もちだ」棺の中からスヴャトゴルの声がくぐもって響いてくる。

「どれ。そろそろ蓋を取ってくれ」

イリヤは蓋を取ろうとする。だが、なんということだ。あれほどやすやすと蓋をすることができたのに、今度はびくともしないではないか。イリヤは力をふりしぼる。しかし棺の蓋は動かない。

「兄さん。駄目だ。どうしても蓋が開かないよ」

棺の中からは、ふたたびうつろなスヴャトゴルの声。

「弟よ。お前もイリヤ・ムウロメツだ。そこにある鉄の棒で力まかせに蓋を叩いてみよ」

鉄の棒をとりあげたイリヤは、あらん限りの力で棺の蓋を打つ。だが、おお、またしても不思議が起る。縦に打てば縦に鉄の箍《たが》ができ、横から打てば横に鉄の箍ができ、ますます強く蓋を棺にしめつけるのだ。そのため、棺の中にいるスヴャトゴルは、息がつまりはじめる。

イリヤは驚いて叫んだ。「ああ。ああ。兄さん。なんとしたことだろう。打てば打ったところに鉄の箍ができるばかりなのだよ」

「おお。弟よ。イリヤよ。これこそわたしの棺であった。これがわたしの運命《さだめ》らしい。もう蓋を開けることはかなうまい。神様がここへ、わたしの死に場所を作ってくださったのだよ」棺の中から聞こえてくる巨人スヴャトゴルの声は今や弱よわしい。「息が苦しくなってきた。いよいよ最後の時が来たらしい。ああ。わたしのからだから、泡《あわ》が出はじめた」

棺の隙間からはスヴャトゴルの命の泡があふれ出る。

「弟よ。イリヤよ。棺の傍《そば》へ来てこの泡をとり、身につけ、舐《な》めるのだ。その泡はわたしの力と勇気だ。それによってお前は、スヴャトイエ・ゴルイをめぐろうと、どのような強い勇士に出会おうと、もはや恐れるということがなくなるのだ」

おお巨人スヴャトゴルよ。彼はその偉大な力をイリヤ・ムウロメツに遺《のこ》し、そして死んでいく。イリヤは兄に別れの挨拶をし、やがて馬に乗り、轟轟《ごうごう》と風吹き荒《すさ》ぶ草原を去って行く。今は巨人の力を身にたくわえ、その偉大さを心に秘めて。

そのころ名高いチェルニーゴフの町は、三人の皇子《おうじ》に率《ひき》いられたバスルマン軍のために取り囲まれ、攻め立てられていた。これら異教徒の群れは、それぞれの皇子が兵四万を指揮した大軍勢《ぐんぜい》、チェルニーゴフの城壁のまわりには、黒さも黒し、烏《からす》さながら、ぎっしりと敵軍勢が押し寄せて、立ちのぼる砂煙に昼でさえ太陽は見えず、夜も月は照らぬ、そこはもはや誰も通れず、名馬も城壁には近づけず、真実《まこと》の黒い烏さえ飛び越せぬ。彼らはやがてこの町を占領するつもりだ。王や王妃を虜《とりこ》にするつもりだ。町に火を放ち、そして、おお、神の教会を焼きはらうつもりなのだ。

勇士イリヤ・ムウロメツは、この戦いの場へ、何も知らずにやってきた。このチェルニーゴフの町を抜け、近道をとってキエフへ行こうとやってきた。長い旅の終り。キエフはもうすぐだ。だがイリヤは、チェルニーゴフの苦境を見すごしてここを通り抜けるわけにはいかない。彼に身の自由と力をあたえたあの三人の旅びとのことばを彼は思い出す。「戦わねばならんぞ。イリヤ・ムウロメツ。ロシヤ正教のために」

勇士の心は次第に燃え立ち、血は熱くたぎりはじめる。イリヤは馬をおり、思案する。はて、いかにしてバスルマンの軍勢を打ち破ろうか。

イリヤは樫《かし》の木を折り、鋼《はがね》の鐙《あぶみ》にくくりつけた。自らは鉄の棒を握り、ふたたび馬にまたがる。イリヤは進む。馬は駈《か》けはじめた。イリヤ・ムウロメツは鉄の棒を振りかざす。進むことを知って退くことを知らぬ勇士イリヤ・ムウロメツ。行けイリヤ・ムウロメツ。馬が驀進《ばくしん》すれば大地は高鳴り揺れ動く。黒雲は逆巻き嵐の如く走りはじめる。なびく草木。彼方《かなた》より押し寄せるは雲《うん》

霞《か》の如き異教徒の大軍勢。

群らがるバスルマンのまっただ中にイリヤは駈けこみ、鉄の棒をふるう。そのひと振りごとに何十人もが倒れ、樫の木に薙《な》ぎ倒されて何百人もが息絶える。蹄《ひづめ》にかかる者は数知れず。イリヤが向きを変えれば大路ができ、踵《くびす》返せば広場ができる。断末魔と恐怖の叫喚《きょうかん》あがるなか、イリヤ・ムウロメツは大声で吼《ほ》えた。「汝ら三人の皇子よ。虜にしようか。それとも首を刎《は》ねようか」

彼方の城壁よりこれを見たチェルニーゴフの若者たちは、神の救いがみえたとばかり、ただちに城門を開き、うって出る。かくて修羅場《しゅらじょう》。敵の大軍は退却して行った。もはや彼らは断じてチェルニーゴフの城壁に近づくことなし。

チェルニーゴフの若者たちはじめ、町の住民はイリヤ・ムウロメツを出迎えて、口ぐちに褒《ほ》めたたえる。「おお。神は勇士を送られた」「どえらい勇者をつかわした」

貴族たちは栄誉をもってイリヤを歓迎し、宮殿に案内して王と王妃に謁見《えっけん》させる。王はイリヤを宴《うたげ》の最上席につけた。

「おお。類稀《たぐいまれ》なる勇者よ。白く美しい若者よ。あなたはどこのおかたか。して父上、母上はどういうおかたか。またあなたのお名前は何と申される」喜びに満ちて王は次つぎとイリヤに問いかける。

「わたくしはゆたかな都ムウロムの近く、カラチャロ村の生まれ、名はイリヤ・ムウロメツと申します」

おお。イリヤ。イリヤ・ムウロメツ。その名は宴席につらなる人びとの口から口へと伝わる。イリヤの初陣《ういじん》の功名《こうみょう》。もはやその名を忘れる者はいない。

「ではイリヤ・ムウロメツ」王はイリヤに辞《じ》を低くして乞う。わたしの臣下になってくれ。いやいや。将軍になっていただきたい。だがイリヤはその大いなる名誉を辞して言う。「なんでわたくし如き百姓が将軍となれましょう。わたくしはここにひとつの務めがございます。それはロシヤ正教のために戦うことでございます。どうかお迷いなさることなく、このわたくしに聖なる都、キエフへの近道をお教えください」

キエフへの近道。なぜか人びとが驚き、蒼ざめ、ざわめく。

王はイリヤに呼びかけた。「あっぱれ大胆《だいたん》なる勇ましき若者よ。光栄《はえ》ある勇者よ。立派な考えだ。やむを得《え》ぬ。では教えよう。キエフへの近道は二百キロ、まわり道は六百キロ。だがそちはキエフへのその近道がこの三十年、まったく人の通らぬ道となっていることを知らぬとみえるのう。都へのまっすぐの道は木で塞《ふさ》がれ、草に覆《おお》われ、駿《しゅん》馬《め》に乗っても通れず、灰色の獣《けだもの》、黒い鳥《からす》、何ものも通り抜けることがかなわぬのじゃ。さらにはまた三つの大きな難関がある。そのひとつは広い沼地に生い茂るブルイニの森、ふたつめは三キロの幅を持つかの大河サモロージナ、さてさて三番目の関《せき》こそ恐ろしい。そこにはアディフマンチェフなる者の息子ソロウェイと呼ばれる匪賊《ひぞく》が、呪われたその一族と共に棲《す》んでいる。この悪魔ソロウェイは昼なお暗い森の中、三本の樫の木と二本の白樺の上に三十年も巣を作り、人馬の通行をとどめているのじゃ。この怪鳥ソロウェイは、その名の如く鶯《うぐいす》のようにも鳴けば、蛇のようにも鳴き、また野牛のようにも鳴くという。その鳴き声を聞いたが最後、草はうちしおれ、花は落ち、木は頭を垂れる。いかなる駿馬もその声聞けば死んだように地に倒れ、いかなる勇者も気を失う。おおイリヤよ。悪いことは言わぬ。どうか他の旅びと同様、まわり道でキエフに向かってくれぬかのう」

イリヤは答える。「王様。ご心配には及びません。わたくしはその近道によってキエフへ参《まい》ることにいたしましょう。わたくしの運命は神様のみ心によるものですから」

「おお。なんと勇気のある若者であろう」人びとはまた驚く。

　勇士イリヤはなんの恐れる様子もなく、ふたたび馬に乗り、チェルニーゴフの町をあとにした。行く手に立ちふさがるブルイニ、サモロージナ、そして匪賊ソロウェイの棲む森。

　王はイリヤが立ち去ったのち、大いに嘆《なげ》き、悲しげに泣いて言うのだった。「ああ。ああ。思えば立派な若者であった。可哀想《かわいそう》に。可哀想に。あのたけだけしい勇士も、近道を行こうとした多くの他の勇者と同じように、あのソロウェイによって、きっと首を木にさらされてしまうことであろうなあ。ああ。可哀想に。可哀想に」

＊「ソロウェイ」は「鶯」の意。ただし日本の鶯ではなく、ナイチンゲール（夜鳴鶯）のこと。

悪魔ソロウェイ

恐ろしやブルイニの森に入ればあたりは夜の如き暗闇。沼地からは瘴気《しょうき》が立ちのぼり、行く手は沼の底から生い茂った木木の枝で遮《さえぎ》られている。勇士イリヤ・ムウロメツは馬からおりて左手に馬の手綱《たづな》をとり、右手で太い木の枝をわけもなくへし折り、それを沼の表面にわたしながら森を奥へ奥へと進んで行く。木立の間に見える彼方はうるしの如き暗黒。風にざわめく木木の葉は何層にも重なって空は見えない。イリヤはやがてサモロージナ河のほとりにたどりつく。イリヤは馬に乗った。馬は飛翔《ひしょう》する。ただひと跳《と》びだ。

　匪賊《ひぞく》ソロウェイ、又の名は怪鳥うぐいす丸。その棲《す》むあたりに踏みこめば森の中に漂う瘴気はますます濃く、兇兇《まがまが》しい闇はいよいよ深い。だがイリヤは恐れぬ。もはや道なき道。イリヤは馬を進める。

ややあ。木木はうちしおれ、花は落ち枝はふるえ葉はみだれ散る。吹きすさぶ生臭《なまぐさ》い風。おお。あれこそ悪魔ソロウェイの鳴き声だ。蛇のような口笛。野牛の咆哮《ほうこう》。そして鶯《うぐいす》の鳴き声。さあソロウェイが鳴きはじめたぞ。さすがの名馬もがくりと膝《ひざ》を折り、倒れ伏《ふ》してしまった。

イリヤは馬からおりてその白い手に絹の鞭《むち》をとり、馬の横腹をひと打ちする。「勇士の馬よ。さあどうした。善良な馬よ。蛇の口笛、けものの叫び、鶯の鳴き声を今まで聞いたことがなかったのか。あのようなもので腰を抜かしたわけではあるまい。あれはタタールの叫びと同じようなものではないか」

馬はいななないて答える。「ご主人さま。ご主人さま。お許しください。おお。あの声。あのいやらしい声を聞くとからだがふるえ、痺《しび》れてしまうのです。動けなくなってしまうのです」

イリヤの若わかしい心は燃えあがる。「さあ立ちあがれ。馬よ。お前は勇士の戦いぶりを見たことがないのか」

その手綱をとり、馬をはげましつつイリヤはさらに進む。おお。いたぞ盗賊《とうぞく》ソロウェイ。三本の樫《かし》の木と二本の白樺の上の巣の中で歌い、さえずり、吼《ほ》え立てているのはまさしく怪鳥うぐいす丸だ。強く張った強弓《ごうきゅう》をとり出してその白い手にかまえる勇者イリヤ・ムウロメツ。鍛《きた》えにきたえた鏃《やじり》するどい鉄の矢をつがえ、絹縒《よ》りの弦《つる》をきりきりと引きしぼり、ひょうと射れば、矢はソロウェイの右の眼にみごと突き立った。悲鳴をあげてのけぞり、まるで乾草《ほしくさ》のかたまりのようになって巣から落ち、ずん、と湿った土の上にころがるソロウェイ。イリヤはこの悪魔の黄色い巻毛の髪をつかみ、そのながい髪の毛で彼のからだを右の鋼《はがね》づくりの鐙《あぶみ》に縛《しば》りつけた。

「ソロウェイよ。お前はよくも三十年このかた、人びとを苦しめ続けてきたものだなあ。つぐないをせねばならんぞ」

勇士イリヤ・ムウロメツはまた馬に乗り、今はひっそりと静まりかえった暗い森の中をさらに進む。彼は次第にソロウェイの棲み家に近づいた。

ソロウェイの棲み家は八露里《ろり》もある荒野のまっただ中にあり、周囲には鉄柵《てっさく》がめぐらされていた。鉄柵のひとつひとつの尖端《せんたん》には首台があり、その上には、おお、無数の勇者たちの首。雨風に晒《さら》され、すでに骸骨となった首。髑髏《どくろ》の列。みんな、キエフへの近道を試そうとして森をたどった勇者たちだ。

ソロウェイの三人の娘たちは窓から外を眺め、屋敷《やしき》に近づいてくる者を見つけた。娘たちは口ぐちに言う。

「またひとり、勇者をくくりつけて、父さまが荒野を戻ってくるわ」

「立派な馬に乗って、つかまえた人間を右の鐙にくくりつけ、父さまが戻ってくるわ」

「あの人間はめっかちだわ。父さまはまた何か珍らしいお土産をくださるのよ」

ソロウェイの妻は窓からイリヤを眺め、娘たちを叱りつけた。「お前たちは馬鹿だ。盲目《めくら》になったのかえ。あれは勇者が父さんをつかまえて、こっちへやってくるんだよ。ああ。ああ。父さんは右の眼を射抜かれていなさるよ。息子たちに、一刻も早く集るように知らせるんだよ。さあ早く。さあ早く」

娘たちはそれぞれの夫に急を知らせた。「わたしたちのいとしい夫よ。荒野に出て、あの勇者を殺しておくれ」

三人の息子が集る。ソロウェイは血筋を絶やさぬよう、三人の息子を娘の婿《むこ》に、三人の娘を息子の嫁にしていたのだ。

ソロウェイの妻は娘たちと息子たちに言う。

「さあ。みんなして、あの男にとびかかってやろうじゃないか。ずたずたに引き裂いて、狼の巣に投げ散らしてやるのだよ」

たちまちにしてソロウェイの妻と娘たちは黒い烏《からす》の姿に、息子たちは獰猛《どうもう》な鳶《とび》の姿に形を変える。彼らはいっせいにイリヤの頭上へ飛んできて、次から次へと襲《おそ》いかかる。だが勇者はあわてない。落着いて次つぎに矢をつがえる。鍛えられた矢は、ソロウェイの一族のひとりひとりのために、まるで挽歌《ばんか》をうたうが如く、ひゅるひゅるひゅると音を立てて飛び、彼らすべてを射殺してしまった。かくてソロウェイの一族はイリヤによってみな斃《たお》され、哀れ、滅びた。

イリヤは広い屋敷に押し入り、そこに有るものすべてを打ち砕き、馬の足にかける。打ちこわし、踏みつけ、さらに踏みつけ、ついにはすべてを土の中にまで踏み込んでしまう。今やソロウェイの棲み家は、風吹きすさぶ荒野の中に跡形《あとかた》もなし。

勇士イリヤ・ムウロメツ。馬の鐙にソロウェイを縛りつけ、見はるかす荒野、黒雲流れる下を彼はまっすぐに進むのだ。目ざすは栄《はえ》ある都キエフ。

そのころキエフでは、赤き太陽と呼ばれたウラジーミル公の広い宮殿で、真昼の饗宴《きょうえん》が始まろうとしていた。今しも神の教会での昼のつとめが終ったばかりであり、白石づくりの大広間ではウラジーミル公はじめ、アプラクシア公妃、貴族諸《しょ》侯《こう》、名誉ある臣下の勇士たちがテーブルにつこうとしている。

その時ウラジーミル公の許《もと》へ、立派なひとりの青年がチェルニーゴフからやってきて、喜ばしい報《しら》せを齎《もたら》したという注進《ちゅうしん》がとどく。ウラジーミル公は命じた。「ではその青年を、この大広間へ案内せよ」

勇士イリヤ・ムウロメツは宮殿の庭の真中に馬をとめていた。太陽公の命に従ってイリヤは宴《うたげ》の間へと進む。大広間への扉が開け放された。作法通りにきらびやかな饗宴。イリヤは中央に進み、型の通りの礼をする。そしてウラジーミル公とアプラクシア公妃、居並ぶ諸侯と勇士にも会釈《えしゃく》した。

ウラジーミル公がイリヤに訊《たず》ねる。「若者よ。そちは何処《いずこ》より来たのじゃな。また、名は何と言い、父の名は何と申すのじゃな。そしてまた、このキエフへは何のためにやってきたのかな」

イリヤは答えた。「栄《はえ》あるキエフの君ウラジーミル公よ。わたくしはかのムウロムの都の片ほとり、カラチャロ村の生まれで、人呼んでイリヤ・ムウロメツ。また父の名はイワン・チモヘーヴィチと申します。そして陛下《へいか》。わたくしは陛下を訪ねてまいったのでございます。陛下のご用を仰《おお》せつかりたく、また、ロシヤ正教のために尽《つ》くしたいと思ってやってまいりました」

ウラジーミル公はさらに訊ねる。「ではイリヤよ。ムウロムを旅立ったのは、さぞかし、はるか以前であろうなあ。いったい、いかなる道をこのキエフまでたどって来たのじゃな」

イリヤは答えて言った。「わたくしは朝の祈りをムウロムで捧げ、昼の祈りはキエフでと、馬をいそがせたのでございますが、道中いささか手間どりました。しかしお土産として、只今《ただいま》チェルニーゴフの町から陛下の御前に吉報を齎《もたら》しましてございます」

「若者よ。余《よ》はそちの訪れを喜ぶ気にはなれぬ」ウラジーミル公はやや不機嫌《ふきげん》になる。「また、そちを臣下にする気にもなれぬ。そちは余が、チェルニーゴフの町は今やバスルマンの軍勢《ぐんぜい》に取り囲まれ、苦しんでいることを知らぬとでも思うのか。チェルニーゴフの町は、徒歩《かち》でも通れず、馬に乗っても抜けられぬ、灰色の狼も駈け抜けられず、真実《まこと》の黒い鳥も飛び越せぬと申すではないか」

「仰《おお》せの通り」イリヤの答えは静かだ。「されど陛下、そのチェルニーゴフの町は只今、泰平《たいへい》の中におさまっているのでございます」

「なに。泰平の中にとな」ウラジーミル公は不思議そうにイリヤを見つめる。「もしそうであるとしても、そちはいったいチェルニーゴフからこのキエフまで、いかにしてやって来たのじゃ」

「やって参りましたのはまっすぐの道」イリヤは平然と答えるのだ。「かの沼地、ブルイニの森を経て、サモロージナを渡り、このキエフへとまかり越したのでございます」

これを聞くなり王の食卓についていたまわりの諸侯、勇士は総立ちとなり、騒ぎはじめる。「陛下。陛下はこの田舎者の百姓、横着者の申すことをお聞きでございますか。この大法螺《おおぼら》吹きはこのような真赤な嘘を平気で陛下に申しあげ、われらをかついで笑いものにしようとしているに違いございません。チェルニーゴフからキエフにいたる近道が、この三十年というながい年月、途絶えておることを誰が知らずにおりましょうか。その道にはかのアディフマンチェフの息子、うぐいす丸とも呼ばれる怪鳥ソロウェイが待ち伏せし、この者が鶯のさえずりをあげ、蛇の如く野獣の如く叫ぶとき、木の葉は落ち、るり色の花は散り果て、森は頭を垂れ、こやつの傍を灰色の獣《けだもの》、黒い鳥でさえ駈け抜け飛び過ぎることはできず、人はすべて気絶し果てるのでございます」

「しかし諸侯がた」イリヤは怒りに苛立《いらだ》つこともなく、周囲を見まわして静かに言う。「わたくしは獣でもなければ、鳥でもございませぬ。わたくしはその道をまっすぐ、気絶もせずに通り過ぎてまいったばかりではなく、お話しの匪賊ソロウェイをも生け捕りにいたしました。怪鳥うぐいす丸はただいまこの宮殿の庭におりまする。右の眼を ば矢で射抜き、鋼《はがね》の鐙《あぶみ》にゆわえつけ、これにつれてまいったのでございます」

太陽公ウラジーミル

おおと人びとが驚くなか、キエフの君ウラジーミル太陽公はすっくと立ちあがる。「しからば庭さきへ出て、そのうぐいす丸ソロウェイをこの眼でとくと見ようぞ」

貂《てん》の毛皮のマントを粋《いき》に羽織《はお》り、黒貂の帽子を小粋に横かぶりして、公妃、諸侯、近習《きんじゅう》の勇士をあとに従えウラジーミル公が宮殿の庭に出れば、イリヤの忠実な馬は主人の言いつけに背《そむ》かず、その鐙《あぶみ》にゆわえつけたソロウェイの番をしている。

「なるほど。これがかのアディフマンチェフの息子ソロウェイであるか」

悪逆《あくぎゃく》非道《ひどう》の化けものを見て、人びとが珍らしさに立ち騒げば、ウラジーミル公はその傍《かたわ》らへ近寄り声をかける。

「これ、うぐいす丸よ。ソロウェイよ。もしも世の噂《うわさ》がまことであるなら、汝《なんじ》、余《よ》の面前で鶯《うぐいす》の如くさえずってみよ。蛇の如く鳴き、野獣の如く吠《ほ》えてみよ」

だがソロウェイは公の言うことを聞かぬ。

「ウラジーミル公よ。おれは貴殿に捕えられたのではない。よって貴殿の言うことは聞けぬのだ。おれは練達《れんたつ》の武者イリヤ・ムウロメツに捕えられた。イリヤの命《めい》にならば従おう」

ウラジーミル公はあらためて、イリヤに頼んだ。「勇士イリヤよ。余は噂に高いこのソロウェイめのさえずる声、鳴く声、吠える声がどうしても聞きたいのじゃ。どうかお前よりこの化けものに命じてくれぬか」

イリヤは大いにためらった。「おお。ウラジーミル公よ。さえずり鳴かせ吠えさせるもご一興《いっきょう》でございましょうが、もしその声のため、貴族諸侯や力強い勇士の面面、さらにはまた陛下までが驚かれ、地上にお倒れになるようなことがございましても、どうぞお許しくださいますよう」そうことわってのち、イリヤはソロウェイの耳もとで言う。

「これソロウェイよ。声を半分にしてさえずるのだぞ。声を半分に吠えるのだ」

ソロウェイはイリヤに頼む。「勇者イリヤ・ムウロメツよ。じつは今おれは傷の血潮にふさがれて得意の舌が動かせぬ。太陽公にとりなして、ウォッカ一杯ふるまってはもらえぬか。さすれば必ず声が出る」

イリヤの頼みで人びとは樽半分のウォッカ、ほぼ二十五キロの分量を巨大な盃に注いでさし出す。ソロウェイこれを片手で受けて、たったひと息で飲み乾《ほ》した。酒で力のついたソロウェイ、たちまち悪い心を起し、キエフの諸侯勇士をひどい目にあわせてやろうとばかり、こんかぎり、あらんかぎりの声をば張りあげ、鶯の如くさえずり、蛇の如く鳴き、野獣の叫びを吠え立てる。

ややあや。たちまちにして宮殿の丸屋根もろくもゆがんで屋根の瓦《かわら》はすべり落ち、高楼《こうろう》の窓のガラスはすべて砕け散り、諸侯勇士はものも言えずに地上へ倒れて気を失い、ウラジーミル公さえ貂《てん》のマントを頭からひきかぶったものの、庭への階段をころがり落ちて生死のほどもわからず、すべての者は身動きさえできぬ。さらにキエフの町なかでは、新しい家は揺れ、古い家は壊れ、窓からは窓枠がすべて吹っとび、雌馬は仔馬《こうま》を生み、口やかましい女房どもが赤ん坊を産んだ。

ソロウェイの悪意見てとって、勇士イリヤ・ムウロメツ、悪魔を縛《しば》った紐《ひも》をひっつかみ、剛力無双《ごうりきむそう》、振りまわした末に屋根よりも高く、雲ぎわの高みにまで投げあげる。小石の如くまっさかさま、土間に落ちてきて、ここに匪賊《ひぞく》ソロウェイ、そのからだ中の骨がすべて粉微塵《こなみじん》となった。かくてうぐいす丸ソロウェイの歌は今もうたわれ、世から世へと語り継がれる。

ようやくわれにかえった人びと、胸をなでて立ちあがり、もはやイリヤの人柄《ひとがら》やことばを疑うことはない。諸侯は口をきわめてイリヤを讃《たた》える。

「おお、あっぱれな若者よ。誉《ほま》れ高き勇者よ」

勇士たちもイリヤに向かい口ぐちに称嘆《しょうたん》する。

「あなたこそわれわれの一番の兄君だ。われらは心よりあなたに敬服《けいふく》する。勇士イリヤ・ムウロメツ」

心やさしくておおらかなる太陽公ウラジーミルはイリヤに言った。「あっぱれ若武者イリヤ・ムウロメツよ。そちは余のためになんと大きな功《いさお》をたててくれたものであろう。ぜひとも余の臣下になってくれ。そしてそちには、余の饗宴の食卓に招き、その中でもいちばんの席をとらせることにしよう」

人びとが大広間のテーブルに戻ると、ウラジーミル公はまたもイリヤに言う。「さあイリヤよ。好みの席をとらせようぞ。ひとつはわしの隣りの席。ふたつめはわしの前の席。そして三つめは、その他すべての席の中でも、そちが最も気に入った席だ」

おお。イリヤはかくもやさしきウラジーミル公のもてなしに感動する。大広間のいちばん隅から次第に上座へと進みつつ、イリヤは多くの諸侯、勇士と次つぎに抱きしめあうのだ。

最後にイリヤがウラジーミル公の前の席に立てば、公はイリヤの白い手をとり、その甘き口に接《せっ》吻《ぷん》する。

ウラジーミル公の向かいの席は、だが、勇士にしてキエフ一の伊達男《だておとこ》アリョーシャ・ポポーヴィチの席。イリヤが腰をおろすなり、気にくわぬとばかりにアリョーシャ・ポポーヴィチ、真紅《しんく》の衣裳の下から抜いた鋼《はがね》の剣《つるぎ》を手にとって、イリヤめがけて投げつける。しかしイリヤの早業《はやわざ》、これを手でつかみ取り、樫《かし》のテーブルに突き立てた。顔の色ひとつ変えぬ豪胆《ごうたん》さ。諸侯勇士がまたまた総立ちとなる中を、アリョーシャ・ポポーヴィチはイリヤの前に進み出て、その早業を褒めたたえ、無礼を詫《わ》びて、ここに兄弟の約束をし、ふたりは十字架をとりかわした。

かくてふたたび饗宴は歓楽の中に。そしてウラジーミル公はイリヤと共に興《きょう》を尽《つく》す。

イリヤはしばしキエフでの連日の饗宴の席に列《つらな》っていたが、ある日ウラジーミル公に願い出る。「公のお傍には、思慮深いドブルイニャ・ニキーティチはじめ、ミハイル・イヴァーノヴィチ、さらにはかのアリョーシャ・ポポーヴィチなど、多くの勇者がおられます。わたくしはロシヤ正教を護るため、この国の遠い国境に赴《おもむ》いて戦いたいのです」

ウラジーミル公はイリヤの願いを聞きとどけ、部下の軍勢を彼にあたえた。イリヤは勇んでキエフを発つ。果てしなく遠いロシヤの荒野。行けども行けども国境ははるか彼方。黒雲の下、イリヤとその軍勢は進む。吹きすさぶ風のなか。国境へ。国境へ。国境は広漠《こうばく》たる荒野の果て。その彼方はもはや異境《いきょう》、暗黒の異端《いたん》の地。

目じるしは彼方の黒き森。ここが国境だ。イリヤは兵士に命じ、十の番小屋を建てさせる。それぞれの小屋からひとりずつ、かわるがわる立番に立たせて国境を見張らせ、自らは十番目の番小屋に入った。最初の夜はふけ、どっぷりと深い闇が訪れる。兵士たちの多くは眠り、イリヤも眠る。小屋の外を吹く北風。ロシヤの夜。

真夜中。警備の兵士がイリヤの眠る十番目の番小屋に駈けてきて報告する。「おお。イリヤ様。イリヤ様。起きてください。何やら化けものが出ました」

イリヤは眼ざめる。「どのような化けものだ」

「まことに不気味な化けものでございます。すそ

ながの幽霊とでも申しましょうか。その顔は色蒼ざめた若い女の顔。髪は老婆の如き白髪。ながいながい着物を着て天空を通って行きます。そのながい着物のすそで、一番の番小屋から順順に、屋根の上を引きずり、ゆらりゆらりと夜空をゆらめき、通り過ぎて行くのです。番小屋の兵士たちははらわたからの悪寒《おかん》にふるえ、全身しびれたようになって動けませぬ」

イリヤはまだその気配もなき静まりかえった漆《しっ》黒《こく》の夜空を見あげる。「いかなる幽霊、いかなる化けものといえども、この国境に存在し出没することは許せぬ。やがてこの番小屋にもやってくるであろう。ここにひそんで退治してくれる」

やがて天空の一角より、ごおお、ごおおというつろな音が響きはじめて近くの山山にこだまする。おお。あの音こそ幽霊のやってくる物おとですイリヤ様。イリヤ様。おびえる兵士たち。強く張った強弓を手にしてイリヤが待ちかまえるうち、黒い空にゆらめく白いながい着物が、たなびくそのすそで九番目の番小屋の屋根をなでて行く。近づくすそながの幽霊。

イリヤは鍛えにきたえた鏃《やじり》するどい鉄の矢を弓につがえ、絹縒《よ》りの弦《つる》をきりきりと引きしぼり、ひょうと射る。がらがらがらと天空に轟音が満ち、しばしののち、ごうごうごう、うつろな音が地上に近づく。すそながの幽霊は首の根に矢を突き立てたまま、着物のすそをゆるやかにうねらせつつ、冷たい大地に墜《お》ちてきた。

いかに幽霊といえども勇士イリヤ・ムウロメツの射た矢にはひとたまりもない。近づいたイリヤが地に落ちた幽霊の髪をつかんで持ちあげてみれば、なさけなやと恨めしげな若い女の顔。頭の下にはかよわき胸と小さな手があるばかりで、ながいのは百メートルにもおよぶ白い着物だけだ。見かけばかりであったぞ。勇士イリヤは笑う。朝のうす日ながいロシヤの夜もやがて明ける。

が射すなかを兵士たちは番小屋の外へ出た。イリヤ様が退治された、昨夜の幽霊はどうしたであろう。雲間から洩《も》れる日光の下、地上にはだらりと、白くながい着物だけが、投げ捨てられたように残されている。おお。溶けてしまった。たったこれほどの曇り日に照らされただけで、あいつは溶けてしまったのだ。大地の上にはあの幽霊の痕《あと》かたもなし。

白眼の化けもの

ロシヤの国土を護るため勇士イリヤ・ムウロメツが国境の哨舎《しょうしゃ》に立てば、見はるかす異境の地。そのあたりに棲むは誇り高く強者ぞろいの韃靼《だったん》人だ。彼らはしばしば多数をたのんで襲来するがイリヤの強弓に斃《たお》れ、またイリヤの計略で小人数の警備の兵たちに打ち負かされる。時には川を渡ろうとしてイリヤの矢を受け、時には川を渡ったために濡れた衣服を、森の中で乾かしている時不意《ふい》を襲われて。

戦いの日常。そんなある日、はずれの番小屋の外に立っているイリヤの前へ片輪の浮浪者がやってきた。荒野を吹き抜けていく冷たい風にさらされ頼りなげな足どりで北からやってきた年老いた浮浪者はイリヤに近寄り施《ほどこ》しを乞《こ》う。「イリヤ様。イリヤ様。わたくしは哀《あわ》れな乞食でございます。どうぞ何かいただかせてください」

憐《あわ》れみ深きイリヤ・ムウロメッツ。彼は自分の腰の袋の底をまさぐり、持ちあわせたいくらかの金を老人に恵んでやるのだ。老人は礼を述べたあとに顔をあげ、ひたとイリヤの眼を見つめる。「おおイリヤさん。お前さまは今もそうして番小屋の前に突っ立っていなさる。お前さまはいまだご自分の頭の上に落ちかかっている災難を知りなさらぬのでしょうな」

不審に思うイリヤの問いに老いた乞食はこう告げた。「キエフの町のウラジーミル公の御殿へ、性《しょう》根《ね》の悪いイードリシチェ・ポガーノイエという化けものがおどしをかけにやってきたのですよ。あいにくその時王様の傍《そば》には誰もいなかった。お前さまをはじめとし、ドブルイニャ・ニキーティチも、ミハイル・イヴァーノヴィチも、アリョーシャ・ポポーヴィチも、勇者は誰もいなかった。イードリシチェはたちまち公の御殿を乗っ取り、やりたい放題《ほうだい》仕放題《しほうだい》」

なんということ。イリヤ・ムウロメッツの若い血は煮えたぎるようだ。「残念だ。残念だ。それでどうなったのだ」

「それがイリヤさん。ウラジーミル公はおん自らこのイードリシチェに手厚いもてなしをなさり、貴重な贈りものを化けものに捧げ、この怪物に泣いて許しを乞うていられるのですよ」

「なんというなさけないことだ」イリヤはすっくと立ちあがり、しばし口惜しさを噛みしめたのち、老いた乞食に礼を言う。「忝《かたじ》けない。よくぞ教えてくれた。さっそく駈けつけねばならぬ。時にお前さん、ものは相談だがお前さんの着ているその着物をおれのと取り換えてはくれまいか。お前さんはこのおれの甲冑《かっちゅう》その他を着てください。おそのかわりおれにその襤褸《ぼろ》の着物と草鞋《わらじ》をゆずってください。お前さんはおれのこのいくさ道具のすべてを取りなさい。そのかわりおれにはその杖をゆずってください。そしてお前さんはここにいて、おれのかわりにロシヤの国境を護っていてください。おれはそのあいだにお前さんに変装してキエフへ行き、性根の悪いイードリシチェとひと合戦やってきますから」

この乞食の襤褸がお前さまのお役に立つのならと万事はイリヤの望むままことは運ぶ。イリヤは片輪の浮浪者に変装する。部下の兵士たちの眼からもどこからどう見ようが勇者イリヤ・ムウロメツとは見えぬ。皆の者それではあとを頼んだぞと、旅立とうとするイリヤに、今はイリヤの甲冑を身につけて老いた乞食が声をかける。

「ああもしもしイリヤさん。ちょっとご注意申しあげる。キエフまで行く途中には、恐ろしや白眼の化けものと呼ばれる妖怪の棲《す》む森があるのです。馬でならまわり道もできようが徒歩ではこの森を通らぬわけにいかぬ。この妖怪はイードリシチェの弟分ですから油断《ゆだん》はできませんぞ」

イリヤは高く笑う。「なあにこの身装《みな》りではイリヤ・ムウロメツとわかるまい」

「いやどうしてどうしてイリヤさん。あなたが通るのを待っておるやもしれません」

「その時はまた工夫もあろう。では出かけよう」

かくてイリヤは国境をあとに、部下の兵士たちに見送られキエフへと発つ。雲垂《た》れこめる黒い空、襤褸の着物を身にまとい草鞋をはいて杖をつき、風吹きすさぶ荒れた野を馬にも乗らず馬より早く、心急くまま北へ北へとひたすら徒歩でいそぐのだ。

荒野のまっただ中にひそむその森は、名もなき森でありながら奥深く、昼もなお暗く静寂に覆《おお》われ、腐蝕《ふしょく》した落葉の堆積《たいせき》の中からうっすらと瘴気《しょうき》が立ちこめ、木木の間を白く流れるは妖気。並の者なら正気では通れぬその森を貫《つらぬ》くただひと筋《すじ》の道を、イリヤ・ムウロメツは恐れげもなく歩き続ける。

「これこれ。待て。そこへ行く乞食」背筋《せすじ》に冷たく食いこみそうな、かぼそいながらも不気味な声。

見あげれば巨木のふた股《また》に腰をおろしイリヤを見おろす妖怪。細く尖《とが》った鼻。あおじろくこけた頬《ほお》。白眼の化けものだ。

「はて。わたしを呼ばれたのでございますか」イリヤはそう答え、できるだけ相手にならず通り過ぎようと試みる。「いそぐ旅でございます。どのようなご用かは存じませぬがお目こぼし願います。お見のがしください。お願いでございます」

「ほうほう。いそぐ旅と申したな」妖怪の高笑いにどっと妖気が渦巻き木の葉が散る。「キエフにいそぐのであろう。そなたはただの乞食ではあるまい」

「いえいえ。お見かけ通りの、片輪の乞食でございます」

行こうとするイリヤの前に、ゆらりと木からゆらめきおりて白眼の化けものは、いまわしいそのまっ白なふたつの眼でイリヤを睨《にら》むのだ。「乞食とは嘘。そなたはイリヤ・ムウロメツに違いあるまい」

「いえ。そのような名ではございませぬ。そのような名のかたも存じませぬ。ただの乞食。ただの乞食。どうぞお通しを」

「ならぬ」片手をさし出してイリヤをとどめ、妖怪は叫んだ。「お前が通るのを待っていたのだ。キエフではわしの兄貴分のイードリシチェがウラジーミル公の城を乗っ取った。そこでお前はキエフに駆けつけるのであろう。さあ。キエフに行きたくばここでわしと勝負しろ。わしに勝てぬ限りお前はここを通れずキエフにたどりつくこともない」

「勝負などとはとんでもないこと。わたしは乞食で武器は持たず、しかもこの杖一本にすがる身」

「ならば武器をあたえよう。刀、鉄棒、槍、弓、いずれにするか」

どうあっても勝負せぬ限り通さぬ気と見てとって、今はしかたなくイリヤは言う。

「困りましたが、それほどまでにおっしゃるならば、半弓《はんきゅう》をお貸しください」

半弓を出し矢は何本と問う白眼の化けものに、どうせ戦わねばならぬものならとイリヤは心を決めた。「矢は一本だけで結構《けっこう》でございます」

おお、こやつ生意気なと妖怪は憤《いきどお》り、自らは鉄棒をとって身構《みがま》える。

イリヤは離れた場所に立ち、半弓に矢をつがえ大声で叫んだ。「化けものめ。右の白眼をいただくぞ」

言うより早く矢はとんで、化けものがまだ鉄棒を振りかざしもせぬうちにその右の目玉をみごと射抜いた。

ううむこれは油断をしたと妖怪は口惜しがり矢をつかんで白い目玉ごと引き抜くと、ただ一本のその矢をイリヤに投げ返す。「よし。改めて勝負だ」

白眼の化けものが鉄棒振りかざしおどりかかるのをイリヤは身をかわして避ける。「せっかく片眼だけで許してやろうと思うたに。ならば今度は左の眼」

矢はまたしても化けものの、左の眼をばぐっさり射抜く。あまりのイリヤの早業に、化けもの戦う手だてなく、木の幹《みき》を背にくたくたと、冷たい大地へすわりこむ。その眼はもはや黒い空洞。イリヤは思いがけず化けもののふたつの白眼を手に入れた。

「世に珍らしいこのふたつの白眼、これをみやげにキエフへ行き、お前の兄貴分のイードリシチェによろしく伝えてやろうぞ」

白眼の化けものは地に伏して頭《こうべ》を垂れ、泣くが如くうめくが如き哀れな声でイリヤに言う。「お情けにあなたさまのお名前を」

「もはや隠してもなんにもならぬ。わたしの名はイリヤ・ムウロメツ」

「やはり左様《さよう》でございましたか」べったりと地に頭をこすりつけ、妖怪は泣く。「わしにも報《むく》いがやってきた。今はめくらとなりました」

「すべてはそなたが自分でつくった罪のむくい。そなたはこれより広いロシヤをさまよって、罪のつぐないをせねばならぬ」

泣き顔のまま妖怪はその下半身をまるで大地に溶けこませるようにどろりと溶かし、ながい裾《すそ》をなびかせてゆらりと暗い森に浮かび、北の空へと漂って行く。おろかな奴よと見送るイリヤ。

さて思わず手間どった。急がねばならぬ。イリヤはふたたび杖をつき、背を丸めて森を抜け、荒野に出ればそこは寒空の下。襤褸の裾をば風にはためかせ、イリヤ・ムウロメツはキエフへ、キエフへ。

怪物イードリシチェ

イリヤ・ムウロメツは襤褸《つづれ》着て、草鞋《わらじ》をはいて杖ついて、すっかり乞食になりすまし、キエフへキエフへと旅を行く。かの性根の悪いイードリシチェは、今ウラジーミル公の宮殿で悪の限りを尽すという。一刻も早く駈けつけねば。イリヤの心ははやる。黒雲さか巻く空の下、北風吹きすさぶ荒れた広野を、キエフへ。キエフへ。

やがてキエフの都が迫った時、イリヤは自らのしくじりに気がつくのだ。なんとしたこと。乞食に身をやつすに急なあまり、この地へ来るまでなんの武器も用意しなかったではないか。鉄棒も持たず剣さえ持たぬ。イリヤはキエフへ近づきつつ考える。はてさてこのまま武器が手に入らず、イードリシチェに会ったなら、いかにして戦ったものであろう。荒野を行くイリヤの眼に、彼方からやってくる巡礼《じゅんれい》の姿。あれはイヴァーニシチェではないか。なんと幸いなことであろう。名高きかの大力無双《だいりきむそう》の巡礼イヴァーニシチェがその手に持つは九十プードの杖なのだ。

「巡礼イヴァーニシチェよ」イリヤは巡礼を呼びとめる。「なんとそなたの持つその杖を、しばらくわたしに貸してはくれまいか。わたしはイリヤ・ムウロメツ。これよりキエフに赴《おもむ》いて、かの怪物イードリシチェと一戦交えねばならぬのだ」

「いやだねこれはわたしの杖」イヴァーニシチェはかぶりを振る。「お前さんは自分で武器を見つけなさるがよろしかろ」

さまざまにイリヤが頼んでも、イヴァーニシチェは杖を貸さぬ。ついにイリヤは大手《おおで》を拡げ、巡礼の前に立ちふさがった。

「ならばお前とこのわたし、これよりこの場で戦おう。見ての通りわたしは素手だが、しかし戦いで死ぬことだけはなし。わたしはお前を殺すだろう。そしてその杖貰《もら》うだろう」

口惜《くや》しやなとイヴァーニシチェは、天を仰いで泣き出した。いかに素手とはいえ相手はイリヤ・ムウロメツ。とても勝てる相手ではない。ああ腹立たしや口惜《くちお》しや。せめてものこと腹立ちまぎれ口惜《くや》しまぎれ、頭上に杖を振りあげて、持てる力のありったけ、巡礼イヴァーニシチェは大地へ杖を突き立てる。イヴァーニシチェが泣きながら去って行ったあと、さすがのイリヤもその杖抜くのにひと苦労。さすがは大力のイヴァーニシチェだ。イリヤ・ムウロメツ舌を巻く。

九十プードの杖を片手にイリヤがキエフへ戻ってみれば、かの聖なる都も今はイードリシチェの影におびえて暗く沈んでいる。イリヤ・ムウロメツは乞食の変装のままウラジーミル公の御殿へやってきた。おお。なつかしや。はて。変な乞食がやってきたぞ。人びとはイリヤと思わず首を傾げるのみ。イードリシチェの狼藉《ろうぜき》だけを気にかけているので、見知らぬ乞食を誰ひとりとして咎《とが》め立てはしない。これさいわいとイリヤは王の御座所にすすむ。だがそこにいるのは怪物イードリシチェ・ポガーノイエ。誇り顔して卓により、並いる貴族の面面を嘲《あざけ》り笑っているさなかであった。

そもそもビール釜《がま》ほどの大きさもあるイードリシチェのその頭は、幅七尺の肩の間に鎮座《ちんざ》して、髪の毛はといえばそれはまさに怪物たるを誇り示すが如く積み重ねた枯草《かれくさ》さながら蓬蓬《ほうほう》と生え茂っているのだ。さらにまた彼は巨大なパンの塊りをそのままひと口に頬ばり、一日にひと樽のビールを飲み乾す上、丸焼きの山羊をばそのまま平らげる。かく飲み食いしつつもイードリシチェは際限なく威張《いば》り続けるのだ。

「こらこら腰抜け貴族ども、このおれさまに敵《かな》うやつ、貴様らはじめこのキエフの町中全部捜しても、誰ひとりとして居るまいが。お前ら自慢の勇者ども、たまたまここにはいないようだが誰が来ようと歯は立たぬ。片っ端《かたっぱし》からぶち殺し、なぶり殺して見せようぞ。さらには神の教会にも火をつけ焼いて見せようぞ。最後にゃお前たち全部、一族ひとりたりとも残さずみな殺しにしてくれん」

そのイードリシチェの前へ進んだ乞食姿のイリヤ・ムウロメツ、ことばだけは丁寧《ていねい》だが切りこむ如くにきめつける。「まだ戦っても見ぬ先に、そのようなこと、おっしゃるものではございませぬ。死ぬも生きるも神様の御旨《みむね》」

イードリシチェは巨大な頭をもちあげてイリヤを睨《ね》めまわした。「おやあここな乞食め。貴様はそのようなみじめな装《な》りをして、いったいどこから現れやがったのだ。おいこらここな片輪の宿なしめ。このキエフにはまことこのおれさまに敵うやつ、ひとりとして居りはせぬのだぞ。もっとも、ただひとり、百姓の子のイリヤ・ムウロメツという男、こやつだけは別であろうな。しかしながらこの男、今はちょうど王の命令で国のため、遠くの国境へ派遣され、その地においてすそながの幽霊を退治したり、国境を襲《おそ》ってくる韃靼《だったん》人と戦って亡ぼしたりしていると聞く。おお。このおれさまに匹敵する者はといえばこのイリヤ・ムウロメツ、こいつひとりくらいのものであろうな」

これを聞いてイリヤ・ムウロメツ、おかしさを堪《こら》えながらもそ知らぬ顔。「おお。おお。イリヤ・ムウロメツならこのわたしも、ようく知っておりますよ。なにしろこのわたくしたち、かのイリヤとは義理の兄弟の間柄《あいだがら》、わたくしたちはイリヤと共にいくさに赴き、力あわせてロシヤの敵と戦ったもの。共にロシヤ正教のために立ったわたくしたちは、正しくない者を赦《ゆる》しはしませぬ」そう断言してイリヤ・ムウロメツ、柔らかい毛の帽《ぼう》子《し》の下から鋭い眼でイードリシチェを睨《にら》みつける。「だからお前さんもやはり、赦すわけにはいかんのだよ」

満面に朱を注ぎイードリシチェは激怒した。彼は吠え立て怒号《どごう》する。「何だと。貴様はいったい何者だ。貴様そもそもその頭のかけ替えは持っておるのか。貴様は親父やおふくろにながの暇《いとま》乞《ご》いをしてきたのか。親戚のやつら、友人仲間の者どもにも別れを言ってきておるのか。いったい貴様の義兄弟というそのイリヤ・ムウロメツ、このおれさまが自慢するほどのものを飲んだり食ったりできるのか。そもそもイリヤ・ムウロメツ、いったいどれほど大きいのだ」

イリヤは静かに答える。「ちょうどわたしと同じほど」

イードリシチェは言いつのる。「なんだ。それではまったく大きくないではないか。それならどれほどの飯を食べるのだ。どれほど酒を飲み乾すのだ。念のため教えておいてやろうか。わしの酒量は七ヴェドロだ。食う飯はまた七プードだ。な

んと驚いたか」

イリヤ・ムウロメツはついに笑い出してしまう。「何を威張るかと思えばそのようなつまらぬことなのか。おい。イードリシチェ・ポガーノイェ。お前に言って聞かせることがある。われらすべてはイリヤと一心同体だ。ひとつの杓《しゃく》からビールを飲んだ仲なのだ。同じパンきれを食べあった仲なのだ。そしてイリヤもわれらと同様、決して大食らいではなく、もともとそのような馬鹿げたものになろうなどとは夢にも思っていないのだ。イリヤもわたしたちも、もともとは百姓の子。わたしたちのその村に、大食らいでしょうのない牝牛《めうし》がいた。その牛は飲み食いしすぎて腹が裂け、とうとう死んでしまったよ。そして狼の腹を肥やした。イードリシチェよ。お前さんもやはり、そんな風になってしまうのだよ」

おお。イードリシチェの怒りは今や頂《いただ》きに達した。もう我慢《がまん》できぬ。おのれ乞食め。つかみ殺してくれるわと鋼《はがね》の小太刀ひっつかみ、王の食卓から立ちあがる。

イリヤはあわてずイードリシチェを押しとどめ、つかみ殺されるその前に見せておきたい品があると、かの白眼の化けものの、目の玉ふたつを取り出した。

「おお。これはわしの弟分、白眼の目玉」イードリシチェは驚き叫ぶ。「お前はこれをどうやって」

「これをいただいてきたのはこのわたし」イリヤは笑う。「あの白眼の化けものは、お前さんよりひと足先に、地獄へ行って待ってるだろうよ」

勘弁《かんべん》ならぬとイードリシチェ、イリヤめがけてとびかかる。その勢いで食卓は椅子もろともにひっくり返り、ビールとパンと蜂蜜があたりに一面飛び散った。並いる貴族の面面は、片輪の乞食がイードリシチェにつかみ殺されたとしか思えず、むごたらしやと顔をそむける。しかしイリヤに即座の頓智《とんち》。頭にしていた柔らかい毛の帽子、脱ぐなりイードリシチェにおっかぶせ、眼の下にまでひきおろす。見えなくなってうろたえるイードリシチェを地面に押し倒したイリヤ・ムウロメツが、かの九十プードの杖でひと打ちすれば、哀れイードリシチェの魂はもはやこの世にとどまらず、何処《いずこ》へか飛び去って彼はその場に息絶えた。かくてこのイリヤ・ムウロメツの大勝の誉れは今も歌い継がれる。

帽子をとった乞食の正体。貴族たちは喜びにわれを忘れる。「イリヤどのだ」「おお。イリヤ・ムウロメツではないか」

ウラジーミル公はイリヤ・ムウロメツの前に進み出る。貴族たちも同じく近寄り、王と共に帯《おび》のあたりまで頭を下げ、イリヤをかく褒めたたえるのだ。「光栄《はえ》ある勇士、力ある勇者イリヤ・ムウロメツよ。あなたはわれわれの父となり、元老中の元老となってください」

しかしイリヤはこれに答えて言うのだ。「そのかたじけないおことば、そのごあいさつには幾重《いくえ》にも感謝いたしましょう。さりながら陛下のお傍《そば》、元老の椅子には、すわるべき多くの貴族諸侯がおられます。わたくしの行くところはただ、清い荒野、風吹きわたる広い平原でございます。なぜならわたくしは自分の約束を履《ふ》み、聖なる母国ロシヤのため戦わねばならぬからです。悪逆の敵より正教の信仰を護らねばならぬからです。わたくしの行く道はただひとつ、そこにしかないのでございます」

＊九十プード＝約一・五トン。
＊七ヴェドロ＝八十六リットル。
＊七プード＝百十五キロ。

青き酒のむイリヤ

太陽公ウラジーミルは宴《うたげ》を張る。貴族諸侯、名誉ある臣下の勇士らすべてを招き、白石づくりの大広間に繰りひろげられる華麗な楽宴。だが、なんとしたこと。ウラジーミル公は、かのコサックの古い武者、イリヤ・ムウロメツへの招きをすっかり忘れていたのだ。あるいは公はイリヤの所在を知らなかったのか。今も国境を守り続ける筈とのみ思い込まれていたのか。だがこの時イリヤは、キエフに戻っていたのだ。

イリヤはこの宴のことを聞いて大いに憤《いきどお》る。

「おお。公は、はやこのおれを忘れたのか。ドブルイニャ・ニキーティチ、ミハイル・イヴァーノヴィチ、アリョーシャ・ポポーヴィチらの勇士を熱愛するあまり、このイリヤ・ムウロメツをないがしろにされるのか。かくの如き汚辱《おじょく》を受ける時、わが心は燃える。それあるが故のイリヤ・ムウロメツなのだ」

イリヤは強弓に矢をついで引きしぼり、呪文の如く心に唱える。「矢よ。飛んでウラジーミル公の宮殿の窓を貫《つらぬ》き、黄金の尖塔をつき崩《くず》せ。矢よ。飛んで神の教会の、黄金の丸い屋根と十字架をうち壊せ」

矢は飛び、宮殿の窓を貫いてウラジーミル公や貴族諸侯を驚かせ、黄金の尖塔を千千《ちぢ》に砕く。また他方の矢は教会の、霊験《れいげん》ある黄金の十字架、黄金の円屋根を砕き散らせた。

崩れ落ちたは多くの黄金の砕片《かけら》。イリヤはこれを掻《か》き集め、王立の酒場へ行き、酒場にたむろする貧民《ひんみん》、食客《しょっかく》、酔いどれどもに向かって大声はりあげた。

「酒場の貧しき者どもよ。親切者たちよ。さあ、

黄金の尖塔、十字架、円屋根を揺っさらってこい。そしてわれら、共に青き酒を飲もうではないか」

貴重なる尖塔、十字架、円屋根を売りとばし、金にかえたイリヤ・ムウロメツ、青き酒を求めて飲みはじめるのだ。喜んだは酒場の貧民、食客、酔いどれたち。

「いやはやこれはまことに結構《けっこう》。ありがとう」

われ勝ちにと酒場を走り出で、駈けつけるは公の宮殿神の教会、大地に散らばる百万の黄金、奪いとりかっさらい、とって返して酒に替え、イリヤと共に青き酒に酔いつぶれる。だがさすがに気になりはじめ、彼らはイリヤに訊《たず》ねるのだ。

「ああ。イリヤさん。わしたちは、われらがウラジーミル公の尖塔を酒に替えてしまった。神の教会とて公のもの。このことを公が知れば、公はどうするであろう。公はわしたちを何とするだろう」

「ままよ飲め飲め気にするな」笑うイリヤ。

「ああ酒場の面白き友達よ。なあに明日になれば我こそはキエフの町の王公だ。そして民を治めるのだ。お前たちすべて、宰相《さいしょう》にしてやるぞ」

さて一方ウラジーミル公。今までは災厄《さいやく》がやってくるたびにイリヤが救ってくれた。だが今度はそのイリヤの謀反《むほん》。おお最大の災厄がやってきた。はてさて何としようぞと、貴族諸侯を集めての相談。

「やはり、かのコサックのイリヤ・ムウロメツのため、二度めの宴を催さずばなりますまい」

「宴を用意したとて、誰かがイリヤを招きに行かねばなりませんぞ」

「はてそれが難題です。アリョーシャ・ポポーヴィチは勇敢ではありますが気が短かく、口のききかたを知りませぬ」

「チュリロ・ブレンコヴィチは貴婦人や侍女の前で気取る芸があり、彼女たちのお相手には向きましょうが、勇者の相手とはなり得ませぬ」

「ここは読み書きにすぐれて考え深く、道理あることばでイリヤを説得できる利口な者を遣《つか》わさねばなりますまい」

そこでウラジーミル公はドブルイニャ・ニキーティチを召し出す。ドブルイニャとイリヤとは、神に誓いを立てた切っても切れぬ義兄弟だ。

ウラジーミル公は、成りゆきを説いてドブルイニャに命じる。「このような次第なのでお前に行って貰《もら》いたい。石の床、湿った大地に幾たびか額をこすりつけるほどの丁重さを示さねばならんぞ。そして招きのことばと詫《わ》びを述べるのだ。お前の機智でもってこの災厄を脱し得たならば、お前に最も高い地位を授けよう」

おお。なんと重大な任であろうか。ドブルイニャはイリヤのもとへと歩みつつ考えるのだ。「たしかにこのおれとイリヤは、互いに相手のいうことをきくと誓いを交わした義兄弟。しかしイリヤのあの怒りよう。もしかするとおれはイリヤの手にかかり、生命を失うかもしれぬ。かといって、太陽公の命令に従わぬわけにもいかず。ああ。どうすればよかろうぞ」

考えまとまらぬうち、早くもそこはイリヤが飲み続ける王立の酒場。中をのぞけば大勢の貧乏人と共に、青き酒のむイリヤの姿がある。正面からイリヤに話しかけるのはためらわれる。ドブルイニャはそっとうしろからイリヤに近寄り、そのたくましい肩に手をかけた。

「イリヤよ。兄弟よ。ウラジーミル公はそなたを招かなかったことを深く後悔なされている。過去の恨《うら》みを含むなとの仰せだ。さあ。おれと共にそなたのための宴に出席してはくれぬか」

イリヤは答えていう。「幸運な男だ。ドブルイニャ・ニキーティチよ。若き義兄弟よ。うしろからやってくるとはな。もし前から来ようものなら、お前はすでに粉ごなとなり、灰のように舞っていたことだろう。よし。誓い交わした義兄弟のお前でなければ招きを拒絶したであろうが、掟《おきて》は破れぬ。お前はすぐに太陽公のもとへ戻り、こう伝えてくれ。お前はすぐに太陽公のもとへ戻り、こう伝えてくれ。布告《ふれ》を出してもらいたい。『広くただちにキエフ全市へ、おあいだ、貧乏人に公開し、金をとらずに青い酒、望むがままに飲ますべし。青い酒を嫌う者にはビール、ビールすら飲めぬ者には蜂蜜を振舞うと。そののち尊き祝宴張って、おれを招いてもらいたい。これに背《そむ》けば太陽公の治世《ちせい》は今日で終るべし』と」

とんで帰ってドブルイニャはこれを公に告げ、ただちに布告は全市に出され、宮殿では祝宴の準備がはじまる。

イリヤは宮殿にやってきた。そして、見よ。イリヤはかの酒場にいた貧乏人すべてをひきつれているのだ。それは即ち食客貧民酔漢痴呆。大広間中央に進んだ勇者イリヤ・ムウロメツはまず礼を尽して十字を切り、四方を礼拝し、正面に控えているウラジーミル公とアプラクシア公妃にうやうやしく頭を下げて言う。

「おお。ウラジーミル公。あなたはまことにうまい男を寄越されたものだ。もし義兄弟のドブルイニャでなければ、招きを受けていなかったところ。今はもうあなたの罪を許しましょう。実のところわたくしは、強弓引きしぼり、鍛えた矢を宴《うたげ》の部屋へ射こんで、公と公妃おふたりのお命、いただくつもりでおったのでございます」

一同ここで笑いに笑う。

太陽公ウラジーミルは立ちあがる。「おお古きコサックの武者、ムウロムのイリヤよ。お前の席はわたしの傍にあるぞ。右の席もよし。左の席もよし。はたまた三番めの席でもよいのだ。すべてはお前の好むにまかせよう」

言いつつ公はイリヤの白い手をとり、その甘き口に接吻する。イリヤは貴族諸侯や勇士たちのすすめる最高の席をことわって、中ほどの座についた。その両側に並ばせたは自らが従えてきた多くの貧乏な民。宴は始まる。かくてすべての者は楽しく飲み、そして食う。イリヤはウラジーミル太陽公と和睦《わぼく》した。

＊実際には、王立の酒場はイワン四世の時代（一五五五年）に開設され、キエフ時代には存在していない。

息子と戦うイリヤ

高き山の頂《いただ》きにキエフへの関所《せきしょ》。勇士たちはここに集り、ここを守っていた。キエフの町を、神の教会を、ロシヤ正教を守るためだ。白布張りめぐらせたその陣屋の中にいるのは長老イリヤ・ムウロメツをはじめ、ドブルイニャ・ニキーティチ、アリョーシャ・ポポーヴィチ、その他多くの若き勇者たち。まことに誰もこの堅固《けんご》な関所は通れぬ。

いつもの如くその朝も早くから、イリヤ・ムウロメツは白布の陣屋を出て山の頂きに立ち、遠眼鏡を手に四周の荒野を見わたす。はて。彼方に立ちのぼるあの煙は何ごと。イリヤはその一点に注意を集中し、見きわめる。野辺の煙にあらず。それはひとりの若き馬上の勇士。関所などには眼もくれず、砂煙を立ててひたすらキエフをめざし駈けて行くのだ。しかも馬上にありながら、荒野を疾走しながらも、まるで遊んでいるかの如く槍を一方の手で空高く投げあげては他方の手で受けとめる。供につれたのは二頭の狼と二頭の犬、すべて勇士の馬の前方を吠え猛りつつ駈けて行く。さらに勇士の両の肩にとまる猛禽《もうきん》。右には鷹《たか》、左には隼《はやぶさ》。もはや勇者に間違いなしとイリヤ・ムウロメツはただちに陣屋へとって返し、眠りの中にいる勇者たちを大声で起した。

「おお若き勇士たちよ聞いてくれ。眠っていることはできなくなったぞ。あれぞわれらが敵、侮《あなど》るべからざる勇士。この関所には眼もくれず、ひたすらキエフをさして駈けて行ったぞ。誰ぞあの者を追い、捕えて素姓《すじょう》を聞き出す者はおらぬか」

眠りから醒めて勇士たちは起きあがる。冷たい泉の水で顔を洗って眠気を追いはらい神に祈ったのち、合議によってアリョーシャ・ポポーヴィチを追手と決めた。

アリョーシャ・ポポーヴィチは陣屋を出て関所をあとに、黒雲さわぐ荒野へと馬を乗り出す。アリョーシャがひと鞭《むち》あてて駈け出せば北風はひょうひょうと鳴り、母なるロシヤの大地は揺れ動くのだ。背中にまわしたシェマハの絹が十二本。これをば馬の腹帯とし、飾りにあらず。たとえ黒い鴉《からす》が鳴き交わし、灰色の狼が裂こうとしたとて愛馬を捨てることなき覚悟《かくご》。

行けどもかの若き勇士の姿は見えず、ただ遠くかすかに砂けむりが見えるばかり。さらに馬をはげまして追えば、やがて埃《ほこり》の中におぼろに浮かぶ馬上の若者の姿。ここぞとばかりアリョーシャ・ポポーヴィチは風を切り大気を裂く大声はりあげて呼びかけた。その声は怪鳥ソロウェイもかくやと思わせる、獣の吠える如き、鳥の鳴くが如き、そして蛇の音の如き、誰もが恐れおののくほどの大音声《だいおんじょう》。だが若者は立ちどまらず、振り返りもしない。

いかにしても追いつけず、とうとうアリョーシャ・ポポーヴィチは立ちどまってしまった。

「恐るべき相手だ。これはわしでは到底《とうてい》歯が立たぬぞ」

馬の首をめぐらせ、大いそぎで関所の陣屋に戻ったアリョーシャは、出迎えた長老イリヤ・ムウロメツに言う。「おお。イリヤ殿。容易ならざる敵。あいつを相手にするにはわしでは駄目《だめ》だ。誰か他の勇士に行ってもらってくれ」

ふたたび合議の末、ドブルイニャ・ニキーティチが追手と決まる。ドブルイニャ・ニキーティチ。礼儀正しい人。この人が行って若い勇士に会い、礼を尽くして氏素姓《うじすじょう》を聞き出し、行く先を尋《たず》ねてもらったならば、いかなる者でも答えぬわけにはいくまいという勇士たち全員の期待なのだ。

ドブルイニャ・ニキーティチは陣屋を出て関所をあとに、重く低く雲垂れ下がる荒野へと馬を乗り出す。ドブルイニャが馬に鞭《むち》あて野を行けば寒風吹きすさび、母なるロシヤの大地は揺れ動くのだ。背中にまわしたシェマハの絹が十二本。これをば馬の腹帯とし、飾りにあらず。たとえ黒い鴉が鳴き交わし、灰色の狼が裂こうとしたとて愛馬を捨てることなき覚悟。

行けどもかの若き勇士の姿は見えず、ただ遠くかすかに砂けむりが見えるばかり。さらに馬をはげまして追えば、やがて埃の中におぼろに浮かぶ馬上の若者の姿。ここぞとばかりにドブルイニャ・ニキーティチ、その声も高らかに、礼儀正しく呼びとめる。さすがに立ちどまらずにはいられず、馬をとめて振り返った若い勇士。その前に進み、ドブルイニャは四十プードの重さのあるギリシャ渡りの帽子をとり、丁重に挨拶し、そして訊ねるのだ。

「お呼びとめしたは他でもない。若き勇士よ。そもそもいずれから参《まい》られたのか。してあなたの親《おや》御《ご》のお名前は。してまたいずれの地へと行かれるのか」

若い勇士は氏素姓を語ろうともせず、ただ傲然《ごうぜん》と言い放った。「おれはこれよりキエフへ行き、かの黄金の都をわが手のうちにおさめ、ウラジーミルを生け捕りにし、アプラクシアをわがものとするのだ」

これを聞いた途端《とたん》、考え深いドブルイニャ・ニキーティチは、とても自分が相手できる敵にあらずと一瞬にして悟るのだ。彼はただちに四十プードの帽子をかぶりなおし、馬の頭をめぐらせて、いそぎ関所へ駆け戻った。陣屋に出迎えた長老イリヤ・ムウロメツに、ドブルイニャはかの勇士のことばを伝えて言う。

「おお。イリヤ殿。あいつの相手はわたしにはとても無理です。あいつの敵はあなた以外にはありません」

若き勇士が言い放ったというそのことばを伝え聞くなり、イリヤ・ムウロメツの心は怒りに燃え立ち、容易ならざる敵と知って熱き血はたぎる。おお。なんということを言うやつだ。わしはその敵と戦わねばなるまいぞ。老イリヤは肩をいからせ陣屋を出るなり、愛馬を鞭うち荒野へ乗り出す。イリヤ・ムウロメツが野を行けば黒雲立ちさわぎ北風吹きすさび、母なるロシヤの大地は揺れ動くのだ。背中にまわしたシェマハの絹が十二本。これをば馬の腹帯とし、飾りにあらず。たとえ黒い鴉が鳴き交わし、灰色の狼が裂こうとしたとて愛馬を捨てることなき覚悟。

行けどもかの若き勇士の姿は見えず、ただ遠くかすかに砂けむりが見えるばかり。さらに馬をはげまして追えば、やがて埃の中におぼろに浮かぶ馬上の若者の姿。ここぞとばかりイリヤ・ムウロメツは風を切り大気を裂く大声はりあげて呼びかけた。その声は怪鳥ソロウェイもかくやと思わせる、獣の吠える如き、鳥の鳴くが如き、そして蛇の音の如き大音声《だいおんじょう》。

その声聞くなり若き勇士は、あと振り返ることもせず、すぐさま供の禽獣《きんじゅう》に叫ぶ。

「おお。おれには今までにない大敵が襲いかかってきた。聞いたかあの声。おれの二頭の狼よ。二頭の犬よ。もはやお前たちにかまっていることはできなくなった。ただちにあの暗い森へと走り去れ。おれの若い鷹《たか》よ。白い隼《はやぶさ》よ。お前たちにもかまっていられぬ。ただちにあの暗い森へと飛んで行け」

若き勇士はイリヤ・ムウロメツを荒野の中に待ちうける。地響きと共にイリヤ・ムウロメツは見るみる近づき、若い勇士に襲いかかった。さながら巨大なるふたつの山のぶつかりあい。ふたつの雨雲のもつれあい。震動は大地に亀裂を走らせ、雷鳴ともいえる轟音は天地に満ちる。

ふたりの勇者は荒れた広野の中、果てしなく戦い続けた。殴りあっていた棍棒《こんぼう》は根もとから折れ、粉ごなに砕け散ったがふたりの勇者はまったく傷つかぬ。次いで斬りむすぶ剣《つるぎ》の刃《やいば》はたちまちにして切れなくなるまでに欠けこぼれたが、それでもふたりはかすり傷すら負わぬ。最後に戦った槍の穂先は、互いのからだで歪《ゆが》みねじ曲がり、その柄《え》までがよじれたものの、ふたりは共に傷ひとつなく、ついに馬からおりて、ここに素手の戦いがはじまる。おお類稀《たぐいまれ》なるふたりの勇者よ。ふたりが殴りあい取っ組みあいつつ叫び怒号し吠え猛《たけ》れば地は震え森は倒れるのだ。

イリヤの運が尽きたのであったろうか。敵の運がよかったのであろうか。イリヤの右手がきかなくなったのか、はたまた左の足がしびれたのであったろうか。イリヤがばったりと地に倒れたその隙に、若き勇士は老イリヤの胸へ馬乗りとなり、イリヤの氏素姓を訊ねることもなく、あわただしくイリヤの胸の鎖帷子《くさりかたびら》と鎧《よろい》を大きく開き、鞘《さや》から短刀を引き抜いて今にもイリヤの防備なき胸へ突き立てようとする。もはやイリヤ・ムウロメツの命運もこれまでか。イリヤは祈る。

おお。慈悲《じひ》深き神よ。わたくしは今まで信仰を護ってまいりました。教会も護ってまいりました。お聞き届けください。神よ。わたくしにお力を。

何ごとが起ったのか。一瞬、イリヤは倍の力を揮《ふ》るい、たちまち敵をはねのけざま、その胸へ馬乗りとなった。まさに敵がなしたと同様に振舞いイリヤは短刀を突き立てようと構える。だが、はてこれほどの強敵、氏素姓も訊ねぬままに殺してよいものか。

イリヤは訊ねる。「若者よ。汝《なんじ》の名は。して親の名は。してまたいずこの地より来たのか」

しかし若き勇士はすでに観念し、かぶりを振るのみ。「おれが上に乗った時、あなたの氏素姓などは訊ねなかった。あなたはすぐにもおれのこの胸を刺さねばならない」

だがイリヤはくり返す。「若者よ。汝の名は。して親の名は。いずこより来たのか」

若者は答えて言う。「おれは海を渡ってやってきたのだ。おれの父親はかの伝説のアラトゥリ石であったと母より聞かされた。そしてその母親の名はサルイゴルカ。おれはボドソコリニクと名乗る者」

おお。なんと深き因縁《いんねん》であろう。イリヤ・ムウロメツは立ちあがる。かつての若き日。あのたった一度のあやまち。さては息子であったのか。ボドソコリニクを立たせてイリヤはわれこそ父、そなたこそ息子と教え、抱きしめて接吻する。老イリヤはわが子と邂逅《かいこう》した。

わが子と和睦《わぼく》し、わが子を諭《さと》す老イリヤ。いかにもこれはわが子、イリヤの息子。どこが似ているであろうか。その傲慢《ごうまん》さ。その負けず嫌い。否、それこそは勇者のあかし。荒れた広野の中、

父と息子は別れて行く。

ながい戦いに疲れ果てた老イリヤは関所に戻るなり白布の陣屋の中に倒れ伏し、そのまま二日とふた晩眠り続けた。他方、父親と別れたボドソコリニク、しばらく行くあいだにその傲慢さと負けず嫌いを取り戻し、いかに父親が相手といえど自らを卑下《ひげ》しすぎたと思い返してむらりと腹を立てる。おおあの男は父親であるが故にわが氏素姓を知っている。父親であるが故に勇者たるおれを諭した。勇者の経歴に必要なきものを、どちらもあの男は記憶している。老イリヤは殺されなければならないのだ。わが手によって。

ボドソコリニクはとって返し、ひそかにイリヤの眠る陣屋に入って、父親の胸を力まかせに槍で刺す。しかし老イリヤの胸には一プード半の十字架がかかっているのだ。槍の穂先ははね返され、横へそれた。眼をさましたイリヤはわが子を捕え、振りまわした末に、森よりも高く、雲ぎわの高みにまで投げあげる。ここにイリヤの息子ボドソコリニク、地に落ちて粉微塵《こなみじん》となり飛び散った。両雄並び立たず。これぞイリヤ・ムウロメツの息子。英雄なればこそ命を落し、かくてその歌は今もうたわれ、世から世へと語り継がれる。

＊「シェマハ」はコーカサスの地名。
＊四十プード＝約六百五十キロ。
＊「アラトゥリ石」は伝説上の石。
＊一プード半＝約二十五キロ。

イリヤ最後の戦い（ママイの戦い）

　花の都キエフめざして四方より集る軍勢。見よ南は青き大海原《おおうなばら》の彼方より、西は高き山山の彼方より、北は暗き森や林の彼方より、そして東は果てしなき荒原の彼方から、黒くむら雲の如く立ちあがり蝟集《いしゅう》するママイの大軍勢。彼ら穢《けが》れたる兵士によって二百露里《ろり》四方は隙間《すきま》もない。おお。大地の窪《くぼ》まぬのが不思議、皹《ひび》割れぬのも不思議だ。馬の吐く白い息によって日もうす暗く、蹴《け》立てる土埃《つちぼこ》りによって月も曇るのだ。昼の光さえ射し込まぬその不気味な暗さに、キエフの人びとはもう命のほどもおぼつかぬと、ひたすら神に祈るのみ。

　広き野に満ちた軍勢。ママイは配下に四十人の王を従え、さらに彼らの王子が四十人、それらがまた幾たりかの大臣を従え、その大臣たちの兵がそれぞれ十万人。これに加えて、駈けつけてきたママイの婿《むこ》のヴァシーリイ・ブレクラスヌイが率《ひき》いる臣下の兵は三十万人。ママイ自身が率いる兵たるやもう数さえ知れぬ。

　警護の隊に周囲を巡回させ、白布張りめぐらせた陣屋の中へ、ママイは婿ヴァシーリイを呼び寄せた。

「ヴァシーリイよ。さあその革の椅子に腰かけて、ウラジーミルへの命令書を認《したた》めてくれ。ただちにキエフを明け渡し、無益な戦いなどせぬがよいと。さもなくば老若男女ひとりとてキエフから生かしては出さぬと。そしてウラジーミルの両眼をくり貫《ぬ》き、舌を引っこ抜くと。アプラクシアはひっ捕え、婿ヴァシーリイの情婦にすると。これを紙に書いてはならず、インクで書いてもならぬ。紙のかわりに赤いビロード、その上にまず溶かした黄金したたらせて命令書と書き、その次に溶かした純銀垂らせて内容を、結びの文句には真珠玉を並べ、四隅《よすみ》には値さえ知れぬほどのみごとな宝石を飾るのだ。その文面に、いささかの手加減もあってはならぬぞ。容赦はせず、さらに猶予《ゆうよ》もあたえるな」

ヴァシーリイは言いつけ通りの命令書を作りあげ、顔をあげる。「厳《きび》しきタタールの汗《カン》よ。父上よ。はてさてこの命令書、誰に持たせたものでしょう」

「そなたが行くのだ、ヴァシーリイ」と、ママイは言う。「そなた自身が使いに立て。わしはこの陣屋で待っておるぞ」

ヴァシーリイは命令書を持ち馬でキエフをめざす。折からキエフに、勇者は誰もいなかった。勇士イリヤ・ムウロメツは常の如く国境へ赴《おもむ》いて不在。その他の勇士も広大なるロシヤの彼方こなたへ戦いに出かけてすべて、すべて不在。誰からも咎《とが》められずヴァシーリイは馬にうちまたがったまま、道をたどらず城門さえ通らず自由自在、ひと跳びに市の城壁をとび越え、四隅の物見の塔にも眼さえくれず、ウラジーミル公の宮殿にやってくると庭に馬を乗り捨て、入口の段をひとっ跳び、番人や兵士に取次ぎも乞《こ》わず溜《たま》りの部屋を通り抜け、聖像拝むこともなし、つかつかと公の部屋に近づいてウラジーミル公の面前、樫《かし》の木のテーブルに命令書を投げ出した。

急ぎウラジーミル公は命令書の封を切り、読み終えるなり悲嘆《ひたん》の涙をこぼす。

「キエフもこれまで。おお今までになき大敵。しかも勇士はみな不在」

その時、南よりキエフめざして飛び来る者。隼《はやぶさ》にあらず。鷹《たか》にあらず。これぞわれらが勇士、われらが巨人、コサックのイリヤ・ムウロメツだ。

公の宮殿に駆けつけたイリヤは、まず神に祈り、ウラジーミル公の前に立って会釈《えしゃく》する。だがウラジーミル公は手をあげることさえかなわず、ただ熱い涙にむせぶ眼でうつろにイリヤを見るばかりだ。

「おお。イリヤよ。イリヤよ。この命令書を読んでみよ。そちの考えはどうじゃな。無益の血を流すことなく、キエフを明け渡すがよいのであろうか」

命令書を読み終えてイリヤは公に言う。「嘆《なげ》かれるな公よ。われらは神に護られています」

ママイの婿ヴァシーリイに向きなおったイリヤは、しばしの猶予を乞い願う。「使者よ。三年の猶予を給わりたい」

だがヴァシーリイは首を振る。「だめだ」

「では二年の猶予を願いたい」

「だめだ」

「では、せめて半年の猶予を。キエフの市内の処理をするためです。このような場合、常に猶予はあるものですぞ」

ヴァシーリイは、しかたなくうなずいた。「では、半年の猶予をあたえよう」

ウラジーミル公はさっそくヴァシーリイに馳走《ちそう》する。青き酒に麦の酒、甘い蜂蜜の酒を飲ませた上、さまざまな貢《みつ》ぎ物をさし出した。第一の大皿には白金《しろがね》、第二の大皿には黄金、第三の大皿には真珠玉、それぞれ大盛りに盛った上、輝やく金貨をこれに添え、またシベリヤ産の黒貂《くろてん》、南国よりの隼、紅《くれない》あざやかなビロードその他かずかず。

ヴァシーリイこれを受け取って、ママイの陣屋に持ち帰った。

すぐにイリヤは町へ出て、キエフの市内をふれ歩き、ついに見つけ出したのは、いち早く短い年月でロシヤ全土を走りまわることができるといわれた勇士ポターニュシカ。イリヤは諸方の勇士に檄《げき》を書き、これを持たせてポターニュシカを送り出した。ポターニュシカは野を駈けて、林を抜けて山を越え、ロシヤの勇士をことごとく集めてまわりキエフに戻る。それら勇士の顔ぶれは、まず思慮《しりょ》深きドブルイニャ・ニキーティチを筆頭に、ミハイル・イヴァーノヴィチ、伊達男《だておとこ》アリョーシャ・ポポーヴィチ、さらにサムソン・コルーヴァン、ドゥナイ・イヴァノヴィチ、ヴァシーリイ・カシメロフ、ミハイル・イグナチェフとその甥《おい》、その他スズダリから来たイヴァンの二兄弟など。総勢十人を越すこれら勇士たちが、ウラジーミル公の宮殿へみごと揃《そろ》えば、たちまち評定《ひょうじょう》が始まるのだ。

程《ほど》よきところでイリヤは立ちあがった。

「わたしがひとりで、ママイの陣に赴こう。若き勇士たちよ。広野に陣を張り、機を待っていていただきたい。三日めには戦いの準備をし、白布の陣屋を出で立たれよ。やがてママイの陣より、棍《こん》棒《ぼう》の音、剣打ちあわす音が鳴り響き、わしの角笛《つのぶえ》の音の響く時があろう。その時だ。敵の中央には斬りこまず、端《はし》から順にひとり逃がさず、老いも若きもすべて切り捨てるのだ。ママイの種を残してはならぬ」

勇士たちはいっせいに立ちあがり、イリヤの勇気にものも言えず、ただ無言で低く頭を下げるのみ。

イリヤは勇士たちに先立ってキエフの都をあとにした。馬にうちまたがり、めざすは荒野、ママイの陣地。おお戦いの予兆《よちょう》か黒雲はまき起り、北風は強く吹きすさぶ。

まさかママイのもとへ陣中深くひとりで来る敵があろうとは誰も思わぬ。イリヤは咎められることもなく、ママイの陣屋に到着した。馬からおりて白布の陣屋に入り、ママイの前に進んだ勇者イリヤ・ムウロメツ、この大敵、タタールの汗《カン》に一礼する。

ママイはイリヤを鋭い眼で睨む。「はて。見なれぬ男。そもそもなんの用で旅をする。また、いずこより来たのか。キエフからか。チェルニーゴフからか」

イリヤは答える。「わたくしは旅の巡礼。キエフよりまいりました」

キエフと聞いてママイは思わず身を乗り出し、矢つぎ早やに問いかけた。「キエフの様子はどうだ。あわてておるか。騒いでおるか。してイリヤはどうしておる。噂通りの男なのか。そもそもイリヤという男、どれほどのものを飲み食いするのだ」

イリヤおだやかに答えて言う。「イリヤという男、私と変りはございませぬ。顔はこの通り陰気《いんき》な顔。小さなグラスでちびちびと、わずかの酒をたしなんで、白い顔に白い顎鬚《あごひげ》、小さな白いパンかじり、もう老齢《ろうれい》にございます」

これを聞いてママイは喜び、浮かれて笑う。

「ではあの噂には、尾ひれがついておったのか。なんということだ。このような大軍を集める必要はなかったぞ。わしの部下の勇士ロスラヴネなど、一度の食事に牛一頭、酒は大釜ひとつ分」

イリヤはついに笑い出す。「ママイよ。そなたは利口でない。ウラジーミル公の宴会で、テーブルの下の大食らいの犬、骨の重みで潰《つぶ》れて死んだ。ママイよママイ。そなたはここを立ち去れぬ。なぜならイリヤ・ムウロメツが、そなたの首を切るからだ」

ママイは狂気の如く怒って立ちあがり、鋭い短刀をイリヤに投げつけた。だが勇士イリヤ・ムウロメツが、短刀などにひるむことはない。顔を襲ったその短刀を鼻さきで鷲《わし》づかみにすると、柄《え》を握りなおし、ママイに近づいて咽喉《のど》を刺し、そのまま首を刎《は》ねてしまうのだ。

たちまち襲いかかるママイの部下、陣屋の外にはママイの軍勢、すべて蹴散らし、自らの愛馬にたどりついたイリヤは、馬上に高だかと角笛吹き鳴らす。明るいイリヤの眼は今暗くなり、心は炎と燃え立った。昼の光、夜の暗さは眼にも入らず気づきもせぬ。イリヤはその強き両肩、白き両腕、打ちひろげ打ち振り、今、ロシヤの大地に響きわたる棍棒のうなりと剣の音。

おお、イリヤ殿がママイを仕止めたぞ。それ、われらの出陣する時ぞ今。野牛さながら、勇士たちは地ひびき立てて突き進み、荒野にひろがるママイの大軍、端から端へと五日五晩にわたって斬り続け、老いも若きもひとり残さず、すべて屍《しかばね》、流れる鮮血、その湯気《ゆげ》は黒い雲間に白く立ちのぼる。

勇士たちの陣屋で留守を守っていたのはスズダリから来た二兄弟だった。ふたりは戦いのどよめきを遠くに聞いてじっとしていられず、ついに陣屋を出て戦場へ赴いた。そのあとへ戻ってきたイリヤその他の勇士たち、陣屋が無人なので不審に思い、ふたたび戦場へ引き返すとそこにスズダリの二兄弟、すっかり戦いが終ったのを見て勝利を自慢しながら戻ってくるところだ。

「もはやわれらに勝つ者なし。たとえ天軍が押し寄せたとて、われらには敵《かな》うまい」

その時、奇怪、不可思議、倒れていたママイの軍勢が五倍の数にふえて起きあがり、イリヤたちに襲いかかってきたのだ。おお、これぞ天軍。自慢した報《むく》いがやってきた。勇士たちはまたしても立ち向かい、六日間斬り続けたものの、天軍は倍に倍にとふえるばかり。イリヤは天に向かって叫ぶのだ。

「神よ。お許しください。スズダリの兄弟の愚かなことば、われらの思いあがり、それらの罪をすべて認めますゆえに、何とぞお許しを」

天軍はたちまち地に倒れ伏したものの、勇士たちに罰は下った。すべての勇士は石となり、大地にうずくまる。もはや何千年、何万年を経ようと動くことなし。

かくて彼らは伝説の石となり、ロシヤの大地を護る。栄えあれ。広大なるロシヤの天地。まこと

の勇者イリヤ・ムウロメツよ。思慮深きドブルイニャ・ニキーティチよ。ミハイル・イヴァーノヴィチよ。伊達男アリョーシャ・ポポーヴィチよ。そして多くの勇士よ。彼らはのちのちの世までブィリーナに歌われ続け、そして今、ここに蘇《よみが》えり、今ここにイリヤ・ムウロメツの物語は終る。

イリヤ・ムウロメツの周辺——ブィリーナの世界——（講談社文庫版解説）

中村喜和

国民的英雄イリヤ

気がやさしくて力持ちといえば桃太郎であるが、ロシアの豪傑イリヤにも幾分その面影がある。「勇士におなり。行いをつつしむのだよ。幼い孤児《みなしご》を作らぬようにおし。若い女のひとを辱しめてはいけないよ」という百姓の母親の教訓を、イリヤは一度もふみはずさなかった。勇気と強さと善良さという性格が桃太郎とイリヤに共通している。二人とも、それぞれの国で知名度抜群の国民的英雄でもある。

しかし二人が決定的にちがっている点がある。桃太郎は鬼を退治して金銀財宝をもちかえり幸福な余生を送ったけれども、イリヤの求めたものは富ではなかった。ロシアに攻め入る異教徒をうちはらっても、人間ばなれした怪物どもをたおしても、高価な宝物を手に入れた形跡はない。正教に仇なす敵は限りがなかったから、安穏無事な余生を送る余裕もなかった。善良な豪傑イリヤのまわりには、桃太郎にはない悲壮な雰囲気がただよっている。祖国を守るためとあらば、血を分けた息子さえ手にかけなければならなかった。この種の悲劇的な運命は、およそ英雄叙事詩の主人公にとって避けがたいものだった。そう、イリヤこそブィリーナと呼ばれるロシアの英雄叙事詩の第一の主人公なのである。

昔話とのちがいをもう一つ挙げておく。「むかしむかし、あるところに」と世界中の昔話がはじまる。ロシアでは、たとえば、「イワンの馬鹿」の話がそうである。それに対して、叙事詩は登場人物も彼が活動する舞台も、架空ではない。イリヤは今ものこる実在の町ムウロムのはずれで生まれたとされる。イリヤはキエフに出て、ウラジーミル公に仕える。キエフはロシアの古い都で、現在はウクライナ共和国の首都になっている。ドニエプルの大河にのぞむ高台にあって、緑の多い美しい町である。

あとで述べるように、ブィリーナはウクライナには伝わらなかった。中部ロシアのモスクワ周辺でも伝承されず、おもに北ロシアやシベリアにのこった。かつてブィリーナを聞きながら育った純朴なロシアの農民たちは、キエフの修道院などへ巡礼にやってくると、かならずイリヤの墓におまいりしたいと言ったそうである。イリヤを実在の勇士と信じて疑わなかったのである。田舎者といってしまえばそれまでであるが、私はむしろロシアの民衆の豊かな想像力に感嘆する。それは、おしなべて日本などと比べ格段にスケールの大きい自然と風土によってはぐくまれた精神的能力であったと言えないだろうか。

ブィリーナの発見

今でこそイリヤ・ムウロメツはロシアの国民的英雄であるが、ブィリーナという叙事詩のジャンルが民衆のあいだに伝わっていることが知識階層に知られたのは、それほど古いことではなかった。それにはロシア特有の事情があった。十九世紀にはロシアの国民の圧倒的多数、数字でいえば八割以上は、農民だった。都市の下層民が一割ほどいた。彼らの上にツァーリとほんの一にぎりの貴族階級が君臨していた。同じロシア人でありながら、貴族インテリゲンツィアと農民は別世界の住民のように、まったくかけはなれた生活を送っていたのだった。

一八五八年にモスクワ大学を卒業したパーヴェル・ルィブニコフという青年がいた。日本が黒船来航でゆれていたこの時代、ロシアもイギリスやフランスなど先進諸国を敵にまわしたクリミア戦争で敗北をこうむった直後で、農奴制社会の矛盾が痛感されていた。ルィブニコフは大学を出てまもなく、革命をめざすグループに属していたことが発覚して、北ロシアはオネガ湖畔にあるペトロザヴォーツクという町へ追放された。モスクワから北へ七百キロほどはなれたオネガ湖は、琵琶湖の十五倍の広さをもつ湖である。ルィブニコフはこの地方の県庁の統計委員会書記として勤務をはじめた。一八六〇年の五月に、彼はオネガの北岸地方へ統計資料収集のため出張を命じられた。学生時代から民衆生活に興味をもっていたルィブニコフは、かねてから奥オネガ地方にはまだ中世以来の古い習慣や伝説がのこっていると聞いていた。

ルィブニコフがペトロザヴォーツクからのりこんだ船には、彼のほかの乗客は百姓ばかりだった。港を出てしばらくすると強い向い風が吹き出したので、船は沖合の小島に立ち寄った。このあたりの五月はまだ氷がとけたばかりの早春である。乗客一同は上陸して一夜をここで過ごすことになった。明け方、眠りからさめかけたルィブニコフの耳に、歌とも語りともつかぬ奇妙な声が伝わってきた。白髪の老人がまわりの百姓たちにサドコのブィリーナを語っているのであった。「生き生きとして気まぐれで楽しげであり、われわれの世代が忘れてしまった往古を思い出させる」ような節回しだった、と後にルィブニコフは書いている。これがロシアの読書人とブィリーナの語り手の最初の出会いであり、この老人の紹介によってルィブニコフは他の語り手たちとも知り合い、やがて彼の記録になる二百篇あまりのブィリーナのテキストが次々と公刊されるに至ったのである。

ルィブニコフの書物が世間に与えた第一印象は、驚異と不信感だった。それまでキルシャ・ダニーロフという人物が十八世紀に多分シベリアで書きとめたらしい若干のブィリーナが知られているだけで、首都（現在のサンクト・ペテルブルグ。一時レニングラードと呼ばれたことがある）からさほど遠からぬ場所にその語りの伝統が命脈をたもっているとは容易に信じられなかったのである。もっとも、それから十年ほどたった一八七一年にアレクサンドル・ギリフェルジングという人物がふたたび奥オネガ地方へブィリーナ調査におもむいて、七十人の語り手から合計三百篇ほどのブィリーナを得るに及んで疑惑は完全に消えた。

ルィブニコフとギリフェルジングのブィリーナ集が世に出た十九世紀後半の二、三十年間は、ロシアのフォークロア研究が本格的に開始された時期でもあった。世界的に有名なアファナーシエフの「ロシア民話集」や宗教的な色彩の濃い「ロシア伝説集」がこのころに出たのである。それはまたロシア文学の黄金時代でもあった。ツルゲーネフ、トルストイ、ドストエフスキイなどの巨匠の作品と時を同じくして、ブィリーナはふたたびロシア民族全体の共有財産になったのだった。

ブィリーナの歴史

イリヤはいつごろの人か。この勇士が実在の特定の人物でないことはあらためて言うまでもないが、おおよその時期を知る手がかりはある。イリヤのたてる手柄や生涯の事績はある種の史実と結びついているからである。

まず、手足のきかなかったイリヤに不思議な力をさずける三人の老人とは、たぶん巡礼であったらしい。あるいは巡礼に身をやつしたキリスト教の聖者たちとも考えられる。ギリシャからロシアにキリスト教が伝えられたのは十世紀のことである。ギリシャ正教をもってロシアの国教と定めたのは、キエフに君臨していたウラジーミル大公だった。ウラジーミルが没したのは一〇一五年である。この人物こそブィリーナにうたわれる太陽公ウラジーミルのモデルなのである。

はじめウラジーミルは異教の神々を崇拝し、八百人の妻妾《さいしょう》とともに暮らしていた、と古い年代記には書かれている。ブィリーナにはアプラクシアと呼ばれるお后《きさき》しかあらわれないので、敬虔《けいけん》なキリスト教徒になってからのウラジーミル公がうたわれていることになる。もっとも実際にはウラジーミルはキリスト教への改宗と同時に東ローマ帝国の皇女アンナと結婚している。この程度のズレは、叙事詩としては大目に見なければなるまい。

「イリヤ最後の戦い」の中でロシアに押し寄せるママイ汗はモンゴル族の建てたキプチャク汗国の支配者である。ママイは一三八〇年に「静かなるドン」の近くのクリコヴォの原でロシアの大軍と戦ってやぶれている。

これからわかるように、イリヤの生涯はロシア民族の歴史の最初の時期、つまり十一世紀から十四世紀のあいだの史実とむすびついている。確証があるわけではないが、ブィリーナと呼ばれる叙事詩が成立したのも多分この時期であろうと一般に考えられている。

イリヤをはじめとするブィリーナの勇士たちはロシアに攻め入ろうとする異教徒と戦っている。たしかに、キエフにロシアの都がおかれていた時代に、この国の人びとにとって最大の苦しみは遊牧民の襲来だった。ロシア人の大部分はすでに農耕に従事していた。イリヤの両親が農民だったのは偶然ではない。一方、ロシア平原の南部、黒海北岸からドンの下流一帯にかけてのステップにはアジア系の諸民族が遊牧生活をいとなんでいた。秋になって麦の収穫がすんだころを見はからって、遊牧民たちはよく肥えて足の速い馬を駆って、ロシア人の集落を襲ってきた。奪われるのは家畜や食料だけではなく、女や子供たちも連れ去られ、奴隷としてギリシャやイタリアなどへ売られていった。キエフ・ロシアにとって決定的な打撃になったのは、ジンギスカンの孫のバツのひきいるモンゴル・タタール軍の襲来である。それは一二四〇年前後のことで、これ以後ドニエプル河畔のキエフは長いあいだ荒れ果て、ロシアの政治的中心はもっと北の森の中、モスクワのあるヴォルガ上流地方へ移ったほどである。そしてロシア全体が二世紀半もモンゴル・タタールの建てたキプチャク汗国の支配を受けることになった。

概して、ブィリーナの勇士たちはロシアの国の防人《さきもり》だった。彼らの任務がロシア民族全体の運命にかかわっていた以上、ブィリーナはかつてロシアのいたるところでうたわれていたにちがいない、というのが研究者たちの推測である。十六世紀にモスクワに君臨したイワン雷帝《らいてい》はブィリーナ語りを側近において、夜毎、イリヤをはじめとする勇士たちの物語を聞くのを楽しみにしたといわれる。

それがなぜ十八、十九世紀になると、まるで雪の吹きだまりのように、そこここの辺境地方、すなわち森と湖の北部ロシア、ウラルを越えたシベリアの地、それにコサックの居住地であるドンの下流へと分布圏がせばまってしまったかは、ブィリーナにまつわる大きな謎の一つである。

この現象について説明の試みがないわけではない。いくつかの解釈のうち一番信頼できそうなのは次のようなものである。ウクライナや中央ロシアでブィリーナが伝わらなかったのは、農業が主たる生業であったからである。農耕の仕事は家族単位の作業が中心となっている。これに対して上記の北ロシアなどでは農業もまったく行なわれないわけではないが、漁業や木材の切り出しなどの方が生活の中で大きな比重を占めている。これらはいずれも集団労働であり、天候に大きく依存する特徴をもっている。このように時間に比較的余裕がありかつ集団生活がいとなまれる中でブィリーナを語りこれを楽しむ伝統が何世代も何十世代も継承されてきたのであろう、というのである。

げんに十九世紀に名を知られたブィリーナ語りの何人かは、青年時代に漁撈《ぎょろう》や木材伐採のアルテリ（数人あるいは十数人からなる作業グループ）にはいり、飯場《はんば》での寝起きや漁網のつくろいの暇々に先輩の語り手たちからブィリーナを聞きおぼえたのだった。上手な語り手になると夜番などの義務が免除されることもあったという。

イリヤの僚友たち

話をすこし元に戻そう。イリヤだけが中世のロシア人の英雄ではなかった。

ブィリーナの勇士たちは大体三つのグループに分類することができる。第一は最も古い時期、いわば神話時代の豪傑で、たとえばスヴャトゴルによって代表される。彼は「もしもこの大空に、把手《とって》の輪がついていたなら、わしはそれを持って空ぜんたいを引きずりおろしてやるのだが……」とうそぶくほどの巨人で、さしものイリヤもこのスヴャトゴルの前に出ると、子供と大人以上の違いがある。イリヤは彼のポケットに軽くおさまってしまうのだから。しかしスヴャトゴルはとりたてて人びとの役に立つ仕事をしないまま、ありあまる力の一部をイリヤにのこして、死んでいく。

イリヤとともに、ブィリーナの英雄時代がはじまる。この時期の勇士はイリヤを筆頭として多士済々である。イリヤとその最も近しい勇士たちをロシアの画家ヴィクトル・ワスネツォフが巨大なカンバスに描いた作品がある。十九世紀以来のロシア人の勇士像をよく表現していると思われるので、簡単に説明しておこう。画面の中央、青毛の駿馬にまたがって鎖帷子《くさりかたびら》を身にまとい、左のわきに長槍をかいこんだ巨漢がいわずと知れたイリヤ・ムウロメツで、彼は肘《ひじ》に鉄の鎚矛《つちほこ》をぶらさげたままの右手を軽々と額にかざしてステップのかなたを眺めている。ロシアをおかそうとする敵の姿を求めているのである。イリヤの左側、白馬にまたがって今まさに剣を抜きはなとうとしているのが思慮ぶかいドブルイニャ・ニキーティチ、その反対側に赤毛の馬の背で鎧の下から真紅の衣裳をちらつかせながら弓を手にしている若者はアリョーシャ・ポポーヴィチという。

ドブルイニャとアリョーシャをそれぞれ主人公とするブィリーナも数多く伝わっている。貴族の血をひくドブルイニャは礼儀正しい優雅な物腰と沈着さでキエフの宮廷の外交官という役どころを受けもっている。楽器をかなでたり、歌をたくみにうたうこともできる。武術ばかりか風雅の道にも通じているのである。それでも必要とあらば、翼をもつ大蛇のような怪物と戦い、ウラジーミル太陽公の姫君を大蛇の洞窟から救い出すこともできた。

一方アリョーシャは正教会司祭の子で、イリヤ同様にさまざまな妖怪変化とわたり合うが、彼の勝利は力より策略によることが多い。何よりも女性の魅力によわく、ギリシャに派遣されたドブルイニャの留守のあいだに、義兄弟の妻にしつこく言い寄ってあやうく結婚しそうになったこともあった。

このほか太陽公のために隣国から腕ずくで美しい王女を奪ってくる勇士、「ブロンドの髪の毛が額にはらりとかかるさまは真珠の粒がこぼれるよう」という美男子ぶりで都じゅうの女たちを悩殺してしまう勇士、さらには愛する夫を大公の牢獄から救い出すため男装して宮廷に乗りこんで首尾よく目的を達するような女勇士もいた。

歴史上のウラジーミル公の側近には大小の貴族がひかえ、勇敢な従士団が奉仕していたはずであるが、彼らはブィリーナの中ではすこぶる影のうすい存在である。それに対して、イリヤをはじめとするブィリーナの勇士たちは公に仕えても、忠義一途の家来にはならない。むしろ公とのあいだに一定の距離をおきながら、キリスト教会と民族の独立という大義のために身命を賭して働くのである。ブィリーナのウラジーミル公は気立てはやさしいが、意志の力に欠けている。智恵にもめぐまれてはいない。そこで時には勇士たちと衝突することになるが、「青き酒のむイリヤ」のときのように、結局やりこめられて仲直りを申し出るのは公のほうである。

ブィリーナの第三の英雄たちはノヴゴロドの商人たちである。この町はロシアの北西に位置し、十五世紀まではバルト海のハンザ同盟ともつながりをもつ豊かな商業の町だった。この町にはワシーリイ・ブスラーエフのような陽気なあばれ者も生まれたし、一介の楽師から身をおこしてやがてこの町の大商人となり、商船隊をひきいて外国まで足をのばすサドコのような冒険家が活躍した。キエフの勇士たちのように剣や弓矢を使う代わりに、芸の力と機略と才覚で富や名誉を手に入れるところに商都ノヴゴロドの英雄たちの面目があった。

ブィリーナ語り

ブィリーナの演奏はある種のメロディーをともなっている。私の手もとには一八九四年のイワン・リャビーニンという語り手の演奏をはじめ十種類あまりのブィリーナ語りの録音（この中にはソビエトで売り出されたレコードも含まれる）があるが、聞き比べるとメロディーはそれぞれにかなり異っている。大体一人ひとりの語り手が数種類の得意の節まわしをもっていて、ブィリーナの内容によって語りわけていたらしい。大きく分ければ、ロシアの北部とシベリアでは聴衆を前にして個人が語っているのに、南ロシアのコサックたちはその場に居合わせる者たちが声を合わせ、語るというよりはむしろ歌っている。いずれの場合も楽器による伴奏はないが、昔はグースリという絃楽器による伴奏があったらしい。

この点で日本の伝統芸能としては説経《せっきょう》節や瞽女《ごぜ》の歌、あるいは比較的新しいところで浪花節《なにわぶし》を連想させる。

最近ではいたるところでブィリーナに対する関心がうすれて、生きた芸術としてはほとんど死滅しかけているようである。モスクワやサンクト・ペテルブルグの学術機関からは毎年夏になるとフォークロアの調査隊が各地へ派遣されているが、ブィリーナに関する限り目立った収集成果はあがっていない。

ただ十九世紀後半の語り手については、かなり資料が伝わっている。たとえば、前述のイワン・リャビーニンはすぐれた語り手を輩出させた有名な家系に属している。中でもイワンの父親で初代のトロフィムは最も傑出していた。彼はオネガ湖にうかぶキージという島に住む農民兼漁師だった。キージはネギ坊主型の円屋根を重層的に組み合わせた美しい木造教会で名高い島である。トロフィムが記憶していたブィリーナは合計二十六篇、およそ六千行に及んだという。ルィブニコフやギリフェルジングのブィリーナ集の中で質と量の点で格段に他を圧しているのはこのトロフィム・リャビーニンの語ったものである。トロフィムは十八世紀の九〇年代に生まれて一八八五年に亡くなったから、九十歳前後まで生きたことになる。作曲家のムソルグスキイが彼の演奏を採譜したものがのこっていて、これを息子のイワンの演奏録音と比較すると、旋律にも言葉にもほとんど変化のないことがわかる。イワンの次の世代のイワンもブィリーナ語りとして知られた。リャビーニン家はトロフィムの伝統を忠実に継承する点で際立っていた。

一方、これとは対照的に、レーニンについてのブィリーナを創作してソビエト作家同盟の会員にむかえられたマルフア・クリューコワという女性の語り手は、白海沿岸出身の母親アグラフェーナともどもブィリーナ語りの指折りの名人であったけれども、即興性に富んだ独創的な語り手だったとされている。

中世の様子はよくわからないが、近世のブィリーナ語りでこれを職業としている者がいなかったことは興味ぶかい。どんな名人上手の語り手も堅気の本業をちゃんともっていて、金銭や物品による報酬を目当てに演奏することはなかったのである。

一八九〇年ごろ、あるブィリーナ語りの演奏に立会った研究者の実況描写を紹介しておこう。

> ウートカ〔語り手の名〕は自分の愛する勇士になりきっていた。病気のイリヤ・ムウロメツが三十年も寝たきりで足が立たなかったというところでは涙をながしてくやしがり、盗賊ソロウェイをたおしたときには、イリヤといっしょになって誇らしげな顔つきになった。ときどき歌を中断して、注釈を加えることがあった。
>
> 聴衆もみなブィリーナの主人公になりきっていた。
>
> 時おり、だれかが思わず感嘆の声をあげたり、部屋じゅうにみんなの笑い声がひびきわたったりした。目に涙をうかべる者もいた……たれもが歌い手からじっと目をはなさずにすわっていた。彼らは、この単調ではあるがすばらしい落ちついたモチーフの一つ一つの音のひびきをかみしめていた。

ウートカ（かも）というのは実は百姓が本職の語り手ニキーフォル・プローホロフのあだ名で、このとき七十歳に近かった。どういうものか、ブィリーナの語り手たちはみんな長生きで、ウートカことプローホロフもこれからさらに十数年後の一九〇六年、実に八十六歳のときに語った出来のいいブィリーナのテキストが今日に伝わっている。

＊＊＊

ブィリーナに多少とも親しんできた者として、ロシアの国民的英雄イリヤ・ムウロメツが筒井さんの名文によって現代日本の大勢の読者のまえによみがえったことは、うれしくてならない。長年贔屓《ひいき》にしていた外国映画の大スターを日本に迎えたときのファンの心理というものであろうか。しかもありがたいことに、素顔のイリヤを間近に眺めてみると、数百年前にロシアで活躍したときと比べてちっとも老けこんではいない。

筒井文学の世界が洋の東西を問わず古代から現代を経て未来におよび、その文体が変幻自在であることは、改めて言うまでもあるまい。少し注意ぶかい読者なら、『イリヤ・ムウロメツ』においては格別文体に張りがあり、随所に響きのいい言葉がちりばめられていることに気づかれないはずがない。これはブィリーナが何よりも語りの芸術であり、ロシアの民衆のあいだで千年にわたってみがきぬかれてきたことに筒井さんが敬意をはらった結果である。

そこで是非とも読者にお願いしたいのは、この作品に限って黙読するだけでなく、声にだして朗々と読み上げてくださることである。ブィリーナの本当の良さは、活字を通じてではなく、かつてロシアの民衆のもとでそうであったように、音声によって耳から伝わってくるからである。

そのさいの参考までにつけ加えておくと、主人公イリヤの発音はヤを少々長めに「イリヤー」に近く、キエフの都はむしろ「キーエフ」と読んでいただきたい。日本語には正確に表記しにくいが、ロシア語では一つの語にかならず一個所つよく、やや長く発音する母音が含まれているためである。以下の人名では傍点をつけた音がそれにあたる。「スヴャトゴル」、「アプラクシア」、「チュリロ」、「ミハイル」。

ロシアの勇士イリヤ・ムウロメツのかずかずの勲功《いさおし》が日本においても読みつがれ語りつがれることを心から願ってやまない。

PART Ⅲ

空飛ぶ冷し中華㈲

山下洋輔の周辺

山下洋輔とか奥成達とかいった連中は、まことに奇妙なことばかり考えつく人種である。今回は「全日本冷し中華愛好会」というのを設立したので、ぼくにも入れといってきた。

そういえば数年前、テナー・サックスの中村誠一がまだ山下トリオにいたころ、洋輔、誠一のふたりが「全日本横断歩道愛好者協会」というのを作ったのでおどろいたことがある。しかしこっちの方は、協会設立主旨を想像できないこともない。つまりこれはあの厄介な、足の疲れる、時間のかかる、いらいらする、馬鹿くさい歩道橋というものがたくさん作られることへの反発と考えられるからである。ぼくはこの協会に加盟しなかった。つまりぼくは歩道橋を登る女性を下から見あげてスカートの中をのぞく趣味があり、そのころにはまだ、パンティ・ストッキングをはいていない女性もたまにはいたのだ。だから必ずしも歩道橋が嫌いではなかったのである。

ところが今回の「全日本冷し中華愛好会」設立主旨だけは、どうにも想像できかねた。そこで訊ねてみたところ、山下洋輔の返事は、そこのところが難しくて、現在愛好会内部でもめているということである。

そもそもは、「なぜ冬に、あのうまい冷し中華がないか」という不満から始まったのだそうだ。なるほどそういえばぼくにも身におぼえがある。秋口になるとラーメン屋中華料理店などのショー・ケースからいっせいに冷し中華が姿を消す。それればかりではない。乾物屋駄菓子屋八百屋などの店頭からは、マルちゃんの冷し中華というあのインスタント食品までが姿を消してしまうのである。こういうのがそもそも日本人の悪いところであって、ゴルフをやるとなれば貧乏サラリーマンまでゴルフをやりだし、ゴルフをやらないものは人非人扱いをする。農村の連中は、その必要もないのに農閑期に出稼ぎにいく。あの家は農地を何十ヘクタールも持っているのに出稼ぎに行くから、おれも行かないと村八分にされる、というわけだ。中国の悪口は絶対に言ってはいけないし、アメリカを褒めれば馬鹿にされる、思考の画一化である。冬に冷し中華を食うなど、とんでもないことなのである。

そこで「全日本冷し中華愛好会」では、冬にも冷し中華を食わせろという運動を起こし、冷し中華を食わさない店には圧力をかけ、マルちゃん他のインスタント食品の不買運動を起こすのかというと、そうではないのである。そういう運動をやると主婦連と変わりがなくなってしまうというのである。そういうのは女性的で、陰湿で、特定の少数個人を困らせるだけに過ぎず、本質的ではないというのである。

さりとて、ハムがいいか焼豚がいいかとか、海苔は短冊に切ったのがいいか青海苔のふりかけがいいかとか、紅しょうがときゅうりはどちらを多くすればよいかとか、そんなことは料理評論家のやることであって、何ら冷し中華愛好者問題の根本に迫るものではない。

ついに、やはり官憲から弾圧されなければならぬ、という意見が出た。冬に冷し中華を食えば罰せられる、というのでなければ団結は生まれない。こそこそと集会をし、地下のうすぐらい部屋で冷し中華を食うわけである。これを「隠れ冷し中華」という。逮捕されると、冷し中華をつきつけられて、これを食うか踏むかと迫られる。これを「踏み冷し中華」という。踏んだやつは「ころび冷し中華」となり、一生罪悪感にせめたてられて苦しむことになる。そういう弾圧に耐え、生き残ってこそ冷し中華愛好者といえるのであり、連帯感はより強まるのである。

と、まあそこまでは考えたものの、いかにして弾圧を受けられるように政府に交渉するかという点で、現在もめているというわけである。

こういったナンセンスに理屈をつけたくないのだが、連想の飛躍も不自由な人、つまり馬鹿のためにつけ加えると、この会の設立そのものが、ポルノ弾圧のアイロニーになっているのである。ポルノを弾圧するのと、冷し中華を弾圧するのと、どちらがよりナンセンスであろうかという、官憲への冷やかしなのである。しかし、そこまで書いてしまうと身もふたもないかもしれない。もう書いてしまったが。

山下洋輔が書いた小説の童貞作「さらば碧眼聖歌隊」（宝島三月号）に関しても、だからぼくは余計な解説はつけない。ナンセンスに解説は禁物なのだ。ぼく自身、ナンセンス作品に山野浩一だの何某だのからわけ知り顔の解説的批評をされてずいぶん腹を立ててもいるからだ。面白ければそれでよい。

ナンセンス作品としての面白さをＡＢＣＤＥの五段階にわけて評価すると、この「碧眼聖歌隊」は文句なしにＡにランクされる。ふつう、プロ作家以外の人間がいくらアイデア豊富なナンセンス作品を書いたところでせいぜいＢにしかならない。ナンセンスの場合は特に文体がものをいうからだ。ところが山下洋輔の文体は彼のピアノの文体に劣らずすばらしいものであり、ぼくはしばしば彼の文章のいいまわしなりフレーズなりを盗んでいる。

そういう誘惑のある文体なのだ。面白くないはずがない。

特に後半、トリップしてからのドタバタがよい。演奏しながらのドタバタというのは、ぼくもまだやったことがないし、音楽の知識がないと書けないから、読んでいてずいぶん口惜しかった。特に「五百二十六連音符」というギャグなどは秀逸である。

あまり口惜しかったのだろう、その晩夢を見た。彼のピアノに、ギターで挑戦している夢だ。ぼくが「九連宝塔音符」「水平二連音符」「貨物列車ナロ十二輛連結音符」などをやって、これは真似できまいと思っているると、ついにたまりかねた洋輔が立ちあがり、へんな掛け声とともに、草刈り鎌ほどの大きさの八分音符でもってなぐりかかってきた。

「ユッケ・ビビンバ！」

八分音符のヒゲがおれの背広を切り裂き、おれの背中に赤い筋をつけた。

「キムチ良い！」と、おれは叫んだ。ほんとは痛いくせに、やせ我慢をしてそう叫んだ。

洋輔は口惜しがり、今度は十六分音符でもっておれの背中を切り裂いた。

「カルビ・クッパ！」

「キムチ良い！」背中がズタズタである。

森山、坂田、奥成、長谷邦夫、河野典生といった連中がやっと助け出してくれた時にはもうふらふら。何か叫ぼうとしても、口からは白い泡みたいな全音符がぽかりぽかりと出るばかり。はて声が出ていないのに全音符が出るとはおかしい、と誰かがいう。それもそのはず、おれは超音波で悲鳴をあげ続けていたのだ。

長編伝奇冷血冒険冷し中華SF

冷中水湖伝

序章　ツタンラーメンの怒りの巻

筒井康隆

時は、古代エジプト王朝テル・エル・アマルナ時代、今より約三千三百年も昔のことである。

第十八王朝のツタンラーメン王は、ラメンホテップ王時代から始まったエジプトの衰勢をなんとか盛り返そうとして、日夜心を砕いていた。このころエジプトは、征服した多くの土地を維持することができず、あちこちで反乱が起こり、また国内では宗教改革が起こって、衰勢に拍車をかけていた。反動改革は成功したものの、それくらいでは国威は回復できず、王権を左右しようとたくらむラメン神官たちは、あとを絶たなかった。

その夜も過激派のラメン神官百八名は、テーベの都の西郊デール・エル・バハリの神殿の地下に集まり、密議をこらしていた。彼らがかこむ大円卓には、彼らがひそかに嗜む百八皿の冷し中華がすでに盛られ、並べられていて、立ちのぼるその冷気は死の神オシリスの巨像をゆらめかせていた。

正面に腰かけた三人の神官は、これぞこの密議の主謀者、ラメンホップ、ラメンステップ、ラメンジャンプの三つ児トリオである。トリオのリーダー、ラメンホップは、立ちあがっておごそかに宣言した。

「将軍エル・ハム・ヘブラ・ベニショーガラを王位につかせてわれらが政権をとるため、われわれは今、神に祈りを捧げるとともにその謀議をこらした。それでは体制打倒の願いをこめ、これにより冷し中華の宴を催そうではないか」

続いてラメンステップが立ちあがった。「いうまでもなくこの冷し中華は、かの英王トトメス三世がフェニキア、クレタ島、エーゲ諸島、プント、アラビア、ヌビアなどと交易を始めると時を同じうして、バビロニアより、バビロン第一王朝第六代の王ハンムラビにより持ちこまれ、現王ツタンラーメンにまで伝えられたラーメンなる麵を、死の神オシリスの告知により陰陽五行の調味で作られたタレによって嗜むものである」

最後にラメンジャンプが立ちあがり、大声でいった。

「と、いうことは、この冷し中華こそツタンラーメンより、圧迫されているわれわれラメン神官にふさわしい、秘密の、ややうさんくさい、反体制的な、革命的ラーメンなのである。おお、すでにわが腹は鳴り、この冷気と香りではや血湧き肉おどり膝の骨は笑う。いざ。食べようではないか」

「ラーメン」の喚声をいっせいにあげ、ラメン神官たちはうちふるえる手で割り箸をとった。

これより少し前、反乱をたくらむ将軍エル・ハム・ヘブラ・ベニショーガラは、部下の裏切りによって計画が王に知れ、テーベ郊外のキュウリ畑で王の部下たちに虐殺されていた。

「われ死すとも冷し中華は死せず」死のまぎわ、彼がそう叫んだということがテーベの墓中に見られる将軍や神官たちの自叙伝に多く記載されている。

「おおいなるわが祖先にして偉大なる神ラメンホテップよ」そのころツタンラーメンは怒りに満ち、祖神ラメンホテップに祈りを捧げていた。「われに刃向かうラメン神官どもに罰をあたえよ。彼らに呪いをかけたまえ。彼らはあなたの伝えられたラーメンに死の調味を加え、あなたの名を汚し、われわれの誇るラーメン文化を嘲っております。彼らを亡ぼすことはあなたの使命であります。なにとぞ冷し中華なる異端のものを根絶させたまえ。ラーメン」

その祈りがラメンホテップに通じたのかどうかは不明である。ただ、デール・エル・バハリの神殿が、ちょうど地下の神官たちの割り箸をとりあげようとした時と思えるその折に、耳を聾する轟音、眼をくらませる閃光とともに吹きとび、跡かたも残らずとび散ったことは、とりもなおさずラメンホテップの呪いに相違ないと多くの歴史書に書かれているところである。テーベの郊外に住む多くの者はその日、光の尾をひいた百八皿の冷し中華が北東の方角へ群れをなして飛び去ったのを目撃している。それはさながら、のちの世にいうフライング・ソーサーつまり空飛ぶ円盤の大編隊の如くであったともいう。

この証言は今日、空飛ぶ円盤の出現した地方に必ずその直後うまい冷し中華を食わせる店が出来ているという事実から考えて、まことに興味深いものがある。

冷し中華の申し子たる百八人の奇傑が世にあらわれるまでには、さらにこれより三千三百年という年月の経過が必要となるわけであるが、その間、かの冷し中華の陰陽五行による調味で作られたるタレがいかにして守り抜かれたかを暗示させる記述は、史書、古文書のあちこちに散見できる。たとえば旧約聖書ルツ記には左の文章がある。
「偖《さて》ペルヅの系図は左のごとし。ペルヅ、ヘヅロンを生み、ヘヅロン、ラムを生み、ラム、ラメを生み、ラメ、ラメンとレメンを生み、ラメン、ソメンとチャーシューメンを生み、チャーシューメン、一人の男子とワンタンメンを生む」（第四章一八・一九節）
チャーシューメンの生んだワンタンメン以外のもう一人の男子というのが、冷し中華という邪教に走ったために聖書からその名を抹殺されたのであろうということは、われわれが容易に推理し得るところである。

さて、また星新一「邪馬台国ハワイ説」を信ずるに足るものとするならば、中国大陸から冷し中華のタレの秘法がハワイに伝わったであろうことは充分考えられることであり、「カメハメハ一世伝」の記述によれば、カメハメハ一世の第二王子ヤマハマハが、邪教の食いものに魅せられ、「これぞ常夏の国の主食たるべきもの」と叫ぶなど、精神に錯乱を来たしたがため、「アホか」といわれて王国より追放されたという。

時は過ぎ人はかわり、花はうつり病気もうつり、公害が出て気ちがいが出て、またたく間に三千三百年が経ち、舞台は次章より現代の日本にうつる。

第一章　三倍達・峠の虎退治の巻

平岡正明

おお、俺の番だ。こうなりゃ早い者勝ち、たちまち峠の虎退治の話――。

「三倍達よ、母はおまえに父なる蒼き狼よりうけついだたくましい身体を残すことしかできなかった。病多いこの母を見守って、日本人はみんな満州からひきあげたというのに、おまえひとりを異国の空にのこしてしまったえ。ケフッ、母の手をにぎっておくれ……」

死んだ。

天涯孤独の身となった三倍達、母のかたみの髪を一束、懐紙につつんで胸に入れ、小屋に火をかけます。メラメラと燃え上がる生まれ育った小屋ともども老母を荼毘にふします。炎の反照を顔にうけながら合掌する三倍達の頬に涙。やがてクルリと背を向けて、ノッシと歩き出し、燃え盛る小屋をふりかえっても見ません。時に三倍達、齢十と四年。

風雲児三倍達の心根、次なる詞がつたえておりますよう――

森と泉にかこまれて、なにをあえぐか影法師。赤い夕日の満州の、夢の四馬路《すまろ》か紅口《ほんきゅー》の宿か、君が御胸に抱かれて眠る。おかずは桃屋の花らっきょう。あゝあの顔であの声で、貴方ますます帆立貝、帰りくるようなバカッチョ出船。

千々に乱れてかきむしられるようでございます。ところは旧満州帝国とシベリアの国境の町満洲里《まんちゅり》、湖のようなケルレン川を背に、人の丈より高い黄金色の高梁畑がどこまでもどこまでもつづくなかを、三倍達、トボトボと日本に向けて歩きだす。シベリア鉄道沿いにハイラルに出て、大興安嶺を越えてチチハルに至り、チチハルからハルピンへ、ハルピンから牡丹江を渡るころにはだいぶロシア色も薄まり、東洋の雰囲気が出ますところをかまわずまっすぐ南下してウラジオストークかナホトカに出れば、基本的には方向はまちがいないようで……。

ハイラルまでの道中、餓えては食いかわいては呑みのイージーライダー、こともないので省略いたします。と、三倍達の前にたちふさがったのは名うての大興安嶺の峰々、ほとほとこまりはてた三倍達、見ますると、おりしも風にあふられてひるがえる紅の酒旗、一陣の酒の香とともに『ジャックの豆の木』とかかれた看板。と、店から顔を出した女、カマキリのような手つきでおいでおいでをする。この店の女将でございます。

「みかけるところ日本人《りーべんれん》だね。この先は難所、山下にはここしか店はないね。お客さん、悪いこと言わない、ここで休んで、明日、森山こえるね」

「じゃあ、コーヒーでももらうか」

「そんなものあるわけないだろう、ここ、酒の店ね」

「空腹なんだ、食うもの出してくれ」

「あいにくだねえ、今朝、イヌコロシの卓が美味そうな赤犬をつかまえそこねて、材料ないんだよ。でもうちの酒は、地酒ながらききめは生一本。あたしがおしゃくするからさ」

「じつは、俺、未成年なんだ」と三倍達。

「嘘おいいでないよ。その身体、片手で大の男を十人も殺せるほどじゃないか。ささ……」

三倍達、ドンブリになみなみと一杯あおる。

「ささ、もう一杯、いいのみっぷりだよ」と女将のすすめ上手、二杯、三杯と口がツルツルになるまでのみほしますと、空腹にききめははやい。

「グッスリおねむりな。なんせうちの名は『ジャックの豆の木』。眠っている間に天にもとどいて、さしもの興安嶺もひとまたぎという縁起のいい名」。女、艶然と笑いかけます。三倍達、尿意をもようしてフラと立ち、なにげなく店の裏にまわって見ると、なにやら白いもの。酔眼をこらしてみつめますと、なんとこれが人間で、胸の肉、腿の肉が剝ぎとられております。さては、と三倍達、冷や汗とともに酔いもすこしはさめましたが、そこは知らぬ顔でもどってまいりますと、

「姐さん、さっきアカイヌの肉はないと言ったが、俺はシロイヌだっていい。裏にぶら下っているあれを一皿、煮て食わせてくれ」

「さては見られたな」と女。

「おおさ、そんなことだと思ったよ。さだめし、道に迷った旅人を酔いつぶして殺し、肉マンのアンにするのがおまえさんの稼業。この三倍達に見られたのが運のつき」

女、キリキリと柳眉を逆立て、やにわに肉切り包丁をかざしてつっかけてきますが、三倍達、これを払いのけざま、女の額をトンと右の掌底でつきますと、女、吹っ飛んで双の脚を宙にあげます。かるく突いたつもりですが、三倍達もとより

大の女嫌い、生まれついての大力無双に酒が入っているからたまりません、やがてもがいて立ち上った女の様、額を突かれた反動で右の眼玉が飛びだし、垂れ下がっているものすごさ。

「うわっ、気持ち悪りい！」三倍達、驚きの声をあげます。

「眼をついたね」と女

「メじゃない」

「ここに飛びだしているのは眼だよ」

「メじゃない」と三倍達。

女、刃物をとりなおしてやみくもにつっかけますが、片眼の悲しさ、方向を失って酒樽に穴をあけるわ、皿小鉢を砕くやら、これを避けた三倍達、外に出るや別れの挨拶がわりに入口の柱を蹴とばしますと、メリメリと音をたてた件の酒房、土煙をあげて崩壊し、下敷となった女、あわれ、こんどは自分がメンチボールのようにひしゃげて死にました。

さて、ここで話、前後いたしますが、のち、冷し中華『梁山泊』亭に集結してからの三倍達、支那マンジュウを不倶戴天の仇視します段、この時のおもいでに根ざします。

ところで三倍達、弱冠十四歳にしてこの強さ、いかなる次第かと申しあげますと、もとより水滸伝中の人物、『達』の字のつくもの、ことごとく竜《たつ》の化身で、英雄豪傑のあらわれでございます。まず――

達。

一字だけの「達」、シンプルな達、これはあまり強くはないが、智謀に長けており、智多星奥成達として《冷中水湖伝》にあらわれます。次に強いのは、と申しますと、

魯達。

がございます。皆々様ご案内の花和尚魯智深、その剃髪前の名が魯達でございました。強い上にも強いのは、

倍達。

で空手バカ大山倍達、これはもう、プロレスラー、プロボクサー、タイ式、フランスのサファーデ、ことごとくなぎたおして、敗れるを知らず。こんな強い男はもうおるまいと噂されておりましたが、天はよくしたもので、大山倍達の倍強い、その名も×２の、

三倍達。

という英雄好漢をこの地に生んだのでございます。

かくする前世の因縁知る由もなく三倍達、ホロ酔い機嫌で興安嶺のふもとを、なんだ坂田、こんだ坂田、とのぼってまいりますが、すっかり道にまよってしまい、陽も傾く気配、ひどい空腹が襲います。道の傍の青岩に「これより洞ケ峠、人喰虎が住むところ夜間の通行を禁ず」。三倍達、ためらいの心も生じましたが、洞ケ峠でためらったらあまりといえば駄洒落の論理、ままよと歩を進めます。

龍は雲を呼び、風立って虎現るというのはこの世のならい、どっと吹く一陣の風のなかに血と美味そうな肉の匂い、見るとほら穴の前に年経た猛虎が捕えた鹿をむさぼっている。ごくりと生唾をのみこんだ三倍達、「よし、あれを横取りしてやれ」ツカツカと近よります。一方、虎のほうは、人が近づくのを見ても、鹿の美味をたらふくつめこんで、ここでわざわざ人間を獲る必要もなく、見逃してやろうと寛大な気持。チラと三倍達に眸をあげたきりで、満ちたりてノビをします。そのとたん、「俺にも食わせろ」とおめきざま、三倍達、猛虎の肩口を蹴とばし、ゴロリとひっくり返します。さあ、これには虎が怒った。水牛の首を一撃で折る前肢の猛フックをあびせます。

この一撃、宋の忠臣豪傑の岳飛がおのが拳法にとりいれて、岳飛拳の眈虎出洞拳として今につたえられておりますが、この虎、行者武松に景陽岡

で殴り殺された虎の子孫ですから、なかには強い人間もいることを知っていて、けん制のジャブ気味にくりだしたものです。三倍達、その手は先刻承知ととびすさります。

虎が人を襲うとき、一に前肢で打ち、二に後肢で蹴り、三に鉄棒の如き尾でなぎ払うという手順は古来、変わりません。一つはずされる毎に虎は気分をそがれ、三つともはずされてはほとんどやる気をなくするもののようで、三倍達、虎の第一の攻撃をはずすや、飛びこんで頭突きをぶちかまします。

虎はわが眼を信じられぬという表情。文字どおり虎口に飛びこまれて、大切な額の王の文字の模様のあたりに頭突きをかまされたのですから一瞬アタマがしびれて判断力を失いかけましたが、先祖が武松に敗れたのは、頭の皮をムンズとつかまれて地面におしつけられ、蹴りまくられたことを想い出し、ハッとして、組まれてはならじと飛びのきます。

相対して三倍達「トラ・トラ・トラ」と気合をかけます。我、奇襲に成功せりという気合です。

三倍達、身を低く構え、足をいつでも蹴り出せるように猫足立ちに浮かせ、虎眼炯々として間合いをつめる。虎はといえば、片手を前に出して顔面をカバーしながら、ジリジリとあとずさり、もうこうなってはどちらが虎だかわかりません。追いつめられた虎、やにわに後肢で立ちあがり、双の前肢をふるって反撃の構え、ここが勝負どころとなります。

古来、虎と獅子とどちらが強いか議論がたえぬところですが、総合してみますると、虎にやや分があります。獅子は前肢で打つとき、片方しかパンチを出しませんが、虎には後肢で立ちあがりワンツー・パンチをくり出すという奥の手がございます。体軀も、満州、シベリアの北方の虎は肉食獣最大のものであって、西洋の獅子に対して、東洋の虎にいささか分があるというのはこんなところにも理由がございます。さて、かの虎、いよいよ奥の手を出しましたが、得たりや応と、三倍達、ふみこみざま、後ろ回し蹴りで虎の腰部を打ちます。これなむ、三倍達がはじめから組みたてていた戦法で、猛獣の誇りを捨てて虎が逃げだしたときには、山地で四つ足の全輪駆動、とても二本脚の人間には追いつけませんから、脚を折っておくつもりでしたが、さすがは虎、ガクリと腰を落すだけで耐えました。そこですかさず三倍達、これでもくらえとばかり手刀、おがみ打ちに鼻先にぶちこみます。ここは虎中といって急所です。虎、思わず脇をあまくしたところに、肋骨に膝げり一発、身をくねらせたところに、なんと三倍達、とびこんで決めた業がコブラ・ツイスト。ぎりぎりしぼりあげること、三分、五分……。双方、火の息を吐きながら死力をしぼります。ふつうなら虎の力、いかに三倍達の怪力をもってしても難なくはねかえしたのでしょうが、腰と肋骨をくだかれて力が入りません。やがて全山に轟く咆哮を残し、九穴から一斉に血を噴出させて息絶えました。さすがに三倍達も全身の力ぬけはててその場にドウと崩れます。

やがて気をとりなおし、虎の食い残しの鹿に近づきましたが、ほとんど食いつくされて、わずかに皮くらいしかありません。やむなく、背骨をへしおって骨の髄をすすって飢えをなだめ、骨についた肉をなめておりましたが、これでは虎をひっかついで山を下り、ふもとの村で売ろうにも、巨虎の死体をかつぎあげる力がでません。日も暮れる。寒気も襲ってまいります。三倍達、虎の死体をものうくひっぱったり、おしころがしたりして坂道を下ろうとしたところ、ヌッと立ちはだかった四つの人影。

「置いていってもらおう。その虎はわれわれ兄弟が生けどるはずのもの」

これなむ男たち――

「俺はオソ松」

「俺はトド松」

「俺はジュウシ松」――。われら三ツ児。御先祖の武松いらい、虎退治はわれらが手柄ときまっておる」

「もし置いてゆかねば」、と第四の男が申します。申して、ゆるゆると手足を舞わせ、古代インドの破壊神シバ神のような柔らかな構えにいたり、右手を天に、左手を右腋に、右足一本で直立して左足をおって右膝にのせ、口から不気味な「シー、シー」というかけ声を出します。

「むむ、少林拳……」。うめいた三倍達、疲労と空腹の極で、この四人の強敵といかに争いますことやら……おあとがよろしいようで。（つづく）

前回までのあらすじ

序章　ツタンラーメンの怒りの巻　筒井康隆
第一章　三倍達・峠の虎退治の巻　平岡正明

時は古代エジプト王朝テル・エル・アマルナ時代、今より約三千三百年も昔のことである。第十八王朝のツタンラーメン王の御世、王をなきものにしようと陰謀をめぐらせていた過激派ラメン神官百八名は、王により異端として迫害されてきた冷し中華を食べようとした。その事実を知った王は怒り心頭に発し、祖神ラメンホテップに祈りを捧げ、ラメンホテップの呪いにより神官百八名は哀れ神殿爆発の犠牲となったのだった。その後も冷し中華に対する迫害は後を絶たず続けられたが、時は過ぎゆき三千三百年後の現代へと舞台はかわる。（ここまで筒井康隆）

さて所は満州。唯一の肉親を失い天涯孤独の身となった三倍達は、弱冠十四歳にして史上最大の剛腕児であった。母の遺言を受け祖国日本への長い道程を歩む三倍達の身に、多くの災難が降りかかる。酒店の人喰い女将を倒し、洞ケ峠へと差しかかった三倍達、ひどい空腹感を耐え忍んでいると、目の前に現れたのが人喰虎。獲物を旨そうに食っている虎を見た三倍達、空腹にもめげず虎と大格闘、みごとこれを倒し、この虎をふもとの村で売ろうとかついで坂道を下ろうとしたが、空腹おさまらず力がでない。しかも日は暮れ寒気が襲ってくる。そこにヌッと立ちはだかった四つの人影。「置いていってもらおう。その虎はわれわれ兄弟が生けどるはずのもの」これぞオソ松、トド松、ジュウシ松の三ツ児、そして少林拳をよくするという第四の男。虎の死体を奪わんと、今や三倍達に襲いかからんとする。さて三倍達、疲労と空腹の極で、この四人の強敵を前にして、その運命やいかに？（ここまで平岡正明）

第二章　奥成達・グ一族として現わるの巻

長谷邦夫

首《かしら》を昂《あ》ぐれば鷲風《つむじかぜ》起り、目をきらめかすときは電光《いなづま》生ず。動き蕩《ゆら》げば則ち峡《たに》を折《さ》き岡を倒し、呼吸は則ち雲を吹き霧を吐く。口は血の盆に似て牙《は》は銀の鈎《かぎ》三隻《まい》を露はせり。腰を擺《ふ》り頭を揺《ゆ》って声は霹靂《へきれき》「シェーッ!!」

三ツ児の頭上より三倍達めがけて男はけりかかります。三倍達、極度の空腹にもかかわらず「オス!」のかけ声を発し、最後の力をふりしぼり、こぶしを突き出しますと、男は三枚の出ッ歯を打ちくだかれまして地面へドウとばかりに倒れました。

更に三倍達、すかさずオソ松へと飛びかかりおさえ込み、右腕をねじあげます。

と、その時、三倍達の眼が大きく見開かれました。

「ムオッ! 貴様の腕にあるピンク色のナルトウズマキのあざは……」

「それがどうしたってんだ」

「俺の右腕にも同じあざがあるのだ!」

「えっ、ほんとかっ?! ぼくら皆あるよ」

背後から襲いかからんとしたトド松、ジュウシ松、思わず踏みとどまります。

「フェー、戦いは中ヒじゃんす」

三ツ児と怪しの男は三倍達に名乗りをあげました。

「ぼく赤塚酸味、通称オソ松」

「ぼく赤塚苦味、通称トド松」

「ぼく、甘味、通称ジュウシ松。ほかに塩味、通称カラ松と辛味の一松の五ツ児なんだ」

「ミーは赤塚嫌味で、こいつらの兄ざんす」

「俺は大山倍達より強い、三倍達だ。しかし変だな。陰陽五行説によれば味は五つ、嫌味など無い筈、貴様の右腕を見せろっ」

　素早くとらえた嫌味の右腕をめくってみれば、アザなど有りません。

「貴様は兄の偽者だろう！」

「シェー！　ばれたざんす」

　嫌味、またたく間に逃走してしまいました。それを見とどけたオソ松は、

「ひょっとしたら、あんたこそ実はぼくらの兄さんなのかも……」

と、三倍達を彼等の住み家へと案内致します。

　くつろいだ三倍達、やっと食事にありつきました。

「しかし五ツ児とは素晴しい兄弟だ。もしや父はNHKの職員……」

「いえ、藤七といいNHKの委託集金人をやってるんです。それに、ぼくたちは実は六ツ児なんです」

「もう一人チョロ松というのがいたんですよ」

「死んでしまったのか？」

「違います。三年程前この近くの産冷山に住む山賊《グ一族》に誘拐されてしまったまま、帰ってこないんです」

「産霊山《むすびのやま》のヒ一族の噂は聞いた事があるが、グ一族とは？」

「普段は無人の山野を跋渉し、里人との交わりは全くありません。食物もキュウリ、タマゴ、ハム以外のものは余り食べず、酒さえ飲む事もない、おとなしい一族なんですね。ところが、世の文明が高度成長を続け、人々の間に文明がもたらす緊張感が異常に昂まりますと、そのストレスを解放するために、ベニショーガの汁で、顔にあたかも道化のような化粧をほどこして、里におりてくるんです」

「何をしに？」

「グ……つまり〝愚〟、おろかなことを人々の面前で行い、自ら笑われ者となるんですよ」

「ヒ一族は天皇家の危難ある時だけ異能を発揮したというが……」

「グはその逆、民衆を苦しみから解放しようとします」

三倍達、夜の更けるのも忘れて五ツ児たちの話にききほれました。

それによって更に分かってきたことは――彼等グ一族は主に猿楽や能楽をフリースタイルで演奏するという事実でありました。

この演奏は〃愚譜〃と称するオノマトペだけを集録した巻物となっています。例えば笛の音であるヒ行を一例として紹介しますと、

ヒ

ヒー

ヒト

ヒート

ヒヒ

ヒーヒ

ヒーヒヤヒヤロ

ヒヤ

ヒヤト

ヒヤヒ

ヒヤヒト

ヒヤヒヤ

ヒヤーヒヤ

ヒヤヒヤウ

ヒヤヒヤヒ

ヒヤヒヤリ

ヒヤヒヤロ

ヒヤヒヤリロ

ヒヤリ

ヒヤリコ

ヒヤリコロ

ヒヤリト

ヒヤリロ

ヒヤリロリ

ヒヤロ
という組み合わせから成っています。これは現在でも埼玉県入間郡高麗村の高麗神社に伝わる神楽と全く同じ譜なのです。それもその筈、高麗の人達は元をたどれば、フヨ族。満州から朝鮮、日本へと渡来してきた一族だからです。

「でも、ぼくら東京生まれの人間は口に出して発音する時はヒヤヒ・ヒヤヒトというのが苦手でヒヤシ・ヒロシトなんて間違ったりしちゃうんだ」

「ふーん、それにコマ裏は俺にとってなつかしい空手修行の土地だ。これも何か深い訳があるのかも知れないな」

三倍達、考える事は苦手ですが、この時ばかりは、さすがに腕を組み天井を見上げます。

「そのグ一族が何故、チョロ松君を誘拐したか、俺は探ってみたいと思うのだ。グ一族は今も産冷山にいるのか？」

「いいえ、夏に限ってどういう訳か、この満洲里《まんちゅり》を出て、バイカル湖の方へ移動してしまうんです」

「よし、俺が奴らの行方をつきとめ、チョロ松君を助け出してやろう」

三倍達は、そう力強く五ツ児達に約束しますと、ウデタテフセ百五十回を済ませ、深い眠りに落ちました。

さてその翌朝、彼は一年後のちょうど同じ日、新宿コマ裏、トルコ赤玉前にて再会を誓い、「この退治した虎を売ってその時の旅費にあてててくれ」と、いざシベリア、いざバイカルへと五ツ児の家を後に空を見上げれば、
崎嶇《きく》たる山嶺、寂莫たる孤村。雲古をひって夜は荒林に宿り、暁月を帯びて朝は険道を登る。落月に行《みち》をいそぎてはウナギイヌの吠ゆるを聞き、厳霜に早く促がされてはムジドリの鳴くを聴く。

三倍達、飢えては食らい、渇してはおヒヤを飲み、信号待ち時間あれば商店街路上にても、ウデタテフセのトレーニング。

オトポルからボルジヤ、オロビャンナヤ、チタ、ヒロク、ペトロフスク、ウランウデ、バブシキンと夜々のとまり朝の旅だち昼まで朝立ち、半月ほどの一人旅して、バイカル湖ちかくのイルクーツクにやってまいりました。

夕闇せまる頃、三倍達さっそく酒屋を探し「マツ」という店へ入ったのも、オソ松たちとの何かのエニシを感じたからでありましょうか。

「御注文は？」

というおかみに、

「おヒヤ三杯」

「何か食べないのかい？」

「支那マンジュウ以外なら何んでも食べます」

と答え酒は一滴も飲みません。（なにしろ三倍達いまだ十四歳の若さでございます）さりげなく、グ一族の噂を聞き出そうと致します。

「その事なら占星術師のオクナーリさんの所へ行ってみれば分かるわよ」

「そのおじさんの家はどこ？」

更にたずねますと、カウンターにてウォッカをあおっていた銀髪の作家風中年紳士が、

「ぼくの友人だ。夜道は子供には危険だから連れていってやろう」

と声をかけてくれました。

紳士が先に店を出る——瞬間、彼はＳ・Ｗマグナム・リヴォルヴァーの撃鉄を起こしながらふりむきざま三倍達の心臓にピタリと銃口を突きつけ、

「フリーソーメンから派遣された子供殺し屋グループ〝フリーソーメン〟だな。だまってその車に乗れ」

と命令した。ベンツ二三〇ＳＥのバックシートに三倍達は腰をおろす他なかった。

前席と後席のあいだには、リムジンのように、

仕切りのガラスがある。通話用のマイクとスピーカーが後席の肘掛けに埋めこまれていた。だが紳士はしゃべらない。

ベンツはゆっくりスタートした。その時、三倍達は異臭を嗅いだ。クロロホルムだ。頭が痺れてくるのを耐えながら、激しくドアに体当りするが、びくともしない。仕切りも防弾ガラスだ。さすがの三倍達も酸素に対する欲望に敗れた。空気を吸い込んで、シートに横倒しになってしまう。

その時、後方からつけてきたクライスラーが急にスピードを上げベンツの前に出てきた。クライスラーの後側のナンバープレートが跳ねあがり、そこから火焔放射器のノズルが突き出した。

ノズルは、凄まじい火焔を吹きだして、ベンツを熱気でつつんだ。今度はベンツのボンネットがあがった。中からＡＴＭ―ロケット・ラウンチャーをコンパクト化したような、バズーカ砲がせり出してきた。口径二・三六インチのロケット砲弾が、電気撃発のスウイッチ音と共にクライスラーにむかって飛び出した。

クライスラーはスーパーチャージャー付き五百馬力の特製エンジンの悲鳴を闇にこだまさせながら、一瞬のうちに吹き飛んだ。

「フリーソーメンめ……」

はじめて銀髪の男からつぶやきがもれた。

三倍達が気がついた時は、すでに鉄の椅子に縛りつけられていた。地下室のようであった。

「気がついたか」

銀髪の男はポケットからゾリンゲンの西洋カミソリを取り出した。

「本当のことを云うまで鼻や耳やキンタマをソギ落としていくから、そのつもりでいろよ。さあ、フリーソーメンのバイカル湖支部はどこだ！」

「知るもんか！」

男はカミソリの刃を開き、指の腹で切れ味を試した。

その時でございました。地下室の扉があき、上半身裸、男おいどんスタイルの木綿のシマパン一枚でもう一人の男が入ってまいります。

「おい待てよ、イサーオ。おいらが続きをやるから、さめない内に、ひとっ風呂あびてきたらどうだ」

と銀髪に声をかけました。

「ムオーッ！」

三倍達、この男を見て、奇声を発し眼をむきだしました。

「右腕にあるピンクのナルトウズマキのあざ！俺にもそれがあるんだ」

「本当か！」

かくして、イサーオ・オクナーリ・三倍達の出会いがなりました。さらにオクナーリは、

「何をかくそう、おいらは奥成達という日本人なんで……」

とも明かします。

「では何故、こんなところに？」

「オヤジの遺言のためなんだよ」

とスチールデスクの引き出しから桐の小箱を出してきて、その中にある皿の破片のようなものを三倍達に見せました。

「この破片の残りを探せという訳さ」

「ムオーッ！」

三倍達またもや驚きます。

「俺の母が形見に残した成田山のお守り袋の中にも同じ破片が！」

次々と起る不思議な暗合。

「おいらの調査では、この破片こそ君が訪ね探しているグ一族のしるしなんだ」

「ムオーッ！　そうすると俺自身がグ一族なのか」

驚きついでに三倍達、ウデタテフセ五十回を致します。

「そして、この破片を科学的に分析した結果、ツ

ングース隕石孔から発見された物質と同じだという事も判明してるのさ」

「ムオーッ！　おヒヤ三杯下さい」

驚き続きの三倍達、イサーオの差し出す水を飲みます。

「おや？　酸っぱい味がする。不思議なおヒヤですね」

「水道の水ではないんだ。ツングスカ河の水なのさ。この水には一名ツングー酢と呼ばれる成分が含まれている」

奥成達の説明によれば、グ一族は夏になると、このツングー酢を求めてツングスカ河谷にやってくるというのです。そして、その酢はヒヤシチューカという料理を作るために、不可欠なものだというのでした。

「ヒヤシチューカ!!」

「しっ！　大声を出すな！」

「ここシベリアではチューカという言葉や思想は御法度なんだ。だから、おいらは占星術師に身をやつし、このイサーオと共に隕石と星座の研究という名目でシベリアにやってきた」

かくしてイサーオも身をあかします。

「ぼくはハワイ二世の斉藤勲なの。でも本当はカメハメハ一世の血を受けた……」

そこまで云った時でした。激しい爆発音と共に地下室の扉が吹っ飛び、同時に一台のダンプカーがバク進してまいります！

はてさて、部屋の三人、いかにしてこの危離を逃がれ出ますや、そしてフリーソーメンの正体は？　それは次回の講釈にて。

休載文

御好評を戴いております連載「冷中水湖伝」は、執筆予定のはずだった相倉久人氏の持病発生のため、やむなく休載させて頂きます。あしからず。今号ではこれまでのあらすじをお送りします。

序章　ツタンラーメンの怒りの巻

筒井康隆

時は古代エジプト王朝テル・エル・アマルナ時代、今より約三千三百年も昔のことである。第十八王朝のツタンラーメン王は、ラメンホテップ王時代から始まったエジプトの衰勢に頭を悩ませていた。国内ではその頃反乱、宗教改革があいつぎ、多くのラメン神官たちが権力の座を狙い陰謀をめぐらせていた。

その夜も過激派のラメン神官百八名は、神殿に集い密議をこらしていた。主謀者たるラメンホップ、ラメンステップ、ラメンジャンプの三名が、冷し中華の宴を催そうとしていた。バビロニアよりこの世まで伝わるラーメンなる麺を、陰陽五行の調味で作られたタレによって嗜むこの冷し中華こそ被抑圧者たる彼らにふさわしい食物だったのである。

その頃、ラメン神官の動きを知ったツタンラーメン王は、誇り高きラーメン文化を汚す異端の冷し中華を根絶させるべく、祖神ラメンホテップに祈りを捧げていた。そして、ラメンホテップの呪いにより、ラメン神官が百八皿の冷し中華を食べようとした瞬間に、神殿は爆発したのだった。その時、光の尾をひいた百八皿の冷し中華が北東の方角に飛び去ったのである。それが時を経ること三千三百年後、この世に冷し中華の申し子たる百八人の奇傑を生むことになるのであった。

第一章　三倍達・峠の虎退治の巻

平岡正明

さて所は満州。三倍達という少年がいた。彼は弱冠十四歳にして史上最大の剛腕児であったが唯一の肉親を失い天涯孤独の身となってしまっていた。母の遺言を受け祖国日本への長い道程を歩む三倍達の行方には……。

大興安嶺のふもとの酒店で人喰い女将と対決した三倍達は見事これを倒し、洞ケ峠へと差しかかった。空腹を耐え忍んでいると、目の前に現れたのが人喰虎。獲物を旨そうに食っている虎を見た三倍達、大格闘の末虎を殺し、これをふもとの村で売ろうと、かついで坂道を下ろうとしたものの、空腹おさまらず力がでない。しかも日は暮れ寒気が襲ってくる。そこにヌッと立ちはだかった四つの人影。

「置いていってもらおう。その虎はわれわれ兄弟が生けどるはずのもの」これぞオソ松、トド松、ジューシ松の三ツ児、そして少林拳をよくするという第四の男。虎を奪わんと、今や三倍達に襲いかからんとするのだった。

第二章　奥成達・グ一族として現わるの巻

長谷邦夫

三倍達と四人の男との闘いは始まった。オソ松をおさえこみ右腕をねじあげたその時！　何とオソ松の腕には、三倍達と同じくピンク色のナルトウズマキのあざがあるではないか。そしてトド松、ジューシ松にも。しかし嫌味と名乗るもう一人の男は三ツ児の兄を名を騙ったニセ者とわかり、またたく間に逃げていった。

さて三ツ児の住み家に招かれた三倍達は、多くの事実を知った。彼らは実は六ツ児であること。しかしその内のチョロ松が、山賊「グ一族」に誘拐されていること。グ一族は猿楽や能楽をフリースタイルで演奏することなど。チョロ松を救うべく三倍達は再び旅立った。バイカル湖の近くでグ一族の噂を聞き出そうとした三倍達、突如銀髪男イサーオに連れ去られ、気がつくと地下室の中。そこに現われたのがオクナーリと名乗る上半身裸の男。見れば彼の右腕にもアザがある。そしてイサーオにも。更にオクナーリが持っていた皿の破片を三倍達も母の形見のお守り袋の中に持っている。そして何とその破片こそはグ一族のしるし。すなわち三倍達もグ一族だったのだ。

その時激しい爆発音と共に地下室の扉がふっとび、ダンプカーが彼らめがけて突進してくるのだった。

割り箸

今や冷し中華思想は飛躍的な進捗発揚を遂げ、全冷中の名は大革新大差別宗教団体的思想グループとして全国津々浦々山々海々島々池々にまで拡がった。

しかし乍《なが》ら未だに冷し中華をして食べもののことと思う精薄あとを絶たず、これは悲しむべきことであり、われら一層奮励努力して思想の流布につとめねばならない。

山下洋輔上皇の残された行跡はその偉大さ故に到底我ら如きものが引き継げるものではなく、本当のところおれ困っとるのよ。だからこの新聞にしても、会長就任以来これが最初の発行ということになってしまい、内容もその大部分を四・一の実況紙上公開で占めねばならぬ始末となった。かの四・一の所信表明が恥かしい。思えばかの四・一はおれの無能力が次つぎとあばき立てられていく最初の日であったのよ。怠慢ではなく、あくまで無能力であったことを強調しておく。この新聞も早く出す気ではいたが、何らかの思想的発展を盛りこみたいと思い、とはいえ会長自身にそのような才能あるべき筈なくすべて他力本願、思想家たちの理論の発酵を待っていたのだ。連載の奥成・坂田二論文に注目されたい。

尚、連載の「冷中水湖伝」今回は相倉久人が執筆する予定であったところ、恒例の憂鬱病にとり憑かれたとのことで休載のやむなきに至った。有力なる理論派会員が一日も早く平常の狂躁状態に戻られ戦列に復帰されることを願う。

二代目会長の無能力を示すお知らせはさらにあり、四・一でぶちあげた第二回冷し中華祭り武道館開催は実行不能となった。半年前に予約金その他計三百万円の納入という条件に、貧しい二代目会長の資力が及ばなかった為である。ひたすら恥じ入る他はない。せめて第二回冷し中華祭りをせいぜい盛大なものとすべく、思案中である。会員諸兄のご協力をお願いする。

筒井康隆聖会長御託宣

鳴門二年は冷し中華思想の発展の為、全会員が自ら求めて受難の年にならねばならない。嘲笑、弾圧、差別を乗り越えてこそ、我らの求める真に馬鹿ばかしきものに到達できるのだ。恐ろしき日は迫っている（あるいは、ついに来た）。平和島に来る者は全員、ただ単に笑いを求め自らは何も創造せずして安らかに一夜の快楽を得て帰るつもりであってはならない。思想的苦しみにのたうつ覚悟で来島されんことを願う。思想的苦しみにのたうつ為には当夜、飲酒喫煙はもとより、室内及び野外に於《お》ける性行為、マリファナ吸飲、覚醒剤注射、その他殺人に到るまでいかなることも許されるであろう。ただしそのことの結果出来《しゅったい》する

ごたごたについて会長は何ら関知するものではない。冷し中華の世界は非人情の世界なのである。

近年、官憲は自動車運転者、マスコミ大衆は医者喫煙者などを弾圧している。彼らには弾圧、差別する人種が必要なのである。

ここに於てわれら冷し中華思想に殉ずる者が、彼らからの弾圧、差別を受けずして何の思想の深化があろうか。受難者出よ。

まえがきにかえて

全日本冷し中華愛好会会長　筒井康隆

みちしおの　なるとのうずに　まきこまれ
　ひだりまきなる　わがどたまかな

なるとれば　みぎにまいたる　きりくちの
　うらからみれば　ひだりまきかな

なるとらぬ　ことこそしらね　へいわじま
　またもひげたの　つゆにぬれつつ

なるとなる　ぐのこっちょうが　へいわじま
　ハムもきゅうりも　つゆのまにまに

つゆかれて　ありあけのなると　くうまでに
　はやくだしたる　まらさけのげり

鳴門弐年四月二十六日

PART Ⅳ

単行本&文庫未収録エッセイ

ロマンチックな逃避

土の底にもぐれ
地獄極楽なにかまうものか
……………。

　ＳＦに足を突っ込んだ人は、このボードレールの詩を実践していることになる。ＳＦ――それは心の深奥へのロマンチックな逃避の一形態である。日和見的瑣末的現実から抜け出すことである。既製のモラルに束縛されないことである。それは宇宙を含めたすべてのガラクタを強引に吸い込んでしまう炊事場のアナである。それは自分の存在を疑うことに始まる。全面的に科学を信じたりしないことである。ある意味でシュールレアリスムに似ているがより合理的である。ある意味でビートに似ているがより壮大である。ある意味で麻薬に似ているがその効力はあなたが死ぬまで続くだろう。

ファン・クラブを大組織に発展させる方法

ＴＰ創刊おめでとうございます。

今から考えると、僕がヌルをやっていた時代に、もっとああすればよかった、こうすればよかったと思うことがたくさんあります。ついこの間までひとつのクラブを主宰していた者として、ＴＰを大きくさせる秘法を伝授しようと思います。マキャベリズムといわれようが何といわれようが、これは本当です。

一、会費は、あまり安くしない方がよい。適当に高い方がよい。会員にエリート意識を持たせるからです。

二、会合日の間隔は、ある程度開いていた方がよい。毎週一度は多過ぎます。一の日の会は成功しているが、本当はあれでも多い。大阪だと、せいぜい十五日に一度くらいでしょう。飽きさせない為です。また、五度に一度は休会にすること。

三、あまり、大声で入会を呼びかけない方がよい。さりげなく勧誘すること。博徒が非行少年を仲間に引きずり込む方法を参考にすればよろしい。

四、主宰者は、適当に流言を会員間にまき散らすこと。会合日が賑やかになる。会員間には絶えずロマンスの噂を囁やかせること。時には主宰者自ら進んで噂のもとになってもよい。

五、機関誌の発行は、できるだけ期日を遅らせること。評価がぐっと高くなる。

六、会員中に、悪口ばかりいう男、嫌われ者、女たらし、その他名物男などを、各一人宛《ずつ》でっちあげること。

七、専門誌に載った作品は必ずけなすこと。同人誌に載った作品は必ずほめること。権力に対する反抗精神を会員間に植えつけよ。

八、クラブのメンバーだけにわかる洒落、言葉などを作ること。

九、会員証、バッジなどは、早くから作ろう作ろうといい立てること。そしていつまでたっても、絶対に作らぬこと。

十、新入会員は、最初はすごく親切にし、適当な時期を見て冷く突きはなすこと。この時期が過ぎてふたたび、温かく会員間に溶け込ませてやること。

以上十カ条を守れば、クラブの発展は間違いなしであります。

残念だったこと

何の用だったか忘れたが、会社の得意先から自宅へ電話をした。弟が出た。

「乱歩さんから速達が来てるよ」

僕はびっくりした。

「本当か、何て書いてある？」

「ヌルの中の小説を三篇、宝石に転載したいんだってさ」

ヌルというのは僕が音頭とりで三人の弟といっしょに始めたＳＦ同人誌だ。七年前の話である。

その日は嬉しくて、会社の仕事なんかもうどうでもいいと思い、得意先の百貨店をとび出すと近所の喫茶店に入って、じっと喜びを噛みしめた。

その年の夏、宝石の大坪編集長につれられて乱歩さんの自宅を訪れた。どんなこわい人かと思っていたのだが意外にやさしく、僕の文章をほめて下さった。十二月号の宝石誌上でＳＦ特集をやることに決ったのも、たしかこの時である。

その後も、出版記念会などで二、三度お会いした。お話ししたときもあり、遠くからお顔を拝見しただけの時もあった。

亡くなられたことを加納さんから聞いたときは驚いた。残念だった。秋には僕の最初の短編集が早川書房から出るのだ。それを読んでいただきたかった。そしてひとこと、批評していただきたかった。ほんとに残念だ。

星新一氏同様、僕も乱歩さんによってデビューさせてもらった、ＳＦ作家のひとりなのである。

今はつつしんで、乱歩さんのご冥福を祈ります。

江戸川乱歩先生、さようなら。

堕地獄日記

8月×日

僕が眠るのは朝の七時から、最初の電話がかかってくるまで。電話がなければ三時ごろまで寝ている。

一時、F氏から電話があって、僕がSFM増刊号に書いた『堕地獄仏法』に関する投書が来ているとのことだった。

「ものすごい投書ですよあなた。アパートへあばれ込むと書いてある」

僕はびっくりしてベッドの上で正座した。眠気がふっとんだ。まだ命は惜しい。

「ほうそれは面白いですね」

だが声が顫《ふる》えている。僕の作品の主人公の気持がわかりかけてきた。F氏はサディスティックな笑いかたをした。

「うそだ嘘だ。あなたへの封書だから、まだ開封していません」そこから他の用件を話しはじめた。

電話が終ってから、もう一度寝ようとした。うとうとしたころ、また電話がかかってきた。若い男の舌足らずな声だった。

「堕地獄仏法という小説を読みました。どうしてあんなものを書きましたか?」

「それはつまり、僕はプロ作家だから、生活の為です」

「生活の為とはいいながら、あんなものを書かなければならないあなたが気の毒です」

哀れまれていては世話はない。それから蜿蜒《えんえん》と王仏冥合論をやり出した。内容は僕が小説に書いたのと同じだ。途中で口をはさもうとしても、自分勝手にいつまでも喋り続けている。電話を切った。

それから平井和正氏に電話した。彼は先日来、まだ学会から何も言ってこないかと何度も僕に訊ねていた。だから電話した。

「今、学会の人から電話があったよ」

「本当か。とうとうかかってきたか」

あきらかに面白がっていた。

「それで、どう言った？」

「なぜあんなものを書いたというんだ」

「それでどう言った？」

こんな場合、話を面白く作り変えようとするのが僕の悪い癖だ。

「池田会長の生霊を呼び出して書く許しを得たといったんだ。そしたら気が違ったように死ね死ねとわめきちらした」

「そしたら？」

「それで僕も、死ぬ死ぬといって……」

「どうも話がうますぎるなあ」

8月×日
早川書房へ行った。この間の封書を貰った。他にハガキが二通来ていた。いずれも文章は精薄的だが、内容はいちいち頷けた。つまり僕が小説に書いた通りのことを書いているのだ。学会幹部だという人の手紙もあった。

この日、僕の短篇集の刊行が決った。

8月×日
『週刊サンケイ』の編集氏から電話があって、あの小説のことで投書はあったかと訊ねられた。

「あったけど大したことはないです」

「なあんだ。そうですか」期待を裏ぎられたのか、不満そうだった。「何か悪いことが起ったら、電話してください」

そんなこと、あってたまるものか。

8月×日
友人に有賀さんというルポ・ライターがいて、週刊言論9月1日号と、新宗教新聞8月20日号を持ってきてくれた。週刊言論には「ＳＦマガジンの迷論・愚論を破す」という記事が出ていた。学会がこんな週刊誌を出していることを知らなかったのは不勉強だった。

僕の小説を気違いざただと責め、引用するのはけがらわしいとして内容はあまり紹介していなかった。「エロや中傷を書いて恥じない人にかぎって、投書がきたり、きびしく破折されるとヒステリックな金切り声をあげ、ファッショだ弾圧だと大げさに騒ぎ立てるから始末が悪い」と書いてある。とすると、やっぱりやるつもりだろうか？

その次に、斎藤守弘氏の『二〇世紀宗教戦争』も槍玉にあがっていた。これは「筒井氏と違って無知は無知なりにすなおな面があり、陰険な毒気が感じられない」とされている。四ページめにマンガが大きく出ていた。僕と守弘さんが机に向かって原稿を書いているマンガだ。笑いころげた。僕の頭からは眼鼻のある黒雲がわき起って。白昼夢という説明がついている。守弘氏の頭にはクモが巣をはっていて、蛙がゲゲゲと鳴いている。キャプションは「SF作家こそSF的」。

新宗教新聞は『堕地獄仏法』をべた褒めしていた。これは学会と真っ向から対立している宗教団体の新聞らしい。

8月×日

F氏から、またすごい投書が来たという電話があった。さんざ僕をおどかしてからF氏はいった。「実は僕の方にも右翼から投書が来てるんです。10月号の巻頭言に対しての反論で、僕の社会的地位を抹殺するといってる」

「社会的地位をマッ殺するってなんでしょう？」

「さあ、刺すってことかな？　それならこっちも、猟銃に弾をこめておかなきゃ」

F氏もこわいのだ——僕はそう思った。だから僕をおどかしたんだ。僕がこわがれば、自分がこわくなくなるからだ。

僕はいった。「もし本当に刺しに来たら、どうするつもりですか?」

「その時は、あれを書いたのも実は筒井康隆だといって……」

脅《おど》かしっこが冗談であるとき、それは実に面白いものだ。しかし……。

ＳＦを追って

ここにＳＦ新聞を創刊する。

Ｓの字は、サイエンスのＳではない。単にＳＦのＳである。Ｆの字はフィクションのＦでも、ファンタジイのＦでもない。ましてファクトのＦではない。ＳＦのＦである。

今となっては、ＳＦの語源を探っても無駄だ。現にＳＦという言葉があるのだと思えばそれでいい。

トラは何故トラというか？　どう考えるのも、考える人の自由である。しかし、トラが眼の前に出てきたとき、自分の考えを同伴者に喋っているひまはない。トラの語源がどうであろうと、トラは現在前にいるのだ。トラの語源はこうなのであるから、すなわちトラはこうあらねばならぬなどといって自分の希望を他に強制している間に、その人はトラに食べられてしまうだろう。

然り、ＳＦは眼の前にある。

これはＳＦじゃない、おれの考えているのはこんなものじゃないと、いかにわめきちらしたところで、そこにはちゃんと、ＳＦの二字を頭にくっつけられた印刷物が、何万、何十万の人びとに見られようとして売りに出されているのだ。何故その小説にＳＦの二字をつけ加えたかという堂堂たる理由をともなって……。

ＳＦという字をつければ、その小説がよく売れるから——そう。私に言わせれば、これも立派な理由である。

そんな馬鹿な理由があるか！　こいつがトラである筈がない！　そう叫んだ時、もしそれが本当にトラだったら、その人はトラに食われている。

トラではなかったとすれば、叫ぶ必要はない。それは単にトラのにせものに過ぎず、毒にも薬にもならないからだ。

　注意しなければならないのは、トラが成長するが如く、ＳＦも成長するということだ。どちらも成長するだけで退歩はしない。トラが老衰して退歩すれば獲物がなくて死ぬ。ＳＦが退歩すれば売れなくなって消える。

　そうだ。トラもＳＦも成長するから、気をつけよう。成長すべき理由はあるのだから。

　仔トラは、猫に似ている。だからトラと聞いて、あんなものは猫と同じだと思っていれば、その人はトラに食われる。

　ＳＦだって？　ああ、サイエンス・フィクションだね？　それなら知ってるよ。

　この人はトラに食われるかも知れない。

　成長したＳＦの中には、科学の力の字も含まれていないかも知れないのだ！

　馬鹿な！　ＳＦから科学を除いたら、それはＳＦじゃない！

　まだ、こだわっているのですか？　もちろん、そんなことにはならないでしょう。僕も本当はそこまで極論する気はなかった。ただ、そんなこだわりは、大怪我のもとですよと言いたかっただけです。十年先の未来へあなたがタイム・リープして、ＳＦの本を買う。それは現在で似たものを探せば純文学の範疇《はんちゅう》に入るようなものかもしれない。エロ本かもしれない。散文詩かも知れずまた学術書かも知れない。その時にあなたは傷つくか傷つかないか？

　ＳＦはどこかへ行く。行かせる人もあり、行かせまいとする人もある。どこへ行こうが、おれはついて行くという人もあろうし、こっちへこい、こっちへこいと導く人もある。その時ＳＦという言葉は自らの意志を持たず、力の強い方へ行くだけだ。行く必然性があるからだ。

　ええい、とんでもない方へ行きやがった。あの馬鹿め、おれはもう知らんと力んでみたって、その馬鹿は行った先で救世主になるかもしれないし大統領になるかもしれない。その時に返せもどせと泣きわめいても、どうにもならない。

もう、過去のSFは、楽しむだけにしよう。過去がこうだったから、現在はこうなくてはならんという押しつけも、よしにしよう。現代のSFは、こうなくてはならん、こうあるべきだ、SFの進む道はこうだという議論もよしにしよう。われわれは、それほど偉くないのだ。

「SFは、今、どうなっているのか？」

「SFは、今、どこにいるのか？」

「SFは、これからどこへ行きそうか？」

これだけ考えるのだって、われわれにはせいいっぱいではないだろうか？　そして考え終った時、すでにわれわれは遅れているのだ。作家であるなら、その中にいなくてはならないのに！

さあ。僕はこれから、僕の惚れこんだSFを追いかけます。誰か、いっしょに来ますか？

空想の自由

「結婚し、子供を生み、会社ではある程度の地位にまで昇進し……そして死ぬ」

安泰ムードの人生です。そしてそれが、ほとんどの人の生き方です。なぜならそれが「いちばん安全な」生き方だからです。だが、そのはかなさに反発を覚える人は少くない筈です。しかし、どうにもならない――。

だが、私たちは人間です。生きています。だからこそ、考えます。空想します。

そう、空想するだけなら、誰にだってできるのです。どんなに反社会的なことでも、どんなに非常識なことでも、空想することは、現代の人間に残された、数少い自由のひとつなのです。

さあ、大いに空想しましょう。

そうすれば私たちが忘れていた幼ない頃の、幻想と怪奇と感傷に満ちたあの純粋な心を、とり戻せるのです。

その空想の世界では、夢と現実の境界など、もちろんありません。死んだ人が生き返ってきたって、ちっとも不思議ではありません。

やりきれない印象の怪談だ――そういってしまうのは簡単です。でも、そういってしまうと、あなたは、ほら、小さいころ、お母さんやお父さんや、またお婆さんやおじいさんから怪談を聞かされた、あの幼ない時の気持ちから、自分で遠ざかって行くことになるのです。

さあ、思いきって、誰も知らないような、あなた独自の空想の世界へ入って行きましょう。楽しいもの、美しいもの、怖いもの――それらすべてのものを味わいましょう。慾ばりでなければいけません。

もっと、もっとたくさんの空想を！
人生は、短いのですから！

面白さということ

話の展開の都合で仮に「純粋な笑い」というものがあるとしよう。これは要するに、文句なしに面白いという笑いだ。理屈で考えて、当然面白い筈なのだから笑おうと思って笑うような笑いは純粋ではない。また、ここで笑ってやればおれの株があがると思って笑う笑い、他の奴が笑うからおれも笑わなければ恥をかくと思って笑う笑いも純粋ではないだろう。

政治漫画、時事漫画、社会戯評漫画などというものの大部分は、面白くない漫画、笑いのない漫画だと思う。ナンセンス漫画としても面白いというようでなければならない筈だ。同様に、新聞によく出る時局を諷刺したコントもそうだ。諷刺がナマで出すぎていて、諷刺になっていないのである。だから毒舌に近いわけで、笑いは湧かない。映画や芝居や落語でも、無理に時事的な流行語や首相のアダ名やその時どきの大事件によって流行し始めた単語をせりふの中に入れる。観客は笑う。だがそれは、面白さのない笑いなのだ。それなのになぜ笑うのか？　笑わなければいけないと思って笑うのだ。ここが問題だと思う。

昔から日本には「喜怒哀楽を顔に出さない」のがいいとする教えがあった。「男がそんなにバカみたいにゲラゲラ笑うもんじゃない」という、子供に対する叱り方があった。

日本人は笑いを抑圧されていた民族だと思う。赤の他人がゲラゲラ笑っているのを見て、自分まで楽しくなって笑ってしまう、なんてことのできる奴は今だって日本人には少ないようだ。若者たちが二、三人集まって大声で笑いころげているのを見た場合、日本人の中年以上の人はどんな反応を示すか？　無邪気な若者たちだと思って微笑して眺めることのできる人はあまりいない。まず眉をしかめるだろう。自分の部下たちであれば「やかましい静かにしろ」と叱るかもしれない。家の近所でなら、自分の悪口を言ってると思って腹を立てるかもしれない。

思うに、昔の武士は軽はずみにゲラゲラ笑わず、かえって、単純なくすぐりや洒落などのあまり面白くないギャグを面白くもなさそうに重々しく笑ったのだろう。へたにゲラゲラ笑ったりすると無礼者と一喝されてクビがとんだのに違いない。その根がまだ残っているのだ、きっと。

ぼくの場合、本当に面白いのは意味も何もない奴である。ナンセンスという奴である。つまり夾《きょう》雑物《ざつぶつ》のない、純化された笑いだ。

「今の、どこが面白かったの？」と訊かれて、返事のしかたがないような、説明できないような笑いが最高の笑いなのだ。昔なら命がいくつあっても足りやしない。

ところが、こういう笑いが下等な笑いとされるのだ。純粋な笑いが単純な笑いとされるのだ。「あんな意味のない下らないことに笑いころげていやがって、あいつ、ほんとに単純な奴だ」といわれる。

実は、単純なのではない。純粋なのだ。高度に抽象化され、純化されたユーモアの結晶による笑いなのだ。

しかし、そもそも笑いそのものを下等な感情として軽蔑する輩《やから》の多い世の中で、こういったことはなかなかわかってもらえない。面白くない漫画の方がナンセンス漫画よりも高級なものであるという固定観念みたいなものがあるとしか思えない。

「のらくろ」「チン太二等兵」「冒険ダン吉」「タンクタンクロー」「ちびわん突貫兵」「カバサン」「コグマノコロスケ」「虎の子トラちゃん」「日の

丸旗の助」「凸凹黒兵衛」「蛸の八ちゃん」「マメゾウ」「ちんぴら探偵長」

餓鬼の頃から漫画が好きだった。戦争中で漫画の本とユーモアが欠乏していた。授業時間中に、やっとのことで友達から借りた漫画の本を読んでいて教師に見つかり、殴られた上本を破られた。弁償するため、秘蔵の漫画の本を友達にやらなければならなかった。

エノケン喜劇が好きだった。こっそり見に行っては帰りが遅くなり、両親に叱られ、しまいには家を閉め出された。

「エノケンの孫悟空」「エノケンの水滸伝」「ざんぎり金太」「誉れの土俵入」「磯川兵助功名噺」「兵六夢物語」「三尺左吾平」「エノケンの法界坊」「エノケンの鞍馬天狗」「ちゃっきり金太」「どんぐり頓兵衛」

中学時代、マルクス兄弟、ローレル・ハーディの大ファンだった。友達のひとりに、秀才面をして、他からも秀才と呼ばれていたいやな奴がいた。そいつがある時、軽蔑の眼差しで僕にいった。

「あんなつまらないもの、何が面白いんだ？」

なぜマルクス喜劇がつまらないのか、それこそぼくにはわからなかった。こいつは気が変なのじゃないだろうか？　あんな面白いもの、他にないじゃないか！

「マルクス捕物帳」「マルクスのデパート騒動」「マルクス二挺拳銃」「極楽捕物帳」「極楽闘牛士」「極楽お家騒動」

その友達と美術館へ行った。その頃の展覧会は全部複製の絵ばかりだったが、ダリを見てとびあがるほどびっくりし、感心した。これは最高のマンガだと思った。友達も、じっとダリを見つめ、ぼくの手前わかったような顔をしてしきりにうなずいていた。だが、彼にわかった筈はない——ぼくは確固とした信念を持ってそう思った。マルクスのわからない奴に、ダリがわかる筈はないのだ。

一昨年、漫画家の福永道子氏といっしょに、ピカソの展覧会を京都へ見に行った。大へんな人出だったが、見物人は上品で静かだった。ぼくたちは「男」という題の絵の前まで来て、とうとう我慢しきれず笑いころげた。ピカソは、史上最高のナンセンス漫画家だ——ぼくはそう結論した。だが、附近の人たちは眉をしかめ、毛虫を見る眼でこちらを見た。おれたちは芸術の鑑賞に来たのだぞ——というわけなのだろう。だがしかし、あの「男」という絵を見て笑わない奴は、絶対どうかしている。他の絵の中にも、吹き出さずにはいられないものがいっぱいあった。ぼくの評価では「ゲルニカ」はピカソとしては中の上の出来だ。力作だということは認めるが。

絵ごころと、人並みの社会的視野があれば、いわゆる諷刺漫画というものは誰にだって描ける。だが、ナンセンス漫画となるとそうはいかない。自分の潜在意識を、発狂しそうになるまでひっくり返し、それを磨きあげる技術が必要だ。たいへんな努力である。もっとも福永道子氏に聞いたところでは、漫画家の間ではすでに、ナンセンス漫画が最も高級だということになっているそうだが。

日本映画だってそうだ。ふだんギャグのひとつも考えたことのない奴が、喜劇映画だというので照れくささ半分、舐めてかかって演出する。いくら演技者をひっくり返らせたり、おかしな顔をさせて見せたりしたって、面白くもなんともない。アメリカ映画で、優秀なギャグマンの作ったアイディアひとつが何百ドルすると思っているのだ。喜劇を舐めるな。

SFの話をするスペースがなくなってしまった。文学の世界でも、面白すぎると文学ではなくなるらしい。

面白いものを、ただ面白いというだけの理由で低俗なものと決めてかかる人がいっぱいいる。腹をかかえて笑いころげたあとで、笑わされたといって怒る奴までいる。

直木賞候補にあがった星氏の作品は「実に面白い。文句なしに面白い。しかし文学ではない」という評価を受けた。文句なしに面白いものがなぜ文学ではないのか？　この批評をした老大家は、その理由をひとことも述べていなかった。

同じく生島治郎氏の作品も同様の憂目を見た。「惜しむらくは面白すぎる」文学賞を受けたような作品はぜんぶ、あまり面白いものではなかったらしい。

ぼくの作品に対して、こんな手紙が来た。「ひとを笑わしさえすればいいと思っていたらまちがいだよ」こう書いてあるところから判断すれば、きっとこいつは笑ったのだ。しかもこいつはまだ若いのだ。可哀想に、こういう奴が日本愛国党に入る。

しかしぼくは、どういわれようと、やっぱり面白いものを書こうと思う。ぼくの作品が文学と評価されなくてもいい。文学と評価されたら、もうおしまいだ。文学なんか、誰が書くもんか。

大学の未来像

滅多やたらに未来論が流行している。

ふだん聞き馴れぬ名前の人物までが尻馬に乗って、未来論の大家と称して、あちこちの雑誌で談じている。大学教授の数も少なくない。

本屋をちょっと覗いても「未来を発明する」「未来のプロフィール」「四万時間」「メリトクラシー」「二〇年後の日本」「二十年後の世界」「未来図の世界」等々、たいそう賑やかである。雑誌を見ても然り、対談・論説・座談会と、実に派手なものである。未来論ブームに違いない。ただ、一、二を除いては、いずれも現実の未来否定的な面に眼を向けず、単に楽観的未来を描いただけなのが、どうも気になる。いや、気になるというよりは、気に喰わない。

なぜ気に喰わないかというと、こういった未来を弁じている連中は、多くは四十歳から、高齢者は八十歳に近いいわば老年層であり、彼らの論じている未来というのは、もちろん彼らの死んだずっと後にやってくる未来なのである。

だからといって、彼らの未来観が無責任ムードに満ちあふれたものであるなどと断じる気は毛頭ない。彼らは彼らなりに、未来かくあれかしと願って喋っているのだろう。ただ、これは諸君もよくご存じのことと思うが、明治生れの人間というものは、昭和四十二年の現在すべて、精神分析でいうところの、肛門愛リビドー的な退行現象を起している。つまり彼らの性質には、所有欲、秩序整然、時間厳守、清潔、些末主義などの、肛門愛的特性が顕著である。

こういった、事なかれ主義の中から生まれた未来論がどんなものか、およそ想像がつくではないか。たとえば、水爆ひとつが落ちさえすれば人類の未来もへったくれもないのだということにさえ頭がまわらない人たちなのだ。彼らの、かくあれかしと願う世界は、そのご意見を拝聴する、あるいは拝読する者――その多くは若い人たちなのだが――にとっても、同じように喜ばしいものであるかどうか、そいつは疑問だ。

商売柄、数冊の未来論は読んだものの、そのいずれもがあまり楽観的なのであきれてしまった。ぼく自身は自分のことに関してはオポチュニストだが、こと未来となると非常に悲観的である。これはぼくの小説を読まれた方ならおわかりと思うのだが――。

しかも、ぼくは自分を悲観的未来論者の中でも、きわめてヘテロドックスだと思っている。だからこそ、これほど未来論が流行していても、ぼくに未来論を書かせにやってくる編集者がいないのである。もっともこれは、ぼくがＳＦ作家としてあまりにも若輩だということもあるだろうが、痩せ我慢ではなく、内心来なくて幸いだと思っていた。

ところがある日、神戸大学新聞会のＡという人がきて、「大学の未来像」を書けという。

「ぼくは、まともな未来像は書きませんよ」

「あなたの小説の調子で結構です」

「なぜ小松左京に頼まなかったのですか？」

「あの人は大物で、書いてくれそうにありません。その点あなたなら、どうせ暇だろうと思って」

これにはおどろいたが、どんなものを書いてもいいというのだから断わる理由もない。いったん引き受けて、神戸出身の女房に相談すると、神戸大学は名門だから書け書けという。

書くことに心は決めたが、いい加減なことは書けないから、いろいろ考えた。考えれば考えるほど「大学の良き未来像」が頭に浮かんでこないのである。

大学の良き可能的未来を描くには、現在の大学を熟知していなければならず、現在の大学の悪い点、改良の余地ある点も心得ていなければならない。ぼくが大学を卒業したのは九年前だから、その間に大学もいろいろ変っていることだろうと思うのだ。こう考えて見ると、前記の題を論じるに最適なのは、現在の大学生諸君をおいて他にない筈だ——そう思ったものの、今さら原稿を断わることもできない。

そこで想像力を駆使し、ぼくなりの大学未来像を、年代記風に綴って見ることにした。ただし以下の各項はいずれも、第三次大戦が起らなかったものと仮定しての話である。

＊　＊

一九七八　睡眠教育テープの飛躍的改良により、語学等、暗記ものの授業内容が変ってきた。自動翻訳機、自動通訳機の発達により、文学部卒業生の就職率は1％を割り、外国語教授の大量馘首が行われて大騒ぎになる。

一九八一　浪人が増え、予備校が膨張し、群小予備校の合併が行われる一方、地方では駅弁予備校が増加。有名予備校は入学難となる。

一九八三　東京の予備校生25万人が「予備校の大学昇格」を叫んで文部省にデモる。暴動となり、数百名の死傷者を出す。

一九八五　政治力があってマスコミに顔の売れた教授のゼミを受けようとするため、象牙の塔的学究肌の教授の下には学生がひとりも集らず、クモの巣がはり、問題化して大さわぎ。一方、売れっ子教授の方は、テレビに新聞にと大多忙で、学生はほったらかし。

一九八七　マスプロ廃止を叫び、全学連がデモる。警察機動隊が出動し、数名の死者を出す。某有名教授、テレビに出演中「無能な教授の下には学生が集まらないのだから、マスプロになるのが当然だ」といい、喧々囂々《けんけんごうごう》の大騒ぎとなるる。

一九八九　文部省は国民の声に応え、駅弁予備校の大合併をやらせ、これに「東海道大学」の名をあたえ、全国予備校生の中から成績のいい者を選んで入学させた。その場所は名古屋の郊外。収容人員は延べ60万人。

一九九二　全国私大の入学経費の平均は

受験料　　三〇、〇〇〇円

入学金　四五〇、〇〇〇円

授業料　七八三、〇〇〇円

施設費・寄付金・諸会費その他　五六三、二五〇円

計百八拾弐万六千弐百五拾円となる。

一九九五　売れっ子教授によってプログラミングされたティーチング・マシンが大流行。有名でない教授は機械が故障した時だけ、代講をやる。有名教授が立体テレビで、ティーチング・マシンのコマーシャル・ソングを歌う。

一九九七　電子工学の会社と大学がタイアップ、ティーチング・マシンを家庭で購入した者は授業を受けに来なくても卒業できるようになった。

一九九八　大学卒業生の学力の低下は、ますますひどくなって社会問題化する。

一九九九　ついに文部省は大学の格下げを断行。すべての公私立大は、教養大学となり、東海道大学を含む国立大学へは、教養大学卒業生しか入れないことになった。また名古屋の東海道大学は、大学院が日本一の大研究センターとなり、ここへ日本中の学者が集まった。

二〇〇一　来世紀のことをいうと鬼が笑うから、この辺でやめておく。

新・ＳＦアトランダム

「哲学」というのは「文学」や「美学」と同様、人類文化の贅肉であって、その意味では遊びの一種だと思っていたのだが、最近の分析哲学の本などを見ると、むしろ数学に近くなってしまっている。たとえば「黄金の山は山である」という記述を論理記号に置換えると（∃X）（Gx・Mx・(y)(z)（Gy・My・Gz・Mz・Gy=z）・MX）となり、これを論理的に計算して「黄金の山という山はない」という答を出そうというのだ。これを解く過程の楽しさはむしろ数学の楽しさであって、哲学の楽しさではないと思うのだが。

「論理実証主義哲学は過去のもの」ということになってきているらしい。これからもますますそうなりそうだ。つまりこれからは、何ごとにも現代諸科学の裏づけがないと信じてもらえなくなってきているからだ。マルクスが成功したのも、ヘーゲルの擬人的宇宙観にうまく科学的認識の衣裳を着せたためだと言われている。マルクスはその当時の（今のではない）経験科学の成果をピックアップしてヘーゲルの哲学にくっつけ（事実マルクスは左派ヘーゲリアーナをもって自他共に認じている）理論的に正当化して見せた。ところが、これに感激したのは当時の文学青年だけで、科学青年（？）はあまり感激しなかったのではないだろうか。おそらく、科学的認識というのがどんなものかを知っている人間なら、必ずや荒唐無稽としか感じなかったのではないかと思う。だが、文学青年はこれを合理的と感じた――いや、誰が読んでも合理的は合理的なのだが、擬似科学的なものの範囲で合理的なだけだったのだ。この点でマルクシズムは、現今のＳＦとやらいう荒唐無稽な文学に似ている。

とにかく、哲学に現代諸科学の成果がとり入れられるようになったのは、このマルクスの成功以来のことだろう。もちろんぼくは、それがいかんといっているのではない。ソクラテスからマルクス出現までの千何百年かの間のように、科学は科学で独走し、哲学は哲学で思弁の孤塁を守るという状態は、自然ではないと思うし、第一それまでは自然科学が学問として体系化されていなかったのだからしかたがないが、もっと互いに影響されあってもよかったのにとは思う。

しかし――しかしである。哲学というものはそもそも何から起ったか？　懐疑から始まった（デカルト）のだ。

もちろん数字などは、哲学に入って行くための認識の必然的段階だ。しかし、それ自身哲学ではないのだ。だいたい、一と三で五になるとか、正方形が四辺を持つなんてことがどんなに明白な命題に見えたって、まず疑って見ないことには――いや、まずすべてを否定して誤りと考える方が望ましいのだ。たよりになるのは自分だけ――Cogito ergo sum. である。

「昔は自然科学が完成されていなかった。だからそんな哲学ができたのだ。昔の哲学は現代には通用しないよ」と言われそうだ。

もちろん、現代諸科学を基盤とした哲学があったって、それはそれでいい。日常言語学派だとか、数学の記号を借りた再構成学派、サイバネティクスの勃興から生まれたモデル理論――あって当然である。しかし、これらのために伝統的な形而上学の発想法が捨て去られそうになっているとなると、実に淋しい限りではないか。

将来、もし、哲学をやるためには自然科学的教養を必須の条件にしなければならないとしたら、未来の哲学者は科学青年の中から出てくることになる。文学青年が哲学者になっても、大学で哲学史を教えるぐらいのことしかできなくなる。そうなったら大変だ。

　哲学の目的は、あくまで人間の魂の探求なのだ。いかに荒唐無稽に（科学青年に）見られようとも、自然科学が経験から、あるいは仮説からとりあげたものを、あらためてバラバラにし、その存在を——あるいは存在としての存在を——あるいは存在の根本的原理を研究しなければならない筈なのだ。

　荒唐無稽な哲学よ、復活せよ。弁証法的唯物論よ、目的論的宇宙観よ、疑人的・社会悪《ゾツイオモルフ》的宇宙観よ、形而上学よ、科学に対して卑屈にならず、もっと堂堂と胸をはってくれ。

女性の物欲を知る

小松左京夫妻の媒酌で、宝塚ホテルへ、東京からＳＦ作家クラブの連中をわんさと呼びよせ、金もないくせに派手な結婚式をやったのが二年前。だから新婚旅行のことも、わりとよく憶えている。

旅行先では、特に変ったことはなかった。金は落さなかったし、汽車を乗りちがえることもなかったし、宇宙人にも会わなかった。

平凡な新婚旅行だった。

一日めは大阪から「白鳥」に乗った。一等車だったが、新婚が多くて柄が悪く、ぼくが乗っているのでよけい柄が悪く、よその新婚と喧嘩したり何かしながら金沢に着いた。

妻の少食にはおどろいた。これで生きていられるのかと思った。

「ぼくが餓えた豚に見えるだろう？」

「もう少しましなものに見えます」

「何に見える？」

「餓えていない豚に」

湯涌温泉で一泊して、次の日は兼六園を見てから北陸へ行った。三日めは山中温泉から車をとばして東尋坊へ行った。

断崖の上で妻の写真を撮った。

風が強くて、海が荒れていた。

妻を崖っぷちに立たせて後退し、ファインダーをのぞきこんだら彼女の姿がない。

はて、この風に吹きとばされるほど軽かったかと思いながら見まわすと、数メートルはなれた崖っぷちを、吹きとばされた帽子を追ってすごい勢いで走っている。

あぶないと叫ぼうとした時、彼女は崖ぎわから海の方へ手を突き出し、みごとに帽子をつかまえた。

　そばへ駈け寄って下を見おろし、ぼくはふるえあがった。十数メートル下では白い波がざーんぶらこざーんぶらこと岩に砕け散っている。

「気ちがいだ」と、ぼくはわめいた。

「君はぼくの小説を読んで、気ちがいだというけど、君の方が気ちがいだ。落ちたら死んでいる」

「気ちがいと、ちがいます」

　と妻はいった。

「この帽子、高価《たか》かったのよ」

　所有物に対する女性の執念に、ぼくはふたたびふるえあがった。

　それまで女性のことは、よく知らなかったのである。兄弟はみな男だったし、女性とのつきあいはほとんどなかった。うそだという人もいるだろうが、これは本当のことだからしかたがない。

　その証拠に、ぼくは見合結婚だ。

　妻とは結婚前に数回しか会っていなかったし、ふたりきりで会ったのは二回きりである。

　まあ、そんなことはどうでもいいので、とにかくその後も、女性の物欲には、妻によって——今や妻ではなく、うちのかあちゃんだが——しばしば驚かされた。

　だからぼくの小説に出てくる女性は、たいてい物欲の権化である。

ジュンについて

「ジュン」は、少しでも芸術に志向するすべての青年の夢だ。それは、まんがで描かれた抽象芸術、まんがで描かれたヌーヴォ・ロマンである。

サービス精神・満点

生産力の点でも、収入の点においても、いまや石森章太郎はまんが家のトップ・レベルにいるようだ。

なにしろ月産枚数五百枚という噂にはまったくたまげる。小説でさえ、月産五百枚というのは常人のわざではない。

もちろん、小説の方はせいぜい資料集めにしかアシスタントを使えないが、まんが家の方は割り付けや彩色に数人のアシスタントを使うことができそうである。しかし、それにしても大変な量だと思う。

ふつうなら、これだけ名が売れ、これだけ作品を生みだすと、内容の質が落ちるはずだ。ところが、石森章太郎はちがうのである。そのことを書こう。

ほめられればほめられるほど、どんどんうまくなるというタイプの作家がいる。こういう人は、こっぴどくやっつけられると自信を失い、なにも書けなくなってしまう。そのかわり、多数の読者の支持を得ると、とてつもなく喜ぶ。

自分を支持してくれる大勢の読者を、もっともっと楽しませてやろう、喜ばせてやろうと思い、メチャクチャに張り切るのである。そして作品の質は、ますます向上する。

つまり、作家として純粋なのだ。晩年、マスコミに騒がれはじめたころの山本周五郎が、いくぶんそうだった。

山本周五郎と石森章太郎を比較するのはムチャクチャだが、しかし石森章太郎は、まさにこういったタイプの作家なのだ。読者へのサービス精神が旺盛なのである。そして大衆文化を向上させるものは、まさにこの大衆への奉仕精神・サービス精神だ。

試みに、数年前の彼のまんがと、最近の作品を比べてみればよい。最近になるにつれての彼の作風は、ますますストイックになり、技術は洗練されてきている。彼においては、読者へのサービスすなわち作品の上質化なのだ。

ただ、気をつけなければいけないのは、精神的・肉体的な息抜きであろう。このタイプの人は創作に熱中すると、自分の健康のことを忘れてしまう。山周なども晩年、からだが悪いくせに医者を寄せつけなかった。石森章太郎も、健康に気をつけてほしい。

ただ彼の場合、精神衛生の面では心配する必要はないように思える。仕事が好きな人間というものは、自分がいちばんやりたい仕事というのが一種の精神的息抜きになる。

「ジュン」は、石森章太郎が、一時読者へのサービス精神を多少犠牲にして、思いっきり自我を表現した作品だ。だからこの「ジュン」は、彼の精神的息抜きであると同時に、彼のまんが家としての本質にもっとも近い作品であろうと想像できるのである。

「江美子ストーリー」の幸福観

少女まんが——と、聞いただけで、背なかがむずがゆくなり、照れくささのあまり頬をばりばり掻きむしりたくなる——と、いうのは、ぼくだけではないだろう。男性のほとんどは、そうではないかと思う。

中学の時だったと思うが、餓鬼ごころに惚れた同級生がいて、彼女が少女小説を読んでいた。その頃は、少女まんがなんて便利なものは、もちろんなかった。女の子たちが、吉屋信子がどうのこうのと騒いでいるのを聞いて、いったいどんな面白いものであろうかと思っていたところ、たまたまそのホの字の娘が「星のなんとか」「なんとかの花」二、三冊貸してくれたので早速読んだ。たいていのことには驚かない餓鬼ではあったが、いやもう、顔から火が出た。おわかりいただけると思う。

関西だったので宝塚がすぐ近所にあり、ちょうど春日野八千代の人気上昇中、同級生の娘っ子みなこれにカブれて、リリオムの真似してラッパズボン、今でいうならパンタロン、学校へはいてくるやつ、マノン・レスコオを真似して教師に叱られるやつ、いろいろいた。(マノン・レスコオは、いうまでもなく娼婦である)

それやこれやに刺激され教育されて、あの頃のぼくの周囲の比較的おませな娘っ子たちは、たいていが当時のことばでいえばエス、今でいうならレズづいていて、ぼくたち男生徒はどうも連中とはつきあい難かった。もっとも、あの頃のエスに比べれば現在のレズの方がずっと即物的で激しいと思うのだが、先ごろ戸川姐御《あねご》に訊ねたところ、レズもやっぱり精神的な要素の方が多いそうである。

それはともかくとして、その少女小説を読んで以来、それまでホの字だった彼女に少少幻滅した。以後は、多少ご面相は劣るものの、「女の一生」「ボヴァリー夫人」「春のめざめ」などを読んだという、やや知性的な娘っ子に接近した記憶がある。

日本での、初期の少女まんがの主人公は、いずれもあの少女小説の表紙の絵と同じく、トンボみたいな眼球のなかにパチンコ玉くらいの星の光っている、ウラナリ顔の、手足の関節に骨のない、ミミズみたいな指をした、色気のぜんぜんない女の子だった。そのころはすでに高校生であったし、中学時代に読んではずかしかった記憶があり、読む気はぜんぜんしなかった。

ただ、手塚治虫にだけは貞節を誓っていたので、彼の少女まんがだけは二、三篇読んだはずである。

まんがは今でも読み続けているが、少女まんがだけはあいかわらず敬遠している。だから少女まんが界のまんが家に――女流まんが家が多いそうだが――どんな作家がいるのかぜんぜん知らない。

石森章太郎を知るのが比較的おそかったのも、彼が少女まんが出身だということを何かで読むか聞くかしていたため、なかなか手を出さなかったためである。少女雑誌に載る少女まんがの主人公が、最近めっきり女っぽくなり、時にはエロチックにさえなってきていても、やはり内容的には昔の少女小説とたいして違わぬはずという頭があるものだから、つきあいを避けていた。

さて、自分のことばかり書いてしまったが、今回はじめて石森章太郎の少女まんがにお目にかかった。しかもこの原稿を書くために、ナマ原稿で読ませてもらったわけである。

感激した――といっては、いいすぎになるだろうし、ゴマスリじみている。だが、感心したことは事実である。ナマ原稿の迫力もあったかもしれないが、とにかく構成ががっちりできていて、昔の少女小説の嫁いびりの姑みたいないじめっ子が出てこないのもいいし、夢は夢、現実は現実とはっきり区別しているところもいいし、なによりもまず、女の子たちの関節に骨のあるところがいい。

もっとも、トンボの眼球とパチンコの星はあいかわらずだが、これをなくすと少女まんがであることを強調できなくなるのだろう。石森章太郎の描く女の子は色っぽいから、眼球ぐらいはこのままにしておいた方がいいのかもしれない。そういえば最近彼は、色っぽさを買われてか中間小説雑誌に挿絵を描いている。

「江美子」というのは、金持ちの娘である。そして、当然のことながら、自分が金持ちの娘であることをさほど意識しないで振舞うものだから、金を持たぬ貧しい娘たちを知らず知らず傷つけていることになる。貧しい娘たちから見れば、きっと高慢な、いやな娘なのだろう。

少女小説には、よく主人公の、美しく貧しい娘をいじめる、意地悪な金持ちの娘が出てきて読者の憎悪を一身に浴びることになっている。ところが一方、主人公の娘も、最後には実は金持ちの娘であったことがわかることになっていて、めでたしめでたしとなって終わるのが多い。これは矛盾である。だが、読者のほとんどが、それで満足するのである。つまり女の子たちは、男の子よりも現実的なのである。「金は、あった方が幸福になれる。しかし金がないと不幸である」という現実を、しっかり認識しているといえようか。

「江美子」はその点、矛盾なく、最初から金持ち娘と設定されている。そして、「江美子」は、金を派手に使って、人間たちの不幸を救おうとする。そして、金で救えない不幸もあると知るわけである。死、病気、失恋といった不幸は、金で救えないことを知るわけである。

「第一話・いもうと」「第二話・おにいちゃんの花よめさん」では、不幸な人間は江美子とは血のつながりのない他人であり、彼女はこれを救おうとする。その救いかたが、一見、自分より身分の下の人間を救おうとしているように見えて、あまりいい気持ちがしないのは、江美子が金持ちの娘であり、救おうとする人間が貧しく、身分の低い女中の娘だったり、田舎娘だったりするからである。

これはある一面からすれば、当然まことに現実的な話である。金持ちが貧乏人に施しをするのは、不思議でもなんでもない。読者がおどろくのは、ただスケールの大きさにおどろくだけである。しかし、この施しという点でカチンとくる読者もいるだろうことは想像できる。

まあ、世のなかにはいろんな人がいる。「金持ちである」ことを苦にしている馬鹿さえいる。

「貧乏であること」を自慢する人間までいる。だが、ぼくの考えでは「金がないこと」を自慢するのは「金持ちであること」を自慢する人間より数段いやしいと思うのだがどうだろうか。ぼくがたまたま〝船場生まれ〟だからそう思うのではなく、現実にそうだと思うのだ。ジャン・アヌイなんて人も「貧困を憎悪」したそうだ。石森章太郎も、どちらかといえばぼくに近い考えを持っているはずである。それは欠点ではないのだが、それが欠点だと思う人は、世のなかにあまりに多い。

「第三話・しあわせとは……」をかく前に、石森は、第一話・第二話を読みかえし、それに気がつくか、あるいは誰かにそれを指摘されたのではないだろうか。彼はわりと、他人のいったことを気にする男だから。

題名もそのものずばり「しあわせとは」になっている第三話は、第一話・第二話に対する弁解のような形になっている。だから読みづらくなっているのだが、ぼくはこの第三話がいちばん面白かった。もちろん、作品の出来とはあまり関係なくだが……。

こんど少女まんがをかく時は、美しい金持ちの娘と、意地の悪い貧乏な娘を登場させてほしい。もちろん、金持ちの娘が、貧乏な娘たちから、いじめていじめていじめ抜かれるのである。もっとも読者の女の子たちが、そこまで現実的になれるかどうかはわからないが……。

筒井康隆の人生悶答

次号より新連載
奇ッ怪陋劣《ろうれつ》痛快丸齧《かじ》り　荒唐無稽《むけい》文化財
筒井康隆の『人生悶答』質問募集中

次号（平凡パンチ４４５号）より、文壇の鬼才・筒井康隆氏の異色人生相談を五週にわたり連載します。
イラストは、ユニークなタッチで知られる山藤章二氏です。ご期待ください。

■回答者のことば

世に人生問答。悩みの相談室は数多いが、次号より五週にわたり連載予定の、この人生相談のページこそ、人工甘味料防腐剤着色剤その他の添加物はまったく含まれていない正真正銘の猛毒を持つページである。即ち一読泡を吹き発狂し、七転八倒のうちに死に、死んだ者はすぐまた生き返り、あまりの毒性にこの欄のページはぼろぼろに腐って自動的に消滅するのである。真に人生の毒性を知りたい諸君からの、真にさしせまった質問の便りを待つ。

回答内容と締切りは次のとおり。

第一週〈人生・職業篇〉締切り一月二十日
第二週〈悪事・犯罪篇〉〃　一月二十二日
第三週〈性・医学篇〉〃　一月二十三日
第四週〈社会・革命篇〉〃　一月二十七日
第五週〈雑学・番外篇〉〃　二月三日

〈宛先〉〒104東京都中央区銀座×の×の×『平凡パンチ』編集部〝筒井康隆の人生悶答〟係

その一　人生・職業篇

今週より五回にわたって人生相談の回答をやらなければならなくなった。

はっきりいって、たいへん気が重い。こういう仕事は不得手なのである。

馬鹿げた質問をやんわり受け流したりするのが、おれは下手なのだ。だいたい他人の間違いや無知をやさしくたしなめ、教えさとしてやるという根気など、おれは持っていない。自分の気持を正直にぶちまけ、本当のことを答えてしまう。これでは人生相談の回答など、できないのである。

なに？　そんないやな仕事を、なぜひきうけたかだと？

それはおれが、平凡パンチから金を借りているからである。

金額？　そんなことはどうでもよろしい。

ただ、ひとことだけ言っておくが、他の人生相談の回答者にだって、おれと同じいろんなけちくさい理由があって、人生相談をやっているのだ。こいつは、おぼえておいた方がよろしい。ただ、連中はおれのように正直ではないだけなのだ。

回答者だって人間だから、それぞれ自分の感情があり、その時の気分があり、都合や不都合がある。当然、その回答は気まぐれである。早くいえば無茶苦茶である。そんなものを信用する方が、どうかしているのだ。

諸君も、おれの回答を信じない方がよい。だいたい人を信用するのがよくない。自分さえ信用していればよい。おれなどは自分自身でさえ信用していないのだ。

ともあれ、仕事だから回答をする。

予告しておいたため、机の上は質問の手紙でいっぱいだ。上から順に読んで答えていく。下になっている手紙は読まないかも知れない。これは運が悪いのであって、読まぬおれに責任はない。人生の多くの部分を運が占めている。たとえ君が悪くなくても悪運に見舞われることがある。人生はきびしいのだ。

ああ無情　結婚したい　相手はイトコ

問　ぼくは高校生ですが、このあいだ友だちのバイクを借りて練習しているところを警官に見つかりました。来年は受験ですが、こんな前科があっても試験を受けさせてもらえるでしょうか。

（横浜市南区井土ケ谷上町　匿名希望）

答　だめだね。君はすでに前科者だ。どこの大学も受験できないよ。三流か四流の私立大学に数百万円の寄付金を納めたら入学できるかもしれないが、そこを卒業しても、どこにも就職できないのだ。

なぜなら君は前科者だからだ。社会は前科者を絶対に許さないよ。そして君は、やがて食うに困り、これなら何か罪を犯して刑務所へ入った方がいいと思うようになる。

だが気の弱い君は犯罪などできないし、むろん自殺もできない。そして君はある雨の降る朝がた、公園のベンチで餓えて死んでいるのだ。君の前途はまっ暗けのけである。

＊

これくらいおどかしてやった方がいい。じつはおれ自身、このあいだチンピラの運転するバイクにぶっつかっているのだ。えらい怪我をした。これくらい書いておけば、もうこの高校生はバイクを運転しなくなるだろう。さっき、「回答者にも自分の感情がある」と書いたのは、このことである。

＊

問　私は二十四歳のＯＬです。結婚したい相手がいるのですが、私と彼とはいとこ同士なのです。私の父と彼の母とが兄妹なのです。こういう場合、法律的には結婚を許されるでしょうか。私も彼も、どうしても一緒になりたいのです。

（川崎市中原区木月伊勢町　岡崎博子）

答　もちろん、問題はない。結婚できます。ただ、近親結婚をくり返した場合はどうしても、畸形《きけい》の子供、たとえば眼のない子供とか、ろくろっ首とか、先祖返りを起こした猿のように毛むくじゃらの子供とか、いろいろ生まれますけど、これもまあ気にすることはありません。サーカスへ売ればいいのです。いろいろと変な人間がいた方が、世の中はにぎやかで面白くなるものね。

＊

問　我校の校則はでたらめであり、しかもたいへんきびしいのです。頭にきます。どうしたらいいでしょう。

（長野県諏訪市元町・高校生Ｋ・Ｔ）

答　校則がでたらめなのは、あたり前。でたらめでない規則というものはない。そんな規則にしばられてるからこそ人間ができてくるの。学校は実社会がどのようなものか教えるところだ。学校の規則がでたらめなのは日本の憲法がでたらめなのを真似て作ってあるからだ。

二年たったら易者は失業するというノダ

問　二十歳の男子ですが、モデルになりたいのです。どういう条件が必要でしょうか。

（奈良県大和郡山市池沢町　菅野孝）

答　ずいぶんおかしな男子モデルがいるから、条件などはどうでもいいのだが、たったひとつだけ、大事なことがある。

それは、切れ痔であってはならないということだ。疣痔《いぼ》の場合はよろしい。疣痔はクリトリスのかわりになるからね。

この意味、わかるか。

この意味がわからなくてはモデルにはなれないよ。

そういう世界なのだ。

＊

問　将来、通訳になりたいと思いますが、職業としての見通しはどうでしょうか。

（大阪市東住吉区加美長沢　高野洋）

答　通訳という職業は、将来なくなってしまう。日本語だけ勉強した方がよい。

なぜなら、日本はいずれ経済大国として世界に君臨し、日本語が万国共通語になるからだ。

これは回答者であるこのおれが、外国語をぜんぜん喋れないために、そんな希望的観測をしているのではないよ。

絶対、そうなるのだ。

＊

問　現在、食肉販売店の店員をしています。だいぶ前、易者に手相を見てもらいましたら、二年経ったら今の仕事をやめるということでした。そんなことになったら家族を養っている関係上、困ってしまいます。

もうすぐに、二年が経ってしまうのです。どうしたらよいのでしょう。お助けください。

（東京都荒川区荒川　村中氏彦）

答　その易者は、じつは二年前あなたの勤めている店で、百グラム九十円のブタのこまぎれ肉を買ったのです。

その時、すでに金を払ったつもりで肉を持って帰ろうとし、主人に注意され、金を払わされました。それ以来彼は、二重払いさせられたと思いこみ、あなたの勤めている店を恨んでいたのです。

そのため、あなたにそんなことを言ったのです。

易者も、人生相談の回答者も、自分の感情で回答する点ではまったく同じです。

＊

問　大学の経済学部を出て、コンピューター関係の仕事をしていますが、今はオペレーター兼プログラマーの見習いです。

これが、自分に適した職業かどうか、わかりません。

大学在学中に心理学のゼミナールをやったので心理学者になろうかとも思いました。最近はカメラに凝っていますので写真関係の専門学校にでも通ってプロになろうかとか、芸能関係、デザイン関係の仕事をやりたいとかいう気持もあります。

いろいろと気が多くて迷っています。どうしたらいいでしょうか。

（名古屋市南区観音町　深見裕重）

答　まずオペレーターになりなさい。あと二年ほどかかりますが、それで自分に向いていないとわかったら、プログラマーになりなさい。それもだめと思ったら、コンピューター関係の仕事をやめなさい。それから他の仕事にかわっても遅くはありません。

もう一度大学へ行き、心理学をやるのです。心理学者になったころにはあなたはもう五十近くになっているでしょうが、そこで自分の職業が疑問になったら、今度は写真の専門学校へ行きなさい。プロの写真家になり、それがいやになればデザイン学校へ行き、プロのデザイナーになりなさい。その頃あなたはもう八十歳くらいでしょうが、それから芸能関係に進むのもいいでしょう。人生は長いのです。

＊

問　宝くじを買いたいのですが、私の町では宝くじを売っていません。郵送してもらうには、どこへ手紙を出せばいいでしょう。

（岩手県上閉伊郡馬越峠　中根盛夫）

答　左記のところへ頼みなさい。

東京都文京区小石川・全国横断歩道愛好者連盟植物園支部内タネトリクラブ宝くじ係

27歳　死ぬのは若すぎるか？　先生！

問　一流の大学を出て、まずまずの会社に就職しました。四年ほど仕事をしてきましたが、これから定年までずっと同じ仕事を続けるのかと思うといやになります。女の子と遊ぶのも飽きました。何をやっても面白くありませんので、死んでやろうかとも思います。現在二十七歳ですが、死ぬには若すぎるでしょうか。

（大阪府守口市大久保町　平松幹一）

答　さほど若すぎるとは思わないね。たとえばアレキサンダー大王は二十歳で王となり、全ヨーロッパとアジアを征服し、三十二歳で死んだ。高杉晋作は二十一歳で長州藩を代表して朝議を攘夷に決定させ、二十八歳で死んだ。

源義経は二十六歳で壇ノ浦に平家を破り、三十歳で死んだ。

坂本竜馬は二十九歳で海軍を作り、三十二歳で死んだ。君は四年間会社で働き、二十七歳で死ぬというわけだ。ちっとも不自然ではない。

＊

問　作家になるにはどんな勉強をしたらいいでしょうか。

（広島県竹原市西野町　柴山雅久）

答　何もしなくてよい。何もできない人間が作家になるのだ。

＊

問　死ぬ時は苦しいでしょうか。死ねばどうなるのでしょうか。ぼくは死ぬのがこわくてたまりません。

（大阪府堺市　Ｓ・Ｙ）

答　ペニスを紐《ひも》でくくって三日間小便をせず、指さきの爪の下へ約一センチ針の先を突き刺し、百メートル走った直後、自分の首を絞めながら二分間呼吸を停めていろ。

死ぬ時は、その二百倍の苦しさだ。死ねば冷たい、暗いところへ行く。冷蔵庫の中よりも冷たいところだ。そして君はたったひとりである。いつまで待っても誰もこないよ。

＊

問　ぼくの性器は、平常時で長さ十三センチ、太さ（周囲）十二センチ、勃起時で長さ十九センチ、太さ（周囲）十四センチです。これは病気でしょうか。あるいは巨根というのでしょうか。巨根だとしたら、まともに結婚できるでしょうか。

（川崎市中原区下小田中町　K生）

答　自慢できることはそれしかないのか。これはあきらかに、質問にことよせて自慢しているのである。

こういうことを自慢するやつは、だいたい馬鹿である。他に何もできないから自慢するのだ。けしからん。これはおれに対するいやみである。陰謀だ。こいつは、回答者であるこのおれが、短小であることを何かで読んで知っていて、わざとこういうことを書いてよこしたのだ。まことに腹が立つ。くそ。お前なんか、まともに結婚できるものか。一生女の味を、知らずに死ぬのだ。ざま見やがれ。

＊

問　某月刊誌で人生相談の回答をやっている者です。最近わたしの回答を読み、絶望した男性が自殺してしまいました。それ以来自分のしていることに自信を失い、悩んでいます。相談に乗っていただけませんか。

（匿名希望）

答　じつはぼくにも悩みがあります。ぜひ相談にのってほしいのです。相談料は相殺ということにしましょう。二十九日の午後一時に青山三丁目の『レオン』でお待ちしています。

＊

問　人生とは何でしょうか。

（大阪市城東区　小山昇）

答　「人生とは何か」を考えていられないほど、いそがしいものです。

＊

問　ある、すばらしい男性を好きになりました。彼はとてもハンサムです。でも、わたしはあまり美しくありません。どうしたらいいでしょうか。

（和歌山県新宮市西道　高橋則子）

答　そうですか。そうですか。どうもありがとう。ちっとも知りませんでした。なに、たとえ美しくなくても、ぼくは女の子なら誰でも好きです。いちど遊びにいらっしゃい。

筒井康隆の「人生問答」
読者の質問　大募集中！

世に人生相談は数知れぬが、この〈人生問答〉は、人生の毒性をあますところなく、さらけだす迫真の相談コーナーだ。読者諸氏の真に迫った、その毒性で回答者を、七転八倒させる質問を待っている。

回答内容と締切りは次のとおり。

◆性・医学篇　一月二十九日
◆社会・革命篇　一月三十一日
◆雑学・番外篇（ようするに、なんでも結構なのだ）二月三日

〈宛先〉〒104　東京都中央区銀座×の×の×『平凡パンチ』編集部〝筒井康隆の人生問答〟係

その二　悪事・犯罪篇

今回はちと薬を服みすぎて興奮しているから、回答が過激に走るかもしれない。読者諸兄及び官憲の検閲担当諸氏におかれてはその点に留意され、お見逃しを乞うものである。

さて、悪事・犯罪に関する質問のお便りを読み、最近の若い連中の知識のなさに驚いてしまった。もちろん、悪事・犯罪を実行するのには、悪事・犯罪に関する知識が必要なのである。知識があってこそマナー通りのすばらしい悪事・犯罪が実行できるのである。然り、悪事・犯罪にはマナーが必要なのである。

だがこれは、若い連中に悪事・犯罪の手口とか、法律の抜け穴とかをよく教えこまなかった人間にも責任がある。

だからこそ最近の若い連中が、もはや悪事でも犯罪でもない単なる気ちがい沙汰の滅茶苦茶をやるのである。

まことにもって言語道断歩行者横断、頭部切断お医者の診断、寝た子を起こす種芋の、茎のメダカの皮ごろもというべきである。今回はちと文章が乱れるが、これも薬のせいと思っていただきたい。

ではさっそく、回答に移ろう。

ハイ・ジャック防止のウラをかいてやりたい

問　ハイ・ジャックをやりたい。このハイ・ジャックには、決定的な対策は何もないといわれていたが、最近新聞で読むと、航空各社ではいろいろな対策を立てているそうだ。どんな対策を立てているかと想像してみるが、わからなくて困っている。あなたは、その対策がどのようなものであると想像されるか。

（北海道　匿名希望）

答　まず考えられることは通路の落し穴である。ジャンボでない場合は通路は一本しかないわけで、この通路の乗務員室近くに通路の幅いっぱいの落し穴を作れば、犯人を簡単に落してしまうことができる。

しかしこれは、犯人がひとりであった場合にしか効果はない。そこで航空各社が次に考え出す手段は催眠ガスである。ガスを噴出させ、乗客もろとも犯人を眠らせてしまうわけだ。

もちろん乗務員、即ちスチュワーデスやパイロットも眠ってしまうが、機はその間自動操縦で飛んでいるから墜ちる心配はない。

なに。着陸の時はどうなるのかだって。なるほど。犯人より先にパイロットが眼醒めたら、犯人の希望する場所に着陸してくれないばかりでなく、犯人は逮捕されてしまうわけだ。犯人がいちばん先に眼醒めることを祈るしかない。

成功を祈る。

＊

問　女の子のミニ・スカートが気になり、つい足のつけ根のあたりをじろじろ見てしまいます。「エッチ」と怒鳴られたこともあります。しまいには軽犯罪として逮捕されるのではないかと心配です。どうすればいいでしょう。

（東京都　S・T）

答　心配ない心配ない。いくらでも見なさい。背を丸めてスカートの下から見あげてもよい。今のところ、女のからだや服に手を触れない限り、これを罰する法律はないのだ。

だけど最近はみな分厚いパンストをはいてい

るから、のぞいたってつまらないよ。フランス人形のスカートをまくって股ぐらをのぞいているのと同じだ。

夏が待ち遠しいね。

＊

問 ぼくの学校のバレーボール部にM子という美女がいる。とても美しくてぼくは夢中です。でもぼくは背が低くて不細工だから、彼女は相手にしてくれない。そこで強姦しようと思うのです。どうすればいいか教えてください。

なお、彼女はぼくより五センチ以上背が高く、力も強そうです。

（埼玉県　匿名希望）

答 君ひとりでは無理だ。ふたりがかりで輪姦すればよろしい。何？　共犯者がいない？　心配するな。おれが手伝う。犯行の打ちあわせの日時・場所を連絡せよ。

＊

問 ぼくは父親を憎んでいる。殺してやりたいと思います。寝ているうちに殺せばいいと思うが、首を絞めたりすれば眼を醒ますだろうからそれが恐ろしい。何か他に、いい方法はありませんか。

（大阪市西成区　匿名希望）

答 簡単である。注射器で静脈へ空気を注入すればよろしい。なお、注射器の針は犯行前に、必ずよく消毒しておくこと。これが人殺しのマナーなのである。成功を祈る。

＊

問 彼女から、貸した三十万円の金を返せと迫られています。もし返せないなら結婚しろというのです。彼女はぼくより二歳上で不美人、肉体関係もあります。金もなし結婚するのも厭です。どうしましょう。

（東京都世田谷区　A男）

答　簡単だね、これも。その彼女を殺せ。こういう正当な理由があってこそ殺人をやるべきである。最近は理由なしの殺人が激増していて、まことに嘆かわしい。

小金を貯め、それを餌《えさ》に結婚しようなどという浅ましい女などこそ殺すべきだ。しかも不美人だという。まるで殺されるために生まれてきたような女ではないか。バンザイ。

＊

問　就職試験すべてに落第しました。ぼくを落とした会社になんとかして復讐したい。いい方法はありませんか。

（東京都　Y生）

答　一株でいいからその会社の株を買って株主になりなさい。一株でも株券があれば株主総会に出席できる。総会荒らしをやればいいのである。落第した連中が集まって株を買い、全員で押しかけた方がより効果的だ。

成功を祈る。

密室殺人の決定版はないか？

問　今までに誰もやっていない、しかもどの推理小説にも書かれていない密室殺人のアイデアはありませんか。

（東村山市　匿名希望）

答　人を殺してからその周囲に家を建てる、というのがある。まだ小説にはなっていないが、ミステリー関係者の間では常に話題になるトリックだから、今さらという感じがする。実行も不可能に近い。

鍵穴から、室内の空気を全部抜いてしまう、というのはどうだろう。まだ誰も考えたことはないはずだ。中にいる被害者が死んでしまってから、もと通り空気を入れておけばいい。

だがこれには巨大なポンプが必要だから実行はむずかしい。もし小説に書きたいなら使ってもいいが、原稿料あるいは賞金が入ったなら、半分寄越しなさい。

＊

問　結婚を堅く誓いあった女性が、ぼくを裏切って近く結婚する。結婚式の会場へ行って邪魔してやりたいが、一一〇番に電話され、逮捕されたのではつまらない。なんとかうまい方法はないか。

（兵庫県　会社員）

答　教会で式をあげている場合、邪魔するのは簡単だ。神父が必ず参列者全員に、「この式に異議のある者はいないか」と訊ねることになっている。君は手をあげ、文句を並べ立てればよいのだ。何時間喋り続けようと、誰も君を黙らせることはできないし、一一〇番に電話される心配もない。

神前結婚式の場合は披露宴の邪魔をすればよろしい。モーニングかタキシードさえ着用していれば、いくらうろちょろしていても咎め立てされる心配はない。そこで君は用意してきたテープを、レコーダーにかけて会場に流す。まず、君と彼女のベッド・シーンのスーハーが流れ出る。

これは特に君と彼女のものである必要はない。他人の声であってもいい。要するに参列者の注意を音に向けさせればいいのだ。

　やがてスーハーの声にダブって君の解説が流れはじめる。「これは○○○○（君の名前）と××××（新婦の名前）の某ホテルにおける情事を録音したものである。即ち新婦は曽《かつ》て○○○○と肉体関係があり……」と、いった具合である。

　彼女のヌード、あるいは君とのポルノ・シーンの写真があれば文句なしだがね。もちろん、だしぬけに会場の電灯を消して映写してやるのだ。上を下への大騒ぎになるぞ。

　ここへ数百匹の蚤《のみ》をはなせばますます面白い。着飾った新婦の衿から南京虫を、どさくさまぎれに落としてもよい。全員の酒に自白剤（市販されているアミタール系の熟眠剤）を入れておいたら、すごいスピーチがとび出し、君のまだ知らなかった新婦の過去があばかれるかもしれないよ。

　その他、場所に応じていろんな方法がある筈だ。成功を祈る。

＊

問　このあいだ下町の工事現場の前で美人を見かけ、強姦しようとしたら投げとばされました。相手はおカマだったのです。すぐ逃げましたが、恐ろしくてしかたがない。訴えられたらぼくは世間の笑いものになる。おカマの強姦未遂は前科になるでしょうか。
（福岡市　工員）

答　前科にはならない。後科になる。

＊

問　やたらに腹が立ち、人をぶち殺したくなる。合法的に人を殺せないでしょうか。このままでは発狂しそうです。

（前橋市　匿名希望）

答　人殺しは非合法だからこそ、やって面白く、迫力が出るのだ。若い人はこれだから困るのだ。どうしても合法的にやりたければ、アメリカへ行って市民権をとれ。いずれ、どこかの戦争に参加できるよ。

なに。こっちが殺される危険があるからいやだって。勝手な奴だな。そんなら外科医になれ。患者のからだを手術台の上で切りきざめるぞ。

外科医になるには勉強しなければならないから面倒だって。そんなら機動隊に入りなさい。デモ隊に襲いかかり、警棒をふるって可愛い女子大生を片っ端からぶち殺せばよいのである。

あたしを奪った男に復讐したい

問　二十二歳のＯＬです。得意先の会社にお使いに行きましたら、そこの係長に応接室で強姦されてしまいました。相手の立場も考え、その時には悲鳴もあげず、騒ぎ立てたりしなかったため、今さら訴えても和姦ということになると思います。

でも、あまりにも腹が立ち、相手が憎くてたまりません。なんとか復讐したいのですが。

（大阪市　会社員）

答　もちろん、いやがらせをしてやればよいのだ。いやがらせなら女性のお得意だから、教える必要もないだろう。男性というのは女性が思っているほど図太くはない。ちょっとしたいやがらせで、すぐノイローゼになってしまう。

いやがらせ電話という方法がある。これを取り締まる法律は、現在のところひとつもない。暇を見ては会社とか家とかへ電話してやればよい。すぐノイローゼになってしまう。発狂する可能性もあるよ。あなたを宥《なだ》めようとして、会いたいと言ってくるかもしれない。会ってやればよい。さんざ脅かしてやればよいのだ。

女性というものは弱いもので、いったん肉体を奪われた男性にはなかなか意地悪できないものだが、あなたの場合は相手を憎み切っているようだから平気で意地悪できる筈だ。

あなたをたらしこもうとして、敵がホテルに誘ったら、ついていけばよろしい。情事の最中、敵が絶頂に達しかけるたびに、あなたは「わたし梅毒よ」と叫んだり、ケタケタケタケタと白い歯をむき出して笑ってやったりするのだ。これで気が変にならない男性がいたら、お眼にかかりたいものである。

＊

問　退屈しています。世間をアッと言わせることをやりたいのです。いちばん効果的な方法を教えてください。

（熱海市桃山町　福島武夫）

答　筒井康隆著『俗物図鑑』（新潮社刊）を読め。ただし、小説があまりにも面白すぎて、実際にやる気をなくしてしまうおそれがあるがね。

＊

問　あろうことかあるまいことか、警官に恋人を奪われたのです。警察全体が憎い。復讐の手段を教えてください。命はいりません。

（目黒区　大学生）

答　あらゆる交番へイヌの死骸を投げこみ、君から恋人を奪った警官の拳銃を奪って惨殺し、警視庁に放火し、警視総監のおカマを掘った上でこれを射殺し、あらゆる警察署を爆破し、警察学校に五十本のダイナマイトを投げ込めばよい。ただし君が不死身ならの話である。君がどこまでやれるか、興味がある。当分は新聞記事が楽しみだ。期待してるよ。

筒井康隆の「人生問答」
読者の質問　大募集中！

〈人生問答〉開設直後から、本誌編集部には読者の質問が殺到している。

そこには、人生の様相があますところなく写し出され、人の世の病根の深さをあらためて思い知らされる。

さらに、真剣な質問を待つ。

◆社会・革命篇　一月三十一日締切り
◆雑学・番外篇　二月三日締切り

〈宛先〉〒104　東京都中央区銀座×の×の×『平凡パンチ』編集部〝筒井康隆の人生問答〟係

その三　性・医学篇

人生相談をやっていると、当然セックスや病気についての相談を持ちかけられる。だが多くの場合、人生相談の回答者には医学の知識がない。そこで彼らの回答はいつも決まって「いちど医者に診察してもらいなさい」ということになる。だが、これでは回答になっていないのだ。医者に行けないようなはずかしい悩みだからこそ人生相談に手紙を寄越すのである。

だが、おれはどんな質問にでも答える。おれは天才だから、何でも知っているのだ。特におれの科学的知識はまことに進歩的・未来的である。

中でも医学に関しては古今東西おれの右に出る学者なく、左に従う医者さえなかったため、さすがに未来予見的なモスクワや、ケンブリッジ等の各大学医学部からも、講師に来てくれと言ってはこなかったくらいだし、そのあまりの未来先取り精神のため、いちどは誇大妄想狂と間違われて精神病院へつれこまれそうになったことさえあるくらいだ。

かくの如く博識なおれに回答してもらうことのできる諸君は、まことにしあわせといわねばならないだろう。

もしもおれの回答通りの治療をしてなおらなかった場合、それはどうしてもなおらない病気だったのであるからあきらめる他はなく、もし死んだ場合はどっちみち死ぬ運命にあったのである。

風呂場でオナニーをしたあとで……

問　ぼくはまだ童貞ですが、このあいだ寮のお風呂でマスターベーションをしました。そしたら亀頭に白い小さなぶつぶつができました。梅毒ではないかと思います。

　このあいだ梅毒の実態報告を週刊誌で読み、それ以来こわくてたまりません。もし梅毒ならどうすればいいのでしょう。白いぶつぶつは、人間の顔のような形をしています。

（松山市　男・十八歳）


答　それは梅毒ではない。梅毒よりも、もっと恐ろしい亀頭人面瘡《そう》という腫物だ。昔その寮のその風呂で溺れ死んだ男がいた。

　そいつも風呂の中でマスターベーションをやり、やり過ぎて死んだのだ。そしてその男の魂《こん》魄《ぱく》が君の亀頭にのり移ったのである。

　君の亀頭はやがて、その男の顔となり、マスターベーションしようとする君の手に嚙みついたり、夜な夜な叫び声、恨みの唸り声をあげて君を悩ませ、ついには君を呪い殺すことだろう。

　治療法は左図の如く、その男の首を紐で縛って絞殺する以外にない。指を嚙まれぬように注意。

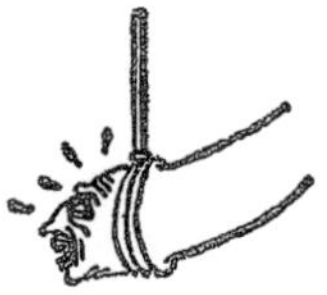

＊

問　ヒトとイヌとの間には、子供はできないのですか。たとえばヒトの男性とイヌのメスとの間に、子供はできませんか。お教えください。
（長野県　男・二十八歳）

答　あんた、イヌとやりましたね。そうでしょう。セックスの相手がなかったため、メスイヌをつかまえてその膣にあんたのペニスを挿入し、射精してしまった。

ところがその後、イヌのおなかがふくれはじめた。あなたはイヌが自分の子供を生むのではないかと思ってこわくなり、それで質問の手紙を出したのでしょう。そうでしょう。それでなければ、なぜそんなことに関心があるのです。

お答えします。ヒトとイヌの間に子供は生まれます。からだはイヌ、そして顔だけはあなたとウリ二つの可愛い子供が三匹か四匹、あるいは五匹か六匹生まれます。

＊

問 今日のメンスはとてもひどく、いつもならパンティが少しよごれるだけなのに、いま、スカートが血でべとべとです。痛くてたまりません。こんなメンスって、あるでしょうか。手紙が血でまっ赤になって、すみません。

（武蔵野市　N子）

答 それはメンスではありません。何か悪いものを食べて、腹が破れたのです。すぐ救急車を呼びなさい。もう手遅れかもしれませんが。

＊

問 〝袋ひげ〟に悩んでいます。朝、剃っても、袋の中のひげまでどうしても剃れないため、袋がすきとおって、中のひげが見えるのです。だから剃っても変りがなく、五、六時間もすると、もうざらざらしてきます。どうすればよいでしょうか。

（大阪市城東区　M・S生）

答 袋にひげがあるのはあたり前です。そんな部分を剃ったりしてはいけません。しかし、袋がすきとおってるってほんとかな。そんなら中のキンタマも見えますか。

＊

問　半年ほど前から朝立ちしません。ポルノ映画を見ても立たず、オナニーの時も立ちません。インポでしょうか。

（高松市　二十二歳・工員）

答　類似の手紙が何通もあった。ぼくはインポでしょうか。インポでしょうか。インポでしょうか。うんざりする。

そのとおり。インポです。おめでとう。あなたは、天才になれる素質がある。

昔から天才はすべてインポだった。レオナルド・ダ・ヴィンチはインポだった。フロイドはインポだった。ヒットラーもインポだった。アインシュタインもフランケンシュタインもインポだった。

なに。天才になれなくてもいいからインポをなおしてほしいだって。普通の人間でいいから、ささやかなしあわせがほしいって。駄目だね。君のインポはなおらないよ。君は天才になるしかないのだ。

街で感じる性病の恐怖

問　先生、助けてください。このままでは気がくるいそうです。

ぼくは電車で、通学しているのですが、毎朝梅毒患者の女の人と乗りあわせてしまうのです。斑点が手といわず顔といわず、いっぱい出ていて、鼻はつぶれています。吊皮も持てず、座席にもすわれません。改札の時や定期券を買う時、その人のあとで感染しないかと心配でいたたまれません。他のところへ住所を変えようかとも思っています。

法治国家で、あんな患者を野放しにしておいて伝染しないのですか。答えてください。
（国分寺市　学生）

答　君はもう梅毒に感染している。君の手紙に手を触れたため、おれまでが梅毒に感染したではないか。
さあ、今度は君が他の人間を恐ろしがらせる番だ。みんな気をつけろ。今おれが書いている この原稿用紙にもスピロヘータがくっついている。編集者、印刷所を経て、このページにもスピロヘータがついているかもしれないぞ。

＊

問　慢性の下痢に悩んでいます。歩くたびにぷつぷつと便が出て、パンツが汚れます。電車に乗っているととても臭いため、みんながぼくを見ます。対策をお教えください。
（京都市左京区　会社員・男性）

答　ズボンを前うしろにはくしか他に方法はないね。道を歩きながらときどき出すのだ。

＊

問　赤面症です。治療法をお教えください。
（藤沢市　Y子）

答　前の部分にべったりと血のついた純白のネグリジェを着て、町を歩きまわりなさい。その日一日だけは顔から火が出そうな思いをしますが、次の日から赤面症がなおります。

＊

問　通学の電車に片道一時間半乗らなければならないのですが、小便が出そうになって困ります。いつも途中下車して便所へ行き、そのため遅刻してしまいます。どうすればいいでしょうか。

（鎌倉市　N・K）

答　そういうとき、たいていのやつは窓から小便したり、連結機のところで小便したりする。だが窓からすれば後続の車両の窓から小便がとびこんで他の客にかかり罰金をとられるし、連結機からするとペニスをはさんで怪我をする。いいことを教えよう。客車の通路にはたいてい車両点検用の上げ蓋がある。これをとって小便すればいいのだ。

新婚の夫、妻の構造を知りたい

問　結婚して二週間めですが、夫婦生活がうまくいきません。知識がないためだと思います。女性の性器は、いったいどのような構造になっているのでしょうか。くわしくお教えください。

（徳島県　男・二十七歳）

答　左図のようになっています。

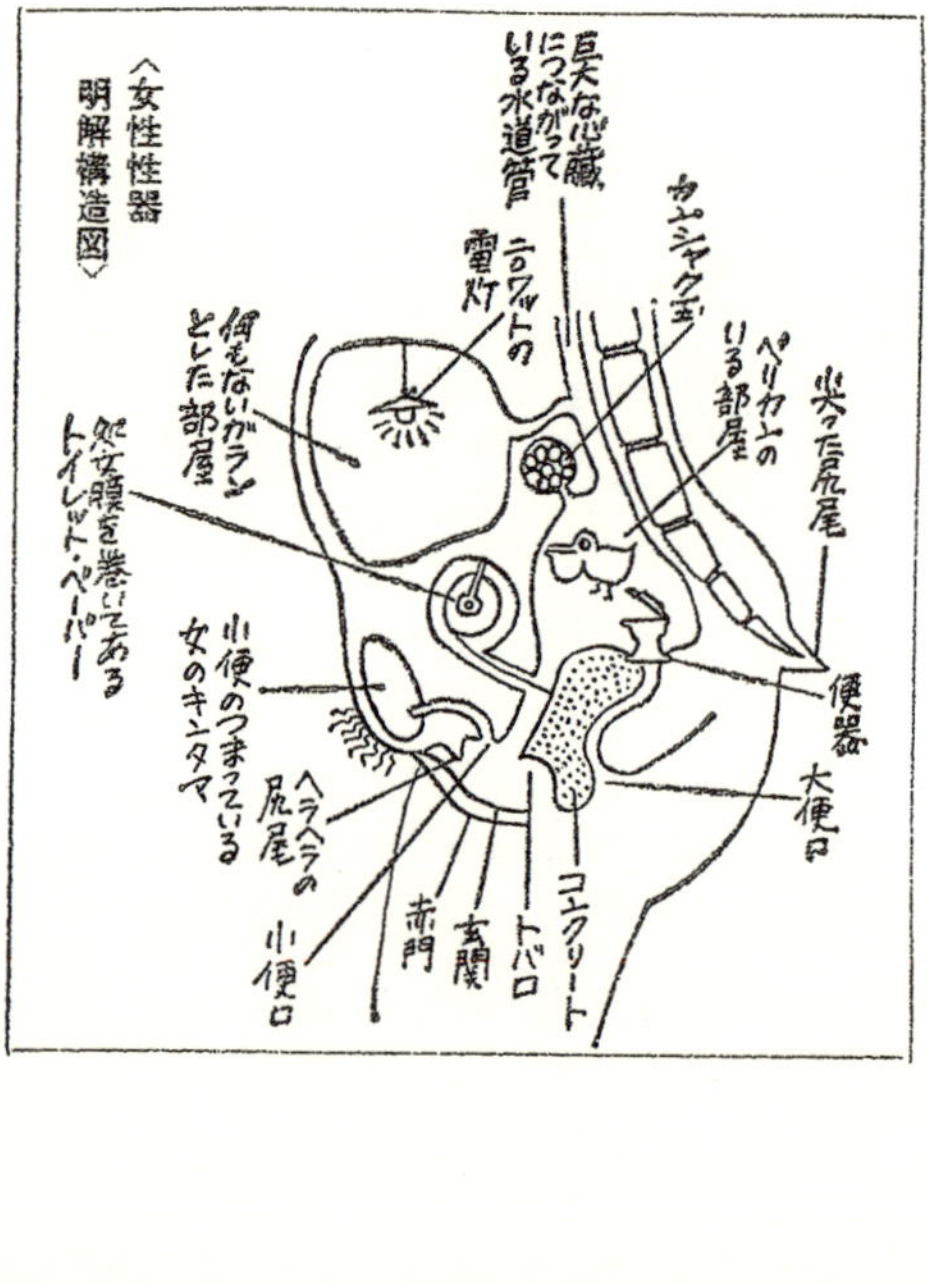

＊

問　結婚して以来一か月になりますが、ぜんぜん大便が出ません。どうしましょう。飯は人なみに食っているのですが。

（鹿児島県　漁師・男）

答　君の奥さんが糞尿嗜好症という病気なのだ。毎晩君の尻から大便を吸い出しているのである。心配はいらない。

＊

問　もうすぐ結婚しなければならないのに、寝小便がなおりません。一日中何も飲まなくても寝小便をするのです。どうしたらいいでしょう。

（北海道札幌市　K男）

答　これも心配いらない。誰かが毎晩君の部屋へしのびこんできて、君の布団の上へ小便をぶちまけて帰っていくのだ。相手はおそらく君の恋敵だろう。君に結婚させまいとして、そんなことをするのだ。

＊

問　いつも乗る神戸行きの電車の中で、ひとりでくすくす笑ったり、げらげら笑ったりしている人がいます。気味が悪くてたまりません。これはなんという名の精神病でしょうか。また、襲いかかってくるようなことはないでしょうか。その人は男性で、筒井先生にちょっと似ている人です。

（神戸市垂水区　野口澄子）

答　よく似ているどころではなく、それはおれなのだ。精神病とは何ごとだ。くそ、こんな質問、とりあげるんじゃなかった。明日、襲いかかってやるぞ。

＊

問　月経時のセックスは、いけないのでしょうか。メンスの時にかぎって、とてもセックスをしたくなりますが、男の子はみんないやがるのです。どうすればいいでしょう。

（多摩市　U・F）

答　吸血鬼とシックス・ナインをやればよろしい。

＊

問　頭痛がし、吐き気をともなったせきが出ます。耳鳴りもします。
なんの病気でしょうか。

（京都市上京区　松原俊一）

答　無料の回答で医院の診察料を浮かせようったって、そうはいかない。君の症状に相当する病気は、こんなにたくさんあるのだ。これ全部やってるなら死ぬしかないね。

小脳及び大脳の腫瘍。メニエル病。急性中耳炎。乳様突起炎。心臓弁膜症。急性肺炎。急性肋膜炎。膿胸。インフルエンザ。かぜ。肺結核。肺真菌症。肺壊疽《えそ》。気管支炎。気管支喘息。気管支拡張症。肺ガン。心臓喘息。ジン肺。喉頭ガン。肺性心。急性扁桃炎。急性咽頭炎。炎性緑内障。一酸化炭素中毒。クモ膜下出血。ノイローゼ。高血圧症。副鼻腔炎。脳軟化症。脳炎。流行性髄膜炎。肋骨骨折。急性胃炎。急性虫垂炎。胃ガン。胃潰瘍。十二指腸潰瘍。食道ガン。肝硬変。常習性便秘。急性腸炎。赤痢。伝染性下痢症。コレラ。流行性肝炎。腸チフス。腎盂《じんう》腎炎。脳出血。尿毒症。

＊

問　皆が自分の悪口を言ってるように思ってしか

たがない。これは分裂症だという。本当か。精神分裂病なら入院させられるのだろうか。

（神戸市　暴力団組員）

答　バカ。本当にお前の悪口を言っているのだ。

＊

問　オナニーをしすぎるとキンタマが痛くてたまらなくなります。なぜでしょうか。精液ができる原理を教えてください。

（岡山県　U生）

答　キンタマの構造は下図の通りだ。見ればわかるだろうが、インスタント・ザーメンの粉末が小便と混じりあって精液になる。ザーメンが残り少ないのにオナニーをすると、小便がキンタマにしみる。そのため痛くなるのである。

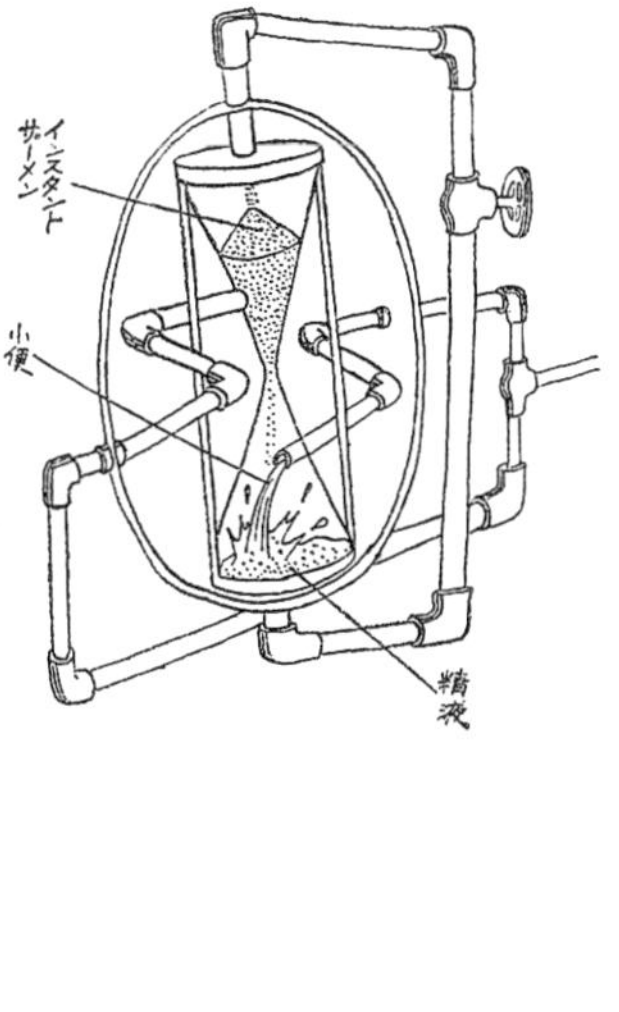

その四　社会・革命篇

政治に関係ない大革命をおこしたい

問　拝啓。私は今の日本に革命が必要だと考える一人であり、今の日本の若者を救うには革命を起こし、戦乱の巷《ちまた》にし、立派に生き甲斐を持たせ、死なせることしかないと思います。

そうすれば、また次の世代の人がその教訓をもとにして、今の世とはまったく別の社会を作ることでしょう。

私のいう革命とは、政治はまったく関係なく、その古い常識とか観念、あるいは社会全体をおおう、なにかわからない圧迫みたいなものをとりのぞきたいわけです。

この革命に賛成ですか。

（川崎市高津区　万金玉）

答　なんだか、おれの書いてることを、そのまま書きうつしたような質問だなー。ゴマすってるのと違うか。

もちろん賛成である。

政治にまったく関係のない革命では、戦乱の巷になどなるわけがない、と思うひともいるかも知れないが、そんなことはないのである。古い常識ひとつをぶち壊そうとするだけで、すでに上を下への大騒ぎが起こり、人死にが出るのである。

問題は君自身が、古い常識を持っていないかどうかということにかかわってくる。たとえばおれ自身、見知らぬ男がおれの鼻の先へ尻をつき出し、大きな屁をしたら、やっぱり頭にくるのだ。

私のいってるのは、そんなつまらないことではありませんと君はいうかもしれない。ところが、そうではない。

「他人の鼻さきへ尻をつき出して屁をひったりしてはいけない」というのが今までの常識であった以上、古い常識を破壊しようとすれば、ことは、そういったつまらないことにまでかかわってくるのだ。

「他人の鼻さきへ尻をつき出し、屁をひったやつがいれば、これさいわいとその男のおカマを掘るべきである」

これが新しい常識であるとしたらどうか。君はその常識に耐えられるか。

現在、大勢の人間が、他人の鼻さきへ尻をつき出して屁をひりはじめても、法律はこれを取り締まれない。ただ殴りあいが起こり、怪我人や、時には死人も出るというだけの話である。

問題がこれより大きくなってきた場合は、政治にまでかかわってくる。

たとえば道のまん中でセックスをはじめたり、バスの中で女車掌とセックスをはじめたりすれば、公然猥褻《わいせつ》罪でつかまってしまう。

結婚していながら他人の奥さんと結婚すれば、ふたりとも重婚罪になる。

こういった古い道徳を破壊しようとすれば、法律を変えなければならない。当然、政治にかかわってくるのである。

古い常識や観念、えたいの知れぬ圧迫、こういうものをとりのぞこうとすれば、まず政治にかかわってくることをよく知っておくべきだ。君はまだまだ甘いのではないかな。

＊

問 拝啓筒井康隆大明神様。
小生、六年ほど前からあなたの本を読みはじめた偏執狂的ファンの一人であります。今ではあなたの作品はほとんど読破し、あなたの作品とほぼ同じようなものを書けるようになりました。

しからば、作品を売って多少の金を得ようと思いましたが、日本文学市場の狭小、友人のねたみ、ＣＩＡの陰謀等々により、なかなかことは思うように運びません。

そこで、わが文筆活動の一番の障害となっている、作家筒井康隆を殺す完全犯罪の方法を教えてください。

（東京都北区西ケ原×の×の×川崎方　青山学）

答　せっかく、おれとほぼ同じような作品が書けるようになったのだから、もう少し勉強して、おれのとまったく同じ作品を書けるようになれ。おれが書くよりも早く、それと同じ作品を先に書けるようになるまで勉強しろ。

おれが書くべき作品を先に書いたわけだから、その作品はどこの出版社へ持ちこんでも、売れるにきまっている。

その作品が発表された後、おれが同じものを書いても、これは金にならない。もし売れたとしても、盗作をしたということになってしまう。かくて筒井康隆の作家的生命は終わりである。

受験勉強をしてナンの得になる

問　アイヌ人と文通したいのですが、どうしたらいいのかさっぱりわかりません。教えてください。

（舞鶴市溝尻中町　西田卓馬）

答　神戸市葺合区八幡通五—九六・ＫＥビル四階の喫茶『コタン』に手紙を出せ。マスターが、自称アイヌ人だという。にせものかもしれないがね。

＊

問　気ちがいじみた受験勉強をして、もし大学へ入れても何か自分の得になることがあるか。青春とひきかえにしてまでも大学へ入らねば、あとで苦労しなければならないのか。

（大阪市西区九条通り　室田徹紀）

答　君は損か得かばかり考え、苦労が嫌いな人らしいな。では、君に向いた答えをしよう。

逆に、大学に入らなかった場合はどうなるか。青春とひきかえにしても、と君はいうが、それなら大学へ行かない若者は青春を楽しんでいると思うかね。

大学へ入った方が、ずっと青春を楽しめるんだぞ。親の金で四年間以上遊んで暮らせるのだ。大学へ行かなかった場合は働かなければならんだろ。その苦労を考えたら受験勉強ぐらいはたいしたことではない。

だいいち、受験勉強しなくても入れる大学がいっぱいあるではないか。そういう大学を卒業しても、一応は大学出で通用する。こんなうまい話はない。

君は、青春とは楽しいものだと思っているのだろう。とんでもない。青春とはいやなものだ。金もなく、女の子を強引にセックスにさそう図太さもなく、ねちねちと考え、暗く、不潔で、じめじめしていて、重苦しいものなのだ。それがごくふつうの青春だ。青春とは、若さの浪費にすぎないのである。

おれなんか二度と青春に戻りたくないね。今、少しはまともになったけど、まだまだ苦労している。早く恍惚になりたいよ。

＊

問　もし革命が起こった場合、ぼくは何をすればよいのですか。

（相模原市御園　大森輝彦）

答　革命といってもいろいろある。どんな革命の時にどうすればよいかを教えよう。

産業革命――古い生産品を捨てず、残しておけ。やがて値が出る。

緑色革命――ヒッピーになり、野菜ばかり食べ、消化不良になって緑便を出せ。

下着革命――反対しろ。ますます脱がせにくくなるに決まっている。

社会主義革命――もし君が資本家の息子なら、すぐに勘当してもらえ。

文化大革命――自己批判だけしろ。それ以外のことは絶対に何もするな。

フランス革命――もう起こらない。

易姓革命――天皇陛下の悪口を大っぴらに言ってまわれ。

反革命――何もしていなくても、何もしなかったという理由で殺される。もう助からん。逃げろ。

＊

問　革命理論など全然知らないのに、グループのリーダーにされてしまいました。アジ演説をしなければなりません。どうしましょう。

（京都市中京区　亀岡英明）

答　行動戦線。統一戦線。階級。知識人。ブルジョア。プロレタリア。知識階級。大衆。労働者。独占資本主義。陰謀。無能。権力。独裁。情況。闘争。自由。独立。平和。同志諸君。小市民。保守。反動。革新。帝国主義。安保。主体性。武器。破壊。

だいたいこの程度の単語を記憶し、格助詞、係助詞などでつないでわめきたてればよい。マイクは悪いのを使うこと。ことばの矛盾に自分で驚いたり照れたりしてはならない。そのとたん、何も喋れなくなるぞ。

上役を失脚させる華麗なる方法

問　平岡正明氏は、「あらゆる犯罪は革命的である」と言っていますが、ほんとでしょうか。そんな馬鹿なことはないと思うのですが。

（京都市北区衣笠大祓町　竹谷一夫）

答　君はもしかすると、革命とは「いいこと」なのだと思っているのじゃないか。最近こういう人がふえてきて困るよ。革命とは常識的には、もともと「悪いこと」なのですぞ。

＊

問　棒的な臨床講義はどこまでも青天の包茎であろうか。否。偏在する魚類の色焼けなのだ。
切り餅をおろす時、伯母さんは大根の葉っぱを帯留めにし、消し炭を尻の穴へ突っこまなければならないのである。ザクロのような精神を足の裏に抱き、今こそ灼熱のプールで、種まきをひっくり返そうではないか。

（千葉工大　山城晴喜）

答　こういう理論はもう古い。だいいち、まちがっている。
「大根の葉っぱを帯留めにする」のではなく、「頭の天辺から採血して盆栽を育てなければならない」のである。
言語革命理論を一からやりなおすべきであろう。

＊

問　「仕事」は疲れるだけ。「幸福」は流れ星。「恋愛」は嘘っぱちの世界を作ることなので、おっくうです。

「睡眠」の時間だけは、生きるでも死ぬでもなくといった不思議さがあって大好きですが、心地よく眠るためにもやっぱり金が必要です。

そこで質問。生と死の、どちらにも属さない世界を教えてください。

また、わざわざ時間をかけて質問をさしあげたのですから、あなたの心ある、幾らかのご送金をお待ちします。


（国立市東四　原誠）

答　金をよこせとは、なんと厚かましい男だ。やくざにいんねんをつけて、半殺しの目にあわせてもらえ。半死半生になれる上、金は一文もいらないよ。

＊

問　二十六歳の会社員です。上役に憎まれて困っています。この上役は猛烈社員で、部下にもモーレツを強制するのです。

その上ぼくが美男子なので、なおさら憎いのだろうと思います。憎まれないですむ方法は、おそらくない筈です。

せめて、この上役を失脚させる方法を教えてください。


（姫路　U・H生）

答　いくらでもあるぞ。
その一・上役の奥さんと、いい仲になる。それを上役が気づくようにする。たとえいい仲になれなくても、上役が疑いの眼を向けるよう、思わせぶりな行動をとれ。疑惑と嫉妬で、すぐガタガタになり、失策する。こういう男は、家庭生活の崩壊には案外強くない。

その二・上役の声色を練習しろ。そして社内の女子社員に、その声で、エッチな電話をかけるのだ。女子社員たちに嫌われたら、たとえ重役であろうと、もう駄目である。

その三・いちばん簡単なのは、上役が保管している重要書類をときどき抜いて、ゴミ箱に捨てるのだ。そのたびに大騒ぎになり、社内中ゴミ箱あさりの図となる。これがたび重なれば、その上役は失脚。

その四・どうせ憎まれているのなら、「憎まれている」「憎まれている」と社内中大っぴらにふれて歩け。現代では部下を憎むような男はそれだけで落第。大っぴらになってしまえばいずれ重役の耳にも入って失脚。

＊

今回は質問の数が少なく、低調であった。どうやら大学紛争で挫折して以来、社会にも革命にも興味を失ってしまった連中が多いようで、嘆かわしいことである。どうか筒井康隆の本でも読み、破壊のエネルギーをとり戻してくれ。これは真剣なお願いだ。

筒井康隆の「人生問答」
読者の質問　大募集中！

〈人生問答〉開設直後から、本誌編集部には読者の質問が殺到している。

そこには、人生の様相があますところなく映し出され、人の世の病根の深さをあらためて思い知らされる。

さらに、真剣な質問を待つ。

次回のテーマは左記の通りだ。

◆雑学・番外篇　二月十七日締切り

〈宛先〉〒104　東京都中央区銀座×の×の×『平凡パンチ』編集部〝筒井康隆の人生問答〟係

その五　雑学・番外篇

筒井康隆は美男子か？

問　ぼくは病院に入院していて、ふと知りあったNさんと文通する約束をしました。そしてNさんの住所を聞いたのですが、彼女の住所を忘れてしまったのです。なんとか住所のわかる方法はないでしょうか。

（千葉　桜井三信）

答　そんなことを忘れるなんて、君は健忘症に違いない。とすると、おのずから君が入院していた病院が精神病院であったこともわかる。そして相手のNさんが精神病であったことも。心配するな。たとえ住所がわかって手紙を出したところで、Nさんの方では君の名前を忘れている。

＊

問　平井和正『エスパーお蘭』の中で、筒井先生のことを平井は「白面の美男子」と言ってますけど本当でしょうか。

（福島県伊達郡桑折町　宍戸宏明）

答　「白面の美男子」とはあくまで相対的な形容である。たとえば君がいくら色が黒くても、黒人たちの中に交じっていればこれは「白面の美男子」である。

平井は彼自身を基準としておれのことを「白面の美男子」と言ったのであろう。彼は、顔色の白さは、おれとたいして変わらないが、最近ぶくぶく肥ってきて、陰では「平井和正ならぬ平井布袋正《ほていまさ》」と言われているくらいだから、多少はおれの方が美男子であろう。

＊

問　私は去年某大心理学科のある学生を好きになりました。でもその人はまんがのスヌーピーが好きで私にかまってくれず「君って少年マガジンみたいだね」などといいます。彼は私をほめてくれたのでしょうか。それとも嫌いだといいたいのでしょうか。

（東京都大田区山王　鈴村円）

答　もしそのせりふをぼくが言ったのだとしたら、『少年サンデー』ほど洗練されてもいないが『少女フレンド』ほどいやらしいどぎついさもなく、『少年マガジン』みたいにあらゆることが雑然と同居していて面白いという意味であるが、相手はそれほどのインテリではあるまい。

おそらく君を迷わせ、もっと君の関心を惹こうとしてそういう出たらめを言ったのだ。心理学科の学生らしいずるさだ。

＊

問　最近私のわきの下には、黒ぐろとした毛がはえてきています。歌手とか女優さんとかはみんな抜いていますが、彼女たちはいつごろ抜くのか、また、わきの下の毛を抜くのは男性に対するエチケットでしょうか。お教え下さい。

（松山　中二の女子）

答　男性を二種類に分類することができる。わき毛の好きな男性と、嫌いな男性である。歌手とか女優とかは、世の男性の半分以上はわき毛を嫌うと早合点して抜いているのである。

だがほんとは毎年、わき毛を嫌う男性の率はふえたり、へったりしているのだ。

三十九年　四十九％
四十年　五十八％
四十一年　四十二％
四十二年　六十一％

つまり半数を越す場合もあるし、半数に満たない場合もある。だからあなたは一年おきにわき毛をのばしたり、剃ったりすればよろしい。さしあたり今年はわき毛の好きな男性の多い年だから剃らないよう。

＊

問　ぼくはインベーダーであることは確かなのですが、このあいだ柱で頭を打ち、それ以来、地球へやってきた使命を忘れてしまいました。ぼくの使命は何だったのでしょうか。

（港区青山中学三年　毒島《ぶすじま》薬夫《らりお》）

答　心配するな。君はもう使命を果たした。われわれは全員、地球の人間にのりうつることができたのだ。すでに君の周囲のすべての人間が、インベーダーなのである。

＊

問　このあいだ、ながいことつきあっていたTという男性が、わたしの結婚を知り、「君の一生をメチャクチャにしてやる」といいました。それ以来こわくて夜も眠れません。どうしたらいいでしょうか。

（小松市白松町　八束静江）

答　安心しなさい。その点、日本は女性のほうが強いのです。男性の一生をメチャクチャにしても女性はどうってことありません。だけど女性の一生をメチャクチャにすれば、その男性の一生もメチャクチャになるのだ。

毛沢東とはどんな人物なのか？

問　ゲバラについて教えてください。

（鹿児島県　吉田元治）

答　キューバにいる怪獣の名だ。映画にもなっている。『大怪獣ゲバラ』がヒットしたため、『ゲバラの逆襲』、『ゲバラ対キング・コング』など、次つぎと続編が作られた。

＊

問　毛沢東とはどんな人ですか。

（石川県　堀越達男）

答　中国映画の主人公の名だ。『毛沢東語録』がヒットしたため、次つぎと続編が作られた。『毛沢東血風録』、『毛沢東無頼控』、『毛沢東千両首』、『毛沢東血笑旅』などである。

＊

問　蔣介石とはどんな人物ですか。

（北海道　江島猛）

答　台湾映画の主人公の名。『蔣介石はつらいよ』がヒットしたため、『蔣介石・復讐編』、『蔣介石・望郷編』、『蔣介石・夢枕編』などがつくられた。

＊

問　天皇陛下について教えてください。

（高知県　小泉義三）

答　日本映画の……いや、これはちょっとヤバイからやめておこう。

＊

問　少年院に入れられそうです。どんなところでしょうか。

（武蔵野市吉祥寺　野口常政）

答　国学院よりもよい学校です。もし入れたら君は幸運だ。毎年、そこへ入りたい青年がひしめきあっているのだからね。

＊

問　四次元の世界とは、どんなところでしょう。

（群馬県前橋市　高斉有恒）

答　タテ、ヨコ、高さ、低さのある世界だ。

＊

問　ＤＮＡが遺伝に関係ありとされていますが、増殖におけるＤＮＡの相補的な二重らせん説とはどのようなものですか。

（京都市中京区　神谷光洋）

答　ＤＮＡの二重らせん分子は、ズボンのチャックのように、からみあっていて、このチャックをはずすとポリヌクレオチド・ペニスが出る。これはポリヌクレオチド・クリトリスに誘導され汗と水素とバルトリン腺液で結合して、また新しくお嬢さんが生まれる。おふくろさんと同じ男を持つお嬢さんが二人生まれるわけである。

しかし、ほんとうにこんなにうまくいくのかどうかはわかってないそうだ。

＊

問　おじいさんが死にました。おばあさんは死んでいます。おじいさんには七人の子供があり、これもみな死んでいます。
　ぼくはその五人めの子供の（つまりぼくの父）四人めの子供です。ぼくの下には二人弟がいます。おじいさんには三十六人も孫がいるのです。
　おじいさんは貯金を三万二千五百円していました。ぼくはこのうち、いくら相続できるでしょうか。

（小平市小川東町　佐伯保）

答　まてまて。これはむずかしいぞ。孫が三十六人だから三十六分の一だということになれば簡単だが相続法ではそうならないのだ。
　まずおじいさんの子供が七人だから、三万二千五百円を七等分して、四千三百五十七円となる。君の兄弟が六人だからさらにこれを六等分すると、ええと。なんだつまらない。七百二十六円ではないか。計算してやったのだから半分よこせ。

ボクは易者に「死ぬ！」と言われたのだ

問　易者に手相を見てもらいましたら、飛行機事故で死ぬと言われました。飛行機に乗らないほうが、いいでしょうか。

（福岡市西区　水谷正明）

答　飛行機に乗らなくても飛行機事故にはあうのだ。君の家へ飛行機が墜落してくれれば君は死ぬ。それだってやっぱり飛行機事故なんだからね。同じことだから飛行機にはどんどん乗りなさい。

＊

問　タイム・マシンって、ほんとにあるのでしょうか。

（名古屋市昭和区　川野雄祐）

答　あります。時計はみんなタイム・マシンです。

＊

問　どんな本を書けば、確実に出版してもらえるでしょうか。

（長野県北佐久郡　土井芳夫）

答　連続強姦殺人をやり、その体験を書きなさい。そのあとで、警官と撃ちあって死ぬのです。どんな下手糞な文章であっても、確実に出版してもらえるでしょう。

＊

問　私は頭のいい、可愛い子供がほしいのですが、結婚しようと思っている相手のS子はぶさいくなのです。ただしS子は頭はたいへんいいのです。私は美男子ですが、子供の顔はどちらに似るでしょうか。

（堺市緑ケ丘　土井敏幸）

答　女に似ます。つまりS子さんのようにぶさいくで、あなたのようにバカな子ができるのです。

＊

問　このあいだ教室で「賛成が過半数を越した」と言ったら笑われました。理由がわかりません。なぜでしょうか。

（神奈川県茅ケ崎市　橋本貞雄）

答　さあ。これだけはわからんね。おおかた君のズボンのチャックが開いていたんだろう。

＊

問　筒井先生の次の作品は、なんという小説ですか。

（千葉県印旛郡　笠原豊二）

答　『おれの血は他人の血』という長篇ハード・ボイルドだ。現在『Ｐｏｃｋｅｔパンチ０ｈ！』に連載していて、五月ごろに出る予定。乞うご期待。

＊

今回でこの連載『人生問答』を終わる。たくさんの質問を、どうもありがとう。

いうまでもなくこの連載は〈人生相談〉とか〈悩みの相談室〉とかいったもののパロディであった。それは予告の時からわかるように書いておいたはずである。

心配なのは読者が、パロディに理解を持ってくれているかどうか、こちらの調子にあわせたパロディ精神でもって、面白い質問を書いて送ってきてくれるだろうかどうか、という点にあった。

いうまでもなくパロディは、非常な高級なものであって、高度なユーモア感覚があってはじめて成立するものである。

それも書く方だけではなく、読む方にもなければならない。そうでなければ何のことか理解できないし、理解してもらえなければ書いた意味もない。

だが筆者としては『平凡パンチ』の読者を最初から信じていた。必ずやユーモアにあふれたお便りをくれるだろうと大いに期待していたのである。その期待は裏切られなかった。筆者が想像していた通り、筆者と読者との楽しい知的ゲームを展開することができたわけである。

「この回答は、まちがえている！」

「回答者が横柄で生意気だ！」

ほかの雑誌では必ずあったそんなトチ狂った手紙は、ついに一通も来なかったのである。

『平凡パンチ』の読者は、非凡なインテリジェンスを持っていたのだ。すぐにこの知的ゲームのルールを理解し、敏感な反応をくれたのだ。

ただ、中にはやはり、あまりにも真面目な質問が混じっていた。もし、回答の不真面目さに怒っている人がいるとすれば、ここでおわびしておこう。

また、回答者の反応をまったく期待していない長文のお便り、つまり自分の言いたいことだけを書いた手紙もルールからはずれているため省かせてもらった。

いつかまた、読者諸君と、楽しい知的ゲームで笑える時があると思う。楽しみにしておこう。

新釈東西いろはかるた

い〈犬も歩けば棒にあたる〉（東）

歩いているうちに棒でぶたれるような犬は、たいした犬ではない。野良犬か、たとえ飼い犬であっても雑種の犬だ。血統の正しい高価な犬は、たいていたい人間をお供にしたがえている。こんな犬を棒で叩いたりしたら、叩いた人間が罰金をとられてしまう。

人間だってそうである。やくざや、フーテンや、女番長は、歩いているだけで警官の職務質問にひっかかってしまう。

い〈一寸先は闇〉（西）

闇というのは、何も悪いことと限らない。

「一寸先は闇であった。その闇の中に、かすかにうごめくほのかに白い女のからだがあった。もちろん、女は裸なのであった」

これとは逆に、明るいことがいいとは限らない。

「すると突然、ぱっと明りがついた。ベッドの上にいた女はゴジラのような女であった。あなた、早く来て、と、ゴジラのような女房がいった」

ろ〈論より証拠〉（東）

抽象的な議論になってくると、当然のことながら「証拠」などというものはない。そこで当然のことながら〈論より暴力〉となる。

ろ〈論語読みの論語知らず〉（西）

女房以外の女と寝たことのないエロ作家。書斎から外へ一歩も出ない風俗作家。目玉焼きしか食べないハード・ボイルド作家。独身のホーム・ドラマ作家。都会で生活している農民文学者。豪華なマンションに住むプロレタリア作家。科学を知らないＳＦ作家……アワワワワワワ。

は〈花より団子〉（東）

最近の人間は〈団子より花〉になってしまった。日本料理の味そのものより盛りつけかたを喜ぶやつ、その中華料理店の店主がテレビの料理番組に出ているからというので有名店に押しかけていき、孫弟子あたりのコックの作ったまずい料理をありがたがって食うやつ、偏屈おやじで有名になった寿司屋へ行き、親爺に怒鳴られて喜ぶやつ、あとでその西洋料理のことを随筆とか小説に書こうとして、食うことはそっちのけでコック長を呼んで材料や作り方をたずね、フランス語のややこしい名前をメモするやつ、その店に集る有名人に会いたいために水みたいな水割りを飲みにくるやつ、等、等、等。日本も豊かになったものである。

は〈針の穴から天井のぞく〉（西）

もともと、知識のない者が、分不相応な大きな問題を扱おうとすることを冷やかしたことわざである。

しかし、現代のようにややこしい事柄が多くなってくると、その事柄に関係したすべての知識を持つことは、個人では無理なのである。

早い話が、あなたは毎日のようにテレビを見ているが、テレビの原理、構造をすべて知り尽した上でテレビを扱っているだろうか。女の心理や構造をすべて知り尽した上で女のからだを扱っているだろうか。女の穴からのぞけるのは膣と子宮の一部だけである。（どうも今回は話が下品になる。反省しよう）

に〈憎まれ子世にはばかる〉（東）

腕白な子供ほど出世するという意味である。

ところが最近の幼稚園や小学校の子供を見ていると、どうもそうは思えない。腕白な子供は問題児とされ、教師はそういう子供の面倒を見ようとしない傾向がある。教師たちは、平均人間やエリートを作ることのみにけんめいである。子供たちも、すっかり他人指向型になってしまい、友達のしていることと同じことをしようとする。結果として腕白な子供は友達ができず、勉強はどんどん遅れていき、高校へ入学できないということになる。中学、高校、大学の教育方針だって似たようなものである。だから腕白小僧は一生腕白のまま、暴力団にでも入るほか道がないのだ。

平均人間や、その平均人間の中からほんの頭ひとつだけとび出したエリートにしか出世の機会があたえられないという社会に、日本はすでになりかけている。これからますますそうなるであろう。バイタリティのある政治家、革命的な発見をする学者、天才的な芸術家、こういった人物はもはや生まれることがないであろう。

に〈二階から目薬〉（西）

昔は塗り薬だから、二階から塗ろうとしても駄目であった。今は液体の点眼薬だから、狙えば入る。

ほ〈骨折り損のくたびれもうけ〉（東）

徹夜をしてまで幼稚園の入園受付に並び、マンションを買って越境入学させ、高い金をはらって塾へやり、寄付金をつみあげていい大学へ入学させた子供も、卒業すると親など馬鹿にし、勝手に結婚して家をとび出し、親の面倒など見てくれない。それを親は「骨折り損のくたびれもうけ」などといって嘆くけど、なあに、そんなことはみんな親の見栄のためにしたことだってことくらい、子供の方じゃ、ちゃんとわかっているんだよなー。

ほ〈仏の顔も三度〉（西）

腹立たしいことを我慢するくらい、精神衛生上悪いことはない。二度も我慢したら、相手にはとっくになめられていて、三度めに怒ったって相手はこたえない。笑う時は笑い、怒る時はすぐ怒り、怒りをすぐ忘れる。それが男というものじゃないかないか道頓堀よ。腹の底でうじうじ怒っている人間は、ひねくれてくるものだ。仏にはなれない。

仏の顔はただ一度で鬼の顔。

へ〈屁をひって尻つぼめる〉（東）

音高く放ってしまった時は、それからあわてて尻をつぼめるより、傍にいる誰かに罪をなすりつけてしまえばよい。音のないやつであれば、そっと席を立てば、あとに残った連中が誰だ誰だと騒いでいるだけである。

ところが、たとえば音のないやつであってもエレベーターの中で美人のエレベーター・ガールとふたりきりの時は、犯人も被害者も救われぬことになる。どちらがやったにしろ、犯人の方は自殺したくなるほどの自己嫌悪に襲われ、臭いは音のないやつの方が強い上に狭い密室であるからして、被害者はエレベーターの床にばったり倒れ、手足をひくひく痙攣させるのである。

へ〈下手の長談義〉（西）

「それではごく簡単に」などという常套句をスピーチの初めに言うやつがいれば、話がながくなるものと覚悟した方がよろしい。ところがそういうやつに限ってスピーチが好きであり、喋らせてもらえないと怒るから始末が悪い。

と〈年寄の冷水〉（東）

これは老人が若い者のするようなことをして失敗するのを警告しているわけだが、こんな諺《ことわざ》はない方がよろしい。年寄にはどんどん危険なことをやらせるべきだ。どうせ先は長くないのだし、失敗して死んだら恍惚老人が減って世の中のためになります。

と〈豆腐にかすがい〉（西）

柔らかいものに固いものを打ちこんでもきかないという意味だが、そんなことはないと思うよ。その固いものが、太くて長ければ、柔らかいものは、次第に熱してきて、からだを弓なりにそらせ……。

また下品になってしまった。

ち〈塵も積もれば山となる〉（東）

貯金を奨励するための諺だったのだが、これも現代では通用しなくなってしまった。理由はおわかりであろう。インフレのためである。

家を建てようとしてこつこつ貯金したところで、土地や建材の値上りのスピードの方が大きいのである。やっと一千万円貯めた時には、土地は二千万円になっている。二千万円貯めると、土地は四千万円になっている。差は開くばかりである。いっそのこと貯金などしない方がまし、ということになる。銀行預金などをすると、銀行はその金で土地を買いあさり、値をつりあげるからだ。

ち〈地獄の沙汰も金次第〉（西）

この諺は現代でも通用する。

ロマンチスト諸兄のうちには、「いや。愛だけは金では買えない」などという人もいるが、現代人ともあろうものが、こんな不正確なことを言ってはいけない。正確には「金で買えない愛も、たまにはある」と言うべきである。古今東西たいていの女性の愛は金で買えたわけで、金で買えない愛の方が例外であり、例外なら愛以外にも、国宝だとか家宝だとか金で買えないものはいくらでもあり、愛だけをあげつらうのはおかしい。

り〈律義者の子だくさん〉（東）

まじめな男ほど貧乏で、子供をたくさん作り、あくせくしているのを笑った諺だが、現在で「律義者」に相当するのはいうまでもなくサラリーマン。核家族時代になってからは子供を二、三人しか産まなくなってしまった。現在、団地の２ＤＫや３Ｋで子供をぞろぞろ作ったりすれば、寝る場所がなくなってしまう。たとえ小さなマイホームであっても、昔のように七人も八人も子供を産むと、えらいことになる。

〽もしも　わたしが　家を建てたなら
小さな　家を　建てたでしょう
小さな　家に　たくさんの子供
部屋には　いっぱい　おむつがさがる
大きな子供に　小さな子供
子供のそばには　子供　子供
子供でいっぱいよ
そしてわたしは　子供を産むのよ
わたしのそばには　わたしのそばには
子供　子供　子供がいっぱいよ

と、いうことになるのである。昔は貧乏人の家でも、たいへん大きかったのでしょう。

り〈綸言汗の如し〉（西）

いろはかるたの中でも、いちばんむずかしい諺です。

現代式にわかりやすく解説してみよう。

たとえば小野田さんが、おそばを食べながら、たったひとこと、「うまい」と言ったとする。するとテレビが「小野田さんはおそばが好き」と報道する。新聞が「小野田さんは三度三度、おそばをむさぼり食っている」と報道する。週刊誌が「小野田さんにおそばをあげよう」と呼びかける。全国各地からおそばが山のように送られてきて、小野田さんの実家はおそばで潰れてしまう。

有名人は自分のひとこと、ひとことに注意しないと、大変なことになります。

ぬ〈盗人の昼寝〉（東）

泥棒が昼寝をしていても、なまけているのではなく、夜、働こうとして、昼間寝ているのだ。ちゃんと、わけがあってやっているのです。

ぬ〈糠《ぬか》に釘〉（西）

〈豆腐にかすがい〉と同じく、柔らかいものに固いものを打ちこんでもきかないという意味である。好色文学やエロ小説を、いくらきびしく取り締まったって無駄である。あとからあとから、いくらでも出てくるのだ。

る〈瑠《る》璃《り》も玻《は》璃《り》も照らせば光る〉（東）

高価な宝石も、ガラスのかけらも、照らされれば同じように光る。

ドラマの主人公、女主人公は、たいてい美男美女であるが、こういう演技者に、演技力はあまり必要ではない。監督や脇役がよいと勝手に光ってしまうのだ。

「シェーン」のアラン・ラッドを見ればよい。あの大根役者が、ジョージ・スチーブンスという名監督と、ジーン・アーサー、ジャック・パランスなどの脇役によって、いかに映えたことか。

主役ばかりやっていると、つい自分が名優だと思いこんでしまいがちなのは、一度か二度テレビに出ただけで、自分を有名人だと思っている馬鹿と変りない。

る〈類をもって集る〉（西）

酒飲みは酒飲み同士で集り、音楽好きは音楽好き同士で集り、議論好きは議論好き同士で集る。中には集るのがいやだというやつもいる。こういうやつは一匹狼になる。

ところが驚いたことに、このあいだ「一匹狼の作家の集り」というのができた。

を〈老いては子に従う〉（東）

老人に関する諺は、どうしてこんなに、老人にとって都合のいいものばかりなのであろうか。これは老人の陰謀なのだ。老後の面倒を子供に見てもらおうとして、こんな諺ができたのであろう。

特に最近は、定年退職制度ができたから、子供に面倒を見てもらえないとたちまち食うに困る。財産を作れなかったやつに限って、子供におぶさろうとする。

こんな諺も、ない方がよろしい。

を〈鬼も十八〉（西）

たとえ鬼の娘であっても、十八になると色気がでてくる。

では人間の娘はどうか。

十七、八の娘というのが、いちばん悪いのである。口が達者になり、意地が悪くなり、徒党を組んで男をいたぶったりする。ぼくはさんざやられたから、よく知っているのだ。その上、女番長《スケバン》になるのもこの年頃だし、教授や助教授を誘惑して破滅に導くのもこの年頃。

人間の女は十八で鬼になる。

わ〈われ鍋にとじ蓋《ぶた》〉（東）

欠点のあるもの同士が夫婦になり、ぴったりおさまることであるが、この「欠点」というのは、やはりごく普通に「精神的、性格的欠陥」と解釈した方がよろしい。「肉体的欠陥」と解釈し、どうぴったりおさまるのかをさまざまに考察したりすると、またもや下品になるからである。

わ〈笑う門には福来る〉（西）

あまり笑いすぎても具合が悪い。

笑っていると、自分のことを嘲笑していると思って怒るひとがいるし、げらげら笑っていると馬鹿だと思われる。二十分以上笑い続けると死ぬそうである。

日本人は笑いより涙の方が好きなので、ぼくみたいにパロディだのドタバタだのを書いている作家はあまり歓迎されない。本もあまり売れず、したがって福も来ません。

か〈かったいのかさ恨み〉（東）

この諺はふた通りの解釈ができる。「身から出た錆《さび》」と同じ意味にも解釈できるし、「目糞、鼻糞を笑う」という意味にも解釈できる。ここでは北斎かるたによる「かったいの瘡《かさ》うらやみ」で解釈しよう。

毎回新しいアイデアで小説を書かなければならない作家は、テレビで歌っている流行歌手を見て、「ああ。あいつらは一度同じ曲を憶えたら、それればかりくり返していればいいのだから、楽だなあ」とうらやむ。

遊びに行きたくても思うにまかせぬ流行歌手は、いつも写生の旅をしている洋画家を見て、「自由でいいなあ」とうらやむ。

売れない貧乏な洋画家は、雑誌に描きまくっている挿絵画家を「荒かせぎしてやがるなあ」と、うらやむ。

挿絵画家は、いつも締切りぎりぎりに持ちこまれる作家の原稿に悲鳴をあげ、「自分が遅いくせに、こっちがあわてて描いた絵に、いつもけちをつけやがって」と、作家の立場をうらやむ。うらやまれる一方の職業など、この世にはない。

か〈可愛い子には旅をさせ〉（西）

というのは世の中が平和だった昔の話で、今は、この諺を信じて、幼稚園児をひとりで通園させれば車にはねられ、小学生をひとり旅に出せば誘拐され、中学生をひとり旅に出せばタコ部屋につれこまれ、高校生をひとり旅に出せばフーテンの友達ができてフーテンとなり、大学生を山へ行かせれば遭難する。

一人前の大人だって、出張先で蒸発して帰ってこないのである。

よ〈よしのずいから天井をのぞく〉（東）

これは〈は〉の（西）「針の穴から……」と同じ意味である。

よ〈夜目遠目笠のうち〉（西）

登山して、山小屋で会った女子大生が綺麗に見え、下山してから町で会うとそれほどでもなかった、という体験は誰にもある。全学連でヘルメットをかぶっている女子大生が美人に見えるのも同じこと。バーのホステスに昼間のデートを申しこみ、幻滅を味わうのもこれと同じ。例はかぞえきれないほどある。

だいたい作家という人種は、不美人をつかんでしまう傾向がある。想像力がありすぎるためである、と、いわれている。

た〈旅は道づれ〉（東）

「旅は道づれ世は情」ともいう。昔の道中は長かったから道づれは必要だったかもしれないが、飛行機や新幹線の世の中では、道づれになった女性とその夜の宿屋で一緒に寝るという楽しいことは、できなくなってしまった。

た〈立板に水〉（西）

作家というものは誰でも喋るのが上手で、だから講演がうまい筈だという誤解がある。ちっとも、そんなことはない。ぼくも喋るのが下手である。だからたいてい、講演の依頼はおことわりしている。喋るのが下手だからこそ、文章で身を立てようとし、なんとか成功したのだと自分でも思っている。作家というものは、喋るのが下手だからこそ作家になったのではないかと思っている。

たしかに喋るのが上手な作家もいるが、あれは何度も人前で喋っているうち、訓練によってしぜんと上手になったのではないだろうか。最初から喋るのがうまければ、すべての用がそれで足りてしまうのだから、作家になど、ならなかった筈だ。何か他の職業についていたに違いない。

ぼくは自分が上手に喋れないため、立板に水の如く弁舌さわやかな作家が嫌いで、ついお喋りの下手な作家の方を信用してしまう。「あいつは喋るのが下手だから、作家として本物だ」という、理屈にならない論理である。

そういえば最近の作家は、手紙を書かない。全部電話で用件をすませてしまう。本物の作家がいなくなったのだろうか。

れ〈良薬口に苦し〉（東）

「リョウヤク」を昔「レウヤク」と書いたから、〈れ〉の部に入るわけである。昔だって本当は「リヤウヤク」だから、やはり〈り〉になるべきなのだが、〈れ〉の適当な諺がなかったからこれにしたのだろう。

慎み深かった昔の人間にとって、他人に忠告するには大変な決意が必要だった。お節介者は爪はじきされる世の中だったし、へたをすると命とりになった。主君への忠言など、切腹覚悟でしたものである。したがって、他人から親身になって聞かされる耳に痛いことばは、本人にとってたいてい真実であることが多かった。

今はさにあらず、面と向かって何を言ってもよい世の中になった。悪口雑言罵詈《ばり》讒謗《ざんぼう》の投げつけあいである。テレビの番組を見ればわかるであろう。こういうのをいちいち良薬と思って気にしていたら何もできない。

れ〈れん木で腹切る〉（西）

れん木はすりこぎのこと。できるわけがないことのたとえである。

今なら念力でスプーンも曲がるし、止まった時計も動き出す。土建屋が首相になり、働かなくても土地を売るだけで億万長者。そのうちすりこぎを削って刀にし、腹を切るやつも出るかもしれない。

そ〈総領の甚六〉（東）

長男が生まれると親がちやほやしすぎて駄目にしてしまうというところから生まれた諺であろうが、こういう諺があるから東京は嫌いだ。ぼくは長男なので、この諺を聞くたびに腹が立つ。

近ごろの親はみな自分のことでいそがしく、子供にもただ勉強しろというだけで、ちやほやするところまでいかない。次男以後はほったらかしにする。ほったらかしにされると子供は駄目になる。現在では統計的にも、長男がいちばん優秀であることは証明されているのであります。

そ〈袖すり合うも他生の縁〉（西）

やっぱり関西の諺は、ムードがあっていい。しかし、袖をふとすり合っただけの男女が恋に陥る、なんてことは、この愛の不毛の時代に、なくなってしまった。今は、肉体関係ののちも恋が生まれないのである。

つ〈月夜に釜をぬく〉（東）（西）

明るい夜だからと思って安心していて釜を盗まれたという、油断、間抜けをいましめ、笑った諺。昔、釜というのは貴重品だったらしい。今ならさしずめ「ガラ空き電車で掏摸《すり》」「自分の団地で部屋を間違う」「家の中へダンプ」「可憐な美少女に暴力団のヒモ」といったところ。油断も隙もない世の中になったものである。

つ〈爪に火をともす〉（中京）

「月夜に釜をぬく」が、東西共通なので、もうひとつ名古屋地方のいろはカルタの〈つ〉を紹介しておこう。ご存知、吝嗇《りんしょく》を形容した諺である。

関西では吝嗇という言いかたをしない。ケチというのを少し柔らかく、「あの人は始末だから」という言いかたをする。ぼくは東京へ出て間なしに、「彼は始末だ」といったところ、これが大変面白く、かつ、どぎつい表現であるというので、友人間でしばらく「始末だ」ということばがはやった。ところ変われば柔らかな表現もどぎつくなるらしい。

ね〈念には念を入れ〉（東）

東京のいろはカルタには味もそっけもない諺が多いが、これもそのひとつ。

念を入れて土地を物色しているうちに地代が値あがりし、念を入れて家を建てるうちに建材や手間が値あがりすることもある。

ね〈猫に小判〉（西）

本もののセザンヌ、本もののブラック、本もののビュッフェが、美術を解さぬ土地成金や、利殖を目的とする資本家の家に飾られている。こういう文化遺産を所有するための資格というものが必要である。今の税制では、ほんとに絵の好きな人間がこういったものを持てないようになっているのだ。

な〈泣き面に蜂〉(東)

泣き面に蜂どころか、このごろは機嫌よく笑おうとしている時まで蜂がさしにくる。やっと給料があがったと思ったら、それにつられて物価があがる。そのあがりかたの方がはげしいのだから、ボーナス闘争などやればやるだけ損というわけだ。

な〈なす時のえんま顔〉(西)

金を借りる時はえびす顔、返す時はえんま顔、貸した人間にしてみればたいへん腹が立つ。だからぼくは絶対他人に金を貸さない。貸さないで恨まれた方が、貸して恨まれるよりましだからである。

男女の関係でいうなら「口説く時のえびす顔、別れる時のえんま顔」。

ら〈楽あれば苦あり〉(東)

女と楽しく遊べば、病気を貰って苦しい思いをしなければならない。金を儲けて喜んでいると税金をごっそり持っていかれる。連休で楽しく遊んだはいいが、あとになって疲れが出て仕事にならない。酒を飲めば二日酔い。煙草をぷかぷかやれば肺癌。たしかに楽をしすぎると、あとから苦がやってくるのだが、逆は真ならず、苦しんだからといって必ず楽がやってくるとは限らないのが世の中である。「苦あれば楽なし。死ぬまで苦」

ら〈来年のことをいえば鬼が笑う〉(西)

ぼくにとって「鬼」というのは編集者のことだけど、「来年は必ず五本(短篇五篇という意味)か六本書いて貰いますからね」などとこわい顔をして言うのは、必ず編集者だよ。

む〈無理が通れば道理ひっこむ〉（東）

目茶苦茶な発言をして喜んでいるやつがこれだけふえてくると「無理」と「道理」を見わけるのは難しい。だいたい「道理」というものは聞いたり読んだりしてもちっとも面白くないものが多いので、無理全盛の世の中となり、無理と無理とがぶつかりあうことの方が多い。その方が面白いからである。道理が栄えると世の中が停滞するから、無理全盛の方が発展的であろう。「無理が通れば他の無理がひっこむ」

む〈馬の耳に念仏〉（西）

馬は万葉の昔から「ンマ」「ムマ」と発音しているので〈む〉の部に入ったらしい。

「おい。そろそろ飯の支度をしてくれ」

「はいはい」

「風呂の湯加減を見ておいてくれ」

「はいはい」

「風呂から出て、すぐ飯を食うからな」

「はいはい」

「どうだ。風呂の湯加減は。入ってもいいか」

「はいはい」

「風呂が煮えくり返っていて、飯の用意はまったくできていない。いったいいつまでテレビを見てるんだあっ」

馬にも劣る女房が激増中だそうである。

う〈嘘から出たまこと〉（東）

女はよく「嘘でもいいから、好きと言って頂戴」などという。あれは嘘で「好き。好き」と言っているうちに本当に好きになってしまうことを直感的に知っているからである。

う〈氏より育ち〉（西）

没落した貴族は、けんめいに虚勢をはって、氏素性の知れぬ者をいやしんだ。

血統が悪くても、金持の家で育ったものはこれに対して「氏より育ち」と報いた。

氏素性が悪く、育ちも悪い者は金を儲け、「現在、金さえ持っとりゃいいんじゃーっ」と叫ぶ。氏素性も育ちも悪く、金のない者は、「も、わし、どーなってもえーもんね」とふてくされるのである。

ゐ　〈芋の煮えたもご存じない〉（東）

芋が煮えたかどうかは、箸をつきさせばわかるのだが、そんなことも知らぬような常識のない人を笑った諺である。昔なら上流社会の人たちを皮肉ったことになるのだろうが、現代ではこの諺は、家事のできない女どものことを笑ったものと考えてもよい。

漬けものの漬けかた、だし汁のとりかたもしらぬ若い女性がふえた。みな、インスタント食品で間に合わせる。これは、女性の味覚というのは男性よりも鈍感にできているので、こういうものを食べていても平気でいられるのだということになっている。ところが男性の方はそうはいかない。しかたなしに、最近では男が料理を作る。一流の料理人はすべて男である。料理評論家も、すべて男である。そういえば、食事の間中ぺちゃくちゃ喋りまくっている女房とか、仏頂面をした食堂のウエートレスとか、食べものの味をまずくするのはすべて女の方だ。

ゐ　〈鰯《いわし》の頭も信心から〉（西）

信じさえすればイワシの頭でもありがたく見える。

「疑っているひとが部屋の中にいると、スプーンが曲りません」

これでは超能力なのか宗教なのかわからない。

の〈のど元過ぎれば熱さ忘れる〉（東）

病気がなおればまた女が恋しくなり、世間が忘れるとまた汚職をしたくなる。最近ではのど元を過ぎつつある時にさえ、まったく熱さを感じないという人種さえ出現しはじめている。

の〈鑿《のみ》といえば槌《つち》〉（西）

タバコといえば灰皿も一緒に持ってきてくれて、ライターで火をつけてくれる。まことに気のきく男だ、というので評判がよい。

ところが評判がいいのは上役の間でだけ。同僚の間ではゴマスリだといって軽蔑される。どうやらこの諺は、ひとを使う立場の人間が作った諺らしい。若いうちからそんなこまかいことにばかり気をつかっていたのでは、大きな仕事はできない。

木下藤吉郎のさまざまな故事は経営者が使用人に説教をするため作られたものである。

お〈鬼に金棒〉（東）

女房にバット。トップ屋に鉛筆。アラブに石油。商社に値上り。自民党に献金。強いものがますます強くなるいやな世の中である。

お〈負うた子に教えられて浅瀬を渡る〉（西）

いろはかるたの中でいちばん長い諺。

このあいだ須磨税務署へ行った帰り、駅へ出る道がわからず、ひとりでボール遊びをしていた少年に訊ねたら、こっちだというのでついていったところ、ふたりとも迷子になってしまった。

く〈くさい物にふた〉（東）

昔からの、政治家の常套手段である。

さんざ、くさい物にふたをして、それでもまだこれだけくさいのだから、そのふたをとったら、中はどんなにくさいものが詰まっていることか。

考えたらぞっとする。

想像だけで政治の内幕を小説に書いたところ、事実は小説より奇なり、ほとんど実際にあったことばかりだったため、脅迫されたり圧力をかけられたりしたという話は、よく耳にするところである。

く〈腐っても鯛〉（西）

たとえ落ちぶれても大物は大物。人気がなくなってきたので、あわてて結婚したり離婚したり、狂言自殺をしたりしてマスコミを騒がせるタレントはすべて小物である。

や〈安物買いの銭失い〉（東）

けちをいましめた諺であって、品質のいいものは値が高いのである。ところが、そんなことはよくわかっていても、安物を買うだけの銭しかないとしたら、これはもう、それが安物でみすみす銭失いとわかっていても、安物を買うしかない。かくて貧乏人はますます銭を失うことになる。今となっては血も涙もない諺である。

や〈闇に鉄砲〉（西）

銃に関してなら、赤外線スコープができて以来、闇でも命中するようになったが、もともとは命中率の低い行きあたりばったりのことをするのをいましめた諺。

闇だとか鉄砲だとか命中率だとか、わりあいエロチックなことを連想しやすい諺であって、そのせいか女にもてない男がこの諺の下へ「数打ちゃあたる」などとつけ加え、やけくそで女を口説き歩いている。

ま〈負けるが勝ち〉（東）

表面上は負けておいた方が、実質的に有利な結果を得るという、江戸のかるたとしてはいやに陰湿な諺であるが、これはどうやら、最初から最後まで負けてばかりの人間の負け惜しみの捨てぜりふらしい。

もっとも、接待マージャンでさんざ負け、口惜しまぎれにこんなことを口走れば、憎まれてしまって、せっかくの実質的利益までフイにしてしまう。

ま〈まかぬ種は生えぬ〉（西）

最近の芸能マスコミによれば、火のないところにも煙が立ち、まかぬ種さえ生えるのだそうだ。「可能性さえあればゴシップが成立する」のだから無理もない。顔も見たこともない女の子から「あなたの子供ができたのよ」と言われるのも不思議ではなく、芸能界ではごくあたり前のことなのである。

け〈芸は身を助ける〉（東）（西）

「小説家になるにはどうしたらよろしいか」そんなことを言ってぼくの家にやってくる学生がふえた。

小説家などというものは、自分がどんな職業にも適していないことを知ってはじめてなる職業なのだ。いわば身を助ける芸なのである。ところが小説家の収入がふえ、社会的身分があがるにつれ、のっけから小説家をめざす若い連中が出てきたから、世の中は逆になり、この諺も通用しなくなった。

「小説家になれなかったら、サラリーマンにでもなるか」というわけ。

芸が身をほろぼすことだってある。ちょいと歌がうまいと歌手になれ、すぐ飽きられて捨てられてしまうという見本は、テレビを見ていればすぐわかることである。

け〈下戸の建てた蔵はない〉（中京）

東京と大阪のかるたが同じ〈芸は身を助ける〉なので、ここでも名古屋のものを紹介しておこう。酒も飲めんやつに金儲けができるか、というわけであるが、なるほど、最近銀座に出没して金をばら撒き、接待費で飲みまくっている商社マンを見ていると、そう思えぬこともない。しかしぼくの記憶には、酒を飲みすぎて失敗したやつがうようよといる。酒が飲めるかどうかは、金がたまるかどうかとまったく無関係のようである。

ふ〈文はやりたし書く手は持たず〉（東）

日本では、さすがに字が書けないという人間はいなくなった。しかし字の書きかたを知らないやつは多い。ぼくのところへくるファン・レターにも「筒井康隆宛」だとか「筒井康隆御中」と宛書きしてくるやつがいる。こういうのは相手に不快感をあたえるから、むしろ字を知らない方がましである。

字の読めないやつもいる。ぼくの小説を三度も落選にした賞の選考委員の連中、あれは実は全員字が読めないのである。作家という職業柄、ひた隠しにしているだけなのだ。

ふ〈武士は食わねど高楊枝〉（西）

あきらかに浪人のやせ我慢なのだが、そうは解釈せず、ひもじがらぬ立派な態度ととる人が多い。ぼくの父親などもそうであって、戦争中、腹が減ったという子供たちにこの諺を教えていた。今さら聞くのもいやな、苦い思い出のある諺である。

こ〈子は三界の首っかせ〉（東）

子供のために苦労することだが、これも今では逆。老人人口がふえ、親のことで子供が苦労しなければならない。また最近の親は、楽をしようとしてできるだけ子供を少くする傾向にある。ひとりっ子などは、将来両親の面倒を見なければならないことが運命として定まっているのだ。今のひとりっ子たちが大きくなった時の社会は、見ものである。

こ〈これに懲りよ道才坊〉（西）

この諺の「道才坊」というのが、いくら調べても、どうしてもわからなかった。ご存じのかたは教えてほしい。今後は気をつけろといましめた諺だろうといわれている。

え〈得手に帆をあげ〉（東）

渡りに船、得手に帆をあげ順風満帆と、出世街道を驀進《ばくしん》する男が小説の主人公であれば、読者は、この主人公、いつかつまずくに違いないと思ってはらはらしながら読む。ところが最後まで挫折せず、ついにハッピー・エンドへ突入してしまったとしたら、こんな面白くない小説はない。

立身出世した人物の自伝が面白くないのは、そのせいである。

え〈縁と月日〉（西）

縁と月日はめぐりあうのだからといって、いつまで待っていてもいい結婚相手にめぐりあえない場合がある。見合いをしようにも、縁談を持ってきてもらえないような駄目なのもいる。

そこで未来はそういう男女のために、コンピューターによる配偶者さがしが行われる。

「コンピューターにあてがわれた相手なんて、味気なくていや」などというぜいたくをいうやつに限って、自分で相手を捜せないような、ろくに異性に口もきけないような、恋愛することを恋しているような、駄目なやつに決っている。そんなことを言うなら自分で捜せばよろしい。縁と月日は待つものだ。あるいは天国か地獄かでめぐりあう可能性も……。

て〈亭主の好きな赤烏帽子《えぼし》〉（東）

今や亭主の好みに家族が合わせるということは皆無になった。たいていは〈女房の好きな赤烏帽子〉時には〈子供の好きな赤烏帽子〉である。

親子三人で映画を見ようとしても、亭主は喜劇が好き、女房はラブ・ストーリイが好き、そこで結局は子供の好きな怪獣ものを見てしまう。なさけない話だが、男が自分の好みを主張できるのは独身時代だけだ。

て〈寺から里へ〉（西）

ふつう、お布施は里から寺へ収める。それが寺から里へきたのだから、まるで逆。めったにないことの例えである。

今でいえばさしづめ「総理の切腹」「商社の値下げ」「国鉄の賃下げ」「原稿料の値上げ」「筒井康隆ノーベル賞」。

あ〈頭かくして尻かくさず〉（東）

完全にかくれたつもりでいても他人からは尻が丸見え。ところが、丸見えの尻があまりにもたくさん並んでいると、今度は誰の尻やらわからないという利点もある。頭だけでもいいからかくしておいた方が有利かもしれない。例はそこいらに、いっぱいころがっている。

あ〈商《あきない》は牛のよだれ〉（西）

商売は儲からなくても気長にやれというのは昔からの教訓だが、どか儲けをすれば必ずどか損すると決っているわけでもない。十年以上前からずうっと長者番付に出ている人だっている。牛のよだれはいつかは切れるのだから、儲からぬ商売を倒産するまで続けるのは馬鹿だ。為政者の作った諺にだまされるな。ものには見切り時が肝心である。

さ〈三べん廻って煙草にしよう〉（東）

これも支配者側の作った諺らしいぞ。やるだけの仕事を全部やってしまってから休憩しろということである。つまり途中で休憩されたのではその時間の賃金は不労所得になり、雇用者が損をするからだ。

もっともその気持、たとえば高い日当を払ってきてもらっている大工や庭師が、無駄話をしてなかなか働き出さない時のこっちの気持から類推すれば、わからないでもないがね。

さ〈猿も木から落ちる〉（西）

のべつ木から落ちていたのでは猿とはいえない。中学時代、発音を間違えるたびにこの諺を口にして言いわけし、皆を笑わせる英語教師がいた。あまり毎度のことなので、しまいにはみんなシラけて、笑わなくなってしまった。

き〈聞いて極楽見て地獄〉（東）

見ただけではまだ地獄とわからない商売もある。やってみなければ、その苦しみは理解できない。表面華やかに見えて実は苦しい仕事の代表例、これは昔なら遊女、今ならタレントであろう。楽そうに見え、実際にも楽なのは代議士ぐらいのものである。

き〈義理とふんどし〉（西）

どちらも必ず身につけていなければならないものとされていたのだが、たとえ昔であるにしろ、女がふんどしをしていたとは思えないので、女は義理固くなくてもよいとされていたのであろう。現在、義理などというものは誰も身につけていない。パンツをはくようになったからである。

ゆ〈油断大敵〉（東）

多くのいろはかるたには、火事の絵が描かれている。「火の用心」と同じ意味で使われることの多い諺である。

だけどいくら油断なく構えていても、ホテルやデパートや、ビル内のバーやキャバレーにいる時に起る火事はどうしようもない。こういう時は近くにいる美人に抱きついて、一緒に死ねばよろしい。

ゆ〈幽霊に浜風〉（西）

ぐったりして元気がないことを言うのだが、幽霊に潮風があわないというのはどういう理由からだろう。磯姫だとか船幽霊とかは、常に潮風にあたっている幽霊なのである。

これはどうやら、青菜に塩とかナメクジに塩をかけた状態の類推ではないかと思われる。幽霊の塩もみなど、食べてみれば案外うまいかもしれない。

め〈目の上のたんこぶ〉（東）

はなはだ邪魔で、いらいらする存在であるが、これを手術して取ってしまうと命とりになるという場合が多い。妻にとっては夫、タレントにとってはマネージャー、作家にとっては評論家、いくら仲が悪くて喧嘩ばかりしていても、いなくなってはこれまた具合が悪い。なくなってもさしつかえないのは、おカマのキンタマぐらいのものか。あ、また下品になった。

め〈盲の垣のぞき〉（西）

「オシののど自慢」「ツンボの立ち聞き」「イザリのマラソン出場」こういう諺なら、ぼくにもいくらでも作れる。やっても無駄なことを笑っていった諺であるが、昔の諺には身体障害者を笑ったアンチ・ヒューマニズムの諺がたいへん多い。言論を抑圧されていると人間精神はかえってブラック・ユーモアに向かうものらしい。

み〈身から出た錆《さび》〉(東)

たとえいいことをしようとして失敗しても「身から出た錆」だといわれることがある。人間、他人のことになるとまことに冷たいものである。そんならいっそのこと、全身錆だらけになった方がよろしい。

み〈身は身で通る〉(西)

こんな不細工な女、結婚する相手がいるのだろうかと思っていると、ちゃんと相手ができる。馬鹿だと思っていたやつが、ちゃんと自分にできる仕事をみつけて食っている。今ではブスで売り出す女もいるし、精神薄弱が立派な画家になった例もある。学校時代の友人など、ぼくが作家になったと聞いてびっくりしているやつもいるものね。

し〈知らぬが仏〉(東)

婚約した女性に「実はぼくには昔、恋人がいて」。医者が患者に「あなたはあと一カ月で死にます」。代議士が「まだ誰も知りませんが、わたくし汚職をしました」。包装紙に「煙草は健康の害になります」。大予言「一九九九年、人類は滅亡する」。さて、知っていた方がいいのか、知らない方がいいのか。

し〈吝《しわ》ん坊の柿の種〉(西)

柿の種まで食べてしまうけちん坊を笑っていった諺。

ぼくは戦争中、ミカンを皮ごと食べたりしたが(内果皮ではない)これは食糧不足だったため。その頃のことを知らぬ妻が、残った飯をどさっと捨てるのを見ると、身を切られるような思いがする。消費者米価がいくらあがっても、現代人はもうけちん坊には戻らないだろう。

ゑ〈縁は異なもの〉（東）

ブスと二枚目の夫婦、美女と野獣の夫婦、こういうのを見て以前は「ザマ見やがれ」とか、「うまくやりやがって」とか思ったものであるが、最近は何とも思わなくなった。なぜかというと。まあ、ぼくの女房を見てくださればわかります。

ゑ〈縁の下の力持ち〉（西）

最近では、縁の下の力持ちである筈の人たちがマスコミへおどり出て、喋りまくったり、話題になったりしている。作家の秘書の座談会だとか、タレントのマネージャーのテレビ出演だとか、ひどい時にはスリ専門のおまわりさんの大会などもある。こういうのは、テレビで顔を売ってしまったらスリを捕えることができないと思うのだが。

最近もタレント代議士の運動員が、デカデカと新聞の三面記事になり、写真入りで出たことはご存じの通り。

ひ〈貧乏暇なし〉（東）

週休二日制になったものの、サラリーが安いからどこへも遊びに行けない。反対に、医者だの大学教授だの弁護士だの、金を持ってる連中がいそがしい。この諺もすでに過去のものである。

ひ〈瓢簞《ひょうたん》から駒〉（西）

最近のように、思いがけぬことが次つぎに起ると、いちいち「瓢簞から駒」などと驚いていては身が持たない。馴れてしまって、ちっとも驚かなくなる。そこで新聞雑誌は、あちこちから話のタネを集め、ちょいとしたことを大袈裟に、これでもかこれでもかと書き立てる。時にはニュースをでっちあげ、疑似イベントを報道する。この分では「明日、人類滅亡」という記事が新聞に出ても、誰も驚かなくなりそうだ。

も〈門前の小僧習わぬ経を読む〉（東）

教育ママにつきまとわれ、学校、塾、予備校と、のべつ勉強させられている今の子供には、門前で毎日経を聞いてひとりでに憶えてしまうといった暇な時間はない。だからいずれも同じ個性のない子供ばかりができることになる。孟母三遷《さんせん》の教えも、今となっては越境入学にしか名残りをとどめていない。

も〈餅《もち》は餅屋〉（西）

プロにまかせておけば間違いないということだが、「歌は歌屋」といえば、自分を芸術家だと思っていらっしゃる淡谷のり子大先生が怒るかもしれない。しかし歌屋ならまだいい方で、歌屋でさえない素人が歌手を称している場合さえある。作家が歌手を称し、漫才師が歌手を称するのはまだいいとしても、音程のはずれた歌で売り出す可愛子ちゃん歌手もいるのだからね。

せ〈背に腹はかえられぬ〉（東）

少しぐらいの犠牲ははらっても、大切なものは守らなければならない。しかし、どちらが背でどちらが腹か、ちょっと判断がつかない時、われわれは迷うのである。

女房と子供が海へ落ちて溺れている。さてどちらを助けるべきか。脱サラめざして内職にしていた仕事がうまくいきはじめた時、課長に昇進した。さてどちらへ進むべきか。星新一と小松左京が大喧嘩した。さて、どちらへ味方すべきか。

せ〈せんちで饅頭〉（西）

便所で饅頭を食べてなぜうまいのかと思うが、

実はうまいものを独り占めにすること。昔、日本家屋における個室とか密室とかは、便所しかなかった。今なら車という密室がある。もしかすると昔、カーセックスに相当するものは便所セックスだったのかもしれない。

す〈粋が身を食う〉（東）

粋人ぶったり、通人ぶったりできるのも金がある時だけである。野暮天だった方が気が楽というものだ。おちぶれたプレイボーイほど、見ていてみじめなものはない。

す〈雀百まで踊り忘れず〉（西）

「なつメロ番組」がこれを証明している。たしかに踊りは忘れないだろうが、声量は落ち、声は枯れ、容色おとろえてまことに無残なもの。もっとも、見ている分には面白いが。

ＳＦなどというものも、若いうちにしか書けない。無残だと思われないためにも、四十五歳になればぼくは書くのをやめよう。

京〈京の夢大阪の夢〉（東）

これがどういう意味なのか、昔からこれに対して明解がないといわれている。東京のかるたなので、江戸時代から京、大阪へのあこがれがあったのだろう、などともいわれている。東京には、子供の両耳をつかんで吊るしあげ、「京を見るか大阪を見るか」という遊びがあるそうだが、これを大阪では「東京耳」という。ずいぶん痛い遊びであった。遠い都をあこがれると、こんな痛い目にあうぞという、いましめも含まれていたのだろうか。

京〈京に田舎あり〉（西）

まったくその通り。この逆の「田舎に京あり」というのも、まったくその通り。東北地方からの家出人は東京へやってきて、九州地方からの家出人は大阪へやってくるといわれているが、つまらないことをするものである。今や日本全国、どこへ行ってもたいした変りはないのに。

大都会の下町の商店街と地方の商店街、これはまったく見わけがつかなくなってしまった。「○○銀座」と呼ばれる通りなど、まったくそっくり。観光地までが画一化され、売っている土産品も都会で買えるものばかり。悲しむべきことである。

日本ＳＦ大会

最終回なので、宣伝をやらせていただく。

宣伝といっても、営利目的の宣伝ではないので、お目こぼしいただきたい。

今年の八月二十三日（土）と二十四日（日）の両日、神戸で日本ＳＦ大会というのを開く。その宣伝である。

この日本ＳＦ大会は、十四年前から毎年夏、ＳＦファンが集って開く大会で、十四年前の第一回目は東京目黒で、ささやかに行われた。目黒で行われたコンヴェンションなので、略称メグコン（ＭＥＧ－ＣＯＮ）。ささやかだったのは当時ファン数も少く、予算もなかったからで、これはまあ、しかたがない。

第二回目もやはり東京で、今度はだいぶ大きな規模で行われた。これがトーコン（ＴＯＫＯＮ）という略称だった。当時、ＳＦファンの集りで、大会を開催できるほど大きなクラブは東京にしかなかったので、東京での大会が二年続いたのである。

ところが第三回目、お鉢が、当時大阪にいたぼくのところへまわってきた。大阪でＳＦの同人誌を出していたためである。小松左京さんや眉村卓さんにも手伝ってもらって、ぼくはどうにかこうにか大阪大会をやった。略称はダイコン（ＤＡＩＣＯＮ）であった。十二年前のことだからぼくはまだファン・ライターで、金もなかったため、ぼくにとってこれはたいへんやりにくい仕事だった。評判もあまりよくなかったし、ぼく自身、はっきりと、あれは失敗であったと思っている。畜生、あの時金さえ持っていたら、いろんなことができたのにと、その後もしばしば口惜しく思うことがあった。

　その後ファンが増加するにつれ、大会の規模も次第に大がかりになった。地方にもファン・クラブができたため、名古屋をはじめ北海道や九州など、あちこちで開催された。むろん東京や大阪でも、ＴＯＫＯＮ２、ＤＡＩＣＯＮ２、ＴＯＫＯＮ３などが開かれ、回を追うごとに参加者の数もふえ、催しも大きくなった。

　十四年目の現在、ファン活動をしているＳＦファンの数が日本全国でどれくらいになるか確かではないが、東京にあるＳＦファン・グループ連合会議の一年ほど前の調査によると、同人誌だけでも二百以上あるそうだ。もっともこの二百というのは、活版にしろ写植にしろ、またタイプ印刷にしろガリ版にしろ、多量に印刷して配布されているものだけなので、たとえば中・小学生の間に流行しているらしい回覧雑誌（ノートに作品を書き、順にまわしていく）などを含めると、もっと数はふえる。これから想像すると、活動しているファンの数は相当大きな数字になりそうである。

　今までのＳＦ大会は、こういった熱心な活動的ファンによって開催されたもので、したがって催しものの内容も、ファンというよりはマニア向きのものが多く、どうしても仲間うちの集りという性格が強く出てしまうため、どこのクラブにも所属していず、活動もしていない孤立したＳＦファン、あるいは中年・老年のファンが参加しにくい雰囲気にあった。これを改めようという掛け声がかけられたことも二、三度はあったが、いつも結局は、ひとりでやってきたファンが疎外され、話し相手がないままに淋しく帰っていくということになる。これは、このひとたちがなぜ淋しく感じるかというと、他の連中が仲間同士にしか通じない話題やギャグや単語で楽しげに語りあっているのを見せつけるからである。今までのＳＦ大会は、ファン交流の場としてそういう場面はむしろなくてはならないものだったのであるが、しかし、ＳＦファンの数がこれだけ増加し、日本ＳＦというものの現状が、いちいち説明することもないであろう、ご存じのような現状にまでなってしまえば、むしろそういう要素を除いてでも、孤立したファンのための大会を考えるべきではないか。ぼくがそう思いはじめたのは、三、四年ほど前からだった。

ぼくがはじめて、神戸でＳＦ大会を開きたいという意志表示をしたのは、二年前の夏、北海道支《し》笏湖畔《こつこはん》で行われたＳＦ大会、シコツコン（ＳＨＩＫＯＴＳＵＣＯＮ）の席上でだった。たちまちニュースが流れ有志が集り、神戸でネオ・ヌルなるファン・クラブが結成された。

ふつう、ＳＦ大会の開催地は、前年のＳＦ大会の席上、各地のファン・グループが立候補し、勧誘の演説をやった上で、会場に集ったファンの投票によって決定される。昨年夏の京都大会、略称ミヤコン（ＭＩＹＡＣＯＮ）で、ネオ・ヌルは立候補し、たまたま他に立候補したグループがいなかったため、満場一致で神戸大会が決定した。ぼくをはじめネオ・ヌル一党は、この第十四回日本ＳＦ大会の略称をシンコン（ＳＨＩＮＣＯＮ）と決め、さっそく準備にとりかかった。

ぼくが自分で主宰してＳＦ大会をやろうと考えた主な理由は三つある。ひとつは前に述べた如く、ＤＡＩＣＯＮの失敗や金がなかったための物足りなさやその他のもろもろの後悔を一挙に解消させんがためであって、これは自分に対する理由である。

ふたつ目は、文庫本ブームで得たあぶく銭を使うためである。最近よく「文庫は古典的価値のある作品だけと思っていたのに、直木賞候補がやっとというような若手作家のものまで次つぎと文庫になる」などといったいや味な書評を見かけ、そのたびに腹を立て、くそ、そんなことというならこんな金、誰がほしいもんか、使ってしまってやるぞと考えたからである。使い道としては、ＳＦ大会に投入すれば、自分もある程度楽しめるし、文庫本を買ってくれた読者に還元する形にもなる。まず、同人誌のないクラブでは恰好がつかないので「ＮＵＬＬ」という同人誌を出し、これをシンコンの準備報告にも使っているが、年に二、三回発行するたびに金がかかる。これを現在４号まで出している。

大会も、大規模にするつもりなので神戸文化ホールの中ホールを借りた。新劇などがよく演じられるホールで、約千人を収容できる。今までのＳＦ大会が四、五百人どまりだったので、一挙に倍増を狙ったのである。これも無所属ファンにたくさん来てもらうためである。

ＳＦ大会をやる理由のいちばん最後が即ちこの、無所属ファン、個人ファン、中・老年ＳＦファン本位の催しをやろうと思ったからである。千人収容のホールでは、従来のＳＦ大会のような、壇上と観客席との交流は不可能である。そこで、徹底してショーの形式で押しまくる。これに不満なひとも当然出てこようが、まあ、しかたがない。そのかわり演し物は、あまりＳＦに詳しくないひとにでも楽しめるものにする。

どういうプログラムかというと、劇団欅《けやき》によるＳＦ喜劇「スタア」上演、桂米朝師匠による大長篇落語「地獄八景亡者戯《もうじゃのたわむれ》」口演、山下洋輔によるフリー・ジャズのピアノ・ソロ、南山宏によるスライド講演「世界奇現象最新情報」、長篇ＳＦ映画上映等である。このようなプログラムであるから、おわかりのようにＳＦそのものというよりは、ＳＦの周辺に位置するさまざまなものをとりあげ、誰にでもわかるもの、一方ＳＦファンにとっては、ＳＦの浸透を考えさせるような演し物を並べたことになる。したがって、メインのプログラムである作家のパネル・ディスカッションのテーマも、「ＳＦの浸透と拡散」を考えるようなものにするつもりである。出席する作家は星新一、小松左京、半村良、平井和正、他十数名で、ＳＦプロパーのほとんどの作家が神戸に集ることになる。

　このような性格の大会なので、本来ならばこういった宣伝もＳＦ専門誌上でやるのだが、今回に限り一般のＳＦ読者に呼びかけるため、特にこの「週刊小説」誌上でやらせていただくことにした。「スタア」は出演者が三十名に近く、この大芝居を東京から呼ぶわけだからだいぶ費用がかかる。これを含め、何百万かの支出は覚悟しなければなるまい。米朝師匠の方は小松さんが費用一切をすべてまかせておけと言ってくれたので、だいぶ助かることになる。

　会費は一日九百五十円である。これは会場費にほとんど使ってしまうが、この金額が例年のＳＦ大会より二〇パーセントも安い金額であることを特に言っておきたい。当日入場もできるが、やはり予約しておかれた方がよろしかろう。おそらくは満員になってしまうと予想できるからだ。

　ＳＦマニア連中のためには、会場内に別室があり、そこではＳＦの古書のせりや即売をやっている。作家のサイン会も開く。さらに土曜日の夜は、遠くからきた人たちのため合宿の用意もしてあるから、仲間うちの交歓はここでやっていただきたい。

　このような規模の大会が催されることは、おそらくもう、二度とあるまいと思われる。ＳＦに興味をお持ちのかたに、できるだけたくさん参加していただけるよう望むのである。

SF周辺映画散策

あいかわらず「小説新潮」と小説専属執筆契約を続行中なので、今回もまた雑文でお茶を濁すことになる。

じつは前回このSFマガジンで紹介したぼくの十年前の日記「幼年期の中ごろ」がわりあい好評だったらしく、また、もう一度日記のあの続きをと依頼されたのだ。あれにしたってもともとこっちは小説のほんの穴埋めのつもりだったのだが、でかでかと巻頭のカラーページに持ってこられているのを見て驚き、ひや汗がどっと噴出したぐらい恐縮している。ましてあれを続けたりするとお前いい気になるなと言われそうだし、あの折にも書いたように、あれ以後の日記は恨みつらみだけで書いているようなところが大部分になってしまうので、発表するとまことに具合が悪い。これはやはり、発表するにしてもぼくが死ぬか、ぼく以外の日記の登場人物全員が死ぬか、どちらかの場合でないと発表できない。悪しからず。

何を書こうかといろいろ考えた末、SFの周辺に位置すると思える映画で、ぼくが見た限りのものをできるだけたくさんとりあげ、記すことにした。まだ日本にSFということばが輸入されていず、したがってぼくがそれを見た時にも、なんだこれはSFではないかなどとも思わず、ぼく以外の誰もそうは思わなかったような映画で、しかもリバイバル上映もされていず、テレビでも放映されなかったような映画を、若い読者諸君の何かのご参考までに書きとめておこう。今になってふり返り、あああの映画のあの部分はSF的だったなと思いつく程度のものなので、むろん記憶の脱落や間違いもあるだろうし、見ていないものもあるから、不完全きわまる「散策」である。でも最近テレビでは、たいていカラー映画しか放映しないので、もう二度と見られないだろうと思える黒白映画のその種の映画を記しておくだけでも、何かの役には立つと思うのだ。

記憶にたよって書くわけだから、完全に年代順とはいえない。ともかく、思いつくものから書いていこう。

戦後すぐ、戦前に輸入された外国映画がたくさん上映された。梅田地下劇場というところでぼくは、ジュリアン・デュビィヴィエの「巨人ゴーレム」を見ている。巨人といっても、さほど大きくはなかった。少し大きい程度の俳優がメーキャップをしているだけだった筈だが、それでも石で作られている感じはなかなかよくできていた。スペクタクル性はさほどなく、少女と友達になるシーンが印象に残る、ファンタジックな名作であった。

梅田地下劇場というのはその種の映画をよくやったところで、他にも「地球の終り」「七つの月のマドンナ」などを見た。「地球の終り」は彗星が地球に衝突する際の群衆の混乱を描いた一種の群衆劇だが、むろん古い映画のことだからトリック撮影はたいしたものではなかったのであろう。ただし演技者は群衆のひとりひとりにいたるまで達者で、迫真性を出していた。こういうきわもの映画の出演者でもけんめいに演じているのを見て、感銘を受けたものだ。どこの国の映画だったかも、監督の名その他も、まったく記憶にない。終末が近づき、上流社会の男女が酒に酔い乱交めいたことをしているシーンはなまなましく憶えている。

「七つの月のマドンナ」は、上流家庭の美しい夫人が、しばしば家出をし、七カ月経てば必ず家に戻ってくるのだが、その間彼女がどこで何をしているのか誰にもわからず、彼女自身にも記憶がない、という話。実はその間下町で売春婦をやっているのである。少女のころ暴漢に花園で強姦された事件がトラウマとなり、そんな特殊な精神異常をもたらしたのである。主演の女優はすばらしいヨーロッパ美人であったが、名はわからない。中学一年の時に見た映画だが、やはりこの映画を見た中学の商業の教師が、授業時間にこの映画のストーリイを感激の面持ちで生徒に喋っていた。

「緑色の髪の少年」はアメリカ映画だが、戦前の輸入なのか戦後の封切りなのか、はっきりしない。千日前セントラルというところで見た。緑色の髪をした少年が、友人たちにいじめられたり、いろいろと悲しい思いをする。教室で、女教師が生徒たちに言う。「世界には、いろいろな色の髪を持った人がいます。金髪、銀髪、茶、黒、赤、そして緑……」なんのことはない、黒人の差別を批判した映画なのだが、当時はこんなに遠まわしにしか批判できなかったのだろうか。

「石の花」はソ連映画で、のちに封切られたソ連長篇漫画映画「せむしの仔馬」と同様、美しいアグファカラーだった。カラー長篇ははじめてだったので、うっとりとした。内容はウラルの民話からとった話で、石工の青年が銅山の女王に惚れられてしまい、洞窟に連れ去られる。魔法をかけられた青年は洞窟の中で巨大な石の花を彫刻する。この洞窟の中のシーンと石の花がまことにファンタジックだった。梅田のどこかで見たのだが、劇場は記憶にない。梅田グランドだったろうか。

ジャン・コクトオの「美女と野獣」を見たのも梅田地下劇場だった筈だ。ルネ・クレマンが監督を手伝っていた。当時ずいぶん評判になった映画だが、ぼくはそれほどと思わず、以後もジャン・コクトオの映画にさほど感銘を受けていない。なんとなく、まやかしのような気がしたし、格調高いところが女学生好みのように思えたのだ。今でも、ああいうものはもっと猥雑でなければならぬと思っている。ジャン・マレエにしても、ちっとも美男とは思わない。あれはフランス人というよりも、むしろドイツ人の顔だ。だいたい話がちっとも面白くなかった。童話をひきのばしただけではないか。ぼくはもったいぶった耽美主義が大嫌いだ。

「幽霊西へ行く」はずいぶん話題になったそうだし、名作として戦後再上映された筈だが、ぼくは見ていない。名作だとかベストテン何位だとか宣伝されると、もう見る気がしなくなったものだ。この傾向は今でもあり、困ったものだと思っている。

ターザンはよく見た。むろんぼくが見たのはいちばんながく続いた六代目ワイズミューラー・ターザンである。「ターザンの復讐」「ターザンの猛襲」など、いずれも戦前に輸入されたもののリバイバル上映だったらしい。これは最近また上映されるという話だが、きっと評判になるだろう。モーリン・オサリバンのジェーンがまたまたすばらしく、あのエロティシズムというものは、ちょっと他に類がないのではないだろうか。ターザンとジェーンの水中でのキス、岸辺に横たわってのキス、いずれも独得のムードを持つラヴ・シーンであり、ラヴ・シーン名画面集には必ず収録すべきものであろう。原作の方は「類猿人ターザン」をハヤカワ文庫で読んだだけだが、映画とはだいぶ違っている。映画はもはや、バロウズの原作から独立したものであろう。

余談だが、ラファティか誰かがターザンを書いたらしい。これはどうやら、いちいちバロウズにことわったり、使用料をはらったりしなくても、誰が書いてもいいものらしいので、ぼくも近くターザンを書くつもりだ。「思春期ターザン」「老年期ターザン」などである。前者はジェーンに会うまでのターザンの、思春期の悩みを描くものであって、興奮したターザンがチータにおカマを掘ったり、木のうろでオナニーをしてペニスを血まみれにしたり、土人の女を強姦したり、ライオンを妊娠させたり、鰐《わに》と格闘しながらセックスしたり、象と正常位でやったりする。後者はよぼよぼになったターザンの耄碌《もうろく》ぶりを描くものであって、木からは落ちるわ、入れ歯は落すわ、蔓《つる》は切れるわといったドタバタである。老人で意地悪くなっているから、もはや正義の味方ではない。道に迷った探険隊員に、底なし沼への道を教えたり、食人種の部落へ案内したりするのである。乞御期待。

「キング・コング」は戦後何度もリバイバル上映されたからご存じのかたも多いだろう。のちの「猿人ジョー・ヤング」よりもはるかに面白く、作品としても偉大だった。「猿人ジョー・ヤング」の方は小粒で、翼手竜と戦ったり、エンパイア・ステート・ビルに登って戦闘機をはたき落すといったスケールの大きさがなかった。キング・コングにさらわれる金髪美人フェイ・レイのエロティシズムもよく、キング・コングはむろんこの娘に惚れたからさらったわけであるが、いくらさらったって、あんなにからだの大きさが違ってはどうにもなるまいにと思い、恋人の男性が焦って追いかけるのがおかしかった。あわてなくったって、犯される心配はないのだ。

メロドラマが嫌いなのでマルセル・カルネは滅多に見に行かなかったのだが、「悪魔が夜来る」だけはタイトルにつられて見に行った。案の定恋愛場面がながくて退屈した。今憶えているのは、フェルナン・ルドオの悪魔によって石像にされてしまった恋人同士が、それでもなお心臓の鼓動によって心を通わせ続け、悪魔が怒って石像を笞打《むちう》つ、あの有名なラスト・シーンだけである。

「赤い靴」はアンデルセンの童話をもとに、舞台上のバレー「赤い靴」と現実のひとりのバレリーナの物語を結びつけたものである。エメリック・プレスバーガーとモイラ・シアラーのコンビの作品では、二年後に封切られた「ホフマン物語」の方がぼくは好きである。その赤い靴をはいていると名バレリーナになれるが、いつまでも踊り続けねばならず、靴を脱ぐ時は死ぬ時だというのを、現実のバレリーナに結びつけるのはちと無理だった。その点「ホフマン物語」の方は無理がない。バレーも装置もよくなっているし、何よりも「赤い靴」はこの映画のために作曲された音楽を使っているのに対し、「ホフマン物語」はオッフェンバッハである。むろんファンタジイとしても「ホフマン物語」の方がずっと面白い。

「赤い靴」と同じ年に「虹を掴む男」が封切られている。梅田シネマで見た記憶がある。ジェームス・サーバー原作、ダニイ・ケイ主演のカラー映画だ。カラーの喜劇映画ははじめてだった。サーバーの原作はほんの数ページの短篇で、それをダニイ・ケイの芸によって長篇にしたという感じのものだと思えばいい。この映画でウォルター・ミティというのが空想癖のある男の代名詞みたいになってしまった。これ以後、ダニイ・ケイとヴァージニア・メイヨのコンビの喜劇がいくつか続くが、ヴァージニア・メイヨは好きだが、ダニイ・ケイはどうしても好きになれなかった。

「虹を掴む男」のストーリイは、よくご存じであろうから書かない。

「天国への階段」を見ていない。「赤い靴」同様マイケル・パウエルとエメリック・プレスバーガーの脚本、監督コンビの作のファンタジイだったそうだが、これもまた名作との評判が高すぎて、見に行く気をなくしたのである。それにこの年には「嵐が丘」だの「蛇の穴」だの「イースター・パレード」だの「サラトガ本線」だの「頭上の敵機」だの「ヨーク軍曹」だの、さらにディズニー最初の長篇漫画映画「白雪姫」だの、見るべき映画が多すぎたためもある。

「オルフェ」もコクトオで、これまたつまらなかった。いくらでも面白くなるのに、どうしてこんなにつまらなくするのか、まったく理解できなかった。

レイ・ミランド主演の「春の珍事」は面白かった。黒白の小品で映画評にも出なかったような作品だが、スマートな明るい、今から考えれば野球SFとでもいうべきものだった。高校の化学教師のレイ・ミランドは野球狂で、春のシーズンになると授業もうわの空、教壇の下へ携帯ラジオを持ちこんで中継を聞き、誰かが打つと耳を傾け、その間講義は中断してしまうのである。ところがある日、化学の実験室で実験中、薬品の調合を間違えて厭木性物質を作ってしまう。つまり木材質のものを避けようとする性質を持った薬液である。この薬液をボールに塗り、バットで打とうとしても絶対に打てないことを知ったレイ・ミランド、しめたとばかり球団へ自分を売り込む。球団では試しに投げさせてみる。たいした剛球でもないのに、バッターがこれを打とうとするとボールは不思議なカーヴを描き、どうしても打てないのである。彼は自分のグローヴに薬液を浸したガーゼを隠しておき、ボールにこすりつけているのだ。

球団では彼を採用する。打撃力がないので、本試合では、ピンチの際にだけしか起用されないが、それでも彼の投げるボールは「おどり球《だま》」といわれ有名になる。いよいよ優勝戦、味方のピンチである。打撃力のある敵のバッターが出てくる。そこでレイ・ミランドが、いつものようにピッチャーとして出る。ところがこれより少し先、味方の監督が、残り少ない、そして二度と調合できない貴重な薬液を、選手控室で見つけ、ヘア・トニックと間違えて全部使ってしまっている。レイ・ミランドは困る。

どう解決されたかは残念ながら忘れたが、そのあとはドタバタになり、ラストはたしかレイ・ミランドがもと通り高校に戻り、あい変らず教壇下のラジオに耳をすまし、講義が中断しているというシーンだった筈だ。これは千日前グランドというところで見た。

イタリアン・リアリズムということばが戦後二年目ぐらいから五年目ぐらいにかけておおいにジャーナリズムを賑わしたが、ロベルト・ロッセリーニと並ぶ一方の旗頭が「靴みがき」「自転車泥棒」などのヴィットリオ・デ・シーカだった。このデ・シーカの「ミラノの奇蹟」は、それまでのシリアスなものとはうって変ったファンタジイだった。といっても、むろんそこにはデ・シーカの主張がはっきり出ていて、社会派としての面目を果たしている。さんざ弾圧された貧民たちが、最後のよりどころの空地も追われ、戦い、逮捕されようという時、奇蹟が起る。全員が箒《ほうき》にまたがり、空をとび、一団となって雲の中へ入っていくラスト・シーンは感激的だった。現実からの逃避、などと指摘する者もいたが、もはや奇蹟を待つよりしかたがないというイタリアのひどい現実があったのだろう。このテーマ・ソングはたいへんいい曲で、ぼくは今でも憶えているが、どうしてレコードのテーマ・ソング集に入らないのか不思議である。これは毎日会館の名画祭で見た。

この映画の前後、「ハーヴェイ」を見ている。原作はたしかブロードウェイでも上演された舞台劇ではなかったかと思う。主演はジェームス・スチュワート、監督はヘンリー・コスターだった。見た場所は千日前グランド。

主人公は夢想家で、ハーヴェイというのは主人公にだけ見える、タキシードを着た巨大なウサギの名前だ。ひと前であろうがどこであろうが、主人公はこのウサギと話をする。周囲のひとはてっきり主人公が発狂したと思いこむ、といった話である。映画の看板にはウサギの絵が描かれていたので、ほんとにウサギが登場するのかと思っていたが、舞台劇の映画化だけあってウサギは出てこなかった。

「素晴らしき哉、人生！」はフランク・キャプラ一流の人情喜劇だった。これも主人公はジェームス・スチュワートがやり、相手役は美人女優ドナ・リードだった。最初は雲の上から見おろした現代の町で、神さま同士の会話が入る。おやおやと思っていると舞台は地上にうつり、主人公の苦労話がずっと続く。これがラストの十数分だけ、突然ＳＦ的になってしまう。この世に愛想をつかした主人公に、神さまが、それではお前が存在しなかったらどうなっていたかを見せてやろうというので、主人公を彼の存在しなかった同じ町へ送り返してやる。ＳＦでいえば多元宇宙ものである。

主人公が町をぶらつく。ここでドナ・リードと会うくだりが面白い。彼が存在しなかったため、彼女はむろんオールド・ミスである。彼は当然のように妻の名を呼び、彼女を追う。ところが彼女の方は、たいていのオールド・ミスがそうであるように、いささかヒステリックな男性恐怖症。悲鳴をあげたため、大騒ぎになる。むろん結末は主人公が自分の重要性に目ざめてハッピイ・エンドである。原作があり、手もとの資料ではフィリップ・ヴォン・ドーレン・スターンとなっているが、どんな作家なのかわからない。この映画は最近、テレビで放映されたそうである。

「アンリエットの巴里祭」もテレビで放映されている。ジュリアン・デュビィヴィエとしてはめずらしくドタバタ的なところの多い作品だった。プロデューサーと監督と脚本家の三人が、どんな映画を作ろうかというので会議するわけだが、その会議の内容でストーリイが進行する。ところが三人のうち、ひとりはムード派、ひとりは探偵活劇が好き、ひとりはエロが好きという具合で、ダニイ・ロバン演じるアンリエットは波瀾万丈、ハッチャハチャメチャ、てんで辻褄のあわぬストーリイの中に投げ出され、大活躍を演じるというわけである。結局映画が全部終ってから、スタッフ、キャストも決まり、それにつれてタイトル・ロールがあらわれるという洒落のめしたものであった。

長篇漫画映画では、ぼくはどういうものかディズニーのものよりもマックス・フライシャーのものの方が好きだ。「ガリヴァー旅行記」もよかったが、都会的センスにあふれた「バッタ君町に行く」がすばらしかった。大都会のど真ん中にある空地には、いろいろな昆虫が住んでいる。虫たちの恋、三角関係など、大人のムードで描かれていた。感電したままのバッタ君がサンバを踊るところなど、傑作だった。

その空地にビルが建つことになり、ビルが高くなるにつれて虫たちが、その建築中のビルを上へ上へと追いあげられていく部分のギャグが豊富だった。ビルの屋上には花壇ができ、虫たちはほっとひと安心。屋上から町の風景を見おろし、虫の一匹がいう。「ごらんよ。人間がまるで虫みたいに見えるよ」

「海底二万哩」以後は、読者諸氏もご存じのものが多く、テレビで放映されるものも多いから書く必要もあるまい。

ＳＦ味の強いファンタジイは、日本映画にはたいへん少ない。その少ない中から、今思いつくものを順に記していこう。

「エノケンの孫悟空」については、すでに「狂気の沙汰も金次第」に書いている。書きうつすことになるが、ご容赦願いたい。

物心ついてはじめて見た映画が「孫悟空」だった。五、六歳の時である。それまでにも「ちゃっきり金太」を見ているのだが、これは断片的にしか記憶していない。

今から考えれば「孫悟空」はたいへん豪華なキャストだったようである。三蔵法師がエノケンの師匠の柳田貞一、猪八戒が岸井明、観音菩薩がたしか花井蘭子、カニの妖怪がアノネのおっさん高勢実乗、化けものによって妖術で犬の顔にされてしまうお姫さまが高峰秀子、女子大生の恰好をしてあらわれ、孫悟空にいろいろな知恵をつける妖精的な小娘が中村メイコといった具合で、他にももっと有名なスタアが出演していた筈だ。長尺物で、二時間以上あり、たしか途中で一度、休憩があった。

この映画のいちばん最後のエピソードが、例の金角大王、銀角大王のくだりである。金角、銀角を如月寛多と中村是好がやっていた。驚くべきことには、この部分が完全なSFだった。金角、銀角のかくれ家というのが地下の秘密要塞めいた洞窟で、ここへはエレベーターで降りるのである。部下というのはすべてロボット。金角、銀角はその奥まった一室で管制板に向かい、洞窟内部のあちこちを映し出しているテレビ・スクリーンを眺めながら、数多くのボタンでロボットたちをコントロールしているのである。昭和十四、五年ごろの映画だから、たいへん進歩的、前衛的な喜劇映画だったといえるのではないだろうか。監督は山本嘉次郎。聞くところによれば「馬」などを作ったこの巨匠、SF的なものが大好きで、一方ではこのようなSFめいた部分を持つ映画もずいぶん作ったらしい。最後にはこの映画、エノケンの孫悟空が管制室へあばれこみ、パネル上のボタンを滅茶苦茶に押しまくる。ロボットは右往左往し、ぶつかったり、ショートして煙を吐いたりし、全部発狂して自滅してしまうのである。

これ以後ぼくはエノケンと孫悟空とが好きになり、のちに中国製の長篇漫画映画「鉄扇公子」が来た時にも、母につれていってもらっている。これは孫悟空の、牛魔王のくだりを長篇化したものだった。

一方、エノケン映画も、封切られるたびにつれて行ってもらった。その中でちょいとばかりSF的だったものに「兵六夢物語」というのがある。

これは「やあやあ、われこそは大石内蔵助の孫の孫の孫の孫の……」という大石兵六が狐《きつね》退治をする話。小学校一、二年生の時に見たので詳しいストーリイは忘れたが、三つ眼の巨人が出てきたり、狐の化けた美女、高峰秀子が出てきたりして楽しかった。夢なのか現実なのか、狐に化かされているのかそうでないのか、よくわからない場面が出てきて、ずいぶんはらはらしたものである。

大東亜戦争突入後二年目、大映で「歌ふ狸《たぬき》御殿」が作られている。一方では「あなたは狙われている」とか「第五列の恐怖」とかいったスパイ映画や、「出征前十二時間」などという時局映画が作られているわりに、のんびりしたところもあったわけだ。「歌ふ狸御殿」は宮城千賀子の狸の若様狸吉郎と、高山広子のお姫さまのファンタジックなラヴ・ロマンスで、監督は戦後京マチ子を売り出した木村恵吾だった。物語はミュージカル調で、他には草笛光子、楠木繁夫、美ち奴などが出演していた。

いよいよ戦争も敗戦の様相を呈しはじめた時、やぶれかぶれみたいに、とてつもないＳＦ映画が東宝で昭和二十年に作られている。「勝利の日まで」が、それである。

主人公の徳川夢声がマッド・サイエンティスト、その美人助手が高峰秀子。何を作るかというと、前線慰問弾という砲弾を作る。この砲弾を最前線めがけてぶっぱなすと、爆発した場所にスタアがあらわれ、そこにいる兵隊さんをはげますという他愛のないものである。エノケンやロッパなど、歌えるスタアは歌をうたうわけだが、山田五十鈴、入江たか子、原節子といった芸のない美人女優は、ただにっこり笑って頭を下げるだけである。

そんなに遠くまで飛ぶロケットみたいな弾丸があるなら、それで敵をやっつけた方がいいじゃないかと、当時思ったものだ。この馬鹿げた映画の脚本を書き、今でもときどき歌われることのある主題歌を作詞したのがサトウハチロー、監督がなんと、戦後「めし」「稲妻」「あに・いもうと」「浮雲」などを撮って文芸派の巨匠となる成瀬巳喜男だったのである。

戦後になってから、日本映画でこの種のものはたいへん少ないようで、これはまあ、ぼくがその時期から外国映画ばかり見はじめたため、見逃しているということもいえるだろう。だが、どちらにしろぼくが見たものの中で、しかも現在記憶に残っているものだけを書いたのだから、脱落が、だいぶある筈だ。それに、ぼくのこの一文を見て、「あれを忘れているじゃないか」「こんなものもあったぞ」「ここは違っている。こうではない」などと思われるひとも多いことと思う。たった二十数本の映画しかとりあげていないのだから当然だ。

欠落というにはあまりにも大きすぎる欠落であるが、それを埋めてやろうという人があらわれることは、ぼくにとっても喜ばしいことなので、名乗りをあげてほしい。なにぶんぼくはまだ四十歳。ぼくよりも年嵩《としかさ》の人で、ぼくよりもっとたくさん見たひとは多い筈だ。SF作家クラブにだって十人以上いるのだから。

ところで今、たまたまSF作家クラブの名簿を見たら、ぼくより年上のひとが約十二人、ぼくより年下のひとが約十二人、不明もしくは同年のひとが二人いる。うわあ大変だ。これであと、若手が誰か入会してきたら、ぼくは老人組ではないか!

この原稿を書いてのち、読者からぼくの記憶違いや欠落について指摘されたので書き加えておく。「地球の終り」ではなく「世界の終り」として上映されたこの映画の原題は**La Fin du Monde**。一九三〇年のフランス映画で、カミーユ・フラマリオンの原作。監督はアベール・ガンスで、これがトーキー第一作とのこと。主演は監督自身と、他にヴィクトル・フランサン。

「七つの月のマドンナ」Madonna of The Seven Moons はイギリス映画で一九四五年の作品。監督アーサー・クラブトゥリー。主演フィリス・カルバート、パトリシア・ロック、スチュアート・グレンジャー。

「緑色の髪の少年」The Boy With Green Hair は米ＲＫＯ一九四五年作品。監督ジョセフ・ロージー。主演ディーン・ストックウエル、ロバート・ライアン。

後　記

　コレクションもやっと最終巻。

「朝のガスパール」では朝日の担当の大上さんにずいぶん世話になったが、彼女の解説がこんな労作だったことに改めて気づき、今更のようだが感謝に堪えない。この時の大騒ぎはすべて、この解説をお読み戴ければわかる筈である。

「イリヤ・ムウロメツ」は文章の形式などに対して「いったいこの作品のどこを評価すればいいんだ」といったような声もあったが、最近日本語の達者なロシアの人から「魂の一冊」であると褒めていただいてほっとしている。ブィリーナを紹介した甲斐があったというものだ。中村喜和先生にも再度ご厄介になった。

　と同時に、この巻の挿絵を担当して下さった今は亡き真鍋博、手塚治虫の両画伯には深くお礼を申し述べると共に、改めてご冥福を祈る。お二人とも日本ＳＦ作家クラブの会員として長くおつきあいをしてきた同年代の人たちである。つくづく慨嘆するのはまたしても「おれは長生きしすぎたなあ」である。

これまでの巻に掲載されたエッセイを通読しての感想だが、実は過去の、というか若い頃の考え方が現在相当変化しているのではないかと心配していたにかかわらず、悪ふざけに近い文章、比較的真面目な文章も含めて、案外ブレていないことに少し安堵している。こまかいところで意見の違う部分はあるものの、まあ今さら青年筒井康隆と議論しても始まるまい。

全巻を通じて日下三蔵氏、池田真依子氏には世話になった。このコレクションの、その労力に相応しい今後の高い評価と売れ行きによってお二人に報いることができればさいわいである。

二〇一七年十月

筒井　康隆

編者解説

日下三蔵

出版芸術社版〈筒井康隆コレクション〉第七巻には、実験路線の極北というべき新聞連載長篇『朝のガスパール』（92年8月／朝日新聞社）とロシアの英雄叙事詩に登場する勇士の生涯を格調高い文章で綴った『イリヤ・ムウロメツ』（85年12月／講談社）の二作を、それぞれ真鍋博、手塚治虫両氏のイラストをすべて含めて収録。単行本・文庫未収録のリレー小説、エッセイ等を加えて構成した。

長篇『朝のガスパール』は「朝日新聞」九一年十月十八日付から九二年三月三十一日付にかけて百六十一回にわたって連載された。新聞連載につきものの新連載予告（九一年十月八日付）や、連載終了後のエッセイ（九二年四月六日付）までもが小説の一部であるという極めて実験的な作品である。「フル・ネルソン」「ビタミン」「デマ」「バブリング創世記」「裏小倉」「上下左右」など、筒井康隆は作家活動の初期から小説そのものの枠組みを破壊するような実験的な作品を書き続けてきた。七〇年代の『脱走と追跡のサンバ』『エディプスの恋人』などを経て、八〇年代以降の長篇では、ますますその傾向が強まってくる。

虚人たち	作中の経過時間とページ数が一致
虚航船団	人間の出てこないスペース・オペラ
夢の木坂分岐点	夢そのものを幻想小説として描く
驚愕の曠野	作中作が現実と融合する幻想的なファンタジー
残像に口紅を	作品中に出てくる文字が減っていく
文学部唯野教授	大学の講義を小説化
ロートレック荘事件	大がかりな叙述トリックを駆使した本格ミステリ

筒井康隆の実験路線は、どこまでエスカレートしていくのだろう、と読者が固唾《かたず》を呑んで見守っていた時期に発表されたのが、この『朝のガスパール』であった。「朝日新聞」から連載小説を依頼されて、「一日三枚というこまぎれの新聞連載だからこそできること」を考えた結果、読者の意見を取り入れて展開が変わる小説を思いついたという。

読者参加型という小説は珍しいが、前例がなかった訳ではない。国産ＳＦに限っても、平井和正の少年ＳＦ『超革命的中学生集団』（71年）や荒巻義雄の伝奇ＳＦ『猿飛佐助』シリーズ（89〜92年）などは、読者の意見に応じて展開が変わる作品であった。しかし、これらは月刊誌連載や書下し単行本として発表されており、新聞連載にこの手法を導入したのは『朝のガスパール』が初めてである。

即応性という意味で申し分のない発表媒体だったが、手紙だけではなく、当時普及しつつあったパソコン通信をも利用して読者の意見を募っており、そのライブ感覚は比類がなかった。パソコン通信の会議室のログは、連載と並行して単行本『電脳筒井線』（朝日新聞社）にまとめられ、こちらだけで全三巻が刊行されている。
連載に先立って十月十八日付の「朝日新聞」に掲載された「作者の言葉」は以下のとおり。

連載開始が近づき、舞台の袖《そで》で出を待つ役者の気分である。まだほとんど書き出しの部分しか書いていないので、なおさらスリルがある。というのも、今度の連載は読者の大多数意見によって展開していくという小説なので、最初の設定だけしか考えていないのだ。だから「ご期待ください」とは言えない。読者からのいい投書を期待しているのは作者の方なのである。

小説の一部に取り込まれている「『朝のガスパール』連載開始にあたって」では、本文の後に以下のような告知が付されていた。

「朝のガスパール」は十八日から始まります。題名の「ガスパール」は、アロイジウス・ベルトランの詩集『夜のガスパール』から採りました。読者からの投稿、ご意見を募集します。送り先は〒104・11、朝日新聞東京本社学芸部「朝のガスパール」係。
また、ＡＳＡＨＩパソコンネット内には、「朝のガスパール」の感想や意見を書く特設電子会議「電脳筒井線」を六日から開設しています。パソコン通信のやり方や入会方法については、朝日パソコンネット事務局（〇三―三二八九―××××）へお問い合わせ下さい。

完結後に書かれた「『朝のガスパール』連載を終えて」も、九二年八月に朝日新聞社から刊行された単行本では最後の二段落がカットされているので、ここに再録しておく。

新聞小説ということにやたらこだわるようだが、確かにそのような小説ジャンルは存在しない。しかしトマソン化しているなどとも言われている新聞小説の無用の長物化ぶり衰退ぶりを見るにつけ、おれにはそれが小説そのものの衰退を象徴しているように思えてならず、今までずっと小説でしかできないことは何かと考え続けてきたアナロジイで、新聞小説でしかできないことは何かと考えたのであり、その解答であるこの作品が、いつか小説の復権そのものに、偶然いささかでも貢献していたということにでもなれば、こんなありがたい話はないのだが、まあ、ないだろうなあ。
「ＳＦマガジン」デビュー作以来三十年近いおつきあいになるイラスト担当の真鍋博画伯にはほんとうにご迷惑をかけた。意外にも真鍋さんはこれが初めての新聞連載だった。新聞見開きのイラストでよくお目にかかるのでそうは思わなかったのである。大変な入れ込みようで、一枚のイラストに七時間から九時間もかけて描いてくださった。厚くお礼申しあげます。

ここにもあるように真鍋博氏のイラストは完全に作品の一部だと思うのだが、紙幅の都合か単行本では全一六一葉のうち一〇四葉しか収録されていない。単行本の帯には「イラスト一〇五点収録」とあって数字が合わないが、本文に収録されていない連載第二回のイラストをカバー画に使用しているためかもしれない。
真鍋さんもこれは残念だったようで、通常の単行本の巻末に未収録イラスト五七葉をまとめて収録

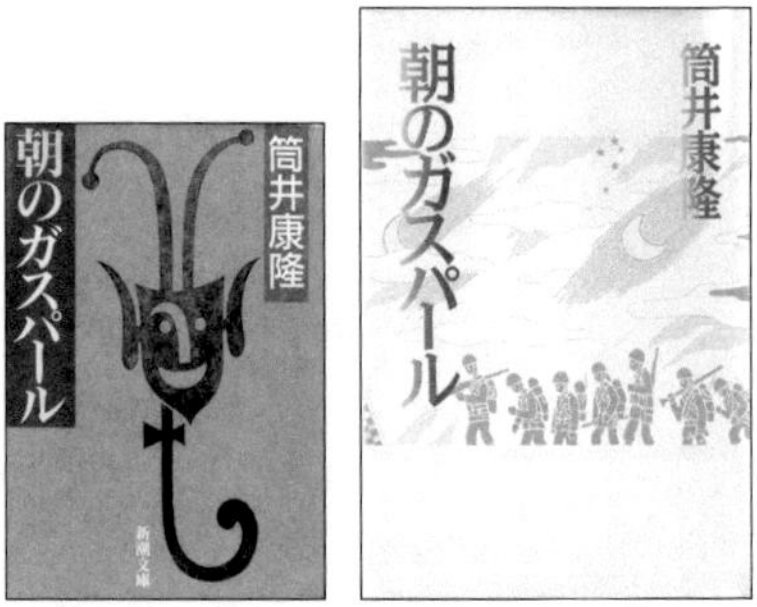

『朝のガスパール』
（右　朝日新聞社
左　新潮文庫）

した特装版五百部を、私費で制作している。カバーの背に「特装版」の表示があり、定価が削られているだけで、奥付の日付は通常版と同じ。これは関係者に配布されただけで、一般読者は入手できなかった。

今回、真鍋さんのご子息から、この特装版をお借りして、すべてのイラストを小説本文の正しい位置に収録することができた。初刊本では収められたイラスト一〇四葉のうち、連載時の回数と同じ箇所に入っているのは八三葉。残る二一葉は初出とは違う位置に移動されている。九五年八月に刊行された新潮文庫版には、イラストはひとつも収録されていない。つまり、本書によって初めて、連載時と同じ状態でイラストを確認できるようになったのである。

本コレクションをお読みの方ならご承知のように、著者の最初期のペンネームである澱口や櫟沢美也が登場人物名に使われていたり、『虚航船団』の舞台を思わせるような描写があったり、並行して「マリ・クレール」に連載されていた長篇『パプリカ』から時田浩作と千葉敦子がゲスト出演していたりと、筒井ファンに向けてのサービスは盛りだくさん。

しかし、何より凄いのは、三重、四重の階層《レベル》を自在に行き来するメタフィクションに、「読者の意見」というイレギュラーな要素を取り入れても、まったくぶれを見せない作品世界の構築力であろう。

連載時に読んでしびれたのは、第九十四回の冒頭の一文だ。「読者からの声があったため」「借りていたことにする」のではなく、「借りていた」、つまり「読者の意見」自体が、ここでは小説という虚構に既に取り込まれているのだ。

この試みはＳＦ界からも高く評価され、『朝のガスパール』は九二年の第十三回日本ＳＦ大賞を受賞している。大判の季刊誌となっていた徳間書店「ＳＦアドベンチャー」九二年冬号の結果発表ページに掲載された受賞のことば「さまざまな感想」は、以下のとおり。後にエッセイ集『悪と異端者』（95年10月／中央公論社）にも収録されている。

●「お手盛りに違いないぞ」

おれが本来はＳＦ作家であることを記憶している人間がまだまだいて日本ＳＦ大賞受賞と聞きそんな陰口を叩くであろうことも推測しようとすれば推測できるのだが、せめてものさいわいというかしばらくＳＦ界から遠ざかっていたおかげでおれをＳＦだと思っていない人も案外多く、こういう人の存在が少しはそんな邪推を封殺する手助けになりそうである。しかしこの受賞がきっかけで否応なしにおれがまたＳＦ界に舞い戻ることになるのではないかという予感がある。折しも徳間ＳＦ誌はおれの好みに傾きつつあるようではないか。

●「筒井康隆なんぞに今さらなんで日本ＳＦ大賞をやるの。もっと若手にやるべきじゃないの。そうだとも。おれにくれ。おれは今切実に賞が欲しいのだ」

あのねえあなた。これはおれの体験で言うのだけれど、ああ、おれにも切実に欲しい時があったなあ。でもね。切実に欲しい時にはなかなか賞はもらえないものなんですよ。またそんな時に運よく貰ったりしたら、ろくなことにはなりません。じゃあお前は今、欲しくないのかって言われれば、それはやっぱり欲しい欲しい。切実にではなくてどう欲しいのかと問われれば、この日本SF大賞、実にまったくおれにとっては目障りな賞だったのだと言うしかあるまいな。これを貰わなければ一塁ベースを踏まずに三塁まで行ったようなもの、つまりすべての努力がアウトに結びつくような気がしていたのです。

●いったいこの日本SF大賞は誰がおれにくれたのだろう。もちろん選考委員諸兄、及び推薦してくれたSF作家クラブ会員諸兄全員である。しかしその背後に見え隠れする人物は。あっ。なんと大伴昌司だ。ああ。「朝のガスパール」をトモさんなら、狂喜してくれたに違いないのだがなあ。

●現在は新人賞がたくさんあり、新人はデビューしやすくなったが、それからが大変なことなのだ。昔だってSFのマーケットは狭かったがそのかわりに作家の数も少なかった。今はSFを書く作家の数がざっと見てなんと百人。書いても書いても本が少部数しか売れない新書競合の時代というのが続いている。生活のため、作家としての体面を保つために書き続けるというのは別段恥かしいことではなく当然のことだ。しかしそれが悪循環になっている。特によい短篇を書く作家にとっての冬の時代。短篇集が出ないらしい。おれとてもともとは短篇作家。賞を戴いたお礼に、そのあたりの若手作家に何かしてあげたいものだと思う。おれにとってSF界に舞い戻るというのは、そんなことを意味しているのではないだろうか。

なお、朝日新聞学芸部の大上朝美氏が新潮文庫版に寄せた解説「電悩録」（秀逸なタイトル！）を、本書にも再録させていただいた。大上さんは同紙で筒井さんの自伝的エッセイ『漂流　本から本へ』（11年1月／朝日新聞出版）や長篇『聖痕』（13年5月／新潮社）なども担当されている。

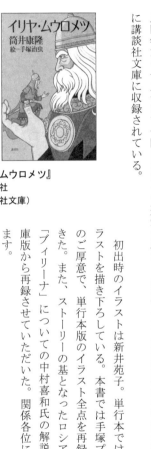

長篇『イリヤ・ムウロメツ』は講談社の隔月刊誌「ショートショートランド」八三年三月号から八四年九＋十月号まで十回にわたって連載された。八五年十二月に講談社から刊行され、八九年二月に講談社文庫に収録されている。

『イリヤ・ムウロメツ』
（右　講談社
左　講談社文庫）

初出時のイラストは新井苑子。単行本では手塚治虫がイラストを描き下ろしている。本書では手塚プロダクションのご厚意で、単行本版のイラスト全点を再録することができた。また、ストーリーの基となったロシアの英雄叙事詩「ブィリーナ」についての中村喜和氏の解説を、講談社文庫版から再録させていただいた。関係各位にお礼申し上げます。

技巧の粋を尽くした『朝のガスパール』とは対照的に、『イリヤ・ムウロメツ』はシンプルかつ力強い筆致で神話世界を構築したファンタジーとなっている。この作品にさらにSF的なアイデアを加えたものが、筒井康隆オリジナルの叙事詩というべき傑作長篇『旅のラゴス』（86年9月

／徳間書店）に発展したのではないだろうか。

第三部には、全日本冷し中華愛好会（全冷中）関連のリレー小説とエッセイを収めた。各篇の初出は以下のとおりである。

山下洋輔の周辺　「宝島」75年5月号
冷中水湖伝
序章　ツタンラーメンの怒りの巻　筒井康隆　「冷し中華」第2号（76年3月）
第一章　三倍達・峠の虎退治の巻　平岡正明　「冷し中華」第2号（76年3月）
前回までのあらすじ　「冷し中華」第3号（77年2月）
第二章　奥成達・グ一族として現わるの巻　長谷邦夫　「冷し中華」第3号（77年2月）
休載文　「冷し中華」第4号（77年11月）
割り箸　「冷し中華」第4号（77年11月）
筒井康隆聖会長御託宣　「第二回冷し中華祭り」プログラム（78年4月）
まえがきにかえて　『空飛ぶ冷し中華 part2』住宅新報社（78年5月）

全日本冷し中華愛好会は七五年、ジャズピアニストの山下洋輔氏が冬に冷し中華を食べられないことに怒って、発作的に結成した団体である。これに筒井康隆、平岡正明、坂田明、赤塚不二夫、黒鉄ヒロシ、長谷邦夫、高信太郎らが次々と参加し、お祭り騒ぎへと発展していく。メンバーの中にはメジャーデビュー前で中洲産業大学教授と名乗っていた頃のタモリもいた。

会報「冷し中華」が発行され、七七年四月一日には有楽町の読売ホールで第一回冷し中華祭りを開催（筒井康隆はその会場で山下洋輔の後を受けて二代目会長に就任している）。会報やその他の文章をまとめたアンソロジーが二冊も刊行された。『空飛ぶ冷し中華』（77年4月／住宅新報社）および『空飛ぶ冷し中華 part2』（78年5月／住宅新報社）の二冊である。

第三部に収めた作品のうち「山下洋輔の周辺」および「冷し中華」第3号までは『空飛ぶ冷し中華』、「冷し中華」第4号の掲載分は『空飛ぶ冷し中華 part2』に収録された。「割り箸」は会報の編集後記に当たるコーナーの名称である。

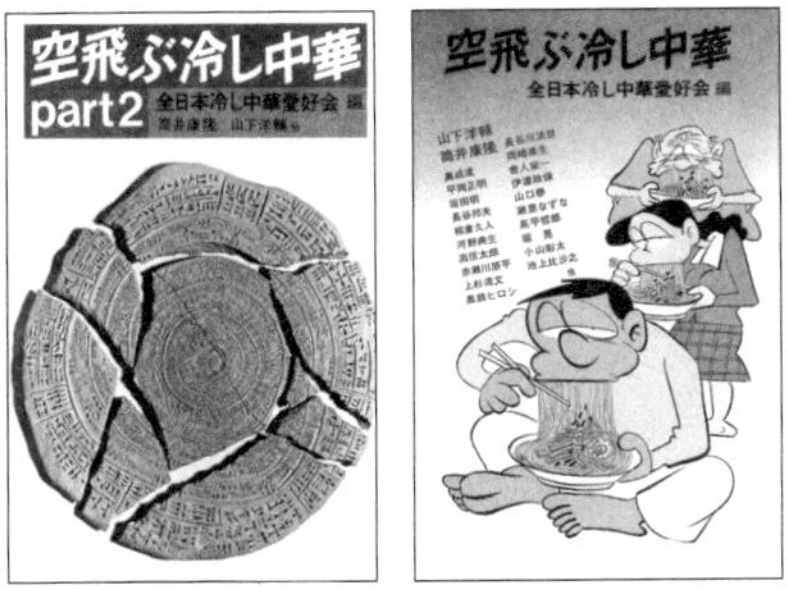

右『空飛ぶ冷し中華』
左『空飛ぶ冷し中華 part 2』
（住宅新報社）

「筒井康隆聖会長御託宣」は七八年四月二十六日に平和島温泉会館で開催された第二回冷し中華祭りのパンフレットに掲載されたもの。新潮社〈筒井康隆全集〉第二十巻『富豪刑事　関節話法』（84年11月）に初めて収録された。

七九年四月八日には六本木のライブハウス・ピットインで解散式「全冷中冠婚葬祭の葬儀編」が開催されており、その案内チラシに記された文章は筒井会長によるものであった。

冷し中華は、死ぬ。死因は、夭折であり、大往生である。すなわち爆死、自慢死、あてつけ、自殺、恍惚死、諫死、情死、腹上死、頓死、悶死、獄死、流産堕胎、殉死、過失致死、躁死、狂死、焼身、土佐衛門、衰弱死、野垂れ死のすべてをひきうける。木ッ端微塵に砕け散って、鎧の切れはしものこさない。

本宣言をもって全冷中は死んだ。したがって鳴門三年四月八日以後、冷し中華は地球に存在しない。

全日本冷し中華愛好会　会長　筒井康隆
上杉清文
奥成　達
平岡正明
山下洋輔

この文章は「週刊ポスト」二〇一三年九月六日号の記事「「冷やし中華」秘史」に再録されたのみで、筒井康隆の著書に入るのは今回が初めてである。

作品の再録を許可してくださった「冷中水湖伝」の著者およびご遺族の皆さまに感謝いたします。

第四部には、単行本&文庫未収録のエッセイを収めた。各篇の初出は以下のとおりである。

ロマンチックな逃避　「SFの手帳」（65年3月）
ファン・クラブを大組織に発展させる方法　「タイムパトロール」1号（65年8月）

残念だったこと　「推理小説研究」創刊号（65年11月）
堕地獄日記　「ＳＦマガジン」65年11月号
ＳＦを追って　「ＳＦ新聞」1号（66年2月）
空想の自由　「向上」66年9月号
面白さということ　「ＳＦ新聞」3号（66年11月）
大学の未来像　「神戸大学新聞」67年1月11＋26日号
新・ＳＦアトランダム　「宇宙塵」113号（67年6月）
女性の物欲を知る　「週刊文春」67年11月13日号
ジュンについて　虫プロ『ジュン』帯　68年6月
サービス精神・満点　「ジュン公論」虫プロ『ジュン』付録　68年6月
「江美子ストーリー」の幸福観　虫プロ『石森章太郎選集11』解説　69年8月
筒井康隆の人生問答　「平凡パンチ」73年2月5日号〜3月5日号
新釈東西いろはかるた　「いんなあとりっぷ」74年7〜10月号
日本ＳＦ大会　「週刊小説」75年6月6日号
ＳＦ周辺映画散策　「ＳＦマガジン」75年7月号

このうち「ファン・クラブを大組織に発展させる方法」「堕地獄日記」「ＳＦを追って」「面白さということ」「大学の未来像」は新潮社〈筒井康隆全集〉第二巻『48億の妄想　マグロマル』（83年5月）、「新・ＳＦアトランダム」は〈筒井康隆全集〉第三巻『馬の首風雲録　ベトナム観光公社』（83年6月）、

「□江美子ストーリー」の幸福観」は〈筒井康隆全集〉第八巻『心狸学・社怪学　国境線は遠かった』（83年11月）、「新釈東西いろはかるた」は〈筒井康隆全集〉第十六巻『男たちのかいた絵　熊の木本線』（84年7月）、「ロマンチックな逃避」「サービス精神・満点」は〈筒井康隆全集〉第十七巻『七瀬ふたたび　メタモルフォセス群島』（84年8月）、「日本SF大会」「SF周辺映画散策」は〈筒井康隆全集〉第十八巻『私説博物誌　やつあたり文化論』（84年9月）に収録。「SF周辺映画散策」は『やつあたり文化論』の単行本（75年8月／河出書房新社）に初めて収録されたが、文庫化の際に割愛されたもの。その他のエッセイは、単行本未収録である。

「SFの手帳」は、大伴昌司、紀田順一郎、桂千穂らが発行していた同人誌「THE HORROR」の増刊号。古書店でもまずお目にかかれない貴重な一冊だが、昨（一六）年九月に講談社から刊行された『大伴昌司〈未刊行〉作品集　大伴昌司エッセンシャル』（講談社）で全ページが復刻された。

「タイムパトロール」は堀晃らが発行していた神戸のSF同人誌。「SF新聞」は筒井康隆と平井和正によるプロ作家の同人誌。六六年二月、六月、十一月に三号が発行されている。

「空想の自由」は「向上」に「模倣空間」が再録された号に「短編『女の子たち』をめぐって」のページを設けて同時掲載されたエッセイ。同誌の六六年七月号には「マリコちゃん」「ユリコちゃん」「サチコちゃん」「ユミコちゃん」の四篇が「女の子たち」として掲載されており、これを「やりきれない印象の怪談であった」「気味悪い冷さを覚えた」とする感想「読者から」に対して、「作者から」として返答したもの。本コレクションでは「マリコちゃん」「ユミコちゃん（訪問者）」を収めた第二巻に収録しておくべきだったが、その時には調べが行き届かなかった。申し訳ありません。

石森章太郎（石ノ森章太郎）の実験マンガ『ジュン』は虫プロ商事の月刊誌「COM」に連載され

た。単行本はＢ５判ハードカバー函入りというマンガとしては大きなサイズで、筒井康隆はその帯と挟み込み冊子「ジュン公論」の両方に賛辞を寄せている。

「筒井康隆の人生問答」は全五回の連載だが、連載に先立つ一月二十九日号に「回答者のことば」が掲載されており、もちろん本書にはこれを含めて収録した。また山藤章二氏によるイラストを再録させていただいた。記して感謝いたします。

「日本ＳＦ大会」はエッセイ集『やつあたり文化論』の中核をなす連載「日本ドライヴ・マッド」の最終回。マニアック過ぎると判断されたのか単行本には収録されず、前述の通り〈筒井康隆全集〉で初めて日の目を見た。


これにて全七巻に及んだ出版芸術社版〈筒井康隆コレクション〉も完結である。刊行を決断してくれた出版芸術社の原田裕相談役、出版を引き継いでくれた現・出版芸術社スタッフの方々、第一巻から的確なサポートを続けてくれた担当編集者の池田真依子さん、装幀・装画の泉谷淑夫さん、書誌的研究を成果を惜しげもなく披露してくれたのみならず多くの資料を提供してくださった筒井康隆研究の先達、平石滋、尾川健、上田満治の各氏、トークイベントを企画してシリーズ刊行を盛り上げてくれたライブワイヤーの井田英登さん、メインとなる作品を既に読んでいるにもかかわらず大部のコレクションを買い続けてくれた筒井ファンの皆さまに、厚く御礼申し上げます。

そして、こんなに面白い作品を五十七年にもわたって書き続けてくださっている筒井康隆さんに最大級の感謝を。あれも入れたい、これも入れたいという編者のわがままを笑って許してくださり、本当にありがとうございました！

著者プロフィール

筒井　康隆（つつい・やすたか）

一九三四年、大阪生まれ。同志社大学文学部卒。工芸社勤務を経て、デザインスタジオ〈ヌル〉を設立。60年、ＳＦ同人誌「ＮＵＬＬ」を発刊、同誌１号に発表の処女作「お助け」が江戸川乱歩に認められ、「宝石」８月号に転載された。65年、上京し専業作家となる。以後、ナンセンスなスラップスティックを中心として、精力的にＳＦ作品を発表。81年、「虚人たち」で第９回泉鏡花賞、87年、「夢の木坂分岐点」で第23回谷崎潤一郎賞、89年、「ヨッパ谷への降下」で第16回川端康成賞、92年、「朝のガスパール」で第12回日本ＳＦ大賞、00年、「わたしのグランパ」で第51回読売文学賞を、それぞれ受賞。02年、紫綬褒章受章。10年、第58回菊池寛賞受賞。他に「時をかける少女」、「七瀬」シリーズ三部作、「虚航船団」、「文学部唯野教授」など傑作多数。現在はホリプロに所属し、俳優としても活躍している。

筒井康隆コレクションⅦ　朝のガスパール

発行日　平成二十九年十一月二十二日　第一刷発行

著　者　筒井康隆

編　者　日下三蔵

発行者　松岡佑子

発行所　株式会社　出版芸術社
東京都千代田区九段北一―一五―一五瑞鳥ビル
郵便番号一〇二―〇〇七三
電　話　〇三―三二六三―〇〇一七
ＦＡＸ　〇三―三二六三―〇〇一八
振　替　〇〇一七〇―四―五四六九一七
http://www.spng.jp

印刷所　近代美術株式会社

製本所　若林製本工場

落丁本・乱丁本は、送料小社負担にてお取替えいたします。

ISBN 978-4-88293-479-0 C0093